악당과 계약가족이 되었다

설이수 장편소설

I

목 차

프롤로그	5
제1장	19
제2장	85
제3장	153
제4장	197
제5장	247
제6장	303
제7장	337
제8장	401
제9장	457
제10장	493

프롤로그

"아리아, 나의 천사."

황제가 간절히 말했다.

"어서 날 구원해 줘."

구원이라니. 신의 아들이라는 자가 요괴에게 구원을 바라고 있다. 그저 웃겼다. 웃음조차 메말라 버렸지만. 아리아는 미동조차 없이 새장 너머로 뻗어 온 팔을 응시했다.

"어서 노래해!"

"……."

"아리아! 당장 노래하지 않으면 영원히 걷지 못하게 만들어 버리겠어."

황제는 짐승처럼 으르렁거렸다. 화를 내며 울고 웃다가, 협박과 설득 끝에 무릎을 꿇고 애원했다. 그는 완전히 미쳐 있었다.

"노래해 주세요. 세이렌 님. 저희에게 자비를 베풀어 주세요."

"제발, 세이렌 님……."

무희들까지도 아리아의 밑에 엎드려 손바닥을 싹싹 비볐다. 불과 몇 달 전까지, 아리아를 비웃으며 교태와 웃음을 뿌리던 이들이었다. 세이렌의 노래에 맞춰 곡을 연주하던 악사들도, 지휘자도. 황제를 지키던 기사들까지도. 그녀의 입이 열리기만을 기다렸다.

"……쿨럭!"

그 순간 아리아는 울컥 피를 토했다. 드레스가 붉게 물들 때까지 기침은 멈추지를 않는다. 그녀는 심장을 움켜쥐었다. 아.

'이제 곧 죽을 수 있어.'

아리아는 기쁨에 차 웃었다.

'드디어.'

영원한 안식을 맞이할 수 있다. 굳게 닫혀 있던 그녀의 입술이 마침내 열렸다.

"오라, 달콤한 죽음이여."

혹사당해 잔뜩 거칠어진 음성이 허공을 갈랐다. 아리아가 속삭이듯 노래를 시작하자 사방은 쥐 죽은 듯 조용해졌다. 숨을 쉬는 것조차 잊어버린 채 그녀에게서 시선을 떼지 못했다.

"어서 와서 나를 평화 속으로 안내하라."

잔잔하게 시작한 노래는 따사로운 햇살처럼 그들을 부드럽게 감싸 안았다. 그토록 바라던 천사의 품인 양, 달콤하게 위로하고 상냥하게 어루만져 주었다.

"아, 신이시여……."

누군가 편안한 미소를 그리며 눈물을 흘렸다. 고막을 타고 몸속 깊은 곳까지 파고들어 온 선율은, 그들의 심장까지 건드리며 속살거렸다.

"나는 이 세상에 지쳤기 때문이라네."

이 노래는 죽음을 통해 천국을 바라본다는 성가곡이다. 깊은 신앙심이 담긴. 하지만 아리아의 짙고 끈적한 음색을 거치자 그것은 전혀 다른 노래가 되었다. 그것은 악마를 부르는 관능적인 속삭임이었다.

"오라, 축복받은 안식이여!"

잔잔하게 울리던 달콤한 위로가 순식간에 심장을 거칠게 꽉 움켜쥐었다. 그녀의 노래를 듣고 있던 모든 이들이 헛숨을 내뱉으며 가슴께를 쥐었다. 아리아의 노래는 순식간에 달콤한 독이 되어, 그들의 심장을 게걸스럽게 갉아먹었다.

"오너라!"

탁해진 음성은 그들의 발목을 붙잡고 그대로 늪으로 끌고 들어갔다.
나락의 늪으로, 죽음의 늪으로, 지옥의 늪으로.
아리아의 거칠어지는 숨소리를 따라 소리는 격렬하게 번졌다.

"나는 너를 기다리고 있노라!"

노래가 아니라 비명이었다. 자신을 끝내 버린 신에게 애원했다가, 저주를 퍼부었다가, 체념했다가, 다시 매달렸다가……. 결국, 무너지는 모든 것을 놓아 버리면서,

"어서 와서 나의 두 눈을 감겨다오."

신이 없다면 부디 악마라도 날 데려가 달라고 간절히 애원했다.
"허억, 컥!"
황제는 바닥에 무릎을 꿇고 헉헉거리기 시작했다. 심장이 꽉 죄어오는 것처럼 고통스럽다. 누가 목을 조르는 것처럼, 온몸에 핏줄이 곤두서고 눈에 열이 몰렸다.

"축복받은 안식이여, 오너라!"

마침내 노래가 끝났다. 악마를 소환하는 의식도 끝을 맺었다.
"헉, 허억……."
황제는 머리끝까지 늪에 잠겼다가 빠져나온 사람처럼 거친 숨을 몰아쉬었다. 손발이 벌벌 떨렸다. 온몸이 식은땀으로 푹 젖었다.
'이, 이게 대체 무슨…….'
황제가 주변을 둘러보자 대부분 기절해 있었다. 몇몇 기사들은 백치처럼 흐린 눈으로 검을 뽑아 스스로를 그으려고 하고 있었다. 황제는 간담이 서늘해졌다. 만약 손에 검을 쥐고 있었다면 그 역시 고통을 견디다 못해 스스로 목숨을 끊어 버렸을 테니까.
"이, 이……."
압도적인 힘의 차이에서 온 공포.
"이년이 감히……."

그가 현실을 인지하자 공포는 순식간에 분노로 돌변했다.

"감히 짐을 죽이려고 하다니!"

이 땅에 유일하게 남은 세이렌이라고 봐주는 것도 한계가 있었다.

"화형당해서 죽을 뻔한 것을 살려 줬더니 은혜를 원수로 갚아?"

황제는 음산하게 중얼거렸다. 세이렌은 노래만 할 줄 알면 그만이지.

"오늘이야말로 기필코 네 의지를 꺾어 버릴 것이다. 내 말에 복종하게 해 주지."

그는 기사의 검을 뺏어 들어 거침없이 걸음을 옮겼다. 새까만 그림자가 드리워진다. 평생을 새장 속에 갇힌 채 살아가던 새는 죽어서야 비로소 자유를 얻었다. 아리아는 천천히 눈을 감았다.

'달콤한 죽음, 축복받은 안식을.'

그때였다. 황제의 침실 문이 아무런 방해 없이 스르르 열렸다.

"애절하게도 부르는군."

아리아가 천천히 고개를 들어 올렸다. 잿빛 눈동자와 시선이 얽혔다. 공허하게 텅 빈 눈빛을 한.

'발렌타인 대공……'

악마에게 영혼을 팔았다는 남자. 여기에 있어서는 안 될 남자가 걸어 들어오고 있었다.

죽음을 이끌고. 그가 다가올 때마다 새빨간 발자국이 새하얀 대리석을 물들였다.

'정말 왔어.'

아리아는 믿을 수 없었다.

대공은 흠뻑 젖은 검을 가볍게 털었다. 그가 휘두르는 대로, 검에 묻어 있던 피가 유려하게 춤추며 바닥에 반원을 그렸다.

"그대가 지금, 악마의 구원을 바란다면."

프롤로그

활짝 열린 문 너머, 피로 물든 황궁은 마치 무덤처럼 고요했다. 처음부터 그랬던 것처럼.

"기꺼이 응해 줘야지."

　　　　　　　　◈

악마가 황제를 죽였다.

"축복받은 안식이 찾아왔군."

그는 무심히 말했다. 그리고 황제의 품에서 열쇠를 빼내어 아리아의 앞으로 걸음을 옮겼다. 굳건히 잠긴 새장에 끼워 넣자,

끼익—

새장이 서서히 열렸다. 샹들리에를 등지고 선 악마는 수십만 개의 빛깔과 함께 찬란하게 빛났다. 불빛이 그의 얼굴에 쏟아지자 그저 타고 남은 재처럼 보였던 눈동자가 달빛으로 빛났다.

'어둠 속에서도 길을 비추는 빛.'

아리아는 처음으로 사람의 눈이 이렇게 아름다울 수도 있다는 걸 깨달았다.

"새장은 열렸다. 어디든 날아가."

그건 죽어서도 잊지 못할,

구원의 기억이었다.

아리아는 멍한 얼굴로 족쇄가 풀린 발목을 내려다보았다. 그리고 고개를 들었다.

'발렌타인 대공…….'

황제를 죽인 반역자. 하지만 나의 구원자.

새장 모양의 철장은 활짝 열려 있었다. 대공의 말대로 날개만 있

다면 훨훨 날아가고 싶을 만큼. 하지만.

"어디도, 못 날아가."

아리아는 쓰게 웃으며 울었다. 머지않아 죽을 테니까.

'그냥 죽여 줘.'

마지막 유언을 토해 내기 위해 입을 열었을 때였다. 아리아는 갑자기 성대를 칼로 난도질하는 것 같은 아픔을 느꼈다. 온몸의 피가 솟구치는 것처럼 눈앞이 하얘졌다.

"이미 날개 꺾인 새였나."

대공의 나른한 시선이 잠시 흉하게 뒤틀린 다리에 닿았다가 떨어졌다.

"세이렌, 너의 노래를 들으면 미쳐 버린다고 들었다."

아리아는 서서히 돌을 무너트렸다. 점점 정신이 아득해지고 떨리는 몸은 조금씩 딱딱하게 굳어 갔다. 대공은 죽어 가는 그녀를 들어 품에 안으며 말했다.

"그럼 난 상관없겠군. 원래부터 미쳐 있었으니까."

"……."

"광기의 한계가 있다면 그대가 증명해 봐."

하고 싶은 말이 있거든 귓가에 속삭이던가.

악마는 피식 웃으며 어디론가 향했다. 아리아는 악마의 품 안에서 그대로 눈을 감았다.

"쉿, 아리아. 절대 말해선 안 돼."

아리아의 어머니, 소피아는 그녀가 태어났을 때부터 꾸준히 물약을 먹였다. 그것을 마시고 나면, 정말 아무 말도 할 수 없게 되었다. 기침 소리조차 낼 수 없었다.
"하필 쓸모없는 것이 태어나서!"
아리아는 억울해졌다. 나는 왜 아버지에게 맞으면서 욕을 들어야 하지?
'나, 말할 수 있어. 이름도 있어.'
그녀는 어머니를 원망할 수밖에 없었다.
물약을 전해 줄 때를 빼고 찾아오지 않는 어머니.
물약을 마시지 않으면 무섭게 돌변하는 어머니.
단 한 번도 안아 준 적 없는 어머니.
그 흔한 동화책도 읽어 준 적 없고, 자장가도 불러 준 적 없는 어머니.
'어머니는 날 사랑하는 걸까, 아니면 싫어하는 걸까.'
아리아는 아무것도 몰랐다. 그저 소피아가 하루가 다르게 말라 가는 것을 지켜볼 수밖에 없었다. 모든 것을 알게 된 것은, 열 살이 되는 해 봄이었다.
소피아가 죽었다. 성대가 완전히 찢긴 채로.
"스스로 목숨을 끊은 거래. 독하게 저질렀다고 하더라."
아리아는 하녀들의 말을 우연히 듣고 나서야 모든 사실을 알았다. 그동안 소피아가, 코르테즈 백작에게서 자신을 지켜 주었던 것을.
'나는 세이렌이었어……'
세이렌.
고대 요괴의 이름을 딴 그것은, 소피아의 핏줄을 타고 흐르는 능력이었다. 노래로 사람을 매혹하고, 치료하고, 조종하고, 감정을 뒤흔드는 능력.
코르테즈 백작은 12년 전, 전설로만 알려져 있던 세이렌을 납치해 세상에 선보였다. 그지 바로 아리아의 어머니였다.

'내가, 그렇게 태어난 거야?'

온몸이 덜덜 떨렸다. 충격이 채 가시기도 전에 코르테즈 백작은 아리아에게 여태까지와 비교도 되지 않을 폭력을 퍼부었다.

"망할 년, 감히 나한테서 도망치다니! 밥버러지 같은 계집 하나만 남겨 놓고!'

아팠다. 많이. 그날 아리아는 고통을 핑계 삼아서 죽을 것처럼 울었다.

'도망가야 해.'

그런 생각을 하지 않은 건 아니다. 하지만 고작 열 살이었다. 어머니의 보호 없이 사실을 들키는 건 시간문제였다. 어느 순간, 결국 일이 터졌다.

"아악!"

고통을 참지 못해 비명을 지른 것이다.

"하하, 그래! 세이렌의 딸이 목소리를 못 낼 리가 없지. 감히 날 지금까지 속이다니… ."

"하, 하지 마세요!"

"완벽한 미성이야. 깃털처럼 티 없이 깨끗하고 부드러운, 천사의 목소리……."

아리아는 어머니의 뒤를 이어 세이렌의 삶을 살게 되었다.

권력자들은 그녀에게 전 재산을 바치고 발등 위에 입을 맞추면서까지 노래를 불러 달라 빌었다. 황족과 귀족들의 은밀한 사교 파티는 세이렌의 노래를 듣기 위한 모임으로 변했다.

끔찍한 짓을 당했다. 보지 말아야 할 것을 봤다. 듣지 말아야 할 것을 들었다.

'이딴 거 알고 싶지 않았어.'

매일 신에게 기도했다.
'제발 저를 구원해 주세요.'
하지만 신은 응답하지 않았다. 압도적인 재능 탓에 세이렌의 노래가 더 유명해졌을 뿐이었다. 그러자 사람들은 오히려 그녀를 신처럼 떠받들며 자신을 구원해 달라고 빌었다. 그러던 어느 순간, 제국 전역에 걸쳐 소문이 퍼지기 시작했다. 세이렌은 신의 목소리를 빌린 구원의 천사가 아니라 전설 그대로 요괴라는 소문이었다.
"전설 속 요괴가 여러분 모두를 기만한 것입니다."
성녀 베로니카는 광장에 몰려든 신도들 앞에서 눈가를 촉촉하게 적셨다.
"세이렌의 노래에 중독되어 황궁의 관료 대부분이 미쳐 버리고 말았습니다. 물론, 황제 폐하께서도……."
성녀의 눈가에 맺힌 눈물방울을 보며 광장에 모인 신도들은 술렁였다. 귀족들이 미친 것도, 황제가 폭군이 된 것도, 제국이 쇠락하고 타락한 것도.
'전부 세이렌의 탓이다.'
세이렌은 가짜다. 신성한 존재가 아니라, 요사스러운 괴물이다. 진짜는 신성제국 출신의 성녀 베로니카뿐이다. 그들은 분노하여 외쳤다.
"황실은 끝났어. 요괴 때문에!"
"이교도들의 소굴이 된 황궁을 싹 다 정화해야 합니다!"
"성녀님께서 정권을 잡으십시오!"
"이건 반역이 아닙니다. 거룩한 사명을 띤 전쟁이지요!"
자애로운 성녀는 가녀린 어깨를 살짝 떨었다. 전쟁은 필연적으로 희생이 따를 수밖에 없는 것. 그녀는 몹시 괴로운 표정을 짓다가 이내 다짐한 듯 고개를 들었다. 찰랑, 흔들리는 그녀의 금발 뒤로 태양의 찬란한 빛이 드리워졌다.

"저는 그들을 구원할 것입니다."

"와아아아!"

"더는 무고한 희생이 생기지 않도록 황궁을 정화하고 신의 은혜를 내리겠습니다."

성녀 베로니카. 그녀는 완벽하게 짜인 영웅 서사의 주인공이었다. 아리아는 제국을 망하게 만든 희대의 악녀였고

'정말, 내가 그들을 미치게 했나?'

아리아 본인조차도 헷갈렸다. 황족, 귀족, 평민 할 것 없이 입을 모아 그녀의 잘못이라 하니 정말 그런 것 같았다.

전쟁이 시작되었다. 남녀노소를 불문하고 전쟁에 동원되었다. 징병을 거부할 수 없게 무조건 끌고 갔다. 피 끓는 비명이 끊이질 않았다. 셀 수 없이 많은 이들이 널브러졌다. 성기사들은 그 처참한 현장을 '정화 과정'이라고 불렀다.

"요괴를 처형해라!"

성난 군중들이 들고일어났다. 민심이 들끓자 황제는 아리아를 아무도 모르는 황궁 깊숙한 곳에 숨겨 버렸다.

"처형? 그렇게는 안 되지. 넌 평생 짐을 위해 노래하는 새가 되어야 하니까."

그리고 그녀의 다리를 부러트려 새장에 가두고 입을 막았다. 얼마나 오랫동안 감금된 채 사육당해 왔을까. 어느 순간, 아리아는 울컥 피를 토했다.

"……"

결국, 이렇게 죽는구나. 그녀는 피가 흥건한 손바닥을 내려다보다가 주먹을 꾹 움켜쥐었다.

'그래, 그냥 죽자.'

마지막 남은 세이렌이 죽으면 더는 누구도 자신과 같은 아픔을 느낄 일이 없을 것이다. 아리아는 모든 걸 체념했다. 하지만 아무리 노력해도 썩어 문드러진 마음속에서, 새까만 감정이 피어오르는 것을 막을 수 없었다.

"다, 죽여 줄까?"

아리아는 흠칫 놀라서 고개를 돌렸다.

로이드 카르데나스 발렌타인. 열여덟 살에 자신의 친족과 수족들을 모조리 살해했다는, 악마 대공이 속삭였다.

다리가 부러진 채, 황제의 새장 속에 갇혀 죽어 가고 있는 그녀에게.

"날 원하는 눈빛을 하고 있기에."

"내가 당신을?"

"악마를."

발렌타인 대공. 황제처럼 잔악한 폭군이며, 살인을 일삼고, 악마를 숭배하는 자였다. 소문에 의하면 그는 제 핏줄의 영혼을 팔아 악마와 거래를 했다고 알려져 있었다.

"필요해지면 불러."

"……."

"네 노래는 어디든 닿으니."

마치 악마에게 영혼을 담보로 계약을 제안받은 기분이었다.

'다 죽여 주겠다니…….'

어차피 죽어 없어질 사람인데 복수 같은 게 뭐가 필요해. 날개가 꺾인 새는 새장을 열어 줘도 어차피 날아가지도 못할 텐데. 하지만 죽음을 앞둔 그 순간 아리아는 결국…….

"오라, 달콤한 죽음이여."

악마를 불러냈다.

황궁에 들이닥친 대공은 낡은 검 자루 하나만 쥔 채, 그의 앞을 가로막는 자들을 하나도 남김없이 베어 버렸다. 모조리, 다. 아리아를 제외하고는.

불길이 피어올랐다. 누군지도 모를 비명이 황궁 내부를 가득 채웠다. 공포에 가득 물든 밤.

오직 대공의 품속에 안긴 아리아만이, 그의 등 뒤를 비추는 구원 빛을 보았다.

"아쉽군. 조금 일찍 왔다면 네 노래를 한 번 더 들을 수 있었을까."

"……."

"새장 밖으로 나온 세이렌은 어떻게 지저귀는지 들어 보고 싶었는데."

그녀는 느릿하게 대꾸했다.

"내 노래가 당신도 타락시켰어?"

"아니, 내가 널 타락시켰지."

그는 나른한 동작으로 근처에 널려 있던 최고급 약초 잎들을 가리지 않고 집어 들었다. 그리고 그것을 담뱃대에 쑤셔 넣고 입에 물었다.

"같이 지옥에나 떨어지자고."

대공은 붉은 입술을 삐딱하게 끌어올리며 희뿌연 연기를 내뿜었다.

"안됐군. 날 불러내지 않았다면 그대는 천국에 갈 수 있었을 텐데."

지옥. 확실히 지옥 같은 풍경이다.

아무렇게나 널브러진 황족들과 귀족들, 바닥을 적신 붉은 웅덩이, 생명의 흔적이 완전히 사라져 버린 황궁.

'그리고 황제가 죽었다.'

신께서는 원수를 용서하라 하셨다. 남을 위해 희생하라 하셨다. 자신을 부인하라 하셨다. 신께서는…….

그러나 죽음의 끝자락에서도, 악마가 맛보여 준 복수는 너무나도 달콤했다. 이것의 대가가 지옥이라면, 그녀는 기꺼이 떨어질 수 있었다.

"노래, 부르고 싶어."

처음이었다. 아리아는 자신의 의지로 노래를 하고 싶어졌다.

"들려줘."

목소리가 잘 나오지 않아서 입술만 뻥긋거리는 것에 가까웠지만. 대공은 기꺼이 귀를 기울여 주었다.

'나를 지옥에 떨어트린 악마.'

나의 구원자.

심장을 짓누르던 통증이 서서히 사그라들었다. 아주 깊고 편안한 잠에 빠져들 듯이. 보고, 듣고, 느끼는 모든 감각이 육체에서 서서히 멀어졌다. 숨을 거두는 순간 그녀의 입가에는 흐릿한 미소가 걸렸다가 사라졌다.

노래 인용: 요한 제바스티안 바흐의 '오라, 달콤한 죽음이여'(Komm, susser Tod). BWV 478.

제1장

아리아는 죽었다, 완전히. 그러나 숨을 거두는 그 순간,

'꽃향기…….'

그녀는 봄의 냄새를 맡았다.

'여긴…… 지옥이, 아니야.'

번쩍 눈을 떴다. 열 살이 되던 해까지 갇혀 지냈던, 다락방 천장이 시야를 가득 메웠다. 깊게 숨을 들이쉬었다. 폐 속 깊숙이 공기가 들이차는데도 이상하게,

'더는 아프지 않아.'

다급히 얼굴을 더듬었다. 화상 자국이 만져지지 않는다. 낡은 침대에서 몸을 일으켰다. 앞으로 걸음을 옮겨도 다리를 절지 않았다.

'철창이 사라졌어.'

갇혀 있지 않았다. 자유로웠다. 손도 다리도 입도 마음대로 움직일 수 있었다.

'꿈도 아니야.'

몸속 깊은 곳에서부터 활활 불타오르는 강인한 생명력. 이 감각

이, 꿈일 리가 없다. 아리아는 달려가 손바닥만 한 창밖을 내다보았다. 그러자 겨울의 끝을 알리는 꽃잎이 나풀거렸다.

'봄이다.'

하늘, 나무, 바람, 꽃 그리고 햇살. 다시는 볼 수 없을 줄 알았던, 눈부시게 찬란한 풍경. 아리아는 창문 밖에 손을 뻗어 허공에 흩날리는 꽃잎을 꽉 움켜쥔 채 양손을 기도하듯 맞잡았다.

"아."

되살아났다. 죽음의 끝에서. 모든 걸 되돌릴 기회가 찾아왔다.

"……말을 할 수 있어."

물약을 마시지 않았다. 그렇다는 건 어머니가 돌아가신 후라는 것. 아직 다락방에서 지낸다는 건 그녀의 아버지에게 목소리를 들키기 전이라는 뜻이었다.

'아버지.'

코르테즈 백작.

'내 인생을 망친 장본인.'

지금이라면, 복수할 수 있다. 가장 먼저 든 생각이었다.

시간을 되돌아온 놀라움보다, 당황과 혼란보다, 그녀의 머릿속을 가장 먼저 장악한 것은, 복수라는 두 글자.

'아마 술을 마시고 있겠지.'

그가 아침부터 술을 마실 만한 장소라면 뻔했다. 아리아는 아버지를 찾아갔다.

"꺅!"

"까, 깜짝이야."

"뭐야, 어떻게……."

그녀가 스스럼없이 다락방 문을 열고 지하로 향하자 하녀들이 놀라 멍하니 쳐다보았다. 아리아는 그들을 무심하게 스쳐 지나갔다. 곧 와인 셀러에서 그를 만났다.

"너 무슨……."

백작은 술에 잔뜩 취해 상황 파악을 전혀 못 했다. 왜 여기 있느냐는 표정. 이내 일그러지는 얼굴. 매를 찾아 더듬거리는 손. 하지만 아리아가 노래를 시작하자, 그의 얼굴은 경악으로 물들었다.

"잠결에 들려 온 노랫소리."

물속에 잠겨서 듣는 듯한 몽환적인 허밍 소리가 이내 아이의 입을 타고 울려 퍼졌다.

"눈뜨니 꿈결처럼 흩어졌다네."

아리아의 노랫소리는 백작을 망각의 호수로 인도했다. 천진난만한 요정의 장난질 같은 톡톡 튀는 선율로 그의 신경을 희롱하듯 건드려 댔다.

피치카토.

어딘가 아득히 먼 곳에서 바이올린의 현을 손가락으로 뜯어내는 소리가 들려 오는 것만 같았다.

"사라졌네, 신비의 밤."

그 순간, 백작은 노래에 담긴 요력을 기민하지 잡아챘다.
이건, 세이렌의 노래였다.
"마, 말도 안 돼."
그는 눈을 부릅뜨며 경악했다.

"아니야 그럴 리 없어. 말도 못하는 반푼이 병신이 대체 어떻게 지금까지 숨길 수…… 설마 소피아 그년이…….."

이윽고, 백작은 환희에 젖었다. 아리아가 가진 음색은 그가 평생을 꿈꿔 온, 풍부한 성량을 가진 천사의 미성이었다.

'그뿐만 아니다.'

기교도 섞이지 않은 순백의 음색을 가지고서 끈적하고 지독한 피비린내가 났다. 한 번 사로잡히면 절대 벗어날 수 없는 강렬함. 천사의 손길처럼 다가와 파멸의 길로 이끌 극독. 그는 본능적으로 느꼈다.

'같은 세이렌이라도 급이 달라.'

저 노래는 사람들을 미치게 할 것이다. 귀족들을 발밑에 두고 노예처럼 부릴 수 있을 것이다. 어쩌면, 제국을 손에 넣고 멋대로 주무를 수도 있을 것이다.

"더 들려줘! 더, 더……!"

백작은 바닥에 굴러다니는 술병을 밟고 그대로 넘어졌다. 그리고 핏발 선 눈으로 아리아에게 손을 뻗으며 바닥을 엉금거리며 기었다. 추한 꼴이었다. 아리아는 그런 그를 무심히 내려다보았다.

'내가 여태 이런 사람을 위해 희생당했다니. 그저 부와 권력밖에 모르는 자의 탐욕을 채우기 위해서.'

코르테즈 백작. 아무것도 모르는 어린 딸을 폭력으로 다스리고, 저항할 수 없게 되자 무슨 짓이든 시켰다. 상상을 초월한 일들을. 기억 속의 그는 그녀에게 늘 커다란 산 같았는데, 지금 보니 그저 하찮고 늙은 사내였다.

"내 노래를 듣는 건 오늘 밤이 처음이자 마지막일 거예요."

아리아의 싸늘한 한마디에 그는 뒤늦게 무언가 깨달은 얼굴을 했다.

"자, 잠깐만 이 노래는……."

'그래, 잘 알고 있겠지.'

백작이 가장 처음으로 알려 준 노래였다. 알아서는 안 될 진실을 알아챈 귀족을 처리할 대 요긴하게 쓰라고.

"이제 모든 걸 잊게 될 테니까."

"안 돼! 무슨 짓이야."

그가 다급하게 외쳤으나, 아리아는 아랑곳하지 않고 다시 노래를 부르기 시작했다.

"신기루 같았던 노랫소리.
밤이여 사라졌네, 환상의 그대."

방금 보고 듣고 느낀 모든 기억의 조각들이 그의 안에서 허물어졌다. 몽롱한 기운이 온몸을 뒤덮고 기억은 흔적도 없이 사라졌다.

"모든 건 꿈이었다니."

"아니야, 꿈이 아니다. 그토록 갈망하던 세이렌이 바로 여기 있잖아."

백작은 어떻게든 망각의 노래를 떨쳐 내기 위해 귀를 틀어막고 필사적으로 중얼거렸다. 저 목소리. 저것만 손에 넣으면 난 지금까지와 비교도 하지 못할 명예, 영광, 권력, 부를…….

하지만 아리아는 그의 노력을 비웃듯이 마지막 소절에 모든 요력을 끌어냈다.

"아아, 모든 건 꿈일 뿐이었다네."

그는 압도적인 요력에 짓눌려 휘청거리다가 목에 핏대를 세우며 소리쳤다.

"세이렌!!!"

마지막 힘을 쥐어짠 절규 같은 외침을 끝으로 아리아를 보던 눈은 백치처럼 흐려졌다.

노래는 끝났다.

친혈육의 뒤늦은 후회 따위는 들을 필요도 없었다. 용서를 구할 기회도 주지 않을 생각이었으니까. 아리아는 이지를 잃고 멍청해진 백작을 보며 싸늘하게 물었다.

"인어의 눈물은 어디 있죠?"

"인어의 눈물…… 내 침실 침대 옆 탁자 서랍…… 상자 속……."

"열쇠는?"

그는 몽롱하게 풀린 눈으로 자신의 품을 더듬어 작은 열쇠를 꺼냈다. 아리아는 열쇠를 들고 곧바로 백작의 침실로 달려갔다. 그리고 보석 상자 속에서 무지갯빛 광택이 도는 진주 귀걸이를 발견했다.

'찾았다, 인어의 눈물.'

그녀가 아버지에게 한 번도 반항하지 못했던 건, 전부 '인어의 눈물'이라는 귀걸이 때문이었다.

인어의 눈물은 세이렌이 부른 노래의 효력을 전부 되받아친다. 그것도 소유자에게 해를 끼치는 종류의 노래, 세이렌이 악의를 담아 부르는 노래만. 그래서 이 귀걸이를 착용하고 있으면 절대 그 사람을 공격할 수 없었다.

'어머니가 돌아가신 직후라서 아버지에게서 벗어날 수 있었어.'

역설적이게도.

백작은 인어의 눈물을 한시도 몸에서 떼놓지 않았지만, 아리아의 어머니, 소피아가 죽은 이후에는 빼놓고 살았다. 다리아가 세이렌이란 것을 알게 된 뒤로는 다시 매일 착용했지만.

'어머니……'

아리아는 목에 걸고 있던 로켓 목걸이를 잠시 손가락으로 쓸었다.

'며칠만 더 일찍 돌아왔더라면.'

하지만 이너 고개를 저었다. 조금만 더 일찍 돌아왔거나 조금만 늦게 돌아왔다면 지금처럼 순조롭게 백작의 손아귀에서 벗어날 순 없었을 거다. 욕심내지 말고 이 기적 같은 기회를 놓치지 않는 게 중요했다. 아리아는 구 걸이를 품속에 챙겼다.

정말 열 살의 봄으로 돌아왔다. 아리아는 백작의 방에서 가져온 신문을 내려놓으며 두근거리는 심장에 손을 얹었다.

'지옥에나 떨어질 줄 알았더니.'

신을 부정했는데, 벌을 받기는커녕 새로운 기회를 얻었다. 말도 안 되는 일이었다. 이젠 얼굴에 한쪽을 다 덮는 화상 자국이 생기지도 않을 테고, 다리가 으스러질 일도 없을 것이다.

'미래를 바꿀 수 있어.'

아리아는 감회가 새로웠다. 그녀의 인생 전체를 좌우했던 어린 시절 악몽이, 이토록 보잘것없고 하찮은 것이었다는 사실이.

'이제, 뭘 하지.'

그녀는 고민에 잠겼다. 태어난 이후로 하루도 빠짐없이 마신 극소리를 잃게 만드는 물약. 그 물약으로 인해 아리아는 시한부가 되었다. 그건 시간을 되돌아온 지금도 변하지 않는 사실이었다.

'스무 살 전후에 죽을 테지.'

그렇다면, 어떻게 해야 남은 삶을 의미 있게 보낼 수 있을까. 한 가지 확실한 건, 유일하게 남은 세이렌이라는 사실을 누구에게도 들켜서는 안 된다는 것이다.

'내 노래는 사람을 미치게 하니까.'

세이렌의 노래는 사람을 홀리고 중독시킨 뒤, 미치게 만들어 타락시킨다. 아리아는 그런 상황에 진절머리 나 있었다. 이젠 누구도, 미치게 만들고 싶지 않았다.

"세이렌, 네 노래를 들으면 미쳐 버린다고 들었다."

그때였다.

"그럼 난 상관없겠군. 원래부터 미쳐 있었으니까."

그녀는 죽어 가던 순간에 들었던 목소리를 떠올렸다. 본래의 색을 잃은 듯 탁하게 흐려진 회색 눈동자. 오직 살육에만 반응하며 형형하게 빛나던 눈빛. 취한 듯 반쯤 풀린 눈으로 멍하니 허공 어딘가를 배회하던 시선. 제정신으로 버티지 못하겠다는 듯, 약물에서 손을 떼지 못하는 모습까지도.

'로이드 카르데나스 발렌타인.'

대공자였던 그가 대공의 작위를 물려받은 것은 고작 열여덟의 나이였다. 지금으로부터 4년 뒤, 대공국의 모든 발렌타인 혈족과 수하, 사용인들이 몰살당하는 사건이 터지기 때문이었다.

제국민들은 그 사건을 두고 '발렌타인 사변'이라고 불렀다. 그 참상에서 유일하게 살아남은 사람이 바로 로이드 발렌타인이었다. 당연히 그는 범인으로 지목당한다.

'아무런 처벌도 받지 않았지만.'

그 사건은 발렌타인 대대로 대물림된 악마의 광기가 극에 달한 것이라고 모두가 입을 모아 말했다. 하지만 황제조차 대공국 안에서 벌어지는 기이한 일을 그저 묵인했다. 그 말은 다시 말하면, 발렌타인 가문은 불가침의 영역이라는 거였다.

'어쩌면 그게 사실일 수도 있고.'

정말로 그가 악마와 엮여서 자신의 부모와 친척, 수하, 사용인들을 모조리 다 죽였을 수도 있었다. 아리아가 죽기 전에 보았던 대공의 압도적인 힘을 떠올리면, 모두가 그를 의심할 만도 했다.

'하지만, 그는 아무것도 바라지 않았어.'

욕망, 열망 없이 악마와 계약을 하는 사람이 어디 있겠는가. 그는 심지어 아리아처럼 분노와 복수심에 불타 있지도 않았다. 그렇다고 체념도 아니었다.

'그냥, 텅 비어 있었어.'

그 무엇도 원하지도 바라지도 않는 눈을 하고서, 그녀에게 대신 복수해 주겠다고 제안했을 뿐이었다.

악마의 유희처럼.

그런 그가 발렌타인 사변을 일으켰을 거란 생각은 들지 않았다.

'아무것도 바라지 않는 남자.'

아리아는 잿빛으로 물들어 버린 그에게 희망의 불꽃을 틔워 주고 싶었다. 그가 희망을 보여 주었던 것처럼.

'난 천국도 지옥도 아닌 그저 당신이 누릴 수 있었던 행복을 보여 주고 싶어.'

날 받아들여 준다면, 내 얼마 남지 않은 생을 태워, 당신을 위해 살아가도 되는 걸까. 아리아는 생각했다. 그렇다면 바닥까지 타락

해도 좋으니 그를 빛낼 밤이 되고 싶다고.

⚜

"가주님께서 미치셨나 봐."

다락방에 하녀 여러 명이 들어오자 낡은 마룻바닥이 삐거덕거렸다. 아리아는 침대에 앉아 가만히 창밖을 응시하다가, 그들을 돌아보았다. 하녀들은 누렇게 변색된 이불 위에 접시를 아무렇게나 놓았다. 이상한 악취가 풍기는 돼지죽 같은 수프였다.

"갑자기 얘를 씻기고 꾸미래."

"대체 왜?"

"나야 모르지."

모두가 떫은 표정을 한 채 아리아를 위아래로 훑어보았다. 아이는 이 저택의 유령이었고 굳이 존재 이유를 따지자면 백작의 화풀이 대상이었다. 그런데 지금 와서 시중을 들라니?

"설마 뒤늦게 혈육으로 인정해 주시려는 건 아니겠지?"

"에이, 그럴 리가."

"맞아. 가문의 수치를 기록에 남기는 일은 죽었다가 깨어나도 없을 거라고 하셨잖아."

"역시 주정이 아닐까? 마님께서 돌아가신 이후로 매일같이 술만 드셨으니까."

"마님을 대신하려는 거 아닐까? 곁에 두는 관상용 인형 같은 거지."

아리아는 관리를 전혀 받지 않아도 세이렌의 핏줄인 게 티가 났다. 허리까지 물결처럼 흐르는 결 좋은 머리카락은 정원을 온통 봄 기운으로 물들인 벚나무를 닮았다. 눈동자는 마치 핑크 사파이어를 정밀하게 세공하여 박아넣은 듯 영롱했다. 그리고 꽃샘추위에 발갛게 물든 뺨은 잘 익은 복숭아 같았다.

　누구도 부정할 수 없는 사랑스러운 외모. 아이의 외모는 봄이 되면 더 빛을 발해서 마치 봄의 요정 같다는 인상을 주었다.

　'세이렌.'

　전설처럼 전해지는 그들 종족을 설명할 때, 모두가 입을 모아 말했다. 경이로울 정도의 미모라고. 한 번 시선을 사로잡히면 발걸음을 멈추고, 음성을 들으면 헤어나올 수 없었다고.

　'한때는 전설에 불과했지.'

　하지만 아리아의 어머니, 소피아가 처음 세상에 모습을 드러낸 순간 모두가 믿을 수밖에 없었다. 아름다운 요괴 세이렌의 존재를.

　'눈 좀 봐. 정말 보석 같아.'

　한 하녀가 침대 위에 인형처럼 앉아 있는 아이를 홀린 듯이 쳐다보다가, 뒤늦게 정신을 차리고 말했다.

　"그러면 뭐 해. 말을 못하는데."

　그때였다. 누군가 다급한 발소리를 내며 달려왔다. 다락방 문이 요란하게 열리자 모두의 시선이 그쪽으로 향했다.

　"가, 가주님께서 어린 영애가 입을 법한 드레스를 구해 오라고 방금 셀리를 수도에 보냈어."

　한 하녀가 숨을 헐떡이며 말했다.

　"너 마침 잘 왔다. 안 그래도 지금 그 얘기 중이었는데……."

　"저 애…… 아니, 아가씨를 발렌타인 대공국으로 보낸대."

　그 순간, 모두가 할 말을 잃었다. 약속이라도 한 것처럼 수다 소리가 동시에 뚝 멈췄다.

　"그것도 대공자비로."

　하녀들은 다 같이 아리아를 돌아보았다. 다들 안쓰러울 정도로 창백하게 질려 있었다. 그동안 아이가 학대당하는 것을 방관하고 몇 명은 동조까지 했으니 그럴 만도 했다.

"아직 대공자비를 구한다는 공문이 내려오지도 않았잖아."

하지만 하녀들은 알고 있었다. 귀족들의 결혼 적령기는 늦어도 열네 살이고 그 나이를 넘기는 경우는 거의 없다는 것을. 대공자는 올해로 열네 살이었다.

"어, 어차피 죽을 애야."

"그래 맞아. 우릴 해코지하기도 전에 악마에게 제물로 바쳐질걸."

원래 발렌타인 대공국은 한 세대에 한 번 꼭 성문을 열었다. 공국을 물려받을 대공자의 결혼 상대를 구할 때였다. 하지만 그 자리는 사실상 후계자를 낳고 죽으러 가는 자리였다.

대공과 결혼한 부인들은 아이를 낳고 얼마 지나지 않아 시름시름 앓다가 목숨을 잃었기 때문이다. 거기에 대해서는 여러 소문이 있었지만, 진실은 아무도 알지 못했다. 대공자의 신부가 되면 평생 가족이나 지인들과 인연을 끊은 채 살아야 했으니까.

'제물이나 다름없지.'

신부라는 말로 포장해도 모두가 그렇게 부르고 있었다.

"말도 못하는데 대공국 안에 평생 갇혀야 하잖아? 두려워할 게 있어?"

아리아는 하녀들의 말을 잠자코 들으며 어젯밤 일을 떠올렸다. 인어의 눈물이 없는 백작을 노래로 세뇌하는 건 숨을 쉬는 것보다 쉬운 일이었다. 날 당장 대공가로 팔아넘기라는 말 한마디만 노래에 섞어서 뱉었을 뿐.

'아버지에게 했던 것처럼 할까?'

아니, 그럴 필요도 없다. 하녀들은 '두려워할 것 없어!' 하고 자위했지만 하나같이 쩔쩔매는 표정으로 서로 시선을 교환했다.

그녀는 어깨에 메고 있던 작고 낡은 가방을 뒤적였다. 말을 못하던 시절, 의사소통을 위해 매일 메고 다니던 가방이었다. 가방 안에는 잉크병과 깃펜, 그리고 수많은 카드가 들어 있었다.

아리아는 즉석에서 카드 위에 한마디를 적어 내밀었다.

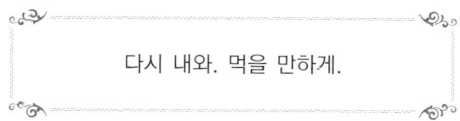

다시 내와. 먹을 만하게.

놀라 홉뜬 눈, 내가 뭘 잘못 본 건가 자신의 눈을 의심하는 표정.

"지, 지금 내게 명령하는……."

아리아는 감흥 없는 얼굴로 그들을 지켜보다가, 발 옆에 놓인 수프 그릇을 발로 툭 차서 떨어트렸다.

지금 당장.

아리아는 잔뜩 긴장한 얼굴로 홍차를 내온 하녀를 올려다보았다. 사람이 못 먹을 음식을 치워 달라고 단호하게 말했을 뿐인데, 딱히 부탁하지도 않은 티타임이 시작되었다. 이름도 모를 화려한 디저트들. 단내가 코를 찌른다.

'이러니까 귀족 영애 같네.'

새장 속 새가 아닌, 인간으로 대접을 받아 본 게 대체 얼마 만인지. 아리아는 차만 한 모금 홀짝인 뒤에 물러나라고 손짓했다.

"피, 필요한 게 있으시다면 언제든지 불러 주세요."

설마. 너희에게 만회할 기회 같은 건 주지도 않을 거야. 그녀의 시선이 차례로 자신을 교묘하게 학대했던 하녀들에게 닿았다.

'평생 내가 언젠가 복수할까 두려워해.'

아리아는 눈가를 휘어 접었다. 긴 연분홍 속눈썹 사이사이로 진홍색 눈동자가 잔잔하게 빛났다. 그녀가 식탁에 널린 디저트보다 더 달콤해 보이는 웃음을 머금자, 하녀들은 넋을 잃고 멍하니 굳어져 입을 벌렸다. 그때 꽃잎이 내려앉은 것 같은 연분홍빛 입술이 벌어졌다.

─나가.

아리아의 입 모양을 읽은 하녀들은 불에 덴 것처럼 화들짝 놀라 도망치듯이 물러났다. 발걸음 소리가 완전히 멀어졌다.

'분명 내 웃는 얼굴을 보고 온몸이 굳었어.'

역시 좀 흉한가. 아리아는 흉터가 사라진 뺨을 더듬었다.

세이렌이었던 시절, 코르테즈 백작은 아리아에게 누누이 얘기했다. 네가 상대해야 할 이들은 수도 귀족 이상이고, 그들의 심미안은 매우 까다로우며 흉한 것을 조금도 견디지 못한다고.

지금은 그때와 달리 얼굴 한쪽 면을 덮은 거대한 화상 흉터가 없었지만.

'그래도, 가리는 게 좋겠지.'

상상하지도 못한 것을 봤을 때 나오는 표정. 아리아는 그 표정을 알았다. 그녀의 가면이 우연히 벗겨졌을 때 귀족들이 지었던 표정이었다. 가면을 쓰고 생활하는 건 일상이었다. 아리아는 이번에도 그러기로 했다.

"제대로 가고는 있는 거냐?"

코르테즈 백작은 마차의 마부석 쪽 벽면을 쾅 드드리며 신경질을 냈다. 그러자 마부석에 앉아 있던 길잡이가 덜덜 떨리는 목소리로 대답했다.

"모, 모르겠습니다요. 분명 길을 따라서 쭉 가고 있는데 산맥 입구조차 벗어나지 못했습니다요……."

"네가 모르면 누가 안다는 거야!"

드디어 한계였던 모양이다. 백작은 길잡이를 향해 "당장 마차를 세워!" 하고 윽박질렀다.

산맥에 도착한 건 분명 아침이었는데 어느덧 해가 뉘엿뉘엿 지고 있었다. 며칠간 쉬지도 못하고 마차를 타고 달린 백작과 아리아는 이미 지칠 대로 지쳐 있었다.

"망할, 악마 새끼들이 콧대만 높아서. 세계적으로 지탄받는 주제에 제까짓 게 뭐라고……."

백작은 이를 갈며 살벌하게 중얼거렸다.

발렌타인은 미지의 땅이었다. 인고 산맥과 숲으로 둘러싸여 외부로부터 단절되었고, 외부인의 출입이 철저하게 금지되어 있었으니까

발렌타인 가문은 크고 작은 외교 활동이나 상단과 거래를 틀 때도 상대를 아주 까다롭게 검열했다. 당연하게도, 그들은 만나고 싶다는 백작의 연락을 깔끔하게 무시했다.

아리아는 분을 이기지 못해 씩씩거리는 백작을 보며 생각했다.

'편지의 답신조차 없지.'

코르테즈 가문은 대대로 수많은 음악가를 배출했다. 그중에서도 선대 가주인 '마에스트로 코르테즈'는 천재 지휘자이자 작곡가였다.

음악의 아버지라 불리며 지금까지도 최고의 음악가라 평가받을 정도로.

'음악의 거장인 코르테즈조차 발렌타인에겐 아무것도 아니라는 거지.'

덕분에 무시당하고는 못 견디는 백작의 성미를 제대로 건드렸다. 그는 즉시 길잡이를 구해서 막무가내로 성에 침입하려고 하는 중이었다.

"이만 돌아가는 게 좋을 것 같습니다요, 나으리."

그때 모험가 길드에서 고용된 길잡이가 말했다. 그는 처음 자신을 소개할 때까지만 해도 자신이 이쪽 업계에서 가장 실력이 좋다고 자부했다. 그러나 지금은 겁에 잔뜩 질려 있었다. 과하다고 느껴질 정도로.

"처음부터 말도 안 되는 의뢰였습쇼. 인고 산맥에서 발렌타인 성까지 가는 길을 아는 건 아무도 없습니다요. 살아 돌아온 자가 없으니까!"

길잡이에게 목숨 수당까지 더해 두둑이 한몫 챙겨 주었던 백작은 그를 죽일 기세로 노려보았다.

"그 의뢰를 받은 건 네놈이다. 선금을 그렇게 챙겨 받고 끝까지 책임질 생각이 없으면 목숨으로 갚아!"

"길잡이를 죽이시면 이곳에서 떼죽음을 당하는 건 나으리 또한 마찬가지 아닙니까요."

백작은 마차 문을 벌컥 열고 내리더니 허리에 찬 검을 뽑아 들었다. 그리고 길잡이의 목에 바짝 들이댔다.

"그럼 지금 네가 먼저 죽을지 대공성을 찾다가 같이 죽을지 결정하는 게 좋을 거다."

"허억."

백작과 길잡이가 의미 없는 실랑이를 하고 있을 때였다. 아리아의 시선은 다른 곳에 가 있었다. 그녀는 창문 너머로 팔을 뻗었다. 온 신경을 집중하니 살갗이 찌릿하고 울렸다.

'이건…… 결계?'

세이렌의 힘의 원천은 요력이다.

세이렌의 '요력'.

마법사의 '마나'.

신관의 '신성력'.

주술사의 '마력'.

모든 힘은 각자 궤가 다르지만, 에너지라는 본질은 같았다. 하나만 익혀도 경지에 오르면 다른 쪽을 감지할 수 있었다. 인고 산맥의 입구에는 거대한 결계가 마치 장벽처럼 덧씌워져 있었다.

'아마도 환상 계열의 결계.'

결계에 환상을 심으면 보통의 경우에는 계속 같은 곳을 빙빙 돌고 있다는 착각을 심어 준다. 한계에 다다른 침입자들이 서로 싸우고 죽이다가, 스스로 목숨까지 끊게 만들기도 했다.

'역시 쉽게 들여보내 줄 리 없지.'

그때였다. 숲에 깊은 어둠이 내려앉자 사방에서 짐승의 울음소리가 들려 왔다.

크르르—

마치 땅이 진동하는 듯했다.

"헉!"

"뭐, 뭐야!"

코르테즈 가문의 호위 기사들과 용병들이 동시에 검을 뽑아 들었다. 그들은 잔뜩 긴장한 얼굴로 주변을 경계했다.

"그러니까 제가 돌아가자고 했잖습니까……."

길잡이는 울상을 지으며 말했다.

"제길, 인고 산맥을 오르면 괴물에게 잡혀간단 소문이 진짜였다니."

"괴물?"

"기형적으로 생긴 짐승 말입니다요. 일반 맹수보다 몇 배나 큰……."

"뭐? 그걸 왜 이제 말해!"

"코웃음 치며 들을 생각도 하지 않으셨잖소!"

아리아 또한 들은 적이 있었다. 발렌타인 가문이 대대로 악마를 숭배하고 있다고 믿는 사람이 많은 이유 중 하나였다.

"악마의 저주 때문이야……."

누군가가 중얼거렸다.

"크아아악!"

동시에 끔찍한 비명이 터졌다.

"사, 살려……!"

순식간에 주변을 채우는 비명과 공포심을 자극하는 섬뜩한 소리. 아리아는 그들에게서 한순간도 시선을 떼지 않았는데도 무슨 일이 일어났는지 알 수 없었다. 눈으로 따라갈 수도 없는 일이 벌어졌다고 짐작할 뿐.

'무언가 시작됐어.'

그렇게 느꼈을 땐, 동시에 모든 게 끝이 난 뒤였다. 기사들과 용병들, 길잡이 할 것 없이 모두가, 차마 입에 담기 힘들 정도로 무참히 죽어 있었다.

그것은 일방적인 죽음이었다. 그 중심에, 한 남자가 서 있었다. 머리부터 발끝까지 오는 새까만 후드를 눌러쓴 채로.

"재밌군."

온몸이 딱딱하게 굳을 정도로 묵직한 목소리였다. 남자는 붉은 입꼬리를 끌어올렸다.

"언제부터 발렌타인의 위상이 이렇게까지 떨어졌지? 피라미들이 제 주제도 모르고 설칠 정도라니."

잔인하다는 단순한 말로 끝낼 것이 아니었다. 아리아는 과거의 기억이 너무 또렷하게 떠오른 나머지, 아무런 감상도 나오지 않았다.

'이 방식은 분명……'

남자의 주변으로 새파란 눈을 빛내는 짐승들이 크르르— 울었다. 길잡이가 말한 괴물이었다.

"오랜만에 개들이 포식하겠군."

남자는 괴물들을 '개'라고 불렀다. 야생 늑대처럼 생겨서 늑대보다 세 배는 더 거대해 보이는 말도 안 되는 크기의 괴물들에게.

아리아는 그와 시선이 마주쳤다.

'빛바랜 회색 눈동자.'

남자는 피의 안개를 가르고 다가와 정확하게 그녀를 가리키며 말했다.

"죽여."

살면서 이토록 무력했던 적이 있던가. 해일을 코앞에서 마주한 것처럼, 그대로 숨이 멎을 것 같은 탈력감에 아리아는 주저앉고 말았다. 동시에 낮게 읊며 서서히 포위망을 좁히는 괴물들의 떼를 보았다. 눈이 질끈 감겼다.

"끼잉—"

하지만, 고통은 전혀 없었다. 그녀는 뜨거운 콧김과 축축하고 물컹한 감촉을 느끼며 눈꺼풀을 들어 올렸다.

"헥, 헥."

괴물이 아리아의 손을 핥으며 개처럼 꼬리를 흔들었다.

"허."

남자는 어이없다는 듯 헛웃음을 터트렸다. 괴물이 바닥에 주저앉은 아리아를 따라 몸을 낮췄기 때문이다. 괴물은 거대한 앞발 위에 턱을 얹고 그녀를 물끄러미 올려다보았다. 쓰다듬어 달라는 듯이.

'살았다…….'

아리아는 가슴을 쓸어내렸다. 멀리 떨어지지 않은 곳에서 코르테즈 백작이 입에 거품을 문 채 기절해 있었다.

"갑자기 미치기라도 한 건가?"

남자는 잠시 고개를 기울이더니 옆에 있는 괴물을 발로 가볍게 툭 쳤다. 다리에 치인 괴물은 깽 하고 울더니 아리아의 등 뒤로 숨었다.

"기가 막히는군. 광견병이라니."

남자는 아리아에게 접근했다. 그가 다가올 때마다 핏빛 발자국이 수풀 위로 점점이 찍혔다. 피에 젖은 새까만 남성용 구두.

아리아는 코앞에서 멈춰 선 구두를 내려다보다가 고개를 들었다. 남자의 키가 너무 커서 고개를 한껏 젖혀 올려다봐야만 했다.

"너 대체 뭐지?"

아까까지만 해도 지루하다는 듯 반쯤 감겨 있던 눈이 그녀를 빤히 응시하고 있었다. 찰나였지만, 정교하게 세공한 유리구슬 같은 눈동자에 감정이 스쳤다. 그건 분명, 흥미였다.

"이상한 가면을 쓰고 있군."

아리아는 남자의 말처럼 얼굴을 겉도는 커다란 가면을 쓰고 있었다. 그녀의 어머니가 남긴 유품이었다.

"내 사냥개는 강한 힘에 본능적으로 반응하지. 개들이 내게 복종하는 건 세상에 내 힘을 따를 자가 존재하지 않기 때문이다."

"……."

"네가 나보다 강한가?"

그럴 리가. 남자는 강했다. 압도적으로. 아리아가 그를 처음 봤을 땐, 위압감에 짓눌려서 잠시 숨을 못 쉴 정도였다. 그녀가 가진 재능과 지식이 아무리 뛰어나다고 해도 열 살이었고, 현재 전혀 단련되어 있지 않은 상태였으니까.

"지나치게 약해 보이는데."

"……."

"벌레보다 더."

남자는 아리아를 위에서 아래로 훑어보며 말했다.

'세이렌은 동물들의 친구니까.'

동물들과 교감할 수 있는 건 세이렌의 고유 능력 중 하나였다.

'설마 악명 높은 인고 산맥의 괴물에게까지 통할 줄은 몰랐지만.'

아리아는 순한 양처럼 변한 괴물을 흘끔거렸다. 끝도 없이 주둥이를 비비고 애교를 쿠려서 정신을 차리기 힘들었다. 쓰고 있던 가면이 순식간에 침 범벅이 되었다.

사실 아리아는 동물들과 교감하는 이 능력을 사용해 본 적이 없었다. 동물과 접할 기회가 없었기 때문이다. 택작이 마차 짐칸에 늘 석궁을 보관하고서 아리아에게 동물이 다가오는 족족 쏴 죽였으니까.

"네가 불러낸 거냐? 이제는 들짐승의 도움이라도 받으려고? 하, 웃기는군. 넌 절대 내게서 못 벗어나."

아직도 뜨거운 피가 얼굴에 튀었던 감각이 또렷했다. 생기를 잃고 뻣뻣하게 굳어 가는 몸과 윤기 잃은 털까지. 아리아는 그 일을 몇 번 당한 후에 동물이라면 일단 피하고 봤다. 동물들과 교감할 생각 같은 건 해 본 적도 없었다.

'그런데 얘네는 튼튼해 보인다.'

가죽이 두꺼워 석궁에 맞아도 살아남을 것 같았다. 이쑤시개로 찌르는 것처럼 따끔한 정도 아닐까.

'좀 귀여울지도.'

그녀는 잠시 망설이다가 괴물의 머리를 쓰다듬었다. 괴물은 킁, 하면서 콧김을 뿜더니 바닥을 뒹굴며 배를 보였다.

'귀여워……'

배에 저절로 손이 갔다. 생긴 건 늑대인데, 왜 개라고 부르는지 알 것 같았다. 포근하고 몽실몽실 매끄러운 털. 아리아는 태어나서 처음 접하는 이 감촉에 중독될 것 같았다.

"쯧."

남자는 가볍게 혀를 찼다.

"그러다 파묻히겠군."

괴물은 덩치가 큰 만큼 털이 풍성해서, 그에 비해 조그마한 아리아가 점점 보이지 않고 있었다.

"자세한 건 안에서 듣도록 하지."

남자는 그녀의 뒷덜미를 붙잡고 단숨에 들어 올리면서 말했다.

"백작의 용기는 높이 사지요."

백발을 깔끔하게 넘긴 노인이 말했다. 그는 대공성의 총집사장이었다.

"살아생전 발렌타인 성에 막무가내로 침입한 건 당신이 처음입니다."

집사장은 아리아의 손에 따뜻한 머그잔을 들려 주면서 말을 이었다.

"꼬마 아가씨 덕분에 운 좋게 목숨은 건지셨군요. 감사히 여기시지요."

아리아는 얼떨결에 머그잔을 받으며 안쪽을 들여다보았다. 초콜릿 냄새가 나고 갈색 액체가 출렁였다.

'이게 뭐지.'

갈색 액체에는 하얗고 동그란 것이 둥둥 떠다니고 있었다. 손가락으로 쿡 찔러 보았다. 말랑말랑해서 흠칫하고 놀랐다.

"마시멜로입니다."

그때 집사장이 그녀의 귓가에 속삭여 주었다.

마시…… 멜론?

'맛이 멜론이라고?'

아리아가 머그잔 안쪽을 심각한 표정으로 들여다보고 있을 때였다. 벽에 삐딱하게 기대서서 그녀를 지켜보고 있던 남자가 마침내 입을 열었다.

"사냥터지기를 불러."

그는 집사장에게 명령했다.

"지금 말씀이십니까?"

"산짐승들이 다 들어 먹기 전에 내 사냥개들에게 먹이를 줘야 하니까."

설마 그 먹이라는 게…….

엉망이 된 몰골로 머리를 쥐어뜯고 있던 코르테즈 백작은 고개를 번쩍 들었다.

"이, 이런 경우가 어디 있습니까."

백작은 남자의 눈치를 살피다가 더듬거리며 말을 꺼냈다.

"저희 가문의 호위 기사와 비싼 값을 치르고 고용한 용병들이 전부 개 먹이가 되다니요!"

백작은 아리아를 살벌하게 노려보았다.

크르르─

그와 동시에 그녀의 발밑에 엎드려 있던 괴물들이 그를 위협했다. 그러자 백작은 언제 살기를 뿜었냐는 듯 얌전하게 시선을 내리깔았다.

"재차 말씀드립니다만, 백작께서도 그 개 먹이가 될 뻔한 것을 꼬마 아가씨 덕분에 살아남으신 겁니다."

집사장은 멀리서 그 모습을 한심하게 지켜보다가 한마디 덧붙였다. 그리고 이어서 해결책을 제시했다.

"즉시 배상하겠습니다."

"……."

"더 하실 말씀이라도?"

백작은 흔쾌한 제안에 잠시 말문이 막혔다.

"그럼 금액은 어떻게……."

집사장이 남자 쪽을 돌아보았다. '어떻게 할까요?' 하는 시선이었다. 남자는 귀찮다는 듯 대꾸했다.

"원하는 대로 주도록."

부르는 게 값. 백작은 입꼬리를 주체 못 하고 씰룩였다.

"사실 제 딸을 소개해 드리려고 데려왔습니다."

백작은 괴물이 두려워 차마 다가가진 못하고 눈짓 손짓을 해 가며 가면을 벗으라고 강요했다. 하지만 아리아는 미동조차 없었다. 백작은 어색하게 웃으며 재빨리 설명을 덧붙였다.

"얼굴은 나중에라도 보시면 아시겠지요. 어쨌든, 정실부인에게서 난 친딸이 맞습니다."

"왜 지금껏 숨기신 겁니까?"

"선천적으로 말을 못하니까요."

그 한마디로 모든 사정이 전부 설명되었다. 백작가 귀족도 아닌 세이렌을 정실부인으로 맞이한 이유는 단 한 가지 때문이었다. 세이렌의 능력을 손에 넣어 코르테즈 가문 대대로 둘려주기 위해서. 그런데 세이렌의 딸이 말을 못한다? 그건, 아무런 가치도 없다는 뜻이었다.

"하지만 노래는 부르지 못해도 대공자비가 되기엔 꽤 괜찮은 조건이 아닙니까."

말을 못하니 비밀을 발설할 수도 없다. 세상에 존재하지 않으니, 사라진다고 한들 누구도 알아차릴 수 없다.

"이 아이까지 더해 제대로 값을 쳐주시면 두 번 다시 대공국을 찾아올 일은 없을 겁니다."

그는 최고급 상품의 가치를 설명하는 장사치처럼 으스대며 비릿한 웃음을 머금었다.

"한 가지 흠이라면, 따로 글을 가르치지도 않았는데 멋대로 터득하더군요. 하지만 팔을 조금만 손봐 주면 얌전해줍니다."

아리아는 모든 말을 덤덤하게 듣고 있었다. 코르테즈 백작을 통해 자신의 이용 가치를 증명한 셈이었으니까. 그냥 자신을 대공가에 팔아넘기라고만 했을 뿐인데 이렇게 일을 잘해 줄 줄은 몰랐다.

'발렌타인의 입맛에 맞을 거야. 이용하고 버리기 딱 좋으니까.'

그런데 집사장, 윌리엄의 표정에서 미처 숨기지 못한 경멸이 드러났다.

"코르테즈 백작. 당신은 절차도 없이 찾아와 소란을 피우고, 발렌타인과 대공자님을 모욕했습니다."

"모욕이라니 제가 언제……!"

"백작의 무례함을 묵인한 건 당신의 아버지, 마에스트로 코르테즈 백작이 발렌타인의 후원 아래 세기의 명곡을 작곡했기 때문입니다."

백작은 새빨갛게 달아올랐다. 윌리엄이 한 말의 뜻은 '천재인 네 아버지 덕분에 살아남은 줄 알아라'이기 때문이었다. 그는 쐐기를 박듯이 말을 이었다.

"발렌타인은 예술을 사랑하고 지지하지요. 천재의 가치를 알고 존중합니다. 그러니 선을 넘지 마시지요."

여기서 더 선을 넘으면 당신 같은 둔재에겐 가차 없을 거라는 뜻이었다. 백작은 치욕스럽다는 듯 온몸을 부들부들 떨었다. 아리아는 내심 감탄했다.

'아버지의 역린을 건드렸네.'

집사장은 코르테즈 백작이 어떤 자인지 이미 파악하고 있었다. 백작은 천재인 아버지 밑에서 태어난 탓에 늘 비교당했고, 숨 쉬듯이 열등감에 사로잡혀 살아왔다.

'역시 악마성의 집사장이라 그런지 보통이 아니야.'

예고도 없이 침입한 침입자의 개인적인 치부까지 파악하고 있다니. 아리아는 살짝 긴장한 기색으로 윌리엄을 살폈다. 그 순간 서로 시선이 마주쳤다.

"아, 그렇군요. 가면 때문에 음료를 드시지 못하고 계셨던 거였습니까."

응? 긴장하고 있던 아리아는 잠시 얼빠진 얼굴을 했다.

집사장은 "대공자님께서 지난 연회 때 쓰시던 게 있을 텐데요." 하고 중얼거렸다.

"편한 가면을 따로 챙겨드릴 테니 코코아를 마저 드시지요. 몸을 따뜻하게 녹일 수 있으실 겁니다."

그는 순식간에 표정도 쾌도도 돌변해서 조곤조곤하게 말했다. 아리아는 초콜릿 냄새가 나는 액체의 이름이 코코아타는 걸 뒤늦게 알았다.

솔직히, 당황스러웠다. 성격이 그다지 좋아 보이지 않는 악마성의 집사가 그녀에게는 유독 호의적이고 친절해서.

'대체 왜?'

그때 갑자기 아리아의 발밑에 있던 괴물이 짖었다.

"컹! 웡웡!"

그리고 관심이 필요하다는 듯 꼬리로 바닥을 빗자루처럼 쓸었다. 그 광경을 지켜보던 윌리엄은 황망한 얼굴로 중얼거렸다.

"늑대인 줄 알았는데 정말 개처럼 짖기도 하는군요. 처음 알았습니다."

동시에 아리아는 깨달았다. 집사장은 괴물을 길들이는 세이렌의 능력을 높이 사고 있는 거다. 그렇다면 그 점을 이용해야지.

그녀는 어깨에 멘 가방을 뒤적거려 새 카드를 꺼냈다. 그리고 빠르게 적어 내려갔다.

전 모든 동물을 다 길들일 수 있어요.

곧바로 다음 카드로 넘겼다.

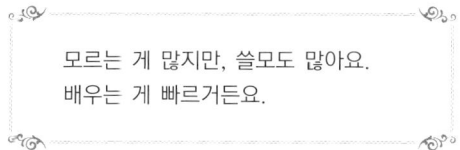

모르는 게 많지만, 쓸모도 많아요.
배우는 게 빠르거든요.

그리고 다음.

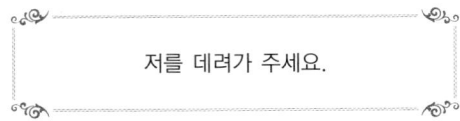

저를 데려가 주세요.

무거운 침묵이 길게 이어졌다. 숨을 쉬기가 힘들어질 정도의. 백작은 묘한 살기를 느끼고 아리아의 카드를 다급하게 뺏어 내용을 확인했다. 그는 흠칫 굳으며 인상을 구겼다.

"쓸데없는 짓 하지 말고 얌전히 있어."

그는 이를 악문 채 아리아를 작게 위협했다. 그리고 그녀의 팔을 으스러지듯 붙잡고 끌어당겼다. 괴물들이 백작을 향해 이를 드러내며 으르렁거리는 순간이었다.

"아아악!"

커다랗고 창백한 손이 불쑥 튀어나와 아리아를 떼어 내고 그의 팔을 꺾었다.

"좋다, 사지."

남자는 얼굴의 절반을 가리고 있던 검은 후드 모자를 벗으며 말했다. 아리아는 눈앞에 드러난 남자의 얼굴을 보았다.

'발렌타인 대공.'

역시, 예상대로.

남자는 로이드의 아버지였다. 사실 후드를 쓰고 있어도, 아리아는 그가 누구인지 알 수 있었다. 대공의 압도적인 힘과 위협적인 분위기가 그의 아들과 똑같았으니까.

'사람을 죽이는 방식이, 닮았어.'

그녀는 대공을 뚫어지도록 응시하며 로이드의 흔적을 찾았다.

'생긴 것도 똑같아.'

머리 색도, 눈 색도 생김새도 판에 대고 찍은 듯 똑같았다. 다른 건 머리 길이 정도였다. 로이드는 머리가 짧아 목덜미가 훤히 드러났는데, 그는 밤하늘보다 새까만 머리카락이 가슴 언저리에 닿아 있었다.

"흠."

대공은 아리아의 시선을 피하지 않은 채 빤히 마주 보았다. 마주쳐 오는 선홍색 눈동자가 얼굴이 따끔거릴 정도로 강렬했다. 대공으로서는 그의 아들들을 제외하곤 어린아이에게 단 한 번도 받아 본 적 없는 시선이었다.

"이상한 꼬맹이군. 내가 사람을 개 먹이로 준다고 한 걸 못 들었나?"

"……."

"널 죽이려고 한 건 알고?"

아리아는 당연히 죽을 각오를 하고 왔기에 고개를 끄덕이며, 대공의 소맷자락을 꼭 쥐었다. 그러자 그가 흠칫 놀랐다.

'응? 뭐지.'

대공이 그런 반응을 보일 줄은 몰라서 아리아는 더 놀랐다. 그는 그녀가 붙잡고 있는 소맷자락과 작은 손을 빤히 내려다보았다.

"계약금은 즉시 지급하겠다. 그 밖의 절차는 전부 이 자리에서 밟아."

잠시 후 대공이 입을 열었다. 그는 숨 쉬듯이 자연스럽게 명령하면서 윌리암을 향해 손짓했다.

"매번 충동적이시군요."

이런 일이 한두 번이 아닌지 집사장은 지긋지긋하단 표정을 지었다.

"그래서 불만인가?"

"그럴 리가요. 저도 꼬마 아가씨가 마음에 듭니다. 동물이 따르는 사람치고 나쁜 사람은 없지요."

그런 논리라면 대공도 나쁜 사람이 아니라는 결론이 나왔다. 아리아는 속으로 생각했다.

'그건 좀 아닌 것 같아.'

어쨌든, 윌리암은 사용인들을 시켜 금화 상자를 차곡차곡 쌓았다.

"두 번 다시는 백작을 보지 않으리라 믿겠다. 존재하지 않는 아이라고 했으니 오늘 일을 완전히 잊어야 할 거다."

대공은 나른한 얼굴로 덧붙였다.

"약속을 어긴다면, 가문을 걸고 제국의 역사에서 코르테즈를 깨끗하게 도려내지."

음악의 거장, 코르테즈를 역사에서 지우겠다는 엄청난 발언에도 그 말을 아무도 의심하지 않았다. 발렌타인이었으니까.

"잠깐, 한 가지 조건이 있습니다."

백작은 뒤로 꺾인 팔을 부여잡은 채 끙끙대며 말했다.

"아직도 할 말이 있나?"

감히, 라는 뒷말이 들린 것만 같았다. 하지만 그는 흠칫 떨면서도 집요하게 덧붙였다.

"딸을 낳으면 제게 주십시오. 어차피 딸은 작위를 물려받지 못하지 않습니까."

"……."

"제가 바라는 건 그것뿐입니다."

세이렌의 딸이 자식을 낳으면 혹시 세이렌일지도 모르니까 그런 요구를 하는 거였다.

'끝까지…… 세뇌당하고 있는 순간에도 저런 판단을 내리다니.'

아리아는 자신의 아버지가 어떤 면에선 참 대단하다고 생각했다. 그러자 그 말을 들은 대공이 고개를 끄덕이며 알 만하다는 듯 말했다.
"너도 개밥이 되고 싶은 거로군."
"뭐, 뭣!"
"원한다면 코르테즈의 역사와 함께 흔적도 없이 사라지게 해 주지."
그가 괴물들을 향해 손짓했다. 백작은 단박에 입을 다물었다.
대공은 모든 절차를 전부 집사장에게 맡긴 뒤 개들과 함께 유유히 사라졌다.
"그럼 백작은 따로 자리를 옮기시죠."
"예? 왜 굳이?"
"그야 당연하지 않습니까. 꼬마 아가씨 정서상 좋지 않을 테니까요."
"무슨……."
무슨 짓을 하려고. 백작이 차마 끝까지 뱉지 못한 뒷말이 들려오는 듯하다.
"당신 마지막 말은 하지 않은 편이 좋았을 겁니다. 그러면 적어도 곱게 보내드렸을 텐데요."
"……."
"백작에게 딸이 있었다는 사실, 아예 잊어버리심이 어떻습니까?"
그게 어떻게 가능하다는 건지 모르겠다. 하지만 집사장은 언제든 네 하찮은 기억쯤은 지울 수 있다는 듯이 말했다.
"발렌타인의 심문관이 일을 굉장히 잘하지요. 피부로 느끼실 겁니다."
그 말을 끝으로 기사들이 코르테즈 백작을 어디론가로 끌고 갔다. 처절한 비명이 울려 퍼졌다.
"그럼 가 보실까요, 아가씨?"
아리아는 인자하게 웃고 있는 집사장을 떨떠름한 표정으로 올려다보았다.

"갑작스럽게 결정된 일이라 준비가 미흡한 점, 양해 부탁드리지요. 꼬마 아가씨를 위한 방이 준비되기 전까지 잠시 이곳에서 머무실 겁니다."

귀빈을 모시는 방인 듯, 방 안은 넓고 화려했다. 가구부터 장식장, 조각품 하나하나가 눈에 띄는 고급품이었다.

'무엇보다 예술품.'

'발렌타인은 예술을 사랑하고 지지한다'라고 했던가.

역사책에서나 볼 법한 예술가들의 작품이 곳곳에 넘쳐났다. 아무렇지도 않게 널려 있었다. 미술관, 박물관이 따로 없었다.

'감정가는……'

아니, 감정하는 게 의미 없을 정도였다. 부르는 게 값일 테니까. 솔직히 조금, 의외였다. 이보다는 음침할 줄 알았으니까.

'오히려 황궁보다 화려한 거 같아.'

황궁보다 더 화려한 별궁이라니. 설마 발렌타인이 국유 재산을 좌지우지한다는 소문이 사실인 걸까?

'괴담인 줄 알았는데.'

그때 윌리암이 뒤편을 향해 손짓했다. 한 중년 부인이 뺨을 붉게 물들이며 아리아를 흘끔거리다가 다가왔다.

"저는 시녀장이자 대공자님의 유모인 다나라고 해요. 앞으로 아가씨를 옆에서 보필할 예정이랍니다."

그리고 그녀를 작고 사랑스러운 동물을 보듯 응시했다.

'시선이 간지러워.'

아리아는 어색함에 손가락을 괜히 꼼지락거렸다. 그리고 보니 세이렌이 아닌 '아리아'로서 사람을 상대하는 게 처음이었다.

"대공자님은…… 지금쯤 마님을 곁에서 간호하고 계시겠네요."

마님. 로이드의 어머니. 사람들이 입을 모아 말하는 '악마의 저주'라는 것에 의해 얼마 지나지 않아 죽을 사람이다. 지금쯤 병상에 누워 있을 것이다.

"너무 서운하게 생각하지 않으셨으면 해요. 급작스럽게 결정된 사안이라 준비가 필요하신 거예요. 아가씨께서도 아직 혼란스러우실 거고요."

다나는 그녀를 달래듯이 말했다.

'로이드는 날 환영하지 않는 모양이네.'

하긴. 원하지도 않던 신부를 누가 환영하겠는가.

"일단, 흠……."

다나는 아리아를 이리저리 살폈다. 그리고 열 살이라고는 믿을 수 없이 작고 마른 몸을 보고는 말했다.

"좋아하는 음식, 먹고 싶은 음식을 종류별로 적어서 제게 주세요."

아리아는 예상하지 못했던 요구에 멍하니 눈을 깜빡였다.

다나는 그녀를 대신해서 펜촉에 잉크를 찍어서 조그만 손에 들려 주었다.

좋아하는 음식? 먹고 싶은 음식?

'그런 거 없는데.'

아리아는 원래 식욕이랄 게 없었다. 어릴 땐 차가운 돼지죽 같은 것을 먹었고, 세이런으로 불려 다닌 시절엔 아무것도 먹고 싶지 않았다. 관심도 없었다. 세계적으로 이름을 날린 황궁 요리사가 만든 음식도 구역질이 나서 잘 먹지 못했다. 음식은 살기 위해서 먹을 뿐이다.

'음식의 종류도 잘 모르고…….'

해박한 건 술과 약물 쪽인데. 그건 알고 싶지 않아도 저절로 알게 되었다. 아리아는 음지에서 활동하는 귀족들을 만나는 일이 잦았고 애초에 그들이 벌인 파티가 건전하진 않았다. 타락한 곳에는 항상 세이렌이 노래한다는 말까지 있을 정도니까.

'너무 어려운 과제인데.'

새하얀 카드에 잉크가 번졌다. 아무것도 적지 못하자 펜촉에 맺힌 잉크 방울이 떨어진 것이다. 아리아는 어쩔 수 없이 음식을 적어 냈다.

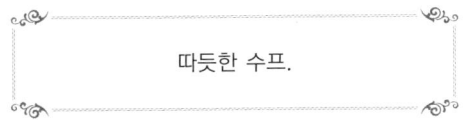

따듯한 수프.

그냥 그걸로 충분한 것 같다. 차갑게 식어 이상한 악취를 풍기는 음식만 아니면 된다고 생각했다. 그런데 아리아를 잔뜩 먹일 생각으로 행복해하던 다나가 표정을 심각하게 굳혔다.

'실망한 것 같아.'

아리아는 그녀의 눈치를 살피다가 카드 한 장을 더 적어 내밀었다.

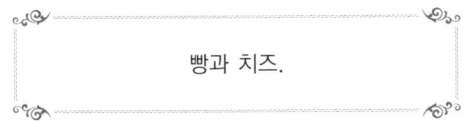

빵과 치즈.

"……."

이것도 아니야? 무난한 답변이라고 생각했는데, 다나의 표정이 더 안 좋아졌다. 그렇다면…….

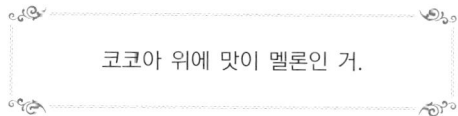

코코아 위에 맛이 멜론인 거.

"맛이 멜론이요?"

다나는 그게 뭐냐는 듯 되물었다. 아리아는 대신 설명해 주기를 바라는 시선으로 윌리암 쪽을 돌아보았다. 그는 웃는 것도 아니고 우는 것도 아닌 미묘한 표정을 지은 채 입술을 꾹 깨물고 있었다.

'뭐지?'

아리아는 집사장에게 몇 번 눈빛을 보냈지만, 소용이 없었다. 그녀는 어쩔 수 없이 글로 설명했다.

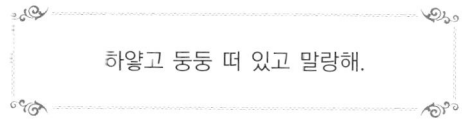

하얗고 둥둥 떠 있고 말랑해.

"푸흡, 큼. 죄송합니다."

윌리암이 고개를 들며 이상한 소리를 냈다. 다나는 이해했다는 듯 웃음을 터트리며 "아아, 맛이 멜론." 하고 아는 체를 하더니, 고개를 끄덕였다.

"네, 얼른 가져다드릴게요."

고마워.

"더 필요한 건 없으세요?"

다나가 기대 가득한 눈빛으로 계속 물어서, 아리아는 솔직하게 답할 수밖에 없었다.

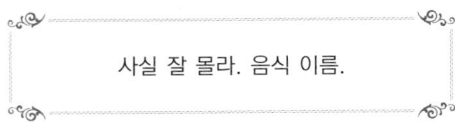

사실 잘 몰라. 음식 이름.

다나는 울 것 같은 표정으로 입매를 무너트렸다. 시녀장의 급격한 표정 변화에 아리아는 당황할 수밖에 없었다.
'이게 울 일이야?'
그녀는 재빨리 다음 카드를 내밀었다.

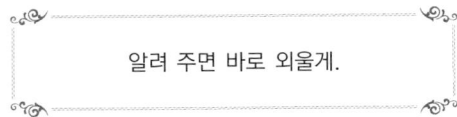

알려 주면 바로 외울게.

그 순간 아리아는 끌어안겼다. 손에 들고 있던 카드가 바닥에 떨어졌다. 이런 일은 전혀 예상하지 못했기에 몸이 뻣뻣하게 굳었다. 아리아는 태어나서 처음으로 사람을 마주 안아 봤다.
'갑자기 안다니. 이상한 사람이다.'
그런데, 부드럽다고 생각했다. 처음 개를 쓰다듬었을 때처럼 따듯하고 포근한 느낌이었다. 이상하게 그녀를 밀어낼 생각이 들지 않았다. 아리아는 얌전히 눈만 깜빡였다.
"아가씨."
"……"
"그동안 얼마나 힘드셨을까. 잘 버텨 주셨어요."
설마 위로를 해 주려는 걸까? 얼떨떨했다. 아리아가 가문에서 학대당한 건 이미 한참 전의 일이었으니까.
'어릴 때의 일이지.'

많이 울었다. 그런 시절도 있었다. 하지단 지금은 눈물조차 말라 나오지 않았다. 무던했다. 속이 답답하지도 않았다. 아무런 감흥도 없었다.

'제대로 복수하는 것브다 대공성에 무사히 오는 쪽을 택했으니까.'

성공했으니 된 거 아닐까. 다시 만날 일도 없을 쾨고.

아리아는 등을 토닥이는 손길에 당황하는 것도 잠시, 그녀의 품에 가만히 고개를 묻었다.

"이제 다 괜찮아요. 아가씨는 잘못한 거 하나도 없어요."

잔잔한 위로는 계속 이어졌다. 악마의 성에 사는 시녀장에게서 굉장히 낯선 냄새가 났다.

'햇볕에 말린 이불 냄새……'

그건 봄의 잔향을 들이켜고 햇살을 이불 삼아 덮고 싶어지는 냄새였다.

"어머!"

다나는 화들짝 놀랐다. 아리아가 새벽부터 창가에 우두커니 서 있었기 때문이다.

"어떡해. 악몽을 꾸셨나요?"

아리아는 고개를 저었다. 하지만 다나는 이미 혼자만의 착각에 빠져들었다.

"전부 제 실책이에요. 잠자리를 끝까지 지켜봐 드렸어야 했는디."

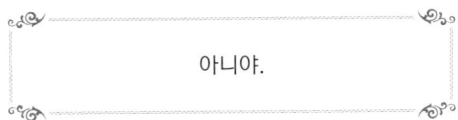

"아직 아기님이신데 제가 무심했어요. 무서우셨죠? 밤새 비도 계속 내렸고……."

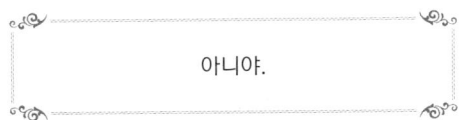

아리아는 원래 아침잠이 없었다. 열심히 [아니야] 카드를 흔들며 다나의 자책을 들으려니, 민망함에 낯이 달아올랐다.

'아기님이라니.'

아무리 과거로 회귀했다고 해도 열 살인데.

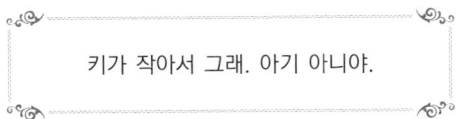

아리아는 침착하게 키가 안 큰 것뿐이라고 설명했다. 그러자 다나는 작게 웃음을 흘리며 그녀의 머리를 가볍게 쓰다듬었다.

"후후, 아기님이 아니신가요?"

"……!"

아리아는 뻣뻣하게 굳었다. 그리고 천천히 손을 뻗어 정수리를 더듬더듬 만져 보았다.

'온기가 남아 있는 것 같아.'

머리를 쓰다듬는다는 건 단순한 행동 중 하나일 뿐이라고 생각했는데. 이런 느낌일 줄은 전혀 몰랐다.

'그래서 대공의 사냥개들이 그렇게 쓰다듬어 달라고 졸랐던 걸까.'

아리아는 자신의 머리를 만지작거리면서, 다나의 손을 빤히 응시했다. 그 시선의 의미를 알아차린 다나가 물었다.

"더 쓰다듬어 드릴까요?"

아리아는 [다기 아니야] 카드를 내밀었다. 그러면서 계속 다나의 손을 흘끔거리고 있어서 다나는 웃을 수밖에 없었다.

"그런데 창밖은 왜 내다보고 계셨어요?"

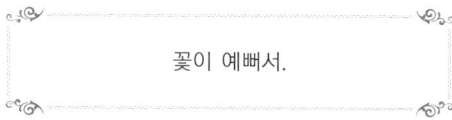
꽃이 예뻐서.

뜬금없는 말에 다나가 의아한 얼굴을 했다.

아리아는 손에 든 깃펜으로 창밖을 가리켰다. 봄장마에 젖은 새하얀 꽃이 가련하게 펼고 있었다.

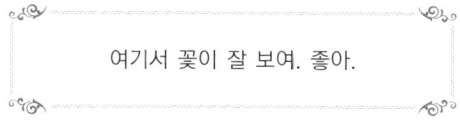
여기서 꽃이 잘 보여. 좋아.

창밖을 쳐다보는 건 그녀의 일상이었다. 평생 갇혀서 살다시피 했으니까. 남들이 보기엔 멍하니 하늘만 쳐다보는 것처럼 보일지도 모르겠지만.

"아가씨께서도 마님처럼 꽃을 좋아하시는군요? 참 잘됐네요. 대공성에는 진귀한 식물이 많답니다."

진귀한 식물……. 갇혀 지낸 세월이 너무 길었던 걸까. 아리아는 그만 반짝이는 눈으로 다나를 올려다보고 말았다.

"윽, 그렇게 애원하는 눈빛으로 보시면…….."

그냥 쳐다봤을 뿐인데 다나는 공격이라도 받은 듯한 반응을 보였다.

"아직 비가 멎진 않았지만, 정원을 소개해 드릴까요?"

아리아는 재빨리 고개를 끄덕였다.

"댁에서 귀여운 드레스를 몇 벌 가져오셨더라고요."

다나는 하녀들을 시켜 짐가방을 가져왔다. 코르테즈 가문의 마차에 실려 있던 짐가방이었다.

"평소에 즐겨 입으시는 옷은 어느 건가요?"

아리아가 저택에서 가져온 드레스는 전부 새것이었다. 평소에 즐겨 입는 옷이라면 곰팡이가 핀 누더기였지만, 설마 그걸 묻는 건 아니겠지. 그녀는 드레스를 훑어보며 잠시 망설이다가 솔직하게 답하기로 했다.

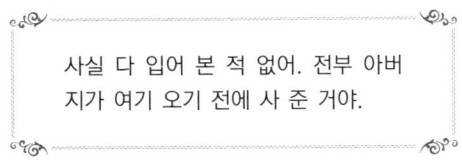

사실 다 입어 본 적 없어. 전부 아버지가 여기 오기 전에 사 준 거야.

그러자 다나가 표정을 무섭게 굳혔다.

"……다시 보니 쓰레기군요."

응? 귀엽다고 하지 않았어?

"감각이 어떻게 된 건지 사용된 옷감도 디자인도 전부 저질이에요. 발렌타인에서는 도저히 용납할 수 없는 걸레짝이라고요."

그렇게까지?

다나의 한마디에 코르테즈 백작은 순식간에 걸레짝을 산 저질이 되어 버렸다. 그녀는 하녀들에게 명령했다.

"대기하고 있는 시녀들을 불러. 아가씨의 치수를 재야 하니까."

지금 외출할 예정인데 지금부터 치수를 잰다고? 으늘 안에 나갈 수나 있을까. 그렇게 생각했는데…….

"한 시간 안에 아가씨 치수에 맞는 드레스, 실크 햇, 레이스 달린 우산을 종류별로 공스해 와."

놀랍게도 가능했다. 아리아는 모든 것이 순식간에 지나가서 상황을 이해하지 못하고 멍하니 섰다. 시녀들은 가져온 드레스를 그녀에게 대 보며 심각한 표정으로 토론했다.

"이 드레스는 어떤가요? 망토와 세트라서 비에 젖어도 괜찮을 것 같아요. 신발은 에나멜 장화로…….”

새로운 드레스들은 전부 황실에 진상되는 것과 똑같은 옷감이 사용되었다. 게다가 장식 디테일, 옷 태까지 전부 격이 달랐다.

'이렇게 직접 보니 알 것 같아.'

백작이 준 드레스는 발렌타인 시녀장의 심미안에 심히 거슬릴 만했다.

'신기해. 작은 우산이 생겼어.'

아리아는 무엇보다 하늘하늘한 레이스가 달린 하늘색 우산에 정신이 팔렸다.

'비가 오는 날에 창밖을 내다보면 사람들이 우산을 들고 다녔지.'

그녀는 우산에 부딪히는 빗소리를 듣는 게 좋았다. 토독토독, 하고. 이제 가까이서 빗소리를 들을 수 있다는 생각에 조금 설렜다.

다나는 그런 아리아를 보며 "아" 하더니, 품속에서 무언가를 꺼냈다.

"지금 쓰고 계신 가면이 불편해 보여서 급하게 만들어 봤답니다."

그건 마치 안대어 가면처럼 눈구멍을 뚫어 놓은 모양새였다. 가면보다 안대에 가까워 보이는 이유는 몽실몽실한 털이 달린 분홍색 천으로 만들어졌기 때문이다. 얼굴에 닿는 부분은 부드러운 실크로 되어 있었고, 안쪽은 솜으로 채워졌는지 폭신폭신했다.

'토끼 귀가 달렸어.'

대체 왜지. 말없이 항의하듯 다나를 빤히 쳐다보자 그녀는 빙글빙글 웃었다.

"토끼 친구랍니다. 이 아이와 함께라면 밤에도 무섭지 않을 거예요."

다나는 "악몽도 물리쳐 줘요." 하고 덧붙였다.

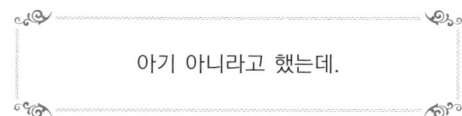

아기 아니라고 했는데.

"호호, 참 그랬죠. 아기님 아니시고 다 크셨는데 제가 그만 실수를 했네요."

"……."

아리아는 심란해졌다. 자신이 뭘 해도 사랑스럽다는 시선을 보내며 애 대하듯 어르고 달래는 사람은 태어나 처음 보았으니까.

'간지러워…….'

한 번도 받아 본 적 없는 보살핌이라 자꾸만 도망가고 싶어졌다. 자신이 뭐라고 이런 수고까지 들여 가며 정성스럽게 가면을 만들어 주는지 알 수 없었다. 아리아는 가면을 벗으라고 해도 저항할 수 없는 처지였으니까. 그래서 더 이해할 수가 없었다.

'대공부터 그랬어. 내 얼굴조차 확인하지 않았지.'

가면을 억지로 벗겨 내려 하지도 않았다. 의심도 하지 않았다. 그럴 리가 없는데.

'이런 식으로 날 시험하려는 걸지도 몰라. 사람의 본성을 보려면

잘 대해 주는 게 가장 빠른 법이니까.'

그렇다면 정신을 똑바로 차려야 했다. 방심하지 말고 동요하지도 말고 쓸모를 증명해 보여야 하니까.

'좋아, 태연하게 굴자.'

아리아는 태연하게 등을 돌려 새로운 토끼 가면으로 고쳐 썼다.

그런데 다나는 그녀의 볼을 손가락으로 장난스럽게 쿡 찌르며 말했다.

"후후, 이런 사랑스러운 장밋빛 뺨을 숨기고 계셨다니."

고작 10초 태연하게 굴었나. 아리아는 뺨을 감싸 쥐며 주춤주춤 뒤로 물러섰다.

"아, 슈가 파우더라도 묻어나올 것 같아서 그만.'

다나는 엉뚱한 소리를 하면서 웃더니 아리아의 손에 머그잔을 들려 주었다. 어제는 경황이 없어 마시지 못했던 코코아였다.

"오늘은 날이 추우니까, 따뜻한 코코아로 몸 좀 녹이고 가세요."

아리아는 기대 어린 눈빛에 부담감을 느끼며 코코아를 마셨다.

"……!"

그리고 깜짝 놀라서 잔을 들여다보았다. 코코아는 냄새 그대로 초콜릿을 그대로 녹인 것 같은 맛이었다.

하지만 이전에 맛봤던 것과는 달랐다. 초콜릿 한 조각에도 속이 울렁거린다고 느꼈는데. 지금은 혀끝에 감기는 달콤함과 끈적한 목넘김, 차오르는 포만감까지도 나쁘지 않았다.

'헛구역질이 나지 않네.'

이상하게 심장이 두근거렸다. 코코아 위에 띄워진 '맛이 멜론'도, 말랑말랑하면서 동시에 쫀득쫀득해서 입 안에서 순식간에 녹았다.

다나는 그런 아리아를 흐뭇하게 지켜보며 빙글빙글 웃었다.

"입맛에 맞으세요?"

뭐든 먹으면 토할 뿐이라 식욕이라는 게 존재하지 않는 줄 알았는데. 단 건 좋아하는구나, 나. 왠지 부끄러워졌지만, 그녀는 입가를 손등으로 닦으며 순순히 인정했다.

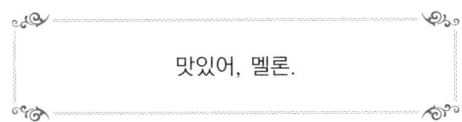

맛있어, 멜론.

"……아가씨 진지하게 너무 귀여우신 거 아니에요?"

귀, 귀여…… 귀여워?

'내가?'

그때 다나가 뺨을 붉히며 못 참겠다는 듯 손을 들어 올렸다.

'또 쓰다듬으려고?'

아리아는 긴장한 토끼처럼 몸을 빳빳하게 굳혔다. 그러면서도 내심 기대하며 벌렁거리는 심장을 부여잡고 있을 때였다.

"시, 시녀장님. 큰일입니다."

갑자기 문이 벌컥 열리더니, 한 시종이 들어와 사색이 되어 말했다.

정원은 아리아 혼자 산책하게 되었다.

"시, 시녀장님. 큰일입니다. 마님의 병세가 갑자기 위독해지셔서……."

갑자기 대공 부인의 병세가 악화되었기 때문에. 다나를 포함한 사용인들 모두 다급하게 본궁에 있는 대공 부인의 침실로 향했다. 한 명도 빠짐없이.

"잠깐 혼자 계실 수 있죠? 꽃 구경만 하고 바로 돌아오셔야 해요?"

다나는 창백하게 질린 얼굴로 그녀에게 당부했다.

아리아는 고개를 끄덕이며 얼른 다녀오라고 등을 떠밀었다.

어느새 하늘은 깜깜해지고, 빗물은 쏟아지고 있었다. 그녀는 우산 위를 두드리는 비의 노래를 들으며 본궁 쪽을 응시했다. 불쑥 걱정이 들었다. 혹시 오늘이 고비가 아닌가, 하고.

'대공 부인은 죽으면 안 돼. 내 추측일 뿐일지도 모르겠지만……'

아리아는 그녀의 죽음을 막는 것이 발렌타인 사변을 막기 위한 첫 단추일 것 같다는 생각을 하고 있었다.

'다나는 로이드가 어머니의 병간호를 하고 있다고 했어.'

분명 그는 어머니를 누구보다 깊이 사랑했으며, 죽음을 받아들일 수 없어 매일 상실감에 허덕였을 것이다.

'내가 그랬던 것처럼.'

그녀는 무의식중에 목에 건 목걸이를 꼭 쥐며 본궁을 유심히 살폈다.

'본궁 꼭대기 층.'

유일하게 불이 켜져 있는 방. 복도에서 부산스럽게 움직이는 사용인의 그림자. 저곳이 대공 부인의 처소일 거다.

'위치는 파악했다.'

하지만 당장 접근할 순 없었다. 아무리 대공이 받아들여 줬어도 아직 '외부인'에 불과했으니까. 게다가 경계가 삼엄하기도 했고.

바스락—

그 순간, 흠칫 놀라 등을 돌렸다. 분명 풀을 밟는 소리가…….

"너. 거기서 뭘 하는 거지?"

나직한 음성이었다. 오싹한 살기가 전신을 내달렸을 땐 이미 늦은 뒤였다.

"쥐새끼같이 뭘 하냐고 물었어."

마른침을 삼켰다. 목덜미가 서늘했다. 그녀가 눈동자만 굴려 천천히 시선을 내리자 목 위에는 검이 드리워져 있었다. 고개를 들었다. 맞은 편에는 한 소년이 싸늘하게 굳은 표정으로 서 있었다. 비를 그대로 다 맞고 서서.

"예상대로 모두가 혼란스러움을 틈타 행동하는군. 순순히 속셈을 밝히는 게 좋을 거야."

목 끝까지 단추를 채워 잠근 금욕적인 차림새. 기품이 서려 있는 절도 있는 움직임. 빗물에 젖어 늘어진 새까만 머리카락. 벼려진 검처럼, 날카로운 살기가 산란하는 흑요석 같은 눈동자. 달빛을 온몸으로 받아낸 소년은 서슬 퍼렇고 형형하게 빛나고 있었다.

'로이드 카르데나스 발렌타인…….'

그는 고전 명화에 나올 법한 수려한 미소년이었다. 아니, 그보다는 거친, 날것의 느낌이기는 했지만. 악마가 아닌 푸른 피, 로열, 귀족이라는 단어를 먼저 떠올리게 할.

'이런 눈빛도 할 줄 알았구나.'

약과 광기에 절어 흐트러진 모습은 온데간데없었다. 끝이 늘어지는 나른한 음성도 권태와 공허로 물들어 있던 잿빛 시선도 아니었다. 생명의 불꽃을 끝없이 태우는 살아 있는 자의 눈빛이었다.

'원래부터 미쳤던 건 아니었어.'

이런 상황을 바라고 온 건 아니었다. 아리아는 자신의 노래에 중독되어도 크게 영향을 받지 않을 사람을 찾아온 것이었으니까. 하지만 이상하게도…….

'오히려 기쁜 것 같아.'

그가 들고 있는 것은 핏물을 뚝뚝 흘리는 새빨간 검이 아니었다. 달빛에 반사되어 고결해 보일 정도로 새하얗게 빛나는 검이었다. 벅차오르는 감정에 목구멍이 시큰거렸다. 킷소리에 맞춰 심장이 아플 정도로 세차게 뛰어댔다. 소년은 짙은 어둠을 품은 눈을 하고서, 그녀의 귓가에 대고 으르렁거렸다.

"말해. 진흙탕 위에 네 머리가 굴러다니길 바라는 게 아니라면."

사위는 무덤처럼 고요해졌다. 마치 멈춘 시간 속에서 단둘이 남은 것 같았다.

"같이 지옥에나 떨어지자고."

희뿌연 연기가 시야여 아른거리고, 초점을 잃고 혼탁하게 흐려진 잿빛 눈동자와 시선이 얽혔다. 대공은 어딘지 공허하게 텅 빈 눈빛을 한 채 나른하게 웃어 보였다. 그런 환상이 보였다가, 기억 속 담배 연기와 함께 흩어졌다.

'아.'

아리아는 입술을 달싹였다. 색색거리는 숨소리단이 겨우 튀어나왔다.

'큰일 날 뻔했다.'

하마터면 말할 뻔했다.

싸아아—

뒤늦게 현실을 자각했다. 그러자 멈춘 줄로만 알았던 시간이 다시 흘러가기 시작했다.

"상황 파악이 안 되는 모양이지?"

아리아가 놀라지도 않고 태연하게 반응한 탓일까. 로이드는 표정을 굳히더니 검날을 더욱 바짝 들이댔다. 그녀의 목에서 실선 같은 피가 흘렀다.

"……."

화끈거리는 고통이 뒤따랐지만, 아리아는 아무런 소리도 내지 않았다. 아픔을 참고 신음을 억누르는 것은 익숙했기에.

"말을 못한다는 건 사실인 모양이군."

설마 시험한 건가. 아리아는 긴장한 얼굴로 그를 올려다보았다. 거기서부터 의심하는 거라면, 자신의 존재 자체를 불신한다는 뜻이었다.

'하지만 예리해. 촉이 좋은 건가?'

이마를 타고 식은땀이 빗물과 함께 턱을 타고 떨어졌다. 다나가 고심해서 골라준 드레스는 이미 옷깃이 피와 비에 젖어 엉망이 되어 있었다.

'아파…….'

조금씩 손에 힘이 풀렸다. 아리아는 들고 있던 우산을 떨어트리고 말았다.

툭.

쏴아아―

마침내 우산에 가려져 있던 아리아의 얼굴이 드러났다. 표정 없이 냉랭하기만 하던 소년이 잠시 어이없다는 기색을 비쳤다.

"……토끼?"

갑자기 등장한 토끼 가면 때문에.

"토끼……."

로이드는 상당히 어처구니없었기에 다시 한번 중얼거렸다. 억수같이 쏟아지는 비를 맞으며 덜덜 떠는 아리아를 보고 그의 미간이 점점 구겨졌다.

"토끼."

"……."

"네 본심을 밝힐 생각이라면 입 모양으로 말해. 읽을 수 있으니까."

본심? 본심이라면…….

당신을 만나기 위해 새장을 벗어나 날아왔어. 당신을 찬란하게 빛낼 밤이 되기 위해서. 나는 기꺼이 땔감이 될 테니, 당신이 밝게 빛날 수 있게 얼마든지 나를 태워도 좋아.

'그런 말은…… 할 수 없으니까.'

아리아는 로이드를 만나기 전에 내심 품고 있었던 본심을 떠올렸다. 그리고 무심코 입술을 달싹였다.

―쓰다듬어 주는 거 사실 기분 좋았어.

"……."

로이드는 그런 아리아를 미친 사람 보듯 쳐다보았다.

"무기는 다룬 적 없는 모양이군."

로이드는 아리아의 손을 만져 보며 말했다. 그리고 관찰하듯 이리저리 살폈다. 아무리 봐도 굳은살 하나 없이 말랑말랑한 어린아이의 손일 뿐이었다.

"너 정도 나이면 적어도 무기 하나쯤은 다뤄야 하는 것 아닌가?"

열 살에? 아리아는 의아해졌다.

"근육은커녕 뼈부에 없고."

열 살에 근육을 가진 쪽이 대단한 것 아닐까. 아리아는 고개를 갸우뚱 기울였다.

로이드는 그런 그녀의 손목을 잡고 위로 들었다. 그러자 팔이 쭉 딸려 올라갔다. 그는 손목을 놓고 자신의 손을 들여다보다가 미간을 구긴 채로 고개를 들었다.

"살아 있는 게 기적이야. 힘없고 맥박도 미약하군. 뼈도 약해서 강하게 잡으면 그대로 으스러질 것 같아."

"……."

"경계 바깥에서 온 인간들은 다 이렇게 약한 건가?"

로이드는 "어머니께서도 이 정도는 아니었는데……." 하고 중얼거렸다. 그녀를 보는 시선이, 마치 생전 처음 보는 희귀 동물을 보는 듯했다.

'원래 몸이 약한 편이기도 하고 학대당해서 더 약해진 것도 있지.'

아리아는 속으로 생각하며 목에 무심코 손을 댔다가, 불에 덴 듯 파드득 떨었다. 쓰라려서 찔끔 눈물이 났다.

"……."

로이드는 품속을 뒤적거리더니 네모반듯하게 접혀 있는 손수건을 꺼내 던졌다. 아리아는 휙 날아오는 손수건을 얼떨결에 잡아채고 놀란 눈을 했다.

"쓰고 버려."

수도 놓여 있지 않은 새하얀 손수건이었다. 아리아는 손수건과 로이드를 번갈아 보다가, 어색하게 목덜미를 닦았다.

그 모습을 심기 불편하게 지켜보고 있던 로이드는 그녀의 곁으로 성큼성큼 다가와 손수건을 뺏어 들었다.

"내놔 봐."

소년은 능숙하게 상처를 지혈했다. 애초에 얕은 상처였다. 핏물이 비와 섞여서 더 크게 다친 것처럼 보였을 뿐. 그는 순식간에 지혈을 끝마치고 목 위에 손수건으로 감싸 마듭지었다.

"가면은 왜 쓰고 다니지?"

로이드가 손가락으로 가면을 툭 하고 건드렸다. 벗기려는 듯한 행동에 깜짝 놀라 아리아는 뒤로 몸을 물렸다. 소년의 눈썹이 불만스럽게 까딱 치솟았다가 가라앉았다.

"너, 토끼."

비에 젖은 토끼 가면은 빗물을 울컥울컥 토해 냈다.

'솜으로 만들어서 부드럽고 몽실몽실했는데 이런 단점이 있을 줄은 다나도 몰랐겠지.'

아리아는 덩하니 생각했다. 그녀의 우스운 꼴을 보고 웃을 법도 한데, 로이드는 웃음기 없는 얼굴로 진지하게 말했다.

"시궁쥐의 먹이인가?"

그 말에 아리아는 깜짝 놀랐다. 설마 그가 거기까지 의심하고 있는 줄은 몰랐으니까. 시궁쥐는 시궁창의 주인을 뜻한다. 시궁창은 암흑가를 낮춰 부르는 말이었다.

"먹이로 길러지는 자들은 선천적으로 말을 못 하거나 혀가 잘리지."

먹이는 암흑가의 주인을 평생 모시며 따르는 수족이었다. 왜 먹이라고 부르냐 하면, 먹히기 위해 사육되니까. 그들은 이성이 없었다. 그저 시대로 다르며 기꺼이 목숨도 바치는 꼭두각시일 뿐이었다.

"코르테즈 영애의 신분으로 들어온 모양이지만 코르테즈의 명단에는 네 이름이 적혀 있지 않아. 그런데 시궁창에서 흘러들어 오지 않았다는 걸 어떻게 증명하지?"

로이드의 말처럼 지금 당장 증명할 방법이 없기는 했다.

아리아는 '그러고 보니 발렌타인이 시궁창과도 척을 졌었지.' 하고 뒤늦게 생각했다. 발렌타인은 악명이 높은 만큼 유독 적이 많았다. 그러니 로이드가 갑자기 나타난 자신을 경계하는 것도 무리가 아니었다.

"먹이인지 아닌지 구분하는 방법은 하나뿐이지."

그런 방법이 있어? 제국 각지에 침투해 있는 시궁쥐의 먹이들 때문에, 황제도 항상 골머리를 앓고 있었는데.

"시궁쥐 쳐 죽일 새끼 해 봐."

"……."

"안 해?"

"……."

아리아는 왜 그런 결론이 나는 건지 이해할 수 없었다.

"역시 먹이가 맞는 모양이군."

로이드는 피부가 따가울 만큼의 살기를 뿜으며 검 손잡이에 다시 손을 얹었다. 아리아는 재빨리 그의 손 위에 자신의 손을 겹쳤다. 예상하지 못했던 것인지 맞닿은 손끝이 움찔 떨리는 게 느껴졌다.

―욕은 태어나서 처음 해 봐.

그녀는 머뭇거리다가 눈을 질끈 감고 입술을 달싹였다.

―쳐 죽일 새끼.

처음 해 보는 욕. 직접 소리 내어 말한 것도 아닌데, 아리아는 의외로 속이 시원해졌다.

"……주어를 똑바로 말해."

―시궁쥐 쳐 죽일 새끼.

"흠."

통과인 걸까.

로이드는 탐탁지 않은 얼굴을 했지만, 검 손잡이를 쥔 손에 힘을 풀었다.

"먹이가 아니라면 꺼져."

"……."

"네 발로 나가는 게 살아남을 길이야. 발렌타인에는 너처럼 힘없고 약한 아이가 있을 곳은 없으니까."

그는 그렇게 말한 뒤, 그녀의 손을 뿌리치고 떠나갔다.

복도에 홀로 덩그러니 남겨졌다. 아리아는 그가 완전히 떠나고 나서야 움직이기 시작했다.

"대공자님께서 사라지셨다고?"

그녀가 방으로 향하는 모퉁이를 돌기 직전이었다. 하녀들이 떠드는 소리가 들렸다. 남돌래 속삭이는 비밀 이야기.

하지만 아리아의 귀에는 아주 또렷하게 들렸다. 세이렌은 몸이 약했지만 반대로 오감이 아주 뛰어났으니까. 시각, 청각, 후각, 미각, 촉각 모든 것이. 예술을 하기 위해 태어난 종족이란 말처럼 신체가 그쪽으로만 비약적으로 발달하는 것 같았다.

'로이드에겐 들키지 않아서 다행이야.'

사실 들킬 뻔했다. 가리아는 로이드가 풀 밟는 소리에 본능적으로 반응해서 그를 돌아봤으니까. 그는 자신을 추궁하느라 다행히 눈치채지 못한 듯했지만.

'힘없고 약한 아이라…….'

계속 그렇게 믿어 줬으면 했다.

"설마 또?"

"응, 마님께서 병세가 위독해질 때마다 혼자 있고 싶다고 사람들을 전부 쫓아내시잖아. 대공 전하도 대공자님도 예외는 아니지."

"오늘도 많이 죽어 나가겠네."

하녀는 한숨을 내쉬며 말했다.

"그러게나 말이다. 대공 전하께서는 기사단을 이끌고 직접 산적 토벌에 나서셨고 대공자님은 어디 계신지도 모르고."

"대공자님은 지난번에 대공성에 잠입한 첩자들을 추적해서 전부 잡아내셨잖아. 그리고 본보기 삼아 재규어 우리에 넣어 버리셨지……."

그 광경을 떠올린 하녀는 말을 하다 말고 멈춰서 어깨를 부르르 떨었다.

아리아는 속으로 생각했다.

'대공 부인에게 쫓겨나서 곁을 지킬 수 없게 된 두 부자가 화풀이를 격하게 하고 다닌다는 말로 들리는데.'

이해는 했다. 자신의 부인, 어머니가 생사를 오고 가는데, 마지막일지도 모르는데, 임종도 지키지 못하게 한다면 미칠 것 같고 속이 타들어 갈 것이다. 하지만 그렇다고 사람을 죽이고 다닌다는 건, 역시 괜히 악마 대공과 악마 대공의 새싹이 아닌 거겠지.

'나는 약해 보여서 살아남은 건가.'

운이 좋았다. 아리아는 어쩐지 손수건이 묶인 목덜미가 욱신거리는 기분이 들었다.

"마님께서 쓰러지신 게 처음이 아니고, 셀 수 없을 만큼 많은 고비를 넘기시긴 했지만. 이번엔 정말……."

"말조심해."

"하지만, 너도 알잖아. 마님께서 그런 유언 같은 말씀을 하신 건 처음이야."

두 하녀는 잠시 침묵하며 코를 훌쩍였다. 한참 뒤 한 하녀가 울음을 꾹 눌러 삼킨 음성으로 중얼거렸다.

"……응. 벚나무 밑에 묻혔으면 좋겠다고 하셨지. 봄을 기다렸는데 계속 비가 와서 속상하다고."

"봄마다 벚꽃이 피기를 기다리셨잖아."

"망할 장마. 왜 봄에 난리람."

"망할 신. 망할 세상. 멸망해라."

누가 악마의 성 아니달까 봐, 그녀들은 자연스럽게 신을 욕하고 세상의 멸망을 빌면서 점점 멀어져 갔다.

'벚꽃.'

아리아는 그 말을 듣는 순간, 정원을 산책할 때 보았던 벚나무들을 떠올렸다. 그녀는 즉시 그곳으로 달려갔다.

다행히도 아리아는 아직 호위 기사를 배정받기 전이었다. 게다가 대공 부인이 생사를 으고 가는 지금 그녀가 어디서 뭘 하는지 신경 쓰는 이는 아무도 없었다.

'그리고 다나는 정원에서 꽃구경을 해도 된다고 했으니까.'

단지 밤늦게까지 구경했을 뿐. 새벽녘이었다.

아리아는 고개를 젖혀 하늘을 올려다보다가 기대앉아 있던 벚나무에서 천천히 몸을 일으켰다. 그리고 벚나무 위에 손을 얹었다.

비바람을 맞고 꽃잎은 다 떨어졌지만 아주 거대한 나무였다. 본궁에 있는 대공 부인의 침실에서 내다봐도 충분히 보일 정도로.

'생명의 노래.'

정말 오랜만에 부르는 노래였다. 아리아는 눈을 감았다. 그리고 조곤조곤 노래를 부르기 시작했다. 온 신경을 집중하자 사방에서 살아 숨 쉬는 생명의 소리가 들렸다.

짹짹!

세이렌의 요력에 반응한 새들이 지저귄다.

찌르르—

풀벌레들은 높고 안정적인 울음으로 제 존재를 알렸다. 아리아는 손을 허공에 대고 가볍게 휘저었다. 바람이 손끝을 스쳤다. 이름 모를 풀들과 나뭇가지가 서로 부대끼며 파스스 울었다. 마치 노래에 맞춰 연주하듯이.

'신기해.'

그녀는 늘 오케스트라의 연주에 맞춰서 노래를 불렀다. 그러고 보니 바깥에서 노래를 부른 게 이번이 처음이던가.

'밖을 나갈 때는 항상 재갈을 하고 있었으니까.'

코르테즈 백작은 그녀가 혹시 도망칠까 두려워 늘 철저하게 감시했다. 석궁을 챙겨 다니며 동물이 아리아에게 접근하는 족족 잡아 죽일 정도였으니까.

백작의 구속 아래에서 노래가 허락된 장소는 도망칠 곳 없는 실내, 권력자들의 은밀한 파티가 열리는 지하, 그리고 황제의 새장 속뿐이었다.

"내가 사랑하는 플라타너스의 부드럽고 아름다운 잎이여."

아리아는 노래했다. 자유로이.
새와 풀벌레의 노랫소리를 들으며.
바람이 풀과 나무로 연주하는 가락에 맞춰.

"운명은 너희에게 빛나고 있단다."

동이 터 오고 있었다. 어두웠던 하늘에는 조금씩 밝은 빛이 번지기 시작했다.

"천둥과 번개와 폭풍우가 너희의 평안을 결코 어지럽히지 못하고."

부슬부슬 내리던 이슬비가 멎었다.

"탐욕스러운 남풍도 너희를 모독하지 못하도록. 사랑스러운 나무야."

아리아는 조심스럽게 다가가 나무 기둥 위로 귀를 바짝 댔다. 규칙적으로 울리는 심장 박동 소리를 얼핏 들은 것 같았다. 그녀의 입가에 부드러운 미소가 번졌다.
은은한 빛무리가 나무를 감싸기 시작했다. 서서히 강렬해진 빛은 태양이 내리쬐는 것처럼, 황금빛으로 나뭇잎 사이사이를 투과했다. 찬란했다.

"운명은 너희에게 빛나고 있단다."

동시에, 해가 뜨고 아침이 밝았다. 눈이 시리도록 새하얗게.
벚나무를 둘러싼 빛이 서서히 옅어지더니, 가지마다 꽃눈에서 금빛 알갱이들이 뚝뚝 떨어졌다. 그것은 얼마 지나지 않아 꽃봉오리가 되었다.
"윽!"
순간 넘어질 뻔했다. 아리아는 잠시 눈앞이 어지러워 나무를 짚었다. 계속 젖은 옷을 입고 있던 탓인지 체온이 상당히 떨어졌다. 차갑게 식은 몸이 으슬으슬 떨렸다.

'너무 과했나.'

사실 일부러 상처를 방치하고 밤새 비를 맞았다. 몸이 아프고 의식이 흐릿해지면 노래의 힘은 더 강해졌기 때문이다. 원래 인간은 위기에 몰리면 신체의 한계를 뛰어넘는 기적 같은 힘을 발휘하고는 하니까. 그것과 비슷한 원리였다.

'생각보다 몸이 버티지 못하네.'

곧 쓰러질 것 같았다. 아리아는 정신을 잃은 경험이 많은 만큼, 자신의 상태를 미리 알아차렸다. 당장 자리를 벗어나는 게 좋겠다고 생각하던 찰나였다.

바스락―

누군가 풀을 밟았다. 그녀는 정확히 소리가 들린 방향을 향해 고개를 돌렸다. 한 남자와 시선이 마주쳤다. 남자는 몽롱하게 풀린 눈빛을 하다가, 뒤늦게 낭패 어린 표정을 했다.

"너, 너, 말을 하잖아. 아니……."

"……."

"천사 같은 노래, 아니, 노래했더니 나무가……."

시종인가. 아리아는 횡설수설하는 남자의 복장을 확인했다. 그러는 사이 제정신을 차린 것인지 그는 비죽 웃으며 다가왔다.

"역시 나는 운이 좋아."

"……."

"이봐, 뭐라 말 좀 해 보시지? 입 꾹 다물고 있으면 누가 속을 줄 알아?"

약점을 잡았다고 생각한 걸까. 그는 고압적인 태도였다. 몇 번 윽박지르던 남자는 아리아가 가만히 올려다보기만 하자 포기했는지 제멋대로 떠들기 시작했다.

"어쩐지 좀 이상하다 했지. 대공자비씩이나 되는 계집애 출신이 철저하게 비밀이라는 게 말이 되냐고."

아리아의 출신은 극비였다. 집사장과 시녀장을 포함한 각 부서의 대표들만 알고 있었다. 아리아가 직접 비밀로 해 달라고 부탁했으니까.

'조심해서 나쁠 건 없으니.'

하지만 그 때문에 시종은 아리아가 귀족 출신이 아니라고 확신한 것 같았다.

"내가 지금 당장 집사장님께 일러바칠 수도 있어. 하지만 말이지."

그는 아리아를 위아래로 훑더니 꿀꺽 목울대를 울렸다. 그리고 얼굴을 바짝 들이대며 은밀히 속삭였다.

"노래 좀 더 해 봐. 어?"

"……."

"내가 부르면 와서 노래를 부르는 거지. 그러면 모르는 척해 줄게."

아리아는 비열하게 웃는 시종을 익숙하다는 듯 무심하게 응시했다.

"1억 챠르."

"……뭐?"

"내 노래 한 곡 값."

터무니없는 가격에 시종은 입을 다물지 못했다.

'무슨 노래 한 곡이 1억이야!'

그럼 노래 세 곡을 부르면 수도에 저택 한 채 사겠다!

"야, 너 상황 파악이 안 되는 모양인데……."

시종은 자신이 무고한 하녀를 도둑으로 몰아 쫓아낸 적이 있다며 무용담처럼 떠벌렸다.

시종, 토비. 타인의 치부를 찾아 찌르거나 누명을 씌워 보상받는 것이 그의 생존 방식이었다. 아리아는 흘려듣지 않았다.

"노랫값도 감당하지 못하는 네가 노래의 무게를 감당이나 하겠냐."

그리고 덤덤한 음성으로 답했다. 그 순간 아리아의 등 뒤로 하늘이 번쩍이더니 새하얀 빛줄기가 검날처럼 새겨졌다. 동시에 천둥소리가 지축을 울렸다.

쾅—!

토비는 자신을 무던히 응시해 오는 핑크빛 눈동자에 번쩍 안광이 돌자 저도 모르게 흠칫 어깨를 떨었다.

'뭐야, 천둥 번개가 쳤을 뿐이잖아.'

그런데 관계는 순식간에 역전되었다. 아리아가 시종을 향해 느긋하게 걸음을 옮겼고 그는 저도 모르게 주춤거리며 뒷걸음질을 쳤다. 그러다가 돌부리에 발이 걸려 뒤로 넘어졌다.

"자, 잠깐."

토비는 왜 자신보다 한참이나 어린 애한테 위협을 느끼는지 알 수 없었다. 아리아는 진흙 위에 엉덩방아를 찧고 꼴사납게 나자빠진 그에게 손을 뻗으며 말했다.

"하지만 적어도 네가 저지른 잘못은 감당해야지."

그녀는 그토록 원하던 노래를 선뜻 불러 주었다. 토비의 사고는 거기서 뚝 멈췄다. 그는 그대로 숨을 멈췄다.

'아…….'

며칠을 굶주리며 헤매다가 겨우 오아시스를 찾은 유목민이 심정이 이러할까. 아니면 눈앞에서 신을 목도한 광신도의 심정이 이러할까. 그가 천사의 부름에 황홀한 얼굴로 넋을 빼놓고 있을 때, 아리아는 그의 귓가에 입술을 대고 나긋하게 속삭였다.

"오늘 본 것을 넌 아무에게도 말하지 못할 거다. 가서 네 죄를 고백하고 죗값을 받아."

동시에 토비의 정신이 돌아왔다.

'죗값을 받아?'

하, 웃기는 소리!

깜찍한 토끼 가면이나 쓴 꼬맹이가 선생질하는 꼴이 우습기만 했다. 그는 큰 소리로 비웃음을 터트리려고 했다. 그런데 이상하게 목구멍이 꽉 막힌 것처럼 아무 소리도 낼 수 없었다.

'어, 뭐지? 이게 뭐야?'

그는 손을 뻗으려 했다. 건방진 꼬맹이의 머리채라도 쥘 생각이었다. 그런데 손가락 하나 까딱할 수 없었다. 아리아가 그를 길가에 돌멩이 본 듯하며 무심히 지나칠 때까지 아무것도 할 수 없었다. 발이 저절로 움직였다. 멈출 수 없었다.

'멈춰! 멈추라고!'

토비의 얼굴이 창백하게 질렸다. 몸이 꼭두각시 인형이라도 된 것처럼 제멋대로 움직였다. 미쳐 버릴 것 같은데 걸음은 태연했다. 온 힘을 다해 발악하는 속내와 달리 그의 표정 또한 평안했다.

어느새 그의 눈앞에 대공성의 치안을 담당하는 제3 기사단의 사무소가 있었다. 자연스럽게 똑똑 노크를 했다. 들어오란 소리에 들어갔다.

"무슨 일이지?"

기사단장과 잔인하기로 소문 난 심문관이 자리를 지키고 있었다.

'아, 안 돼……!'

사실 토비는 아무에게도 말하지 못한 비밀이 하나 더 있었다. 발렌타인 내부의 일을 정보상에 몇 번 유출한 것. 발렌타인은 악명이 높은 만큼 정보 하나하나가 아주 비싼 값에 팔리기 때문이었다.

'절대 들키지 않을 자신 있었단 말이야.'

시기가 아주 안 좋았다. 대공 부인이 생사를 오고 가고 있는 지금은 한참 대공과 대등자가 움직일 때였다. 배신자는 일말의 재고 없이 맹수들의 우리에 처넣어질 것이다.

'아, 맙소사, 제발! 대공자비님, 제가 잘못했습니다! 제가 다 잘못했어요!'

속으로 아무리 빌어 봤자 때는 한참 늦은 뒤였다. 도살장에 끌려가는 돼지의 심정으로, 토비의 입이 저절로 열렸다.

"저의 모든 죄를 고백하러 왔습니다."

༺❀༻

'얼굴이 뜨거워. 귀가 먹먹해.'

아가씨, 아가씨 하고 외치는 것 같기도 하고 웅성웅성 말소리가 들리는 것 같기도 했다.

'소란스럽네.'

장면이 뚝뚝 끊겼다. 아리아는 작게 신음하며 천천히 눈꺼풀을 깜빡였다. 어디선가 색색거리는 숨소리가 크게 들린다 했더니 자신의 숨소리였다.

'여기가 어디지?'

모르겠다. 눈앞이 휘청거렸다. 어디가 앞이고 뒤인지도 알 수 없었다. 그녀는 잠시 벽에 기대어 앉았다.

"……아파."

그리고 속삭이듯 중얼거렸다. 이대로 정신을 놓을 것 같았다. 쓰러지더라도 방으로 돌아간 뒤 쓰러져야 할 텐데.

"갑자기 사라졌다고?"

그 순간, 점점 흐려지던 그녀의 시야가 한순간 돌아왔다. 분명, 로이드의 목소리였다.

"갑자기, 는 아니에요. 언제부터 방에 계시지 않았던 건지는……."

그의 질문에 대답하는 목소리도 들은 적 있다. 하녀장인 베티였던가. 아리아는 베티가 발을 동동 구르는 소리도 들을 수 있었다.

"그럼 마지막은 내가 봤겠군."

"네?"

"내가 꺼지라고 협박했다. 원래 죽일 생각이었어."

"네?!"

너무나도 당당한 고백에 베티는 잠시 할 말을 잃은 듯했다. 그녀는 무겁게 침묵하며 한동안 아무런 대답도 하지 못했다.

"그, 그렇다면 잔뜩 겁에 질린 아가씨께서 어딘가에 숨어 있어도 전혀 이상하지 않겠네요……."

베티는 뒤늦게 더듬거리며 말했다.

"대공성은 아가씨께서 혼자 돌아다니시기에는 정말 너무 위험해요. 경계 바깥에서 오신 분이잖아요."

"……."

잠시 생각에 잠긴 듯 침묵하던 그는 걸음을 옮기면서 말했다.

"토끼는 내가 책임지고 찾겠다."

로이드의 발걸음이 멀어져 갔다.

'바보. 그쪽 아니야.'

아리아는 정확히 반대로 가는 소년의 발소리를 들으며 생각했다. 인기척을 낼까 생각했지만 그럴 힘조차 없었다. 그때 어디선가 구구 하는 소리 들렸다. 고개를 돌리니, 창틀 위에 눈처럼 새하얀 비둘기가 앉아 있었다.

'그러고 보니 전서구라는 게 있지.'

통신을 위해 훈련시킨 비둘기. 아리아는 멍한 머리로 생각했다.

"새야."

"구구!"

"네게 부탁할 일이 있어."

그녀는 말이 통하지 않는 짐승에게 말을 걸었다. 열에 들떠 본인이 무슨 행동을 하는 건지도 자각하지 못한 채.

"본궁 꼭대기 맨 끝방이야."

"구구!"

"작은 메시지를 보내 줘."

부디 희망의 끈을 놓지 말고 모두가 간절히 바라고 있으니 조금만 버텨 달라고. 기적을 믿어 달라고. 그런데 비둘기는 마치 아리아의 말을 알아듣기라도 한 것처럼, 풍성한 깃털의 날개를 펼쳐 창밖으로 날아갔다.

'새가 내 부탁을 들어줬어?'

설마. 그녀는 초점이 맞지 않는 눈으로 새가 날아가는 방향을 쫓았다. 동시에 무릎이 꺾였다. 몸이 무너지고, 바닥에 쾅 하고 내동댕이쳐지는 듯한 기분이 들었다.

"아가씨!"

그 순간, 멀리서 그녀를 부르며 달려오는 소리가 들렸다.

"어서 의원을 불러!"

눈앞이 점점 뿌옇게 흐려지더니 그 말을 마지막으로 의식이 멀어졌다.

노래 인용: 헨델의 오페라《세르세(Serse)》중 '그리운 나무 그늘이여(Ombra mai fu)'.

제2장

쾅!

창문이 요란한 소리를 내며 흔들렸다. 돌멩이를 던지기라도 한 것처럼. 마침 창가에 서서 몰래 눈물을 훔치고 있던 시녀가 흠칫하고 놀랐다.

"뭐, 뭐야."

시녀는 고개를 돌렸다. 멍청한 새 한 마리가 창문에 부딪혀 구겨져 떨어졌다가, 다시 날아와 창틀에 앉아 창문을 톡톡 쪼았다. 마치 이쪽을 봐 달라는 것 같았다.

'잠깐, 저거 전서구잖아?'

전서구는 본궁에 올 수 없었다. 무조건 서쪽 탑으로 날아가도록 훈련받을 테니까. 그런데 이 새는 뭘까. 심지어 다리에는 쪽지도 묶여 있지 않았다.

'역시 새대가리라는 건가.'

시녀는 쉿쉿 하면서 새를 위협하며 쫓으려고 했다. 하지만 전서구는 아무리 팔을 휘둘러도 꼼짝도 하지 않았다. 심지어 부리로 유리를 긁으며 신경에 거슬리는 소리를 냈다가, 시끄럽게 울어대며 날개로 창을 팍팍 쳐댔다.

"이 미친 새가……!"

"무슨 소란이냐."

그와 동시에 콜록거리는 기침 소리가 연달아 터졌다. 발렌타인 성의 안주인, 사비나였다.

"죄, 죄송합니다!"

"사과는 되었다. 새가 어쨌다고?"

그녀의 숨결은 금방이라도 끊어질 듯 옅고 음성은 갈라져 있었다. 살짝 흐트러진 휘장 틈 사이로 사비나의 모습이 언뜻 비쳤다. 안쓰러울 정도로 비쩍 마른 손가락은 말라붙은 나뭇가지를 연상하게 했다.

"그, 그것이 전서구가 창문에 부딪히며 행패를 부리고 있습니다."

새가 행패를 부린다는 황당한 소식이었다. 좀처럼 웃을 일이 없는 사비나도 어이가 없어서 웃었다.

"그 용감한 새 좀 보고 싶구나. 부축해 주렴."

"헉, 안 될 말입니다! 의원님이 절대 안정을 취하라고……."

"사람은 죽으면 영원히 안정을 취하게 되어 있단다."

"또 그런 말씀을."

시녀는 또 울 것처럼 얼굴을 일그러트렸지만, 이를 악물고 버텨 냈다. 마님 앞에서 꼴사납게 울 수는 없었으니까.

"어제는 운 좋게 넘겼지만 당장 오늘이 마지막이 될지도 모르지. 그러니 하고 싶은 대로 하게 놔두렴."

시간이 얼마 남지 않았다는 건, 사비나 본인이 가장 잘 알고 있었다. 그녀는 이미 체념했고, 받아들였으며, 자신의 끝을 기다리고 있었다.

"마님……."

시녀장님이 곁에 있었다면 더 단호하게 안 된다고 말해 줬을 텐데. 하필 막 자리를 비웠을 때였다. 시녀는 푹 한숨을 내쉬며 사비나를 부축해 창가 앞 의자에 앉게 도와주었다. 그런데 새는 어느새 날아가고 없었다.

'찾아내면 몰래 잡아다가 비둘기구이를 해먹을 테다.'

시녀가 남몰래 이를 부득부득 갈고 있을 때였다. 사비나가 창문을 더듬으며 물었다.

"……이건 설마 벚꽃이니?"

놀랍게도 바깥쪽 창틀에는 활짝 핀 벚꽃들이 가지런히 놓여 있었다.

"말도 안 돼요. 분명 벚꽃은 다 졌는데……."

시녀는 중얼거리다가 말고 창밖을 응시했다. 그리고 홀린 것처럼 창문을 열었다. 사비나의 눈이 한계까지 커졌다. 별궁을 따라 쭉 심어진 거대한 벚나무들이 봄바람에 분홍빛으로 요동치고 있었다. 있을 수 없는 일이 일어났다. 사람들은 그것을 기적이라고 부른다.

＊

로이드는 아리아를 처음 보았던 장소로 향했다. 어느새 그의 등 뒤를 재규어 여러 마리가 어슬렁거리며 따랐다.

"찾아."

재규어는 대답하듯 낮게 울었다. 로이드는 그렇게 명령한 뒤에 슬쩍 인상을 찌푸렸다. 머리 위로 무언가가 떨어졌다. 손으로 떼어 내어 확인해 보니 꽃잎이었다.

"이건 대체……."

그는 고개를 들었다. 꽃비가 떨어져 내렸다. 헐벗은 나무들 사이에서 오로지 벚나무만이 생명의 흔적을 틔우고 있었다.

"칼린의 장난질인가."

하지만 성의 주술사는 꽃을 피우기는커녕 흩날리는 꽃잎이 거슬린다고 태우고도 남을 자였다. 언제부터 이런 감성적인 짓을 하게 된 거지? 아니, 그자가 애초에 꽃을 피우는 주술을 배웠을 리가 없는데.

'그렇다면, 다른 누군가.'

로이드는 레이스 달린 우산을 들고 하염없이 서 있던 작은 아이를 떠올렸다. 흐드러지는 꽃들이 바람에 살랑살랑 흔들리던 그 아이의 머리카락과 닮아 있었다.

'역시, 거슬려.'

로이드는 벚나무를 올려다보며 말없이 검집에서 검을 튕겼다가 넣기를 반복했다. 달칵거리는 소리만이 정원을 울리고 있을 때였다. 재규어 한 마리가 무언가를 물고 왔다. 비에 흠뻑 젖은 가죽으로 된 작고 낡은 가방이었다.

'그 아이 거군.'

그녀는 가방끈을 생명줄이라도 되는 것처럼 꼭 쥐고 있었다. 목에 검을 들이대는 통에 떨어트린 모양이었지만.

'무엇을 숨겨 놨기에.'

독? 암기? 로이드는 망설임 없이 가방을 열었다. 가방에는 카드들과 잉크병, 꺾여서 쓸 수 없게 된 깃펜이 있었다. 평소에는 종이에 글을 적어 의사소통하는 건가.

'멍청하기는.'

이런 기록을 남겨 두면 외부에 유출될 위험이 너무 크지 않은가. 그 자리에서 태웠어야지. 로이드는 조금만 수상한 글이 보이면 바로 찾아가 추궁하고 죽일 생각으로 카드를 읽었다.

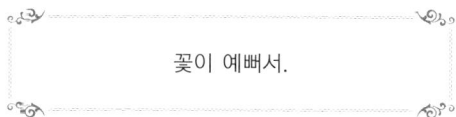
꽃이 예뻐서.

뜬금없는 꽃 타령이었다. 꽃을 좋아하는 건가.

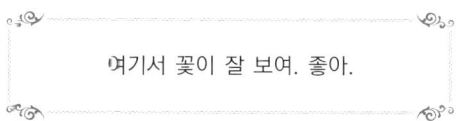
여기서 꽃이 잘 보여. 좋아.

보는 것도 좋아하고 그래서 별궁 정원에 홀로 비를 맞고 서 있었던 건가. 꽃을 보려그?

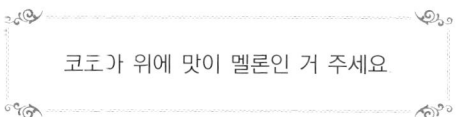
코토가 위에 맛이 멜론인 거 주세요

맛이 멜론? 무슨 스린가 해서 다음 장을 넘겼더니…….

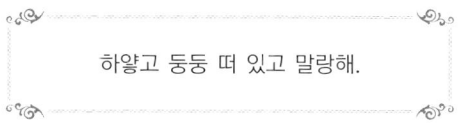
하얗고 둥둥 떠 있고 말랑해.

……마시멜로겠지

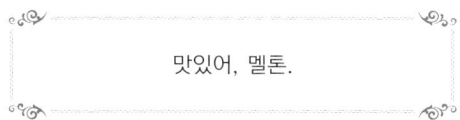
맛있어, 멜론.

마음에 들었나 보군. 멜론은 아니지만.

> 제 이름 병신 아니에요.

뒤로 갈수록 카드에는 세월의 흔적이 묻어났다. 누렇게 변색되어 모서리가 곱게 닳아 있었다.

> 제가 잘못했어요.

> 다 제 잘못이에요.

> 때리지 마세요.

> 말할 수 있도록 노력할게요.

> 말 못하는 병신이라 죄송해요.

손때가 묻어 너덜너덜하다. 카드를 적고 난 후에도 자주 꺼내서 들여다본 흔적이었다. 잉크가 눈물과 함께 번져 있었다.

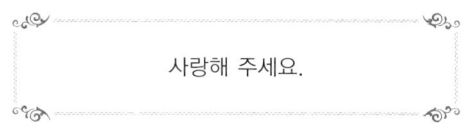

사랑해 주세요.

 어느새 카드는 마지막 장이었다. 로이드가 자리에 못 박힌 듯 멈춰 서 있을 때였다. 재규어는 그의 다리를 툭툭 치며 별궁 쪽을 고개로 가리켰다. 아리아가 그쪽에 있다는 뜻이었다.

 "……."

 잠시 말이 없던 소년의 시선이 반으로 동강 난 깃펜에 닿았다가 떨어졌다.

 아리아는 열이 올라 정신을 놓았다가 차리기를 반복했다. 두런두런 대화 소리도 들리고 누군지 모를 손길도 느껴졌다. 세이렌을 찾아온 귀족들인가.

 "노래해 줘, 나의 천사."
 "그게 끝이야? 지금 장난해?"
 "널 만나려고 전 재산을 다 털었다고. 아픈 척하지 말고 빨리 일어나."
 "죽기 싫으면 노래하라고, 당장!"

 상상인지 현실인지 모를 목소리. 아리아는 머리가 지끈거려 인상을 쓰며 천천히 눈꺼풀을 들어 올렸다.

"헉, 아가씨! 정신이 드세요?"

그리고 멍한 표정으로 눈을 깜빡였다. 왼쪽에서는 시녀장 다나, 오른쪽에서는 하녀장 베티가 그녀를 걱정스럽게 내려다보고 있었다. 다나는 이마에 엉겨 붙은 머리카락을 떼어주며, 깊은 한숨을 내쉬었다.

"무사하셔서 정말 다행이에요."

여기는 대공국이다. 아리아는 뒤늦게 인지했다.

'내 곁에서 계속 간호해 준 거야?'

온몸이 뜨겁고 눈 뜨기 버거운 날에, 곁에서 물수건으로 몸을 닦아 주는 사람이 있었다. 이젠 아파도 홀로 끙끙 앓지 않아도 된다고 말해 주는 것 같아서 아리아는 기분이 이상해졌다.

'눈에도 열이 오르는 것 같아.'

조금 울 것 같다는 생각도 들었다. 다나가 또 아리아의 머리를 쓰다듬어 주었다. 이번에는 놀라지 않았다. 그러기에 너무 따듯한 손길이라서.

아프지 말라는 듯이. 빨리 나으라는 듯이. 마치 녹아내리는 듯했다. 몸도, 속에서 끓어오르는 다른 무언가도. 흔적도 없이.

"어머, 어머."

아리아가 손길에 맞춰 고개를 기울이자, 다나는 감탄하며 중얼거렸다.

"어쩜 이렇게 사랑스러우시담."

다나는 아리아의 머리를 정신없이 쓰다듬다가 상대가 환자라는 사실을 뒤늦게 떠올렸다. 그녀는 아차 하는 표정으로 떨어져 나갔다.

"해열제를 드셔야 하니까 묽은 수프를 드릴게요."

다나가 아리아는 침대 헤드에 기대어 앉힌 뒤 직접 수프를 떠서 호호 불어 입 앞에 내밀었다. 아리아는 열에 발갛게 달아오른 볼을 하고서 떠먹이는 대로 얌전히 받아먹었다.

'아.'

우물우물 입을 움직이다 보니 뒤늦게 정신이 돌아왔다. 아리아는 가방을 찾아 황급히 주련을 돌아보았다. 하지만 보이지 않아, 급한 대로 다나의 손을 잡고 그 위에 글씨를 썼다.

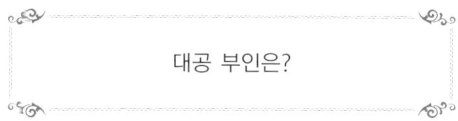
대공 부인은?

"다행히도 고비를 넘기셨어요."

'휴.'

아리아는 가슴을 쓸어내렸다. 아직 그녀가 세상을 떠날 때는 아닌 모양이었다.

"그리고 브니, 아가씨께서 잠든 사이에 대공자님께서 왔다 가셨어요."

로이드가? 아리아가 고개를 번쩍 들어 올리자 그 반동으로 토끼귀까지 함께 쫑긋거렸다. 다나는 그런 그녀가 귀여웠는지 호호 웃으며 말을 이었다.

"그리고 오다가 주우셨다고, 이걸."

그건 아리아의 가방이었다.

'대체 언제 떨어트렸지.'

열이 올라 정신이 없었나. 아리아는 가방을 받아들며 들을 적기 위해 가방 안을 뒤적거렸다. 그런데 원래 쓰던 깃펜이 아닌, 고급스러운 만년필이 튀어나왔다.

'……응?'

그녀는 열에 들뜬 환각을 보는 게 아닌 건지 눈을 비볐다. 펜촉은 금이었고, 다이아몬드로 장식되어 있었으며, 세계에서 가장 유명한 세공사 카타루나의 사인이 새겨져 있었다.

지금 당장 박물관에 전시되어도 전혀 이상하지 않을 가치의 물건이다. 다나를 쳐다볼 수밖에 없었다. 그녀는 어깨를 으쓱이며 답했다.

"집무실에서 주우신 모양이죠."

그렇구나. 발렌타인의 재력이면 이 정도 예술품도 주웠다고 표현할 수 있구나.

'황후도 카타루나의 세공품을 손에 넣으면 연회에서 종일 자랑했는데.'

아리아는 내심 감탄하며 가방을 뒤적이다가, 쪽지 한 장을 발견했다.

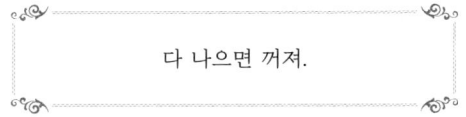
다 나으면 꺼져.

쪽지의 내용으로 봐서는 이거 먹고 떨어지라는 이별의 선물인 걸까. 다 나은 뒤에도 아리아가 사라지지 않으면 죽일 기세였다. 아리아는 다나에게 조언을 구했다.

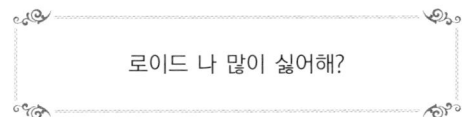
로이드 나 많이 싫어해?

다짜고짜 죽이려고 한 것 봐서 어지간히 밉보인 듯하긴 하지만. 아리아는 붕대가 칭칭 감긴 자신의 목덜미를 더듬었다.

'세이렌의 능력을 숨긴 채 있는 듯 없는 듯 살아갈 생각이긴 했

지만.'

 아무리 그래도 결혼할 상대에게 살해당하거나 쫓겨나는 건 곤란했다.

 "글쎄요. 그분의 마음은 제가 함부로 판단할 수 있는 게 못 되지만."

 다나는 일단 그렇게 답한 뒤, 덧붙여 말했다.

 "아가씨께서 디저트를 종류별로 다 맛볼 수 있게 하라고 명령하고 가셨거든요."

 다나는 "그런 게 가능할 리 없는데 말이죠."라고 중얼거리며 잠시 곤란스러운 기색을 내비쳤다.

 '마지막 만찬 같은 거 아니야?'

 아리아는 다 나오면 꺼지라는 쪽지를 내려다보았다. 아무리 생각해도, 쫓겨나면 디저트 같은 건 맛보지도 못할 테니 종류별로 맘껏 먹어 보라는 배려 같았다.

 "디저트를 종류별로 챙겨 드시려면 빨리 나으셔야죠."

 다나는 대뜸 알약을 내밀었다. 아리아는 얼떨결에 꿀꺽 삼켰다.

 "알약도 잘 드시네요. 기특하셔라."

 다나는 조그마한 병을 아리아의 품에 안겨 주며 말했다.

 '……이게 뭐지?'

 병 안에는 작고 뾰족뾰족한 색색의 알갱이들이 들어 있었다. 보석처럼 반짝거린다. 반투명한 게 세공하기 전의 원석 같기도 했다.

 "별사탕 좋아하시나요?"

 별사탕? 이게 사탕이라고? 아리아는 병 안을 의심스럽게 들여다보다가, 코르크 마개를 열어 사탕 한 개를 오독오독 씹었다. 다디단 맛이 혀끝을 맴돌았다.

 '하나 더 먹고 싶어.'

혀가 아릴 정도로 달지는 않았다. 하지만 금세 녹아 버리고 아쉬울 정도로 달콤해서 더 먹고 싶은 맛이었다. 아리아는 입맛을 다시다가 병을 소중히 서랍 안에 보관하기로 했다. 보석같이 생겨서 먹기 아까웠다.

'도토리 숨기는 다람쥐 같아…….'

그 자리에 모인 사용인들은 필사적으로 이를 악물었다. 귀엽다는 말이 치밀어 올라 참기가 힘들었다. 하지만 시녀장만 겨우 머리를 쓰다듬는 걸 허락받은 상태였다.

'아가씨를 놀라게 해선 안 돼.'

그랬다간 또 퉁한 얼굴로 [아기 아니야] 카드를 내밀지도 몰랐다. 사용인들은 언젠가 자신에게 차례가 돌아오길 바라는 마음으로, 꼬마 요정처럼 사랑스러운 아이를 흘끔거렸다.

───※───

사용인들은 아리아를 찾아올 때마다 꽃을 한 아름씩 들고 왔다.
"달리아라고 한답니다."
"프리뮬라라고 해요."
"이건 무스카리예요. 꽃말은……."

어느새 아리아가 있는 손님방은 꽃이 담긴 물병과 화분으로 가득해졌다. 꽃향기 또한 방 안을 가득 채웠다.

'처음 보는 꽃들이다.'

봄꽃도 종류가 다양했구나. 아리아는 미어캣처럼 목을 빼고 두리번거렸다. 다나는 그런 그녀의 품 안에 꽃다발을 안겨 주며 말했다.
"한동안 창가에 서 계시지 마시고 이걸로 만족해 주세요."

아리아는 순순히 고개를 끄덕였다.

"그리고 오늘부터 아가씨를 임시로 호위해 줄 기사님들이 오셨답니다."

기사들이 차례로 인사를 했다. 아리아가 혼자 비를 맞고 돌아다니다가 앓아누운 일 때문에 다나가 윗선에 말을 올려 급하게 구한 호위 기사였다. 거의 모든 기사가 아리아에게 깍듯하게 굴었지만 한 기사의 표정이 좋지 못했다.

'앙주 경이었던가.'

원래 하던 일을 놔두고 억지로 끌려와서 그런 걸까. 불만이 가득한 얼굴이었다. 그를 유심히 살피고 있을 때였다. 갑자기 코끝이 간질거렸다.

"……츄."

동시에 모두가 어리둥절한 표정으로 소리 난 방향을 돌아보았다.

"츄!"

"……"

"……츳!"

재채기가 멈추자 아리아는 작게 코를 훌쩍였다. 알레르기까지는 아니었지만 강한 향기를 들이마시면 가끔 이럴 때가 있었다. 민망함에 뺨이 살짝 붉어졌다.

"헉, 시녀장님!"

그때 베티가 다급하게 다가왔다. 그녀는 손에 「병문안 에티켓」이라고 적힌 소책자를 들고 있었다.

"이걸 보세요. 바칼에서는 꽃이 병문안 금지 품목이래요!"

"뭐? 어째서지?"

"알레르기나 감염 우려가 있대요."

"그런!"

바깥? 아리아는 간지러운 코를 소매로 문지르며 고개를 들었다. 다나와 베티가 머리를 맞대고 얘기를 주고받았다.

"하지만 마님께서도 바깥 출신이시잖아요? 제가 매일 아침 꽃병에 꽃을 갈아드리는걸요."

"영지 안에서도 몸이 약한 사람 따로 있고 강한 사람 따로 있잖아."

"잠깐, 그 말은 아가씨께서 마님보다 더 연약하신 분이시라는……."

"당장 꽃들을 치워."

다나의 명령이 떨어졌다. 하녀들은 방에 널려 있던 꽃을 전부 들고 날랐다. 아리아는 빼앗긴 꽃다발을 허망하게 바라보고 있을 때 다나는 가슴을 쓸어내리며 말했다.

"휴…… 큰일 날 뻔했네요. 저 또한 경계 바깥의 어린 분을 간호하는 건 처음이라서 실수하고 말았어요."

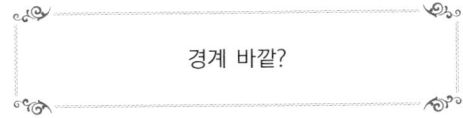
경계 바깥?

전부터 몇 번 듣기는 했지만. 아리아는 이번만큼은 그게 뭐냐고 되물을 수밖에 없었다.

"발렌타인 영지 바깥을 말하는 거예요. 경계는 발렌타인을 둘러싼 인고 산맥을 말하는 거고요."

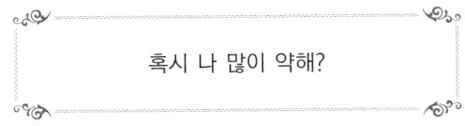
혹시 나 많이 약해?

그 질문에 다나는 웃으며 상냥하게 돌려 말해 주었다.

"대공국 출신들이 강한 거죠. 다들 건강 하나는 자신 있고 튼튼하거든요."

생각해 보면 그럴 법도 했다. 이곳에서 본 늑대들만 해도 괴물같이 크지 않았던가. 인간들도 평범하지는 않겠지.

'다들 신체 능력이 뛰어나구나.'

신체는 약하고 감각이 뛰어난 아리아와 정반대였다. 겉보기에는 평범해 보이는데 말이지. 아리아는 다나를 신기하게 올려다보았다.

"뭐, 아무리 날고 기어도 발렌타인 적통자인 분들에 비할 바는 아니지만요."

다나의 눈동자에 잠시 경외심이 스쳐 지나갔다. 그녀는 소름이 돋아난 자신의 목덜미를 쓸어내리다가 아리아를 걱정스럽게 돌아보았다.

"그런데 왜 열이 내리지 않으실까요······."

그야 아직 하루밖에 지나지 않았으니까. 아리아는 내심 생각했지만, 하녀들은 시녀장의 말에 동의하며 서로 싸웠다.

"책에 열이 나면 이불을 꽁꽁 덮고 땀을 쭉 빼야 한다고 쓰여 있었어!"

"더 열이 올라 아가씨를 죽게 만들 셈이야? 당연히 차가운 물로 목욕을 해야지!"

"너야말로 아가씨를 얼어 죽게 만들 셈이야? 당연히 방 온도를 최대한 높이고······."

그들은 바깥 출신의 연약한 아가씨의 열을 어떻게 해야 내릴 수 있을지 논쟁하고 있었다. 어차피 약도 챙겨 먹었고, 열은 언젠가 내릴 텐데 말이다.

"아가씨, 생강차를 타 왔어요."

"생강 특유의 톡 쏘는 맛이 아가씨의 속을 상하게 하면 어쩌려고?"

"그건 생각 못 했는데!"

계속 생각하지 않아도 될 것 같다. 하녀들의 상상력은 풍부했다.

"후후, 그럴 줄 알고 제가 미리 준비했습니다."

베티가 김이 모락모락 올라오는 컵을 내밀면서 말했다. 그녀의 손에는 「감기에 좋은 음식들」이라는 소책자가 들려 있었다.

"날달걀과 꿀을 넣고 거품을 내 후 우유와 버터를 섞어 만들었지요."

그녀는 경계 바깥에서 마시는 감기 특효약이라며 의기양양하게 말했다. 그러자 우물쭈물하던 하녀 한 명이 조심스럽게 물었다.

"하지만, 하녀장님. 날달걀은 감염의 위험이 있지 않을까요?"

"가, 감염?"

"식중독에 걸리실지도……."

베티가 다급히 특효약을 치웠다.

"그럼 어떻게 해야 하는 거지? 이대로 손 놓고 지켜보기만 하라고?"

하녀들은 아리아가 듣지 못하도록 머리를 맞대고 수군거렸다. 물론, 세이렌의 청력으로는 다 들리고도 남았지만.

"알겠어? 바깥사람들은 약해. 그런데 아가씨께선 약한 분 중에서도 약한 분이시라고. 이곳 기준으로 갓난아기 정도로 생각하면 될 것 같아."

……아기 아니라니까. 하지만 아리아는 아기 취급을 당해도 더는 부끄러워서 도망치고 싶은 기분이 들지 않았다. 그녀를 정말로 걱정해서 하는 말이라는 걸 알게 되었으니까.

'싫지 않아.'

손대면 부서질까 바람 불면 날아갈까, 조심조심 대하는 하녀들이.

'소중하게 여겨지는 기분.'

아리아는 한 사람으로서 존중받고 있었다. 신분의 고저와 상관없이, 세이렌의 능력과 상관없이. 웃을 생각이 없었는데 입꼬리가 부드럽게 말려 올라갔다. 아리아는 다나의 옷소매를 꾹 붙잡았다. 그리고 만지작거리고 있던 카드를 내밀었다.

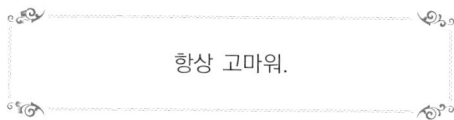
항상 고마워.

언젠가 쓰겠지, 생각하며 미리 만들어 두었던 카드. 지금 보여 줘도 괜찮을 것 같았다.

"하, 약해 빠져서는. 바깥 출신은 이래서 안 된다니까……."

그때였다. 감동 어린 사용인들의 음성 속에서 문득 낯선 목소리가 들려 왔다.

'앙주 경.'

그녀를 임시로 호위하러 온 기사가 한 말이었다. 다른 사용인들은 그 말을 듣지 못한 눈치였다. 거의 혼잣말하듯 작게 중얼거린 소리였기 때문이다. 하지만 열이 오르는 바람에 감각이 한계까지 예민해진 아리아의 귀에는 똑똑히 들렸다.

"급이 다르지, 급이. 저래서 후계자나 낳을 수 있을지 모르겠군."

아리아는 기사를 판히 응시했다. 기사는 그녀와 눈이 마주치자 살짝 당황한 기색을 보였다.

'설마 내 말이 들린 건 아니겠지.'

아니, 그럴 리가. 도저히 혼잣말이 들릴 수 없는 거리였다. 그 증거로 다른 기사들도 사용인들도 구석에서 자리를 지키고 있는 앙주 쪽은 쳐다보고 있지도 않았다. 오직 아리아만이 소름 돋을 정도로 정확하게 그를 직시하고 있었다.

'……뭐, 들었으면 어쩔 건데.'

기사는 이내 뻔뻔하게 턱을 치켜들었다. 괸한 화풀이라는 것을 알지만 어린애 뒤치다꺼리나 하기 위해 차출당했다는 것이 마음에 들지 않았다. 게다가, 출신도 불분명한 어린애라면 더더욱.

'대공자비도 아니고.'

그녀는 대공자비가 될 자격으로 성에 들어오기는 했지만, 아직 대공자비고 뭐고 뭣도 아니었다.

'지참금과 예물을 교환하지도 않은 데다가 애초에 결혼 서류조차 쓰지 않았으니.'

그녀의 아버지가 친권 포기 각서에 서명한 게 다였다. 그게 여태 아리아가 사용인들 사이에서 아가씨라고 불리는 이유였다.

'대공자님께서 목에 검상을 입혔다고 하셨지.'

기사는 아리아의 목에 감긴 붕대를 흘끗 살피고는 여유롭게 웃었다. 아무리 귀족들의 결혼이 결혼 장사라고 불린다고 하더라도, 혼인 관계를 맺기 위해선 당연히 당사자의 동의가 필요했다.

그런데 대공자가 툭 건드리면 그대로 쓰러질 것 같은 약한 아이의 목에 검을 들이댈 정도다. 어지간히 밉보였다는 뜻이다.

'그렇게나 저 계집애를 싫어하는데 쫓겨나지나 않으면 다행이지.'

결혼도 못 한 채 쫓겨날 예정이라는 게 눈에 훤했다. 대공자비 후보에게 이렇게까지 뻔뻔하게 굴 수 있는 이유였다.

'급.'

아리아는 그 단어를 속으로 되새기며 짧게 조소했다. 사람을 급으로 나누다니.

'멍청한 판단력.'

발렌타인이든 황제든 교황이든, 아무리 권세를 누린다 해도 찌르면 피가 나는 인간이다. 발렌타인이 급이 다른 특별하고 절대적인 존재라면, '발렌타인 사변'은 왜 일어났겠는가.

'왜 로이드는 미쳐 버렸는데.'

아리아는 자신을 포함해 인간은 모두 불완전하다고 생각했다. 완벽한 인간은 없었다. 아니, 인간은 다 똑같았다.

'대체 내가 귀족 출신인지 평민 출신인지, 아니면 시궁창 노예 출신인지 그게 그렇게 중요한 걸까.'

기분이 상당히 불쾌해졌다. 사용인들의 소중한 마음을 저 기사가 쓰레기통에 처박은 것 같아서. 아리아는 만년필과 종이를 꺼내 카드 몇 장에 글을 적었다. 그리고 기사를 향해 손가락을 까닥였다. 그는 심기가 불편해 보였으나 순순히 다가왔다.

"말씀하시지요. 아, 말씀을 못하시는군요. 이런 제가 실례를……."

대놓고 빈정거리면서.

"맙소사, 앙주 경. 제가 방금 제대로 들은 게 맞나요?"

"죄송합니다. 이렇지 몸이 약한 바깥 분을 뵙는 건 처음이라, 미처 배려해 드리지 못했습니다."

다나가 믿을 수 없다는 듯 되묻자, 기사는 사과하는 척 덧붙였다.

"마님께서는 발루아 가문 출신이시지 않으십니까. 대대로 훌륭한 기사들을 배출한 명예로운 가문이지요."

"그게 뭐 어쨌다는 거죠?"

그는 어깨를 으쓱였다.

"저는 단지 걱정될 뿐입니다. 마님처럼 어릴 때부터 기사 훈련을 받으며 강하게 자라 오신 분도 견디지 못하시는데, 이런 연약하신 분이…….'

"앙주 경, 거기서 한마디만 더 하신다면 오늘 일을 대공 전하게 전부 말씀드릴 수밖에 없습니다."

다나가 얼굴을 흉악하게 구기며 본격적으로 나설 때였다. 아리아는 카드를 내밀었다.

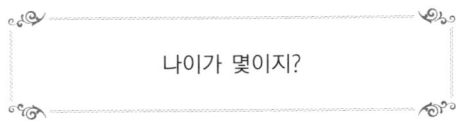
　　　　　나이가 몇이지?

　나이? 뜬금없는 질문이었다.
　"올해로 스물넷입니다만……."
　아리아가 전생에서 갓 스물이 되었을 때 죽었으니 전생까지 나이로 치더라도 그녀보다 네 살 더 많은 셈이었다. 그녀는 저도 모르게 측은한 표정이 될 수밖에 없었다.

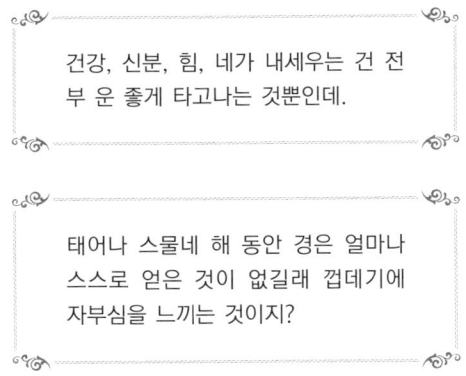

건강, 신분, 힘, 네가 내세우는 건 전부 운 좋게 타고나는 것뿐인데.

태어나 스물네 해 동안 경은 얼마나 스스로 얻은 것이 없길래 껍데기에 자부심을 느끼는 것이지?

　기사는 눈을 의심하며 느리게 눈을 깜빡였다. 설마 열 살 꼬맹이에게 들으리라고는 생각조차 한 적 없는 말이었다. 뒤늦게 말의 의미를 파악하고, 그의 얼굴이 순식간에 새빨갛게 달아올랐다.
　'……이게!'
　앙주 뷰포트. 가신 뷰포트가의 차남인 그는 제 4기사단의 기사였다. 4기사단은 어디에도 소속되지 못한 평기사들을 모은 기사단이었다. 그 탓인지 기사들 사이에서 은연중에 떨거지들이라 무시당하기 일쑤였다.

심지어 그마저도 제 실력으로 입단한 것이 아닌 세력가인 뷰포트를 등에 업은 인사이동이었다. 아리아는 그가 아무에게도 말하지 못한, 심연 깊은 곳에 품고 있는 열등감을 주저 없이 꿰뚫은 것이다.

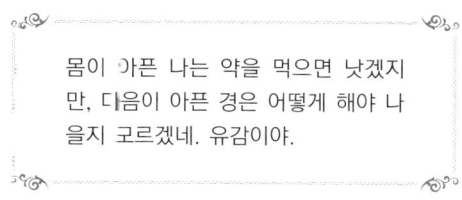
몸이 아픈 나는 약을 먹으면 낫겠지만, 마음이 아픈 경은 어떻게 해야 나을지 모르겠네. 유감이야.

"푸흡."

억눌린 비웃음 소리가 들렸다. 수치심에 부들부들 떨던 앙주 경은 무시무시한 기세로 상대를 돌아보았다. 형형한 눈빛에도 앙주 경을 비웃은 기사는 어깨를 으쓱였다.

'네가 가문 말고 별 볼 일 없는 건 사실이지 않으냐.'

그렇게 말하듯이.

'이 천한 것들이 생으로······.'

앙주 경은 이를 으득 갈았다.

'넌 얼마나 잘났기에 감히 그딴 말을 지껄여?'

평생 학대당하며 살아오다가 제 친부 손에 이끌려 제물로 팔려와 곧 빈손으로 쫓겨날 처지에!

"그럼 아가씨는 스스로 얻은 것이라도 있으십니까?"

다 큰 성인이 어린아이에게 할 법한 말은 절대 아니었다. 하지만 앙주 경은 악에 받쳐 쏘아붙였다. 그러자 아리아는 철없는 아이를 보는 듯한 시선으로 자애롭게 미소 지으며 다음 카드를 내밀었다.

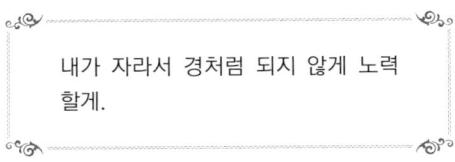

내가 자라서 경처럼 되지 않게 노력할게.

완벽한 패배였다. 그 자리에 있던 다나와 베티를 비롯한 사용인들은 놀랄 수밖에 없었다. 마냥 귀엽고 사랑스럽기만 하던 아가씨께서 이런 면이 있을 줄은 몰랐기 때문이다.

하지만 동시에 존경과 경외심이 그들 마음속에 자리를 잡았다. 특히, 아리아의 사정을 가장 잘 알고 있는 다나가 그랬다.

'같은 귀족인데도 본인이 귀족 출신이라고 해명하지 않으시고 오히려 폐하께서 부여한 작위를 껍데기라고 말씀하실 줄은.'

모든 인간의 생명은 똑같다. 그런 사상이 있지 않은 한, 할 수 없는 말이었다. 파격적인 사상이었다. 특히 신분제가 공고한 피네타 제국에서는, 더더욱.

"……뭐! 이게!"

기사는 저도 모르게 반사적으로 외친 뒤에 '헙' 하고 입을 틀어막았다.

"앙주 경, 진정 미친 것이오?"

"아가씨께 더 무례를 저지를 생각 말고 물러나 계시오."

내내 앙주 경의 만행에 불쾌한 표정을 짓고 있던 기사들까지 나섰다.

"저 계집, 아니, 아가씨께서……."

그가 온몸을 붉게 물들이며 아리아를 한 대 치고 싶다는 표정으로 노려보고 있을 때였다. 그녀는 고개를 갸우뚱 기울였다. 고민 중이었다. 그렇게나 급을 운운하니 수준에 맞춰서 급의 차이를 보여 주고 싶은데, 여기는 사람들의 시선이 너무 많고.

'나중에 몰래 찾아갈까?'

하지만 그러기에는 그럴 수고를 들일 가치도 없는 사람이었다.

'무엇보다 귀찮아.'

아리아가 무심한 시선으로 앙주 경과 실랑이하고 있는 기사들과 사용인들을 지켜보고 있을 때였다.

"……계집?"

앳된 음성이었다. 하지만 짧은 한마디에 숨기지 못할 위압감이 어려 있었다. 모두가 흠칫 놀라 소리 없이 열린 문 쪽을 돌아보았다. 문가에 비스듬히 기대어 선 소년은 정적인 시선으로 기사를 응시했다.

속을 알 수 없는 새까만 시선. 하지만 시선을 받은 앙주는 팽팽하게 당겨진 활촉 끝에 미간이라도 겨냥당한 것 같은 기분이 들었다.

'허억!'

동시에 섬광처럼 눈 깜짝할 새 뽑혀 나온 검이 목을 베어 버렸다. 목을. 베어 나간 머리, 빙글 도는 세상. 기사는 거친 숨을 몰아쉬며 자신의 목을 더듬었다.

'내…… 내 목이…….'

상처 하나 없이 머끈했다. 하지만, 그는 분명 자신의 목이 검어 베여 피를 콸콸 쏟아 내는 끔찍한 환영을 보았다.

오직, 다공자의 살기 하나에.

그리고 로이드는 그 살기가 기사의 착각이 아니라는 듯 허리에 찬 검집에서 검을 달칵 튕겨 냈다.

"제, 제가 잘못… …!"

"회개는 신의 앞에서나 해."

악마에게 용서를 구하지 말고. 검을 뽑아 사람의 말을 하는 벌레의 목을 베어 낼 때까지 걸리는 시간, 고작 1초.

그 순간이었다.

감각이 한계까지 예민해진 소년의 귓가에 이불끼리 바스락거리는 소리가 들렸다. 고개를 돌렸을 때, 그의 시선 끝에 아리아가 있었다.

"……."

그녀가 고개를 저었다. 그러지 말라는 듯.

'네가 뭔데…….'

하지만 로이드의 시선이 잠시 붕대가 감긴 아리아의 목에 집요하게 닿았다. 본인이 낸 상처였다. 소년의 눈빛이 잠시 짙어졌다. 검 손잡이를 으스러지도록 꽉 쥐었다. 하지만 끝끝내 검을 뽑지 못했다.

로이드는 그 사실을 인정할 수 없다는 듯, 잠시 화를 꾹 참는 표정으로 이를 갈았다.

"참신한 호칭이군."

"예?"

"계집, 그다음은? 어디 지껄여 보지 그래. 더 할 말이 있어 보이는데."

말할 수 있을 리가. 기사는 식은땀을 흘리며 이를 악물고 고개를 숙였다.

"말을 끝까지 안 하면 내가 착각하잖아. 경이 살기 지겨워진 줄 알고."

급한 건 없다는 듯, 로이드는 기다려 주었다. 소년을 따라온 집 채만 한 재규어가 어슬렁거리며 느긋하게 주변을 돌아다녔다. 누가 봐도 이질적인 광경인데 다들 익숙하다는 듯 방 안에 쳐들어온 재규어를 그저 바라만 보았다. 오직 앙주만이 입술까지 파랗게 질려

달달 떨고 있었다.

"히익!"

우연히 재규어의 꼬리가 다리를 스치고 지나가자, 그는 꼴사나운 비명을 지르며 부르르 떨었다. 앙주는 축축하게 젖은 손바닥을 바지 자락에 닦으며 혀로 입술을 축인 뒤 말했다.

"아, 아가씨께서 다 옳으십니다."

"그래?"

"예, 예. 지당하신 말씀을 하셨는데 제가 그 깊은 뜻을 헤아리지 못하고 감히 곡해하였습니다."

생명의 위협 앞에서 자존심이고 뭐고 없었다. 급을 운운하는 자는 급으로 찍어 누르면 찍소리도 하지 못하는 법이지. 아리아는 그럴 줄 알았다는 듯 기사에게서 시선을 돌렸다. 역시, 상대할 가치도 없는 자였다.

"그럼 경이 잘못했군."

"그, 그렇, 그렇습니다."

"어떻게 갚을 셈이지?"

"어떻게, 말입니까?"

로이드는 대답 대신 기대어 선 벽을 초침처럼 정확히 톡톡 두드렸다. 숨통을 조이는 화법이었다. 사냥감이 궁지에 몰려 스스로 덫에 뛰어들게 만드는 더없이 악마다운.

"어, 어떻게 갚을 생각이냐면……."

상대를 죽일 수 없게 되자, 지루해진 것일까. 소년은 무료한 얼굴을 하며 권태로운 시선을 허공 어딘가에 두고 있었다.

아리아는 그를 가만히 응시했다. 그러다가 그들의 시선이 또다시 딱 마주쳤다. 로이드는 슬쩍 미간을 구겼다. 아무것도 담기지 않았던 새까만 눈동자에 일순 불순물 같은 감정이 섞였다가 곧 흔적도 없이 사라졌다. 그가 중얼거렸다.

"최근에 마구간지기가 일손이 부족하다고 하더군."

"제가 가겠습니다!"

"경이? 기사가 밑으로 들어오면 마구간지기가 부담스럽지 않겠나."

앙주 경은 치욕스러움에 이를 악물며 주먹을 부들부들 떨었다.

'나보고 말의 여물이나 챙기고 똥이나 푸라고?'

앙주 뷰포트의 친모는 선대 황제의 사랑받는 조카딸로 황실을 등에 업고 있었다. 비록 황제가 승하하고 황태자가 즉위하면서 상황이 바뀌긴 했지만, 그는 아직도 그 시절에 그가 누려 왔던 영광을 기억하고 있었다.

그렇기에 그는 스스로 자신이 황족이나 다름없다고 생각하고 있었다. 마구간지기는 그가 생각하는 가장 천한 직업이었다.

'감히 나와 말을 섞기는커녕 눈조차 마주칠 수 없는 천한 놈의 조수가 되라니······.'

하지만 이것이라도 필사적으로 매달려야 살아남을 수 있다는 것을 알았다.

'거절하면 죽는다.'

야생의 감이 필사적으로 외쳤다.

"아, 이렇게 하면 되겠군. 경이 반성할 때까지 잠시 기사 작위를 내려놓는 거야."

"그런!"

"경이 반성했다고 판단하는 건 당연히 경이 무례를 저지른 사람이 되겠지. 안 그런가?"

"······."

"불만이 있어 보이는군."

"그럴 리가요. 명 받들겠습니다."

로이드는 주저 없이 말했다.

"그럼 꿇어.'

간단명료한 명령이었다. 힘의 논리로 순식간에 제압당한 앙주는 아리아 앞에 무릎을 꿇고, 땅에 이마를 박았다. 로이드는 기사 작위 부여, 박탈 권한을 아리아에게 쥐여 주고는 그대로 등을 돌렸다.

"……."

그는 미련 없이 방 밖을 나서다가 잠시 우뚝 걸음을 멈춰 섰다. 그리고 한숨을 내쉬더니 답답한 표정으로 흐트러진 앞머리를 쓸어 올렸다. 로이드는 빠른 걸음으로 아리아 앞에 성큼성큼 다가왔다.

"넌 바보냐?"

갑자기?

"그걸 왜 가만히 참고 있어."

참은 적 없었다. 나름 기사에게 할 말은 다 한- 아리아는 억울해졌다. 죽이지 말라고 한 건, 절대 기사를 동정해서가 아니었다. 그녀의 방에 피가 흩뿌려질 생각을 하니 끔찍해서 말렸을 뿐이다.

"다음부터는 누가 널 건드리든 흠씬 두들겨 패. 대공의 얼굴에 주먹을 날려도 내가 허락할 테니까."

아니 그건 좀……

'패륜 아닌가.'

아리아가 소년이 한 말이 진심인지 농담인지 가늠하는 사이어, 그는 본인이 입고 있던 코트 안쪽을 더듬어 너클을 꺼냈다. 그리고 그걸 그녀에게 주었다.

'너클을 왜 들고 다녀?'

누굴 파려고. 어이없어할 새도 없었다.

"내가 떠나 있을 동안 내 모든 권한을 네게 넘기고 가지."

그걸 외 굳이? 그렇게 묻기도 전에 그는 변경하듯 덧붙였다.

"마지막 배려니까, 내가 다시 돌아오기 전까지 그 권한을 이용해서 밖에 거처를 마련해. 다시는 발렌타인 성으로 돌아오지 말고."

로이드는 의문의 선물과 의문의 권한을 남긴 채, 재규어를 이끌고 훌쩍 떠나 버렸다. 그게 소년이 아카데미로 떠나기 전에 남긴 마지막 인사였다는 것은 조금 시간이 지난 뒤에 알게 되었다.

해도 뜨지 않은 새벽이었다. 아리아는 어디서 콕콕 두드리는 소리를 듣고 잠에서 깨어났다.

'뭐지……'

창가에서 들리는 소리. 그녀는 비몽사몽 한 얼굴로 비틀거리며 침대에서 일어났다. 눈을 비비며 창 너머를 들여다보고 있을 때였다. 다시 소리가 들렸다.

"구구!"

어라. 아리아는 눈을 휘둥그레 뜨며 창문을 활짝 열었다. 그러자 전에 보았던 새하얀 비둘기가 그녀 주위를 한 바퀴 빙 돌더니 어깨 위에 유유히 내려앉았다.

"안녕. 또 만났네."

열이 올라 쓰러지기 전에 전서구에게 신세를 졌던 것이 생각났다. 아리아는 검지를 들어 비둘기의 머리를 쓸어 주었다. 그러자 비둘기가 눈을 꼭 감으면서 그녀의 손길에 맞춰 고개를 갸웃 기울였다.

'늑대나 사람이나 비둘기나 머리를 쓰다듬으면 기분이 좋은 건 다 똑같나 봐.'

아리아는 저도 모르게 작게 웃어 버렸다.

"새에게 말을 다 걸고. 나도 참 바보 같았지."

그러자 그 말을 들은 비둘기가 아리아의 손가락을 아프지 않게 콕 찍었다. 마치 "지금 나 무시하냐." 하고 말하는 것 같았다. 아리아는 얼떨떨한 표정으로 부리로 공격당한 손가락을 감싸 쥐었다.

"구구!"

"어, 어어?"

비둘기는 날개를 파닥파닥 휘두르며 제 다리를 가리켰다. 전에 보지 못했던 쪽지가 묶여 있었다. 아리아는 구구 재촉하는 새 때문에 얼떨결에 다리에 묶인 쪽지를 풀어냈다. 그 속에는 정갈한 글씨체로 이렇게 적혀 있었다.

[막상 죽으려고 보니 아십더구나.
네가 안겨 준 봄이 너무 찬란해서.
여름은 얼마나 따사로울지.
가을은 얼마나 풍요로울지.
겨울의 낙원은 얼마나 새하얄지.
계속 생각했단다. 그러니 어떻게든, 내 생이 허락될 때까지 버텨 보마.

-봄의 요정에게-]

놀랍게도 그건 대공 부인에게서 온 편지였다. 아리아는 그 내용을 읽고, 또 읽어 보았다.

'정확하게 내 방 창문으로 날려 보냈어.'

그 사실을 인지한 순간, 그녀는 창문을 쾅 닫으며 땅바닥에 쭈그려 앉았다. 심장이 쿵쿵 거세게 뛰었다. 정체를 들킨 걸까?

'아냐, 비둘기가 그냥 내게 날아왔을 수도 있어. 내가 보냈으니까.'

아리아는 다시 쪽지를 펼쳐 들여다보았다.

'봄의 요정'이라고 했다. 그건 굳이 정체를 밝히려 하지 않겠다는 뜻으로 받아들여도 되는 걸까?

'기분이 이상해.'

단지 발렌타인 사변을 막기 위해서 뭐라도 해 봐야겠다고 생각했을 뿐이다. 그런데 이런 편지를 받을 줄은, 전혀 예상하지 못했다.

'버텨 보겠다고 했어.'

날 지금 당장 살려 내라고 구원해 달라고 매달리는 글이 아니었다. 네가 희망을 보여 줬으니 나는 네게 감사하며 어떻게든 이겨내 보겠다는 담대한 포부였다.

'단 한 번도 직접 만나 본 적 없는 사람인데.'

그리고 얼마 지나지 않아 죽게 될 거라는 사실을 알고 있음에도. 아리아는 무슨 일이 있어도 그녀를 꼭 살리고 싶어졌다. 아리아는 곧바로 정원으로 달려갔다. 그러고는 수 분을 서성이며 망설이다가, 프리지어 한 송이를 똑 하고 꺾었다. 새의 다리에 쪽지를 묶고 부리에 꽃을 물려 하늘로 올려 보냈다.

[전부 보여 드릴게요. 봄도, 여름도, 가을도, 겨울도. 계절을 몇 번 돌아 다시 봄이 올 때까지.]

꽃

몰래 노래 연습을 할 만한 장소를 찾아야겠다. 아리아가 열이 내리자마자 한 생각이었다. '생명의 노래'로 수십 그루의 벚나무를 피우고 난 뒤, 열 살의 한계를 뼈저리게 느꼈기 때문이었다. 세이렌의 능력은 그대로였지만 그것으로는 부족했다. 몸이 전혀 단련되지 않은 상태였으니까.

'치유의 노래와 파멸의 노래는 부르는 즉시 쇼크로 죽을지도······.'

대공 부인의 병을 고쳐 내기 위해서는 해낼 수밖에 없었다. 그녀는 비장하게 카드를 내밀었다.

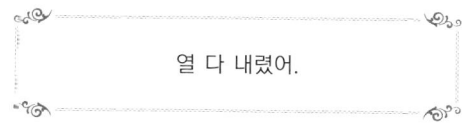

열 다 내렸어.

"아뇨, 아직 미열이 있으신 것 같은데요."

다나는 아리아의 뺨과 목을 짚어 보며 말했다. 아리아는 못 들은 척 은근슬쩍 자리에서 일어났다.

"역시 하룻밤 더 푹 쉬셔야······ 저기요? 아가씨, 제 말 들리세요?"

도망치려고 했지만, 곧바로 붙잡혔다. 아리아는 붙잡힌 팔을 몇 번 흔들어 보다가 포기하고 다나를 올려다보았다. 그녀와 시선을 맞추고 간절하게 눈을 반짝였다.

"안 돼요. 절대적인 안정을 취하셔야 한다고요."

"······."

"그런 강아지 같은 눈으로 쳐다보셔도 소용없어요."

"······."

"쓰읍, 안 된다고 했습니다!"

"······."

"하아······."

그저 빤히 쳐다보기만 했을 뿐인데 다나는 한숨을 푹 내쉬며 항복의 의미로 양손을 들어 보였다.

"어딜 가고 싶으신데요?"

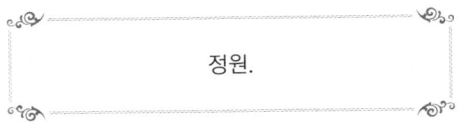

아리아는 현재 과잉보호로 인해 꽃구경을 금지당한 상태였다.

"좋아요. 정원 구경 정도라면……."

다나는 마지못해 허락했다. 아리아가 난 꽃가루 알레르기가 없다고 꾸준히 주장한 덕분이었다.

"해지기 전에 꼭 돌아오세요."

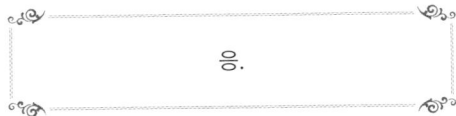

"혹시 길을 잃으시면 주변 누구에게나 도움을 청하시고요."

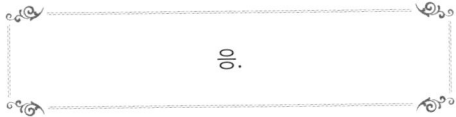

"어려워하실 것 없어요. 모두 기꺼이 도움을 드리고 싶어 할 테니."

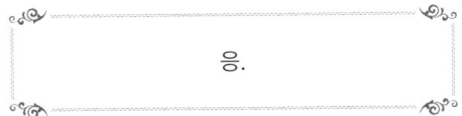

당부의 말이 길어졌다. 아리아는 [응] 카드를 양손에 붙든 채로 몇 번이나 흔들어야만 했다. 다나는 그제야 조금 안심한 기색으로 그녀를 보내 주었다. 아리아는 정원의 꽃을 구경하는 척 주변을 탐색했다.

'노래를 부를 만한 장소.'

그때였다. 갑자기 등 뒤쪽에서 무언가 바스락거리며 빠른 속도로 달려왔다. 깜짝 놀란 아리아가 황급히 등을 돌렸으나 이미 때는 늦었다. 먹이를 노리는 맹수처럼 기척 없이 순식간에 다가온 생물이 그대로 그녀를 덮쳤다.

"컹!"

"꺄아!"

심장이 입 밖에 튀어나올 뻔했다. 아리아는 얼떨결에 작게 비명을 지르며 엉덩방아를 찧고 말았다.

"……."

그녀는 반갑다고 꼬리를 흔들며 헥헥거리는 늑대를 어처구니없다는 듯 응시했다. 혼자 있었기에 망정이지 만약 누가 곁에 있었으면 어쩔 뻔했는지.

"떽, 혼나."

그녀는 산만한 늑대의 콧잔등을 가볍게 튕기며 훈계했다. 간지럽지도 않을 텐데 늑대는 낑낑거리며 앓는 시늉을 하더니 귀와 꼬리를 축 늘어트렸다.

'엄살을 부릴 줄도 아네.'

좀 더 혼낼 생각이었는데 귀여워서 피식 웃음이 새어 나왔다.

"대체 여긴 어떻게 온 거야?"

아리아는 엉덩이에 묻은 흙을 털고 일어나 주변에 아무도 없다는 것을 확인한 후, 늑대에게 속삭였다.

"컹컹!"

"내가 보고 싶어서 달려왔다고?"

"월뤨월월!"

진짠가 본데. 그녀는 늑대의 반응을 살피며 긴가민가한 표정을 지었다. 그저 짖었을 뿐인데, 무슨 말을 했는지 알아들을 것 같았다.

'정말 대화가 통하는 걸까?'

"손."

손바닥을 내밀며 말하자 그녀의 손 위로 앞발이 착 하고 올라왔다.

"엎드려."

그러자 늑대는 몸을 낮추고 바닥에 넙죽 엎드렸다. 아리아는 동물과 교감을 넘어서 대화하고 부탁까지 하는 게 정말 가능하다는 것에 내심 감탄했다. 상상도 못 한 일이었다.

'이래서 아버지가 내 곁에 동물이 다가오는 걸 그렇게 두려워했구나.'

그녀는 히스테릭한 음성으로 '주변의 생명체란 생명체는 전부 씨를 말려라'라고 명했던 코르테즈 백작을 떠올리며 쓰게 웃었다.

"혹시 이 성에서 누구의 간섭도 받지 않는 곳이 어딘지 알고 있니?"

"월!"

"네 대장이 있는 곳이라고?"

"월월!"

늑대들의 대장이 있는 곳이라. 아리아는 늑대 무리를 책임지고 이끄는 늑대 우두머리를 상상했다. 그런 장소라면 몰래 노래를 연습하기에 나쁘지 않아 보였다. 아리아는 다시 납작 엎드린 늑대의 등에 올라타며 목에 팔을 단단히 둘렀다.

"안내해 줘."

그러자 늑대는 쏜살같이 달려갔다. 늑대들의 대장. 발렌타인 대공의 앞으로.

"……."

"……."

아리아와 대공은 말없이 서로를 바라보았다. 명령을 착실히 수행한 늑대만이 칭찬해 달라는 듯 미친 듯이 꼬리를 흔들며 헥헥거렸다.

"이, 이건 대체……."

적습인 줄 알고 검까지 뽑아 들었던 대공의 전속 부관, 드웨인은 뻘쭘하게 다시 검을 집어넣었다. 아리아는 늑대의 목덜미를 꽉 껴안은 채 당혹한 얼굴로 주변을 돌아보았다.

'여긴, 대공의 집무실인가.'

중간에 이상함을 느끼긴 했다. 늑대가 달릴 때마다 정신없이 배경이 획획 바뀌는 와중에 본궁이 점점 가까워졌으니까. 이런 건 예정에 없었는데…….

"흐음?"

발렌타인 대공. 트리스탄은 물고 있던 퀼련을 손가락 사이에 끼워 넣으며, 늑대 위에 타고 있는 아리아를 흥미롭게 관찰했다.

"내 사냥개를 말처럼 타고 다닐 줄은 몰랐는데."

그리고 그녀는 하늘을 날았다. 정확히는 대공의 손에 뒷덜미를 붙잡혀 번쩍 들어 올려졌다. 아리아는 낡은 가방 줄을 생명줄처럼 꼭 움켜쥔 채 눈동자를 이리저리 굴렸다. 대놓고 불안한 기색을 내비치자 대공의 미소가 더욱더 짙어졌다.

"정중히 부탁하건대, 내 충견을 상냥하게 다뤄 주지 않겠나?"

당신이야말로 날 좀 상냥하게 다뤄 줬으면 좋겠어. 아리아는 뒷덜미를 꽉 붙들려 대롱대롱 매달린 채 생각했다. 발렌타인 대공은 정중함이라는 단어를 모르는 게 틀림없다.

"그래서 아가씨께서는 이 악마에게 무슨 볼일이신지."

그는 담배 연기를 느릿하게 뿜어내면서 물었다. 굳이 자신의 아들과 결혼할 상대에게 존칭을 붙여 말하는 그의 말투에서 숨기지 못할 삐딱함이 묻어 있었다. 굉장히 성격이 나빠 보였다.

'노래를 연습하러 왔다고 말할 수는 없고…….'

아리아는 낡은 가방을 뒤적여 카드를 꺼냈다. 홀로 끙끙거리며 글씨를 적으려 하는데도 대공은 그녀를 빤히 쳐다보기만 할 뿐이었다.

'전하?'

이건 너무 딱딱하고.

'가주님?'

하지만 아리아는 사용인이 아니다. 허울뿐이고는 해도, 발렌타인의 일원이 되었다. 너무 자신을 낮추면 그가 좋게 볼 것 같지 않았다. 그녀는 고민 끝에 대공에 대한 호칭을 정했다.

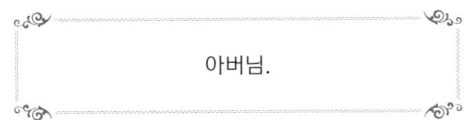

아버님.

아리아는 카드를 대공에 코에 닿을 듯이 바짝 들이댔다. 배려 없는 행동에 목이 졸려서 소심한 심술을 부려 봤다.

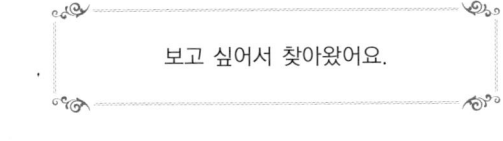

보고 싶어서 찾아왔어요.

"……."

"……."

그러자 대공은 침묵했고 그 옆에서 카드를 같이 보던 부관은 경악했다. 그가 섬기는 주군은 아이들이 다시 보고 싶어 할 만한 사람이 절대 아니었기 때문이다. 어린애라고 절대 봐주지 않는 고약한 성정에 가끔 도를 넘는 장난기가 특히 더 그랬다.

'어린아이가 자지러지게 울음을 터트리며 도망치는 게 아니라 제 발로 찾아왔다고? 이 아가씨는 대체 그동안 어떤 삶을 사셨길래…….'

드웨인이 아리아를 동정 가득한 시선으로 보고 있을 때였다.

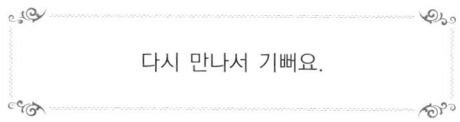

다시 만나서 기뻐요.

아리아는 카드를 양손으로 꼭 쥐고 활짝 웃었다. 웃는 건 영 익숙하지 않았다. 하지만 다나와 베티를 비롯해 그녀를 돌봐 주었던 사용인들을 떠올리니 입가에 미소가 만개하듯 피어났다. 처음 있는 경험이었다.

'신기해.'

그들의 따듯한 온기를 떠올리는 것만 해도 기분이 몽글몽글해졌다. 그녀가 마냥 해맑게 웃고 있자 대공은 어이가 없었는지 헛웃음을 지었다.

"내가 보고 싶어서, 사냥개를 타고 날 만나러 왔다?"

아리아는 고개를 끄덕였다. 어쨌든 첫날 이후로 대공을 한 번도 못 본 것은 사실이였으니까. 그가 어디서 뭘 하고 있는지 지나가듯 궁금한 적이 있기는 했다. 그렇게까지 궁금하진 않았지만.

"그렇단 말이지."

그 말에 대공은 입매를 비틀었다. 친아들에게도 들어 본 적 없는 말이었지간, 생각보다 듣기 나쁘지 않았다.

"그래서 뭐, 놀아 주라고?"

"……."

"뭘 하고?"

그렇게 물으면 할 말이 없었다.

'그러고 보니 그러네. 굳이 찾아올 정도면 목적이 있어야 할 텐데.'

그들은 서로를 말똥말똥 쳐다볼 수밖에 없었다. 대공은 아이와 놀아 준 적이 없었다. 아리아도 어릴 때 제대로 놀아 본 적이 한 번도 없었다. 잠시 붉은 입술을 손가락으로 쓸며 고민하던 대공이 물었다.

"아들놈 놀아 주듯이 하면 되는 건가?"

"큰일 납니다. 그건 절대 일반적인 놀이가 아니라고요!"

그때 내내 돌처럼 굳어 있던 드웨인이 정색하며 끼어들었다.

"아가씨는 경계 바깥에서 오셨습니다. 게다가 며칠 전부터 열이 올라서 고생하셨다고 들었고요."

대체 로이드와 대공은 평소에 뭘 하고 놀기에 저렇게 사색이 되어 말리는 걸까. 아리아는 잠시 생각에 잠겼다.

'평범한 가족처럼 화기애애하게 노는 건 상상도 안 되고.'

굳이 노는 모습을 상상한다면 살벌하게 피를 튀기며 악마다운 놀이를 즐길 것 같기는 했다.

"공국에 오자마자 앓아누운 모양이군. 벌레보다 더 약해 보이더라니."

대공은 그제야 그녀의 뒷덜미를 놓아주었다. 그리고 살아 있는 게 용하다는 듯이 응시했다. 아리아가 로이드에게 받아 본 적 있는 눈빛이었다. 그리고 다나와 베티에게도…….

"그럼 이제 다 나은 건가?"

아리아는 대공의 질문에 망설임 없이 고개를 끄덕였다.

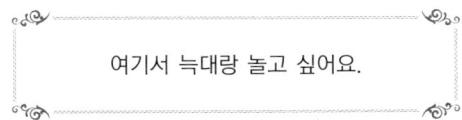

여기서 늑대랑 놀고 싶어요.

대공은 탐탁지 않은 표정으로 혀를 차며 투덜댔다.

"날 보러 와서 늑대들만 놀 거면 대체 뭣 하러 온 거지? 원, 애들은 종잡을 수가 없군."

그야, 애초에 당신을 보러 온 게 아니니까. 아리아는 대답할 말을 찾지 못하고 눈을 이리저리 굴리다가, 카드에 그럴듯한 말을 적어 내밀었다.

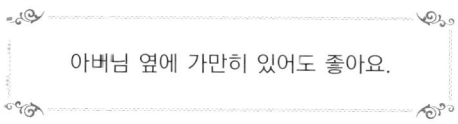
아버님 옆에 가만히 있어도 좋아요.

그리고 그 순간, 그녀는 작은 손으로 다급하게 입을 틀어막았다. 집무실 안을 매캐하게 채운 연기 때문에 기침이 튀어나올 것 같았다. 왠지 대공 앞에서는 기침 소리를 내는 것조차 조심해야 할 분위기였다.

'아, 전생에선 담배 연기가 일상이라서 잊고 있었다.'

매웠다. 기침을 꾹 참다 보니 눈가에 절로 눈물이 고였다. 그런 아리아의 상태를 알아차린 드웨인이 대공의 귓가에 속삭였다.

"전하, 가뜩이나 몸이 약한 아가씨께 간접흡연은 좋지 않을 것 같습니다. 오늘 내로 처리해야 할 결재 서류가 밀려 있기도 하고요."

"그래서?"

"다음에 다시 오라고 하심이……."

"됐어."

대공은 반쯤 태우다 만 궐련을 재떨이에 비벼 껐다. 그리고 의자에 나른하게 기대앉으며 명령했다.

"환기시켜."

"헛, 네!"

드웨인은 재빨리 집무실의 모든 창문을 열었다. 연기는 순식간에 빠져나갔지만, 이번에는 매서운 바람에 커튼이 요란하게 휘날렸다. 아리아는 반사적으로 팔을 감싸 안으며 어깨를 떨었다. 대공은 어이가 없는 눈치였다.

"손이 많이도 가는군."

그는 자리에서 일어나더니 입고 있던 코트를 벗어 아리아의 머리에 툭 하고 떨어트렸다. 그리고 자연스럽게 그녀의 손에 쥐어져 있던 카드를 가져갔다. 아리아는 코트에 파묻혀 잠시 허우적거리다가, 겨우 얼굴을 빼꼼 내밀고서 대공을 올려다보았다.

[아버님 옆에 가만히 있어도 좋아요.]라고 적힌 카드를 손에 쥔 그는, 그걸 자연스럽게 주머니에 넣었다.

'그걸 왜 챙겨?'

아리아는 너무 커서 줄줄 흘러내리는 코트를 주섬주섬 끌어 올리며 고개를 갸우뚱 기울였다.

"그럼 옆에서 숨이나 잘 쉬어라."

대공은 그녀를 놀아 주는 대신 한 가지 요구를 해 왔다. 아리아는 숨이야 늘 쉬고 있는 걸 그가 왜 굳이 언급하는 건지 의아해했다. 그런데 숨 쉬는 걸 의식하니 갑자기 숨쉬기가 힘들어졌다.

'그러니까 들숨 날숨……'

아리아가 들숨 날숨의 간격을 손가락으로 셈하고 있을 때였다. 대공은 숨 쉬는 것조차 힘겨워하는 그녀가 우스워 작게 웃음을 흘렸다.

"그러다 숨넘어가겠군."

아리아는 억울했다. 숨 쉬는 걸 의식하기 전까지는 멀쩡하게 잘 쉬고 있었으니까.

"한가로워 보이시는군요."

그때 결재 서류를 들고 온 드웨인이 책상 위에 한꺼번에 쏟아부었다.

"오늘 내로 처리하실 서류입니다."

"나도 숨을 쉴 틈은 좀 줬으면 하는데."

"전하께서는 한동안 호흡이 멈춰도 살아남으실 수 있지 않습니까."

"내 호흡이 멈춰도 일하라는 뜻으로 들리는군."

"그럴 리가요."

대공은 귀찮아 죽겠다는 기색을 숨기지 못했지만, 의외로 서류를 꼼꼼하게 살피고 걸쩍하게 일 처리를 시작했다. 거리가 가까워서 그가 읽는 서류가 들여다보았다. 어차피 할 일도 없었기 때문에, 아리아는 늑대의 머리를 쓰다듬으면서 서류를 유심히 살폈다.

'저건……'

캐번디 자작과 관련된 서류였다. 발렌타인 대공국과 화친을 위해 파견했던 사신들이 전부 생사를 오고 가고 있다는 내용이었다. 대공국의 위세가 두려워 쉬쉬하고 있지만, 백성들은 악마의 저주가 퍼졌다며 두려워하는 듯했다.

'그러고 보니 그런 사건이 있었지.'

아리아는 과거의 기억 속에서 캐번디 자작의 비열한 웃음이 떠올렸다.

"손쓸 새도 없이 가신 몇 명이 죽었어. 명백한 이쪽의 실수였지만 대가로 막대한 배상금을 요구하니 흔쾌히 내주더군. 발렌타인도 별거 아니었지."

캐번디 자작은 발렌타인의 저주 때문에 가신들이 병에 걸린 거라고 여론전을 펼쳤다. 덕분에 망하기 일보 직전이었던 자작령은 대공국에서 내준 배상금 덕분에 구사일생으로 다시 일어섰다.

"출입을 허가해 주지도 않았는데 영지 경계 부근만 드나들고 멋대로 저주에 걸렸다라…… 수작은 좀 더 정성껏 부려 줬으면 하는데."

대공은 "조사는?" 하고 물었다.

"숲에 불을 피운 흔적이 있더군요. 그 외에는 특이 사항이 없었습니다."

"귀찮군. 죽여 버릴까."

순간 아리아는 흠칫하고 놀랐다.

"이 돈이면 캐번디 자작을 백 번쯤 고쳐 죽여도 남을 돈이군."

"죽이면 더 귀찮아지실 겁니다."

"내가 신경 써야 하는 사안인가?"

"그건 물론 아닙니다."

드웨인이 칼같이 대꾸했다. 표정을 보니 대공이 아니라 본인이 귀찮아질 거라는 말을 하고 싶은 듯했다.

'그 말은 자작을 죽이는 게 부관의 소관으로 끝날 문제라는 거야?'

발렌타인에게는 발렌타인의 법도가 따로 있다더니. 아리아는 새삼스럽게 놀랐다.

"흠, 아니. 생각해 보니 돈을 쥐여 주는 것도 나쁘지 않아."

그때 대공이 방금 한 말을 손바닥 뒤집듯 바꿨다. 그의 부관은 난색을 보였다. 그 뒤에 이어질 말을 대충 예상하는 듯한 반응이었다.

"과연 부질없는 희망을 안고 어디까지 떨어지게 될지 기대되는군. 진창을 구르다 내 발밑을 기어 다니며 차라리 죽여 달라 빌게 될 테지."

"크흠, 전하. 아가씨께서 듣고 계십니다. 꿈에 나올까 두렵군요."

아리아는 잠자코 그들의 대화를 들으며 생각에 잠겼다.

'더 좋은 길이 있는데 굳이 사기꾼에게 먹이를 줄 필요가 있을까?'

캐번디 자작은 도박과 사치를 일삼는 자였으니, 차라리 지금 파산해서 망해 버리는 게 나을 것이다.

'인간은 쉽게 변하지 않아.'

자작은 배상금을 받은 뒤에 시간이 날 때마다 아리아를 찾아왔다. 노래 한 곡을 듣는 데 천문학적인 비용이 드는 세이렌을 말이다. 어차피 돈이 있어 봤자 흥청망청 써 버리고 순식간에 탕진할 게 뻔했다. 아리아는 만년필을 꺼내 글을 적기 시작했다. 대공과 부관의 시선이 동시에 그녀에게 꽂혔다.

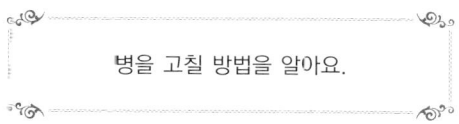

병을 고칠 방법을 알아요.

"네가?"

대공은 잠시 놀라는 듯하더니 어디 해 보라는 듯 손 위에 턱을 괴었다.

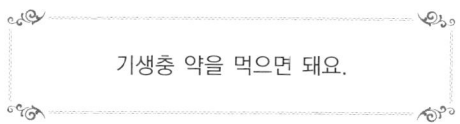

기생충 약을 먹으면 돼요.

아리아는 해결 방안을 제시했다. 아주 진지하게.

그런데 잠시 침묵하던 대공이, 큰 소리로 웃음을 터트렸다. 시원스러운 웃음소리가 쩌렁쩌렁하게 울렸다.

드웨인도 외면하는 척 고개를 돌리고 있었지만, 어깨가 주체할 수 없이 부들부들 떨리고 있었다. 웃음을 필사적으로 참고 있는 게 보였다.

'대체 어느 부분이 웃긴 거지.'

아리아는 카드를 다시 살폈지만 특별히 이상한 점을 발견하지 못했다. 자작령 가신들은 정말 기생충 때문에 생명을 위협받았으니까.

"기생충 같은 것들이 기생충에 된통 당했다는 말이지."

대공은 여전히 호선을 그리고 있는 자신의 붉은 입술을 손끝으로 문지르며 말했다. 본인도 그렇게 큰 소리로 웃게 될 줄은 몰랐다는 듯, 생소하고 놀라워하는 눈치였다.

"그 말이 사실이라면 대충 정황은 예상이 가. 원, 어이가 없군."

발렌타인은 자급자족이 가능할 정도로 풍부한 자원으로 유명했다. 그중에서도 가장 유명한 것을 꼽으라면, 모두가 입을 모아서 다이몬트 광산을 말할 것이다.

'다이몬트는 마나석을 만들 수 있는 유일한 광석이니까.'

세계 각지에서 광산이 발견되기는 하지만 발렌타인의 다이몬트만큼 결정이 단단하고 순도가 높은 건 없었다. 가격은 부르는 게 값일 만큼 천정부지로 뛰고 있었다.

캐번디 자작 또한 다이몬트의 교역 허가권을 얻기 위해 접근했다가, 거절당하자 치졸한 방식으로 보복하며 돈이라도 뜯으려고 든 것이다.

'문제는 자원이 풍부했다는 거지.'

발렌타인의 생물체는 강했다. 동물도, 인간도.

'……기생충까지도.'

자작의 가신들은 우연히 발견한 뱀을 잡아먹는다. 선명한 광택이 돌며 마치 무지개처럼 빛나는 비늘을 보고 신성한 생물이라고 여겨 그 자리에서 구워 먹었다. 황당하게도.

결과는 물론 참담했다. 마비가 와서 온몸이 딱딱하게 굳고 시력을 잃은 자도 생겼다. 머지않아 사망에 이르기까지 했고 말이다. 전부 미래의 자작이 코르테즈 백작이 운영하는 살롱에서 떠벌린 말들이었다.

'아, 왜 웃었는지 알겠다.'

남의 영지에서 허락도 없이 침입해 야생 동물을 잡아먹다가 생사를 오가고 있다니. 거기에 더해 자연스러운 남 탓에 손해 배상 청구까지. 어이없어서 웃음밖에 안 나올 것이다.

"그리고 보니 공국 태생이 아닌 자가 숲속에 흐르는 물을 끓여 마시지 않으면 배앓이를 한다더군. 이 땅의 모든 생명체는 괴물이라 불리지."

대공은 재밌다는 듯 설명하며 아리아를 지긋이 바라보았다.

"그런데 그걸 네가 어떻게 알고 있지?"

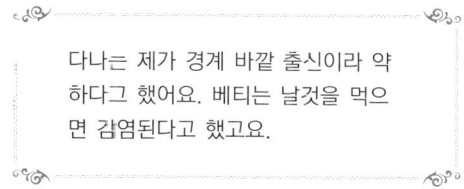

다나는 제가 경계 바깥 출신이라 약하다고 했어요. 베티는 날것을 먹으면 감염된다고 했고요.

"설마, 숲에서 불을 피웠다는 말을 듣고 거기까지 유추해 낸 건가?"

대공은 감탄하듯 되물었다.

'그건 아니고…….'

아리아는 내심 쫄렸기에 괜히 딴청을 피우듯이 늑대를 꼭 끌어안았다. 늑대는 헥헥거리며 그녀의 뺨을 길게 핥았다.

"드웨인."

"네."

"자작에게 전해. 배 속에 멋대로 품고 간 벌레들은 공국에서 제조한 구충약만 들을 테니 원한다면 그에 상응하는 대가를 내놓으라고."

"알겠습니다."

"그리고 내 허가도 없이 인고 산맥에서 밀렵했으니 그 값은 따로 치러야지. 금액은……."

그는 잠시 생각에 잠긴 듯 책상을 손가락으로 톡톡 두드렸다. 얼마를 부를지 고민하는 듯했다. 아리아는 팔을 쭉 뻗어서 서류 맨마지막에 적힌 캐번디 자작이 요구한 배상금을 정확히 가리켰다.

'10억 챠르.'

대공은 그녀의 손이 움직이는 방향을 따라 시선을 옮기다가 다시 그녀를 빤히 응시했다. 분명 이런 걸 뿌린 대로 거둔다고 할 것이다.

"현명하군."

그때 대공의 입가에 미소가 피어났다. 지켜보던 그녀의 등골이 오싹해질 정도로 악마 같은 미소였다. 감히 발렌타인을 얕본 대가를 톡톡히 치르게 해 주겠다는 듯이.

캐번디 자작이 부질없는 희망을 안고 진창을 구르다 그의 발밑을 기어 다니며 차라리 죽여 달라 비는 모습을 상상하고 있는 걸지도 몰랐다.

'무섭다…… 예전이라면 분명 그렇게 생각했을 텐데.'

아리아는 그때와는 조금 다른 생각을 했다. 이제는 환멸을 느꼈으니까. 부당한 방법으로 타인의 권리를 침해하고 짓밟으면서까지 탐욕을 채우는 자들에게 말이다.

'직접 당해 봐야 비로소 뼈저리게 깨닫게 되겠지. 본인의 탐욕 때문에 희생당한 이들이 얼마나 고통스러워했는지.'

아리아는 존경을 담아 대공을 빤히 쳐다보았다. 당한 게 있다면 그 열 배로 돌려줄 것 같은 악마 대공의 방식, 배워 둘 필요가 있었다.

그런 그녀를 곁에서 지켜보던 드웨인이 큼, 하고 헛기침을 했다. 그리고 살 떨리는 미소를 짓고 있는 대공, 트리스탄의 귓가에 속삭였다.

"전하."

"왜."

"그, 살기 좀 갈무리해 주십시오. 아직 어린 아가씨께서 두려움을 느끼신 것 같습니다."

응? 왜 그런 오해를 하는 거지. 아리아는 드웨인의 말을 엿들은 뒤 재빨리 카드를 꺼냈다 그리고 아까부터 하고 싶었던 말을 적었다.

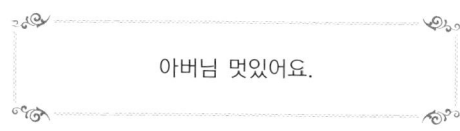

아버님 멋있어요.

"……."

대체 어디가? 드웨인은 이 아이의 감각 어딘가가 고장이 난 게 아닌가 진지하게 고민했다. 특히 공포라는 감각을 잃어버린 것 같았다.

"멋있다는군."

대공은 아리아가 적은 카드를 굳이 읽은 뒤에 손을 뻗어 자연스럽게 챙겨 갔다.

'또?'

아리아는 텅 비어 버린 손을 내려다보며 머리 위로 의문 부호를 띄웠다.

"내가 다이를 돌보는 것에 의외로 소질이 있었던 걸지도 모르겠어."

말씀하시기 전에 생각은 하셨나요? 드웨인은 자신의 주군을 향해 불경한 생각을 할 수밖에 없었다. 자신의 수하가 기가 막힌다는 시선으로 쳐다보든 말든, 대공은 신경도 쓰지 않으며 아리아에게 물었다.

"네게 도움을 받았으니 보답을 해야겠지. 바라는 게 있나?"

보답이라. 사실 아리아는 바라는 게 있었다. 쫓겨나지 않는 것.

'로이드는 다 나으면 꺼지라고 했으니까.'

하지만 지금 쫓아내지 말아 달라고 부탁해도 달라지는 건 없었다. 대공성에서 살아남고 살아가는 것만으로는 부족했으니까. 가족의 일원으로 받아들여지지 못한다면, 아리아는 결국 발렌타인 사변이 터질 때까지 아무 일에도 관여할 수 없을 것이다. 대공 부인에게 하루라도 빨리 접근해야 하는데 말이다.

'내 편으로 만드는 게 좋겠어.'

기껏 찾아온 기회였다. 아리아는 잠시 생각에 잠겨 있다가, 눈가를 둥글게 접으며 다시 활짝 웃어 보였다.

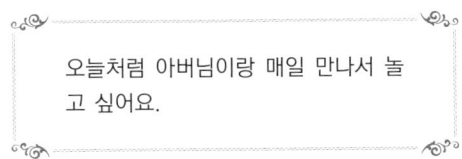

오늘처럼 아버님이랑 매일 만나서 놀고 싶어요.

그녀가 숙였던 고개를 번쩍 들어 올리자, 토끼 귀가 따라서 쫑긋거렸다. 사랑스러웠다. 순간 심장이 조여 올 정도로 더없이 사랑스럽기는 하지만……. 그 모습을 심각하게 지켜보던 드웨인은 대공의 귓가에 속삭였다.

"이로써 확실해졌군요. 아가씨께선 단 한 번도 제대로 된 어른에게 보살핌을 받아 본 적이 없는 겁니다."

"호오, 그래서?"

"그래서 많고 많은 어른 중에서도 하필 전하께 의지를…… 아악!"

목에 칼이 들어와도 하고 싶은 말은 꼭 하고 마는 충신, 드웨인은 오늘도 응징을 당해 바닥을 굴렀다.

아리아는 그가 너무 순식간에 쓰러져서 대공에게 어디를 어떻게 맞았는지도 알 수 없였다. 다만 끙끙 앓는 소리가 고통스러워 보여서 안쓰럽게 내려다보며 아프지 말라고 등을 토닥여 주었다.

흑흑, 아가씨. 천사 같으신 분……. 하지만 드웨인이 채 감명하기도 전에 대공이 아리아의 뒷덜미를 붙잡고 번쩍 들어 올렸다.

"지지. 더러우니까 만지지 마."

자신의 부관을 병균 취급 하면서.

"원한다면 직접 만나러 와라. 오늘처럼 내 사냥개를 타고 온다면 어디 있든 곧바로 찾을 수 있을 거다."

대공은 의외로 흔쾌히 허락했다. 이번에도 그녀의 손에 들린 카드를 빼앗아 가면서 말이다.

～·～

발렌타인 대공은 말했다.

'내 사냥개를 타고 온다면 어디 있든 곧바로 찾을 수 있을 거다.'라고.

별생각 없이 늑대 위에 올라탄 아리아는 당황했다. 늑대가 정확히 반대쪽으로 쭉 달려갔기 때문이다.

'이쪽은 산맥이 있는 쪽인데.'

아리아가 지나온 인고 산맥이 있는 곳이다. 아리아는 늑대를 멈춰 세울까 하다가, 상황을 지켜보기로 했다. 대공이 뭘 하기에 산맥 쪽으로 가는 건지 궁금하기도 했고.

'원할 때 직접 만나러 오라고 했으니, 그렇게 위험한 곳에 있지는 않겠지.'

늑대는 한창 달리다가 멈춰 섰다. 익숙한 저택이었다. 대공국 영지를 경계 짓는 숲에 지어진 저택이자, 발렌타인 대공이 아리아를 사들였던 곳.

'그러고 보니 여기가 외부인을 일차적으로 검열한다고 했지.'

새까만 기사단 제복을 입은 기사들이 저택 앞을 지키고 있었다. 제1 기사단이자 발렌타인의 최정예 기사단인 검은 매 기사단이었다. 그들의 제복에는 검은 매의 문양이 새겨져 있었다.

'제국 수도에서는 검은 매 문양만 보이면 거리의 인파가 기적을 일으키듯 좌우로 갈라졌었지.'

제국에서 검은 매가 악과 불길함의 상징이 된 것도, 발렌타인의 영향이 클 것이다. 그때 검은 매 중 하나가 아리아에게 아는 척을 해 왔다.

"앗, 아가씨……."

쉿. 아리아는 조용히 하라는 듯 소리 없이 입술 위에 검지를 가져다 대었다. 그리고 저택 문에 귀를 대고 안에서 들려 오는 소리를 들었다.

"뭐, 뭐 하시는 거지?"

"탐정 놀이?"

"문에 귀를 대도 아무런 소리도 들리지 않을 텐데."

검은 매들이 수군거렸다. 아리아가 정말 무슨 말이라도 들리는 것처럼 심각한 표정을 짓고 있었으니까. 그게 너무 귀여워서 그들은 실실거리며 입꼬리를 꿈틀거렸다.

"무슨 사건을 조사하시는 겁니까?"

한 검은 매가 웃음을 애써 삼키며 진지한 척 물어왔다.

'이건, 맞춰 줘야 하나.'

반짝이는 눈들을 보아하니 정말 아리아의 대답을 기대하는 듯했다. 아리아는 고민에 잠겼다가 아무 말이나 카드에 적었다.

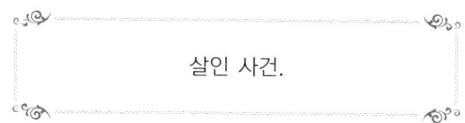

살인 사건.

그러자 검은 매들이 아리아의 말에 까르륵 웃음을 터트렸다. 쓸데없이 청량한 웃음소리였다.

"살인 사건이래. 푸흡!"

"그거참, 주군 곁에 계시면 탐정님 일감이 끊길 일이 절대 없겠네요."

"범인을 제대로 찾아오셨군요."

"증거는 널려 있을 겁니다."

그들은 살벌한 소리를 해맑게 하는 이상한 재주가 있었다.

'어린애한테 맞춰서 얘기하려고 최대한 노력하는 것 같긴 한데……'

애 울겠다. 대공이나 그의 직속 부하들이나 애를 돌보는 일에는 전혀 소질이 없었다.

'왜 검은 매의 악명이 발렌타인만큼이나 높아졌는지 알 것 같기도.'

아리아는 생각했다. 아무래도 대공 주변에 정상적인 사고방식을 가진 건 드웨인밖에 없는 것 같다고.

'대공 옆에서 항상 두통에 시달리는 것 같은 얼굴을 하고 있던데.'

일자리를 잘못 구한 것 아닌가. 아리아는 잠시 대공의 부관을 측은하게 여길 수밖에 없었다. 그녀는 저택 안에서 들려 오는 소리에 다시 집중했다.

"부당한 처사라고?"

"그, 그렇습니다. 기생충 값을 배상하라니 그게 대체 무슨……."

캐번디 자작. 상대의 정체를 알고 나자, 곧바로 무슨 일인지 파악할 수 있었다.

'대공이 요구한 대가를 가지고 온 모양이네.'

하지만 부당함을 운운하는 것을 봐서는 10억까지 미처 마련하지 못한 것 같기도 하고. 이제 남은 건 빚밖에 없는 자이니 그럴 수밖에 없기는 했다.

"뭔가 착각하고 있군. 기생충도 본국의 사유 재산이다. 허가도 없이 멋대로 가져간 건 그대들이지 않나."

"……."

아리아가 듣기에도 대공의 음성에는 웃음기가 어려 있었다. 눈치가 없지 않은 이상, 자작도 알 것이다. 발렌타인 대공이 지금 자신을 대놓고 놀리면서 비웃고 있다는 것을.

"그건 지당하신 말씀입니다만 부디 선처해 주실 수 없으신지……."

물론 찍소리도 못했지만.

'하지만 직접 찾아올 수밖에 없었겠지. 가신들이 앓아누운 원인과 해결책이 밝혀진 이상, 그대로 방치하면 모든 원망은 본인에게 돌아올 테니까.'

게다가 발렌타인의 저주네 뭐네 하는 헛소문까지 퍼트리고. 하지만 진실은 기생충 감염. 그 소문이 영지 내에 퍼지면, 백성들이 얼마나 한심하게 여길지 안 봐도 뻔했다. 캐번디 영주들의 평판을 쥐고 있는 건 발렌타인 대공이었다.

"전하, 작년에 캐번디 영지에는 유독 가뭄이 심각했고……."

"본론."

"재정난이 심각해서 제정신이 아니었습니다. 부디 용서해 주십시오."

쿵 하는 소리가 들렸다. 동시에 손바닥끼리 싹싹 마찰하는 소리가 들렸다.

'바닥에 무릎을 꿇고 빌고 있는 건가.'

아리아로서는 어이가 없었다. 먼저 잘못을 한 건 그들인데, 그것으로도 모자라 악의적인 소문을 퍼트려 돈까지 요구했으면서.

'사과한다고 넘어가 줄 리가.'

그리고 그녀의 예상대로 대공의 반응은 싸늘했다.

"내가 이 추한 꼴을 보러 여기까지 온 줄 알아?"

"허억!"

자작이 숨넘어가는 소리를 냈다.

'대공이 목에 검이라도 들이댔나.'

아리아는 보이지 않아도 대충 무슨 상황인지 짐작할 수 있었다.

"전하, 적어도 10분은 대화를 나눠 본 뒤에 협박하라고 제가 몇 번이나 말씀드리지 않았습니까."

그러자 드웨인이 대공을 나무랐다.

"아직 죽기지는 않았잖아."

"흠, 그럼 적어도 5분은 더 대화를 나누십시오."

"들었나, 자작? 나와 5분간 진솔한 대화를 나눠 보지."

왠지 전보다 즐거워 보이는 대공의 목소리를 들은 아리아는 생각했다.

'5분 내로 만족할 만한 대답을 하지 않으면 죽인다는 소리잖아.'

캐번디 자작도 그 말속에 숨은 뜻을 알아차렸는지 재빨리 말했다.

"혀, 현물로도 괜찮다면 이건 제가 몹시 어렵게 구한 500년 전 고대의 우물……."

"흠."

자작이 주섬주섬 물건들을 늘어놓는 소리가 들렸다.

"이건 저희 가둔 가보입니다!"

가보까지 팔아 치우다니. 급하긴 진짜 급했나 보다.

"좋아, 나쁘지 않군. 7억에 쳐 주지. 나머지 3억은 한 달 내로 구해 와."

"하, 한 달은 너무……."

"음?"

"……너무 적당한 기간이라고 생각합니다."

"나가 봐."

"예, 예에."

끝까지 비굴하게 굽신거리던 자작이 물러섰다. 뚜벅거리는 발소리가 쿵쾅거림으로 바뀌기 무섭게, 문이 벌컥 열렸다.

"뭐야, 이 꼬맹이는."

피할 새도 없었다. 문에 체중을 기대고 있던 아리아는 비틀거릴 수밖에 없었다. 그녀가 고개를 들자 야차처럼 일그러진 얼굴의 캐번디 자작과 시선이 마주쳤다.

"문 앞에 서서 거치적거리지 말고 저리…… 잠깐, 이 머리 색……."

자작은 짜증을 내다 말고 긴가민가한 표정으로 눈 사이를 좁혔다. 순식간에 일어난 일이었다. 그는 손을 뻗어 아리아의 토끼 가면을 멋대로 벗겼다.

"……!"

예상치 못한 돌발 상황이었다. 너무 가까운 거리에 있었던 탓이었다. 아리아는 황급하게 고개를 숙여 얼굴을 가렸다. 하지만 이미 늦은 뒤였다. 캐번디 자작은 드러난 아리아의 얼굴에서 이미 모든 것을 읽어 낸 뒤였다.

"코르테즈의 광대!"

그가 "하!" 하고 웃음을 터뜨렸다.

코르테즈. 아주 유명한 가문이었다. 한때 세계적인 음악가를 배출한 가문으로서 유명했으나 현재는 귀족의 수치라는 의미에서 유명했다.

"정말 많이 닮았군. 한눈에 알아보겠어. 흠, 그런데 광대에게 딸이 있었나? 난 전혀 듣지 못했는데?"

선대 백작과 달리 현재 백작은 '서커스 단장'이라고 조롱받았다. 소수 종족인 세이렌을 앞세워 부와 명성을 챙겨 갔기 때문이다. 그리고 현재 시점에서 세이렌의 노래를 들으러 왔던 자들은 구제할 수 없는 인상들뿐이었다.

'극심한 약물 중독에 시달려 고통받다가 그마저 듣지 않자 더 큰 자극을 찾아다니는 자들.'

캐번디 자작도 그들 중 하나였다.

"그럼 네 노래도 그렇게 환상적이냐, 응?"

그는 비밀스러운 모임의 회원이다. 모임에서 정확히 무슨 일이 있었는지는 철저하게 비밀이었다. 금언 서약을 맺어야지만 회원이 될 수 있었기 때문이다. 이 시기에는 그랬다.

'하지만 어머니께서 돌아가신 뒤니까 금언 서약은 소용이 없지…….'

아리아는 저도 모르게 주춤 뒷걸음질 치며 식은땀을 흘렸다. 설마 그가 아리아를 단박에 알아볼 줄은 몰랐다.

"발렌타인에 노래를 팔러 왔나? 그렇게 몸을 사리고 쏙쏙 숨기더니 잘됐군. 이왕 이렇게 된 거 광대 노릇은 그만하고 제국 전체에 네 이름을 알리는 게 어떠냐, 아이야."

"……."

"발렌타인의 재능이라면 곧 그렇게 되겠군. 이제 수도 대극장에서 세이렌의 노래를 들을 수 있게 되려나?"

그는 상상만 해도 즐거운지 히죽거렸다.

"네 어미의 실력을 그대로 물려받았으면 신의 목소리를 빌려 이 땅에 내려온 천사라고 불릴 거다."

아리아는 덜덜 떨리는 손끝을 감추기 위해 치맛자락을 꽉 움켜쥐었다.

"어쩌면 황제의 눈에 들 수도 있겠지. 네 아버지가 아주 좋아하겠구나. 하하!"

하지만 그 말을 들은 순간, 그녀의 얼굴이 순식간에 창백하게 질렸다. 자작의 말은 예언 수준이었다.

'실제로도 그랬어.'

찬양받았다. 모두가 그녀를 떠받들었다. 이용했다. 점점 더 심한 것을 요구했다. 원하지도 않던 비밀을 쏟아부었다. 구원해 달라고 했다.

화형에 처해 버리라고 했다. 다리를 부러뜨렸다. 새장에 가뒀다. 피를 토할 때까지 노래를 불렀다. 그리고······.

"커헉! 끄윽······!"

검은 매가 다급하게 아리아의 눈을 가렸다. 하지만 그녀는 손가락 사이로 자작의 가슴에서 보여선 안 될 첨예한 검 끝을 보았다. 붉은색이 물감처럼 번져 있었다.

"5분이 지났군."

검의 주인은 발렌타인 대공이었다. 곧바로 검이 뽑히자, 그는 맥없이 쓰러졌다. 이내 미동조차 하지 않았다.

'······그리고 구원받았지.'

눈앞에 거대한 그림자가 졌다. 아리아는 천천히 고개를 들었다. 발렌타인 대공이 토끼 가면을 다시 그녀의 얼굴에 씌워 주었다. 얼굴에 푹신한 감촉이 닿았다. 말없이 대공을 응시하는 그녀의 눈빛이 사정없이 흔들렸다.

"아아, 결국 죽이셨군요······."

재빨리 대공을 쫓아 나온 드웨인이 탄식했다. 이렇게 될 줄 알았다는 듯.

"기왕 일을 벌이셨으니 어쩔 수 없군요. 제가 직접 내려가 발렌타인을 모욕한 죄를 묻도록 하죠."

그리고 빠르게 상황을 파악하고 일을 수습하기 위해 나섰다. 발렌타인 대공의 보좌관으로 15년쯤 일하다 보면, 이제 이 정도 일에는 눈 하나 깜짝하지 않을 수 있었다.

"그나마 이번에는 쉽겠네요."

캐번디 자작이 그만한 죄를 저질렀으니 말이다. 그러자 대공은 드웨인의 말을 전혀 듣지 않은 채 작게 중얼거렸다.

"그렇군. 이런 상황까지 생각이 미치진 못했는데……."

대공은 코르테즈 백작이 주최한 저급한 모임 따위, 여태 거들떠보지도 않았기 때문에 전혀 몰랐다. 아리아가 크르테즈 출신이란 걸 단박에 알아보는 자가 있을 줄은.

"흠."

그는 창백하게 질린 채 유령이라도 본 듯 덜덜 떨어대던 아리아를 떠올렸다. 순간 절망에 일그러진 눈빛까지도.

'지나치게 두려워하는군.'

세이렌의 딸이라는 게 알려지는 것이 그렇게 싫은 건가. 싫어하면 치우면 되지. 대공은 단순하게 결론을 내렸다.

"과거에 코르테즈 백작이 주최했던 모임의 후원 명단 가져와."

대공의 명령에 일렬로 서 있던 검은 매들이 복종하며 고개를 숙였다.

"예."

"한 놈도 빠짐없이."

그리고 처리해. ……라는 뒷말은 삼켰다. 아리아가 듣고 있었으니까. 검은 매들이 말하지 않아도 찰떡같이 숨은 뜻을 알아듣고 명을 받들었을 뿐이다.

"아이고."

드웨인이 골이 아프다는 듯 머리를 짚었다. 그나마 다행인 건, 명단에 있을 법한 귀족 대부분이 밑바닥 인생일 확률이 높다는 거다. 돌연사해도 이상하지 않을.

"쓰레기 처리는 하루에 한 번만 하십시오!"

대공의 부관이 투덜거리며 신세 한탄 하고 있을 때였다. 대공은 자신을 빤히 올려다보는 아리아를 보며 물었다.

"……."

"뭐냐."

그녀는 가방을 뒤적여 카드를 꺼내 적었다.

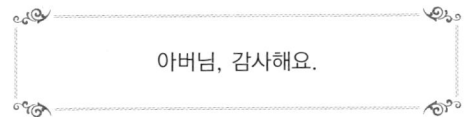

아버님, 감사해요.

"……."

사람을 죽였는데 감사하다니. 그 모습을 지켜보며 드웨인은 완벽한 결론을 내렸다.

'발렌타인의 대공자비로서 아주 적격인 분이시다.'

이 성에 정상인은 나뿐이야. 드웨인은 어쩐지 울고 싶어졌다. 그리고 그 카드를 읽은 대공 또한, 웰일로 부관과 같은 생각을 했다.

'감사 인사를 들을 일인가.'

이번에야말로 못 참고 눈물을 터트릴 줄 알았더니. 상당히 의외였다.

'이런 걸 두고 기특하다고 하는 걸지도 모르겠군.'

대공은 의식하지 못한 사이 그녀의 머리 위에 손을 얹었다. 아리아는 얼떨결에 그의 손을 붙잡았다. 힘이 어찌나 강한지 짓눌려서 고개를 들기도 힘들었다.

'내가 뭘 하려고 애 머리를 누르고 있지.'

대공은 턱을 쓸며 고개를 나른하게 기울였다. 아리아가 눈을 동그랗게 뜨고 있었다.

'왜 이러세요?' 하는 표정이다.

"흐음."

그는 아이의 머리에서 손을 떼어 냈다. 그리고 그날 행동은 본인에게도 의문으로만 남았다.

아리아는 그 뒤로 매일같이 대공을 만나러 갔다. 그녀가 머무는 시간이 길어지니 삭막하기만 했던 집무실에는 어느샌가부터 물건들이 하나씩 늘어나기 시작했다. 어린이용 소파를 시작으로 꽃, 책, 장난감. 인형 같은 것이 끝도 없이 말이다.

'내가 저것들을 왜 샀지?'

발렌타인 대공, 트리스탄은 이해할 수 없었다. 처음에는 아리아가 늑대들 사이에 파묻혀 불편하게 잠들어 있는 것이 눈에 띄었을 뿐이었다.

'늑대는 털만 부드러울 뿐이지 뼈대가 굵고 근육질에 가까우니까.'

그래서 앉는 순간 온몸이 이완되는 푹신푹신한 아이용 소파를 들였다.

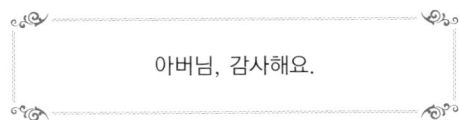

아버님, 감사해요.

해맑게 웃으며 감사 인사를 전하는 아이의 카드를 챙겨 가는 것도 잊지 않고 말이다. 그런데 그러고 나서 보니, 아리아가 허공만 멍하니 쳐다보는 시간이 길다는 걸 알아차렸다.

'심심해 보이는군.'

그녀가 집무실에서 하는 일이라곤 늑대들을 쓰다듬고 창밖을 보다가 잠드는 것뿐이었다. 그런 것들이 눈에 들어오기 시작했을 때쯤이었다.

"아가씨께서는 꽃을 참 좋아하시는 것 같아요."

시녀장이 넌지시 언급하고 간 말이 떠올라 화분 몇 개를 들였다.

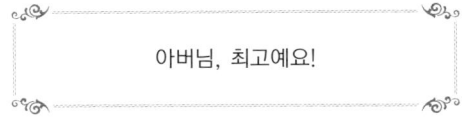

아버님, 최고예요!

그랬더니 아리아는 기뻐하며 온종일 화분만 쳐다보고 있었다.

'창밖을 보나, 화분을 보나.'

대체 저게 뭐가 재미있나 싶어서 책이나 읽으라고 도서관 출입을 허락했다. 아리아는 생각보다 더 격한 반응을 보였다.

아버님, 세상에서 가장 멋있어요!

그녀는 카드를 양손이 꽉 쥔 채 함박웃음을 머금으며 방방 뛰었다. 제 아비가 자신을 저물로 팔아넘기려고 할 때도 침착하게 반응하던 아이였다. 이렇게 기뻐하는 모습을 보이는 건 처음이었다. 아리아는 그날 이후 도서관에서 책을 한 권씩 골라와 종종 대공의 집무실에서 척을 읽었다.

'또 온종일 책만 읽는군.'

창문에서 화분으로, 화분에서 책으로 넘어갔을 뿐이었다. 트리스탄이 보기에 아리아는 아직 무언가가 더 필요해 보였다. 그렇게 그는 수도에서 가장 인기 있는 장난감 가게를 사들였다. 스스로 느끼기에도 좀 미친 게 아닌가 싶었다.

'별로 좋아하지도 않은 것 같고.'

괜히 샀나. 대공은 일하다 말고 엄청난 존재감을 자랑하는 커다란 곰 인형을 노려보았다. 하지만 아리아가 뽀짝뽀짝 걸어가 곰 인형 앞에 털썩 기대앉는 것을 보고 그 생각을 접었다. 장난감 가게를 사들인 것 또한 나쁘지 않은 선택 같았다. 하지만…….

"역시 뭔가 부족해 보이는군."

"예? 또 뭐가 말입니까?"

여기가 집무실인지 어린애 놀이터인지 모르겠는데요? 드웨인은 하고 싶은 말이 너무 많은 표정을 지었다. 하지만 트리스탄은 혼자 심각했다.

"불이나 붙여 봐."

그는 자연스럽게 궐련을 입에 물며 드웨인을 향해 손가락을 까딱이다가 멈칫했다. 그리고 잠시 아리아 쪽에 눈길을 주었다.

"아니, 붙이지 마."

그는 그것을 그냥 입에 물고만 있었다. 그러다가 문득 아리아와 시선이 마주쳤다. 졸음으로 반쯤 감긴 아이의 눈이 휘둥그레 커졌다. 그녀는 주변을 뒤적거리더니, 색색의 작은 알갱이로 꽉꽉 채워진 병을 들고 왔다.

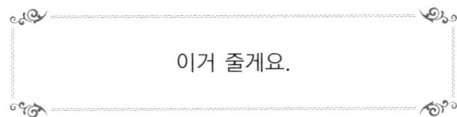

이거 줄게요.

그리고 트리스탄을 빤히 올려다보며 핑크 사파이어 같은 눈을 반짝였다. 선물인 건가.
"이게 뭔데."

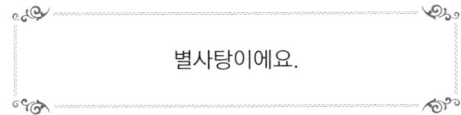

별사탕이에요.

"사탕? 사탕도 쪼끄만 걸 먹는군."
그는 떨떠름한 표정으로 병과 아리아를 번갈아 응시했다. 평소에 챙겨 준 길고양이가 쥐를 물고 왔을 때 보일 법한 반응이었다.
"설마 먹으라고?"
아리아는 고개를 끄덕였다. 대공은 물고 있던 궐련을 대충 책상에 던져 놓은 뒤 별사탕인지 뭔지를 입에 털어 넣었다. 그냥 설탕 맛이었다.
'이딴 걸 무슨 맛으로 먹으라고.'
그때 그는 병을 살피다가 아리아가 집무실에 올 때마다 품에 안고 오는 병이라는 것을 떠올렸다. 제 딴엔 가장 아끼고 소중한 것을 준 모양이었다.
'흠. 사탕이라……'
애들은 디저트를 좋아하지. 뭐가 부족해 보였는지 깨달았다. 대공은 흡족한 기소를 보이며 아리아가 준 카드와 함께 병을 챙겼다. 주방장에게 매일 다른 디저트를 챙기라고 명령할 생각이었다.

"대공자님께서도 같은 지시를 내리셨지만, 사실 아가씨께서는 수프 이외에 식사는 잘 못 하십니다."

주방장이 곤란한 얼굴로 이런 말을 하기 전까지 말이다.

"디저트도 음료나 사탕 몇 가지 종류를 제외하고는 전혀……."

트리스탄의 표정이 무겁게 굳어졌다.

"그래서."

발렌타인 대공은 궐련을 문 채 고개를 나른하게 기울였다.

"지껄여 봐. 들어는 주지."

"저, 전하. 분명 아가씨께서는 영양실조이시긴 하지만 건강에는 이상이 없으십니다. 다만 음식을 몸이 받아들이지 못하고 거부하는 것은 대체로……."

"본론."

불려 온 의원은 식은땀을 흘리며 사설을 나열하다가 다급히 덧붙였다.

"심리적인 영향이 큽니다."

"심리?"

아리아의 담당의를 맡은 의원 큐어는 억울했다. 발렌타인 성에 상주하는 의원은 열 명이 넘었지만 전부 외상 치료를 전문으로 하고 있었기 때문이다. 그도 그럴 것이, 발렌타인에는, 특히 발렌타인 혈족들은 하나같이 신경이 무뎠다. 그들은 거슬리는 게 있으면 사물이든 사람이든 주저 없이 치워 버린 뒤 기억에서 지워 버리는 성정이었다.

'반면 아가씨는 마음이 아프시지.'

큐어는 아리아를 치료해 줄 자신이 없었다. 몸의 상처와 마음의 상처는 완전히 다른 분야였기 때문이다.

"아직 학계에 '심리 치료'라는 개념이 정립되지는 않았으나…… 효과적인 연구 결과는 들어 본 바가 있습니다. 대화를 통해 심리적으로 성장할 수 있게 도와주는 것이지요."

하지만 아리아가 대화의 의지가 없었다. 대화 속에서 자신이 드러내는 것조차 꺼리는 것 같았다.

"아가씨처럼 음식을 삼키지 못하시는 분들은, 보통 음식 대신 다른 걸 삼키십니다."

"그게 뭐지?"

"감정이지요. 기쁨, 슬픔, 분노, 짜증 같은 것이요."

그러자 대공이 카펫 위에 아무렇게나 담뱃재를 털어 내며 그깟 걸 왜 삼키냐는 듯한 얼굴을 했다. 무신경함의 정점이었다. 그는 모든 면에서 타의 추종을 불허하는 괴물이었지만 공감 능력만큼은 열등생을 면하지 못했다.

"울분이 꽉 찰 때까지 억누르고 삼키니 음식이 들어갈 틈이 없는 것이지요."

"쉽게 말해."

"웃고 싶을 때 웃지 않고, 울고 싶을 때 울지 않으신단 뜻입니다."

큐어는 "속에 쌓인 말들을 전부 토해 내지 않으면 병은 나을 수 없습니다." 하고 말했다.

"잘 아는군."

"이론적으로는 아마 정확할……"

"그걸 알고도 여태 낫게 하지 못했나?"

"……예?"

큐어의 동공이 잘게 흔들렸다. 그는 사시나무 떨듯 떨어대며 바닥에 넙죽 엎드렸다. 하지만 발렌타인 대공은 느릿하게 입매를 비틀며 그의 새하얀 가운에 담뱃불을 비벼 껐다.

치이익—

옷감이 타들어 가는 소리에 의원의 얼굴이 새파랗게 질렸다. 고통은 느껴지지 않았지만, 심리적인 압박감에 졸도할 것만 같았다. 대공은 소파 위에 느른하게 기대앉으며 말했다.

"처리해."

"저, 전하! 전하! 살려 주십시오!"

그러자 대공의 뒤에서 대기하고 있던 검은 매들이, 일사불란하게 움직여 의원을 포박했다. 큐어는 질질 끌려가며 처절한 비명을 질렀다. 그 모습을 지켜보던 드웨인은 대공의 귓가에 은근슬쩍 속삭였다.

"전하."

"왜."

"아가씨가 식사를 잘 못 하시는 게 사실 심리적인 원인이었다는 걸 밝혀낸 것은 저 의원밖에 없습니다."

"그래서."

"아직 의학적으로 생소한 분야 같은데 의원을 죽이셔도 괜찮으시겠습니까? 앞으로 아가씨께서 치료를 받기 더 힘들어지실 수도 있습니다."

"……."

트리스탄은 침묵했다. 그는 장초에 불을 붙인 뒤 희뿌연 연기를 한숨처럼 뱉으며 말했다.

"……다시 끌고 와."

검은 매들은 퐁개 훈련에도 묵묵히 의원을 다시 질질 끌고 왔다.

"그리고 저 의원은 실패했지만, 전하께서 아가씨의 마음을 치유해 주실 수 있을지도 모르지 않습니까?"

전하께서? 그 말에 그 자리에 있던 모든 사람이 드웨인에게 눈길을 주었다. 아첨꾼을 보는 시선이었다. 그리고 당사자까지도 제정신이냐는 듯 물었다.

"내가?"

"네, 아가씨께서 전하께 마음을 조금 여셨지 않습니까? 아끼던 별사탕도 병째 주시고."

"흠……."

"현재 정착할 곳 하나 없이 위태로운 분이십니다. 그러니 전하께서 마련해 주심이 어떠하십니까."

듣고 보니 그럴듯했다. 대공은 아리아에게 받아 챙겨 둔 카드들을 떠올렸다. 아이는 아버님이 최고라고 했을 뿐만 아니라, 세상에서 가장 멋있다고도 했다.

'옆에 있기만 해도 좋다고 했지.'

분명 정신적으로 의지하고 있는 거다.

"곧 꼬맹이가 올 시간이군."

그는 볼일이 다 끝났다는 듯, 자리에서 일어나 지하실을 유유히 벗어났다. 죽다 살아난 큐어는 대공의 뒷모습을 바라보며 가슴을 쓸어내릴 뿐이었다.

제3장

"결혼해."

갑자기? 아리아는 뜬금없는 대공의 말에 손에 들린 책을 툭 하고 떨어트렸다.

"결혼식은 황후 못지않게 호화롭게 치르도록 하지."

트리스탄은 혼자 이야기를 진행해 나가고 있었다. 아리아는 그의 옷자락을 꾹 잡아당기면서 무슨 말이냐는 듯 고개를 갸우뚱 기울였다. 대공은 저도 모르게 쫑긋거리는 토끼 귀를 손가락으로 툭 하고 건드리며 말했다.

"너도 그편이 좋지 않겠나."

그 말을 듣고 나서야, 아리아는 대공이 갑자기 무슨 의도로 그런 말을 하는 건지 알 수 있게 되었다.

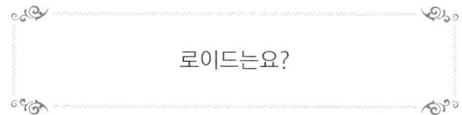

로이드는요?

"어차피 애들 결혼이지. 결혼은 네가 자리 잡을 기반을 마련하기 위한 수단일 뿐이다. 정 아들놈이 마음에 안 들면 성인이 돼서 이혼하면 돼."

제국법상 이혼은 성인이 된 이후에 가능했다. 귀족들의 무분별한 결혼 장사를 조금이라도 방지하기 위해서였다.

'그게 아니고, 로이드의 의사는 어디에 있는 건지 물어본 건데……'

아리아는 당황스러웠다. 설마 대공이 로이드 당사자의 의견은 무시하고 강제로 혼인을 진행하려고 하는 건가 싶어서. 그녀는 직감했다.

'그런 짓을 하면 로이드와 영영 돌이킬 수 없는 사이가 될 거야.'

지금도 겨우 살해 협박에서 벗어났는데 말이다. 아리아는 그의 옷자락을 꼭 쥔 채 고개를 절레절레 흔들었다.

"왜, 장남이 마음에 들지 않나? 그럼 차남은 어떻지? 학술원에 있기는 하지만 곧 돌아올 때가 되었으니 만나 볼 수 있을 테지."

아리아는 고개를 더욱 격하게 흔들었다. 로이드를 만나기 위해 여기까지 온 거였다. 다른 사람과 결혼하느니 차라리 시녀로 취직하는 것이 나았다.

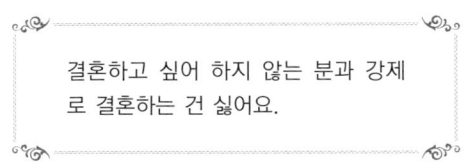

결혼하고 싶어 하지 않는 분과 강제로 결혼하는 건 싫어요.

어린 시절의 로이드는 경계심이 강했기 때문에 최대한 조심스럽게 접근해야 했다. 그녀는 혹시 대공이 로이드에게 쓸데없는 강요를 할까 봐 그의 신경을 분산시킬 만한 말을 적었다.

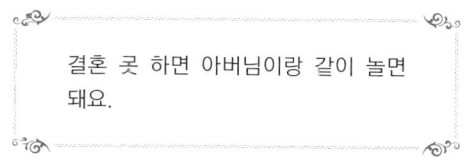

결혼 곳 하면 아버님이랑 같이 놀면 돼요.

"흠."

그 말에 대공은 생각에 잠겼다. 그러고 보니 이 아이를 대공자비로 들였다는 것에만 너무 집중한 것 같았다. 어쨌든 마음의 안정을 찾고 정착할 곳이 생기면 되는 거잖아?

'딸로 삼는 것도 나쁘지 않지.'

대공은 흡족한 미소를 지으며 그냥 입양 절차를 밟아 버릴까, 하고 생각했다. 그건 아들놈이 끝까지 마음을 열지 않았을 때의 경우겠지만.

"의원에게 들었다. 네가 음식을 잘 못 먹는다고."

그가 운을 뗐다. 결혼 얘기를 먼저 꺼내기는 했지만 사실 이쪽이 본론이었다. 아리아는 설마 대공이 거기까지 알고 있을 줄은 몰랐다는 듯, 눈을 토끼처럼 똥그랗게 떴다.

"난 감정을 표현하지 못한다는 게 어떤 건지 잘 모르겠다만……"

타고 남은 재와 같았던 회색 눈동자가 그 순간 기묘한 빛으로 번들거렸다.

"널 비난하는 자가 있다면 내가 그자의 입을 찢어 버릴 것이다."

뭘 찢어요? 옆에서 훈훈한 얼굴로 고개를 끄덕이던 드웨인이 경악했다.

'대체 무슨 사고 회로를 거치면 그렇게 되는 겁니까!'

하지만 트리스탄은 거기서 멈추지 않았다.

"널 불쾌한 시선으로 쳐다보는 자가 있다면 그자의 눈깔을 뽑아 버릴 것이고."

"……."

"감히 네게 손을 뻗는 자가 있다면 그자의 손목을 도려낼 것이다."

"……."

맙소사……. 드웨인은 두 눈을 손바닥으로 덮으며 좌절했다. 그는 자신의 주군을 세상 누구보다 존경했지만, 아닌 건 아니라고 냉정하게 평가할 수 있는 남자였다. 이건 아가씨처럼 공포심이 없는 분이라고 해도 울음을 터트릴 만한 발언이었다.

"그러니 네 마음이 허락한다면, 울어도 돼."

"……."

"웃어도 괜찮고 화내도 괜찮다."

멀쩡한 사람도 정서 불안에 걸릴 법한 말을 하고서 수습해 봤자 이미 늦었습니다, 전하! 드웨인은 차마 아리아의 반응을 볼 수 없어 눈을 질끈 감았다가 천천히 눈꺼풀을 들어 올렸다. 예상대로 아리아는 눈물을 뚝뚝 흘리고 있었다.

'그것 보십시오. 겁에 질려서 울고 계시는…… 것 같지는 않네.'

빗물처럼 쉴 새 없이 눈물을 흘리던 그녀가 대공의 품속을 파고들었다. 필사적이었다. 어떻게든 살아남기 위해 낯선 사람이라도 졸졸 쫓아가는 각인된 병아리처럼. 그 사람이 범죄자든 살인자든 아니면 악마든, 상관없다는 듯.

"……."

이전 같았으면, 드웨인은 또 '역시 감각이 남다르신 분이다.'라고 생각했을 것이다. 하지만, 이번에는 차마 그럴 수 없었다. 그 모습을 착잡한 심정으로 지켜보던 대공의 보좌관은, 아이의 눈물이 그치기를 조용히 기다렸다.

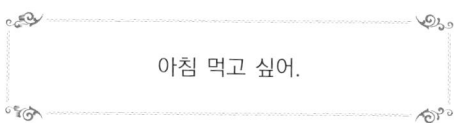

아리아는 카드 한 장을 내밀었다.
"그럼요, 여기 수프를……."

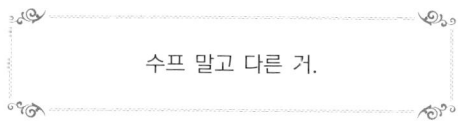

그러자 여느 때처럼 수프를 내오라 명령하던 다나는 눈을 휘둥그레 뜬 채 입을 떡 하고 벌렸다. 곧 그녀는 감격하며 양손으로 입을 틀어막았다. 눈동자는 울 것처럼 일렁거렸다.
"아가씨. 드디어 뭔가 드시고 싶은 게 생기셨나요?"
아리아는 고개를 끄덕였다. 사실 아침에 눈을 뜨자마자 다나가 전에 보여 준 요리책에서 나온 음식이 떠올랐다. 이유는 모르겠다. 그냥, 먹고 싶었다.

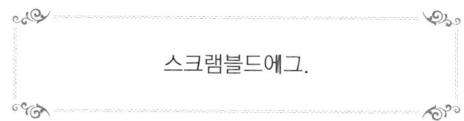

그 카드 한 장으로 주방은 비상이 걸렸다. 아리아가 음식을 잘 먹지 못한다는 걸 알게 된 대공이, 이미 한 번 주방을 뒤집어엎었기 때문이다.
'이 지상 최고의 스크램블드에그를 만들어야 해……!'

그렇게 달걀 두 개에 영혼을 담은 주방장 베이커는, 잔뜩 긴장한 표정으로 직접 아리아의 방까지 찾아왔다. 덜덜 떨리는 손으로 트롤리를 끌고 들어온 주방 보조가 테이블 위에 음식을 세팅했다. 아리아가 요청한 스크램블드에그였다.

'맛있어 보여.'

그녀가 요리책에서 본 그림처럼 몽실몽실하고 촉촉했다. 그러나 그림과 달리 달콤하고 포근한 우유 냄새가 났다. 이상하게, 먹음직스러웠다. 잠시 망설이던 그녀는 스푼으로 조금 떠서 입에 넣었다. 혀끝에 감기는 부드러운 식감은 닿는 순간 순식간에 녹아들었다.

'맛이라는 거, 그동안 전혀 알려고 하지 않았구나.'

그냥 먹었다. 살기 위해서. 살아남기 위해서.

'이게…… 이런 거였구나.'

아리아는 입술을 꾹 깨물었다. 어쩐지 눈물이 또 날 것 같아서. 하지만 대공이 묵묵히 등을 토닥이며 달래 주었던 기억 때문이었을까. 금세 아무렇지 않아질 수 있었다.

아리아는 꿀꺽 삼키고 한 스푼 더 떠서 입에 넣었다. 이번에는 한가득. 잔뜩 볼에 욱여넣고서 오물오물 씹었다. 어느새 접시는 바닥을 보였다.

"어떻게, 입맛에 맞으십니까?"

베이커는 비장하게 물었다. 만약 황제에게 직접 음식 맛을 평가받는다고 해도 이렇게까지 긴장하진 않을 터였다. 아리아는 고민하다가 답했다.

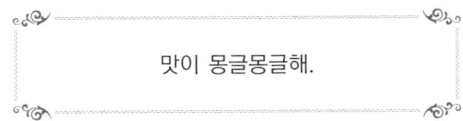

맛이 몽글몽글해.

최선을 다해 맛을 표현했다. 이게 한계였다. 여태 한 번도 음식 맛을 음미하며 먹어 본 적이 없었으니까. 그때 숨죽인 채 잠자코 있던 주방 보조들이 갑자기 각성이라도 한 것처럼 날뛰었다.

"아가씨, 디저트는 괜찮으신가요?"

"초콜릿 아이스크림도 있습니다!"

"주방장님 특제 마카롱은요?"

"치즈 케이크는 어떠세요?"

"꿀에 절인 배도 있습니다."

"하다못해 사탕이라도······!"

너도 나도 외쳤다. 하나라도 더 챙겨 주고 싶어서 못 견디겠다는 듯이.

아리아는 마지막 주방 보조가 필사적으로 내민 사탕을 받아 입에 넣었다. 상큼한 민트 향기가 어린아이의 입맛에 맞춰 과하지 않게 입안을 가득 채웠다.

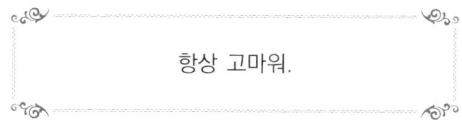

항상 고마워.

아리아는 가방에서 카드를 꺼내 들었다. 이곳저곳 많이 사용해서 벌써 모서리가 곱지 닳아 있었다.

"내가 드디어 저 카드를 보게 되다니······."

사탕을 건네준 주방 보조는 감동한 표정으로 부르르 떨다가, 옆 사람의 팔을 주먹으로 퍽 쳤다.

"뭐야, 뭐 하는 놈이야."

옆에 서 있었다그 뜬금없이 얻어맞은 사용인은 어이없거했다. 심지어 그들은 초면이었다. 하지만 사용인은 이내 주방 보조를 이해한다는 듯 고개를 끄덕이며 어깨를 두드렸다.

　

어느덧 봄이 끝나고 여름이 찾아왔다. 아카데미의 첫 학기가 끝나고 로이드는 방학을 맞아 영지로 돌아왔다.

"너도 온 건가."

"당연하죠. 모처럼의 방학인걸요."

로이드가 탄 마차는 그의 의붓동생과 정확하게 같은 시간에 도착했다. 공교롭게도.

빈센트 발렌타인. 그는 벨벳같이 부드럽게 웃으며 로이드의 무심한 시선을 받아쳤다.

"여전하군."

"형님께서도 여전하십니다."

"칭찬으로 듣지."

"하하."

빈센트는 실없이 웃으며 앞질러 가는 로이드의 뒤를 느긋하게 쫓았다.

"오늘따라 성이 어수선하군요."

두 도련님이 동시에 도착했으니 그들을 맞이하느라 소란스러운 건 이해가 갔다. 하지만 발렌타인 성은 다른 의미로 분주해 보였다.

"새로 건물을 짓는 것 같은데요."

그때 건축가로 추정되는 인물이 돌돌 말린 종이 여러 개를 옆구리에 끼고 걸음을 옮기는 모습이 보였다. 로이드는 그를 향해 고개를 까딱였다. 한마디도 하지 않았음에도 건축가는 알아서 헐레벌떡

다가왔다.

"부, 부르셨습니까, 대공자님."

"내놔 봐."

"예? 예, 예!"

그는 종이를 펼쳐 건축 도면을 살폈다. 건축 쪽에 문외한 사람이 봐도 거대한 규모였다. 성을 한 채 더 새로 짓는 건지 의심스러울 정도였다.

"유원지라도 만들 생각이십니까?"

그러자 건축 도면을 유심히 지켜보던 빈센트가 물었다. 그는 학술원에서 교수들과 함께 연구하는 인재인 만큼 모든 분야에 조예가 깊었다.

"유원지?"

대공국에? 로이드는 어이가 없다는 듯 되물었다. 아무도 들어올 수 없는 곳에 유원지를 왜 짓는단 말인가.

"산속에 호화 여객선을 만드는 격이네요."

그리고 빈센트도 그의 의견에 동감했다. 그러자 그들의 눈치를 살피던 건축가가 조심스럽게 말을 꺼냈다.

"전하께서 아가씨를 위한 놀이방을 만들라고 지시하셔서……."

"아가씨?"

로이드는 건축가의 말을 중간에 끊어 내며 새까만 눈동자로 응시했다.

"아직도 이곳에 남아 있나?"

아무런 감정도 듣기지 않은 냉담한 색채였다. 그러나 시선을 받는 쪽은 오히려 숨통이 조여 오는 듯했다.

"하…… 결국."

로이드는 낮은 숨을 토해 내며 중얼거렸다.

"죽어도 상관없다는 건지……."

그의 낮은 읊조림에 곁에 있던 건축가는 흠칫 어깨를 떨었고, 빈센트는 재미있다는 듯 눈매를 둥글게 휘며 웃었다.

로이드는 즉시 본궁으로 향했다. 대공에게 찾아갈 생각이었다. 아무래도 노망이 온 것 같았으니까.

"어쩔 작정이십니까?"

"만약 정말로 미쳐 버린 거라면 아들이 된 도리로 영원히 편하게 해드려야겠지."

빈센트는 실없이 웃으며 앞질러 가는 로이드의 뒤를 느긋하게 쫓았다.

"같이 가시죠, 형님."

"꺼져."

싸늘한 욕설에도 빈센트는 못 들은 척 여유롭게 웃었다. 본궁 입구에는 '우리'가 있었다. '늑대 우리'와 '재규어 우리'. 외부 침입을 일차적으로 거르는 용도로 우리를 통과해야지만 궁 안으로 들어갈 수 있었다.

로이드는 망설임 없이 재규어 우리의 문을 열었다. 그러자 우리라는 명칭과 상당히 어울리지 않는 푸른 초원이 펼쳐졌다. 인공적으로 만들어진 공간으로, 흐르는 강도 있었고, 재규어의 먹이로 넣어 둔 초식 동물들이 뛰어다녔다.

"여긴 몇 번을 지나다녀도 적응이 안 되는군요."

빈센트는 흙이 묻은 구두코를 내려다보며 드물게 인상을 찌푸렸다.

"굳이 왜 이런 비효율적인 동선으로 궁을 드나들어야 하는지 모르겠습니다."

그가 가볍게 혀를 차며 고개를 들어 올렸을 때였다. 자신을 버리고 가 버렸을 줄 알았던 로이드가 멈춰 선 채 어딘가를 응시하고 있었다.

'음?'

빈센트는 의아함을 느끼며 그의 시선이 향하는 곳으로 눈을 돌렸다. 그리고, 그는 태어나서 단 한 번도 본 적 없는 희귀한 광경을 보게 되었다.

"저게 대체 무슨……"

토끼, 사슴, 종달새, 다람쥐가 한데 모여 있었다. 그것도, 재규어와 함께. 재규어들은 바로 눈앞에 먹이가 있는데도 한가롭게 풀밭에 드러누워서 그르렁대고 있었다.

그 중심에는 한 아이가 있었다. 재규어의 등에 기대어 새근거리는 숨소리를 내며 잠들어 있는 아이가.

'세상에.'

경이로운 광경이었다. 유리로 된 천장에서 쏟아지는 오전의 햇살이 우리 안을 가득 채웠다. 찬란한 빛줄기가 잠든 그녀의 머리 위로 드리워지고 허공에 둥둥 떠다니던 먼지가 햇빛에 반사되어 황금빛으로 반짝였다.

'숲속 요정도 아니고 저게 무슨.'

현실이 아닌 것 같았다. 어느 동화책 한편에 자리한 삽화를 보는 기분이었다.

'생태계 교란종.'

세이렌. 세간에 알려진 게 전혀 없는 미지의 종족. 세이렌의 딸을 코르테즈 백작이 냉큼 팔았다기에 아무것도 얻을 게 없는 빈껍데기인 줄 알았더니.

'체질은 타고난 건가. 하지만 아무리 세이렌이라도 저런 게 가능할 줄은…….'

인간의 능력이라기보다, 어디 전래 동화 속에 등장하는 숲의 요정에게나 어울릴 법한 능력이었다.

'역시 전설이라고 불렸던 종족.'

생태계를 파괴해 버릴 정도의 위력이라니, 학자로서 호기심이 동할 수밖에 없었다. 빈센트는 흥미로운 기색을 감출 생각도 하지 않은 채 아리아를 관찰하듯 빤히 응시했다.

'주인 외에는 절대 섬기지 않는 맹수도 길들여 버리고, 악명 높은 악마 대공도 길들여 버리고…… 보통 수완이 아니군.'

아무래도 동물을 길들이는 게 능력인 것 같은데. 발렌타인 직계 혈통은 본질이 인간보다 짐승 쪽에 더 가까워서 쉽게 길들인 건가?

'설득력 있군.'

빈센트는 꽤 그럴듯한 가설이라 생각했다. 입 밖으로 냈다간 바로 옆에 서 있는 형님에 의해 목이 달아나고도 남을 가설이기는 했지만.

'재규어, 대공 전하, 그다음은.'

그러다가 빈센트의 시선이 문득 로이드에게 닿았다.

'어떻게 되려나.'

그는 미동 없이 잠든 소녀를 응시하고 있었다. 등을 지고 있어 얼굴은 보이지 않았지만, 빈센트는 문득 그 어떤 것에도 감정을 느끼지 못하는 형님이 무슨 표정을 짓고 있을지 궁금해졌다.

그날 점심은 부드럽게 익혀 버터로 향을 낸 청어였다.

'와…….'

아리아는 감탄했다. 청어 주변으로 레몬이 물결 모양으로 플레이

팅 되어 있었다. 그 외곽선을 타고 뿌린 레물라드 소스가 파도치는 바다처럼 보였다. 마무리로 얹어진 금가루는 마치 바다의 수면 위에 반짝이는 노을을 형상화한 느낌이었다.

'역시 발렌타인이라는 건가. 주방장 요리도 예술적이네.'

아리아는 청어를 포크로 찍어 먹었다. 향기롭고 쫀득하다. 담백한 생선 살과 상큼한 소스가 환상적으로 어우러졌다.

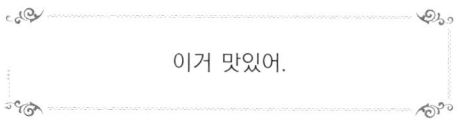

이거 맛있어.

"어떤 맛딜니까?"

베이커가 흐뭇하게 웃으며 물었다. 아리아는 고심하다가 답했다.

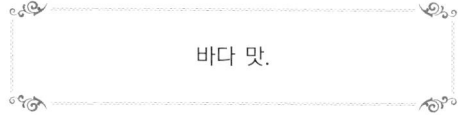

바다 맛.

직접 가 본 적은 없지만. 그녀의 어머니 소피아가 언젠가 아틀란티스에 관해 얘기해 준 적 있었다. 한때는 소왕국이었으나. 피네타 제국에 귀속된 이후로 해안 도시가 되었고, 지금은 전설 속으로 사라진.

세이렌의 고향.

"완벽하군요."

베이커는 뿌듯해하며 말했다. 그리고 [바다 맛]이라 적힌 카드를 가져가도 되는지 양해를 구했다.

'왜 요즘 들어 내가 쓴 카드를 달라고 하는 사람이 많은 거지.'

어디다 쓰려고. 아리아는 의아했지만, 별로 필요한 카드도 아니라서 순순히 넘겼다. 그러자 베이커는 무슨 보물을 챙기듯 조심스럽게 카드를 품속에 집어넣었다.

"정말 수고하셨어요."

다나는 그녀의 입술을 냅킨으로 꼼꼼하게 닦아 주며 빙그레 웃었다. 아가씨께서 수프 말고도 다른 음식도 잘 먹으시니, 백 년 묵은 체증이 내려간 것처럼 시원했다.

'대견하신 아가씨!'

한편, 아리아는 자신의 배를 콕콕 찌르며 내려다보았다.

'살쪘다.'

갈비뼈가 드러나 보였던 납작한 뱃가죽에 지방이 붙어 있었다. 신기했다. 매일매일 조금씩 식사량을 늘린 덕분에 키도 크고 살도 붙었다.

'양말도 이제 안 흘러내려.'

아리아는 다리를 앞으로 쭉 뻗어 보았다. 아무리 움직여도 양말이 흘러내리지 않았다. 발목에 딱 달라붙어 있었다. 원래부터 그나마 젖살이 있었던 볼은 이제 토실토실해졌고 말이다.

'하지만 아직 부족해.'

어느 정도 건강을 되찾았음에도 그녀는 아직 치유의 노래와 파멸의 노래를 부를 수 없었다. 치유의 노래란 죽은 사람을 되살리는 게 아닌 이상, 어떤 병이든 고칠 수 있는 노래였다.

그리고 파멸의 노래는 상대의 신체든 정신이든 특정 부위를 골라 완전히 망가트릴 수 있는 노래였고. 아리아가 가장 많이 불렀던 노래이자 하늘 아래 무서울 게 없다는 황제조차 탐내던 노래였다. 그리고 그녀에게 앞으로 가장 필요한 노래이기도 했고.

'하긴, 그 두 노래는 열네 살이 되고 나서야 겨우 불렀으니까.'

앞으로 4년 뒤.

이미 발렌타인 사변이 벌어지고 난 뒤였다. 아리아는 어떻게든 그 시기를 앞당겨 노래를 불러야만 했다.

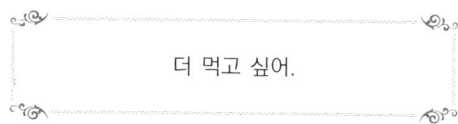
더 먹고 싶어.

"아가씨……!"

감격에 겨워 눈물을 글썽거리는 다나. 그리고 베이커는 바로 다음 메뉴를 가져왔다. 브라운 그래비 소스가 얹어진 기름기가 좌르르 흐르는 칠면조였다. 아리아는 포크와 나이프를 들어 귀퉁이를 솜씨 좋게 썰어 냈다.

"혹시 식사 예법을 배우신 적이 있으신가요?"

그 순간, 다나의 의문에 손이 우뚝하고 멈췄다.

"걸음걸이부터 동작 하나하나 예사롭지 않다고 생각하긴 했는데……."

아리아는 뒤늦게 깨달았다. 수프를 먹을 때와 달리, 코스 요리는 식사 예법이 전부 겉으로 드러날 수밖에 없다는 사실을. 아리아는 세이렌이 된 이후 아버지에게 모든 귀족의 예법을 맞아 가며 배웠었다. 몸에 저절로 밸 정도로.

"……."

방심했다. 아리아는 갑자기 손에 힘이 풀려 버린 것처럼 포크와 나이프를 뚝 떨어트렸다. 그리고 고개를 숙이며 카드를 내밀었다.

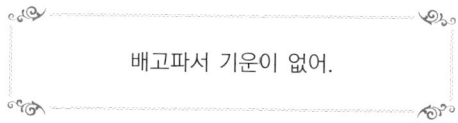
배고파서 기운이 없어.

식기를 들 힘은 없는데, 글을 적을 힘은 있다니. 누가 봐도 말도 안 되는 소리였다. 하지만 그 자리에 있던 사용인들의 반응은 가히 폭발적이었다.

"헉, 제가 썰어드릴게요!"

"아뇨, 제가!"

"저리 비켜! 저 고기 잘 썹니다!"

"전 고기 썰기 자격증이 있어요!"

그러자 번쩍 손을 들며 유난 떠는 주방 보조들 틈에서 근엄하게 서 있던 주방장이 한마디 덧붙였다.

"제가 제일 잘 썹니다."

반박할 자가 있을 리 없었다. 숙연해진 주방 보조들이 조용히 들고 있던 손을 내렸다. 주방장이 내심 속으로 기대하고 있을 때였다. 아리아는 말없이 다나를 빤히 응시했다.

"어머, 제가 썰어드릴까요?"

아리아는 고개를 끄덕였다. 다나는 시무룩해진 요리 부서 식구들을 뒤로한 채 생글생글 웃으며 아리아를 위해 새로 칠면조를 썰어 주었다.

"아, 하세요."

아―

아리아는 입에 쏙 하고 들어온 칠면조를 우물우물 씹었다. 다나는 부러워하는 시선을 한 몸에 받으며 흐뭇한 미소를 보였다.

다나는 아리아에게 직접 실내용 드레스를 입혔다. 연노랑색의, 밝고 화사하며 사랑스럽다는 단어가 어울리는 옷이었다. 겹겹이 쌓인 레이스에는 작은 꽃이 섬세하게 수놓아져 있었다.

"역시, 파스텔 색조가 잘 어울리실 줄 알았어요."

다나는 아리아의 새 옷이 딱 맞는 게 기뻤는지 콧노래를 흥얼거렸다. 아리아는 거울을 들여다보았다. 그러다가 그녀의 시선이 잠시 멈췄다. 벨벳으로 된 허리 리본에는, 귀여운 고양이 펜던트가 장식되어 있었다.

'로이드와 닮았어.'

새까만 흑요석으로 구현된 눈이 로이드와 같은 색이었다. 아리아가 펜던트를 만지작거리고 있을 때였다. 잠시 창밖을 흘끗거리던 다나가 은근슬쩍 서두를 던졌다.

"대공자님께서 어제 막 돌아오셨는데…… 안나 해드릴까요?"

하지만 아리아는 재빨리 고개를 저었다.

'분명 다 나았는데 왜 안 꺼졌다며 쫓아낼 거야.'

대공 부인의 병이 치료될 때까지는 최대한 자극하지 않는 편이 좋았다. 아리아는 도망치듯 달려가 도서관으로 향했다. 도서관에는 서재가 여러 개 갖춰져 있었는데 방음이 완벽해서 아리아가 노래 연습을 하기에 딱 좋았다.

물론 세이렌의 노래가 방음을 한다고 해서 효력이 사라지는 건 아니었지만. 마법사가 마법 캐스팅 범위를 직접 정할 수 있는 것과 마찬가지라서 상관없었다.

'대공은 내가 책벌레인 줄 알고 있겠지만.'

아리아는 도서관 책을 쭉 둘러보는 척하다가, 대충 아무거나 집어 들고 서재로 향했다. 중간에 누가 말을 걸지만 않았어도 그랬을 것이다.

"안녕하세요, 형수님."

형수님? 아리아는 그제야 한 소년이 서 있다는 것을 알아차렸다. 금발의 소년은 타오르는 강렬한 햇살을 등지고 서 있어서 그런지 유난히 더 빛나 보였다.

"말씀 많이 들었습니다. 이렇게 인사드리는 건 처음이군요."

발렌타인가의 역대 부인들은 대부분 둘째가 없었다. 자식을 한 명만 낳아도 앓다가 죽었기 때문이다. 그렇다고 대공에게 첩이나 서자 있는 것도 아니니까 남은 가능성은 딱 하나였다.

'발렌타인 대공의 친척인데 천재성을 인정받아 입양되었다는 그……'

아리아는 빈센트를 빤히 응시했다. 그러자 그 시선의 의미를 알아차린 그는 부드럽게 웃으며 자신을 소개했다.

"대공 전하께서 제 실력을 높이 평가해 주시고 입양해 주셨습니다. 감사한 일이죠."

세기의 천재, 그리고 비운의 천재. 빈센트 발렌타인. 그는 황제도 감히 함부로 못 하는 최고의 권력자에게 입양된, 인생 역전의 상징이었다. 한때는.

하지만 결국 발렌타인 사변이 벌어지기 전에 영지에서 완전히 쫓겨나게 된다.

"부모를 잃은 불쌍한 고아를 거둬 키워 줬더니 글쎄, 시궁창의 이중 첩자였다는 거예요."

남 얘기를 하기 좋아하는 귀족들은 가끔 사교 모임에서 빈센트 이야기를 안주 삼아서 씹었다. 발렌타인은 모든 화제의 중심이었으니까. 다들 악마라고 욕하고 쉬쉬하면서도 알고 싶어 했다. 모든 것이 베일에 감춰진 비밀스러운 발렌타인에 대해, 사실은 환상을 품고 매력을 느끼고 있었다.

'그런 그들에게 빈센트의 이야기는 늘 먹히는 흥미로운 주제였 겠지.'

하도 들어서 외워 버릴 정도였다.

'그는 결국 술과 마약에 빠져 방황하다가 시궁창을 전전하며 비참하게 삶을 마감하게 되었다고 들었는데.'

이중 첩자. 과연 정말 그럴까. 아리아는 의구심을 품었다.

'발렌타인에서 이중 첩자를 할 정도로 간이 크려면 시궁쥐의 수족은 되어야 할 텐데, 그렇다기에 타락에 전혀 내성이 없어 보이니까.'

아리아는 빈센트의 맑고 푸른 눈동자를 들여다보았다. 그의 눈빛은 여름날 호수처럼 투명하게 반짝였다. 그건 진리를 탐구하는 학자의 눈이었다.

"형수님께서는 인식론에 대해 관심이 많으신 모양입니다.'

빈센트가 아리아가 들고 있는 책을 가리키며 말했다. 그녀는 그제야 자신이 들고 있는 책 제목을 살폈다.

「앎이란 무엇인가」

'……철학책?'

그녀의 지식은 한쪽으로 상당히 치우쳐져 있었다. 애초에 음악이나 그 외 예술과 관련된 게 아니면 아는 게 없었다.

'배운 적이 없었으니까. 갇혀 지내느라 배울 기회도 없었고.'

물론 학문에 뜻이 없는 건 아니었다. 배울 수 있으면 배우고 싶었다. 하지만 철학은 아니었다. 전혀 관심이 없었다.

"우리 인간은 존재하는 것에 대해서만 알 수 있다고들 하죠. 인간이 알고 있는 것은 존재하고 있어야 하고요. 그런 의미에서 존재론과 인식론은 동전의 양면과 같죠."

"……?"

"혹시 현상학에도 관심이 있으십니까? 간단히 말하면 인식론과 존재론이 합쳐진 개념입니다. 인식의 지향성에 의해 재구성되어 나타나는 현상을 있는 그대로 인식하려 하는 노력이지요."

"……???"

뭐지, 외국어?

"제 형수님은 이렇게 학문에 깊은 뜻을 가지신 분이라니. 정말 기쁘군요."

"……."

"제가 읽고 있는 책, 소개해 드릴까요?"

아리아는 정말 순수하게 기쁘다는 듯 꽃처럼 웃고 있는 소년을 올려다보았다. 발렌타인 대공과는 전혀 닮지 않은 온화하고 따뜻한 눈매가 둥글게 휘어져 있었다.

"아."

그때 빈센트가 알 만하다는 듯 작게 감탄했다. 호수 같은 눈동자에 살짝 실망이 담기더니, 그럴 줄 알았다는 듯 가늘게 접혔다. 아리아는 어쩐지 기분이 점점 불쾌해지기 시작했다.

"하하 제가 천재인 덕에 지금껏 살아남을 수 있었기 때문인지……."

그는 악의 없는 얼굴로 환하게 웃으며 말했다.

"멍청한 것을 보면 참을 수가 없어지더라고요."

"……."

"멍청한데 대체 왜 살아 있는 걸까요? 산소 아깝게."

빈센트는 "저는 떨어지는 지능으로 평생 사느니 차라리 죽어 버리겠습니다." 하고 진지하게 중얼거렸다. 아리아는 생긋 웃는 소년을 올려다보며 생각했다.

'아, 얘 재수 없어서 쫓겨났구나.'

하고.

"……."

"또 뵙네요, 형수님."

아리아는 그 뒤로 매일 도서관에서 빈센트를 다주쳤다. 도서관 서재에서 노래 연습을 해야 했기에, 아무래도 굉장히 신경이 쓰일 수밖에 없었다.

'쟤가 오기 전까지는 한적했는데.'

오로지 발렌타인 혈족을 위해 지어진 장소였다. 가끔 도서관 사서가 책을 정리하기 위해 왔다 갔다 하는 것 빼고는 그 누구도 찾아오지 않았다. 하지만 빈센트는 아리아가 오기 전부터 도서관에 있다가, 그녀보다 늦게 도서관을 나섰다.

'일단 날 졸졸 쫓아다니는 건 아니라는 뜻인데…….'

그는 누구보다 학문을 사랑하는 학술원 출신 학자였기에, 왜 도서관에서 죽치고 있느고 뭐라 하기에도 애매했다.

'방음이 완벽하다지만 우연히 소리가 새어 나갈 수도 있어.'

가능성을 완전히 배제할 수는 없었다. 아리아는 신경을 곤두세우며 빈센트를 흘끔거렸다. 하필이면 또 서재 근처에 놓인 긴 소파에서 책을 읽고 있었다.

"책, 안 고르십니까?"

"……."

아리아는 뚱한 낯으로 빈센트를 잠시 응시했다. 그는 그녀가 구슨 책을 골라도 그에 관한 전문 지식을 줄줄 읊으면서 사사건건 시비를 걸었기 때문이다.

이것도 몰라? 에이, 설마 이건 알겠지. 뭐, 이것까지 모른다그? 멍청한데 왜 살아 있나 몰라.

빈센트와의 대화는 항상 이런 식이었다.

'무시해도 꿋꿋하게 말을 걸고.'

나에게 왜 이렇게까지 관심이 많은지 모르겠다. 웬만한 모욕과 도발에도 무덤덤하던 아리아도 이젠 조금, 지쳤다.

자신이 천재라는 것에 대체 얼마나 자부심이 있는 건지 몰라도, 매사에 저런 식이라면 얼마나 주변에 적을 만들고 다녔을지 가늠도 안 됐다.

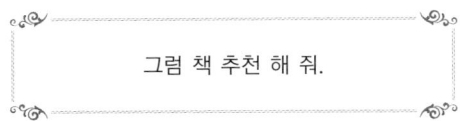

그럼 책 추천 해 줘.

그녀는 건성으로 대응하기로 했다. 귀찮았으니까. 그러자 아리아의 말에 잠시 고심하던 빈센트가 책 한 권을 건넸다.

「지진아도 할 수 있는 기초 암산」

"……."

아리아는 '1+1=2'라고 적힌 책 내용을 살피다가 빈센트를 올려다보았다. 여름날의 태양을 떠올리게 하는 화려한 소년이 생글생글 웃고 있었다. 웃는 얼굴에도 침을 뱉고 싶어지게 만들다니, 대단한 능력이었다.

"……아가씨, 요즘 안 좋은 일이라도 있으신가요?"

다나는 묻지 않을 수가 없었다. 아리아가 다나로서는 처음 보는 썩은 표정을 짓고 있었기 때문이다. 그런 다나의 우려대로 그녀는 요즘 폭발 직전이었다. 무식하다고 대놓고 모욕하는 건 상관없었다. 제대로 교육받은 적이 없는 건 사실이었으니까.

'무식한 건 맞아.'

인정했다. 하지만 도서관은 사람들 몰래 노래 연습을 할 수 있는 유일한 장소였다.

'내 노래 연습을 방해하는 건 도저히 참을 수 없어.'

하루라도 빨리 치유의 노래를 익혀서 대공 부인을 치료해야 하는데. 만약 빈센트가 방해해서 부인의 치료 시기를 놓치게 된다면…….

'선조들은 세 번 참으면 살인을 면한다고 하지 않나.'

그런데 그 세 번이 넘어가면 어떻게 되는 걸까.

'죽여도 된다는 걸까?'

로이드의 동생이기 때문에 참고 있었는데. 아리아의 인내심은 하루를 더해 갈수록 점점 바닥을 찍고 있었다. 그리고 결국, 일이 터졌다. 빈센트가 아예 서재 안에서 아리아를 기다리고 있었기 때문이다.

"오늘은 좀 늦으셨네요."

아리아는 자연스럽게 등을 돌려 다른 서재를 찾아가기 위해 닫았던 문을 다시 열었다. 지금 빈센트가 버티고 있는 이 서재는, 그녀가 매일 이용하던 곳이었다. 가장 화려하고 규모가 큰 만큼 방음도 완벽해서 애용했었다. 하지만 그래도 다른 서재라고 해서 방음이 안 되는 건 아니었으니까.

'여기서 책을 읽고 싶은 거겠지.'

아리아는 애써 그렇게 넘기려고 했다. 빈센트가 어딜 가냐는 듯, 서재 문을 쾅 닫아 버리지만 않았어도. 소년은 문가에 비스듬히 기대어 선 채, 팔짱을 끼고 아리아를 내려다보았다. 그는 그녀의 싸늘한 시선을 천진난만한 미소로 받아쳤다.

"코르테즈 출신이시니 음악에 대해서는 모르시는 게 없으시겠습니다."

"……."

"형수님의 조부이신 마에스트로 코르테즈. 다시없을 천재 음악가이자 수학자였죠. 24개의 음을 완벽한 규칙을 적용하여 작곡했으니까요."

"……."

"설마, 본인 가문의 음악은 아시겠죠?"

"……."

진짜? 이것도 몰라?

빈센트는 대놓고 실망했다는 듯 중얼거렸다.

"아, 이런 실례했습니다. 또 저만 아는 얘기를 해 버리고 말았군요."

마지막으로 걸고 있던 기대를 완전히 놓아 버린 것처럼. 그 순간 아리아의 인내심이 뚝 하고 끊겨 버리고 말았다. 그녀는 손에 들고 있던 책을 빈센트의 품에 던지듯이 넘겨주었다.

"윽!"

두꺼운 모서리에 명치를 찍힌 소년이 작게 신음을 흘렸다. 그러거나 말거나 아리아는 서재 한쪽에 있는 오르간으로 직행했다. 그리고 누구도 쳐 본 적 없는 순결한 흰색 건반 위에 손을 얹었다.

'허.'

빈센트는 아리아의 기행을 보고 속으로 헛웃음을 터트렸다. 오르간을 치기에 너무 작은 손 아닌가. 심지어 발밑 건반까지 다리가 닿지도 않았다. 너무 짧아서 허공에 달랑달랑하는 다리는 그저 깜찍해 보일 뿐이었다.

'어린아이의 치기 어린 행동이군.'

빈센트는 피식 웃으며 말했다.

"장난치지 마시고 그만 내려오시지요. 함부로 손댈 물건이 아닙니다."

신성제국의 장인, 피카로가 3년 동안 제작한 것이다. 악기 그 이상의 예술품으로 인정받아 누구의 손도 타지 않은 채 관리만 받아 오던 명작.

'그 귀한 것을 아무것도 모르는 어린애의 풍땅거림으로 시작한다면 너무 가혹하지 않나.'

하지만 그의 발걸음은 아리아가 능숙하게 오르간의 송풍 마법을 작동시킨 순간, 뚝 하고 멈췄다. 고사리 같은 손이 오르간의 음색을 조절하는 스톱(stop)을 능숙하게 눌렀다. 그렇게 단 한 번의 연습조차 없이 연주가 시작되었다.

'토카타와 푸가 D단조.'

마에스트로 코르테즈의 대표작이자 그가 활동했던 바로크 시대를 상징하는 세기의 명곡. 극적으로 시작된 아다지오. 마치 수학의 그래프처럼 음역의 높낮이와 울림, 선율의 방향과 속도를 자유자재로 주도한다.

발이 페달에 닿지 않아 기교는 없었지만, 특유의 강렬한 긴장감과 복잡한 음률을 그대로 재현해 내고 있었다. 저 작은 손으로. 대론 압도적으로, 때론 감미롭게.

'영혼을 천국으로 인도하는 천사의 악기······.'

빈센트는 오르간의 이명을 새삼 떠올렸다. 문득 더위에 잠시 걷어 놓은 팔뚝에 시선이 닿았다. 소름이 돋아 있었다. 그는 자신도 모르게 증얼거렸다.

"······영웅 교향곡."

애초에 오르간을 위한 곡이 아니었다. 하지만 아리아는 스톱을 누르고 뺀 뒤 다른 손으로 쾅 하고 건반을 내리쳤다. 순식간에 음색이 돌변했다. 이 곡의 작곡가, 벤은 오르간을 이렇게 칭한 적이 있었다.

'악기 중의 황제라고.'

천사의 연주는 순식간에 황제의 군림을 알리는 신호탄이 되었다. 단 한 번도 오르간으로 연주된 적이 없는 곡이 즉석에서 편곡되어 서재 내부를 웅장하게 울렸다.

"험스턴 무곡 5번."

이번에는 아예 바이올린 곡을 불러 버렸다. 하지만 아리아는 손가락을 멈추는 일 없이 곧바로 건반을 통통 경쾌하게 누볐다. 푸른 초원과 시원한 바람, 그 위를 자유롭게 누비는 유랑 민족의 춤.

따라가기 급급한 연주가 아니었다. 그녀는 박자를 가지고 놀았다. 역동적인 춤사위와 감정까지 담아냈다. 유랑 민족의 흥과 어디에도 정착하지 못한 채 방황하는 아픔이 차례로 지나가 이윽고 멎었다.

온몸에 전율이 흘렀다. 빈센트는 흥분하지 않기 위해 주먹을 꽉 움켜쥐었다. 환희에 찬 웃음이 입가에 스멀스멀 새어 나왔다.

아리아는 의자 위에서 내려와 그의 앞에 섰다. 그리고 앙증맞은 입술을 달싹였다.

―이제 꺼져 줘.

꺼지라니.

'누가 부부 아니랄까 봐.'

입담이 아주 똑같지 않은가. 빈센트는 호선을 그리고 있는 자신의 입술을 더듬었다. 그는 순순히 자기 발로 서재 밖을 나갔다. 동시에 바람이라도 분 것처럼 문이 요란하게 쾅 하고 닫혔다.

아리아가 곧장 닫은 것이다. 아무래도 단단히 화가 난 듯했다. 쫓겨났다. 하지만 그런데도 실없는 웃음이 멈출 생각을 하지 않았다.
'생태계 교란종.'
빈센트는 아리아를 처음 보았을 때 떠올린 말이었다. 그리고 그의 예상은 정확하게 맞아떨어졌다. 그의 형수님은 천재였다. 그것도 압도적인.

"전 천재입니다."
아리아는 다짜고짜 천재 타령을 하는 빈센트를 차게 식은 눈으로 응시했다. 아침을 먹고 정원에서 새로 핀 여름꽃 좀 구경하려고 했는데, 갑자기 찾아온 불청객 때문에 모든 계획이 어그러졌다.
자신이 천재라고 제 입으로 당당히 밝힌 그는, 갑자기 차를 한 번에 들이켜더니 찻잔을 쾅 소리 나게 내려놓으며 말했다.
"천재이기에 아득바득 살아남았죠. 그래서 천재이면서도 재능을 숨기는 자들을 용납할 수가 없습니다."
"……."
"하필 서재에 계속 계셨던 이유를 이제야 알겠군요. 사람들의 눈을 피해 계속 연주 연습을 하셨습니까?"
그건 아닌데 그렇게 오해해 준다면 나쁠 건 없었다. 따로 변명할 말을 생각하는 게 귀찮았기에 아리아는 그냥 고개를 끄덕였다.
"얼굴을 가면으르 가리시는 이유도 얼굴 천재이기 때문입니까?"
"……?"
"하, 형님도 그러시더니, 왜 타고난 아름다움을 잡초처럼 방치하시는 겁니까. 같은 얼굴 천재로서 전 도저히 이해할 수 없군요."

빈센트는 어깨까지 오는 자신의 금발을 쓸어넘겼다. 꿀처럼 윤기가 흐르는 반짝이는 머리카락과 시선이 얽히는 순간 빠져들 것 같은 바다 같은 눈동자. 아리아는 대놓고 자신의 외모에 심취하고 있는 듯한 소년을 보고 생각했다.

'……공부만 하다가 맛이 갔군.'

천재와 바보는 한 끗 차이라더니.

'저런 걸 두고 하는 말이 아닐까.'

아리아는 수심에 잠긴 금발의 미소년을 반쯤 무시한 채 딸기 마카롱을 입에 쏙 집어넣고 우물우물 씹었다. 그러다가 문득 아리아의 시선이 빈센트가 테이블 위에 내려놓은 책에 닿았다. 무기로도 써도 될 것 같이 두껍고 단단해 보였다.

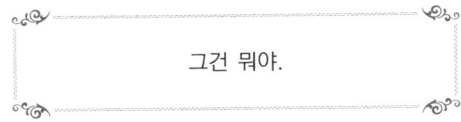

그건 뭐야.

"아, 개정 전 법전의 필사본입니다. 새로 개정될 예정의 법률 시안은 다 읽었고요."

그러고 보니 도서관에서 마주쳤을 때도 내리 법전만 읽고 있었지.

'들고 다니면서까지 읽는 건가.'

정말 열정적이다. 아리아는 열심히 간식을 챙겨 먹는 와중에도 살짝 질린 표정을 지었다. 법전은 영지마다 다르겠지만, 보통 몇십 권에서 심하면 몇백 권에 달하는 거로 알고 있는데……

'어차피 새 법전이 나올 예정이라면 개정 전 법전은 왜 읽는 거지.'

재판관이라도 될 생각인가.

"아무튼, 말 돌리지 마시고요."

하지만 의아할 새도 없이 빈센트의 말이 이어졌다.

"이 세상에 어린 천재를 싫어하는 사람은 없습니다. 나이마저 속여 천재라는 걸 어필하기도 하는 마당에, 형수님은 실제로 어리지 않습니까."

아리아는 자신이 천재라는 것을 알고 있었다. 코르테즈 백작이 귀에 못이 박히도록 말했기 때문이었다.

"넌 천재야. 말도 안 되는 음역을 가진 데다가, 한 번 들으면 정확히 따라 부를 정도로 음감이 뛰어나지. 네 어미랑은 비교도 안 되는군."

하루는 이렇게 하늘이 내린 재능이라고 칭찬했다가,

"그걸 노래라고 하는 거냐?"

하루는 귀에 거슬리는 끔찍한 소음이라고 욕을 했다.

"빌어먹을, 감히 너 따위가 코르테즈의 재능을 훔쳐 가다니. 그건 내가, 바로 내가 물려받아야 했다!"

그리고 이건 술기운에 내뱉은 백작의 본심이었다. 아리아는 열등감에 하루하루 무너져 가는 그를 보면서 난 신이 내린 재능을 가졌구나, 하고 확신하게 되었다.

그녀의 조부 마에스트로 코르테즈에게 물려받은 음악적 재능과 소피아에게서 물려받은 절대 음감과 천상의 음색. 누구나 그녀의 재능을 보면 탐내기에 급급했다.

그렇기에 빈센트가 왜 저렇게 답답해하는 건지 이해했다. 하지만 아리아는 그런 재능을 타고나서 행복했던 적은 단 한 번도 없었다. 이 세상에 다시 없을, 타고난 천재라는 이유로 모든 부조리와 고난을 겪어야만 했다.

"말만 한다면 발렌타인은 형수님을 전폭적으로 지지할 겁니다. 그 어떤 가문보다 예술을 사랑하니까요."

"……."

"상상해 보십시오. 형수님을 '음악의 신동'이라고 떠받드는 사람들을."

그런 거, 이미 겪어 봤어. 수도 없이. 아리아는 황제의 '신'이 되었던 적도 있었다. 그 뒤로 아리아가 깨달은 건, 인간은 신이 될 수 없다는 것이다.

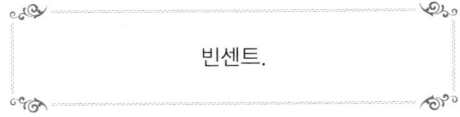

빈센트.

아리아는 처음으로 카드를 꺼냈다.

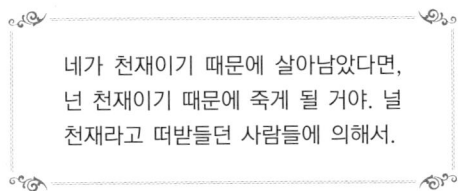

네가 천재이기 때문에 살아남았다면, 넌 천재이기 때문에 죽게 될 거야. 널 천재라고 떠받들던 사람들에 의해서.

"예?"

빈센트는 어리둥절한 표정으로 반문했다.

아리아는 그가 미래에 누명을 쓰고 쫓겨나는 것을 염두에 두고 한 말이었지만, 지금 시점에서 알아들을 리가 없었다. 그녀는 묵묵히 다음 글을 적었다.

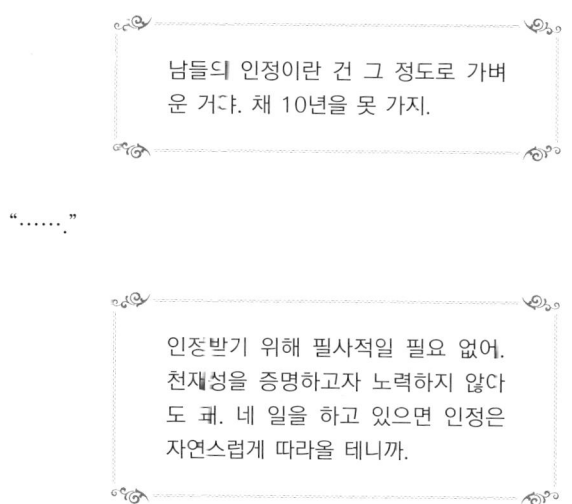

> 남들의 인정이란 건 그 정도로 가벼운 거야. 채 10년을 못 가지.

"……."

> 인정받기 위해 필사적일 필요 없어. 천재성을 증명하고자 노력하지 않다도 돼. 네 일을 하고 있으면 인정은 자연스럽게 따라올 테니까.

"그, 그건 당연합니다만."

자기보다 어린아이에게 어른스러운 말을 들었다고 생각한 것일까. 빈센트는 처음으로 제 나이대 소년처럼 볼을 붉히며 말을 더듬었다.

"절 매번 놀라게 하시는군요. 그런 생각을 하고 계실 줄은……. 그보다 자연스럽게 하대하시네요?"

그래서 뭐. 아리아는 그렇게 말하는 것처럼 무표정으로 답했다. 빈센트는 아무것도 아니라는 듯 고개를 저으며 피식 웃었다.

"하긴, 맞는 말씀이십니다. 전 가만히 숨만 쉬고 있어도 태양보다 찬란하게 빛나니까요. 해는 바람의 질투를 사기 마련이죠."

그런 뜻으로 한 말은 아닌데. 그녀는 이왕 말을 꺼낸 김에, 그가 현실을 직시할 수 있게 덧붙였다.

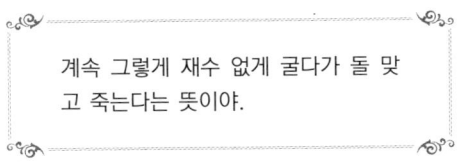

계속 그렇게 재수 없게 굴다가 돌 맞고 죽는다는 뜻이야.

"네?"

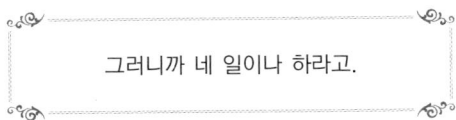

그러니까 네 일이나 하라고.

진지한 조언이었다. 빈센트는 얼빠진 표정을 짓다가 어색하게 웃음을 터트렸다.
"하하, 농담이시겠죠."

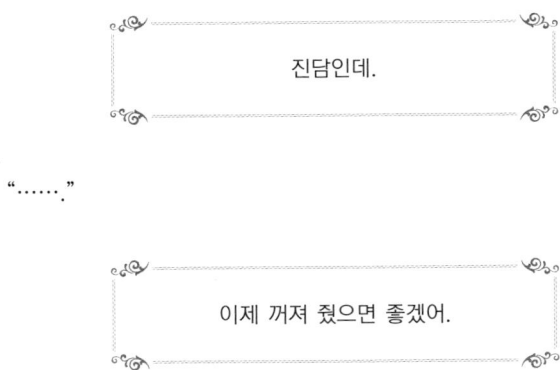

진담인데.

"……."

이제 꺼져 줬으면 좋겠어.

잠시 무거운 침묵이 내려앉았다. 아리아는 이제 좀 조용해졌다는 사실에 기뻐하며 차를 홀짝였다. 빈센트는 아리아가 툭툭 뱉는 말이 소문과 달라서 혼란스러워하고 있었다.
'저 무심하고 무뚝뚝한 눈빛, 분명 형님에게서 본 것 같은데…….'

그 나이대 다이처럼 귀엽고 사랑스러운 성격이라고 들었는데. 평범함이 다 죽었나.

'이런 성격일 줄은?'

유독 자신에게만 막 대하는 것 같은 기분이 드는 건 빈센트의 착각이 아니었다.

"그럼 형수님이 생각하는 형수님의 일이 뭔데요?"

내 사람을 지키는 것.

망설임 없는 대답이었다. 빈센트는 순간 말문이 막혔다. 기사 서약식에서나 들을 법한 말이었기 때문에.

그녀는 대답이 없는 빈센트를 뒤로 한 채 방금 적었던 카드를 전부 벽난로에 던져 넣었다. 언젠가 자신의 능력을 드러내야 할 때가 온다면 그것은 분명 그 사람을 위해서일 것이다.

아리아는 최근 소소한 취미가 생겼다. 그건 바로 정원을 서성이며 사비나의 편지를 기다리는 것이었다. 얼마나 그러고 있었을까. 아리아는 저 멀리에서 날개를 활짝 펼치며 날아오는 전서구를 확인하고 나서야 환한 표정을 지었다.

'와, 편지……! ……는 아니네.'

아쉽게도 편지는 아니었다. 편지가 오는 날도 있었지만 사비나가 전서구의 입에 꽃만 물려 줄 때도 있었다.

'사비나가 편지를 쓸 기력조차 없을 때.'

아리아는 걱정이 가득한 얼굴로 손을 들었다. 그리고 팔 위에 착지한 비둘기의 먹이를 챙겨 주었다.

'곧 다시 고비가 올 거 같은데.'

꽃을 보내는 주기가 짧아졌다. 사비나에게서 처음 보는 예쁜 꽃을 받아도 기분이 축축 처졌다. 한참 비둘기의 머리를 쓰다듬어 주고 있을 때였다. 익숙하다는 듯 그녀의 손길을 받고 있던 전서구가 갑자기 구구거리더니 푸드덕 날아가 버렸다.

'뭐지? 갑자기.'

아리아는 의아한 시선으로 등을 돌렸다. 저 멀리에서 로이드와 로이드의 재규어가 어슬렁거리며 걸어오고 있었다. 아리아를 발견한 소년의 미간이 대놓고 찌푸려졌다.

'또 쫓아내려고 하려나.'

하지만 이미 마주친 이상 어쩔 수 없었다. 아리아는 경계심 강한 로이드가 먼저 다가오기를 얌전히 기다렸다. 그의 재규어는 주인과 다르게 그녀의 곁으로 망설임 없이 다가왔다.

'안녕.'

블랙 재규어. 온몸이 새까만 털로 뒤덮인 신기한 재규어였다.

'로이드 머리 색이랑 똑같다.'

아리아는 머리를 쓰다듬기 위해 손을 뻗었다. 하지만 재규어는 그녀의 손을 피하며 주위를 빙빙 맴돌 뿐이었다. 아리아가 근처에 오기만 하면 온몸으로 부딪히며 꼬리를 흔들고 애교를 부리는 늑대들과 달랐다. 재규어들은 절대 먼저 달려들지 않았다.

'먼저 다가와 놓고 왜 손길은 피하는 거지.'

그러면서 슬쩍슬쩍 몸을 비벼 온다. 또 손을 뻗으면 멀찍이 물러서고.

'나보고 뭘 어쩌라는 걸까.'

아리아는 그냥 재규어가 하는 대로 가만히 놔두는 쪽을 택했다. 그러자 로이드가 어느새 느긋한 걸음으로 근처에 다가와 있었다.

"내가 주고 간 대공자의 권한을 한 번도 쓴 적이 없다고 들었다."

"……."

"이제 권한은 없어."

아리아는 바라지도 않았다는 듯 고개를 끄덕였다. 로이드는 눈썹을 꿈틀거렸다.

"하, 그래. 네가 머물 집은커녕 돈 한 푼도 챙기지 못하고 맨몸으로 쫓겨나기를 원한다면……."

소년이 뭐라 중얼거릴 때였다. 아리아가 무심코 뻗은 손을 재규어가 앞발로 팡 하고 쳐 버렸다.

'아.'

맞았다. 그녀는 생각보다 더 욱신거리는 손목을 멍하니 내려다보았다. 제대로 맞았으면 뼈가 부러졌을 것 같은데, 다행히 빗맞아서 그냥 삐었을 뿐이었다.

아리아는 숙이고 있던 고개를 들었다. 그리고 깜짝 놀랐다. 기척도 없이 코앞까지 다가온 로이드가, 그녀를 내려다보고 있었기 때문이었다.

"……."

해를 등지고 있어서 그런 걸까. 그림자가 진 얼굴이 전에 없이 살벌했다. 소년은 어둠 속에서 눈을 날카롭게 빛냈다.

"제정신인 건가? 왜 맹수를 건드려서……!"

그는 울컥 소리를 지르려다가 한숨을 뱉으며 얼굴을 쓸어내렸다. 그리고 꾹 눌러 참는 표정으로 나직하게 중얼거렸다.

"손목, 줘 봐."

아리아는 마음대로 하라는 듯 순순히 손을 내밀었다. 아무런 의심도 경계도 없었다. 그런 무방비한 태도에 로이드는 속이 뒤틀리는 것 같았지만 지금은 얌전히 그녀의 손목만 살폈다.

"가지가지 하는군."

부러지진 않았다. 하지만 벌써 빨갛게 부어올라 있었다. 이런 가벼운 상처는 발렌타인 영지 출신이라면 놔둬도 어느새 나아 있겠지만, 아리아는 다를 것이다.

로이드는 품속에서 단검을 꺼내 나뭇가지를 다듬더니 부목을 만들었다. 그리고 자신의 셔츠 끝자락을 찢어 아리아의 손목에 빙빙 감았다.

'부러진 것도 아닌데 너무 과한 응급 처치 아닌가.'

아리아는 내심 그렇게 생각하긴 했지만 그걸 입 밖에 내지는 않았다. 로이드는 깨지기 쉬운 유리그릇 다루듯 조심스럽게 천을 감으면서 통명스럽게 물었다.

"이것도 네 수작 중 하나인 건가?"

아리아는 고개를 갸우뚱 기울였다.

—수작?

"쫓아내려 하면 아프고 다치잖아."

—그게 왜 수작이야?

"내가 널 신경 쓰게 하려는 수작이냐고."

—신경 쓰여?

"……."

로이드는 입을 꾹 다물었다. 스스로 함정에 빠진 것 같은 표정을 한 채로. 잠시 새까만 눈동자를 느릿하게 깜빡이던 소년이, 아리아의 손을 뿌리치듯이 놓으면서 말했다.

"……아니."

그는 그렇게 말하더니 의원실을 손가락으로 가리켰다. 더는 말도 섞기 싫으니 알아서 치료받으라는 듯이. 부목을 대놓은 터라 뿌리쳐져도 딱히 아프진 않았다. 애초에 강하게 쳐내지도 않았고.

"다 나으면 이번엔 진짜 가라."

아리아는 그런 로이드를 빤히 쳐다보았다.

"무슨 생각을 하는 거지?"

뭔가 불쾌한 생각을 하는 것 같아 묻지 않을 수가 없었다. 그녀는 순순히 입술을 달싹였다.

―재규어가 주인이랑 닮았단 생각.

"무슨 뜻이야."

말 그대로의 뜻인데. 하지만 로이드는 그녀의 말을 전혀 이해하지 못한 눈치였다. 인간인 내가 동물과 닮을 점이 어디 있냐는 표정이었다. 아리아는 아무것도 아니라는 듯 고개를 저었다.

※

아리아는 가볍게 허밍을 시작했다. 세이렌의 노래는 크게 일곱 가지로 나뉜다. 물론 세분화하면 끝도 없이 많지만 말이다.

차례로 불러 보았다. 생명의 노래, 평화의 노래, 매혹의 노래, 단잠의 노래, 망각의 노래, 치유의 노래, 그리고 파멸의 노래.

"윽……!"

다른 노래들은 훈련받지 않은 상태에서도 한두 곡 정도는 거뜬하게 부를 수 있었다. 하지만 치유의 노래와 파멸의 노래를 입에 담는 순간, 아리아는 속에서 불길이 이는 것처럼 뜨겁고 고통스러워졌다. 제대로 부르지도 않았는데.

"허억, 헉."

아리아는 가슴을 붙잡고 바닥에 쓰러진 채 잠시 거친 숨을 토해 냈다.

'전혀 나아지는 게 없네.'

여전히 몸이 버텨 내지 못했다. 이제 그녀는 끼니마다 잘 챙겨 먹고 있었고, 산책하면서 운동도 잘하고 있었는데도 말이다. 진척이 아예 없다고는 할 수 없지만, 실력이 늘었다고 말하기도 민망할 정도로 찔끔찔끔 성장했다.

'그럴 수밖에 없긴 하지.'

아리아는 지난 삶에서 연습했던 대로 했다. 방에 갇혀서 목이 쉬고 갈라져 목소리가 나오지 않게 될 때까지 노래를 부르고 부르고 또 부르는 것.

'어차피 한 번 경지에 오른 적 있으니까. 꾸준히 연습하면 언젠가 될 거라고 생각했는데.'

확실히 무식한 방법이었던 걸까. 하지만 아리아는 이런 방식으로 연습하는 것밖에 방법을 몰랐다. 코르테즈 백작에게서 제대로 된 교육을 받은 적이 없었으니까. 이런 식으로 연습하다 보면 언젠가 부를 수 있게 되긴 하겠지만.

'그 언제가 언제가 될지…….'

지난 삶에서는 경지에 올랐을 때가 딱 열네 살이었다. 노력하면 기간을 2년 정도 단축할 수 있을 것 같기는 하지만. 그래선 너무 늦는다.

'좀 더 효율적인 방법이 없을까.'

단기간에 기억 속에 남아 있는 잠재력을 극적으로 끌어올리는 방법.

"아!"

아리아는 바닥에 드러누워 눈을 감은 채 생각에 잠겨 있다가, 갑자기 벌떡 일어났다.

'환상 결계!'

분명 있었다, 이 발렌타인 성에.

아리아는 딘고 산맥 입구에서 보았던 결계를 떠올렸다. 그 결계를 친 자는 에너지를 다룰 수 있는 능력이 상당한 경지에 오른 자였다.

'에너지는 사람마다 타고난 종류만 다를 뿐 본질은 결국 같으니까.'

방법은 비슷비슷하지 않을까? 결정적인 힌트를 얻을 수 있을지도 몰랐다.

'적어도 나보단 요령이 있을 거야.'

아리아는 그 길로 곧바로 도서관을 빠져나왔다. 산맥 입구에 있는 결계를 친 사람이 대체 누구인지 알아볼 생각이었다.

'그런데 대체 무슨 에너지를 다루는 사람일까. 생소한 종류의 에너지던데.'

아리아는 생각에 잠겼다. 피네타 제국에서 가장 대중적인 에너지는 '신성력'과 '마나'지만, 그 밖에도 다양한 에너지가 존재했다. 스수 종족 세이렌이 요력을 다루는 것처럼.

그때였다.

아리아가 생각에 빠져 도서관 입구를 서성이고 있을 때, 막 도서관을 나서던 사내가 그녀를 보지 못해 그대로 부딪히고 말았다.

"악!"

그는 당황스러움이 가득 담긴 비명을 질렀다. 가벼운 접촉이었지만 손에 들고 있던 서류들을 놓친 듯이었다.

아리아는 아픈 팔을 문지르며 팔랑팔랑 떨어진 서류를 응시했다. 세이렌의 뛰어난 오감은 오직 청력에만 해당하는 게 아니었다. 그녀는 깨알같이 적힌 글씨를 순식간에 눈에 담았다. 순간, 그녀의 눈이 크게 뜨였다.

'이건……'

그때 남자가 허둥거리며 재빨리 흐트러진 서류를 주워 버렸다. 귀족의 체신도 잊어버리고 땅에 무릎까지 꿇을 정도로 다급하게.

"에이 씨, 눈을 어디에다 두고 다니는…… 헉, 아가씨!"

남자는 황급하게 고개를 숙였다. 그는 아리아를 아는데 아리아는 그가 누군지 알지 못했다.

"괜찮으십니까? 다치신 데는……."

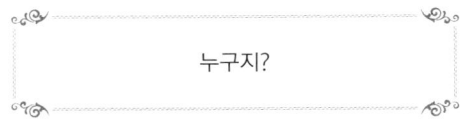
누구지?

아리아는 남자의 말을 끊고 카드를 내밀었다. 그는 살짝 기분이 나쁜 기색이었으나 이내 눈빛에 갚잖은 동정을 띠며 친절하게 설명했다.

"르센 스튜어트라고 합니다."

스튜어트 남작. 발렌타인 가문의 서기관 중 한 명. 지나가듯 들은 적이 있었다. 아리아는 잠시 그를 탐색하듯 위아래로 훑어보았다.

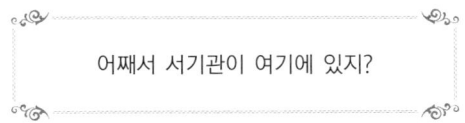
어째서 서기관이 여기에 있지?

"서기관들이 기록한 문서를 정리하기 위해서지요."

'아.'

아리아는 발렌타인의 혈족 외에 유일하게 도서관을 드나들 수 있는 직위가 서기관이라는 것을 떠올렸다.

'정황상 이상할 건 없지.'

아리아는 지나가라는 듯 슬쩍 자리를 비켜 주었다. 서기관은 그런 그녀의 태도에 불편함을 느꼈다.

'뭐지? 왜 저렇게 보지?'

서기관을 보고 왜 도서관을 찾아오냐는 듯 묻는 것도 이상했다. 그것도 무슨 꿍꿍이라도 있는 건지 의심하듯이.

'설마 서류 내용을 본 건……'

아니, 말도 안 된다. 고작 30초도 채 안 되는 잠깐 새에 어떻게 글씨를 읽는단 말인가. 그것도 상당히 떨어진 거리에서. 서기관은 아리아가 배우지 못해 무례한 것이라는 판단을 내렸다.

'흥, 지금은 멋대로 대공성을 활보하고 다닐지 몰라도 어차피 곧 쫓겨날 테지.'

최근 발렌타인 대공이 싸고돌고 있다는 소문이 돌긴 하지만 그게 얼마나 갈지. 서기관은 아리아가 얼마나 귀염을 받든 간에 어차피 쫓겨나게 될 것이라는 걸 알고 있었다.

'변덕스러운 대공의 관심도 사용인들의 호감도 전부 다 쓸모없어.'

대공자가 만약 기적적으로 이 아이에게 흥미를 보인다고 해도 소용없었다. 이미 늦었다.

'대공 부인이 죽는 날이 네가 여기서 쫓겨나게 되는 날이 될 테니까.'

서기관은 아무것도 모른 채 제 세상인 줄 알고 나다니는 아이가 가여울 뿐이었다.

'이제 곧일 테지.'

하지만 서기관은 그 말을 입 밖으로 내뱉을 정도로 멍청하진 않았다. 뷰포트가의 차남이 함부로 입을 놀리다가 어떤 꼴이 되었는지 전해 들었기 때문이다.

'마구간지기의 조수라나 뭐라나.'

최근 뷰포트 백작은 마주칠 때마다 죽상이었다. 많이 모자라지만 아끼는 아들을 겨우 기사로 만들어 놨는데, 하루아침에 작위를 박탈당했으니 말이다. 망신도 이런 망신이 없었다.

'차라리 없는 자식인 셈 치는 것이 나을 정도로.'

그는 그 꼴이 나고 싶지는 않았다.

"큼, 그럼, 저는 급한 일이 있어서 이만 실례하겠습니다."

서기관은 속으로 무슨 생각을 했든 간에, 겉으로는 깍듯하게 인사하며 물러났다.

느낌이 좋지 않다. 아리아는 방금 읽었던 서류와 빈센트가 학술원에서 돌아온 후 내내 읽고 있던 법전을 떠올렸다. 대체 왜 법만 읽고 있나 했더니.

'설마 저들이 노리는 건……'

잠시 고민에 잠긴 듯, 복도에 우두커니 서 있던 아리아는 창밖을 내다보았다. 서기관이 서류를 목숨처럼 꼭 끌어안은 채 걸음을 바삐 옮기고 있었다. 아리아는 엄지와 검지를 둥글게 말았다. 그리고 입에 물고 휘익, 휘파람을 불었다.

"구구!"

전서구 여러 마리가 창공을 가르고 빠른 속도로 날아오는 게 저 멀리서 보였다. 아리아는 주저 없이 손가락으로 서기관을 가리켰다. 동시에 그들은 명령을 받은 병사들처럼 아주 맹렬한 기세로 르센에게 달려들었다.

"뭐, 뭐야! 아아악!"

이걸로 시간은 좀 벌었나. 서류를 찢어먹고 있는 비둘기와 비둘기를 잡으려고 뛰다가 머리에 새똥을 맞은 남작. 아리아는 그 모습을 바라보다가 조용히 창문을 닫았다.

제4장

역시 하루라도 빨리 그자를 만나야겠다. 수소문할 시간도 없었다. 아리아는 곧바로 늑대 우리 앞으로 갔다. 우리의 문을 열자마자 한 마리의 늑대가 쏜살같이 튀어나왔다.

"안녕, 실버. 오랜만이야."

"컹!"

다른 늑대들에 비해 유독 털이 은빛이 감돌아서 실버. 단순한 네이밍이었다. 하지만 늑대는 그래도 자신의 이름을 불러 주는 사람이 있다는 게 기쁜지 정신없이 꼬리를 흔들었다.

대공이 자신의 늑대 하나하나 이름을 붙여서 불러 줄 정도로 세심한 성격도 아니었고 말이다. 아리아는 실버의 머리를 몇 번 쓰다듬어 준 뒤에 말했다.

"네 대장 다음으로 강한 사람이 누구야?"

"끼잉?"

"아니, 로이드 말고. 그다음으로."

늑대가 고개를 갸웃 기울이더니 코끝으로 아리아를 가리켰다.

"음…… 나 다음."

"아우우!"

알아들은 눈치였다. 아리아가 등 위에 올라타자 실버는 기다렸다는 듯 쏜살같이 달려갔다.

'탑이다.'

대공성에는 두 개의 탑이 있었다. 서쪽 탑과 동쪽 탑. 실버는 그 중에서 동쪽 탑으로 향해 나선 모양의 계단을 정신없이 밟고 올라갔다. 어느새 탑의 꼭대기 층이었다. 아리아는 실버의 등 위에서 내려와 굳게 닫힌 문을 똑똑 두드렸다. 안쪽에서는 아무런 대답도 들어오지 않았다.

'분명 안에 있는데.'

기척이 느껴졌다. 노크 소리를 들은 것처럼 잠시 우뚝 행동이 멈추기도 했었고. 그렇다는 건…….

'불청객은 무시하겠다는 건가.'

아리아는 문고리를 잡고 돌렸다. 안에서 잠겼는지 꼼짝도 하지 않았다. 몇 번 덜컥덜컥 문짝을 흔들던 아리아는 한숨을 삼키며 실버를 돌아보았다. 늑대는 기다렸다는 듯 돌진했다.

쾅앙—

박살이 나 버린 문과 뭉게뭉게 피어오르는 먼지구름, 그리고 맞은편에 서 있던 보라색 머리의 사내는 아리아를 황망하다는 듯 응시했다.

'유감이네.'

아리아는 살짝 미안한 표정을 지어 보였다. 보통 때의 자신이었다면 그냥 다음을 기약했을 테니까. 하지만 지금은 여유롭게 굴 인내심이 없었다. 시간도 부족하고 말이다.

아리아는 칭찬해 달라는 듯 달려드는 늑대를 꼭 끌어안아 준 뒤,

남자의 앞에 섰다.

"이런 씨X……."

방금 욕했지? 그는 곱슬기가 있는 자신의 머리카락을 엉망으로 흐트러트리면서 대놓고 욕설을 뱉었다.

"연구실에 없는 척 좀 했다고 문을 부숴 버리는 성질머리라니. 유유상종이라는 건 이런 걸 두고 하는 말인 모양입니다."

보라색 머리의 남자는 "발렌타인에 참 잘 오셨습니다." 하고 빈정거리며 짝짝짝 손뼉을 쳤다. 어째 말하는 걸 들어 보니, 그는 이런 일을 전에도 겪어 본 적이 있는 것 같았다.

'그렇다면 대공일까 대공자일까.'

아리아는 어쩌면 그 두 사람 다일지도 모르겠다고 생각했다. 그녀는 낡은 가방을 뒤적여 새 카드를 꺼냈다.

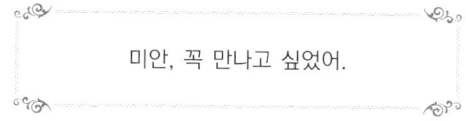

미안, 꼭 만나고 싶었어.

"아, 예. 그러시겠지요."

그는 건성으로 대꾸하면서 짧게 혀를 차더니 마지못해 자신을 소개했다.

"이 성의 주술사 칼린이라고 합니다."

주술사? 아리아는 놀란 토끼처럼 눈을 동그랗게 떴다.

주술의 힘의 원천은 '마력'인데 마력의 힘을 빌려 쓰는 건 불법이었기 때문이다. 한 번도 느껴 보지 못한 생소한 에너지라 설마 했는데, 진짜로 마력일 줄은.

'역시 발렌타인은 치외법권인가.'

범법자인 주술사가 당당하게 탑 하나를 차지하고 있다니. 더없이 악마의 성에 어울리는 인물이었다. 아리아가 빤히 쳐다보자 주술사 칼린은 이만 가라는 듯 손짓했다.

'성가신 꼬맹이.'

얕보지 않았다고 하면 사실 거짓말일 것이다. 문만 잠가 놓으면 알아서 포기하고 돌아갈 줄 알았기 때문이다. 그는 애들이 아주 지긋지긋했다.

'주술사와 마법사를 동일시하는 무지한 것들.'

마법사는 아이들의 우상이었다. 동화책뿐만이 아니라 역사서에서도 마법사란 항상 왕의 조력자이자 정신적 지주의 역할을 맡았으니까. 칼린은 아리아 또한 마법사 타령을 하러 이곳에 왔을 거라고 섣불리 판단했다.

"여긴 놀이터가 아닙니다. 제가 아가씨의 기대를 충족해 줄 수 있는 마법사도 아니고요. 보시다시피 전 바빠서 도저히 상대해 드릴 시간이 없습니다."

숨은 쉬고 말하는 걸까. 아리아는 속사포처럼 자기 할 말만 마구 쏟아 내는 남자를 올려다보다가 다시 새 카드를 꺼내 들었다.

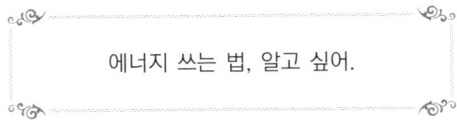

에너지 쓰는 법, 알고 싶어.

그 말을 들은 칼린의 눈썹이 잠시 위로 치켜 올라갔다가 내려갔다. 의외라는 얼굴이었다. 저 나이 또래의 애라면 보통 '우와 마법 멋있어! 나도 마법 쓰는 법 알려 줘!' 하고 말하기 때문이었다.

"에너지라는 개념을 알고 계시는군요."

에너지란 마나, 신성력, 마력, 요력 등 신비로운 힘의 총칭이었다. 인간은 누구나 에너지를 가지고 있었다. 그 에너지를 활용하고

개발하는 건 개인의 재능에 달려 있었다.

'그걸 알고 있다는 건 적어도 주술사와 마법사를 구분할 수 있다는 뜻이로군.'

그리고 사람마다 타고 난 에너지의 종류가 다르다는 걸 알고 있다는 뜻이기도 했다. 칼린은 여전히 심기 불편했지만 그래도 전보다는 누그러진 태도로 말했다.

"에너지는 아무나 운용할 수 있는 게 아닙니다. 재능 이전에 절대적인 양이 부족하면 코어에서 흘러 나가는 순간 목숨을 잃어요."

코어. 아리아는 새로운 개념을 듣고 눈을 반짝였다. 뒤에 이어지는 칼린의 말은 귀에 들어오지도 않았다.

"낙심할 것 없습니다. 에너지를 운용할 수 있는 자는 백만 명 중 한 명꼴이고, 그 에너지를 새로운 형태로 표출할 수 있는 자는 천만 명 중 한 명꼴. 그리고 저는 한 세기에 한 번 나올까 말까 한 천재……."

아리아는 천재 타령을 전부 흘려들으며 칼린이 입은 새까만 로브의 옷자락을 잡아당겼다. 그리고 카드를 내밀었다.

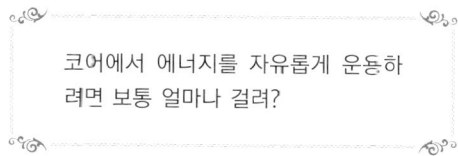

코어에서 에너지를 자유롭게 운용하려면 보통 얼마나 걸려?

"뭐 보통 짧아도 5, 6년이지요."

그렇게 오래 걸려? 아리아는 4년 안에 그 경지를 밟은 자신이 그나마 빠른 편에 속한다는 것을 깨닫고 실망했다. 그렇다면, 혹시.

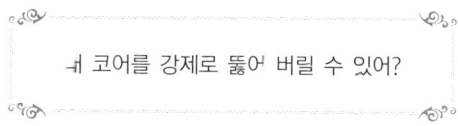

내 코어를 강제로 뚫어 버릴 수 있어?

"미치셨습니까?"

칼린은 경악했다. 나보고 대공자비를 살해하라고? 아무리 그가 고용주의 눈치를 보지 않는 편이라고 해도 그건 아니었다.

"아가씨, 사람 몸에 피가 다 빠지면 죽지요?"

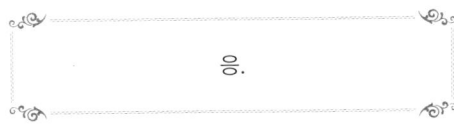
응.

"마찬가지로 코어에서 에너지가 다 빠지면 죽습니다."

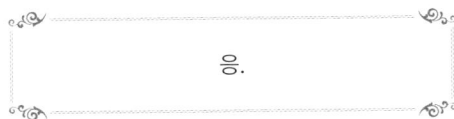
응.

"이제 허튼소리 마시지요."

칼린의 성질머리에 이 정도면 아주 친절하게 설명해 준 것이었다. 하지만 아리아는 죽는다는데도 겁먹은 기색 없이 그를 초롱초롱한 눈으로 올려다보았다.

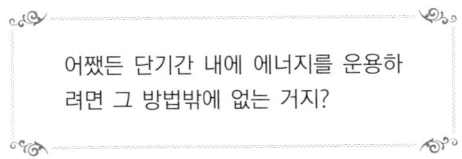
어쨌든 단기간 내에 에너지를 운용하려면 그 방법밖에 없는 거지?

"그건 그렇지요."

'유일한' 방법. 아리아는 빠르게 결단을 내렸다. 현재로서는 이 주술사에게 모든 것을 걸 수밖에 없었다.

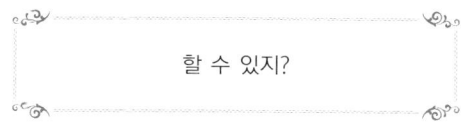
할 수 있지?

"할 수야 있지요……."

칼린은 떫은 얼굴로 설명했다.

"가끔 그렇게 무식한 방법으로 수련을 하는 자들이 있습니다."

주로 무인들이었다. 자신의 한계를 넘고 말겠다는 일념으로 기꺼이 목숨까지 버리는 근육이 뇌를 지배한 인간들. 그래서 칼린은 무인의 '무'가 무술의 무가 아니라 무식함의 무일 거라고 진지하게 생각했다.

"회복력이 인간의 수준을 뛰어넘어 아메바에 가깝다면 성공하긴 하더군요."

그리고 그는 아리아를 지긋이 응시했다. 본인 스스로 생각하기에 튼튼한 몸을 타고나서 회복력이 뛰어날 것 같냐고 묻는 듯한 시선이었다.

"너 자신을 알라는 말을 아십니까? 신전 기둥에 적혀 있는 유명한 격언입니다."

"……"

"아가씨의 에너지는 살아 있는 게 용할 정도로 희미해서 코어가 뚫리는 순간 0.1초 만에 숨이 멎을 겁니다. 그러니 이만 포기하시지요."

그는 에스코트하듯 손을 내밀었다.

"모셔다드리겠습니다."

배려라기보다는 한시라도 빨리 아리아를 쫓아내기 위한 노력이었다. 아리아는 그런 칼린의 손을 내려다보며 무언가 생각에 잠긴 듯 고민하다가, 자신의 손을 겹쳤다.

"……!"

그 순간, 반쯤 감겨 있던 주술사의 눈이 경악으로 홉떠졌다. 그는 마치 전기라도 오른 듯 빠르게 제 손을 떼어 냈다.

"마, 말도 안 돼……."

인간이 이 정도의 방대한 에너지를 가지는 게 가능하단 말인가. 칼린은 아리아와 손이 닿는 순간, 그녀가 감추고 있던 본질을 보았다. 그녀가 작정하고 숨기고 있었던 에너지를 풀어낸 건 아주 찰나일 뿐이었지만.

"대체, 정체가 뭐지?"

어린애라고 얕잡아 보고 있던 태도가 순식간에 돌변했다.

'겉모습에 현혹되어 방심했어.'

칼린은 뒤늦게 카드로 읽은 그녀의 말투가 전혀 아이 같지 않다는 것을 깨달았다. 아리아는 그런 그를 마주 보며 청아한 음성으로 답했다.

"세이렌."

아리아는 한계에 부딪혔고, 모두에게 숨길 수 없다면 선택을 해야 했다. 그녀는 주술사를 선택했다. 그가 그녀의 잠재력을 끌어올려 줄 수 있는 유일한 존재였기 때문이다.

"세이렌을 알아?"

"……모를 리가 없지요."

칼린은 돌이라도 씹는 듯한 표정으로 마지못해 대답했다. 굉장히 귀찮은 일에 휘말렸다는 것을 본능적으로 느꼈기 때문이다.

"아, 젠장. 설마 여태 요력을 감추고 계셨습니까?"

어쩐지. 살아 있는 게 기적일 정도로 에너지가 거의 느껴지지 않는 게 싸하다 했더니.

"그러면서도 코어가 뭘지도 모르다니."

칼린은 혼란에 빠졌다. 물론 감추는 것과 발산하는 건 전혀 다른 영역이기는 했지만 서로 깊은 연관이 있으므로 한쪽만 익힐 수가 없었다. 에너지를 운용할 줄 알아야지만 감출 수도 있었다.

'그건 내가 전생을 기억하고 있으니까.'

아리아는 생각했다. 에너지를 감추는 것도 운용하는 것도 기억이 있으니 할 수는 있었다. 다만 어릴 때의 몸은 코어가 막혀 있어서 자유롭지 못할 뿐이었다. 능력이 어느 정도 봉인되었다고 할까.

"대체 뭡니까 당신은. 이게 어떻게 가능하지? 이론적으로 말도 안 됩니다!"

"대충 운용할 줄은 알아. 에너지를 운용하는 통로가 뚫리지 않았을 뿐이지."

그러니까 통로가 뚫린 적도 없는데 어떻게 운용할 줄 아냐고? 물론 하려면 할 수야 있겠지만, 그건 너무나 비효율적이고 몸을 학대하는 것과 다름없었다. 그는 여태 그렇게 수련하는 사람을 태어나서 한 번도 본 적이 없었다. 칼린은 골이 다 지끈거려서 이마를 짚었다.

"여태 그럼 통로도 없이 어떻게 에너지를 운용하셨습니까?"

"그냥 했는데."

"그냥요?"

아리아는 고개를 끄덕였다.

"아니, 그런 예술적이고 섬세한 재능을 가지셨으면서 왜 하는 짓은 무인들과 다름이 없습니까?"

재차 말하지만 칼린은 무인의 '무'가 무술의 무가 아니라 무식함의 무일 거라고 진지하게 생각했다. 왜냐는 질문에 아리아는 이렇게 답할 수밖에 없었다.

"내게 노래를 익힐 방법은 그 방법밖에 없었으니까."
"……."
"피를 토할 때까지 불렀어."
칼린은 할 말을 잃었다.
'인간 취급도 받지 못했군.'
왜 아리아가 목소리를 숨기면서까지 세이렌이라는 것을 밝히지 않았는지 이해가 갔다.
'그래서 고작 열 살짜리 아이가 눈 하나 깜짝 안 하고 코어를 뚫어 달라고 말한 건가.'
칼린은 이가 갈렸다. 그는 스스로 그렇게 도덕적인 사람이라고 생각하지는 않았지만 그래도 정도가 있는 법이다.
서커스 단장이라 종종 불리는 코르테즈 백작. 그는 그 '서커스'를 이어 나가기 위해 억지로 세이렌을 취해 딸을 낳고 필요 없게 되자 팔아넘기다니. 인간으로서 마땅히 지켜야 할 도리마저 저버린 말종 중의 말종이었다. 벌레로 태어났어야 했을.
"그럼, 질문을 바꾸지요."
그는 머리끝까지 끓어오르는 분노를 애써 잠재우며 말을 이었다.
"왜 절 찾아오셨습니까? 에너지를 운용하는 법을 배우기 위해서요?"
칼린은 아리아가 그렇다고 하면 가르쳐 줄 의향이 있었다. 어린애가 자기 자신을 학대해 가며 능력을 익히는 걸 보면 속이 터졌으니까. 하지만 아리아는 고개를 저었다.
"코어를 뚫어 줘."
"억지 부리지 마십시오. 코어를 뚫는다고 갑자기 능수능란하게 능력을 사용할 수 있는 게 아닙니다."
"아니, 나는 통로가 뚫리기만 하면 바로 능력을 쓸 수 있어."

"그러니까 그게 어떻게 가능하냐고요……."

하긴, 일단 에너지를 운용할 줄 아니까 감출 수도 있는 거겠지만. 칼린은 자신이 우물 안 개구리였음을 느끼며 이제 어디 가서 천재라고도 말하지 못하겠다고 생각했다.

"이유나 들어 보죠. 대체 왜 급하게 능력을 사용하려고 하시는 겁니까?"

여기서부터가 문제였다. 아리아는 각오를 다지듯 깊게 숨을 들이쉬었다. 여태까지는 그래도 상식적으로 받아들일 수 있는 선이었겠지만, 앞으로 해야 할 말은 미치광이의 헛소리로밖에 들리지 않을 테니까. 하지만 설득할 수밖에 없었다.

"미래를 바꿔야 해."

"예?"

"사실 미래에 어떤 일이 벌어지냐면……."

"자, 잠깐만."

칼린은 그녀의 말을 도중에 끊어 버렸다.

"알고 싶지 않습니다."

아리아는 순간 말문이 막혔다. '무슨 헛소리를 하는 거냐'도 아니고, '제정신이냐'도 아니고, '알고 싶지 않다'였으니까. 계속 고압적이고 까칠한 태도를 유지하던 주술사의 눈빛이 마구잡이로 흔들리고 있었다.

"예지라도 받으셨습니까? 아니, 이건 중요한 게 아니고……."

그게 중요한 게 아니라니.

'보통은 그게 가장 궁금하지 않나.'

칼린은 그녀가 속으로 가장 걱정했던 부분을 아무렇지도 않게 받아들이고 넘겨 버렸다. 아리아가 황당해하든 말든 간에 그는 정색하며 단호하게 말했다.

"미래에 무슨 일이 벌어지든, 알고 싶지도 않고 바꿔서도 안 됩니다."

"왜?"

"사람에게는 각자 주어진 운명이라는 게 있으니까요."

운명? 어이가 없었다. 그런 논리라면 아리아는 제국을 멸망시킬 운명이라는 뜻이지 않은가. 왜 이 땅에 태어났다는 이유로 그런 운명을 짊어지어야 하지?

"모든 건 신의 뜻이라는 말을 하고 싶은 거야?"

"신이든 뭐든 간에, 세상에는 정해진 규칙과 섭리가 존재한다는 뜻입니다."

아리아는 대답하지 않은 채 칼린을 가만히 올려다보았다.

"세상이 마냥 무질서하게 보이겠지만, 사실은 정해진 법칙에 따라 굴러가고 있습니다. 빈틈없이 아주 정확하게 맞물린 톱니바퀴처럼요."

무슨 말인지 대충 알 것도 같았다. 사과는 빨갛고, 하늘은 푸르다. 사슴은 풀을 뜯어 먹고, 사자는 사슴을 뜯어 먹는다. 그것이 세상의 섭리.

'그리고 인간은 미래를 바꿀 수 없다.'

그 또한 세상의 섭리였다.

"미래를 바꾼다는 건, 기존의 톱니바퀴를 빼고 새 톱니바퀴로 갈아 끼운다는 것과 같습니다. 세상이 다시 굴러가기 위해서는 다른 것도 바꿔야 하지 않겠습니까."

아리아는 천천히 입술을 달싹였다.

"내가 정해진 법칙을 깨면, 새로운 법칙이 생겨난다는 뜻이야?"

"이해가 빠르시군요."

머리가 좋다. 열 살이라고 믿을 수 없을 정도로. 말투가 아이 같지 않았던 것도, 다 미래에 대한 예지를 받아서 그랬던 건가. 칼린은 감탄하며 고개를 끄덕였다.

"새롭게 적용된 법칙은 더 큰 대가로 요구하며 당신의 목을 조여 올 겁니다."

대가. 있을 법한 얘기였다. 원래는 죽었어야 할 사람을 시간을 되돌려 살려 낸다면, 그에 합당한 목숨값을 내놔야 한다는 건 어찌 보면 당연한 걸지도 모르겠다.

'그 대가가 뭔지는 모르겠지만.'

아리아는 덤덤히 대답했다.

"이상한데."

"뭐가 말입니까?"

"그러면 내가 왜 미래를 알고 있을까. 미래를 알면 어떻게든 바꾸려고 할 텐데. 가만히 지켜볼 리 없잖아."

"그건……."

칼린도 그 부분이 의문이었다. 왜 하필 자신의 코어를 뚫어서라도 미래를 바꾸려고 하는 자기희생적인 아이가 미래를 알게 되었단 말인가. 아리아는 간단히 그 해답을 내놓았다.

"내 뜻이 세상의 뜻이고 내 의지가 세상의 섭리니까."

"……예?"

칼린은 황당한 얼굴로 되물었다. 왜 결론이 그렇게 되는 거지?

"세상은 내가 이렇게 행동할 걸 알았겠지. 알고도 했어. 그러니까 내가 세상이야. 내 뜻을 따르도록 해."

"잠깐."

어이가 없었다. 칼린은 뭐 이런 막무가내가 다 있느냐 반응을 보였다. 하지만 그녀는 아랑곳하지 않고 말했다. 정직하게 사람을 파고드는 눈으로.

"당연히 쉽지 않겠지. 아무것도 바꾸지 못할 수도 있어. 하지만 해야 해. 아무리 어려도 무엇이 옳은지는 알아. 세상이 틀렸다면 바꿀 거야."

"……."

"닥쳐 올 대가가 두려워서 아무것도 하지 않고 끝을 기다릴 바에야 내가 대가를 전부 다 지불할게."

"……."

그 순간, 자신의 목에 칼이 들어와도 코어를 뚫어 주지 않을 것처럼 굴던 칼린의 눈빛이 흔들렸다. 확실히 어리다. 어른스럽다고 생각했는데, 어떤 점에서는 놀라울 정도로 어렸다.

'책임지겠다는 말을 그렇게 아무렇지도 않게 하다니.'

세상에는 아직도 정의가 있고 자신의 힘으로 무엇이든 바꿀 수 있다고 믿는 어린아이처럼. 불가항력이라는 걸 모르는 것처럼.

'순탄하지 않은 삶을 살았을 텐데.'

아리아는 아직도 세상을 믿고 있었다. 칼린은 무슨 말로도 그녀를 설득할 수 있을 것 같지가 않아서, 한숨을 내쉬며 이렇게 말할 수밖에 없었다.

"그럼 증명해 보이십시오."

아리아는 기다렸다는 듯 고개를 끄덕였다. 때마침 그녀는 자신의 가치를 증명할 만한 기회가 있었다.

"잠시 성 밖에 나갔다 올 수 있게 해 줘."

아리아는 칼린에게서 이동 스크롤을 강탈해 갔다. 대륙 간 이동 주술이 담긴 스크롤은 저택 한 채 값은 가뿐히 호가하고도 남는다. 그런 의미에서 강탈이 맞았다. 칼린은 미련이 가득 담긴 시선으로 아리아의 손에 들린 스크롤을 흘끔거리며 말했다.

"아가씨께서 없는 동안에 아가씨를 대신할 주술 인형을 만들어 놓으면 되죠?"

그녀는 고개를 끄덕였다. 사실 칼린에게 정체를 밝히고 그를 설득한 두 번째 이유가 바로 이것이었다. 이제 아리아는 몰래 잠시 바깥으로 외출하는 것이 가능해졌다.

"다른 사람들의 눈은 속일 수 있지만 대공 전하와 대공자님은 바로 알아차리실 겁니다."

"누가 날 찾기 전에 돌아올게."

"하, 이게 잘하는 짓인지 모르겠습니다. 이왕 스크롤을 드렸으니 위험하다 싶으면 바로 돌아오십시오."

아리아는 고개를 끄덕이며 이동 스크롤을 찢으려고 했다.

"컹!"

그때였다. 그들이 대화하는 내내 얌전히 기다리고 있던 실버가 갑자기 엄청난 속도로 달려와 그녀를 덮쳤다. 어떻게 막을 새도 없이 주술이 발동되었다.

마치 몸이 조각조각 나뉘었다가 재구성되는 듯한 기묘한 감각과 함께, 그녀는 다시 눈을 떴다. 신성제국, 가르시야에서.

"내가 갑자기 달려들지 말랬지."

아리아는 같이 이동된 실버의 머리를 콩 박으면서 말했다. 실버는 깽, 하고 짧게 비명을 지르다가 이내 투덜거렸다.

"우우웅……."

그래도 넌 내가 필요하지 않으냐는 뜻이었다. 실버는 성에서 종종 아리아를 태우고 본궁과 별궁을 오고 갔으며 그것에 상당한 자부심을 느끼고 있었다.

"컹!"

그래도 세상에 나보다 더 빨리 달릴 수 있는 건 없다. 실버는 그렇게 주장했다. 최근 아리아와 급속도로 친해진 재규어에게 위기감을 느끼고 있는 탓이었다.

'늑대가 재규어보다는 빠를 순 없을 텐데……'

아리아는 내심 그렇게 생각했지만, 마음대로 하라는 듯 한숨을 내쉬었다. 어쨌든 이동 수단이 없이 걸어 다닐 생각이었으니, 시간이 얼마 없는 걸 생각하면 실버가 때마침 잘 끼어든 셈이었다. 스크롤의 좌표는 당연하다는 듯 교황청으로 설정되어 있었다.

"해가 뜨는 방향을 따라 쭉 달려."

아리아는 전생에서 전해 들은 이야기를 떠올리며 실버의 등 위에 올라탔다. 세상 어디에서나 빛이 있으면 어둠 또한 공존했다.

'신에게 선택받은 땅이라고 불리는 신성제국이라고 해서 예외는 아니겠지.'

교황이 빈민 구제를 위해 불철주야 애쓴다고 해도 결국 굶어 죽는 사람은 생겨나기 마련이다.

'동쪽 끝 마을.'

신성제국에서는 그곳을 '가장 낮은 곳'이라고 불렀다. 원래는 터만 남은 텅 빈 폐허였는데 갈 곳 없는 부랑자와 범죄자들이 모여들기 시작하면서 마을의 형태를 이루었다고 들었다. 한마디로 아무도 관리하지 않는 무법지대였다.

"알짱거리지 말고 꺼져!"

아리아가 실버의 등에서 내려 마을로 들어가려고 할 때쯤이었다. 때마침 술병을 들고 비틀거리던 부랑자 한 명이 비틀거리며 걷다가 그녀에게 부딪히곤 소리 질렀다.

"어, 뭐야. 더리 색이 특이하네. 얼굴 좀 반반하면 꽤 잘 팔리겠어."

그리고 그녀의 연한 벚꽃색 머리카락에 흥미를 느낀 것인지 후드를 벗기려는 듯 손을 뻗었다.

크르르―

그 순간 실버가 몸을 낮추고 금방이라도 달려들어 목을 물어뜯을 것처럼 낮게 울었다.

"우와악!"

술에 취한 부랑자는 그제야 이를 드러내며 눈을 형형하지 뜨고 있는 실버를 발견했다. 그는 곧 기겁을 하며 부리나케 도망쳤다. 아리아는 좀, 어이가 없었다.

'도시에 아직 발을 들이지도 않았는데 벌써 납치당할 뻔하다니.'

그녀가 평범한 아이였으면 곧 노예로 팔려 갔을 것이다. 아리아는 왜 교황마저 이곳을 포기했는지 알 것 같다고 생각하며 살짝 질린 얼굴을 했다.

"일단 여기서 기다려, 실버."

"끼잉!"

실버가 항의했다. 하지만 아리아는 늑대의 머리를 쓰다듬으며 말했다.

"넌 너무 커서 눈에 띄어. 널 데리고 들어가면 분명 온갖 범죄자들이 달려들 거야. 암시장 같은 곳에 널 팔아넘기려고 할걸."

실버가 아무리 대단해도 전문 수렵꾼이나 밀수업자, 노예상인 등이 작정하고 달려들면 붙잡힐 수밖에 없을 것이다. 아리아는 어디 수풀 같은 곳에라도 숨어 있으라고 실버의 등을 떠민 뒤에 후드를 단단히 여몄다. 최대한 조용히 다녀오는 것이 그녀의 목적이었다.

어느새 하늘이 새까맣게 물들기 시작하고 이내 어둠이 내렸다. 아리아는 어둠 속에 자연스럽게 숨어들었다.

"사, 살려 주세요!"

"꺄아악!"

"노예로 팔려 왔으면 게으름 피우지 말고 똑바로 일해!"

"죽어 버려!"

"크하핫 네놈이 도망갈 수 있을 것 같으냐!"

"죽어! 죽으라고!"

밤이 찾아오자 사방에서 온갖 흉흉한 소리가 들려왔다. 왜 가장 낮은 곳이라고 불리나 했더니 인간의 밑바닥을 볼 수 있어서 그런 건가 싶었다.

아리아는 더욱 살금살금 걸으며 숨을 죽였다. 이곳에 사실은 한때 신전이 있었다는 것을 기억하는 자가 있을까. 과거의 영광을 완전히 잃어버린 땅이었다. 성물이 숨겨져 있을 거라고는 아무도 짐작하지 못할 정도로.

"설마 버림받은 신전 터에 성물이 잠들어 있을 거라고 누가 상상이나 했겠습니까."

"그러게나 말입니다. 가장 낮은 곳까지 내려다보시는 성녀님 아니고서야 아무도 찾지 못했을 겁니다."

성녀 베로니카는, 이제 터만 남아 버린 이 신전에서 성물을 발견할 예정이었다.

'원래대로였다면 그랬겠지.'

아리아는 반쯤 허물어진 신전 벽면에 서서 다섯 걸음쯤 옮긴 뒤 바닥을 두드렸다. 그리고 그 주변을 돌면서 같은 행동을 계속 반복했다. 얼마나 그러고 있었을까. 어느 순간 땅을 두드리자 속이 빈 듯한 텅텅 소리가 들렸다.

'여기다.'

아리아가 손으로 흙을 쓸어 내자 곧 나무판자 같은 게 드러났다. 비밀 통로의 입구였다. 그녀가 서슴없이 판자를 붙잡고 끙끙대며 들어 올릴 때였다.

"……뭐야. 시끄러워."

사람 목소리가 들렸다. 아리아는 그 자세 그대로 뻣뻣하게 굳었다. 천천히 눈동자를 굴리니 바닥에 죽은 듯이 잠들어 있던 부랑자가 잠투정하며 몸을 뒤척이고 있었다.

"으음."

이윽고 그가 규칙적인 숨소리를 냈다. 잠든 것이다.

'후…….'

아리아는 소리 없이 안도하며 다시 판자를 들어 올렸다. 그리고 안쪽에 설치된 사다리를 타고서 조심스럽게 내려갔다. 앞뒤가 구분되지 않을 정도로 어두컴컴했지만, 아리아는 좋은 눈 덕에 주저 없이 주변을 살폈다.

'온통 먼지랑 거미줄뿐이네.'

하지만 기내 그 속에서 새까만 상자를 찾았다. 상자의 뚜껑을 열자 사람들의 입에 수도 없이 오르내렸던 그 성물이 고이 잠들어 있었다.

'신의 심판.'

성전에도 적힌 성물이다. 신의 권위에 도전하려고 했던 인간들을 벌하기 위해 신이 벼락을 내렸고 그 벼락에 맞은 나뭇가지가 신의 힘을 품게 되었다는.

'제대로 찾았다.'

아리아는 상자 안의 나뭇가지를 확인하고 챙겨서 자리에서 일어났다. 이제 이곳을 벗어날 일만 남았다. 그렇게 생각할 무렵이었다.

'뭐지? 뭔가 방금······.'

몸을 일으키기 위해 벽을 짚은 순간 무언가가 느껴졌다.

'그냥 벽이잖아.'

아리아는 벽을 콩콩 두드렸다. 설마 벽 너머에 있나?

'벽을 뚫을 수는 없고.'

곤란하게 여기며 서성거릴 때였다. 벽돌 하나가 어설프게 기워져 있는 것을 발견했다. 잡아 빼면 빠질 것 같다.

아리아는 덜컥거리는 벽돌을 잡고 조심스럽게 살살 빼냈다. 안을 살펴보자 조그마한 공간이 있었다. 고작 손이 들어갈 만한. 잠시 망설이던 아리아는 공간 안에 손을 넣어 더듬어 보았다. 손끝에 무언가가 걸렸다.

'이건······.'

손바닥만 한 부드러운 벨벳 상자. 장소와 전혀 어울리지 않는 고급스러운 상자를 열어 보았다. 안쪽엔 물방울 모양으로 세공된 깔끔한 디자인의 목걸이가 있었다.

'성녀가 항상 차고 다니던 목걸이.'

왜 이게 여기에? 혹시 이것도 성물인가 했지만 그건 아닌 것 같았다. 그렇다기에는, 신성력이 거의 느껴지지 않았으니까. 흔적만 남았다고 할 정도로.

'뭐에 쓰는 물건이지?'

그냥 장신구를 여기에 보관해 놨을 것 같진 않은데.

'음, 짐작조차 가지 않네.'

아리아는 목걸이의 형태를 한 그것을 목에 차고서 자리에서 일어났다. 일단 이곳을 빠져나간 뒤에 생각하는 게 좋겠다. 아리아는 내려왔을 때와 같이 사다리를 타고 올라가 판자를 들어 올렸다.

"드디어 나왔군."

동시에 그녀는 낄낄대며 웃는 부랑자들에게 둘러싸이게 되었다. 한 사내가 아리아의 뒷걸미를 붙잡고 들어 올렸다 그는 어느 귀족에게 약탈해 온 듯한 고급스러운 검을 허리에 차고 있었다.

"뭐야? 무슨 나뭇가지를 챙겨 들고 왔어?"

비밀 통로 같은 곳을 몰래 기어들어 가길래 보물이라도 찾고 있나 했더니. 그는 빼앗은 상자를 짜증스럽게 등 뒤로 던지고는, 아리아가 쓰고 있는 후드 모자를 벗겼다.

"이 꼬맹이라도 팔아 버려야겠어."

그런데, 단단히 눌러 쓰고 있던 후드 모자 속에는 생각보다 엄청난 원석이 숨겨져 있었다. 그들은 감춰져 있던 아리아의 얼굴을 보고 나자 더욱 탐욕스럽게 눈을 빛냈다.

"이야, 이 정도면 공작, 아니 타국의 왕에게도 팔 수 있겠는데……."
"어쩌다가 이런 곳까지 오게 된 거냐, 꼬맹아."
"그렇게 고급스러운 옷을 입고 말이야. 밤 산책이라도 나왔나?"
"밤에 돌아다니면 못된 아저씨들이 잡아간단다."
"우리 같은 아저씨들 말이지."

그렇게 말하고는 자기들끼리 저열한 농담을 주고받으며 큰 소리로 웃음을 터트렸다. 아리아는 단박에 인상을 찌푸렸다. 치안이 너무 흉흉해서 불안하다 했더니, 결국엔 이렇게 되는 건가.

'웬만해서 눈에 띄는 짓은 하고 싶지 않았는데.'

하지만 이렇게 된 이상 노래를 부를 수밖에 없겠지. 치유의 노래와 파멸의 노래는 부를 수 없어도 그들의 기억을 지우는 노래 정도는 부를 수 있다. 여러 명이라 좀 힘들겠지만.

"자, 얌전히 있어라, 꼬맹이."

사내가 아리아를 향해 서슴없이 손을 뻗어 올 때였다. 그녀는 천천히 입술을 달싹였다. 그 순간,

"거기, 뭐 하는 거지?"

새하얀 제복을 차려입은 한 소년이 다가왔다. 새까만 어둠 속에서도 단박에 눈에 띌 정도로, 머리부터 발끝까지 눈밭처럼 온통 새하얀 소년이었다.

"뭐야, 이 애새끼는."

"쟤도 좀 팔리겠는데?"

"잠깐, 저거 기사단 제복 아니야?"

기사단. 그것도 교황청 소속의.

부랑자들은 긴장하며 슬쩍 뒷걸음질을 쳤다. 하지만 그런데도 곧바로 도망치지 않은 것은, 소년이 전혀 위협적으로 보이지 않은 탓이었다.

작은 키에, 가는 뼈대. 새하얀 은발에 옅은 물빛 눈동자.

'기사 맞아?'

전체적으로 작고, 연약하고, 예쁘장한 인상이었다. 스치듯 본다면 여자아이라고 착각하고도 남을 정도로.

'별거 아닌 거 같은데?'

부랑자들은 서로 시선을 교환했다. 아리아는 시선이 다른 쪽으로 몰린 틈을 타서 얼른 뒷걸음질 치고 후드를 눌러 썼다.

"지금 여러 명이 한 아이를 괴롭히고 있는 건가?"

"보면 모르냐? 너도 괴롭혀 줄까?"

그들은 어이가 없다는 듯 코웃음을 치며 위협적으로 다가갔다.

"인신매매는 불법이다."

"거, 기사 나리. 치외법권이란 말은 아시는지?"

"법이 닿지 않는 곳에 있더라도 인간의 도리는 알아야지. 신께서는 언제나 널 지켜보고 계신다."

"푸하하!"

부랑자들은 잠시 멍하니 굳어 있다가 동시에 바를 붙잡고 웃음을 터트렸다. 가장 낮은 곳에 정착한 이후로 처음 들어 보는 말이었다.

"이거 진짜 웃긴 놈이네! 가장 낮은 곳까지 와서 신의 교리를 전파하다니!"

"신이 보고 계시면 어서 천벌을 내려 주시지 그래!"

말이 통하지 않는 상대라는 걸 알자 소년은 묵묵히 검을 뽑았다. 검술 교본에 나올 법한 아주 정석적인 자세로. 건들건들한 태도로 소년을 위협하던 부랑자들도 히죽 웃으며 검을 뽑아 들었다. 그리고……

"퉤, 재수가 없으려니."

아리아는 엉망이 되어 바닥에 미동조차 없이 널브러진 소년과 침을 뱉는 부랑자를 보며 생각했다.

'쟤 뭐 하러 온 거지?'

주저 없이 검을 뽑아 들기에, 당연히 믿는 구석이 있는 건가 싶었다. 게다가 교황청 기사단 제복까지 입고 있으니까.

'부랑자들 정도는 무찌를 수 있을 줄 알았는데.'

아리아는 그제야 소년의 제복이 견습 기사 제복이라는 사실을 깨달았다.

'그러고 보니 가르시야에서는 기사를 희망하면 누구나 견습 기사가 될 수 있었지.'

신성제국답게 누구에게나 평등하게 기회를 주겠다는 취지에서였다. 물론 꿈만 크고 재능이 없으면, 한 달도 못 돼서 버티지 못하고 낙오된다고 들었지만.

'견습 기사가 된 지 얼마 안 된 건가.'

아리아는 내심 생각했다. 길거리 부랑자도 이기지 못하는 실력으로는, 오래 버티지 못할지도 모르겠다고. 하지만 소년의 꿈을 비웃지 않기로 했다. 도전하는 자는 언젠가 자신의 한계를 뛰어넘을 거라고 믿고 있었기에.

"망할, 얼굴이 완전 피떡이잖아. 상품 가치 떨어지게."

"저놈이 밟아도 끝까지 덤비는 걸 어떡하냐? 이런 독종은 또 처음 보네. 맷집 하나는 타고났어."

"한주먹 거리도 안 되는 게, 어휴."

부랑자들은 쯧쯧 혀를 차며 기절한 소년을 자루에 넣으려고 할 때였다.

'의도치 않게 도움을 받았으니까.'

도움은 전혀 되지 않았지만 어쨌든 아리아는 그를 도와주기로 했다. 그녀는 깊게 숨을 들이쉰 뒤에 손가락을 입에 물고 휙 하고 휘파람을 불었다. 그러자 아리아의 명령대로 내내 얌전히 수풀에 숨어 있던 실버가 그들을 덮쳤다.

"으악! 뭐, 뭐야!"

"괴, 괴물이다!"

그 순간 아리아는 시체를 개 먹이로 던져 준다고 태연하게 말하는 발렌타인 대공의 음성을 떠올렸다. 그녀는 저도 모르게 눈을 질끈 감고 고개를 돌렸다.

아무리 그래도 눈앞에서 사람이 산 채로 뜯어 먹히는 장면을 보고 싶지는 않았다. 하지만 당장 덤벼들어 목덜미를 물어뜯기리라는 예상과는 달리 부랑자들의 비명은 점점 멀어졌다. 도망간 것이다.

"헥헥."

아리아는 슬며시 눈을 떴다. 실버가 넝마를 물고 있었다. 부랑자들이 입고 있던 옷이었다. 바닥을 보니 아까 그들이 차고 있던 검이 널브러져 있었다.

'눈을 감길 잘했다.'

지금쯤 홀딱 벗고 거리를 활보하고 있으려나. 이런 무법지대에서 무기 하나 없이 벗고 다니면 어떤 꼴을 당할지 예상이 가고도 남았다. 아리아는 잘했다는 듯 실버의 머리를 한참 쓰다듬어 주었다.

"돌아가자."

"월!"

실버의 등 위에 올라타려고 할 때였다. 아리아의 시야 끝에 기절한 소년이 걸렸다. 왠지, 눈에 밟혔다. 그녀는 한숨을 내쉬며 소년을 실버의 등 위에 태웠다.

'이러면 시간이 지체되는데.'

그래도 이런 위험한 장소에 내버려 두고 갔다가는, 내일쯤 장기가 털리거나 어디 노예 시장에서 팔리게 될지도 몰랐다. 아리아는 약한 사람에게 약했다. 천성이라 어쩔 수가 없었다.

"교황청으로 가자."

아리아는 기절한 소년을 데리고 교황청까지 왔다. 그리고 그를 사람들 눈에 띌 만한 성벽에 기대어 놓았다.

'이 정도 해 줬으면 충분하겠지.'

아리아는 품속을 뒤적여 이동 스크롤을 찾았다. 그리고 그것을 찢어서 곧바로 돌아가려다가……. 소년이 오늘 일로 좌절하고 무너지게 될까 봐 조금 걱정되었다.

'신념을 끝까지 지킨 소년은 싸움에서 졌고, 타인을 희생시켜 탐욕을 채우려 하는 자들이 이겼으니.'

세상은 이토록 부조리해 보인다. 하지만 모든 것이 끝난 듯 보여도 다음은 계속 존재하고, 끝을 알 수 없기에 더 달리고 싶은 세상이 아니겠는가. 아리아는 카드 한 장을 꺼냈다.

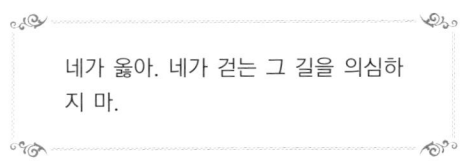

> 네가 옳아. 네가 걷는 그 길을 의심하지 마.

어차피 다시 만날 일은 없겠지만, 그 말은 꼭 전해 주고 싶었다.

돌아오는 이동 스크롤은 좌표가 주술사의 탑으로 설정되어 있었다. 스크롤을 찢자 곧바로 칼린의 얼굴이 툭 하고 튀어나왔다.

"아, 부담스러워."

아리아는 저도 모르게 코앞에 있는 얼굴을 손바닥으로 꾹 밀며 말했다. 가만히 있다가 봉변을 당한 칼린은 억울하고 상처를 받은 표정이었다. 그는 잠시 침묵하다가 말했다.

"늦으셨군요."

"무슨 일 있었어?"

"뭐, 별일 없었습니다. 둘째 도련님이 사실 시궁창의 첩자란 증거가 나와서 성이 발칵 뒤집힌 거 빼고요."

생각보다 빨리 움직였다. 그래도 하루나 이틀 정도는 시간이 있을 줄 알았는데. 아리아는 올 게 왔다는 듯 고개를 끄덕였다. 그리고 품 안에 소중하게 챙겨 온 상자를 잠시 내려다보았다.

성물, 신의 심판은 그녀의 품에 얌전히 안겨 있었다.

"알고 계셨습니까?"

"응."

"막으려던 미래가 이거였군요."

알면 이제 좀 비켜 줄래? 아리아는 그렇게 말하는 듯한 시선으로 칼린을 올려다보았다. 이미 빈센트에게 누명을 씌운 뒤라면, 시간이 매우 촉박했기 때문이다.

"둘째 도련님과 친하십니까?"

친하기는 무슨. 예전에는 할 수만 있다면 빈센트의 얼굴에 주먹을 한 번쯤 강하게 날려보고 싶었다.

'요즘에는 시비를 걸어 오지 않아서 그냥 아무 생각도 없었지만.'

아리아는 고개를 저었다.

"그런데 왜……."

칼린은 도저히 아리아를 이해할 수 없다는 듯이 물어왔다. 남 일이지 않은가. 빈센트가 누명을 벗는다고 해도 그녀가 얻을 수 있는 건 아무것도 없었다.

내게 이득이 있으면 도와주고 이득이 없으면 신경 쓰지 말고. 그런 단순하고 명료한 삶을 살아온 칼린이었다. 손해 볼 일 없이.

"후, 아무것도 아닙니다."

이런 타입과 엮이면 정신이 피곤해진다. 하지만 그렇기에 자신이 옳다고 믿는 일에 스스럼없이 뛰어드는 이가 더 빛나 보이는 법이었다. 그는 그렇게 살 수 없었으니까. 칼린은 깊게 연관되기 싫다는 듯이 얼른 가라고 손을 휘저어 보였다.

"재판 날이 잡히고, 재판에서 도련님이 첩자라는 게 확정 나면 웬만해서는 오명을 벗기 힘들 겁니다."

재판이 시작되면 상황을 뒤집기 어렵다. 그러니 누명을 벗기려면 오늘이 마지막 기회라는 뜻이었다.

"응, 알아들었어.'

아리아는 실버 위에 올라타며 말했다.

"네 대장……."

그녀는 말을 하다 말고 잠시 곰곰이 생각하다가, 방향을 바꾸기로 했다.

"네 대장…… 다음으로 강한 사람에게 안내해."

"후……."

트리스탄은 담배 연기가 섞인 한숨을 내쉬었다. 차가운 냉기가 도는 지하실이었다. 그리고 발렌타인 대공이 용의자 혹은 범인을 신문할 때 주로 사용하는 장소이기도 했다. 그는 의자 위에 느른하게 기댄 뒤 다시 궐련을 입에 물었다. 타오르는 불씨가 둥글게 궤적을 그리며 불꽃을 떨어트렸다.

"그래서, 이 얼굴 본 적 있다고?"

대공은 자신의 옆쪽을 가리키며 말했다. 그곳에는 빈센트가 입술을 꾹 깨문 채 파랗게 질린 얼굴로 서 있었다.

그리고 그들의 앞에는 바닥에 납작 엎드린 사내가 두 명 있었다. 한 명은 뷰포트 백작이 사로잡았다고 주장하는 시궁쥐의 먹이였고, 다른 한 명은 대공이 직접 시궁창으로 가서 사로잡은 시궁쥐의 먹이였다.

'젠장, 진짜 잡아 왔어.'

그 모습을 곁에서 지켜보던 뷰포트 백작은 식은땀을 흘렸다. 자신이 사로잡은 게 시궁쥐의 먹이라는 게 충분히 증명되었음에도, 발렌타인 대공은 믿지 못하겠다는 이유 하나만으로 직접 먹이를 잡아 왔다.

그것도 시궁창까지 가서. 만약 두 먹이의 진술이 서로 엇갈린다면, 목이 달아나는 건 빈센트가 아니라 자신들이 될 것이다.

뷰포트 백작은 슬쩍 옆을 쳐다보았다. 우리 이러다가 본전도 못 찾는 거 아니냐? 그러자 서기관인 르센을 포함해서 이 일에 가담한 가신들이 단호한 눈빛을 보내며 고개를 저었다.

'우리의 뜻대로 될 겁니다.'

그리고 슬쩍 웃었다. 승리를 확신하는 미소였다. 뷰포트 백작은 그제야 조금 안심하며 좀 더 여유롭게 상황을 지켜보기로 했다.

"사실대로 말하지 않으면, 네 주인이 이번에 어렵게 따 놓은 향료 유통권을 가로채겠다고 말했을 텐데."

"……."

"거짓말 같은가?"

시궁쥐의 먹이들은 목숨을 위협하고 고문한다고 해서 입을 열지 않는다. 혀도 잘렸는데 다른 신체를 훼손한다고 해서 입을 열까.

그들은 시궁쥐에게 해가 갈 것 같을 때만 그 무거운 입을 열었다. 그제야 대공이 사로잡은 먹이가 입을 열었다. 대공은 그에게 텔레파시 마법이 걸린 마나석을 던져 주었다.

―본 적 있습니다.

먹이의 전언이 텔레파시 마법을 통해 모두의 머릿속에 울려 퍼졌다. 그러자 뷰포트 백작은 회심의 미소를 지었고, 빈센트는 더욱더 새파랗게 질려 가기 시작했다.

"언제 봤지?"

―어릴 때부터. 눈에 띄는 얼굴이니까 시궁창에서 유명했습니다.

트리스탄은 눈을 가늘게 떴다. 그가 아무 말이나 둘러대는 게 아닌가 의심을 해 보았지만 그런 짓을 해 봤자 먹이는 이득을 볼 게 아무것도 없었다.

오히려 자신의 분노만 사면 샀지. 어떻게든 이 자리를 벗어나고 싶어 할 게 뻔한 그로서는 그런 손해 볼 일을 자처하지는 않을 것이다.

빈센트가 시궁창 출신이라는 것이 의심이 아니라 확신이 되었다. 일순, 그의 표정이 굳었다.

"……."

트리스탄은 잠시 옛날의 일을 떠올렸다.

빈센트 발렌타인.

혼자서, 그것도 무기 하나 없이 맨몸으로 인고 산맥을 건너온 아이. 온몸은 상처를 입고 만신창이에 꾀죄죄한 누더기를 입고 있었지.

그 아이는 자신에게 발렌타인의 피가 흐른다는 것을 발렌타인 대공과 가신들 앞에서 증명해 보였다. 그뿐만 아니라 자신이 다시는 없을 세기의 천재라는 것 또한 입증해 보였다.

"전하, 저를 입양해 주십시오. 후회하지 않으실 겁니다."

그 당돌한 말이 어이가 없기도 하고 재미있기도 하여 흔쾌히 허락했다. 트리스탄의 시선이 잠시 빈센트에게로 향했다가 이내 돌아왔다.

"출신은 아무래도 상관없다."

그는 칼같이 딱 잘라 말했다. 빈센트가 발렌타인 핏줄인 것은 가보로 확인했다. 그가 어디서 태어나고 자랐든 그건 전혀 관련 없는 문제였다.

"중요한 건 첩자 짓을 하고 있느냐 아니냐지."

─그것까지는 모르겠습니다.

"몰라?"

─혀가 잘리지 않는 주인님의 수족은 저희 하잘것없는 먹이보다

훨씬 높으신 분이십니다. 저따위가 알 리 없지요.

결국, 알 수 없다는 뜻이었다. 대공은 손가락 사이에 끼워진 궐련을 툭 털며 입매를 비틀어 웃었다. 그의 불편한 심기를 대변하듯 잿빛 눈동자에 불꽃 같은 광기가 튀었다.

"그럼 그 수족이란 놈을 잡아 오면 되겠군."

시궁쥐와 지금 당장 전쟁이라도 일으킬 기세였다. 그때, 먹이가 한마디를 덧붙였다.

─첩자인지는 모르겠으나, 그 아이를 먹이 굴에서 본 적이 있습니다.

먹이 굴.

먹이들의 주 활동 무대이자 시궁쥐와 관련된 인물이 아니고선 절대 들어갈 수 없는 장소였다.

"……그것 보십시오!"

뷰포트 백작은 승기를 잡았다는 듯 외쳤다.

"먹이 굴에 있었다지 않습니까!"

그것도 칼렌타인 대공이 직접 잡아 온 먹이의 입에서 나온 증언이었다. 그건 뷰포트 백작이 데려온 먹이와 달리, 미리 손을 써 둘 수 없다는 뜻이었다. 이건 절대 뒤집을 수 없다. 백작은 확신했다. 그때 대공은 싸늘한 시선으로 뷰포트 백작을 응시하며 물었다.

"저자는 본 적이 있나?"

그 순간 의기양양하게 나서던 백작의 어깨가 흠칫 떨렸다. 찔릴 건 없었지만, 대공의 표정이 전에 없이 살벌했기 때문이다. 하지만 먹이는 그개를 저었다.

─없습니다.

"……"

양아들이라고 감싸 줄 수 있는 것도 여기까지였다. 트리스탄은 빈센트가 첩자 짓을 할 리가 없다고 생각했다. 그래 봤자 그가 얻을 수 있는 건 아무것도 없을 테니까.

얻을 게 있기는커녕 여태 필사적으로 노력해서 얻은 모든 것을 놓치고 나락으로 떨어질 게 뻔한 무리수였다. 하지만 오판이었나.

"저 말이 사실인가?"

시궁쥐에 관련된 일은 극도로 예민한 문제였다. 빈센트를 추궁할 수밖에 없었다. 그러자 소년은 입술을 달싹였다.

"……사실입니다."

"어째서 먹이 굴에 있었지?"

"……."

돌아오는 대답은 없었다. 그는 시선을 피하며 핏기 없는 입술을 꾹 깨물었다. 트리스탄은 인상을 찌푸렸다. 필사적으로 해명해도 벗어날 수 있을지 없을지 모를 판에 침묵이라.

양자라 해도 친아들과 차별을 두지 않았다. 똑같이 굴리고 똑같이 막 대했다. 만약 가신들의 주장이 사실이라면, 이건 대공이 당해 왔던 배신 중에서 가장 쓰린 배신이었다. 화가 나고 속이 뒤틀릴 수밖에.

"첩자인 건가?"

"아닙니다."

"그런데 왜 먹이 굴에 있었지?"

"제가, 어리석은 판단을 했기 때문입니다."

게다가 자신의 죄를 인정하는 듯한 대답까지 했다. 기회를 줬음에도.

"하, 빈센트."

"……."

"난 선문답을 싫어한다. 마지막 기회야. 제대로 답해."

그는 지금 빈센트를 위한 최대한의 배려를 해 주고 있었다. 의혹을 사는 순간 당장 목을 베지도 않았고 지하 감옥에 가두지도 않았다.

가신들을 전부 불러 모아 회의를 열지도 않았다. 재판이 열리기 전 비밀리에 이의를 제기한 다섯의 가신과 서기관, 빈센트와 먹이 두 명만 지하실에 불려 모아서 추궁하고 있는 거다.

그것만 해도 엄청난 인내심을 발휘하여, 기회를 주고 있는 거였다. 특별 대우였다.

'그런데도.'

빈센트는 입을 열지 않았다. 그럼 그렇지. 가신들은 서로 시선을 교환하며 회심의 미소를 지었다. 조금 급하게 일을 벌인 감은 있지만, 지금 터트리면 아무 말도 못 할 줄 알고 있었다.

"……감옥에 가둬."

트리스탄은 짧게 경령했다. 더는 보기 싫다는 듯, 시선을 돌리면서. 대공의 말이 떨어지자 검은 매들이 일사불란하게 움직여 빈센트를 붙잡고 끌고 갔다. 순간, 빈센트의 머릿속에 아리아가 썼던 글이 빠르게 스치고 지나갔다.

네가 천재이기 때문에 살아남았다면, 넌 천저이기 때문에 죽게 될 거야. 널 천재라고 떠받들던 사람들에 의해서.

그녀의 예언이 현실이 되었다. 소년은 이를 악물었을 뿐 한마디도 하지 않았다. 흔들리는 눈빛에 서서히 체념이 번지면서 그는 눈을 질끈 감았다. 그리고 그 순간, 지하실 문이 아무런 제약 없이 스르르 열렸다.

"……!"

누군가 그의 손을 꼭 잡아 왔다. 작고 부드러운 손이었다. 깜짝 놀란 빈센트는 천천히 눈꺼풀을 들어 올렸다. 귀엽고 어찌 보면 우스꽝스럽게 보일 법한 토끼 가면 속에, 붉은 눈동자가 올곧이 소년을 응시해 왔다.

"어째서 여기에……."

빈센트는 믿을 수 없다는 듯 중얼거렸다. 검은 매들은 강제로 아리아의 손을 떼어 낼 수 없었다. 그렇다고 명령을 어길 수도 없는 채로 곤란해하고 있었다.

"……쓸데없는 접촉은 삼가고."

그런 아리아의 손을 빈센트에게서 털어 내듯 떼어 낸 건 로이드였다. 소리 없이 지하실 문을 연 장본인이었다. 갑작스러운 로이드와 아리아의 등장에 가신들이 잠시 술렁였다.

트리스탄은 기가 막힌다는 듯 눈썹을 까딱였다. 그리고 의자 손잡이에 궐련을 비벼 끄면서 말했다.

"내가 분명 아무도 들이지 말라고 했을 텐데."

그러자 뷰포트 백작도 합세했다. 그는 곱지 않은 시선으로 로이드와 아리아를 번갈아 보면서 말했다.

"그렇습니다, 대공자님. 이 일과 연관이 없으시지 않습니까. 물론 동생이 걱정되는 마음은 이해되지 않는 바가 아니지만……."

"누가 누굴 걱정한다는 거냐."

로이드는 백작의 헛소리를 칼같이 잘라 내고 자신의 아버지를 돌아보았다.

"이 일 때문에 온 게 아닙니다."

"그렇다면 이 사태를 뛰어넘는 심각한 사안이라도 있는 모양이지?"

그런 일이 아니라면, 이 자리에 끼어든 대가를 치르게 해 주겠다는 말투였다.

로이드는 말없이 아리아의 손을 잡고 허공에 번쩍 들어 올렸다. 모두의 시선이 아리아와 그녀가 손에 들고 있는 물건에 향했다. 그녀는 나뭇가지를 쥐고 있었다.

'……웬 나뭇가지?'

그것도 말라비틀어져서 툭 치면 바스러질 것처럼 생겼다. 서기관과 가신들은 아무것도 알아채지 못한 채 어리둥절한 표정을 짓고 있었다. 하지만 대공과 기사들의 표정이 순식간에 변했다. 그들은 에너지를 읽어 낼 수 있었으니까.

"그, 그건!"

"성물이 아닙니까!"

"뭐? 성물?!"

아니, 저깟 게 성물이라고?

'그보다 갑자기 여기서 성물이 왜 나와?'

뷰포트 백작은 당황스럽게 다른 가신들을 쳐다보았다. 이건 전혀 예상하지 못했던 상황인지 그들의 얼굴에는 동요가 떠올라 있었다.

"신의 심판……."

빈센트는 나지막이 중얼거렸다. 성물은 찾는다고 발견되는 게 아니었다. 성물이 주인을 직접 찾아간다는 말이 있을 정도로 예상하지도 못한 곳에서 발견되고는 했다.

어떨 때는 바닷속에 수장되어 있기도 했고, 어떨 때는 쓰레기 틈에 섞여 있기도 했다. 그런 성물을 찾아냈다는 건 일종의 증거였다.

신의 선택을 받았다는.

빈센트는 어쩐지 목이 막혀 와 아무 말도 할 수 없었다. 그녀는 매번 사람을 놀라게 했다.

"신의 심판이라니, 전 처음 듣습니다. 대체 무슨 성물인 겁니까?"

백작은 최대한 동요를 숨기며 물었다. 상대가 무식한 말을 하면 같은 공간에서 숨쉬기도 싫다는 듯 굴던 빈센트도, 그 순간만큼은 순순히 대답을 들려주었다.

"신의 앞에서 고백할 때는 한 치의 거짓조차 없어야 합니다. 신을 기만하면 심판이 내려오니까요."

그런 성물이었다. 고대에는 신관들이 신의 교리를 따르기 위해 수련용으로 사용되었다는 물건.

하지만 지금은 달랐다. 누가 이 자리에서 거짓을 고하는지 판단할 수 있는 수단이었다. 가신들은 동시에 당황해서 어쩔 줄을 몰랐다.

'갑자기 여기서 성물이라니!'

다 된 밥에 재를 뿌린 격이었다. 싸늘한 긴장감이 지하실 내부를 휘감았다. 백작은 묻지 않을 수가 없었다.

"시, 심판이라니 어떤……."

그때, 아리아가 입술을 달싹였다. 그녀의 말을 입 모양으로 읽은 로이드가 대신 전해 주었다.

"직접 확인해 보면 어떠냐는데."

"……!"

"아, 그래. 마침 성물의 효력을 확인할 만한 일이 눈앞에 있었군."

다분히 연극적인 어조였다. 하지만 로이드는 눈 하나 깜짝하지 않고 뻔뻔하게 상황을 주도했다.

"그럼 너부터 물어보지, 빈센트."

빈센트는 아까와는 다른 의미로 입술을 꾹 깨물고 있었다. 눈시울을 붉게 물들인 채로.

아리아는 소년의 앞으로 다가가 손에 성물을 쥐여 주었다. 빈센트는 그런 그녀를 흔들리는 시선으로 응시하다가 나뭇가지를 움켜잡았다.

"넌 시궁쥐의 첩자인가?"

"……아닙니다."

 물기에 젖은 억눌린 음성이었다. 당연히 아무런 일도 벌어지지 않았다. 빈센트는 누명을 벗은 것이다. 이토록 쉽게. 절대 뒤집히지 않을 것 같았던 상황은 아리아의 등장으로 손바닥처럼 쉽게 뒤집혔다.

 "가문에 피해를 준 적이 있거나 잠시라도 가담한 적이 있나?"
 "없습니다, 절대."

 소년은 아까보다 좀 더 힘주어 단호하게 대답했다. 살짝 흔들리던 목소리도 평정을 되찾고 단단해졌다. 내내 침묵을 지키고 있던 트리스탄이 무거운 입을 열었다.

 "먹이 굴에 간 이유는 뭐지?"
 "그건…… 죄송하지만 말씀드릴 수 없습니다. 하지만, 절대 가문에 해가 될 만한 짓은 하지 않았습니다."
 "그럼 됐다."

 상황은 믿을 수 없을 정도로 빠르게 정리되었다.

 '노, 농담이지?'

 뷰포트 백작은 머리가 띵 하고 울려 올 정도로 기가 막혔다. 쾌공을 들여 벌인 일이 단 몇 분 만에 정리되다니. 이럴 순 없었다.

 '빌어먹을, 저 망할 년은 대체 우리 가문에 무슨 원한이 있기에 사사건건 방해를 하는 거지?'

 아리아가 아들의 작위를 빼앗은 건 우연의 일치였을 뿐 이제 더는 위협이 될 일이 없다고 판단했다. 하지만 그녀에게 미리 손을 써 두지 않은 것이 패착이었다.

 뷰포트 백작은 아리아에게 욕을 퍼붓고 싶어도 발렌타인 성을 가진 세 남자 때문에 엄두도 내지 못하고 있었다.

 '설마 그냥 나둣가지는 아니겠지?'

모두의 반응으로 미루어 보아 거짓은 아닌 것 같았지만 백작은 의심할 수밖에 없었다. 그도 그럴 것이 애들 장난감으로도 쓰지 않을 것 같은 나뭇가지가 얼마나 신묘한 힘을 가졌겠는가. 그런 백작의 생각을 읽은 한 가신이 본인이 직접 나섰다.

"하지만 그게 진짜 성물인지 어떻게 알겠습니까? 대충 아무 나뭇가지를 주워 신성력을 덧씌운 뒤 그럴듯하게 만들 수도 있지 않습니까."

스스로 성물과 그냥 나뭇가지도 구분하지 못하는 머저리임을 밝힌 셈이었다. 그 말에, 로이드는 짧게 피식 웃으며 고개를 느른하게 기울였다. 그는 빈센트의 손에서 성물을 가져가 가신에게 건넸다.

"그럼 '저는 결백합니다' 하고 말해 보던가."

"저는 결백합니…… 크아악!"

가신이 나뭇가지를 쥐고 말을 꺼낸 순간이었다. 전기가 오른 것처럼 온몸이 바르르 떨리다가 뻣뻣하게 굳더니 풀썩 쓰러져 버렸다.

"허억!"

그러자 그 주변에 서 있던 가신들은 헛숨을 들이켜며 빠르게 뒤로 물러섰다. 뷰포트는 상황 파악을 마쳤다. 그들이 아무리 교묘하게 함정을 파냈든 말든 성물 앞에서는 전혀 소용이 없었다. 그는 식은땀이 등 뒤로 흐르는 것을 느끼며 애써 미소 지었다.

"정말 죄송합니다. 모든 게 오해였음을 인정하고 사죄드리겠습니다."

그는 결정했다. 빠르게 발을 빼기로.

"이 죄는 달게 받겠습니다. 하지만 전하, 먹이 굴입니다. 충분히 오해할 만한 상황이었다는 것을 이해해 주셨으면 합니다."

하지만 이 자리에 뷰포트의 상황을 이해해 줄 만한 이해심 깊은 사람은 없었다.

"그렇다면 정의감과 나에 대한 충심으로 나섰다는 건가?"

그것참, 지나가던 개도 안 믿을 말이군. 트리스탄은 중얼거리며 뷰포트 백작이 증거로 내민 자료를 다시 살폈다. 배신감에 눈이 멀어 아까는 보이지 않았던 점들이 눈에 띄었다. 예를 들면, 빈센트의 사소한 일부터 큰일까지 그의 흠이 될 만한 모든 일이 전부 다 기록되어 있었다.

"하나라도 걸리면 어떻게든 끌어내리려고 작정한 것처럼 보이는군."

만약 빈센트가 대공의 질문에 계속 입을 다물고만 있지 않았다면, 그는 미끼를 물기 전에 먼저 가신들을 의심했을 것이다.

"개인적인 원한이라도 있나?"

"그럴 리가 있겠습니까!"

원한.

빈센트는 잠시 생각에 잠겨 있다가 뒤늦게 생각났다는 듯 말했다.

"아, 평균 지능이 떨어지니까 멀리 떨어져서 걸으라고 한 제 말이 백작에게는 충격이었던 모양입니다."

소년은 그제야 미안한 표정을 지어 보였다. 그는 자신의 말이 과했음을 인정하고 반성했다.

"사실을 직시하게 하는 것도 당신에게 상처가 되리라는 것을 그땐 이해하지 못했습니다."

그게 아니야! 물론 그 말을 들었을 땐 죽어 버렸으면 좋겠다고 생각하긴 했다. 하지만 백작은 고작 열이 받는다고 둘째 공자에게 누명 씌울 정도로 사리 분별을 못 하진 않았다.

"도련님께서 그리 말씀하셨다면 마땅한 이유가 있었겠지요."

"그건 그렇습니다. 지금만 해도 보십시오. 저를 첩자로 주장하고 싶으셨다면 장기적으로 투자를 하셨어야지요."

"……예?"

"한꺼번에 터트리지 마시고 사소한 실수부터 조금씩 흘려서 저에 대한 신뢰를 먼저 떨어트리셨어야 한다는 뜻입니다."

빈센트는 "역시, 백작과 한 공간에 있으면 제 평균 지능이 한없이 떨어지는 느낌입니다." 하고 말을 마무리 지었다. 물론, 백작이 왜 무리수를 둬 가면서 급하게 움직였는지 다 알고서 하는 말이었다. 상황은 순식간에 역전되었다.

'저, 저 썩을 놈이! 네놈이 왜 먹이 굴에 제 발로 기어들어 갔는지 내가 다 알고 있는데!'

하지만 이번에는 뷰포트 백작이 아무 말도 할 수 없었다. 빈센트의 개인사를 말한다고 해서 상황이 바뀌진 않을뿐더러, 그의 비밀을 멋대로 폭로한 죄까지 뒤집어쓰게 될 테니까 말이다.

"무슨 그런 말씀을. 둘째 도련님과 제가 무슨 접점이 있다고 원한을 품고 악의적인 누명을 씌우겠습니까."

"말이 길어지는군."

로이드가 주절주절 끝도 없이 반복되는 백작의 변명을 끊어 냈.

"꿀릴 게 없으면 말해."

그리고 성물을 그에게 던졌다. 백작은 자신의 품에 정확하게 떨어지는 성물을 얼떨결에 든 채로 창백하게 굳었다. 갑자기 숨이 턱 막히는 듯했다.

아리아는 로이드의 옷소매를 꼭 잡고 당겼다.

"뭐야."

로이드는 성가시다는 듯 인상을 찌푸렸다. 하지만 고개는 이미 그녀의 입 모양을 유심히 보기 위해 기울어져 있었다. 아리아는 입을 뻥긋거렸다.

─서기관 법률 조작.

"서기관 법률 조작……."

로이드는 아리아의 말을 그대로 전하면서 표정이 싸늘해졌다. 밤처럼 고요한 색채를 띠던 눈동자가 서서히 분노로 물들기 시작했다. 뜨거운 분노로 들끓는 시선을 하고서 내뱉는 달은 차갑고 잔잔한 음성이었다.

"……새로운 법전을 개정할 때, 교묘한 어휘를 쓰거나 가짜 전승 자료를 덧붙여 법률을 조작했다는군."

가신들은 숨을 쉬는 것도 잊은 채 지금 자신이 꿈을 꾸고 있는 건가 했다. 차라리 꿈이기를 바라고 바랐다.

'마, 말도 안 돼.'

'있을 수 없는 일이야.'

'어떻게 안 거지? 고작 어린애가.'

누구에게도 들키지 않았다. 들킬 수가 없었다. 하지만 최근 유일하게 그들의 꼬리를 밟은 사람이 있었다.

바로 빈센트였다.

둘째 공자가 법전에 이상이 있다는 사실을 알아차린 것이다. 그가 내내 도서관에 틀어박혀 법전을 읽어댄 이유였다. 기존 법전과 새 개정안을 비교하여 달라진 점을 정확히 짚어 내기 위해서. 그 일에 가담한 가신들은 그런 둘째 공자의 행보에 등골이 오싹해질 수밖에 없었다.

'그래서 먼저 선수를 쳤는데…….'

어떻게 그걸 저 애가 알고 있지?

'설마 둘째 공자가 떠벌리고 다닌 건가? 어린애도 알고 있을 정도로?'

'하지만 증거가 다 모일 때까지 섣불리 움직일 리가 없었을 텐데!'

혼란스러운 표정을 짓고 있던 서기관, 스튜어트 남작은, 빈센트를 돌아보았다. 하지만 소년 역시 엄청나게 놀란 눈치였다. 그는 오히려 어떻게 알았냐는 듯 아리아를 쳐다보고 있었다.

'그럼 대체 뭐야.'

어느 순간 서기관은 아리아와 시선이 마주쳤다. 그는 눈을 홉뜨며 입을 벌렸다.

'설마……!'

서류!

아리아와 우연히 부딪혀 흩어진 서류에 하필이면 모든 정황이 적혀 있었다. 수정된 법안과 그 법안이 가신들에게 어떻게 유리하게 작용하는지 알기 쉽게 정리해 놓은 거였다.

가신들에게 보여 주기 위함이었다. 어릴 때부터 전문적으로 법전을 공부해 온 서기관이 아니고서는 그 차이를 쉽게 알아차릴 수 없었기 때문이다.

그런데 하필 그걸 읽다니!

'떨어진 서류를 줍는 사이에 글을 읽고 모든 정황을 파악했다고? 그것도 고작 열 살짜리가? 말도 안 돼!'

하지만 아리아의 카드는 거기서 끝나지 않았다.

"뇌물 청탁, 허위 기관 설립 및 횡령, 탈세, 부녀자 겁간…… 말하다간 끝도 없겠군. 이딴 범죄를 벌이려고 발렌타인을 능멸한 건가?"

그는 목소리를 높이지도 큰 소리를 내지도 않았다. 그저 감정이 완전히 배제된 높낮이 없는 음성으로, 사형 선고를 내리듯이 말했다.

"감히."

망할.

서기관은 식은땀을 죽죽 흘렸다. 법의 법 자도 모르는 무식한 가신들을 위해 친절하게 글로 풀어서 정리했다가 비리까지 전부 다 들켰다. 어이없는 실수였다.

"사실인가?"

"……."

"사실이냐고 물었다, 백작."

아리아를 동한 시선으로 보고 있던 트리스탄이 질문을 던졌다.

로이드는 말없이 검집에서 검을 튕겼다가 넣으며 달각거렸다.

'왜 나한테만!'

가신들의 시선이 전부 뷰포트 백작에게 향했다. 그가 대표로 성물을 들고 있었기 때문이다.

'왜 이렇게 된 거지?'

백작은 폭탄을 떠넘기려는 듯 필사적으로 주변을 두리번거렸다. 하지만 가신들은 동시에 백작의 시선을 피한 채 딴청을 피웠다. 정말 한 치의 망설임도 없는 배신에 뷰포트는 이를 갈았다. 대공에게 질문을 받았으니 답을 할 수밖에 없었다. 성물이 등장한 순간부터 결말이 정해져 있는 답을.

"크, 크흠. 스튜어트 남작, 자네 죄가 가장 크지 않은가."

백작은 옆에 선 서기관에게 성물을 떠넘기듯이 들려 주었다.

"예? 저는 전부 백작님의 지시대로 따랐을 뿐입니다! 그렇게 하면 집행관 자리를 약속한다고 하시지 않으셨습니까!"

"어허, 내가 언제 그랬나! 없는 말 지어내지 말게!"

하지만 성물은 아무런 반응도 없었다. 서기관의 말이 사실이라는 것을 증명하듯이.

'제 무덤을 아주 깊게도 파네.'

아리아는 폭탄을 떠넘기다가 다 같이 자멸하는 가신들을 보며, 속으로 쯧쯧 혀를 찼다.

"법률에 장난을 쳤으니 알고는 있겠군."

가신들이 발악하는 것을 그저 지켜보던 트리스탄은 상석에서 느굿하게 몸을 일으켰다. 그리고 기사 중 한 명이 차고 있던 검을 뽑아 들면서 말을 이었다.

"너희 모두 즉결 처분이다."

아리아는 반사적으로 흠칫 떨었다. 일전에 느껴 본 적 있던 살기였다. 트리스탄을 처음 만났던 인고 산맥에서. 그리고 로이드가 황궁에 들이닥쳤을 때. 자신의 존재와 생명이 한낱 미물로 느껴지게 만드는, 압도적인 기운.

"……."

대공과 마찬가지로 검을 뽑으려 했던 로이드가, 행동을 멈추고 아리아를 지그시 응시했다. 그녀의 동요를 읽은 것이다. 짧게 한숨을 뱉은 그가 손을 들어 아리아의 눈앞을 가려 버렸다.

동시에 검날이 허공을 가르는 소리가 들렸다. 날카롭게 벤다기보다, 둔탁하게 짓뭉개는 것에 더 가까운 소리였다.

"크아악, 아악!"

"저, 전하, 부디 선처를…… 컥, 아아악!"

가신들의 비명이 차례차례 울렸다가 끊겼다.

꺼져 가는 숨소리. 코를 찌르는 붉은 냄새.

어느새 아리아의 곁으로 다가온 빈센트가 양손으로 그녀의 귀를 대신 막아 주었다.

'……응?'

갑자기 두 소년 사이에 껴서 눈도 귀도 막혀 버린 아리아가 얼떨떨하게 서 있을 때였다. 뷰포트 백작의 마지막 발악이 지하실 내부를 가득 울렸다.

"전하, 제, 제 말을 끝까지 들어 보십시오. 사실 전 엄청난 비밀을 알고 있기에 이 자리에 온 겁니다."

이렇게 된 거 이판사판이다. 백작은 죽어도 혼자 죽을 수 없었다. 일이 이 지경이 되었으니, 처음에 의도한 대로 둘째 공자라도 끌어내릴 생각이었다.

"둘째 도련님께서 먹이 굴에 있었던 이유를 왜 끝까지 밝히지 못했겠습니까. 저분은 바로 창부의 아들이니까요!"

"출신은 상관없다 했을 텐데."

그렇게 답할 줄 알았다. 하지만 이것도 상관없다고 말할 수 있을까. 잠시 말을 멈춘 백작은 회심의 미소를 지으며, 빈센트와 시선을 맞췄다.

아리아의 귀를 감싸고 있던 소년의 손이, 그가 동요하고 있음을 그대로 드러내듯 덜덜 떨려 왔다.

뷰포트 백작은 속으로 코웃음을 치며 좀 더 극적인 어조로 말했다.

"그것도 먹이의 아들 말이죠."

빈센트가 끝까지 말하지 않고 숨기려고 했던 것이 바로 이거였다. 먹이의 아들이라는 것은 차라리 쫓겨나는 게 나을 정도로 엄청난 치부였으니까. 빈센트의 친모는 시궁창 출신의 창부였다. 그뿐만 아니라 자진해서 혀를 자르고 시궁쥐의 먹이가 되었다.

하지만 빈센트는 혀가 잘리기 전에 도망쳐서 발렌타인 성으로 향한 것이다. 그리고 입양되었다. 발렌타인의 혈족이라 인정하기 힘들 정도로, 아주 귀한 핏줄임에도 불구하고.

"먹이의 자식은 대대손손 먹이라는 것을 모르는 자가 없습니다. 먹이의 자손은 단 하나의 예외도 없이 먹이가 되었지요!"

뒤가 밟히지 않도록 철저하게 흔적을 지워도 꼬리가 길면 밟히는 법이었다. 백작은 우연히 사창가에서 그 얘기를 전해 들었다.

금발의 푸른 눈을 가진 천사 같은 외모의 귀족 소년이 시궁창의 먹이 굴을 자주 드나든다고. 창부의 입을 타고 또 타서 알게 된 소문이었다.

'원래 가장 치명적인 비밀은 가장 밝은 곳이 아니라 가장 어두운 곳에서 떠돌기 마련이니까.'

백작은 그 말을 듣는 순간, 이거다 싶었다.

"도련님께서 무려 5년 전부터 시궁창을 드나들었던 건 알고 계십니까! 창부, 아니, 먹이인 친모를 몰래 시궁창에서 빼내 오기 위해서입니다!"

이번 일뿐만이 아니라 빈센트는 뷰포트 백작에게 항상 눈엣가시였다.

'젠장, 누구는 마음에도 없는 황족과 결혼까지 했는데.'

뷰포트는 유서 깊은 고귀한 혈통이었다. 그는 거기에서 만족하지 않고 선대 황제가 가장 아끼는 조카와 결혼하여 황가와도 연을 맺었다. 그런데도 선대 황제가 승하한 이후로 정권에서 완전히 밀려나 찬밥 신세였다.

반면 빈센트는 발렌타인의 먼 친척이라는 이유로 양자가 되어 천재라 떠받들어지고 칭송받고 있었다. 이게 대체 뭐란 말인가?

'왜 귀족에겐 푸른 피가 흐른다고 하겠는가. 신의 선택을 받았으니까!'

그런데 왜 나와 내 처자식들은 시궁쥐 먹이의 아들보다 못한 삶을 살고 있단 말인가? 이런 건 말도 안 된다.

"먹이를 몰래 빼내려 하다니 제정신이 아닙니다. 친모를 설마 죽이려고 빼내겠습니까? 어떻게든 곁에 두려 하겠지요!"

귀를 어설프게 막아도 아리아의 청력으로는 모든 소리가 들려왔다.

"이대로 두었다간 큰 후환이 될 것입니다! 멀쩡해 보여도 이미 세뇌가 되었을 줄 어떻게 압니까! 혹은 지금 당장 멀쩡할지라도 언젠가 친모에 의해 세뇌당하고 말 것입니다!"

백작은 악에 받쳐 들끓는 음성으로 소리쳤다.

아리아는 빈센트의 손에 서서히 힘이 풀리는 것을 느꼈다. 그래서, 그녀는 손을 들어서 소년의 손 위에 자신의 손을 겹쳐 꼭 잡아주었다.

그딴 거 알게 뭐냐는 듯. 네가 떨 것 전혀 없다는 듯. 너는 너라는 듯. 그러자 눈을 가리던 손과 귀를 가리던 손이 동시에 움찔 떨렸다.

"출신은 상관없다."

그때, 트리스탄이 아리아의 생각을 대변하듯 말했다.

"그거 아냐. 내가 같은 말을 하는 걸 세 번씩이나 들은 자는 없어."

그때 허공을 가르는 날카로운 금속성의 울림과 함께 무언가 잘려 나갔다.

"내가 다 죽였거든."

숨소리가 완전히 끊겼다. 바닥을 적시는 붉은 피와 함께. 이제 지하실에 남은 건 발렌타인의 세 남자와 검은 매 기사들, 그리고 기절한 먹기와 아르가뿐이었다.

"꼬맹이들은 나가 있어라."

그리고 트리스탄의 한마디에 그들은 지하실 밖으로 쫓겨났다.

검은 매들은 두 도련님과 아가씨를 정중하게 홀까지 모신 뒤 꾸벅 고개를 숙이고 물러났다.

"……."

로이드는 잠시 어이가 없었다. 왜 자신까지 고맹이로 한데 묶여서 쫓겨나야 한단 말인가.

'이런 가문의 중대사에.'

다시 쳐들어가야 하나 살벌하게 중얼거리고 있을 때였다. 로이드의 시선 끝에 우연히 아리아가 닿았다. 그는 굳은 입매를 누그러트렸다.

'……?'

뭐지, 방금……. 로이드는 느슨하게 풀린 입가를 더듬으며 찝찝하다는 표정을 지었다. 그러고 있자니 아리아가 의아한 시선을 보내왔다. 그는 무덤덤하게 말했다.

"네 말대로 했어.'

소년은 안주머니에서, 아리아가 대픔 찾아와 건넸던 카드를 꺼내 보였다. 거기에는 이렇게 적혀 있었다.

제5장

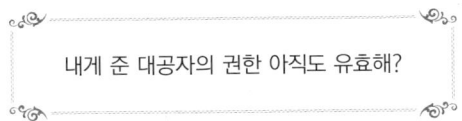

내게 준 대공자의 권한 아직도 유효해?

처음 그 카드를 보는 순간, 로이드가 든 생각은 '그럼 그렇지.'였다. 이 성에서 누구도 거스를 수 없는 절대적인 권력을, 한 번도 행사하지 않고 제 발로 걷어찰 리가. 권한을 뺏어가고 난 뒤에야 아쉬워서 찾아온 거라고 생각했다.

"그래. 유효해."

로이드는 입매를 비틀며 그렇게 답했다. 대공자의 권한으로 그녀가 뭘 할 생각인지 궁금했다. 그랬더니…….

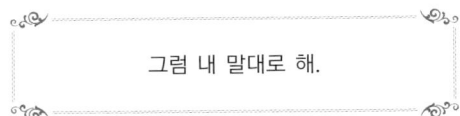

그럼 내 말대로 해.

아리아는 갑자기 그에게 명령했다. 로이드가 살면서 겪은 일 중 가장 기가 막힌 일이었다. 대공자가 준 권한으로 대공자를 부려 먹다니. 너무 어처구니가 없는 나머지 시키는 대로 따라 주기는 했는데 이런 결말이 기다리고 있을 줄은 몰랐다. 그러니까 로이드가 기대한 것은 좀 더 인간의 본성에 가까운 쪽이었다.

'추악하고 이기적인.'

물론 예상을 완전히 빗나갔지만.

'내가 준 권한은 이런 데다가 쓰라고 준 게 아니라고 말하기도 애매하군.'

덕분에 빈센트는 누명을 쓴 채 쫓겨나지 않을 수 있었고 부패한 가신들을 한 번에 처리할 수도 있었다. 잘된 일이긴 하지만.

'이런 걸 바란 건 아닌데.'

"정말 내 권한으로 하고 싶은 일이 이게 끝인가?"

아리아는 고개를 끄덕였다.

조금이라도 아쉬워할 줄 알았는데 전혀 미련도 없다는 표정이었다.

"하아……."

기껏 준 권한으로 제 몫을 챙기기는커녕 그런 건 관심도 없다. 오히려 자신과 아무런 관련도 없는 사람을 돕는 데 쓰고 있다니. 더더욱 그녀가 발렌타인과 전혀 어울리지 않는다는 인상만 강해질 뿐이었다.

'돈도 명예도 권력도 관심 없어 보이는군.'

이 세상에서 가장 상대하기 어려운 건, 돈 명예 권력으로 움직일 수 없는 인간이었다. 무엇을 바라는지 알 수 없기 때문이다.

'대체 목적이 뭐냐고 몰아붙여 볼까.'

하지만 그건 이미 해 봤다. 아리아는 '쓰다듬어 주는 거 사실 기분 좋았어' 하는 헛소리만 했을 뿐이었다.

그렇다고 그저 사랑받길 원하는 아무것도 모르는 어린아이라기에는 묘하게 위화감이 느껴졌다. 어쩐지 느낌이 안 좋았다. 그게 정확히 뭔지는 알 수 없었지만.

로이드를 생명의 위협에서 몇 번이나 살린 감이 계속 경고를 보냈다. 곁에 둬서는 안 된다고.

'역시, 너보내야겠어.'

로이드는 더욱 확고하게 결심을 굳혔다. 발렌타인 대공이 노망이 났는지 지나치게 싸고돌기는 하지만, 제 발로 나가겠다는 걸 막지는 못하겠지. 그는 빈센트 쪽에 잠시 시선을 두며 말했다.

"너는…… 다음에 얘기하지."

"예, 형님."

빈센트는 여전히 온몸에 힘이 없었지만 애써 태연한 척 웃었다.

로이드는 그런 소년의 모습에 잠시 한숨을 내쉬다가 무심하게 지나쳐 갔다.

그렇게 아리아와 빈센트 둘만 남았다. 아리아는 로이드를 따라 떠나려 하다가, 갑자기 생각났다는 듯 걸음을 멈췄다. 그리고 낡은 가방을 뒤적였다.

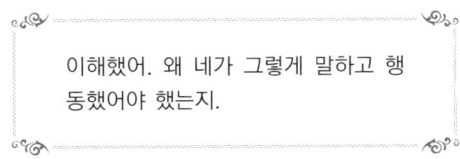

이해했어. 왜 네가 그렇게 말하고 행동했어야 했는지.

물론 도를 넘은 감이 없잖아 있지만, 빈센트는 나름 필사적이었던 거다. 어떻게든 무시당하지 않기 위해. 아무리 노력해도 벗어날 수가 없을 것 같은, 출신의 그림자를 떨쳐 내기 위해. 그는 필사적으로 천재라는 것을 세상에 드러내고 싶어 했다. 일종에 방어 기제가 아니었을까.

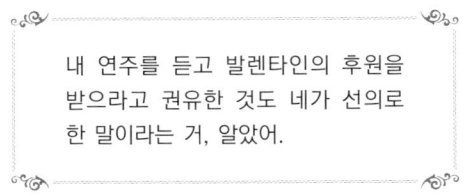

내 연주를 듣고 발렌타인의 후원을 받으라고 권유한 것도 네가 선의로 한 말이라는 거, 알았어.

그게 네 생존 방식이니까. 그녀는 뒷말을 삼켰다.

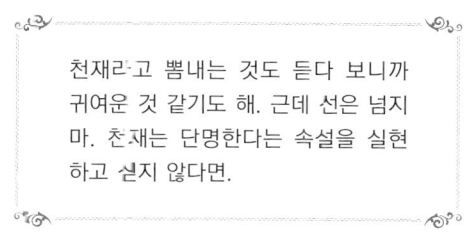

천재라고 뽐내는 것도 듣다 보니까 귀여운 것 같기도 해. 근데 선은 넘지 마. 천재는 단명한다는 속설을 실현하고 싶지 않다면.

"……."

'이건 위로일까 협박일까.'

빈센트는 헷갈렸다.

아리아는 그런 그의 머리를 쓰다듬듯이 툭툭 두드렸다. 성의 없는 손길이었다. 정말 애정이라는 것을 단 한 톨도 느낄 수 없는.

하지만 빈센트는 흠칫 굳었다가 자신의 머리카락을 만지작거렸다. 그녀가 등을 돌려 떠나갈 때까지.

빈센트는 한동안 두문불출했다.

'이 일로 충격이 컸던 것인지.'

시간이 지날수록 아리아는 조금 다른 생각이 들었다. 그의 친도가 시궁쥐의 먹이였고 그가 시궁창을 계속 드나들었다면, 시간이 얼마나 걸렸던 간에 언젠가 대공이 알게 되었을 거라고.

'그럼 어떻게 되었을까.'

그녀는 문득 궁금해졌다. 지난 삶에서 빈센트가 그렇게 쫓겨나고 나서 나중에 모든 진실을 알게 된 대공이 그를 다시 찾았을지.

'지금으로선 알 수 없긴 하지.'

빈센트는 쫓겨난 이후 시궁창을 전전하다 비참하게 죽었다고 들었으니까. 이미 죽은 사람을 찾을 순 없을 테니.

그때였다.

갑자기 똑똑 하고 책상을 두드리는 소리가 들려 왔다. 아리아는 천천히 고개를 들었다.

"오랜만입니다, 형수님."

빈센트였다. 그는 공부하기 위해 도서관을 찾은 것인지 가져온 문서들을 내려놓으며 아리아의 앞에 자리를 잡았다. 이번에는 법전은 아니었다.

"전하께서, 그리고 형님께서 제 모친을 시궁창에서 빼돌려 안전한 곳으로 옮겨 주셨습니다."

그리고 대뜸 이 말을 꺼냈다.

"궁금하실 것 같아서요."

그렇구나.

아리아는 그 말을 듣고 나자 어쩐지 그런 생각이 들었다. 몇 년이 흐른 뒤, 뒤늦게 모든 진실을 알게 된 트리스탄과 로이드가 빈센트를 찾았을 것 같다고.

비록 그들이 찾은 건, 싸늘한 시체였겠지만.

'이게 조금은, 아주 조금은, 발렌타인 사변을 막기 위한 한 걸음이 되었을까?'

모르겠다. 하지만 아리아는 그때가 올 때까지 가능성이 있는 모든 일을 하면서 계속 달려갈 생각이었다.

"왜 저를 도와주셨습니까?"

빈센트는 상념에 잠긴 그녀를 깨우듯이 물어왔다. 아리아는 고개를 갸우뚱 기울였다. 그리고 이미 알려 줬는데 왜 또 그런 걸 묻느냐는 듯이 답했다.

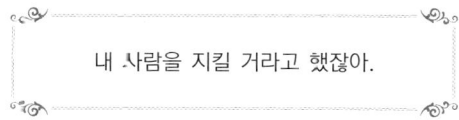

내 사람을 지킬 거라고 했잖아.

"저도 형수님의 사람입니까?"

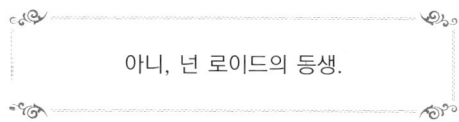

아니, 넌 로이드의 동생.

"……."

그녀의 대답은 매우 단호했다.

빈센트는 잠시 얼빠진 얼굴로 침묵하다가, 이내 실없는 웃음을 흘렸다.

"형님의 동생이라 도와주셨다는 겁니까."

아리아는 고개를 끄덕였다. 한 치의 망설임도 없이. 그녀의 선 안은 오로지 로이드뿐이라는 듯이.

"음, 제가 형수님의 사람이 될 가능성은 없는 겁니까?"

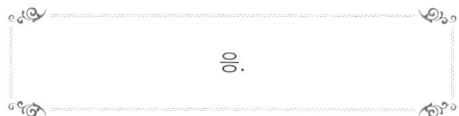

응.

"1%도요?"

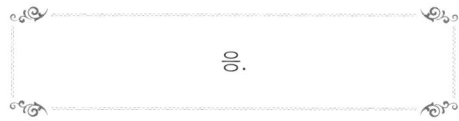

응.

"……0.1%도 말입니까?"

질문이 끈질기다. 헤실거리던 소년의 얼굴이 어느새 오기로 굳어 있었다.

'어쨌든 로이드의 동생이니까 도와줬다는데, 왜 저렇게 진지하게 열을 올리는 거지.'

아리아는 한숨을 내쉬며 새로운 카드를 적었다.

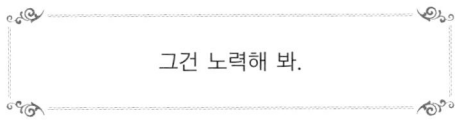

그건 노력해 봐.

0.1%가 되기 위한 노력이라니. 빈센트는 차별 대우가 심한 것 아니냐고 투덜거리다가 이내 피식하고 웃었다.

"노력하는 건 자신 있으니까요."

"그래서."

트리스탄은 눈을 말똥말똥 뜨고 자신을 올려다보는 아리아를 내려다보았다. 그리고 시선을 돌렸다. 그 옆에는 계속 다른 데를 쳐다보며 딴청을 피우는 칼린이 서 있었다.

"네가 가져온 성물을 주었다고?"

그러자 주술사는 영혼 없는 음성으로 건성건성 대꾸했다.

"예에…… 아가씨께서 계속 달라고 떼를 부리시기에……."

발렌타인 영지 내에 성물이 없다는 건 지나가던 개도 알았다. 이곳이 괜히 악마의 땅이라고 불리는 게 아닐 테니까.

'그러니 영지 밖에 나가서 얻어 왔다는 결론밖에 나지 않게 되지.'

아리아는 구르시야까지 갔다 온 것을 들키느니, 아주 자연스럽게 성물이 칼린의 것이라며 책임을 전가했다. 그가 틈만 나면 사라져서 세계 방방곡곡을 돌아다니는 것이 취미라는 얘기를 전해 들었기 때문이다.

'칼린이라면 어쩌다 우연히 발견한 성물 하나쯤 숨기고 있다고 해도 전혀 이상하지 않을 거야.'

덕분에 칼린의 처지가 매우 난처해졌다.

"흠, 떼를 부려?"

그 말을 들은 그의 고용주가 아주 불쾌해 보였으니까.

"사소한 것 하나 필요하단 말을 한 적이 없어 내 쪽에서 먼저 이것저것 사다 바치게 만드는 아이다."

"그, 그러십니까."

"그런데 떼를 부리다니. 네게?"

그 말이 왜 '너 따위 것에게?'라고 들리는지 모를 일이었다. 칼린은 잠시 어이가 없어 할 말을 잃었다. 성물 정도면 떼를 부릴 만도 하지 않나?

'대체 왜 그딴 걸 질투를 하는 거지?'

주술사는 저도 모르게 대공의 보좌관인 드웨인에게 시선을 주었다.

'이미 중증이십니다.'

그는 백번 이해한다는 듯이, 고개를 절레절레 흔들었다. 칼린은 자신에게 튄 불똥을 피하려고 말을 바꿨다.

"음, 그러고 보니 떼를 쓰셨다기보다는 정중히 부탁하셨지요."

"네게 부탁을?"

"……"

나보고 뭘 어쩌라고! 트리스탄은 칼린이 무슨 말을 하든 간에 제대로 들을 생각이 없어 보였다. 그의 희생으로 이번 일을 유연하게 넘어갈 수 있게 된 아리아만 환하게 웃어 보일 뿐이었다.

※

"이 목걸이는 성물이 아닌데요?"

칼린은 아리아가 내민 목걸이를 유심히 살피며 말했다. 물방울 모양으로 세공된 투명한 결정이 얼핏 보기에는 그냥 평범한 보석 목걸이처럼 보였다. 그녀가 신성제국에 가서 성물과 함께 덤으로 얻어 온 물건이었다.

"성물은 신성력을 한가득 품고 있는 게 보통이지만 이건 아무런 에너지도 느껴지지 않습니다. 물론 아가씨도 알고 계셨겠지만."

아리아는 고개를 끄덕였다.

"아무래도 생명력을 빨아들이는 물건 같은데요."

"생명력을 빨아들여?"

"네. 보통 마검 종류가 그렇죠."

마검이라니. 그 악명은 아리아도 익히 들었다. 검을 들기만 해도 에너지를 한계까지 빨아서 평범한 사람은 그냥 죽어 버린다지. 그리고 사람의 피를 통해서 에너지를 흡수하기도 하고 말이다. 대신 막대한 양의 에너지를 흡수하는 만큼 위력은 엄청나다고.

"이 목걸이처럼 보석 종류도 꽤 있어요. 주로 저주받은 보석이라고 불리며 소유자를 전부 죽이는 보석이죠."

"……."

살벌하다. 아리아는 칼린의 손에 들린 목걸이를 빤히 응시했다.

'그럼 베로니카는 소유자도 죽인다는 저주받은 목걸이를 차고 다

녔다는 건가? 뭐, 성녀니까 죽지는 않았겠지만.'

그때 칼린이 자신의 가력을 목걸이 안에 불어넣었다. 그러자 투명한 보석이 갑자기 검붉게 달아오르며 부르르 떨렸다가, 언제 그랬냐는 듯 다시 투명해졌다.

"그런데 마력은 통하지 않네요."

"그럼 뭐가 통하는데?"

"저야 모르죠. 신성력일 수도 있고 피일 수도 있고 영혼일 수도 있고."

칼린은 신전 터에서 주웠으니 신성력이 아니겠냐고 짐작하며 목걸이를 다시 넘겼다.

아리아는 혹시 몰라 자신의 요력을 불어넣어 보았다. 보석은 잠깐 요요한 보랏빛으로 물들었다가 다시 투명해졌다.

'요력도 아니면 역시 신성력인가.'

아리아는 그럼 평생 목걸이의 정체가 뭔지 밝힐 수 없을지도 모르겠다고 생각했다.

'앞으로 신성제국과는 최대한 엮이지 않을 생각이니까.'

그녀는 어딘지 찝찝한 표정으로 목걸이를 챙겨 넣었다. 어쨌든, 이제부터 본론이었다.

"코어 뚫어 줘."

"안 됩니다."

그러자 칼같은 답이 돌아왔다. 그 말을 들은 아리아는 생각했다. 아무래도 사기를 당한 것 같다고.

"증명해 보이라고 했지 해 준단 얘기는 안 했습니다."

"사기꾼."

"누가 사기꾼입니까!"

칼린은 버럭 소리 질렀다가 그래도 찔리는 게 있는지 슬쩍 시선을 피했다. 설마 열 살짜리 꼬맹이가 뭘 하겠냐 싶어서 선뜻 기회를 준 게 잘못이었다. 아무리 그래도 칼린은 아리아를 죽이고 싶지 않았다.

'아니, 정확히는 아가씨를 죽인 죄로 고용주에게 처참하게 살해당하고 싶지 않습니다.'

그는 타의 추종을 불허하는 위대한 주술사였으나 아무리 그래도 악마는 이기지 못했다.

"제가 봤을 때 아가씨의 재능이면 언젠가 도달하게 될 경지입니다. 아니, 제 도움이면 1년 안에도 가능합니다. 그런데 그 1년을 못 참아서 목숨을 걸다니요."

"죽으면 어쩔 수 없고……."

"그런 태도가 문제인 겁니다!"

칼린은 답답해져 왔다. 보통 사람들은 무슨 극단적인 목표를 세우든 간에 자신의 목숨은 최후의 수단으로 남겨 놓는다. 그게 인간의 본능이니까. 그런데 아리아는 자신의 목숨은 정말, 조금도 신경쓰지 않았다.

"제가 가담해 놓고 이런 말 드리기 그렇지만 홀로 가장 낮은 곳에 가신 것도 정말 미친 짓이었습니다."

정말 그가 할 말은 아니었다.

"저는 좌표가 교황청으로 설정되어 있어서 당연히 그곳에 볼일이 있으신 줄 알고……."

칼린이 갑자기 잔소리를 시작했다. 신성제국 수도 치안은 세계에서 알아줄 정도니까 당연히 안전한 줄 알고 보냈다는 말이었다.

'글쎄. 나한테는 오히려 수도 쪽이 가장 위험해 보이는데.'

신성제국은 세이렌을 견제한다. 신체의 회복은 신성력의 고유 영역이었으니까. 병을 치료하고 기적을 일으키는 건 오직 신성력을 가진 자만 할 수 있었다. 세이렌의 존재 자체가 신의 권위에 대한 도전이라고 봐도 과언이 아니었다.

'지금은 세이렌의 존재를 극소수만 알고 있으니까 나서지는 않겠지만.'

세이렌의 이름이 널리 알려지고 찬양받기 시작하면 득달같이 달려들어 약점을 찾아내려고 할 것이다. 그리고 아리아의 노래가 사람의 광기를 부추긴다는 것을 알아내 전쟁의 빌미로 삼을 터였다.

'전생에 그랬던 것처럼.'

아리아는 세이렌이 대대로 숨어 산 이유가, 역사서에 적히지 않은 신성제국의 탄압이 있었던 게 아닐까 하고 생각했다. 그때 갑자기 칼린이 하던 말을 뚝 멈추고 짜증 섞인 얼굴로 물었다.

"지금 제 얘기 안 듣고 다른 생각 하고 계시죠."

"응."

"제가 잔소리를 멈추고 코어나 뚫어 주길 기다리고 계시죠."

"응."

"가끔 보면 정말 죽고 싶어서 환장하신 것 같습니다."

웬만하면 관여하고 싶지 않지만 어쨌든 미래를 바꾸고 싶다고 하지 않았나. 그러려면 일단 살아남아야지. 그는 아리아의 똥고집에 쯧쯧 혀를 차면서 자리에서 벌떡 일어났다.

"전 그럼 이만."

칼린은 뭐라 뭐라 중얼거리며 주술진을 그리더니 허공에서 뿅 하고 사라졌다.

'뭐 이런 무책임한 경우가…….'

아리아는 짧게 한숨을 내쉰 뒤, 옆에 엎드려 있던 실버의 등을 쓰다듬어 주면서 말했다.

"다음에 주술사를 마주치면 엉덩이를 물어 버려."

"월!"

실버는 우렁차게 짖었다.

※

노래 연습을 끝내고 아리아는 오늘도 정원 근처를 서성였다. 오늘은 사비나가 편지를 보내는 날이었기 때문이다.

"……."

하지만 결국 전서구는 꽃조차 물고 오지 않았다.

'이런 적은 없었는데…….'

불길하다. 아리아는 해가 뉘엿뉘엿 질 때까지 허공만 쳐다보았다. 하늘에는 곧 비가 내릴 것처럼 먹구름이 떠 있었다.

"에츄!"

추워.

여름이라고 민소매로 된 짧은 드레스를 입고 있던 그녀는 어깨를 부르르 떨며 재채기를 했다. 기다렸다는 듯 빗방울이 한두 방울씩 뚝뚝 떨어지기 시작했다. 아리아는 눈가를 찌푸리며 하늘 위를 향해 손바닥을 뻗어 보았다. 빗줄기는 이내 굵어졌다.

쏴아아—

갑작스럽게 쏟아지는 빗줄기를 무방비하게 맞고 있을 때였다. 눈앞에 새까만 어둠이 드리워졌다. 아리아는 의아함에 고개를 들었다. 우산이었다.

"또 앓아누우려고."

그녀는 고개를 한계까지 젖혔다. 로이드가 쭈그려 앉아 있는 그녀를 불만스럽게 내려다보고 있었다.

"네가 꽃이라도 되는 줄 알아?"

응?

"비는 너 맞으라고 내리는 게 아니야."

무슨 당연한 얘기를. 아리아는 입술을 달싹였다.

―소나기는 원래 갑자기 내려.

"하, 비를 피하는 시늉이라도 하고 그런 말을 해."

그건, 할 말이 없네. 움직이기 귀찮아서 가만히 비를 맞고 있었던 아리아는 슬쩍 시선을 피하며 딴청을 피웠다. 바로 앞에 있는 꽃을 만지작거리고 있자니 로이드는 한숨을 뱉었다.

"정원에서 매일 멍하니 서서 뭘 하는 거지? 지겹지도 않나?"

그거 편지 기다리는 건데. 아리아는 속으로 생각했다. 하지만 사비나와 편지를 주고받는 건 비밀이었기 때문에 아무 말도 하지 않았다.

"하필 여기 서 있어서……."

로이드가 고개를 살짝 튼 채 뭐라 작게 중얼거렸다. 무슨 말인지는 들었지만 무슨 뜻으로 하는 말인지는 알 수 없었다. 그녀가 의아함에 고개를 갸우뚱 기울이고 있을 때였다.

"대공자님!"

로이드를 찾아서 온 사방을 헤집고 돌아다니던 사용인들이 이쪽을 향해 달려왔다. 그들은 머리부터 발끝까지 흠뻑 젖은 몰골이었다.

"지금 와 보셔야 할 것 같습니다."

"무슨 일이지?"

"마님께서 급작스럽게 발작 증세를 일으키셨습니다."

여기까지는 사실 자주 있는 일이었다. 하지만 이번만은 달랐던 걸까. 말을 전하는 시종의 음성이 볼품없이 덜덜 떨렸다.

"의원님께서 전하기를 오늘을 넘기기 힘드실 것 같다고……."

뭐? 아리아는 자리에서 벌떡 일어났다. 설마 벌써 마지막이 오다니. 예상했던 일이다. 예상했던 일인데…….

'이렇게 빠를 줄은.'

아리아는 입술을 꽉 깨물었다. 그녀는 치유의 노래 첫 소절도 아직 제대로 부르지 못하고 있었다.

'역시 코어를 뚫어 달라고 주술사를 협박하는 방법밖에 답이 없어.'

그렇게 결심하고 서둘러 걸음을 뗐을 때였다. 손목이 강하게 붙들렸다. 아리아는 눈을 휘둥그레 뜬 채 고개를 들었고 칼날 같은 눈빛과 시선이 마주쳤다.

"손목은 다 나았군."

재규어에게 맞고 삐었던 손목은 이제 멀쩡했다. 애초에 크게 다치지도 않았으니까.

"대공국 안에서 네가 지낼 만한 저택을 마련하겠다. 살겠다고 나온 어린애를 다시 사지로 밀어 넣는 취미는 없으니까."

"……."

"원하는 게 있으면 얼마든지 말해. 얼마가 들든 얼마나 걸리든 다 구해 올 테니."

지금 이러고 있을 때가 아니었다. 한시가 급했던 아리아는 붙들린 손목을 떨쳐 내기 위해 몇 번이나 흔들었다.

―놔.

하지만 로이드는 꽉 붙잡고서 놓아주지 않았다. 그는 아리아의 손 위에 들고 있던 새까만 우산을 들려 주었다. 상냥한 배려와 달리 눈동자를 밤하늘보다 새까맣게 물들인 채, 싸늘하게 일갈했다.

"그러니까 여기서 나가."

이번에는 진짜다. 진짜 축객령이다. 꺼지라는 과격한 표현을 쓰지 않아도 그의 고요한 진심이 읽혔다. 아리아는 그녀가 들기엔 너무나 커다란 우산을 든 채 잠시 우뚝 멈춰 섰다.

"다나를 불러와."

로이드는 시종에게 명령한 뒤 뒤도 돌아보지 않고 떠났다. 아리아는 잠시 멍하니 굳어진 채로 그 자리에 서 있었다. 다나가 와서 그녀를 방까지 데려다줄 때까지.

"왜 이럴 때 비가 오는 건지."

다나는 추적추적 내리는 빗물을 보며, 진절머리 난다는 듯 중얼거렸다.

'진짜 마지막 기회.'

아리아는 드디어 올 게 왔구나 싶어 입술을 깨물었다.

'무슨 일이 있어도 살려야 해.'

아리아는 그녀의 어머니, 소피아가 세상을 떠난 뒤로 시간을 되돌아왔을 때를 떠올렸다. 그때 느꼈던 절망과 비슷했다.

살릴 수 있는 충분한 능력을 갖추고 있음에도, 인간의 힘으로는 도저히 어쩔 수 없는 물리적 법칙에 따라 포기해야 하는 무력감. 이것은 운명이고 이것은 순리일까.

'그럴 리가.'

시간을 되돌아온 것부터 운명과 순리에서 벗어난 기적이었다. 기적 같은 기회를 얻었으면 기적을 일으켜야 하지 않겠는가.

새벽녘, 아리아는 번쩍 눈을 떴다.

그녀는 조심조심 자리에서 일어나 방 밖으로 빠져나왔다. 그리고 복도를 달렸다. 간간이 부지런한 사용인들과 마주칠 뻔했지만, 가까스로 모퉁이에 몸을 숨겨 몇 번 위기를 넘겼다.

아리아는 실버를 불러 등에 올라탔다.

"동쪽 탑으로."

세차게 내리치는 빗줄기가 그녀의 얼굴을 거칠게 때렸다. 아리아는 젖은 몸을 오들오들 떨면서도 아랑곳하지 않고 이를 악물었다. 그녀는 주술사에게로 가서 말했다.

"대공 부인의 병을 고칠 거야."

"……."

"다시 부탁할게. 전에 약속한 대로 코어를 뚫어 줘."

미래를 바꾸겠다는, 순리를 거스르겠다는 당당한 선언이었다. 안 됩니다. 부인은 오늘 죽어야 할 사람입니다. 그것이 순리입니다. 당신이 하고자 하는 일은 세상의 법칙을 깨부수는 일입니다.

'그렇게 말하면 되는 것을…….'

칼린은 저번처럼 단호하게 안 된다고 말하기가 힘들어졌다. 도망칠 수도 없었다. 그가 마지못해 능력을 증명해 보이라고 제안했던 그때처럼, 지금의 아리아는 어쩐지 거역할 수 없는 그런 힘이 있었다.

'저 망할 눈.'

꽃잎처럼 연약한 색을 하고서. 이상하게 사람을 믿고 움직이게 하는 강인한 힘이 있었다.

"내가 미쳤지. 미친 게 틀림없어."

칼린은 끊임없이 투덜거렸다. 고작 열 살짜리의 치기 어린 요구를 선뜻 수락했다가 결국 코가 꿰어 버렸기 때문이다. 어쩐지, 문을 부수고 온 첫 만남부터 예감이 좋지 않더라니.

"아무리 아가씨가 타고난 천재여도 코어를 강제로 뚫으면 죽어요."

"응."

"그러니 일시적으로 활성화를 시켜드리겠습니다. 쉽게 말해서 제 주술로 가짜 길을 터트리겠다는 뜻입니다."

'또 안 된다고 말하려나 했더니.'

아리아는 의외라는 듯 눈을 동그랗게 떴다가 이내 고개를 끄덕였다. 뭐가 됐든 간에 지금 당장 능력을 쓸 수 있으면 상관없었다.

"그런데 타고난 에너지와 다른 에너지를 받아들이면 부작용이 엄청나요. 전부 몸의 부담으로 갈 거라고요……."

칼린은 말을 하다 말고 푹 한숨을 내쉬었다.

아리아는 지금 비에 홀딱 젖어 있었다. 그런데 제 몸에서 물이 뚝뚝 떨어지든 말든 말릴 생각도 하지 않는다. 자신의 몸 상태 같은 건 안중에도 없어 보였다. 한숨밖에 나오지 않는 모습이었다.

"꼭 살아서 돌아오십시오. 안 그러면 제 고용주에게 살해당하니까요."

"응, 그릴게."

"대답은 참 잘하시네요."

칼린은 끝까지 투덜거렸다. 그리고 손가락을 깨문 뒤 피를 내어 아리아의 이마에 문자를 새겨 넣었다. 피로 새겨진 문자는 순식간에 황금빛으로 물들더니, 그녀의 이마에 흔적도 없이 스며들었다.

"여기까지가 제가 할 수 있는 전부입니다."

칼린은 그렇게 말하며 아리아를 순식간에 대공 부인의 방으로 이동시켜 주었다.

'잠깐 타로 이동시키면……!'

사람들한테 들키잖아!

아리아는 기겁하며 낯선 주변을 둘러보았다. 그런데 이상하게 아무도 보이지 않았다. 당연히 부인의 임종을 지키는 발렌타인 혈족들이 있을 줄 알았는데.

'트리스탄도 로이드도 빈센트도 없고…….'

아리아는 당황하며 잠시 그 자리에 굳어 있었다. 방 밖에 들리는 기척으로 보아 경비들로 둘러싸여 있는 것 같은데.

'정작 방 안은 아무도 지키는 사람이 없어.'

심지어 간호하는 사람조차 없어 의아했다.

'분명 오늘이 마지막이라 했는데.'

방의 내부는 대공국의 안주인이 사용하는 방이라고는 믿기지 않을 정도로 작고 소박했다. 아마 거동이 힘든 환자의 동선을 배려한 구조일 것이다.

아리아는 단조로운 벽지와 단순한 디자인의 가구들을 훑다가, 침대 위에 펼쳐진 새하얀 휘장을 발견하고는 그쪽으로 방향을 틀었다.

'사비나.'

휘장 너머에는 숨길 수 없는 죽음의 그림자가 드리워져 있었다. 가쁜 숨소리와 옅은 신음. 아리아는 사비나의 용태가 걱정되어 앞으로 한 걸음 내디뎠다. 그와 동시에, 서릿발 같은 싸늘한 음성이 내리꽂혔다.

"분명 아무도 들어오지 말라고 하지 않았나."

아리아는 놀랐다. 거칠고 갈라지고, 금방이라도 끊어질 듯 가느다란 숨결이었다. 하지만 아리아는 그 음성에서 숨기지 못한 담대한 기백을 느꼈다.

'기사, 아니, 사령관 같은…….'

아리아는 눈을 동그랗게 뜨고 걸음을 멈췄다. 대공 부인은 콜록거리며 기침을 토해 내더니, 그녀에게 일갈했다.

"꺼져라."

"……."

그녀는 이제야 정황을 알 수 있었다. 대공 부인의 곁을 지키던 사람들이 전부 쫓겨나서, 그녀의 임종을 지킬 수 없게 된 거다.

'그러고 보니 들은 적 있어.'

사비나는 병이 위독해질 때마다 혼자 있고 싶다고 사람들을 전부 쫓아낸다고. 그래서 그녀의 곁을 지킬 수 없게 된 남편과 아들이 사람을 죽이고 다닌다고.

'왜 모두를 뿌리치는 걸까.'

어차피 무슨 수를 써도 병이 나을 리가 없다고 생각해서일까.

'아니면 약해진 모습을 누구에게도 보여 주고 싶지 않아서일까.'

아리아는 왠지 그런 부인의 모습에서 그녀의 아들인 로이드를 겹쳐 보았다. 어쩐지, 일부러 더 모질게 구는 것 같다는 생각이 들었다.

"꺼지라고 하지 않았나."

아리아는 꿋꿋하게 다가가 휘장 앞에 섰다. 짜증스럽게, 그러나 힘겹게 고개를 돌린 사비나는 생각보다 작은 그림자에 살짝 놀란 음성을 내었다. 그녀는 살짝 당황한 목소리로 중얼거렸다.

"여긴 아무도 들어올 수 없을 텐데······."

흐트러진 휘장 틈 사이로 사비나의 모습이 언뜻 비쳤다. 안쓰러울 정도로 비쩍 마른 손가락은 전에 보았던 성물을 떠오르게 했다. 아리아는 문득 궁금해졌다.

'아프기 전에 대공 부인은 어떤 모습이었을까.'

지금처럼 무력하게 누워만 있는 모습과는 상당히 다를 것 같다는 생각이 들었다.

그녀는 작게 숨을 들이쉬었다. 그리고 휘장을 사이에 두고 인공호흡을 하듯 요력을 담은 소리를 흘려 넣었다.

"당신은 아시나요. 저 레몬꽃이 피는 나라."

조곤조곤 잔잔하게, 노랫소리를 이어 나갔다. 그녀에게 무리가 가지 않도록.

◈

삶의 마지막은 생각보다 고통이 없었다. 사비나는 이제 아무런 감각도 느낄 수 없었다. 천근만근 무겁게만 느껴지던 몸은 점점 더 가벼워졌다. 허공을 배회하는 깃털보다 더 가볍게.

비로소 병든 육신의 속박에서 벗어나는 해방감이었다. 눈앞이 점점 뿌옇게 흐려지더니 순식간에 까맣게 침잠해갔다.

'아, 이제 곧, 죽겠구나.'

이제 정말 끝이다. 그렇게 생각했다.

"당신은 아시나요. 저 레몬꽃이 피는 나라."

그런데 사비나는 점점 사라져 가는 감각 속에서 살아 숨 쉬는 생명의 소리를 들었다. 온 사방에 가득했다. 어머니의 자장가처럼 하늘하늘 피어난 노랫가락은 가랑비처럼 고요하게 귓가에 스며들었다.

"무성한 잎 그늘에서 금빛 오렌지 반짝이고, 하늘에서는 부드러운 바람이 불어요."

코끝에 알싸한 풀냄새가 스쳤다. 여름의 신록이 부드럽게 심장을 두드렸다. 정오를 알리듯 푸르름을 담은 색은 수면 위에 똑똑 떨어지는 물방울처럼 편안함을 담고 일렁였다.

"미르테는 고요하고, 월계수는 높이 솟아 있지요."

사비나는 조금도 관리하지 않아 제멋대로 자란 풀들 사이를 거

닐었다.

"사랑하는 사람아. 함께 갔으면."

나긋한 선율은 끊어질 듯 이어지며 한 발짝 한 발짝씩 한 곳으로 향했다. 아스라한 바람처럼, 뒤돌면 사라졌고 다시 앞을 보면 등을 떠밀었다.

"노새가 안개 속에서 제 갈 길 찾고, 동굴 속에선 늙은 용이 살며, 무너져 내리는 바위 위로는 다시 폭포수 쏟아져 내리는 곳."

가녀리게 흘러가던 강물이 바다를 만나 거대한 파도처럼 들썩였다. 삶의 무게가 다시 그녀를 짓누르기 시작했다

"사랑하는 사람아, 함께 갔으면."

고통이 깨어나는가 싶더니 멈춰 있던 숨통이 기침과 함께 터져 나왔다. 거친 숨을 몰아쉬자 흉부가 으스러지듯 아파 왔다.
삶과 고통은 동반되는 것.
까맣게 점멸되었던 시야가 번쩍이더니, 이내 에메랄드빛 세상을 만났다.

"그곳으로, 그곳으로.
우리의 갈 길이 뻗어 있어요."

그러자 고통은 사라지고, 부드러운 산들바람이 그녀의 살갗을 감

싸 안았다. 노랫소리가 사라지자 꺼져 갔던 감각이 되살아났다.

무너져 사라진 줄 알았던 그녀의 세상이 다시 찬연하게 피어나기 시작했다. 이번엔 환각이 아닌 현실이었다. 사비나는 감았던 눈꺼풀을 천천히 들어 올렸다.

세차게 내리는 빗줄기.

창가에 동글동글 맺힌 물방울.

나뭇잎을 타고 흐르는 물방울. 흠뻑 젖어 숨 쉬는 대지. 그리고……. 노랫소리.

'살아…… 있어.'

그녀는 휘장 너머의 자그마한 사람의 인영을 확인했다.

"……봄의 요정."

사비나는 확신을 담아 중얼거렸다. 그러자 정말 요정처럼 작은 인영이 흠칫 놀라는 게 보였다. 하지만 그녀는 더 말을 이어 갈 수 없었다. 주체할 수 없이 수마가 몰려왔으니까.

"쿨럭! 컥!"

아리아는 사비나가 잠들자마자 울컥 피를 토했다. 칼린이 말한 '타고난 에너지와 다른 에너지를 받아들인 부작용'이라는 게 바로 이것인 모양이었다.

속이 뒤집히다 못해 내장까지 토해 낼 것 같은 기분이다. 아리아는 주술사의 경고를 가벼이 넘긴 대가를 톡톡히 치르는 중이었다.

"헉, 흐으…….."

그가 코어를 뚫는 것보다는 그나마 안전한 차선책을 제시한 건데. 이마저도 이 지경이다. 처음 주술사에게 요구했던 대로 코어를 뚫었다면 진짜 죽었을지도 모르겠다.

'그래도 일시적으로나마 치유의 노래를 부를 수 있었으니, 이 정도 대가라면 싸게 먹힌 셈이야.'

사비나를 살렸다, 드디어. 첫 단추를 제대로 채운 것이다. 그녀는 속이 난도질당하는 듯한 충격에 잠시 벽을 짚고 숨을 고르다가 겨우 정신을 되찾았다. 그리고 손수건을 꺼내 대충 입가와 손을 닦은 뒤 다시 품을 뒤적였다.

원래 망각의 노래를 불러서 방 밖의 호위 기사들을 처리할 생각이었지만 도저히 그럴 몸 상태가 아니었다.

'주술사가 이동 스크롤을 따로 챙겨 준 이유가 있었네.'

아리아는 주술이 새겨진 이동 스크롤을 잡고 단박에 쭉 찢었다. 동시에 그녀의 몸이 바로 본궁 밖으로 이동했다.

'휴.'

그녀는 입가에 굳은 피를 대충 빗물에 닦아 내며, 실버를 부르기 위해 휘파람을 부를 준비를 했다.

"또 비를 맞고 있군."

그때였다. 갑자기 적막을 깨고 타인의 음성이 끼어들었다. 아리아는 화들짝 놀라 고개를 들었다.

2층 테라스에서 검은 머리의 소년이 그녀를 강렬하게 응시하고 있었다. 대체 언제부터 지켜보고 있었던 걸까. 아리아는 재빨리 로이드의 표정을 살폈다.

소년의 미끈한 이마에는 이전에 만났을 때처럼 금이 가 있었다. 하지만 이 상황이 불만스러워 보일 뿐, 뭔가를 아는 눈치는 아니었다.

'못 봤구나.'

아리아는 속으로 안도했다. 이동 스크롤로 이동한 걸 목격했다면 그가 다시 의심을 시작했을 테니까. 고개를 치켜든 바람에 빗물이 가면 구멍으로도 쏟아져 들어왔다.

로이드는 그녀의 눈에서 흘러나와 가면에 맺혀 턱을 타고 흘러내리는 빗물을 집요하게 응시했다. 밤하늘보다 더 새까만 눈동자가 맹수의 것처럼 형형하게 빛났다. 그는 눈 사이를 가늘게 좁히며 물었다.

"빗물이야, 눈물이야?"

"……."

그야, 당연히 빗물이었다. 아리아는 그 말을 이해할 수 없었다. 그러다 갑자기 문득 오페라 《아이다》의 한 장면을 떠올렸다. 주인공인 아이다는 우는 것을 숨기기 위해 비를 맞고 있었다. 우는 것조차 누구에게도 들켜서는 안 될 정도로 궁지에 몰려 있어서.

'설마 그런 오해를 하는 걸까?'

대공국에 팔려 와 의지할 곳 하나 없는 그녀가 빗속에 숨어 남몰래 울고 있었다고. 흐르는 눈물조차 사람들에게 내보이는 것이 두려워서. 터무니없는 오해였지만 오해를 풀 길이 없었다.

'아니, 오해하게 놔두는 게 나을지도…….'

왜 홀로 나와 있는 건지 따로 생각해 둔 변명이 없으니까. 그래서 아리아는 소년의 질문에 대답하지 않은 채, 시선을 피했다.

"이렇게까지 신경을 거스르는 것도 재능이군."

로이드는 테라스 난간을 잡고 가뿐히 뛰어내렸다. 진흙이 고급 원단으로 지어진 소년의 바짓단에 달라붙었다. 그는 가랑비에 옷이 젖어 들어가는데도 아랑곳하지 않고 그녀에게 다가왔다.

"말을 하면 좀 알아들어."

"……."

"내 기분이 나쁘니까 맞고 있지 말라고 뭐든."

"……."

"비든 사람이든 뭐든 널 이렇게 두지 말라고 좀."

로이드는 위협하듯 바짝 다가와 주먹을 으스러지게 꽉 움켜쥐었다. 왜 자신이 이런 말까지 해야 하는 건지 모르겠다는 듯. 자신이 이런 말까지 하게 만든 아리아가 거슬려서 어떻게 해야 할지 모르겠다는 듯. 빗물에 젖어 든 로이드의 눈동자가 심해보다 짙게 가라앉아 있었다.

'진정해.'

아리아는 그렇게 말하듯 소년의 머리에 손을 얹었다.

"……."

"……."

손이 정수리까지 닿지 않아 앞머리를 건드린 것에 더 가까웠지만. 그녀는 속으로 감탄했다. 머리카락의 감촉이 부드러웠다. 가늘고 매끈거려 쉽게 손가락 사이로 흐트러졌다.

'역시 아이는 아이라는 걸까?'

많이 놀랐는지 크게 떠진 두 눈이 상상 이상으로 귀엽게 느껴져 아리아는 내심 당황했다. 그녀가 기억하는 로이드는, 완연하게 무르익은 성인 남자였으니까.

"……뭐, 하는 거지?"

뭐 하는 거냐고? 글쎄. 아리아는 잠시 생각에 잠겼다.

'다나가 내 머리를 쓰다듬어 주었을 때, 뭐라 콕 집어 설명할 순 없지만…….'

손끝에 닿은 간질거림이 온몸에 퍼져서 온기로 가득 채워지고 모든 응어리가 녹아내리는 것 같았다. 고통도, 분노도, 슬픔도, 외로움도. 그냥 당신도 그랬으면 좋겠다고 생각해서. 위로해 주고 싶었어.

제5장

―아프지 않았으면 해서.

아리아는 입술을 달싹였다. 미동조차 없던 로이드의 새까만 눈동자가 살짝 흔들렸다. 그녀는 다시 조심스럽게 빗물에 젖은 검은 앞머리를 옆으로 쓸어 넘겨주었다. 그러자 어린 나이에도 시원시원하게 뻗은 이목구비가 드러났다.

'이러면 좀 얌전해지는구나.'

까칠한 고양이. 아리아가 남몰래 무례한 생각을 하고 있을 때였다. 잠시 흥분을 가라앉힌 듯이 보였던 로이드가 그녀의 손목을 거칠게 잡아챘다.

"누가 너처럼 약골인 줄 알아?"

그는 남은 손으로 앞머리를 쓸어올리며 한숨을 내쉬었다.

"겨우 비 좀 맞은 정도로 골골거리면서 어떻게 버티겠다는 건지 모르겠군."

"……."

"너 죽어. 확실히."

아리아도 알고 있었다. 발렌타인가의 대공 부인들은 대대로 단명한다는 것을.

'모르고 온 거 아니야.'

아리아는 그런 의미를 담은 덤덤한 시선으로 로이드를 올려다보았다. 그러자 소년은 입을 달싹이다가 꾹 다물었다. 동시에 그녀를 보는 시선이 순식간에 싸늘하게 식었다.

"울어도 안 봐줘."

로이드는 아리아를 끌고 걸음을 옮겼다. 성문을 지키는 문지기도 근처를 서성거리던 사용인들도 비에 흠뻑 젖은 그들을 보며 우왕좌왕했다.

로이드는 사용인들이 건네는 수건을 자연스럽게 낚아채 아리아의 머리 위에 씌웠다. 그리고 닦으라는 듯 정수리를 꾹 눌렀다.

아리아는 강한 힘에 잠시 고개를 푹 숙였다가 수건 끝자락을 양손으로 붙잡고 그를 올려다보았다.

"비 맞은 강아지 같은 눈 해도 소용없어."

"……."

"네가 대곤국에서 무슨 꿈을 꾸는 건지 모르겠는데……."

"……."

"여긴 지옥이야. 네가 여태 겪어 온 어떤 과거보다, 최악이지."

그녀가 말없이 응시하자,

"밑바닥이라고."

소년은 저차 강조하며 얼어붙을 것 같이 차가운 조소를 머금었다. 그의 짧은 웃음은 몸도 마음도 약하면서 왜 여기서 버티고 있냐고 빈정거리며 묻는 듯하기도 했고.

동시에 발렌타인을 향한 짙은 혐오가 느껴졌다. 그건 자기혐오이기도 했다.

"한번 발을 들이면 절대 밖으로 못 나가. 넌 감당 못 해."

"……."

"그 전에 나가. 내가 책임지고 내보내 줄 테니까."

로이드는 덧붙이며 아리아를 손님방으로 밀어 넣었다. 그리고 그대로 나가는가 했더니 다짜고짜 그녀를 욕실에 집어넣었다.

"목욕 정도는 혼자 할 수 있겠지?"

목욕을 혼자 할 수 있냐니. 아리아는 로이드에게 애 취급을 받으니 기분이 이상해졌다. 왜냐하면, 그녀의 눈엔 그가 더 풋내 나는 애로 보였으니까.

―애 아닌데.

입술을 달싹였다. 아리아의 입 모양을 읽은 로이드는 콧방귀를 꾸며 답했다.

"애 맞아."

"……."

그는 성큼 들어와 수도꼭지를 틀고 욕조에 뜨거운 물을 콸콸 틀었다. 욕조에 한가득 채워진 물에서 뜨거운 김이 모락모락 피어올랐다. 여기서 목욕을 하면 아마, 살이 익어 버리지 않을까.

'설마 들어가라고?'

아리아는 로이드와 끓는 목욕물을 번갈아 보았다. 그는 문제 있느냐는 듯 눈썹을 까딱여 보였다. 아무래도 평생 목욕 시중을 받아 왔을 도련님은 물 온도를 조절해야 한다는 걸 모르는 모양이었다. 정말 누가 누구보고 애라는 걸까.

'노력했구나.'

아리아는 삐딱하게 서 있는 소년의 머리를 부드럽게 쓸어 주었다. 기특하다는 듯이.

"아 또 왜…… 후, 목욕하고 옷 갈아입어."

그는 짜증스레 한숨을 내쉬더니 그녀의 손을 쳐내며 말했다. 그리고 옷장을 뒤적여 아무 옷이나 꺼낸 뒤 아리아의 품에 억지로 안겨 주었다.

쾅, 하고 욕실 문이 닫혔다. 밖에서는 여전히 소년의 인기척이 느껴졌다.

'아, 감시한다.'

다 씻고 나올 때까지 밖에서 기다릴 생각인 건가. 아리아는 당황스러웠지만, 그의 심정도 이해가 가긴 했다. 비만 맞아도 앓아눕는 -사실 과도하게 능력을 써서 그런 거지만- 애를 겨우 방에 들여보냈더니 또 밖에서 비를 맞고 있는 걸 발견했으니.

'화를 내지 않은 게 이상하지.'

사람 말이 말 같지 않냐고 불같이 화를 내며 소리 지르지 않은 게 다행이었다. 아리아가 전생에 겪어 온 사람들이었으면, 이미 손을 올렸을 터였다. 로이드는 그런 자들과 다르다는 걸 알고는 있지만.

'적어도 이젠 날 무시할 줄 알았는데. 그의 말을 들을 생각도 안 하고 여러 번 실망하게 했으니.'

그런데 그런 아리아의 예상과 다르게, 로이드는 여전히 그녀를 신경을 써 주고 있다. 아프지 않기를 바라는 것 같았다.

'내가 아프면 쫓아낼 수 없어서?'

아니, 아프든 말든 쫓아낼 거면 언제든 쫓아낼 수 있었으면서……. 어쩐지 뜨거운 물의 열기에 얼굴까지 달아오르는 기분이었다. 아리아는 수도꼭지를 돌려 펄펄 끓는 목욕물에 찬물을 섞었다.

"내 기사에게 대공 몰래 네가 살 만한 저택을 구해 달라고 명했다. 하루면 구할 수 있을 테니 그때까지 아프지 말고 조용히 있어."

성 밖에 나가서 살라고? 얼마나? 아리아는 괜히 물을 첨벙첨벙 튕기며 뚱한 표정을 지었다.

"너도 알겠지만 한 번 결혼하면 법적으로 이혼할 수 없어."

결혼 서류를 교환한 이상 두 사람은 부부였고 제국법상 성인이 된 이후에 이혼할 수 있었다. 귀족들의 무분별한 결혼 장사를 조금이라도 방지하기 위한 법이었다.

"그러니 지금이 네가 도망갈 수 있는 마지막 기회……."

아리아는 욕실 문을 벌컥 열었다.

문 바로 옆 벽면에 기대어 서 있던 로이드는 놀란 얼굴을 하고서 그녀를 내려다보고 있었다. 로이드는 그녀가 죽고 난 뒤를 얘기하고 있었다.

―도망 안 가.

아리아는 그의 뜻대로 대공국 내에서 평범한 일생을 살다가 죽을 수도 있었다. 발렌타인 사변과 이곳의 불행을 철저하게 외면할 수도 있었다. 자유롭게 살 수 있을 것이다. 하지만 아리아는 그렇게 살고 싶지 않았다. 분명 후회할 테니까. 미련 가득한 삶은 한 번으로 충분했다.

─이혼해. 10년 후에.

내가 성인이 되면.

─그러니까, 나랑 결혼해.

아리아는 그가 알아들을 수 있도록 파랗게 질린 입술을 또박또박 움직였다. 입 모양을 유심히 살피던 로이드는 전혀 이해하지 못하겠다는 듯 반박했다.

"내 말을 이해하기는 한 건가?"

이혼하기 위해서 결혼하자고?

"아무리 생각해도 네가 바라는 게 뭔지 모르겠어. 네 안위를 걱정해서 그렇다기엔 네 몸 같은 건 전혀 신경도 안 쓰잖아. 돈도 권력도 관심이 없잖아. 그럼 대체……."

아리아는 잠시 우물쭈물하다가, 두 눈을 질끈 감았다. 그리고 빗물에 젖은 소년의 옷깃을 붙잡고 확 잡아당겼다. 얼떨결에 바짝 가까워진 볼에 쪽 하고 입술을 맞췄다가 재빠르게 떨어졌다.

─무를 수 없어.

나는 너와 결혼하기 위해 여기까지 왔고 아무리 겁을 줘도 도망칠 생각 없어. 그러니 네가 날 싫어해도 어쩔 수 없어. 그렇게 말하듯이.

"……."

로이드는 천천히 손을 들어 아리아의 입술이 닿았다 떨어진 자신의 볼을 쓸었다. 넋이 나간 듯 보였던 눈동자에 서서히 빛이 돌아오더니 무섭게 타올랐다. 새까만 불길이 이는 것 같았다. 아리아는 생명의 위협을 느꼈다.

'헉!'

그녀는 소년이 정신을 되찾기 전에 재빨리 욕실 문을 닫고 잠가 버렸다. 안쪽에서 잠글 수 있는 구조라 천만다행이었다.

"……야. 문 열어."

쾅—!!

문짝이 들썩였다. 아리아는 화들짝 놀라 적당히 따뜻해진 욕조에 들어갔다. 열심히 씻는 척을 하자 밖에서 으득 하고 이를 가는 소리가 들려 왔다. 로이드의 살기에 깜짝 놀란 그녀의 심장이 콩닥콩닥 뛰었다.

"대공자님!"

목욕을 마치고 토끼 가면도 보송보송하게 말랐을 때쯤이었다. 갑자기 문이 벌컥 열렸다.

"아가씨와 함께 터를 맞고 계셨다는데 대체 이게 무슨 일이죠?"

다나가 허겁지겁 달려와 아리아와 르이드 사이를 가로막았다. 자다가 달려온 건지 평소의 단정한 모습은 온데간데없이 머리는 헝클어져 있고 옷차림은 엉망이었다.

"설마, 또 아가씨께 위협을 가하신 건가요?"

다나는 두 사람 사이에 흐르는 미묘한 긴장감을 눈치채고 물었다.

'뭐, 살해 위협을 느끼긴 했는데.'

어쨌든 잘못한 건 그녀 자신이었기에, 아리아는 다나의 옷자락을 잡으며 고개를 저었다.

로이드는 자신이 오해를 받든지 말든지 별로 관심도 없는 듯, 그저 아리아를 살벌하게 노려보고 있었다. 싸늘한 칼날 같은 시선이었다. 눈빛으로 사람을 죽일 수 있었으면 그녀는 이미 수없이 찔려 죽었을 것이다.

"두 분…… 무슨 일 있으셨나요?"

다나는 한때 로이드의 유모였던 만큼 소년을 잘 알고 있었다. 그런 그녀가 보기에도 로이드의 기세가 보통이 아니었다. 다나는 두 사람을 번갈아 보며 곤혹스러운 표정을 지었다.

"겁 없는 토끼."

이건 날 부르는 건가. 아리아는 고개를 갸우뚱 기울였다.

"내 첫…… 아니, 그건 됐어."

작게 욕설이 들린 것 같았다.

로이드는 울컥 화를 내려는 듯하다가 감정을 눌러 삼켰다. 그리고 자신의 볼을 손바닥으로 문질렀다. 여린 볼살이 빨개질 때까지 벅벅. 언제 그랬냐는 듯 곧바로 아무렇지도 않은 얼굴로 돌아오기는 했지만.

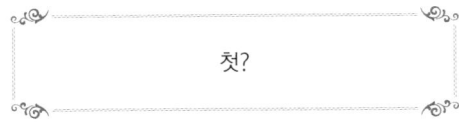

아리아는 그 뒷말이 전혀 예상조차 가지 않는다는 듯이 카드를 들어 되물었다. 설마 볼 뽀뽀가 처음일 리는 없다고 생각했으니까. 귀족 영식이라면 뺨에 가벼운 입맞춤 정도는 인사로도 받아 봤을 테니.

'에이 설마.'

그런데 심기가 불편해 보이던 로이드가 카드를 빼앗더니 그대로 갈기갈기 찢어서 버렸다.

"그렇게까지 나와 결혼하려는 이유가 뭐야."

로이드는 물었다. 그녀가 대공성에 찾아온 이유를. 질문과 동시에 살벌한 시선은 거두지고 감정 없이 예리하게 빛나기 시작했다. 아리아는 직감적으로 느꼈다.

'지금 내 대답에 따라 결정을 내릴 생각이야.'

성 밖으로 쫓아낼 건지, 아니면 곁에 둘 건지. 그래서 대답했다.

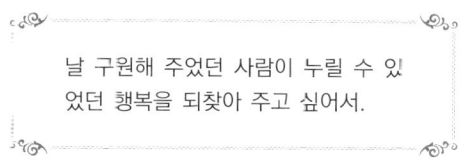

날 구원해 주었던 사람이 누릴 수 있었던 행복을 되찾아 주고 싶어서.

자신의 솔직한 심정을.

"……뭐?"

소년이 한 박자 늦게 되물었다. 그리고 눈가를 가늘게 좁혔다. 카드를 제대로 읽은 것이 맞는지 의심하듯이.

그때였다. 갑자기 쿵쾅거리는 뜀박질 소리가 들리더니 한 시종이 벌컥 방문을 열었다.

"크, 큰일…… 아니, 기적이 일어났습니다! 마님께서 병석에서 일어나셨어요!"

타이밍이 공교롭다. 로이드는 딱딱하게 굳은 표정으로 다리아를 돌아보았다가 물었다.

"고비를 넘기신 건가?"

"아니, 그게 아니고, 갑자기 건강해지셨습니다."

"그건 또 무슨 헛소리지?"

로이드가 흉흉한 기세로 되물었다. 그리고 성큼성큼 다가가 검

손잡이 위에 손을 올렸다. 헛소리면 그대로 목을 날려 버리겠다는 듯이. 하지만 아리아는 소년의 손가락 끝이 덜덜 떨리는 것을 발견했다.

"오랜 병마로 인해 몸은 쇠약해지셨지만, 그 외에는 건강하시다 합니다. 마치 병이 사라진 것처럼……."

"……안내해."

로이드는 시종을 따라 황급히 자리를 벗어났다. 다나 또한 아리아에게 양해를 구한 뒤 재빨리 소년의 뒤를 쫓았다. 아리아는 그들의 뒷모습을 지켜보며 안도했다.

'다행이다.'

어쩐지 눈이 깜빡깜빡 감겨 왔다. 그녀는 침대 위에 쓰러지듯이 풀썩 몸을 무너트렸다.

◈

아리아의 몸 상태는 최악이었다. 이렇게까지 아픈 건 시간을 되돌아온 뒤로 처음이었다. 억지로 코어를 연 상태에서 치유의 노래를 부른 뒤 비까지 맞았으니 사실 멀쩡한 게 더 이상하기는 했다.

'또 기절했나.'

아프지 말라고 나름 목욕까지 신경 써 준 로이드의 배려가 아무런 쓸모도 없게 되어 버렸다.

"겁 없는 토끼."

한 번 들었다고 이젠 익숙해진 호칭이었다. 아리아는 눈을 슬며시 떴다.

로이드는 창문을 투과하는 강렬한 햇살을 정면으로 받고 있었다.

열에 들떠서 그런가, 치념한 듯 무표정한 얼굴이 유독 눈부시게 빛났다.

로이드는 돌연 그녀에게 손을 뻗었다. 그가 토끼 가면을 벗길 것처럼 만지자 아리아의 어깨가 흠칫 떨렸다.

"왜 이렇게 울어."

소년은 가면이 아니라 눈물을 훔쳐 갔다. 손가락 끝에 맺힌 눈물방울을 본 뒤에야, 아리아는 자신이 울고 있었다는 걸 깨달았다.

'통증이 심해서 울었나 보다.'

생리적 눈물이었다. 아리아는 이렇게 내장이 뒤집힌 듯 고통스러운 와중에도 앓는 소리 한 번 내지 않았다는 것에 안도했다. 이래서 습관이란 게 무섭다고 하는 모양이다.

"네 가면 다 젖었어."

로이드의 말대로 토끼 가면은 눈물인지 땀인지 모를 것으로 축축해져 있었다.

"열이 심해. 벗는 편이 좋아."

"……."

"부인 될 사람 얼굴은 알아야 할 거 아니야."

그는 자신이 직접 말해 놓고도 떫은 표정을 해 보였다. 그 말을 듣는 아리아도 비슷한 표정이었다.

'10년 뒤에 이혼해 줄 테니 결혼해 달라고 억지 부린 건 나지만…….'

'부인'이라는 멋쩍은 단어가 두 사람 사이에 녹아들지 못하고 겉도는 듯했다. 아리아는 열기 오른 눈을 깜빡이며 머뭇거리다가 입술을 달싹였다.

―결혼해 줄 거야?

"해 달라며."

그야, 그렇지만. 이번엔 진짜로 성 밖으로 쫓아낼지도 모르겠다고 생각했다. 이쯤 되면 아리아도 알아차릴 수밖에 없었다.

로이드는 몸이 약한 사람을 싫어했다. 약한데 제 몸을 아끼지 않는 사람은 더더욱. 본의는 아니었지만, 자신에게서 아픈 어머니를 계속 겹쳐 보게 했으니까.

몹쓸 짓을 했다. 소년이 꼴도 보기 싫다고 밀어내도 어쩔 수 없는 일이라고 생각했다.

─신경 쓰이게 할 생각으로 아픈 건 아니었어.

"알아. 넌 그냥 네 상처도 돌볼 줄 모르는 거지."

─상처?

"상처받은 줄도 모르는 바보고."

바보라니……. 그래도 다짜고짜 살해 위협을 받고 꺼지라는 말을 들을 때보단 좀 나은 취급인가. 아리아는 눈을 깜빡였다.

로이드는 깊은 한숨을 내쉬었다.

"토끼가 어떻게 생겼는지 신경 안 써."

로이드는 처음 만났을 때부터 아리아를 토끼라고 불렀다. 분홍 머리에 붉은 눈. 게다가 늘 쓰고 다니는 토끼 가면.

'내가 어떻게 생겼든 간에 나는 토끼일 뿐이라는 건가.'

성의 없는 표현이었다. 그런데 아리아는 도리어 안도했다. 그녀를 두고 흉측한 요괴라고 수군거리던 기억 속 말소리도 조금씩 흐려지는 듯했다.

맞는 말이었다. 결혼할 상대에게 평생 얼굴을 숨길 수는 없었다. 아리아는 속눈썹을 늘어트리며 생각에 잠겨 있다가 입술을 달싹였다.

─안 쫓아내?

내 외모가 아무리 추해도 지금처럼 그냥 토끼 정도로 지나칠 수 있냐는 물음이었다. 무관심하면서도 아이다운 장난기가 섞인 별명으로.

"어떻게 생겼든 무슨 상관이야. 네가 내 첫…… 어쨌든, 상관없어."

"……."

아리아는 여러모로 심경이 복잡해 보이는 로이드를 올려보다가 조심스럽게 가면을 들었다. 그리고 천천히, 아래로 끌어내렸다. 시원한 바람이 식은땀에 젖은 얼굴을 스쳤다.

'추한 얼굴기 아파서 더 추레해졌을 텐데.'

아리아는 덜컥 겁이 들면서도 걱정할 필요가 없다는 확신이 동시에 들었다. 대체 무엇을 걱정한 걸까.

'로이드가 어떤 사람인지 알고 있었잖아.'

아무것도 바라지 않는 사람. 그 무엇에도 가치를 두지 않는 사람.

'내가 가장 먼저 알아봤어.'

아리아는 질끈 감았던 눈꺼풀을 천천히 들어 올렸다. 창문 틈새로 새어든 빛줄기가 그녀의 얼굴 위에 드리워졌다. 길고 새하얀 속눈썹이 물기를 매달고 나비의 날갯짓처럼 팔랑거렸다.

"……."

그런데 로이드는 그녀의 얼굴을 보더니 말없이 시선을 돌렸다. 그리고 물수건을 눈 위로 덮어 버렸다.

'……?'

갑자기 눈앞이 깜깜해졌다. 아리아는 물수건 아래에서 눈을 연신 깜빡였다.

"로이드 카르데나스 발렌타인."

"……."

"넌, 이름 뭐야."

로이드가 물었다. 서로의 이름을 알고 있음에도 그냥 그래야 할 것 같아서.

'그러고 보니 통성명도 아직 한 적 없었나.'

아리아는 그와의 재회가 여러모로 엉망이었다고 생각하며 입을 달싹였다.

─아리아드네 코르테즈.

아리아드네.

로이드는 그 이름을 몇 번 중얼거렸다. 뇌리에 새기듯이.

"기사님, 기사님."

가브리엘은 그를 흔들어 깨우는 손길에 작게 신음을 흘렸다. 뜨거운 물방울이 얼굴 위로 후드득 떨어져 내리는 것이 느껴졌다.

"윽……."

그는 눈꺼풀을 파르르 떨었다. 쓰라림을 꾹 참고 애써 눈을 뜨자 멍으로 부은 눈 때문에 시야가 반쯤 가려져 있었다. 그 시야 틈으로 물기 어린 황금색 눈동자가 보였다.

'황금색 눈동자.'

신성력의 상징.

가브리엘은 멍하니 그 눈을 들여다보다가 당황하여 벌떡 몸을 일으켰다. 아니, 일으키려고 했다. 하지만 복부에서 엄청난 격통이 닥쳐서 어정쩡하게 몸을 세운 채 신음을 흘릴 수밖에 없었다.

"큭!"

"가만히 계세요. 크게 다치셨어요."

작은 손이 그의 어깨를 눌렀다. 가브리엘은 잠시 그 손을 내려다보다가 고개를 들어 상대를 확인했다.

"성녀님……."

어린 소녀가 눈물을 뚝뚝 흘리면서도 단호한 표정을 짓고 있었다. 베로니카였다. 가브리엘은 온몸에 힘이 빠지는 것을 느끼며 얌전히 누웠다.

"왜 울고 계십니까."

"너무 많이 다치셨잖아요……."

부랑자 여럿에게 몰매를 맞은 가브리엘은 눈 뜨고 못 봐줄 꼴이었다. 베로니카는 보는 제가 다 아프다는 듯 옷소매로 눈물을 훔치며 말했다.

"기사님께서 쓰러져 계셔서 제가 가장 가까운 의무실로 옮겨드렸어요."

"아, 제가 그랬습니까."

"억지로 잠을 깨워서 죄송해요. 미동조차 없으시길래 무서워져서 저도 모르게……."

그녀는 호들갑을 떤 게 민망해졌는지 볼을 긁적이며 수줍게 웃어 보였다.

성녀, 베르니카.

교황청에서는 제법 유명 인사였다. 비록 타고난 신성력은 얼마 없지만 타고난 인품으로 모두를 포용해 주는 가슴 따뜻한 인물로서.

'나 같은 언제 쫓겨날지도 모를 보잘것없는 견습 기사에게까지 상냥하게 대해 주시는 분이시니까.'

일단 신성력을 타고난 자는 절대적인 권력을 누리는 게 신성제국 가르시아였다. 하지만 그 사이에서도 계급은 존재했다. 황금을 그대로 녹인 것처럼 반짝이고 선명한 금색 눈을 가질수록 더 직위가 높았다. 신성력이 높다는 증거였으니까.

베로니카의 눈은 얼핏 보면 갈색에 가까워 보일 정도로 어두운 황금색이었다. 하지만 교황청에서 제법 높은 입지를 다지고 있었다. 모두가 베로니카를 사랑했다. 존경과 친애의 의미로서. 가브리엘도 예외는 아니었다.

"성녀님께서 저 같은 것 때문에 눈물 지으실 필요 없습니다."
"그런 말이 어디 있나요!"
가브리엘의 말에 그녀는 벌컥 화를 냈다.
"신께선 길가에 피어난 풀 한 포기조차 품어 주시는 분입니다. 저 같은 것이라며 자신을 낮추지 마세요. 그분의 사랑을 무시하실 셈인가요?"
"저, 전 그런 뜻으로 한 말이……."
소년이 당황하며 더듬거리자, 베로니카는 굳은 얼굴을 풀며 한숨을 내쉬었다.
"대체 무슨 일이 있었던 건가요."
가브리엘은 눈 사이를 좁히며 기억을 더듬었다. 작은 아이가 여러 사내들에게 둘러싸여 험한 짓을 당할 뻔해서 앞뒤 생각도 하지 않고 나섰다.
'설마 얻어맞고 기절한 건가.'
세상을 바꾸겠다는 꿈을 품었다. 뭐든, 아주 작은 것이라 해도 상관없으니까, 적어도 지금보단 옳은 세상이 되었으면 했다.
'부랑자도 저지하지 못하면서.'
약해 빠졌다. 헛웃음이 나올 정도로.
'그 아이는 어떻게 된 거지.'
그가 기절했으니 멀쩡할 리가 없었다.
'분명 노예로 팔려 갔겠지.'
소년의 물빛 눈동자에 잠시 절망이 어렸다. 가슴이 답답해져 왔다. 그는 고개를 떨어트리고서, 흐트러진 은발을 그러쥐었다. 스스로가 부끄럽기도 하고 한심하기도 했지만, 무엇보다 끝내 지켜내지 못한 아이가 너무 걱정되었다.

"제 고향에 갔다가 위험에 처한 아이를 발견했습니다."

"그러셨군요."

"하지만 전 결국 그 아이를 구해 내지 못했습니다."

그는 비록 가장 낮은 곳 출신이었지만 교황 성하의 하해와 같은 은혜로 기사가 될 기회를 얻었다. 가브리엘이라는 이름도 받았다. 하지만 남들과 같은 수업을 받았음에도 늘 뒤처지고 가장 약했다.

'여태 낙오되지 않은 게 기적일 정도로.'

어떻게든 악으로 버티긴 했지만. 오늘따라 자신이 입고 있는 새하얀 제복이 낯설게 느껴졌다.

"제가 서 있는 이곳이 어딘지 모르겠습니다. 전 여전히 가장 낮은 곳을 전전하는 고아일 뿐이었던 걸까요."

여기까지가 내 그릇인가. 분에 넘치는 꿈을 품었던 걸까.

"기사님."

그때였다. 작고 새하얀 손길이 구원처럼 내려와 그의 손을 감싸 쥐었다.

"자신을 탓하지 마세요."

가브리엘이 너무 많이 다쳤다고 눈물을 흘려주던 여린 소녀가 이 순간만큼은 단호한 눈빛을 했다. 흔들림 없이. 확신을 담은 눈으로.

"기사님은 틀리지 않았어요, 절대."

가장 듣고 싶었던 말을 해 주었다.

"그러니까, 기사님이 걷는 그 길을 의심하지 마세요."

가브리엘은 충격을 받고 눈을 크게 떴다가 이를 악물었다. 네가 옳다는 그 한마디. 그 한마디를 얼마나 기다렸는지.

"……네."

소년은 물기 가득한 음성으로 겨우 답했다.

'아, 그렇구나.'

내가 간절히 원한 건 이거였구나. 어쩌면 이 말을 듣기 위해서, 계속 같은 자리를 맴돌아도 그 자리에 서서 끝까지 버텨 왔는지도 모르겠다.

"기사님."

베로니카는 가브리엘의 턱을 살짝 잡고 들어 올렸다. 소년은 물빛 눈동자를 일렁이며 울고 있었다. 눈물이 뚝뚝 흘러내렸다.

"흔들리지 마시고 절 믿으세요."

베로니카는 자애로운 미소를 지으며 손가락으로 그의 눈물을 훔쳐주었다. 그 순간, 그녀의 눈이 기묘하게 반짝였다. 가브리엘의 옅은 하늘색 눈동자 가장자리에 노을처럼 번지는 금빛 흔적을 발견한 것이다. 교황의 것보다 더 선연한 황금색.

'역시 저번에 본 게 착각이 아니었어.'

신성력이 늦게 발현하는 경우는 드물지만 분명 있었다. 누가 알았을까. 이 작고 연약해 보이는 소년이, 사실 차기 교황을 넘볼 수 있을 정도의 잠재력을 가지고 있었다는 걸. 내가 가장 먼저 발견했다.

'내가!'

베로니카는 환희에 차올랐다. 그녀는 어두운 황갈색 눈을 형형하게 빛내며 마치 손톱으로 후벼 팔 것처럼 소년의 눈 밑을 문질렀다.

"······윽, 성녀님?"

소년이 작게 신음을 흘리며 의아하게 물어왔다. 베로니카는 언제 그랬냐는 듯 햇살같이 웃으며 말했다.

"전 기사님을 믿어요. 그러니까 기사님이 걷는 길을 함께 걸어도 될까요?"

물을 필요도 없었다. 모두가 천한 태생이 꿈을 꾸며 헛짓거리한다며 비웃었다. 그런데 그런 그를 믿어 주는 유일한 존재를 감히 어떻게 거부할 수가 있을까.

"제가 옳았다는 걸, 당신께서 알아봐 주시지 않으셨습니까."

그는 울면서 맹세했다.

"성녀님께서 함께하 주신다면 제 목숨을 다 바쳐서라도, 기꺼이."

가브리엘은 복종의 의미를 담아 성녀의 손등에 입을 맞췄다. 베로니카의 입가에 포만감 어린 웃음이 어렸다가 찰나에 사라졌다.

"아, 제정신 좀 봐. 얼른 치료해드릴게요."

그녀는 가브리엘의 이마에 손을 얹고 신성력을 흘려보내 주었다. 원래 잠재된 신성력 때문에 약간의 신성력만으로도 소년의 회복력은 매우 빨랐다. 그것마저 만족스러웠다.

"그럼, 쉬고 계세요."

그녀는 의무실을 빠져나왔다. 그리고 마주치는 신관들에게 한 명 한 명 살갑게 웃어 주었다.

"아, 베로니카 자매님."

그때였다. 그녀에게 애정과 관심을 표하는 신관들 사이에서, 유독 비릿한 미소를 지으며 다가오는 자가 있었다. 베로니카는 자꾸 구겨지려 하는 얼굴을 필사적으로 피며, 느릿하게 대답했다.

"……바톤 형제님."

그냥 무시하고 지나치고 싶은 충동을 몇 번이나 억눌렀는지 몰랐다. 하지만, 그래서는 안 된다. 그녀가 설정한 성녀의 인품에서 한참 벗어나는 행동이었다.

바롬은 주변을 쓱 둘러보더니 아무도 듣는 자가 없다는 것을 확인하고 말했다.

"이번에도 감사패를 놓치지 않으셨다고 들었습니다."

"당연한 일을 한걸요."

"베로니카 자매님께서는 어찌나 자애로우신지. 외롭고 곤경에 처한 이들에게 늘 손길을 뻗으시고……."

말을 이어 가던 그가 고개를 숙이며 베로니카의 귓가에 낮게 속삭였다.

"대체 무슨 수로 교황청 소속이 되셨는지 알 수 없을 정도로 신성력이 있으나 마나니."

"……."

"선행을 쌓고 감사패라도 차곡차곡 모아야 좌천당하지 않으시겠지요."

애써 미소를 유지하던 베로니카의 입꼬리가 부들부들 떨렸다.

바롬은 그 모습을 보고 피식, 비웃음을 흘린 뒤에 그녀를 지나쳐 가며 말했다.

"참, 피곤하시겠습니다."

홀로 남겨진 베로니카는 그 자리에 우두커니 서 있었다. 한참 뒤, 그녀는 언제 평정을 잃었냐는 듯 아무렇지도 않게 복도를 지나 자신의 방으로 돌아왔다. 하지만, 방으로 돌아오는 순간 그림처럼 웃고 있던 그녀의 얼굴이 싸늘하게 굳었다.

"거슬리는 새끼."

베로니카를 대놓고 모욕해 봤자 본인만 비난을 산다는 것을 알고 남들 몰래 신경만 깔짝깔짝 건드려댔다.

"저걸 처리해야 하는데……."

베로니카는 작게 중얼거리며, 입고 있던 성의의 품속을 뒤적였다. 그러자 가브리엘을 주웠을 때 함께 발견했던 카드가 나왔다. 진작 버린 줄 알았는데 잊어버리고 있었던 모양이었다.

"흠."

베로니카는 카드를 다시 읽어 보았다.

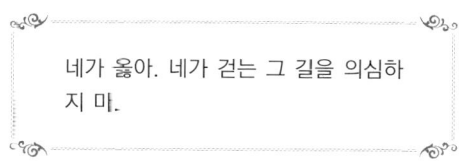

네가 옳아. 네가 걷는 그 길을 의심하지 마.

마침 가브리엘을 감복하게 할 마땅한 대사가 떠오르지 않았는데. 신이 돕기라도 한 걸까? 마치 이용해 달라는 듯 그 자리에 딱 카드가 놓여 있다니.

"네가 옳아? X랄은."

소녀는 신랄한 욕설을 뱉으며 피식 웃었다. 그리고 카드를 박박 찢어 쓰레기통에 처박았다.

"유치하기 짝이 없군."

소란스럽다. 아리아는 열에 들떠 정신을 차리지 못하는 와중, 두런두런 말소리를 들었다. 처음에는 제대로 인식하지 못한 말들이, 술잔에 녹아드는 얼음처럼 조금씩 귀에 들어오기 시작했다.

"앓는 소리 한 번을 안 내는군."

"그건, 그럴 수밖에 없지 않겠습니까. 형수님은 선천적으로 말을 하지 못하시는……."

로이드와 빈센트였다.

"그걸 누가 모를까 봐."

"그럼 왜 그런 말을?"

"어쩐지……."

고통을 삼키는 것 같아서. 로이드는 거의 혼잣말을 하듯 작게 중얼거렸다.

 그 말을 유일하게 들은 건 아리아였다. 갑자기 찬물을 뒤집어쓴 듯 정신이 확 들었다. 아리아가 아무리 아파도 신음을 꾹 참고 있다는 것을 아는 듯한 말이었으니까.

"예? 어쩐지 뭐라고요?"

"됐다."

"왜 말을 하다 마십니까?"

"조용히 해. 시끄러우니까."

 빈센트는 억울했는지 잠시 말이 없었다.

"누가 부부 아니랄까 봐."

 그리고 한참을 투덜거렸다.

"절 이렇게 함부로 대하는 건 형님과 형수님이 유일합니다."

 로이드가 말없이 응시하자 입을 꾹 다물고 말았지만. 그 뒤로 침묵이 흘렀다. 그들은 아리아의 침실을 집무실 삼고 있었는지 간간이 서류나 책을 넘기는 소리가 들려왔다.

'둘 다 왜 여기서 이러고 있는 거지.'

 얼마 지나지도 않았는데 종이 넘기는 소리가 멈추고 눈가를 쓸어 주는 손길이 느껴졌다.

"이러다 탈진하는 거 아닌가?"

 로이드였다.

'또 울어 버렸나.'

 아리아는 멍하니 생각했다. 통증이 심해서 흐르는 생리적인 눈물이라, 이건 참을 수 있는 게 아니었다.

'소리를 낼 수 없으니까 눈물만 계속 흐르는 모양인데.'

 로이드가 눈물을 계속 손으로 닦아 주었다. 살결이 거칠어 아리아는 저도 모르게 속눈썹을 파르르 떨었다. 그러자 잠시 멈칫했던 손이 깃털로 간질이는 것처럼 조심스러워졌다.

"악몽을 꾸고 계시는 걸지도."

"악몽? 악몽을 왜."

"자는 사람을 옆에서 계속 빤히 쳐다보면서 건드리면 악몽을 꾸는 건 당연하지 않을까요."

"……."

로이드의 손길이 뜸어졌다. 아리아는 떨어지는 온기가 조금 아쉽다고 생각했다.

"그나저나 형수님께서 몸이 약하셔서 큰일이네요. 경계 밖에서 본 어떤 사람들보다 약하신 것 같은데요."

빈센트의 말이 이어졌다.

"세이렌은 아무래도 육체보다 정신 쪽에 능력이 특화된 것 같습니다."

그는 연구에 미쳐 있다는 학술원 재학생답게 단편적인 단서로도 세이렌에 대해 분석을 끝마친 뒤였다.

"두 분 성격의 상성은 좋을지 몰라도 다른 쪽은 최악인 거 아십니까?"

그 말에 로이드와 아리아가 동시에 흠칫 굳었다. 빈센트는 읽고 있던 책에 집중하느라 제대로 보지 못했지만 말이다.

"최악?"

"네. 쉽게 말하면 이런 거죠. 형님은 형수님에게 독이 되고, 형수님은 형님에게 독이 될 겁니다."

"이 아이가 내게 독이 된다고?"

그럴 리가 있겠냐는 투였다. 로이드의 반응은 당연했다. 작정하고 능력을 숨기고 있는 아리아가 듣기에도, 빈센트의 말은 의외였으니까.

"네. 제가 고서에서 찾은 세이렌의 노래들만 봐도 그렇고, 형수님은 사람의 감정을 자극하는 능력을 타고나셨습니다."

소년은 "비록 노래를 못해도, 피는 속일 수 없죠." 하고 덧붙였다.

"그래서."

"반면 발렌타인 직계 혈통은 대대로 정신력이 굉장히 약하지 않습니까."

그건, 인간의 육체가 감당할 수 있는 허용 범위를 넘는 힘을 받아들인 대가였다.

"쉽게 미치고, 쉽게 망가지죠."

역대 발렌타인 대공들이 모두 그랬다. 그나마 현 대공이 가장 정신이 멀쩡한 편이라고 하면, 말 다한 셈이었다.

"형수님께서 마음만 먹으면 형님의 내면을 멋대로 파고들어 헤집고 뒤흔들 수도 있다는 뜻입니다."

"……."

"혹은, 형수님은 가만히 있어도 형님께서 알아서 휘둘리시던가."

"쓸데없는 소리."

로이드는 그 말을 별로 귀담아듣지 않았다.

"뭐, 가능성을 얘기한 것뿐입니다."

그리고 말을 꺼낸 빈센트도 대수롭지 않다는 투였다. 아리아가 그런 성정이 아니라는 걸 알고 있었으니까.

'절대 남의 약점을 쥐고 휘두를 사람은 아니지.'

게다가 그녀가 온전히 세이렌의 능력을 다루지 못하기 때문에 별일 없을 거라고 생각했기도 했고 말이다.

'쉽게 미친다고…….'

하지만 아리아는 달랐다. 정신력이 약하다는 그 말이 강하게 와닿아 계속 머릿속을 맴돌았다.

"이제 와 두엇을 더 부정하실 생각이십니까? 당신의 노래에 중독된 이들은 전부 미쳐 버리지 않았습니까!"

문득, 아리아는 기억 속 성녀 베로니카의 목소리를 떠올렸다. 그녀는 태양을 닮은 황금빛 눈동자에 물기를 매단 채 아리아를 원망했다.

'아.'

아리아는 전생보다 더 최악의 결말은 없을 거라고 생각했다.

그런데, 아니었다.

진짜 최악의 결말이 따로 있었다. 언젠가, 로이드가 아리아의 노래에 중독되어 미쳐 버리는 것이었다.

'괜찮아. 노래를 한두 번 듣는다고 중독되지는 않으니까.'

그녀는 애써 그렇게 생각했다. 중독될 정도로 노래를 들으려면 세이렌의 노래에 지속적으로 노출되어 있어야 했다. 그녀의 다리를 부러트려 새장에 가두고 매일 노래를 부르게 시켰던 황제처럼.

도를 넘는 탐욕을 부리지 않는 한 아리아의 노래에 중독되지 않을 것이다.

'게다가, 내가 로이드 앞에서 직접 노래를 부를 일은 없으니까.'

앞으로도 없을 거야. 아리아는 그제야 안심하며 몸에 힘을 풀었다. 아픈 와중에 쓸데없이 긴장해서 그런지 다시 수마가 밀려왔다. 아리아는 주저 없이 잠에 몸을 맡겼다.

아리아가 잠들고 얼마 지나지 않아 의원이 찾아왔다. 어느 순간부터 그녀의 주치의가 되어 버린 큐어는 고개를 저었다.

"이건 감기가 아닙니다."

비를 맞았고 열이 올랐다. 그런데 감기가 아니라니.

"그럼 뭐지?"

로이드는 벽에 기대어 서서 팔짱을 끼고 물었다. 탐탁지 않은 시선으로 큐어를 위아래로 훑으면서.

큐어는 그 순간 과거의 기억을 떠올렸다. 아리아의 섭식 장애를 진작 고치지 못했다는 이유로 죽임을 당할 뻔했던 간담이 서늘해지는 기억. 그런데 이번에는 대공자라니.

'대체 내가 전생에 무슨 죄를 지었길래…….'

하지만 지금은 그나마 상황이 나은 편이었다.

'마님께서 갑자기 병세가 호전되지 않으셨다면, 두 분이 양쪽에서 동시에 살해 위협을 가했겠지.'

발렌타인 대공은 현재 사비나의 처소에 있었다. 큐어는 대공 부인이 건강을 되찾게 된 것을 하늘에 감사했다.

"신체의 문제가 아니면, 보통 에너지가 담긴 코어 쪽이 문제인 법이지요. 그곳도 생명력과 직결되니까요."

"에너지라."

"주술사님께 직접 진단을 받아 보셔야 할 것 같습니다."

큐어는 책임을 떠넘겼다. 그리고 죽음의 바통을 넘겨받은 칼린은, 신세를 한탄하는 얼굴로 아리아의 앞에 섰다.

아리아는 몸속에 칼린의 마력을 받아들인 뒤 무리하게 노래를 부른 대가로 지금 앓아누운 거였다. 하지만 칼린이 그걸 사실대로 말할 수 있을 리가 없었다. 임금님 귀는 당나귀 귀였으니.

"그, 뭐냐…… 아가씨의 몸속 에너지가 뒤엉켜서 뭐, 대충, 이렇게 되신 겁니다."

거짓말에 극독 소질이 없는 주술사는 머리를 굴리느라 정신이 없었다.

"이렇게 된 게 어떻게 된 거지?"

"속이 엉망진창이 된 것이죠."

"제대로 설명 안 해?"

로이드가 저릿한 살기를 내뿜자 잠들어 있던 아리아의 얼굴이 잠시 창백하게 질렸다.

그녀는 오한이 든 것처럼 몸을 부르르 떨었다. 그러자 그는 언제 살기를 뿌렸냐는 듯 냉전해졌다. 칼린은 진땀을 빼는 와중에도 어이가 없었다.

"아가씨께서는 에너지가 굉장히 미약하잖습니까. 타고난 에너지의 절대량이 많아도 제어가 안 되지만 너무 적어도 제어가 안 되는 거죠."

그가 대충 그럴듯한 말로 둘러대기 시작했다. 깊게 생각하면 뭔가 이상한 말이었지만.

"흠, 그런 건가."

로이드는 쉽게 넘어갔다. 에너지의 절대량이 적은 자를 접한 적이 태어나 한 번도 없었기 때문이었다.

아니, 더 정확히 말하면 그런 자를 접해도 조금도 관심을 두지 않기 때문이었다. 칼린도 그걸 알고서 한 말이었다.

"그런 이유로, 아가씨께서 다 나으실 때까지 주기적으로 에너지를 안정화하는 물약을 마셔 주셔야 한다는 거죠."

"그건 발렌타인 혈족과 비슷하군."

"네. 뭐……."

사실 비슷한 점이 더 많습니다만. 주술사는 말끝을 얼버무린 뒤 테이블 위에 자신이 챙겨 온 물약을 주섬주섬 내려놓았다.

"안정화 물약입니다. 하루에 세 번 꼭 챙기라고 제가 사용인에게 전해 두겠습니다."

"됐어."

"네?"

"내가 전해 두지."

본인이 직접 귀찮은 일을 도맡겠다는데 말릴 이유가 없었다. 칼린은 냉큼 그러라 한 뒤 물러났다. 그리고 후다닥 달려가 쾅, 하고 문을 닫았다. 마치 도망가는 모양새였다.

"……."

이제 방에 남은 건 둘뿐이었다. 잠시 잠든 아리아를 내려다보던 로이드는 약병 하나를 들어 올렸다.

가사 인용: 괴테의 소설, 〈빌헬름 마이스터의 수업시대〉, '그대는 아는가. 남쪽 나라를.'

제6장

어느 순간, 아리아는 번쩍 눈을 떴다. 아주 심하게 앓은 것치고는 머리가 산뜻할 정도로 맑게 개어 있었다. 얼마나 그러고 있었을까. 갑자기 앓아누웠던 때의 기억이 머릿속에 물밀 듯이 밀어닥쳤다.

"이리 와."

땀으로 젖은 머리를 귀 뒤로 넘겨주는 손길이 기억난다.

"가만히 좀 있어."

약을 먹으라며 깨워서 좀 버둥거리며 반항했던 것 같기도 하고.

"입 벌려. 약 먹게."

단단한 품에 안겼던 것 같기도 하고. 억지로 입에 비집고 들어온 숟가락을 뱉었었던가.

"제대로 삼켜. 흘리지 말고."

성가심과 짜증이 섞인 음성. 하지만 아리아가 훌쩍이자 조금 누그러진 목소리로 달래듯이 말했다.

"착하지."

아리아는 자신의 기억을 의심했다. 로이드의 품에 안겨서 약을 받아먹고 정성껏 간호를 받다니.
'꿈인가?'
꿈이겠지. 어디서부터 꿈이지?
'로이드와 빈센트의 대화를 엿들은 데까지는 꿈이 아닌 것 같은데.'
그럼 그 뒤로는 꿈인 모양이네. 아리아는 기지개를 쭉 켜며 주변을 둘러보았다. 동시에 새까만 눈동자와 시선이 딱 마주쳤다.
"일어났군."
로이드가 바로 코앞에서 피곤해 보이는 얼굴로 미간을 꾹꾹 누르고 있었다.
아리아는 위로 쭉 뻗었던 팔을 내리며 눈동자를 굴렸다. 그에게 정성껏 간호받는 꿈을 꿔서 그런지 괜히 민망한 기분이 들었다.
―안녕.
그녀는 저도 모르게 반사적으로 인사를 건넸다.
소년은 말없이 눈썹을 까딱였다. 그리고 한참 동안 침묵하더니 아침이라 살짝 잠긴 음성으로 말했다.
"안녕."

서로 처음 만난 사람처럼 어색하게 인사를 끝마치고 나니까 더 어색해졌다.

―언제 왔어?

아리아가 입술을 달싹였다. 그러자 로이드가 인상을 찌푸린 채 잠시 뜸을 들이다가, 한 박자 늦게 대답했다.

"……방금."

역시 꿈이었구나.

'하긴 로이드가 할 일이 없는 것도 아니고, 후계자 수업으로 바쁠 텐데 밤새 날 간호해 줄 리가 없지.'

그럼 빈센트와 가끔 들러서 내 상태가 어떤지 확인했나 보다. 아리아는 속으로 나름 합리적인 결론을 내리며 고개를 끄덕였다.

―내가 아픈 지 얼마나 지난 거야?

"일주일."

'그렇게나?'

'어쩐지 일어날 때부터 몸이 축 처지고 기운이 없더라.'

그녀는 너무 굶어서 이제 배고픔조차 느껴지지 않는 배를 쓸었다. 그리고 슬쩍 로이드의 안색을 살폈다. 상태가 많이 안 좋아 보인다. 요즘 일이 바빠 잠을 제대로 자지 못한 건지, 신경이 날카로워 보이는 것 같기도 하고. 눈 밑도 새까맣고.

―피곤해 보여.

"일주일 밤을 새우면 누구나……."

로이드는 말을 잇다가 갑자기 멈칫 몸을 굳히며 입을 다물었다. 그때 침묵을 가르고 다나가 등장했다.

"식사를 가져왔어요…… 헉!"

다나는 깨어난 아리아를 보고 입을 벌린 채 돌처럼 굳어 버렸다. 신화에 등장하는 괴물, 메두사라도 본 듯한 반응이었다. 아리아는 뒤늦게 자신이 가면을 벗고 있었다는 것을 깨달았다.

'아.'

그녀는 씁쓸한 표정을 해 보였다. 로이드가 가면을 쓸 때나 벗을 때나 일관적인 태도를 보여서 잊고 있었다.

전생에서 자신이 맨 얼굴을 보이면 남들이 어떻게 반응했었는지. 다나가 예전처럼 웃어 주지 않을지도 모른다는 생각에 조금 슬퍼졌다. 하지만 아리아는 또다시 가면을 쓸 생각은 없었다.

'로이드가 나를 거부하지 않았으니까.'

아니, 어떻게 생겼든 신경 쓰지 않았다고 하는 쪽이 맞겠지. 덕분에 속이 뚫린 듯 시원해졌다. 아리아는 내내 제 뒤를 쫓아다니던 과거의 그림자에서 조금이나마 벗어난 기분이 들었다. 그런데 이후에 보인 다나의 반응은 예상외였다.

"가주님께서는 어디서 이런 사랑스러운 요정님을 데려오셨을까."

"……."

이건 아무래도 나를 놀리는 걸까. 아리아는 심각하게 고민했다. 하지만 아무리 봐도 조롱하는 사람의 말투는 아니었다. 다나는 정말 행복해 보였으니까.

"이제 토끼 가면 친구 없이도 주무실 수 있게 되셨군요!"

잠은 원래부터 잘만 잤는데. 다나는 아리아를 보고 뺨을 붉히고 황홀하다는 듯 몽롱한 표정을 짓더니 이마에 입을 맞춰 주었다.

'……입술이 닿았어.'

부드럽다는 생각이 먼저 들었다.

'이상해. 과거에는 전혀 이런 느낌이 아니었는데.'

아리아가 세이렌이었던 시절, 숱하게 받아 온 것이 입맞춤이었다. 다들 손등이나 발등에 입을 맞추지 못해 안달이었으니까. 하지만 아리아는 마치 벌레가 기어 다니는 듯한 소름 끼치는 감각만 느꼈다.

이런 심장까지 닿는 간질거림이 아니라. 아리아는 이마를 양손으로 감싸 쥐였다. 그녀는 로이드가 왜 입술이 닿았던 뺨을 벅벅 문질렀는지 몸소 깨우치고 있었다.

"후후."

다나는 그런 아리아가 귀엽다는 듯 웃었다.

"……정말 요정인 건 아니겠지."

작은 중얼거림이었다. 혼잣말이 절대 들리지 않을 거리이기도 했다. 그런데 아리아가 어깨를 움찔 떨며 고개를 돌렸다. 그리고 창틀에 기대앉아 있던 로이드와 시선이 딱 마주쳤다.

"……."

그녀를 관찰하듯 빤히 응시하던 흑요석 같은 눈동자가 놀란 듯 살짝 커졌다. 그들은 누가 먼저랄 것도 없이 동시에 시선을 피했다.

"어머."

다나는 그런 두 사람을 번갈아 보며 의미를 알 수 없는 감탄사를 터트렸다. 로이드는 빙글빙글 웃고 있는 다나에게 퉁명스러운 한마디를 던졌다.

"뭐."

"호호, 아무것도 아니에요."

"네가 계속 스스럼없이 만지작대니까 애가 이상한 버릇이 들었잖아."

"어머, 무슨 버릇이요?"

"……."

로이드는 창밖에 시선을 고정한 채 짜증스럽게 뒷머리를 헤집더니 갑자기 휙 고개를 돌렸다. 그리고 의심으로 가늘게 접힌 눈을 하고서 천천히 입술을 달싹였다.

"내 말 들었지."

아리아는 고개를 획획 저었다.

"들은 것 같은데."

아리아는 고개를 획획 저으며 팔을 서로 교차해 가위표로 만들었다.

"설마 청력도 토끼인 건가?"

아니, 어떻게 그걸 눈치챘어? 식은땀이 흘렀다. 그녀를 집요하게 바라보는 로이드의 눈 사이가 점점 좁혀지고 미간에 조금씩 주름이 잡히기 시작했다.

'대놓고 의심하고 있네……'

하지만, 이미 벌어진 일은 어쩔 수가 없었다. 아리아는 수상쩍게 구는 대신 순진무구한 표정을 해 보이며 고개를 갸우뚱 기울였다. 그리고 창밖에 꽃나무를 보며 희미하게 미소를 머금었다.

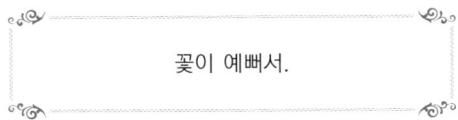

꽃이 예뻐서.

그리고 낡은 가방 속에서, 전에 다나에게 보였던 카드를 다시 꺼냈다. 로이드의 말이 들린 게 아니라 그냥 창밖의 꽃을 보기 위해 쳐다봤을 뿐이라는 듯.

"……"

그리고 침묵하는 소년에게 다시 한번 활짝 웃어 보였다. 그러자 그는 고개를 흔들었다.

"됐다."

"……"

"식사나 해."

아리아는 그개를 끄덕였다. 로이드는 그녀가 깨어난 것을 확인했으니 미련 없다는 듯 들어갔다. 아니, 돌아가려고 했다.

쨍그랑—

아리아가 스푼을 제대로 들지 못하고 떨어트리지만 않았어도 말이다.

'어라.'

아리아는 힘이 없어서 덜덜 떨리는 손끝을 곤란하다는 듯 응시했다. 앓아눕는 내내 굶어서 그런지 몸에 영 힘이 들어가지 않았다.

"……."

로이드는 한숨을 내쉬었다. 그리고 의자를 끌고 와 그녀 앞에 앉더니, 사용인들에게 새 스푼을 건네받고 수프 그릇을 들었다.

"아— 해."

명령, 아니 협박조였다. 계속 그녀를 토끼라 부르더니 정말 토끼에게 여물을 먹이는 것처럼 보이기도 했다. 아리아는 로이드가 직접 떠서 내민 스푼과 그의 얼굴을 번갈아 응시했다.

당황스러웠다. 그보다 민망했다.

'자꾸 꿈이 생각나서…….'

로이드의 품에 어린애처럼 안겨서 약을 받아먹었던 꿈이, 계속 머릿속을 어른거렸다.

"입 벌려."

말투도 똑같아. 꿈에 현실 반영이 참 잘됐구나, 하고 생각할 때쯤이었다. 다나는 그의 행동을 조심스럽게 지적했다.

"대공자님, 조금만 더 상냥하게."

"난 지금 그 어느 때보다 상냥해."

로이드가 대체 여기서 뭘 더 바라냐는 듯 눈썹을 까딱였다. 이게 최대한 상냥한 거라고?

'하긴, 대공자가 살면서 남에게 음식을 떠먹여 준 적이 있기나 할까.'

아리아는 문득, 로이드가 목욕물을 받아 줬을 때를 떠올렸다. 무표정한 얼굴과 그보다 더 퉁명스러운 말투. 하지만 서툴긴 해도 분명하게 느껴지는 배려. 저도 모르게 입꼬리가 올라갔다.

"왜 웃어."

그가 퉁한 얼굴로 물었다.

'귀여워서.'

아리아는 그렇게 생각했으나 입 밖으로 절대 내뱉지는 않았다.

"불쾌한 생각을 하는 것 같은데."

로이드가 의심스럽게 중얼거렸다. 아리아는 못 알아들은 척, 그의 손 위에 제 손을 겹쳤다. 어린 나이치곤 크고 거친 손이 움찔 떨렸다.

"뭐 하는 거지?"

아니, 그냥. 여태까지 퉁명스럽고 까칠한 줄 알았는데 사실 그냥 방법을 몰랐던 게 아닐까 싶어서. 아리아는 입술을 달싹였다.

ㅡ알려 주려고.

"뭘."

ㅡ언행일치?

로이드는 미간을 찌푸렸다. 아리아가 무슨 의도로 이러는 건지 전혀 모르겠다는 표정이었다.

"놔. 다쳐."

하지만 그렇다고 아리아의 손을 뿌리치기도 곤란했다. 그녀의 손은 안쓰러울 정도로 덜덜 떨리고 있었으니까. 어떻게 해야 하나 갈팡질팡하고 있을 때 아리아는 소년의 손을 숟가락과 함께 자신의 입가로 가져왔다.

"무슨……."

다른 손으로 흘러내리는 머리카락을 귀 뒤로 넘기고, 눈을 반쯤 감았다가 올려 떴다. 그리고 시선을 맞췄다. 부드러운 수프가 허했던 배 속을 따뜻하게 덥히는 듯하여, 그녀의 입가에 미소가 맺혔다.

―이렇게 해 줬으면 좋겠어.

"……."

―로이드는 상냥하니까.

통성명한 김에 멋대로 이름을 불렀는데 괜찮을까? 아리아는 로이드의 반응을 살폈다.

"……."

잠시 말이 없던 소년은 그녀의 시선을 비스듬히 피하다가, 인상을 쓰며 다시 수프를 떠서 내밀었다. 아까보다는 확실히 좀 더 상냥하게.

얼마 뒤, 칼린이 찾아왔다.

"많이 안정되셨네요."

그는 아리아를 살피며 말했다.

"자, 이제 된통 당하셨으니, 에너지라는 게 독기 든 성배와 다름없다는 걸 아시겠지요?"

에너지는 사용하기에 따라 아주 유용하지만, 부작용이 나면 그보다 더 위험한 게 없다.

칼린은 그러니까 다시는 코어를 뚫어 달라는 말은 하지 말라는 듯이 못을 박았다. 아리아는 고개를 끄덕였다.

'대공 부인의 병은 고쳤으니까.'

아마 한동안은 쓸 일이 없겠지. 칼린의 말대로 무리하지 말고, 1년간 꾸준히 배우면 경지에 오를 것이다.

"미래는 이미 충분히 바꾸셨으니까 이제 더는 시도하지 마시고요!"

물론 이 말은 한 귀로 듣고 한 귀로 흘렸다. 그걸 눈치 빠른 주술사가 알아차리고서 더욱더 잔소리를 쏘아붙였다.

"최근 들어 인고 산맥 인근에 유독 침입자들이 많다고 하더군요."

"침입자?"

"예. 단체로 미치기라도 했는지."

아리아는 떨떠름한 표정을 지었다. 그녀 본인도 한때는 침입자였기 때문이었다. 물론 지금은 일이 잘 풀려서 대공자의 약혼자가 된 상태였지만.

"신경 쓸 필요도 없는 일이지만 끝없이 깔짝대서 고용주께서 사냥개를 이끌고 나서신 모양입니다."

그 말을 듣는 순간 아리아는 트리스탄과의 첫 만남을 떠올렸다. 그는 늘 그런 식으로 늑대와 함께 침입자를 처리하는 건가 싶었다.

"침입자들은 개들의 일용한 양식……."

"……."

"큼, 아무튼 대공자님이 계시긴 하지만 그래도 성의 주인이 없는 상태 아닙니까."

칼린이 아주 부자연스럽게 말을 돌리더니 결국 또 잔소리로 끝맺었다.

"고용주님 출타 중이실 때 무슨 일이 터질지 모르니까 완전히 회복될 때까지 꼼짝도 하지 마시라고요."

아리아는 대답 대신에 뚱한 표정을 지었다. 주술사는 그녀를 무슨, 사고 칠 생각만 하고 돌아다니는 철부지로 보고 있었다.

'다 이유가 있어서 그런 것인데.'

아리아는 평소에 별일 없으면 가만히 하늘만 쳐다볼 정도로 얌전한 사람이었다.

"그런 표정 마시고요. 가뜩이나 대공자님도…… 음, 컨디션이 안 좋으시니까."

로이드가? 칼린의 잔소리를 들을 때까지만 해도 말린 생선 같았던 눈빛에 갑자기 생기가 돌았다. 아리아는 토끼 같은 분홍빛 눈망울을 치켜뜨며 걱정스럽게 물었다.

"왜? 로이드도 아파?"

"방에서 나오지 않는 날이 잦아지실 텐데…… 아무튼, 이러저러한 이유로 그렇습니다."

거짓말에 유독 소질이 없는 주술사는 오늘도 고전했다. 영 시원찮은 대답이라 그녀는 미심쩍은 얼굴로 되물을 수밖에 없었다.

"이러저러한 이유가 무슨 이유인데?"

"피치 못할 사정이죠."

"제대로 설명 안 해?"

아리아가 성질을 냈다. 불과 얼마 전, 이와 완벽하게 똑같은 패턴의 대화를 나눈 적 있는 칼린은 떫은 표정을 해 보였다.

끼리끼리 만난다더니. 로이드의 소름 돋는 살기에 비하면 아리아는 귀엽게 씩씩거리는 수준이었지만.

"성장통 비슷한 겁니다."

"비슷한 건 또 뭐야."

"근처에 가지 않으시는 편이 좋을 겁니다. 물리거든요."

물린다는 게 정확히 무슨 뜻인지는 모르겠지만. 아리아는 잠을 이루지 못한 듯, 눈가를 검게 물들인 소년을 떠올렸다. 그렇다면 한동안 혼자 편히 쉴 수 있게 놔둬야 할 것 같다.

제6장

'성장통이라면 내가 치유의 노래를 불러 줄 수 있으면 좋을 텐데.'
하지만 그럴 수는 없었다. 아쉽지만, 위험 부담이 너무 크니까.
"그럼 코어에서 에너지를 운용하는 방법을 알려 줘."
"예? 벌써요?"
"안정됐다며."
그건 그렇지만. 주술사는 아리아가 또 몸을 함부로 굴리려고 저러는 게 아닐까 하고 잠시 의심의 눈길을 보냈다.
"그럼 이론만 알려드릴 테니까, 완전히 회복될 때까지 절대 노래를 부르시면 안 됩니다."
그 정도야 뭐.
'몸은 아무리 길어도 열흘 뒤에 회복될 테니.'
아리아는 재차 고개를 끄덕였다. 칼린은 몇 번을 강조한 뒤에야 겨우 그녀에게 에너지 운용의 기본 이론을 가르쳐 주었다.
"코어에 단단하게 뭉친 덩어리. 그건 굳어져 있는 고체가 아니라 흐르는 액체라고 생각하시면서 혈액처럼 온몸을 돈다고 상상을……"

※

"좋아, 딱 맞는군."
발렌타인 성의 경비병은 상인이 짐마차에 싣고 온 여러 물품을 확인했다. 경계 바깥에서 들여온 인형과 장난감, 약품, 약초, 종이, 장신구, 옷감, 여러 식자재까지.
전부 최고급으로, 발렌타인의 대공자비가 될 예정인 아리아를 위한 것들이었다. 그는 다시 꼼꼼하게 장부를 뒤적이다가 뒤늦게 거래 품목 하나가 비는 것을 발견했다.

"음? 그런데 조랑말도 납품될 예정이라고 들었는데 왜 보이지 않지?"

"……."

"이봐. 왜 대답을 안 해?"

"……."

하지만 질문을 받은 상인은 허리를 깊숙이 숙인 채 미동조차 하지 않았다.

"수상하군."

경비병은 주저 없이 검을 뽑아 상인의 턱에 대고 억지로 고개를 들어 올리게 했다. 발렌타인은 외부인의 침입을 철저하게 검열하는 만큼 이미 거래 중인 상단이라고 하더라도 수상하면 가차 없이 반응했다.

"입 벌려 봐."

그러자 상인은 식은땀을 흘리며 사시나무 떨듯 덜덜거리다가, 눈을 질끈 감고 겨우 입을 벌렸다.

"너……! 혀가 잘렸잖아!"

시궁쥐의 먹이!

경비병은 곧바로 이자를 제압하고 치안 담당인 3기사단을 부를 생각이었다. 그런데 그들을 지켜보던 다른 상인이 필사적으로 달려와 무릎을 꿇었다.

"아이고, 나리! 이자의 신원은 제가 보증합니다요! 제 얼굴 잘 아시지 않습니까. 몇 번 발렌타인 성에 물건을 납품하러 왔습죠!"

본인의 주장대로 그 상인은 경비병의 눈에 익은 자였다. 하지만 경비병은 혀가 잘린 상인의 목에 검날을 더욱 바짝 들이대며 목소리를 높였다.

"네가 보증한다고 뭐 달라지나? 저자의 혀가 보란 듯이 잘려 있는데!"

그 말에 무릎을 꿇은 상인이 손이 발이 되도록 싹싹 빌면서 말했다.

"이 녀석의 혀는 전에 머물던 영지의 영주가 입을 함부로 놀렸다고 자른 겁니다. 그것도 억울하게 누명을 써서요!"

"허, 괜히 시간을 끄는군! 그건 또 어떻게 증명하는데!"

"제대로 된 증거도 있습니다, 나리. 이 상인 패를 보십시오!"

상인은 그렇게 말하며 바닥에서 벌떡 일어나 혀가 잘린 상인의 품속을 뒤졌다. 그러자 상단에 소속된 상인들마다 하나씩 지니고 다니는 나무로 된 상인 패가 나왔다.

[이름: 존
특징: 혀가 잘림]

그것을 본 경비병이 위협적으로 들고 있던 검을 내렸다. 그리고 검집에 꽂아 넣으며 중얼거렸다.

"거…… 일찍 말하지."

말할 틈도 안 주셨잖아요. 상인이 말없이 원망 어린 눈빛으로 쳐다보자 경비병은 저 산 너머를 응시하며 큼큼 헛기침했다.

"흰눈조랑말은 황실에 모조리 진상한 데다가 수태하기도 어려워 시간이 걸릴 거라고 최근에 연락한 것으로 알고 있습니다만……."

"그, 그런가?"

"예."

"큼, 좋다. 통과."

성문이 열렸다. 우여곡절 끝에 발렌타인 성 내부에 들어설 수 있게 된 두 상인은, 경비병에게 굽신굽신 절을 한 뒤 마차에 올라탔다.

"와, 큰일 날 뻔했다. 그렇지?"

상인은 살갑게 다른 상인에게 어깨동무하며 말했다. 그리고 경비병의 모습이 보이지 않게 되자 그는 유들유들한 표정을 싸늘하게 굳히며 뒤통스를 갈겼다.

"야, 네가 갑자기 조랑말을 잡아먹는 바람에 시작하기도 전에 들킬 뻔했잖아. 이 걸신들린 새끼야."

"……."

"하필이면 이딴 거랑 같이 이 막중한 임무에 투입되다니……."

상인은 신세를 한탄하며 들고 있던 상인 패를 땅바닥에 던졌다. 그러자 상인의 손에 들려 있을 땐 상인 패였던 게 평범한 돌멩이가 되어 바닥을 굴러다녔다.

"네 능력이 이번 임무에 적합한 걸 영광으로 여겨라."

"……."

"알았어? 계획대로 너는 최대한 멀리 떨어져서 개입하지 말고 맡은 일만 해. 나머지는 내가 알아서 할 테니까."

시궁쥐의 먹이는 반항 없이 순종적으로 고개를 끄덕였다. 시궁쥐의 수족인 한스는 탐탁지 않은 시선으로 그런 먹이를 훑다가 다시 정면을 응시했다.

그들의 목표는 대공자비 후보였다.

"산책은 너무 이르지 않을까요?"

다나가 아리아의 뒤를 졸졸 쫓으면서 걱정스럽게 말했다. 그러자 베티가 맞장구를 쳤다.

"맞아요. 가뜩이나 몸도 안 좋으신데 찬바람까지 쐬시면 또다시 열이 오를 거라고요."

"찬바람…… 역시 더 두꺼운 옷을 입혀드리는 편이 좋았으려나."

"헉, 저도 그렇게 생각해요. 지금이라도 얼른 방으로 돌아가 새 옷으로 준비하는 게 좋지 않을까요?"

아리아는 오늘이 바람 한 점 없는 여름이라는 걸 말해 주는 게 좋을까 잠시 고민했다. 다나가 나가기 전에 어깨에 둘러 준 숄을 내려다보고 포기했지만.

'……더위 먹을 것 같아.'

그녀는 새 카드를 꺼내 적었다.

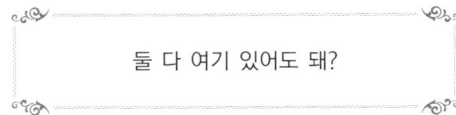

둘 다 여기 있어도 돼?

시녀장과 하녀장. 두 사람 다 직책이 높은 만큼 꽤 바쁠 터였다.

'내가 성에 온 지 얼마 되지 않았을 땐 적응할 때까지 곁에서 보살펴 줘야 했으니까 온종일 붙어 있을 수 있었다지만…….'

지금까지 그러는 건 직무 유기 아닐까. 그런 시선으로 빤히 쳐다보니 다나와 베티가 식은땀을 삐질 흘리며 시선을 피했다. 역시, 아리아가 걱정되어 할 일을 다 팽개치고 따라온 게 틀림없었다. 그 때였다.

"시녀장님! 하녀장님!"

상당히 많은 수의 사용인들이 우르르 몰려와 다나와 베티를 찾았다. 아리아는 두 사람을 빤히 올려다보았다. 저리 애타게 찾을 정도로 할 일이 많은데 그걸 다 버려두고 온 거냐고 말하듯이.

"아뇨, 아뇨."

"오늘의 일정은 어느 정도 끝내 놓고 왔어요!"

그러자 시녀장과 하녀장은 그럴 리가 있겠냐고 손사래를 쳤다.

"갑자기 이게 무슨 호들갑이냐?"

"큰일 났어요! 메이드 저택에 불이 났습니다!"

"뭐?!"

메이드 저택이란 발렌타인 성의 사용인들이 숙식하는 공간의 총칭이었다. 하루아침에 집을 잃고 노숙자가 되게 생긴 다나와 베티가 당황하여 동시에 큰 소리를 냈다.

"그러면 여기서 이럴 게 아니라 화재를 진압해야지!"

"주술사님께서 오셨으니 곧 불길이 사그라들 겁니다. 그 전에 두 분 다 오셔서 상황을 수습하고 사용인들을 진정시켜 주셔야 할 것 같습니다."

"……."

"……."

두 사람이 동시에 아리아를 돌아보았다. 아리아는 갑자기 불이 났다는 말에 깜짝 놀라 덩달아 토끼 눈을 떴다가 어서 가 보라는 듯 등을 떠밀었다.

"그럼 금방 올 테니, 늘 가던 산책로로 다니세요."

"하필 호위 기사도 없어서……."

베티가 걱정스럽다는 듯 중얼거리고 있을 때였다. 멀찍이 떨어진 채 아리아를 지켜보고 있던 블랙 재규어가 어슬렁거리며 다가왔다. 그리고 그녀의 주위를 보호하듯 빙빙 돌았다. 그냥 걷고만 있을 뿐인데 순간 숨이 막힐 정도로 위협적인 자태였다.

"그러고 보니 따로 호위 기사를 붙이지 않았던 이유가 있었죠."

잠시 잊고 있었네. 베티는 뒤늦게 깨달으며 고개를 끄덕였다. 그리고 그들은 안심하며 메이드 궁 쪽으로 황급히 달려갔다.

블랙 재규어와 단둘이 남겨진 아리아는 매일 다니는 산책로를 따라 걷기 시작했다. 그녀는 잠시 망설이다가 손을 뻗었다. 그리고 살살 머리를 쓰다듬었다.

'오, 이번엔 뿌리치지 않네.'

전에 펀치를 맞고 손목을 벤 기억이 생생했지만, 다행히 그때보다 마음을 연 모양이었다. 유독 가지가 많은 나무 밑을 지나고 있을 때였다. 아리아는 주변에 사람이 없는 것을 확인한 뒤 재규어에게 속삭였다.

"네 이름, 블랙 어때?"

크르르―

조악하고 성의 없는 네이밍에 재규어가 낮게 울었다.

'이를 드러낼 정도로 맘에 들지 않는 건가.'

실버는 좋아했는데. 아리아는 뒷머리를 긁적였다. 다른 걸 떠올리려 해도 이름을 짓는 것에 별로 소질이 없었다.

"그럼 눈이 노란색이니까 옐로우."

그 말을 들은 재규어가 갑자기 잔뜩 경계하듯 몸을 낮게 낮추고 공격 태세에 들어가더니 튀어 올랐다. 아리아를 덮치려는 듯이.

'그, 그 정도로 싫었어?'

갑작스러운 사태에 그녀는 눈을 질끈 감고 몸을 움츠렸다. 그런데 재규어는 도약 한 번에 아리아를 밀치고, 유연하게 허공을 갈랐다.

"아!"

내팽개쳐진 아리아는 그대로 엉덩방아를 찧었다. 그와 동시에 다나가 더운 여름에도 꽁꽁 둘러 주었던 숄이 허공에 흩날렸다. 그리고 숄에는 웬 새까만 뱀이 대롱대롱 매달려 있었다.

'엥?'

아리아는 잠시 무슨 일이 일어났는지 파악하지 못한 채 굳어 있었다.

'방금, 뱀에게 물릴 뻔한 건가?'

그녀는 충격을 받았다. 자신에게 달려드는 동물이 있을 거라는 생각 자체를 하지 못했으니까.

모든 동물은 아리아를 사랑한다. 법칙이었고 예외는 없었다.

대공의 늑대가 주인인 대공의 명령도 어기고 아리아를 죽이지 않았듯이. 하지만 잔디 위에 툭 하고 떨어진 뱀이 그녀에게 주저 없이 돌진했다.

'물린다……!'

아리아는 훤히 드러난 목덜미를 재빨리 손으로 덮으며 눈을 질끈 감았다. 하지만 어느새 달려온 재규어가 뱀을 거침없이 물어 죽여 버렸다.

"……."

그리고 아리아는 벌을 받았다. 사냥을 끝마친 재규어가 죽은 뱀의 사체를 자랑하듯이 아리아의 치맛자락 위에 툭 하고 놓았으니까. 이게 말로만 듣던 고양이의 보은?

'아니…… 재규어의 보은…….'

그녀는 얼떨떨한 표정으로, 뱀……이었던 것을 내려다보았다. 어딘지 눈에 익었다.

'이 뱀, 설마…….'

처음부터 광택이 돌 정도로 새까만 비늘을 어디선가 본 적 있는 것 같다는 생각이 들기는 했는데. 5년 뒤쯤 귀족들 사이에서 유행하며 떠돌게 될 독사인 것 같았다. 정확히는, 타락한 귀족들 사이에서.

'박제사(剝製巳).'

한 번 물리면 몸이 돌처럼 굳어져 인형처럼 움직이지 않게 되는 독을 지녔다. 특이한 점은 뱀에게 물렸을 당시의 형태를 유지한 채 죽어 버린다는 것이다. 마치 박제한 동물들처럼.

'마음에 드는 것이 생기면 그게 사람이든 뭐든 박제해서라도 소유하고 싶어 하는 귀족들이 많았지.'

아주, 많았다. 그러다가 결국 사회적인 문제로 번져 철저하게 금지되기도 했고.

'왜 박제사가 여기에 있는 거지?'

박제사를 맨 처음 유통하기 시작한 것은 분명 암흑가, 시궁창이었다.

'시궁창……'

인고 산맥 인근에 나타난 침입자. 메이드 저택에 뜬금없이 불이 났고 박제사는 아리아를 노린다. 이 모든 정황으로 조합해 보자면.

'납치?'

박제사의 독은 물린 즉시 죽어 버릴 정도의 치명적인 극독은 아니었다. 오히려 뱀에 물려 죽을 때까지, 몇 달이라는 시간이 걸린다. 하지만 몸을 완전히 마비시켜 움직일 수 없이 만든다는 점에서 범죄에 이용되기 딱 좋았다.

'대낮부터 납치라니.'

무모할 정도로 과감한 방법이었다. 발렌타인은 한밤중에 숨어들 수 있을 정도로 호락호락하지 않으니, 무리수를 택한 것일까?

'그렇다면 속전속결로 끝내려고 할 텐데.'

아리아는 재규어의 옆에 바짝 붙은 채 주변을 경계하며 두리번거렸다. 분명 주변에 있을 것이다.

'내가 쓰러지길 기다리는 자가.'

그 순간,

바스락—

몸을 숨긴 자가, 풀숲을 밟는 소리를 들었다.

그녀는 그쪽을 향해 한 치의 어긋남 없이 정확하게 고개를 돌렸다. 그리고 그제야 손에 손가락을 말아 물고서 세차게 휘파람을 불었다.

휘익—!

동시에 아리아의 부름을 들은 새들이 주저 없이 날아들었다. 숨어서 그녀를 노리던 괴한의 살점을 뜯어낼 기세로 쪼아댔다

"……!"

새들에게 맹공격을 당한 괴한이 손을 허우적거리며 휘젓고 몸을 뒤틀며 소리 없는 비명을 질렀다. 그는 풀숲에서 튀어나올 수밖에 없었다. 음울한 인상의 사내였다.

"……."

비명조차 없네.

'시궁쥐의 먹이일 확률이 높아.'

아리아는 바닥에 엎드린 채 뭐라고 중얼거리듯 입술을 달싹이는 사내를 보았다. 그녀는 눈 사이를 가늘게 좁혔다. 그리고 로이드가 그랬던 것처럼 입 모양을 읽어 보려고 노력했다.

'안…… 되는데?'

뭐가 안 된다는 거지. 아리아는 의아하게 여기는 것과 동시에 갑자기 싸한 기분이 들었다. 뭐랄까.

'다가가면 안 될 것 같은…….'

순간 그녀는 섬뜩함을 느끼고 반사적으로 뒤로 물러섰다.

크르르—

하지만 사내가 모습을 드러낸 순간부터 사납게 으르렁거리던 재규어가 그를 향해 튕겨 나가듯 달려들었다.

"안……!"

제6장　　　　　　　　　　　　　　　　　　　325

아리아는 다급하게 손을 뻗었다. 하지만 이미 늦은 뒤였다. 사내가 고개를 들었고 재규어가 그를 잡아먹을 듯 덮치는 순간 비명에 가까운 재규어의 울음을 들었다.

"끼잉!"

아리아는 창백하게 질린 얼굴로 자리에서 일어났다. 재규어가 바닥에 쓰러진 채 미동도 하지 않고 있었으니까.

'온몸이 마비됐어.'

그녀는 얼른 재규어에게 다가가 상태를 살폈다. 맹수는 가쁜 숨만 내쉬고 있었다. 박제사에게 물렸을 때 보이는 반응과 똑같았다.

'하지만 저 남자 근처에 뱀은 전혀 없었는데 어떻게?'

유일하게 있던 뱀은 재규어가 물어 죽였지 않은가. 아리아는 재규어를 보호하듯 제 품에 안으며 재빨리 손가락을 물었다. 그리고 다시 휘파람을 불었다. 아니, 불려고 했다.

"아!"

아리아는 참지 못하고 비명을 질렀다. 팔이 강한 악력에 의해 뒤로 꺾였기 때문이었다.

"왜 이 꼬마가 아직 멀쩡하게 움직이고 있을까, 응? 그거 하나 못해서 이 사달을 만들어?"

그녀의 등 뒤에서, 한 번도 들어 본 적 없는 남자의 목소리가 들렸다.

'분명 아무도 없었는데!'

갑자기 허공에서 나타났다. 그는 건들거리는 가벼운 말투로 아리아의 품에 안긴 재규어를 발로 툭 밀쳐 억지로 떼어 놓았다. 아리아는 반항도 못 하고 인형처럼 널브러진 재규어를 잠시 넋을 잃은 채 내려다보았다.

"그것보다 이상하네? 분명 이거 말을 못 한다고 들었는데 말이지."

이어, 들리는 음성. 잠시 고개를 숙이고 있던 아리아가 차갑게 식은 눈으로 고개를 들었다.

그러자 한 사내가 고개를 갸우뚱거리며 그녀의 움직임을 봉쇄하고 있었다. 미심쩍은 듯 미간을 구기면서.

'먹이처럼 혀가 잘리지 않았어.'

멀쩡히 말을 했다. 그렇다는 건……

'시궁쥐의 수족 중 하나.'

그것도 꽤 실력자다. 제압당하는 바람에 잠깐 맞닿은 살갗에서 마나의 흐름을 느꼈으니까. 아리아는 상대를 죽일 듯 노려보았다.

"어이쿠, 무서워라."

돌아오는 반응은 '가소롭다'였다. 한스는 활활 타오르는 아리아의 눈빛을 비웃으며 대놓고 무시했다. 아무런 힘도 없는 열 살짜리 꼬마를 제압하는 건 일도 아니었다.

'소문대로 동물을 좀 다룰 줄 아는 모양이고.'

다만 대공자비 후보가 소문과 다르게 멀쩡히 말을 한다는 것에 의아했다. 잘못 파악했나?

'어쨌든 나이대도 그렇고 옷차림도 그렇고 인상착의도 정확하게 일치하니까.'

아닐 수가 없지. 한스는 아리아가 움직이지 못하도록 아주 단단하게 붙잡으며 말했다.

"시간 없어. 낌새를 눈치채고 몰려올 때가 됐으니까 얼른 시작해."

그러자 먹이가 양손으로 바닥을 짚더니 갑자기 꺽꺽 하고 새까만 점액질을 토해 내기 시작했다.

'이게 대체……'

아리아는 차마 눈에 담기 힘든 기괴한 광경에 입을 다물지 못했다. 그냥 검고 질척한 덩어리를 토해 내는 줄 알았는데 유심히 살펴보니 그건 뱀이었다.
 그러니까, 살아 움직이는 뱀. 그 사내는 놀랍게도 몸속에 박제사를 기르고 있었다.
 '뱀을 데리고 대체 어떻게 그 까다로운 검열에 통과했나 했더니!'
 몸속에 숨기고 있다면 당연히 찾을 수 없겠지. 그리고 재규어는 사내가 몸속에 품고 있던 박제사에게 당한 것이다.
 '수십 마리의 박제사……'
 물리적으로 저걸 어떻게 다 몸속에 품고 있었는지 알 길이 없었다. 하지만 한 가지 확실한 건, 물리는 순간 시궁쥐에게 평생 이용당하다가 죽을 거라는 것.
 "놔!"
 다급하게 몸을 뒤틀었지만 정말 꼼짝도 하지 않는다.
 "얌전히 있으렴, 꼬마야. 잠깐 따끔하고 끝날 거야."
 남은 방법은 하나밖에 없었다. 아리아는 재갈을 물고 있지 않았고 두 사내의 귀는 무방비하게 열려 있었다. 아리아는 자신을 향해 맹렬하게 달려드는 뱀들을 보며 다급히 입을 열었다. 그리고, 노래를 흘려보냈다.

 "평화로이 흐르는 거룩한 물결 위로, 새들의 노랫소리에 깨어났어요."

 그 순간 아리아를 단단히 속박하던 한스의 팔이 움찔하고 떨렸다.
 '이 상황에서 노래를 부른다고?'
 이 꼬마가 지금 공포에 질린 나머지 미쳐 버리고 만 것인가? 하지만 싸늘한 공기를 순식간에 녹아내듯 이어지는 노랫소리에 어이없는 감정은 사그라들었다. 엄청나게 잘 부르네…….

"황홀하게 빛나는 물결을 따라 흘러가요. 흐름을 따라 떠내려가면."

 귓가에 부드럽게 감기는 선율이 강물을 타고 흐르는 것처럼 이어졌다. 그러자 뱀이 우뚝 멈춰 섰다. 정확히는 뱀의 행동을 조정하던 먹이의 눈이 동롱하게 흐려졌다. 그리고 눈을 깜빡였다. 지금, 자신이 여기서 대체 뭘 하고 있었는지 모르겠다는 듯이.

"나른한 손짓, 살랑이는 물결은, 강둑에 도달해요."

 평화의 노래. 순식간에 모든 살의와 전의를 상실하게 만드는 노래였다. 원한 관계에 있는 사람들도 일시적으로 손을 맞잡게 할 수도 있었다.

"봄이 잠들고 새들이 노래하는 곳. 이곳에서 신의 가호가 내리기를."

 한계까지 높게 치솟아 올랐던 가락이 바람에 춤을 추는 봄꽃처럼 하늘하늘 떨어져 내린다. 한스는 아무것도 없는 허공에 손을 벌었다.
 '임무를 수행해야 하는데…….'
 온몸을 부드럽게 감싸 안는 온화한 멜로디. 이상하게 힘이 빠지는 기분이었다. 아까까지 분명 지체할 시간이 없고 한시 바쁘게 움직여야 한다고 생각했는데. 이내 아무래도 상관없어졌다.

"연못으로 가요. 눈처럼 흰 날개를 가진 백조가 노니는 곳에."

 아무것도 하기 싫었다. 그저 이곳에 머물며, 이 노래를 끝없이 계속 듣고 싶을 뿐이다. 이곳……. 그런데 이곳이 어디더라? 아, 발렌타인 대공성.

'뭐 그게 어떻다는 거지.'

발렌타인.

한때는 쳐 죽일 악마 놈들이라고 여겼지만, 더는 적의가 느껴지지 않고, 싸울 마음이 전혀 들지 않는데.

"우리를 불러요. 함께 가요, 함께."

한스는 아리아를 결박하고 있던 손을 놓을 수밖에 없었다.

"사람들은 왜 편을 갈라 싸우고 전쟁을 일으키는 걸까? 우리처럼 사이좋게 지내면 좋을 텐데."

오늘부로 평화주의자가 되기로 한 한스는 턱을 괸 채 한탄하듯 중얼거렸다. 그리고 그 옆에 얌전히 앉아 있던 시궁쥐의 먹이가 동의하듯이 고개를 끄덕였다.

"날 납치하라는 임무를 받았다고?"

아리아는 질문을 던졌다.

"어. 박제사로 마비시킨 뒤 협박할 생각이라고 했어. 있지도 않은 해독약을 조건으로 내걸면서 말이야."

그러자 한스는 모든 진실을 거침없이 술술 내뱉으면서 어이없어했다.

"대체 무슨 삼류 악당 같은 발상이지? 이거 누구 발안이야?"

그러자 먹이가 한스를 빤히 쳐다보았다. 그는 그제야 뒤늦게 생각났다는 듯 중얼거렸다.

"아…… 너였지."

"……."

"내가 삼류 악당이었다니."

평화주의 한스는 자신의 인성에 꽤 충격을 받은 눈치였다.

'내 노래긴 하지만 참…….'

가끔 보면 무섭단 말이지. 아리아는 그가 이성을 되찾는 순간 어떻게 반응할지 궁금해졌다. 일단 엄청난 분노와 수치심에 욕설부터 내뱉을 거라고 확신할 수 있었다.

"해독약이 없다고?"

"없어. 아직 미완성작이라."

그렇다면 어둠을 루트를 타고 암암리에 떠돌던 5년 뒤에, 박지사가 완성되는 모양이었다.

"진짜 뱀이 아니야, 그럼?"

"키메라지. 만들어진 생명체."

"키메라……."

아리아는 잠시 생각에 잠겼다. 어쩐지 이상하다 했다. 아무리 뱀들을 몸손에 품어 주는(?) 주인의 명령이라지만 그녀에게 공격 의사를 보일 리가 없었으니까. 그건 자연스럽게 탄생한 생명이 아니었기 때문이었다.

'그러니까 해독약도 제대로 만들지 않은 미완성 독을 나에게 쓰려고 했다는 거지.'

그녀는 그렇게 생각하며 품에 안긴 재규어를 내려다보았다. 만약 이 아이가 없었다면 아리아는 지금쯤 시궁창으로 끌려가, 죽을 날만 바라보며 협박의 재료로 쓰였을 것이다.

의식은 있지만 몸이 인형처럼 굳어 버려서 꼼짝도 하지 못하는 채로. 아무것도 하지 못하고.

'전생만큼이나 끔찍한 결말이야.'

아리아는 주위를 둘러보았다. 더 자세히 캐묻고 싶었지만 아쉽게도 사람들이 몰려오기 전에 이 일을 어떻게 처리할지 결정해야 했다.

'이대로 치안대에 넘길까?'

하지만 그러고 싶지 않았다. 무슨 꼴을 당할 뻔했는데, 그런 식으로 쉽게 보내 주고 싶은 생각이 들지 않았다.

'무엇보다 시궁쥐.'

저 둘을 치안대로 넘겨 버린다 해도 시궁쥐는 아무런 타격도 받지 않을 텐데. 이대로 가만히 둘 수 없었다.

'아마도 빈센트 때 일로 제대로 앙심을 품은 모양인데…….'

섣부른 수작을 부리면 어떻게 되는지 제대로 알려 줘야 하지 않겠는가.

"너 시궁창에서 지위 높아?"

그러자 그가 당연한 걸 다 묻는다는 듯 허리에 손을 얹으며 당당하게 대답했다.

"물론. 그분께서도 날 신뢰하고 계시고, 내 밑으로 동생들도 꽤 많고."

그럴 것 같았다. 발렌타인 성에 잠입해 대공자의 약혼자를 납치하겠다는, 아무 대책 없어 보이는 계획을 직접 발안하고 실천할 정도였다.

'그만큼 실력에 자신이 있고 또 신뢰도 받고 있다는 거겠지.'

어중이떠중이는 아니라는 소리다.

'저 먹이는 박제사를 몸속에 품을 수 있는 능력을 높이 사서 선

별되었을 테고, 수하인 쪽은…….'

아리아는 한스를 위아래로 훑었다. 갑자기 아무도 없는 허공에서 나타나 그녀를 제압했다. 아리아는 그와 손이 닿는 순간, 흘러넘치는 마나의 흐름을 느꼈다.

'분명 마법사겠지.'

그것도 꽤 뛰어난. 아리아가 세이렌이라는 걸 조금도 짐작하지 못한 상태였기 때문에, 반항 한 번 하지 못하고 평화의 노래에 당해 버렸지만 말이다.

"그럼 평화주의자는 이쯤 하자."

"어? 그게 무슨 소리……."

아리아는 한때, 영혼에 새겨지도록 부르던 노래를 떠올렸다.

"사랑은 길들지 않은 새."

그리고 부르기 시작했다. 상대를 철저하게 복종시키는 노래. 매혹의 노래였다.

─❦─

"아가씨! 혼자 계신다는 얘기를 듣고 달려왔습니…… 우와악!"

얼른 화재를 수습하고 정원으로 달려온 칼린이 냅다 소리를 질렀다.

아리아가 풀숲이 엎어진 채 빌빌거리고 있었기 때문이다. 그 옆에서 재구어가 어떻게든 그녀를 안전한 곳에 놓기 위해 옷자락을 물고서 끙끙대고 있었다.

하지만 아리아가 손가락 하나 까딱하지 못하는 상태라 등에 태워 옮기는 것조차 불가능해 보였다.

"이게 대체 무슨 일입니까!"

주술사는 기겁하며 그녀를 얼른 안아 들었다. 그리고 샅샅이 상태를 살폈다. 몸에 진이 다 빠진 것처럼 흐느적거리긴 했지만, 특별히 이상은 없어 보였다.

그는 내심 안도했다. 공교로운 타이밍에 불이 나서 혹시나 하고 달려와 봤지만 역시나 아무 일도 없어서 다행이었다.

"고마워. 갑자기 몸에 힘이 들어가지 않아서 꼼짝도 할 수 없었어."

"서, 설마 산책하다가 갑자기 이렇게 되신 겁니까?"

그는 새하얗게 질린 채로 더듬거렸다. 세상에 그렇게까지 유리 같은 몸이 존재할 줄 몰랐다는 표정을 하고 있었다. 아리아는 그럴 리가 있겠냐고 말하며 한마디를 더 덧붙였다.

"있잖아. 나 치유의 노래 부를 수 있게 되었어."

그녀는 건강해진 재규어를 향해 시선을 보내며 희미하게 웃었다. 박제사의 독으로 몸이 완전히 굳어지기 전에 해독한 것이라 특별히 후유증도 남지 않을 것이다.

"예? 어떻게요? 아니, 잠깐…… 다 나을 때까지 능력은 절대로 쓰지 말라고 하지 않았습니까!"

무리하게 능력을 쓰다가 이렇게 된 거였잖아! 내가 이럴 줄 알았어! 칼린이 기겁하고 소리 지르며 잔소리를 쏟아붙였다. 고막 테러를 당한 아리아가 끙 하고 앓는 소리를 내자 이내 말소리가 줄어들었지만.

"그런 것치곤 이상할 정도로 상태가 양호하시네요? 에너지도 꽤 안정되어 있고……."

"저번에 칼린의 에너지를 빌리기는 했지만, 한 번 통로를 뚫어 놓으니까 그다음부터는 쉽더라고."

말도 안 되는 소리였다. 한 번 남의 힘을 이용해서 성공해 봤다고, 다음엔 온전히 본인의 힘으로 에너지 운용에 성공한다고?

'그것도 이론만 한 번 듣고 시행착오도 없이 단번에 적용한다고?'

대체 어느 정도 천재여야 그게 가능한 걸까. 칼린은 말없이 혀를 내둘렀다. 그는 '남들이 날 볼 때 이런 기분이었을까.' 하고 내심 생각했다. 아리아는 나름 천재라 자부하는 그에게 있어서도 이해할 수 있는 범위 밖의 존재였다.

"대체 왜 갑자기 치유의 노래를 부르셨는데요?"

칼린은 그렇게 묻다 말고 잠시 주변을 돌아보았다. 아리아의 상태를 보고 워낙 놀라서 깨닫는 게 한참 늦었다.

'……악취가 나는데?'

그것도 토악질이 일 정도로 끔찍하고 온몸에 질척거리는 기분 나쁜 것이 달라붙는 듯한 불쾌한 악취였다. 그는 이 냄새를 잘 알고 있었다. 시궁창의 냄새.

"설마 시궁쥐가 왔다 갔습니까?"

아리아는 대체 그걸 어떻게 알았느냐는 표정으로 그를 올려다보았다. 몇 번 킁킁거리더니 알아채다니. 엄청난 개코였다.

"아니, 그의 수하."

"예?!"

그 말에 칼린이 기겁했다.

"왜 진작 말씀하지 않으셨어요!"

"내가 알아서 잘 해결해서?"

"맙소사……."

그는 말문이 막혀, 그만 그 자리에 멈춰 서서 이마를 짚었다. 가리아는 자신이 열 살이라는 자각이 전혀 없어 보였다. 아무리 미래를 알게 된 부작용으로 어른스럽게 되었다고 해도, 그게 어른이 되는 건 아닌데 말이다.

"그래서 불이 나고, 아가씨께서 치유의 노래를…… 대체 무슨 일이 있으셨길래…… 아, 저 드디어 고용주에게 살해당하게 되는 겁니까?"

칼린은 "언젠가 이런 날이 올 줄은 알고 있었지만." 하고 중얼거렸다. 심각한 얼굴로 헛소리를 하고 있었다.

"아니, 시궁창 쪽에서 몰래 잠입한 건 비밀로 할 거야."

"아뇨, 그러실 필요 없습니다. 물론 전 살해당하게 되겠지만 발렌타인의 대공자비가 될 아가씨를 노린 일이잖습니까. 본보기로서 응징을 해 줘야죠."

주술사는 칼같이 대답했다. 시궁쥐에게 발렌타인이 얕보인 탓에 먹이 떼들이 우르르 몰려드는 일이 죽기보다 싫은 눈치였다.

"이 김에 시궁창을 날려 버리죠!"

그나마 이성적인 줄 알았던 칼린이 트리스탄과 로이드 같은 소리를 했다. 아리아는 속으로 '너도 발렌타인이 맞긴 맞는 모양이구나.' 하고 생각하면서 말했다.

"자업자득이란 말 알아?"

"모를 리가요."

"자멸이라는 말은?"

"왜 갑자기 바보 취급이십니까?"

아리아는 고개를 저으며 덧붙였다.

"곧 그렇게 될 거라고."

노래 인용: 들리브의 오페라 《라크메(Lakmé)》 중 '꽃의 이중창(Flower Duet)'.

 아리아는 큐어의 특제 탕약을 내려다보았다. 정체 모를 거품이 부글부글 끓어오르는 검붉은 빛깔의 액체. 입을 대는 순간 피를 토하며 죽을 것 같은 퍽우 흉악한 비주얼이었다.
 '이렇게 당당하게 암살 시도를?'
 하지만 의원의 눈빛은 매우 비장했다. 어떻게든 그녀의 허약하기 짝이 없는 체질을 건강하게 바꾸겠다는 의지가 가득했다. 누구에게 살해 협박이라도 당한 것처럼 아주 절박하게 말이다.
 "산책하다가 탈진해 쓰러졌다고 들었다만."
 아리아는 그 말을 듣고 고개를 들었다. 트리스탄이 침대 기둥에 등을 기대더니, 삐딱하게 기울어진 얼굴로 그녀를 내려다보고 있었다.
 그러자 큐어의 어깨가 흠칫하고 떨렸다. 그는 갑자기 한여름에 눈보라가 내리치는 것처럼 온몸을 덜덜 떨기 시작했다.
 '협박한 건 이쪽인가 보네.'
 대충 여상은 했지만 말이다. 그때, 대공의 맞은편에 서 있던 코이드가 바닥을 긁는 것처럼 낮게 가라앉은 음성으로 중얼거렸다.

"분명 앓아누운 건 신체 쪽 문제가 아니라고 들었는데 말이지……."

그러자 큐어가 얼굴은 물론 입술까지 새파랗게 질려서는, 비처럼 주룩주룩 땀을 흘리기 시작했다.

'설마 이쪽도?'

큐어는 아무래도 두 발렌타인 사이에 껴서 온갖 수난을 겪는 듯했다. 대공과 대공자에게 동시에 살해 협박을 받고 있다니.

'미안해. 내가 자주 아파서…….'

아리아는 잠시 큐어를 매우 측은한 시선으로 응시할 수밖에 없었다. 앞으로는 너무 무모하게 굴지 말고 뒷일을 먼저 생각해야겠다는 생각이 들었다.

"더위를 먹으신 게지요. 경계 밖에는 열사병이라는 게 있었어요!"

다나가 매우 자책하며 말했다. 그녀는 주먹을 불끈 쥐고 신음하더니, 자신의 무지함과 비통함을 감추지 못한 채 말했다.

"제가 미처 그 생각을 하지 못하고 감기라도 걸리실까 봐, 미련하게 여름에 숄을 둘러드려서……."

숄이 없었다면 아리아는 이미 박제사에게 물려 지금쯤 여기 없었을 것이다. 시녀장의 과도한 걱정 덕에 도리어 목숨을 건지게 된 셈이었다.

"제가 아가씨 곁을 한시도 떠나서는 안 됐었는데…….'

그리고 베티까지 눈물을 짜냈다. 아리아의 곁을 떠나지 않았으면 분명 재규어와 같은 꼴이 되었을 텐데 말이다.

'아니지.'

재규어는 말 못 하는 짐승이기 때문에 굳이 죽이지 않고 살려 둔 것이다. 만약 목격자가 있었다면 분명 가차 없이 처리했을 것이다. 오히려 곁을 지키지 않았기에 그들은 살아남을 수 있었을 터였다.

'어쩔 수 없지.'

아리아는 눈을 질끈 감고 정체불명의 탕약을 꿀꺽 들이켰다. 악령이 깃든 것 같은 도양새와 다르게, 의외로 맛은 생각처럼 그렇게까지 고통스럽지 않았다.

'으에에……'

게워 내지 않고 겨우 삼킬 수 있을 정도란 뜻이었다.

"어휴, 기특하셔라."

다나가 별사탕 병을 내밀었다. 아리아는 그것을 다급하게 받아 입 안에 전부 털어 넣었다. 사탕을 뭉텅이로 먹는데도 맛이 전혀 느껴지지 않는 걸 보니 아무래도 미각을 상실한 것 같았다.

'건강해지는 대신에 미각을 잃는다니. 이게 바로 등가교환의 법칙이라는 걸까.'

하지만, 그 둘은 과연 같은 가치를 가진 게 맞는 걸까? 오히려 손해일지도 몰랐다. 최근, 먹기 위해 산다는 말을 이해할 수 있게 된 그녀는 진지하게 생각했다.

'건강과 미각, 뭐가 더 중요할까.'

양 볼에 별사탕을 빵빵하게 넣고서는 심각한 표정을 짓는 모습이 귀엽기만 했지만 말이다. 그 모습을 가만히 내려다보던 트리스탄이 운을 뗐다.

"정말 그게 다인가?"

설마 뭔가 알고 있는 걸까. 아리아는 뜨끔 해서 하마터면 고개를 꺾어지도록 들어 올릴 뻔했다.

'아냐, 들키지 않았어.'

누가 침입한 흔적을 발견했다고 해도 설마 어린아이 혼자서 괴한을 무찔렀다고 생각할 리 없었다. 그녀는 아무것도 모르는 척 고개를 갸우뚱 기울였다.

그저 빤히 올려다보는 보석같이 반짝이는 눈망울과 다람쥐처럼 부풀어진 채 사탕을 우물거리는 볼. 그 순간 모든 사람의 시선이, 아리아에게 고정된 채 떨어지지 않았다.

"허."

트리스탄은 미처 판단을 내리기 전에 그녀의 머리에 손을 얹고는 쓱쓱 쓰다듬고 말았다. 그리고 어이없다는 듯 헛웃음을 터트리며 중얼거렸다.

"이걸 잔망스럽다고 하는 건가."

아리아는 힘 조절이 되지 않는 그의 무자비한 손길에 머리가 꾹꾹 눌렸다. 왠지 전에도 이렇게 짓눌렸던 기억이 있는 것 같은데…….

'사실은 쓰다듬으려고 한 거였어?'

짐작도 못 했다. 그냥 무슨 면박을 주려고 그러는 줄 알았지.

"뭐, 무리하지 말고."

"……."

"너무 심하게 다치면 내가 무슨 짓을 할지 모르겠으니 말이야."

머리가 앞뒤로 흔들려 절로 눈가가 찌푸려졌다. 아리아는 누가 대공에게 머리 쓰다듬는 법 좀 알려 줬으면 좋겠다고 생각했다. 그 순간이었다. 표정을 굳힌 로이드가 대공의 손을 꺾어 버리듯이 아리아에서 떼어 냈다.

"아파하지 않습니까."

그리고 싸늘하게 일갈했다.

"……."

트리스탄은 완전히 뒤로 꺾여 부러지기 일보 직전인 제 손가락과 아들을 번갈아 응시하다가 말했다.

"아픈 건 내 손가락이다만."

"부러지지 않아 유감입니다."

"좀 더 힘을 키우는 게 좋겠군."

뭐지, 이 살벌한 분위기는. 발렌타인의 두 부자의 시선이 허공에서 거칠게 얽히고 벨 듯한 긴장감이 스쳐 지나갔다.

그때였다.

똑똑, 하는 짧은 노크 소리와 함께 대공의 부관이 모습을 드러냈다.

"전하, 잠깐 나와 보셔야 할 것 같습니다만……."

드웨인은 말을 잇다 말고 트리스탄과 영문 모를 살벌한 분위기를 풍기고 있는 로이드를 발견했다. 그는 마침 잘됐다는 듯 말했다.

"아, 대공자님도 여기 계셨군요. 두 분께 드릴 말씀이 있습니다."

"무슨 일이지?"

"그게……."

드웨인은 얼굴에 곤란한 빛을 띠며 아리아를 흘낏 응시했다. 어린아이 앞에서 꺼낼 말은 아니라고 생각한 것인지.

"쯧."

트리스탄은 짧게 혀를 차며 자리를 벗어났다. 아니, 벗어나려고 했다. 다급하게 손을 뻗은 아리아가 대공의 옷자락을 꽉 쥐고 빤히 올려다보았다.

"할 말 있나?"

그야 드웨인의 보고를 저도 들어야 할 것 같으니까 붙잡았어요. 하지만 그렇게 말할 순 없었다. 아리아는 아파서 모두가 곁에 있기를 바라는 어린아이인 척, 속눈썹을 내리뜨며 가련하게 파르르 떨었다. 그리고 시선을 들어 올리면서 주저하며 카드를 내밀었다.

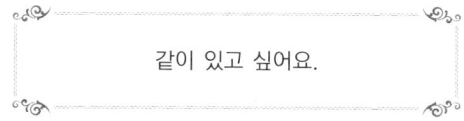

같이 있고 싶어요.

"……."

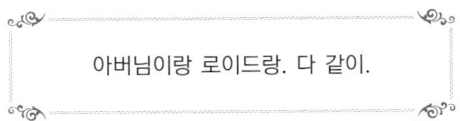
아버님이랑 로이드랑. 다 같이.

두 부자는 잠시 카드를 내려다보며 침묵했다. 그리고 서로 대치할 땐 언제고, 이젠 아리아를 사이에 두고서 침대 양옆에 자리를 잡고 앉았다. 서로를 잡아먹을 듯이 팽팽했던 살기가 순식간에 잠잠해졌다.

"보고해."

"예? 여기서요?"

"같이 있고 싶다잖아."

"……."

드웨인은 팔불출 그 자체가 되어 버린 주군을 못마땅하게 응시했다. 하지만 트리스탄이 웃으며 목을 긋는 시늉을 하자 한숨을 내쉬며 말했다.

"시궁창에서 내부 분열이 일어났다더군요."

내부 분열? 그전까지 별 반응이 없던 트리스탄과 로이드가 동시에 놀란 눈으로 드웨인을 돌아보았다. 그 시궁창에서 내부 분열이라는 건 상상도 못 할 일이었으니까.

"정확한 정보인가?"

"틀림없습니다."

시궁쥐에게 가장 성가신 점이 있다면, 그건 제 수족들에게 단 한 번도 배반당한 적이 없다는 점을 꼽을 수 있겠다. 시궁쥐가 그만큼 인망이 높다는 건 절대 아니고 그만큼 더러운 수를 쓰고 있었기 때문이었다.

"주동자는 한스라는 마법사입니다. 시궁쥐의 최측근 후보로까지 올랐을 정도로 한때 신뢰를 받던 자라고 하더군요."

"하필이면 마법사라."

"네, 아주 치명적이죠. 먹이에게 걸어 놓았던 세뇌 마법을 해제하고, 제 밑에 있던 부하들을 모아 제대로 반역을 일으킨 모양이던데요."

시궁쥐는 단 한 번도 배신당해 본 적이 없는 만큼 방심하고 있었을 터였다. 염두에 두지도 않았던 일이 실제로 일어나니 당연히 혼란스럽고 대처가 늦을 수밖에.

"반란 분자들을 단숨에 진압하지 못하고 꽤 고전하고 있다더군요. 하지만 사실 시간문제이기는 하죠."

"흠."

이건 역시 일망타진의 기회였다. 트리스탄은 잠시 의자 손잡이를 톡톡 두드리며 생각에 잠겨 있다가 말했다.

"지난번에 심어 놓은 시궁창 출신의 간자가 있을 텐데."

지난번이라면 빈센트 사건 때를 말하는 거였다.

"네. 일단 전하께서 명령을 내리시면 바로 움직일 수 있게 준비는 해놓으라고 했습니다."

아리아는 그 말을 듣고 생각했다.

'역시, 그럴 줄 알았다.'

자신의 짐작이 맞았다고. 빈센트의 어머니를 몰래 먹이 굴에서 빼내 오려면 내부에 잠입하는 수밖에 없을 테니까 말이다. 그때 간자를 심어 뒀겠지. 그리고 시간이 얼마 되지 않아 아직 들키지 않았을 확률도 높았고.

'그럴 것 같아서 그 수족을 충동질했는데. 일을 잘해 주는 모양이네.'

그녀는 내심 안도했다. 대화를 들어 보니 그때 내부에 심어 놓은 간자가 꽤 되는 모양이었다. 시궁쥐의 수족이 되어 정보를 전달해 주는 자부터 인질이 된 척 일부러 붙잡혀 가짜 정보를 흘리는 자까지. 내부 조작은 완벽하게 이루어진 상태였다.

'게다가 시궁쥐의 신뢰를 받고 있던 마법사까지 날뛰고 있으니.'

어서 통째로 삼켜 버리라고 하늘이 기회를 준 수준이었다. 트리스탄은 잠시 침음에 빠져든 듯 잠잠하더니, 이내 아리아를 빤히 응시했다.

"흐음."

의미 모를 시선을 던지면서. 그녀는 비스듬한 각도로 휘어진 입꼬리가 상당히 불안하게 느껴졌다.

"드디어 지긋지긋한 해충들을 박멸할 때가 왔군."

로이드가 뭘 망설이냐는 듯 눈썹을 까딱하더니 다른 곳에 한눈이 팔린 대공 대신 명령했다.

"청소해."

드디어, 드디어. 사비나를 직접 볼 수 있게 되었다.

'대체 얼마나 기다렸는지.'

아리아는 그녀를 곧 만난다는 생각에 심장이 두근거렸다.

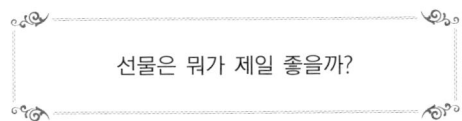

선물은 뭐가 제일 좋을까?

그녀는 뺨을 수채화처럼 붉게 물들이며 카드를 내밀었다. 베티는 그런 아리아를 꼭 끌어안고 싶어서 손이 간질거렸다.

"역시 꽃?"

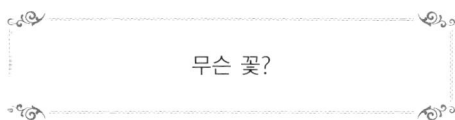

무슨 꽃?

"꽃이라면 다 좋아하시는 편이지만 역시 나무에서 피는 꽃을 가장 좋아하시죠."

나무에서 피는 꽃. 여름에는 특히 그 종류가 드물다.

'어제 창탁에서 본 것 같은데.'

아리아는 그 즉시 달려가 꽃봉오리가 활짝 핀 나무를 올려다보았다. 가지마다 새빨갛게 피어난 꽃망울이 마치 타오르는 불꽃을 얹어 놓은 듯했다.

'불꽃 나무!'

이 매혹적이고 화려한 꽃나무는 생김새 그대로의 이름을 가졌다. 그런데 꽃을 따기에는 너무 높아서 손이 닿지 않았다.

'전서구를 불러야 하나.'

그렇게 생각하고 있을 때였다. 위에서 바스락하는 소리와 함께 꽃봉오리가 후드득 떨어져 내렸다. 아리아는 눈을 휘둥그레 뜨다가 반사적으로 두 손을 모아 떨어지는 꽃망울을 받아 냈다. 마치 손바닥에 불꽃이 피어난 듯했다.

"뭐야, 너였나."

아리아는 문득 들려 오는 목소리에 천천히 고개를 치켜들었다.

로이드였다. 그는 까마득하게 높은 나무 위에서 가지를 밟고 가뿐하게 올라서 있었다.

"흠."

로이드는 잠시 나뭇가지들을 살피며 고민에 잠겼다. 그러더니, 가장 화려하고 꽃봉오리가 탐스럽게 맺힌 나뭇가지를 단박에 우드득— 하고 꺾었다. 무슨 전리품 챙겨 들 듯이.

"……."

어쩐지 나무의 비명이 들려 오는 것만 같았다. 소년은 목표를 달성했다는 듯 나무 위에서 훌쩍 뛰어내렸다.

아리아는 화들짝 놀라서 그를 받아 주려는 듯한 이상한 동작을 취하다가 손목을 붙들렸다.

"야, 위험하게."

혹시 로이드는 인간이 아니라 인간인 척하는 고양이였던 게 아닐까. 이상할 정도로 가뿐한 착지였다.

"몸은, 이제 괜찮고?"

아리아는 고개를 끄덕이며 입을 달싹였다.

—로이드도 아프다고 들었는데.

"내가? 아프다고?"

그러자 소년은 그런 말은 금시초문이라는 표정을 해 보였다.

어라? 방 밖에 나오지 못할 정도로 아파서 시궁창 쪽에서 잠입했을 때 직접 대처하지 못한 것 아니었나?

—칼린이 성장통이라고 하던데.

"성장통…… 아아."

뒤늦게 뭘 말하는지 깨달은 듯했지만.

"뭐, 아예 틀린 말은 아니지."

그런데 반응을 보니 진짜 성장통을 말하는 건 아닌 듯했다. 어쩐지 칼린의 반응도 영 미심쩍더니. 거짓말을 한 모양이었다. 아리아는 부디 실버가 주술사의 엉덩이를 제대로 물어 줬기를 바랐다.

"지금 갈 건가? 이건 내가 챙겼으니 바로 가도 돼."

병문안으로 나뭇가지라.

'좀, 아니지 않나.'

사비나가 불꽃나무를 아낀다면, 별로 좋은 선택이 아닌 것 같은데. 아리아는 잠시 침묵하다가, 로이드의 손에 들린 가지를 뺐었다.

―이거 받아.

그리고 두 손 가득 담아 두었던 꽃봉오리를 그의 손바닥 안에 옮겨 주었다. 그녀의 손에서는 양손 한가득 담겨 있었던 것이 그의 손에서는 한 손바닥을 겨우 채울 정도의 양이었다.

"뭐야."

로이드는 또 인상을 썼다. 하지만 그녀의 행동에 트집을 잡거나 반항하지는 않았다. 귀신 좀 투덜거리기는 했다.

"가지를 꺾어 가는 게 어머니께 꽃이 폈다는 걸 증명해 보일 가장 확실한 방법이잖아."

전리품이 아니라니까.

'대체 뭘 증명하려는 거야.'

아리아는 가방을 뒤적여 카드를 꺼내 들었다.

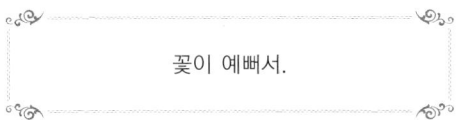

꽃이 예뻐서.

"하, 또 그 카드."

로이드는 손에 들린 꽃 하나를 아리아의 입에 물렸다.

"……."

그녀는 입에 꽃을 문 채, 의문 가득한 시선으로 그를 빤히 올려다보았다. 무슨 의도로 한 행동인 건지 단박에 알아챌 수 없었다.

"그렇게 꽃 타령을 하는 걸 보니 꽃이라도 잘 먹을까 싶어서."

먹고 싶어서 좋아하는 거 아니야.

'날 진짜 토끼라고 생각하는 건 아니겠지.'

아리아는 어이없어하다가, 입술 사이에 물린 꽃을 뱉었다. 그리고 로이드가 잠시 딴 곳을 보는 사이에 꽃을 그의 귀 뒤에 꽂았다. 그녀가 귓가를 건드리는 걸 느꼈는지 소년은 흘끗 뒤를 돌아보았다.

ㅡ뭐가 묻었어.

아리아는 얼른 입술을 달싹였다. 그러자 그는 대수롭지 않게 넘기는 듯했다. 감히 자신을 상대로 장난을 칠 거라고는 상상도 못 하는 것처럼.

'장난에 익숙하면 곧바로 알아차릴 텐데. 장난 같은 건 받은 적도 쳐 본 적 없는 건가.'

의외로 순진하구나.

'뽀뽀도 처음, 장난도 처음.'

아리아가 내심 감탄할 때였다.

"푸흡."

문득 억눌린 웃음소리가 들려 고개를 돌렸다. 말없이 로이드의 뒤를 묵묵히 따르던 붉은 머리의 소년이 입을 필사적으로 틀어막고 있었다. 어깨가 부들부들 떨린다.

'이름이, 클라우드였던가.'

따로 소개받은 적은 없었지만 아리아는 그를 가끔 본 적이 있었다. 로이드의 보좌관 겸 호위인 것으로 추정되었다. 대공가 후계자를 호위하기에는 너무 어리기는 하지만 허리에 검을 차고 있는 것을 보니 기사가 맞겠지.

'로이드와 같은 나이거나 기껏해야 한두 살 많아 보이는데.'

그 나이에 소가주를 보좌하는 위치라면 분명 엄청난 실력자일 것이다.

'하지만 여기 와서 처음 듣는 이름이야.'

그 말은 즉, 사변 때 죽은 사람 중 한 명이라는 뜻이었다. 또 다른 천재 소년의 비극을 미리 훔쳐본 기분이었다. 아리아가 빤히 쳐다보자 그는 아차 싶었는지 헛기침을 하며 고개를 틀었다.

"미친 건가?"

로이드가 어이없어하며 물었다.

"웃을 줄도 아는 도령이군."

"죄송, 합니다."

기사가 이를 악물고 답했다. 그는 머리에 꽃을 달고 있는 로이드와 시선을 마주치지도 못하고 곤혹스러워하고 있었.

클라우드가 곤란해하며 아리아에게 시선으로 도움을 요청했다. 그 시선을 눈치챈 로이드가 아리아와 클라우드를 번갈아 보더니 표정이 더욱 안 좋아졌다.

"시선이 불쾌하군. 뒤돌아."

"예? 하지만 저는 뒤돌아서 호위를 할 수 있는 경지에 이르지는 않았습니다만……."

분위기가 더없이 흉흉해지자, 클라우드는 깔끔하게 체념했다.

"음, 수련의 일종이군요. 최선을 다하겠습니다."

그리고 정말 명령대로 등을 돌리고 걷기 시작했다. 앞에 장애물이 나타나도 아주 능숙하게 피하면서.

'저건 무슨 묘기담.'

아리아는 클라우드를 흘끔거릴 수밖에 없었다. 누구라도 그럴 것이다. 하지만 로이드는 그녀의 시선이 클라우드에게 고정된 게 탐탁지 않은 눈치였다.

로이드는 늘 그랬던 것처럼 아리아의 손목을 붙잡고 휙 잡아끌려다가 말고 멈칫했다.

로이드는 상냥해.

그 말이 떠올랐던 탓이었다. 로이드는 태어나서 한 번도 자신의 행동을 되돌아본 적이 없었다. 사교적인 것과 거리가 먼 성격이라는 걸 알았지만 딱히 의식하지도 않았고 교정하지도 않았다. 필요하면 옆에 두고 거슬리면 치웠다. 목표를 향해 앞만 보고 달렸다. 그래도 되는 위치였으니까.

"……."

그런데 왜……. 그런 어이없는 말에 휘둘리고 있는 건지.

'상냥한 사람이 다 죽었나 보군.'

로이드는 자신의 손바닥을 빤히 내려다보면서 생각했다.

'뭐 하는 거지.'

아리아는 갑자기 멈춰 서서 자신의 손이 원수라도 되는 듯 노려보고 있는 소년을 보고 고개를 기울였다.

'빨리 가야 하는데.'

빨리 가서 사비나를 봐야 하는데. 로이드가 멈추니까 다들 우뚝 멈추지 않는가.

아리아는 손을 뻗어 로이드의 손을 잡았다. 혹시나 뿌리칠까 봐 손가락 사이사이를 얽어 꼭 잡아 버렸다. 전에는 열이 올라 얼음장처럼 차갑게 느껴졌는데. 지금은 차갑지도 뜨겁지도 않았다. 서로의 체온이 비슷했다.

'손잡는 것도 기분 좋네.'

아직 덜 여문 초여름날처럼. 아리아의 예상대로, 로이드는 그녀의 손을 뿌리치려 했다. 하지만 깍지까지 꼭 끼고 있어 털어 내지 못했다.

"놔. 다쳐."

아리아는 대답 없이 그를 빤히 올려다보았다.

"으스러트릴 것 같다고."

하지만 그녀는 손을 꽉 힘주어 잡은 뒤 입 모양으로 말했다.

―그럼 으스러져도 좋아.

"하, 그런 말이 나와? 네 몸은 스스로 챙기라고 내가 몇 번이나 말했는지 알…….."

―로이드니까.

"……."

로이드는 말문이 막혀서 잠시 아무 말도 할 수 없었다. 그의 눈동자가 동요하듯 크게 흔들렸다. 마주쳐 오는 잔잔한 호수 같은 눈빛에 마치, 목이 졸리는 듯했다.

―그럼 이제 손잡아도 되는 거지?

아리아는 고통을 즐기는 변태가 아니었다. 회귀한 이후로는 누가 자신을 건들던 간에 절대 참지 않았다. 똑같이 갚아 줄 생각밖에 없었다.

하지만 로이드는 괜찮았다. 로이드니까.

'다른 이유가 필요한가.'

아리아는 먼저 앞장서서 걸었다. 로이드의 팔을 당기자 그가 그녀의 손끝에 맥없이 끌려왔다.

"하아……."

등 뒤에서 깊은 한숨 소리가 들렸다. 그녀의 손을 으스러트려서라도 뿌리칠 것처럼 말하더니. 로이드는 아리아의 좁은 보폭에 맞춰 묵묵히 따라와 주었다.

아리아는 사비나의 방에 가까워질수록 심장이 빨리 뛰고 홍조가 돌았다. 손바닥에 땀까지 차기 시작했다.

'떨려.'

대체 병문안이 뭐라고 이렇게 긴장되는지 모르겠다.

로이드는 아리아가 단 한 번도 보인 적 없던 반응을 보이자 의아해하면서도 동시에 불만스러워졌다.

"토끼 너 내 앞에선 그렇게 뻔뻔하더니……."

멋대로 남의 머리를 쓰다듬고 뺨에 입 맞추고 손잡고 했던 것은 사실이었기에, 그녀는 스리슬쩍 시선을 피했다.

"그런 얼굴 한 적 없으면서."

뭐? 아리아는 곧장 올려다보았지만, 로이드는 정면만 응시한 채였다. 이건, 대답해야 하나 말아야 하나.

'본인도 무심코 꺼낸 말 같은데.'

그녀가 고민하는 사이 사비나의 방문 앞에 도착했다. 얼마나 자주 드나들었는지, 로이드가 자연스럽게 방문을 열고 들어가는 바람에 마음의 준비를 할 새도 없이 순식간에 그녀와 만났다.

'사비나.'

아리아가 그녀를 직접 만난 건 처음이었다. 하지만 그녀가 속으로 상상했던 그대로의 모습이었다. 병색이 짙은 얼굴과 몸, 하지만 전혀 시들지 않은 기백. 단단하고 전혀 빈틈이 보이지 않지만, 자연스럽게 밴 여유로움.

'멋있어…….'

가장 먼저 든 생각이었다.

"몸은 좀 괜찮아지셨습니까."

"여전히 좀이 쑤신단다."

사비나는 어깨를 으쓱이며 옆에 장식된 검을 툭툭 건드렸다. 장식장에 있지만 장식용은 아닌 듯했다. 꾸준히 관리되었는지 날은 예리하게 서 있었으며, 검의 손잡이 군데군데 칠이 까지고 변색되는 등 세월의 흔적이 느껴졌다.

'역시 멋있어······.'

언젠가 몸이 완전히 회복되면 연무장에서 저 검을 휘두르며 땀을 흘릴 사비나의 모습이 그려졌다. 아리아는 저도 모르게 반짝이는 시선으로 그녀를 올려다보았다. 시선을 느낀 사비나가 피식 웃으면서 짓궂게 물었다.

"한번 만져 볼 테냐?"

"어머니."

로이드는 한숨을 내쉬며 그러지 말라는 듯 짧게 만류했다.

"흠."

사비나는 재미있다는 듯 콧소리를 흘리며 로이드를 아래위로 훑었다.

"수업, 수업, 수업 훈련, 훈련, 훈련 하더니······."

"······."

"공부밖에 모르는 내 따분한 아들에게도 청춘이 온 모양이구나. 첫사랑의 열병은 봄보다 여름이지."

"그런 거 아닙니다."

로이드는 정색하여 답했다.

"아니긴. 머리에 뜨거운 청춘을 달고서."

뜨거운 청춘. 불꽃나무의 꽃말이다. 사비나는 팔을 뻗어 소년의 머리에 묻었던 붉은 꽃을 떼어 갔다.

그제야 아리아의 장난을 알아차린 로이드가 고개를 홱 돌려 그녀를 노려보았다. 어쩐지 오는 내내 기사들과 사용인들이 시선이 떨어지지 않더니.

"너……."

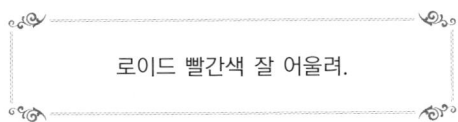
로이드 빨간색 잘 어울려.

"……."

후. 로이드는 한숨을 뱉으며 흐트러진 앞머리를 쓸어올렸다. 항상 제멋대로 구는 주제에. 그녀는 아무리 화가 나도 화를 내지 못하게 하는 재능이 있었다.

─────

아리아는 그 뒤로도 로이드와 매일 사비나를 찾아갔다. 그러면, 트리스탄과 예상치 못하게 맞닥뜨릴 때가 있었다.
"흐음."
"……."
입꼬리를 삐딱하게 끌어 올리며, 성격 나빠 보이는 미소를 짓는 트리스탄. 그리고 못 볼 것이라도 본 듯 싸늘하게 표정을 굳히는 로이드.
아리아는 말없이 두 부자를 번갈아 보았다. 엄청나게 사이가 안 좋아 보였다.
'철천지원수를 보는 시선인데.'
싫어하는 정도가 아니었다. 일방적인 증오였다.
아리아는 용암처럼 들끓고 있는 로이드를 살폈다. 가뜩이나 새까만 눈동자가 거의 칠흑처럼 어두워져 있었다.

'전에 봤을 때는 이 정도는 아니지 않았나?'

하긴 그때는 빈센트가 쫓겨나기 직전이었으니까. 그리고 또 다른 상황에서는 시궁창의 군제로 서로 의기투합해야 했고. 외부의 상황이 더 심각하게 돌아가고 있어서 서로에게 신경을 쓸 여유도 없었을 것이다.

"그래서, 그 아이를 첩자로 의심해서 죽이려 들 때는 언제고 이젠 결혼하겠다고?"

그러자 로이드가 흠칫했다. 당장이라도 튀어 나가 대공의 목을 베어 버릴 기세가 잠시 주춤했다.

트리스탄은 미소를 지우지 않은 채 여유롭게 등받이에 기대앉았다.

"허락할 것 같아?"

누가 봐도 딸자식을 아무 놈팡이에게 시집보내지 않겠다는 딸바보 아버지의 얼굴이었다.

'아니, 전하께서는 딸은 없고 아들만 둘이시지 않습니까.'

게다가 그가 경계하는 놈팡이가 본인의 친아들이었다. 그 모습을 멀리서 지켜보던 드웨인은 아주 기가 찼다.

"애초에 이 아이를 제 결혼 상대로 성에 들인 게 누굽니까."

로이드가 지지 않고 받아쳤다. 팔짱을 낀 채, 고개를 나른히 기울이면서.

"그리고 그쪽이야말로 토끼를 개의 먹이로 던져 주려 할 땐 언제고 이젠 유원지를 지어 주셨더군요."

그러자 이번엔 트리스탄 쪽에서 표정을 굳힐 수밖에 없었다.

"허락을 운운할 자격이 있는 것 같습니까?"

두 부자 사이에 침묵이 흘렀다. 한 치의 물러섬도 없이 서로 대치하는 모습에 마치 보이지 않은 불꽃이 튀는 듯했다.

"둘 다 죽이려고 했다는 거잖아."

그 침묵을 깬 건 사비나였다.

"믿을 수가 없군. 제정신들인가?"

트리스탄과 로이드는 분노로 뜨겁게 타오르는 사비나의 시선을 슬쩍 피했다. 그때의 일은, 두 사람 다 뼈저리게 후회하고 있었으니까.

"내가 잠시 사경을 헤매는 동안 대체 뭔 짓을 하고 돌아다닌 거야?"

사비나는 망설임 없이 아리아를 향해 양팔을 벌렸다.

'다가오라는 걸까?'

아리아는 주저하다가, 뺨을 붉히며 그녀의 곁으로 다가갔다.

"대체 이런 작고 소중한 아가를 건드릴 데가 어디 있다고."

사비나는 아리아의 허리를 붙잡고 번쩍 들어 올려 자신의 무릎 위에 앉혔다. 불과 며칠 전만 해도 생사를 오가던 사람이었다고는 믿기지 않을 정도의 힘이었다.

그녀의 붉은 눈이 아리아를 뚫어지게 쳐다보며 살샅이 살폈다. 혹시 아직 어린아이에게 깊은 트라우마로 남지는 않았을지 걱정되었기 때문이다. 하지만 아리아는 멀뚱멀뚱 눈을 깜빡이며 얌전히 앉아 있을 뿐이었다.

"설마 이게 그거니?"

사비나가 매의 눈으로 아리아의 목덜미에 아주 희미하게 남은 검상을 찾아냈다. 그녀는 표정을 딱딱하게 굳힌 채로 남편과 아들에게 칼날보다 더 날카로운 시선을 보냈다.

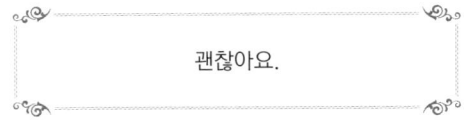

괜찮아요.

아리아는 가방에서 카드를 꺼냈다.

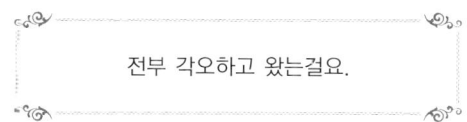

전부 각오하고 왔는걸요.

당연히 배척받을 거라 예상했다. 이번 생에는 목숨을 걸고 로이드를 구할 생각이었으니까. 그의 손에 죽게 된다면, 그건 그것대로 어쩔 수 없는 일이라그 생각했다. 그런데 카드를 본 사비나의 표정이 종잇장처럼 와락 구겨졌다.

"괜찮다는 말 하지 마. 그 말을 계속하다 보면 스스로 진짜 괜찮은 줄 아니까."

괜찮을 리가 있니? 사비나가 단호하게 말했다.

"안 괜찮아야 해. 그건 저 개념 없는 두 부자를 평생 디워해도 할 말 없는 일이라고."

지목당한 개념 없는 두 부자가 동시에 움찔거렸다. 본인에게 있는지도 몰랐고, 앞으로도 모를 예정이었던 양심의 존재를 확인하면서.

'역시 마님……!'

발렌타인의 유일한 상식인! 드웨인은 저도 모르게 감격하여 탁수갑채를 보낼 뻔했다. 자신이 입 밖에 내는 순간 살해당할 법한 말을 스스럼없이 하는 사비나를 보니 속이 뻥 뚫리는 기분이었다.

"말을 들어 보니 꽤 오래된 일 같구나."

아리아는 고개를 끄덕였다. 첫 만남의 일이니까. 낯선 사람을 보면, 인사 대신 검부터 드는 둘의 성격상 그땐 그럴 수도 있지. 그렇게 생각했는데…….

"하지만 오래됐다고 해서 없던 일이 되니?"

사비나는 전혀 예상 밖의 말을 했고 아리아는 잠시 어안 벙벙해졌다.

"그때 일, 제대로 사과받기 전까지는 저 두 사람과 말도 걸지 마. 그리고 네가 용서하고 싶지 않다면 절대 용서하지 말고."

"······."

"넌 아무렇지도 않은 게 아니란다. 네가 상처받은 줄 모르는 거지."

이 말 분명······. 아리아는 저도 모르게 로이드 쪽을 빤히 응시했다. 그 또한 생각이 많아졌는지 복잡한 표정으로 그녀를 마주 봐 왔다.

"넌 그냥 네 상처도 돌볼 줄 모르는 거지."

"상처받은 줄도 모르는 바보고."

분명 같은 말을 들었다.

'그 말이 이 뜻이었구나.'

로이드는 알고 있었다. 아리아가 어떤 상태였는지. 그리고 그녀는 뒤늦게 깨달았다.

'전생에는 비교도 할 수 없을 정도로 더한 짓도 많이 당했으니까, 그때는 정말 아무렇지 않았는데.'

사용인들에게 진심 어린 애정을 받게 되고. 누군가는 그녀를 위해 기꺼이 뛰어다니고. 누군가는 그녀가 좋아하는 것만 찾아서 해 주려고 하고. 누군가는 그녀가 다칠 때마다 대신 화를 내주고.

트리스탄과 로이드 두 사람과 친해지고 난 뒤에 생각해 보니까.

'상처가 된 것 같아.'

아프지 않았던 게 아니었다. 상처 주위에 박힌 굳은살이 단단해서 고통에 무뎠을 뿐이었던 거지. 아리아는 울상을 지었다. 갑자기 슬퍼졌다. 이런 기분이 든 건 처음이었다.

'이거, 서운하다는 건가.'

죽도록 원망스럽거나 그런 건 아니었다. 로이드를 위하는 마음이 달라진 것도 아니었다.

'그럴 리가 있겠어.'

그냥 조금 가슴이 아리다. 아리아가 눈물을 뚝뚝 떨구며 크를 훌쩍이자, 사비나는 망설임 없이 강인하게 끌어안아 주었다. 그녀의 품 안에서 희미한 약초 냄새가 풍겼다.

"둘 다 꺼져."

사비나는 남편과 아들에게 저리 가라고 손짓하며 말했다. 로이드의 집요한 시선이 잠시 아리아에게 박혀 떨어지지 않았다. 하지만, 이번만큼은 순순히 돌러설 수밖에 없었다.

'쫓아낼 것까진 없는데.'

아리아는 눈물을 그치고 닫힌 문을 빤히 쳐다봤다. 섭섭했던 감정은 오래 이어 가지 못했다. 그녀는 감성을 쉽게 자극당하곤 하지만, 그렇다고 마구 휘둘리는 편은 아니었으니까. 복수심에 불탈 정도로 악감정에 들끓는 것 아닌 이상, 딱히 지난 일에 미련을 두지는 않았다.

'그보다……'

사비나와 단둘이 남았다. 그녀에게는 궁금한 게 많았다. 불행히도 전부 물어볼 수 없는 질문들뿐이었지만. 그때 사비나가 아리아의 머리를 부드럽게 쓰다듬으며 말했다.

"다음부터 욕이라도 잔뜩 쏟아부어 주렴. 쓸데없이 튼튼하게 낳아놔서 때려 봤자 네 주먹만 아플 테니까."

욕? 아리아는 순간, 로이드에게 배웠던 욕을 떠올렸다.

'쳐 죽일 새끼…….'

아니, 그건 좀.

'진짜로 해야 하나?'

그녀는 고뇌에 빠졌다.

"괜찮아, 괜찮아. 네가 아무리 성격 나쁜 망나니처럼 군다고 해도 내 남편과 아들들만 하겠니."

사비나의 말에 아리아는 순간 참지 못하고 웃음을 터트릴 뻔했다. 입술을 꾹 깨물고 필사적으로 참았지만. 그러자 그러지 말라는 듯, 사비나가 엄한 표정으로 이 사이에 깨물린 입술을 살살 빼냈다.

"웃고 싶으면 웃어."

"……."

"네 기분대로 행동해도 돼."

아리아는 눈을 동그랗게 떴다.

'기분대로 행동하라고?'

아리아에게는 어려운 요구였다. 그때그때의 감정 표현을 하라고 하는 건. 그녀는 습관처럼 입꼬리를 끌어 올렸다. 하지만 사비나는 '어허' 하고 엄한 소리를 내더니 볼을 꼬집었다.

"그런 가식적인 웃음 말고."

들켰다. 아리아는 진심으로 놀랐다. 가끔 억지로 웃은 적이 있어도 그걸 알아차린 건 아무도 없었으니까.

"나한테 잘 보일 필요 없으니까 애답게 엉망으로 굴어. 내 아들들처럼 말이야."

아리아는 애답게 엉망으로 굴고 있는 로이드와 빈센트를 떠올렸다.

'둘 다 애답지는 않지만 사실 엉망이기는 하지.'

바람 같은 웃음이 새어 나왔다. 그제야 사비나는 흡족하게 웃으며 그녀를 꼭 끌어안아 주었다.

"그래, 그렇게."

사비나의 말마따나, 아리아는 애처럼 멋대로 행동하기가 참 힘들었다. 그냥 그렇게 습관이 되어서. 감정을 숨기고, 삼키고, 웃는 것.

'분명 대공도 내게 비슷한 말을 했던 것 같은데.'

네 마음이 허락한다면 울어도 된다고 했다. 웃거도 괜찮고 화내도 괜찮다고.

'기분이라니.'

그녀가 어떤 기분을 느끼는지 그딴 건 누구도 신경 쓰지 않았다. 아리아의 발밑에 엎드린 추종자들조차 그녀가 행복한지 고통스러운지 알려고 하지 않았다.

'역시 부부는 닮는 걸까.'

그런 말을 하면 사비나를 끌어안을 수밖에 없지 않은가. 아리아는 뺨을 붉힌 채 쭈볏거리다가 사비나의 등을 꽉 마주 안았다.

"네 비밀도, 여유가 생긴다면 언제든 털어놔도 괜찮단다."

그리고 이어지는 사비나의 말에 어깨가 움찔 떨렸다. 계속 궁금했지만, 직접적으로 물어볼 수 없었던 질문의 허답이었다.

"네게 작은 비밀이 있다 해도 아무도 널 비난하진 못할 거야, 아무도."

아리아가 사비나의 품 안에서 고개를 들었다.

"그렇지 않니, 봄의 요정님."

그러자 사비나가 그녀의 이마에 입을 맞추며 부드럽게 웃어 주었다.

'역시.'

그녀는 처음부터 알고 있었다. 아리아의 정체를.

"쫓겨났군."

트리스탄은 궐련을 꺼내 물며 중얼거렸다. 대공과 같은 취급을 당하며 강제로 퇴장당한 로이드가 인상을 구겼다.

"이만 가 보겠습니다."

"왜지?"

"……."

몰라서 묻는 걸까.

'더는 말도 섞기 싫으니까.'

소년은 미련 없이 등을 돌렸다. 상대할 가치도 느끼지 못하겠단 듯이. 그러자 트리스탄은 궐련에 불을 붙이며 피식 웃음을 흘렸다.

"괜한 데 화풀이군."

괜한? 애초에 대공이 먼저 쓸데없는 소리를 하지 않았으면 이런 일은 없었을 거다. 하지만 로이드도 인정했다. 근본적인 원인은 본인에게 있는 것을.

'후회, 라는 건가.'

로이드는 분명히 후회했다. 태어나서 처음. 만약 시간을 되돌리는 게 가능하다면 기꺼이 그렇게 했을 정도로.

'왜…….'

왜 그렇게까지? 소년은 자신에게 의문을 던졌다.

'쟤가 뭔데.'

처음 마주쳤을 때부터, 모르겠다. 시선을 뗄 수 없었다고 하는 편이 옳을 것이다. 무언가 계속 걸리는 것처럼 무언가 놓친 게 있는 것처럼.

'알 듯 말 듯하면서 결국 아무것도 알 수 없는 불쾌한 감각 때문에.'

그 감각은 배신자를 보았을 때라거나, 위험인물을 감지했을 때 느껴지는 감각과 비슷했다. 그래서 로이드는 아리아를 처음 봤을 때 그 감각을 착각하고서 그녀를 죽일 뻔했다. 지금은 그게 아니란

걸 알았지만.

'지나칠 정도로 맹목적이어서.'

로이드니- 손 정도 으스러져도 된다는 말이, 제정신으로 할 말인가.

'내가 뭐라고.'

그 아이에게 그 정도의 의미가 될 만한 짓을 한 기억은 전혀 없다. 오히려 가리아에게 감사받아야 하는 건 로이드가 아니라 트리스탄 쪽이었다.

'아, 그러고 보니.'

분명 그렇게 말했다. 자신을 구원해 주었던 사람이 누릴 수 있었던 행복을 되찾아 주고 싶었다고. 그땐 무슨 소리인지 알아듣지 못했는데.

'구원해 준 건 저쪽 아닌가?'

로이드는 자신의 아버지를 빤히 응시했다. 살기가 은은하게 배어 나오는 음산한 시선이었다. 트리스탄은 연기를 느릿하게 내뿜으며 묘한 미소를 지었다.

"할 말이 있어 보이는데."

"그 아이에게……."

소년은 잠시 망설이듯 입술을 달싹이다가, 미간을 구기며 말을 이었다.

"……뭘 해 줬습니까."

"뭘 해 줬냐고?"

"구원, 이라는 말을 들을 법한."

호오. 트리스탄은 의외라는 듯 눈썹을 까딱이다가 순순히 답해 주었다. 재밌을 것 같았으니까.

"상담을 해 줬지."

"상담을…… 말입니까?"

당신이? 로이드는 도무지 믿을 수가 없어서 드웨인에게 시선을 주었다. 그러자 그가 떨떠름하게 답했다.

"뭐, 그것도 상담이라 할 순 있죠."

비록 그 상담 과정에서 입을 찢겠다느니, 눈을 뽑겠다느니, 손목을 도려내겠다느니 했지만 말이다.

"그래. 절대적으로 네 편이 되어 주겠다고 말했지."

그게 그런 뜻이었나. 드웨인은 의문이 가득했으나, 어쨌든 듣는 쪽이 감동했으니 그걸로 된 건가 하고 자신을 설득했다.

"그랬더니 식사를 하더군."

"식사?"

그전까지는 식사를 제대로 못 했다는 듯한 말투다. 로이드가 다급하게 되물었다.

"설마 밥도 제대로 먹지 못할 정도였단 말입니까?"

몸이 경계 바깥의 평균보다 더 약한 줄은 알았지만 설마 그 정도까지일 줄은 몰랐다. 그러자 트리스탄이 설마 여태 그것도 몰랐냐는 듯이 혀를 찼다.

"먹을 수 있는 건 수프나 음료, 사탕 같은 것뿐이고 그마저도 정량 이상을 먹으면 토했다더군."

"……."

몰랐다. 그럴 수밖에 없었다. 아카데미에 갈 때까지만 해도 로이드는 아리아를 쫓아낼 생각밖에 없었으니까.

'어차피 곧 사라질 아이.'

관심도 주지 않았다. 부러진 깃펜을 대신할 만년필 하나를 선물하고 떠나기 전 디저트나 양껏 먹게 해 주라고 명령했다. 마시멜로가 맛있다 했으니 대충 좋아하겠거니 싶었다. 아리아가 그 시절에 디저트는 거의 입에도 대지 못했다는 걸 모르고.

'내 권한까지 준 건…….'

확실히 충동이었지만. 그럴 필요까진 전혀 없었는데도 왜 그랬는지는 로이드 본인은 몰랐다.

"그 외에도 필요해 보이는 건 챙겨 주고 거슬려 보이는 건 치워 줬다."

트리스탄은 "흠, 그 아이가 날 좋아할 만하지." 하고 중얼거리며 혼자 납득하고 고개를 끄덕였다. 이대로 놔두면 아리아에게서 강탈한 카드까지 전부 꺼내서 자랑할 기세였다.

'그래서……'

로이드는 생각에 잠겼다. 대공이 말한 건 일반적으로 구원이라고 불릴 법한 일들뿐이었다. 애초에 그녀를, 친아버지인 코르테즈 백작에게서 구해 온 것도 트리스탄이었다.

'그래서 대공에게 은혜를 갚으려고 나와 결혼을 결심했다는 건가.'

그래서 빈센트가 쫓겨나지 않을 수 있게 돕고. 그래서 로이드도 그렇게 맹목적으로 따르고.

'이제야 이해가 되는군.'

동시에 기분이 굉장히 더러워졌다. 마치 진창에 처박히는 듯했다. 대체 왜 그런 기분이 들어야 하는 건지 알 수 없어서 더 그랬다.

'어차피 성인이 되면 이혼할 결혼.'

계약 결혼에 목적 따위가 뭐가 중요하단 말인가. 아리아는 은혜를 갚기 위해서. 로이드는 늘 어디선가 다치고 돌아오는 아리아를 가만히 놔둘 수 없어서. 그거면 충분했다. 이해관계는 서로 충족된다.

"그러는 너야말로 묻고 싶군."

그때 트리스탄이 운을 뗐다.

"아리아드네 코르테즈."

"……."

"그 아이가 온 이후로 모든 상황이 긍정적으로 흘러가. 마치 이 썩어 빠진 현실에서 희망을 보여 주려는 것처럼."

발렌타인 성을 가진 두 남자는 절대 기적의 이름을 믿지 않았다. 원인이 있기에 결과도 있는 법이다.

봄에 벚꽃이 두 번 핀 것도. 사비나의 병이 나은 것도. 갑자기 존재도 몰랐던 성물이 생겨나 빈센트를 도운 것도. 눈엣가시였던 시궁창을 일망타진할 우연한 기회가 생긴 것도.

분명, 신이 내린 축복 따위가 아닌 누군가가 만들어 낸 결과였다.

"너도 짐작은 했겠지."

원인은 아리아다. 대공은 그렇게 말하고 있었다. 확실히 로이드도 분명 그렇게 의심했던 적은 몇 번 있었다. 하지만,

"그게 그 아이의 능력이라 생각해서 곁에 두고 싶어 한 게 아닌가?"

"개소리 집어치우십시오."

소년의 눈에서 불똥이 튀었다. 아슬아슬하게나마 붙잡고 있던 이성의 끈이 완전히 끊어진 눈빛이다.

"따뜻한 손길도 한 번 느껴 보지 못한 어린애에게 무슨 짐을 짊어지우려는 겁니까."

그는 이번에는 살기를 조금도 숨길 수 없었다. 근처를 어슬렁거리던 재규어가 주인의 살기에 반응해 같이 사납게 이를 드러낼 정도로.

"은혜를 갚으라고 강요했습니까?"

"뭐?"

"그래서 저러는 겁니까?"

로이드는 하 하고 헛웃음을 터트렸다.

"알 바 아닙니다. 저 아이에게 무슨 특별한 능력이 있든 말든.

보호막이 될지언정 이용할 일은 절대 없으니까."

"……."

"꿈도 꾸지 마십시오. 그랬다간 당장 대공 작위를 계승하겠습니다."

입 함부로 놀리면 죽이겠다는 말이다. 이런 패륜아를 보았나. 하지만 트리스탄은 이 상황에 익숙했다. 로이드가 자신을 죽이고 싶어 한다는 것도 잘 알고 익숙했기에 삐딱한 미소로 답했을 뿐이었다.

"아리아, 건들기만 해 봐."

로이드가 뒤도 돌아보지 않고 떠나 버렸다. 주인의 감정에 동화된 재규어가 한차례 으르렁거리며 위협하더니 소년의 뒤를 졸졸 따라갔다.

"쟤는 머리는 좋은데 참 착각을 잘해. 어려서 그런가?"

로이드의 모습이 완전히 보이지 않게 될 때쯤 트리스탄은 고개를 기울이며 말했다.

"성급하게 판단하는 경향이 있어."

"아직 뭐든 서툴러서 그러시죠. 그리고 오해할 만한 말을 한 건 대공 전하십니다."

"날뛸 줄은 알았지. 귀엽잖아."

"그러다 진짜 살해당하십니다."

저게 귀엽나. 로이드의 살의는 진심이었다. 언젠가 그날이 오면 트리스탄의 가슴을 검으로 꿰뚫고 '작위를 계승하는 중입니다, 아버지.'라고 말할 가능성이 매우 크다. 드웨인은 주군을 평생, 아니 분명 죽어서도 이해하지 못할 거라고 생각했다.

"난 가르시야에서 그토록 찾던 열쇠를 저 아이가 가지고 있는 게 아닌지 의심했을 뿐인데 말이지."

트리스탄이 작게 중얼거렸다.

"예?"

듣지 못한 드웨인이 되물었다. 그러자 트리스탄이 딴말을 했다.
"저 정도면 내 딸을 시집보낼 만하다고."
"누가 누구 딸입니까……."
저쪽이 당신 아들이라고요. 대공의 부관은 이제 반박하는 것도 귀찮아져서 고개를 절레절레 흔들었다.

"오늘 대신전에서 신관들이 올 거예요."
다나가 지나가듯 하는 말에 아리아의 어깨가 움찔 떨렸다.

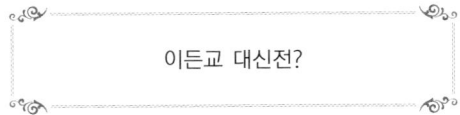

이든교 대신전?

"그럼 다른 대신전이 있나요."
이든교. 신성제국인 가르시야의 국교이기도 했고, 세계에서 유일하게 남은 종교이기도 했다. 이든교에서 믿는 신 외에 다른 신을 섬기게 되면 이단이라고 했고 우상 숭배라고 했다. 쉽게 말하면 가르시야 출신의 끄나풀들이 발렌타인 성으로 찾아온다는 뜻이었다.
'예상은 했지만.'
모든 인간은 결혼할 때 신에게 허락을 구해야 했다. 물론 허락이라고 해 봤자, '우리 결혼합니다.'라는 형식적인 보고일 뿐이었지만. 그래서 이든교 피네타 지부 대신전에서 신관들이 찾아오는 거다.
'그런데 보통은 신전에 문서만 전달하면 되는 거로 알고 있는데.'
직접 찾아오는 때도 있는 걸까.

'괜찮겠지.'

아리아는 신분을 숨겼다. 그리고 신분을 숨긴 채 결혼할 수도 있었다. 어차피 코르테즈 백작은 친권을 포기했으니, 아리아는 이제 출생 신고도 되지 않은 평민이었으니까.

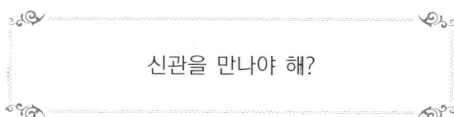

신관을 만나야 해?

"아뇨, 그럴 필요는 없죠."
다나는 단호하게 고개를 저었다.
"우리 귀한 아가씨께서 왜 신관 나부랭이를 만나 줘야 해요?"
신관 나브랭이…… 아리아는 떨떠름한 표정을 했다. 어쨌든, 그렇다면 다행이었다.
'별일 없을 거야.'
아리아는 안심하며 씻고 잠에 빠져들었다.

신경에 거슬리는 소리. 서로 날카롭게 말을 주고받는 소리가 들렸다. 아리아는 문득 잠에서 깼다.
'누가 싸우나?'
해가 다 졌는데. 아리아는 의아하지 창밖을 살핀 뒤 방 밖을 나섰다. 잠시 걸음을 멈추고 서서 귀를 기울이니 아래층에서 들려 오는 것 같았다.
너무 멀리 떨어져 있어서 무슨 말을 하는지는 알 수 없었지만.

아무래도 사용인들은 아닌 것 같았다.

'외부인?'

별궁은 현재 아리아가 거의 독차지하다시피 하고 있었다. 하지만 원래 가신이나 손님을 위해 마련된 궁이었다. 가신들은 뷰포트 백작 사건 이후로 몸을 사리는 중이었으니까 외부에서 온 손님일 확률이 높았다.

'엿듣는 편이 좋을 것 같다.'

직감이었다. 아리아는 살금살금 계단을 밟고 내려가 말소리가 들리는 문 앞에 귀를 댔다.

"쉿, 말소리 낮추십시오. 누가 엿듣기라도 하면 어떡하려고요."

깜짝이야. 아리아는 잠시 귀를 떼어 내고 벌렁거리는 심장 위를 눌렀다.

"별걸 다 걱정하시는군요. 방 안에서 주고받는 소리를 누가 어떻게 듣습니까."

아주 잘 들리는데. 목소리는 평범한 편이었지만, 귀에 감기는 잔잔한 말투에는 좌중을 집중시키는 힘이 있었다. 연설을 업으로 삼는 사람 같은.

'음, 어디서 많이 들어 본 억양 같기도 하고…….'

왠지 익숙하다. 아리아가 고개를 갸웃 기울이고 있을 때였다. 그들의 대화 소리가 이어졌다.

"형제님께서도 아시지 않습니까."

형제님?

'가르시야에서 온 신관이다.'

그녀는 단박에 상대의 정체를 파악했다.

"가르시야의 소중한 인재를 발렌타인에 보내다니요."

인재를 보내?

"어쩔 수 없다는 거 아시지 않습니까. 세상에는 어둠이 있어야 빛 또한 존재하는 법입니다."

"하지만 말이 좋아 수련생이지, 볼모나 다름없지 않습니까."

볼모? 대체 무슨 말들을 하는 걸까.

"저는 그 아이들을 악에 물들게 할 순 없습니다. 어릴 때부터 악을 배우지 못하도록 얼마나 철저하게 관리해 왔는데요!"

"그래도 평생 신전에서 살 순 없지 않습니까. 그 아이들에겐 일종의 수련인 셈 치면……."

"아직 이릅니다. 이르고 말고요. 아이들이 얼마나 주변 환경에 빠르게 물드는지 모르셔서 하는 말씀이십니까?"

아리아는 그들의 대화를 들으면서도 영 갈피를 잡지 못하고 있었다.

'아마 발렌타인 영지에 가르시야에서 온 아이를 보낸다는 것 같은데.'

인재를 운운하는 것 보니, 신관 후보를 보낸다는 건가?

'처음 들어.'

세상에 퍼진 대부분의 소문을 알고 있는 아리아조차, 그들이 무슨 말을 하는 건지 알 수 없었다. 그렇다는 건, 아무에게도 알려져서는 안 되는 극비라는 얘기였다. 발렌타인과 관련된 건 대부분이 극비이기는 했지만.

"발렌타인에 수련생을 보내면 분명 악에 물들어 죄를 짓고 타락하게 될 겁니다. 장담합니다!"

아니 뭐, 그렇게까지……. 발렌타인 성에 버젓이 잘살고 있는 아리아는 좀 어이가 없었다. 엄격한 가르시야의 선의 기준은 예나 지금이나 참, 따라 주기 힘들었다.

"그럼 이렇게 하지요. 이번에 뒤늦게 신성력을 발현한 아이에 대해 들어 보셨습니까?"

"그 기사 지망생 말씀이십니까? 이름이…… 그, 천사 이름을 가진."

천사 이름.

'가브리엘?'

아리아는 흠칫 굳었다.

'가르시야의 성기사단장.'

지난 삶에서 그가 죽인 사람만 해도 수천수만이었다. 그는 선두에 서서 피네타 제국민을 학살했다. 그의 손에 죽어 간 시체들이 잘리고 터지고 얼고 그슬러 길가에 널려 있었다.

"이 모든 건 신의 뜻이다!"

그는 목소리에 신성력을 담아 끊임없이 외쳤다.

"명예로운 신국(神國)의 기사들이여, 동요하지 마라. 그대들이 행하는 건 영혼을 정화하는 과정일 뿐이다!"

"주저하지 말고 죽여라! 저들은 이미 오염되어 돌이킬 수 없다. 저들을 구원할 유일한 길은 오염된 육신의 속박을 풀어 주는 것이다!"

그것은 자신의 눈먼 신념을 정당화하기 위한 광기였다. 그 광경은 죽어서도 잊지 못할 것이다. 아직도 아리아의 귓가에는 광기 어린 성기사단장의 음성이 생생했다.

'아니, 아니야.'

그녀는 이내 고개를 저었다.

'확신할 순 없어.'

가르시야에서 천사 이름을 가진 사람이 어디 한둘인가. 가브리엘, 미카엘, 라파엘 등등 신성제국에서는 흔하게 천사의 이름을 빌려 썼다.

"가장 낮은 곳 출신이라고 하더군요."

"아! 그 아이를 보내면 되겠군요!"

아무도 발렌타인으로 보낼 수 없다고 우겨대던 신관이, 대번에 밝아진 음성으로 말했다. 가장 낮은 곳. 세상의 모든 악의르 가득한 곳. 어차피 타락한 곳에서 나고 자랐다면 발렌타인에 보내도 거리낌 없겠다는 듯이.

"잘됐군요. 다 자라고 나서 발현된 신성력은 워낙 불안정한 힘 아닙니까. 자칫하면 폭주해서 신국에 피해를 줄 수도 있고요."

"전에 제게 실력을 키울 기회를 달라고 말하더군요. 빨리 강해지고 싶다고. 이만한 적임자가 없지요."

"하하, 그렇고 말고요. 이거 한시름 놓았습니다."

그 말을 끝으로 둘이 열리려고 했다. 아리아는 문고리가 돌아가는 순간 곧바로 벽 쪽에 바짝 붙었다.

"아마 조금만 운을 떼면 알아서 자원할 겁니다."

문 뒤로 그녀의 몸이 가려지고, 신관들의 발소리가 점점 멀어졌다.

'지금의 대화 뭔가……'

어릴 때부터 애지중지 키워 온 신관 후보는 죽어도 보낼 수 없다. 악에 물들 수 있으니까. 하지만 가장 낮은 곳 출신의 굴러온 돌은 악에 빠지든 말든 신경 쓰지 않겠다는 것처럼 들리는데. 노골적인 차별대우였다.

'게다가 알아서 자원하길 바란다는 건 선택을 스스로 하게 만들어서 책임을 떠넘기게 하겠다는 얘기고.'

역시 인간은 인간이다. 교단에서 서서 신의 교리를 운운하는 신관이라도 말이다. 아리아는 저 사람 밑에서 교육받은 신관 후보생들이 어떻게 자라나는지 대충 알고 있었다. 그들은 미래에 교단 앞에서 전쟁을 최대한 신성하게 포장하는 것에 지대한 공헌을 했으니까.

'대체 선이 뭐고 악이 뭐길래.'

가르시야 기준으로 교황의 말을 잘 들으면 선이고 안 들으면 악인가? 한 가지는 확실했다.

'악을 대표하는 발렌타인이나 선을 대표하는 가르시야나 똑같아.'

본질은 전혀 다를 바가 없었다.

'어쨌든, 곧 신성제국에서 천사 이름을 가진 누군가가 수련생으로 온다는 것 같은데.'

신관들은 내켜 하지 않는 것 같았지만. 발렌타인에 신성력을 가진 어떤 아이를 보내야만 하는 것 같았다.

'가르시야에서 아무런 이득도 없이 그런 손해 볼 일을 할 리가 없으니까.'

모종의 계약이 있는 건가. 아리아는 의심할 수밖에 없었다.

'발렌타인과 가르시야는 상성이 서로 극과 극인 줄 알았는데. 연이 있었다니.'

어둠이 있어야 빛도 있다. 분명 그렇게 말했다.

'무슨 뜻이지.'

발렌타인이 필요악이라는 건가? 그거야 세상의 모든 일에 통용되는 법칙이기는 하지만.

'하지만 뭔가 더 깊은 연관이 있는 것 같은……'

그녀가 생각에 잠겨 있을 때였다.

"복도에 우두커니 서서 뭐 해."

갑자기 로이드의 목소리가 들렸다.

"잠이 안 오면 자장가라도 불러 달라고 해."

아리아는 다가오는 소년을 빤히 올려다보다가 입술을 달싹였다.

―불러 줘.

"아니, 미쳤냐……."

로이드는 저도 모르게 험한 소리를 뱉었다가 자신의 입술을 문질렀다. 말실수했다는 듯이.

"나 말고. 시녀장이라든지."

―로이드 말고는 싫은데.

"네가 자구 그런 소리를 하니까 내가 착각을……."

하아……. 소년이 깊게 한숨을 내쉬었다. 아리아는 거칠지 제 앞머리를 쓸어올리는 로이드를 보다가, 문득 궁금해졌다.

―별궁에서 자주 마주치는 것 같아.

"그야 여기 있는 방 중 하나를 내 집무실로 사용하고 있으니까."

아리아는 눈을 휘둥그레 떴다.

―진짜?

같은 건물이라도 같은 층이 아니라서 로이드의 목소리를 알아듣지 못한 모양이었다. 진작 알았다면 찾아갔을 텐데. 그녀는 아쉬운 얼굴을 했다.

"몰랐나."

알고도 그런 줄 알았다. 로이드의 집무실 창문으로 훤히 내려다보이는 곳에서, 봐 달라는 듯 늘 하염없이 하늘만 보고 서 있어서. 비를 맞고 있어서. 무슨 목적이 있는 건가 했는데.

"그냥 아무 생각이 없었군."

그 말을 들은 아리아가 고개를 갸우뚱 기울였다.

로이드는 무표정한 얼굴을 한 채로 발갛게 달아오른 귓바퀴를 손가락으로 문질렀다. 자신이 이렇게까지 착각을 많이 하고 사는 존재였는지 처음 알았다.

―로이드.

그때 아리아가 시선을 돌리고 있는 로이드의 옷자락을 잡아당기며 입술을 달싹였다.

―어머님이 너보고 욕하래.

"……."

이건 또 생각하지 못한 전개였다. 잠시 침묵하던 그가 말했다.

"……어디 해 봐."

로이드는 차라리 욕이라도 실컷 듣는 게 낫겠다 싶었다. 그렇게 해서라도 그녀의 기분이 풀린다면 말이다.

―욕해 본 적 없는데.

"알고는 있을 것 아냐."

그야. 아리아는 잠시 생각에 잠겨 있다가 자신이 알고 있는 욕을 쏟아부었다.

―병신, 반푼이, 벙어리, 요괴, 괴물, X발, 쳐 죽일 새끼…….

거기서 뚝 멈췄다. 더는 생각나지 않았던 탓이었다.

"마지막은 내가 가르쳐 준 거고."

―응.

"나머지는 다 네가 들은 말이고?"

그게, 그렇게 되네. 아리아는 그 질문에 답하지 않았지만, 로이드는 이미 확신한 모양이었다. 손등에 바짝 힘줄이 새겨지며 이를 악문 턱이 단단해졌다. 칠흑같이 어두워진 눈동자에는 노골적인 살기가 스쳤다.

"진작 처리할 걸 그랬군."

코르테즈 백작. 아리아는 소년이 지금 누구를 떠올리는지 단박에 파악했다. 그게 완전히 오해는 아니었지만.

'마지막에서 두 번째는 칼린에게서 들은 말인데.'

이건 영원히 비밀로 해야겠다. 아리아는 속으로 다짐했다. 유능하고 여러모로 쓸모 많은 주술사를 저승에 보내는 건 곤란했다. 이번엔 로이드가 말을 꺼냈다.

"네가 날 신경 쓰이게 하는 게 아니고, 내가 널 이유 없이 신경 쓰고 있다는 걸 깨달았어. 늦었지만."

아리아는 이 말을 어떻게 받아들여야 하는지 헷갈렸다. 날 이유 없이 신경 쓴다니.

'내가 그의 어머니가 아팠을 때와 겹쳐 보여서 신경 쓰인다는 걸 돌려 말하는 건가?'

로이드의 말이 이어졌다.

"네가 왜 나와 결혼하고 싶어 하는 건지 이해했고 받아들이기로 했다."

왠지 이를 갈면서 말하는 것 같은데. 아리아는 소년의 새까만 눈에서 흐릿한 원망을 읽어 내고는 더욱 알 수 없어졌다. 로이드에게 구원받은 보답으로 행복을 주고 싶어 찾아왔을 뿐인데 그게 그렇게 화가 나는 일인가.

'결론적으로는 화가 나겠지만……'

아리아는 시한부였다. 어차피 죽을 목숨이라는 건 그녀가 세이렌의 노래를 부를 수 있다는 걸 철저하게 숨기는 이유기도 했다.

'그래도 10년 동안 결혼 생활을 한 사람이 아무 말도 없이 갑자기 죽으면 충격이겠지.'

자신에게도 상대에게도 화나고. 그래서 아리아는 절대 자신의 사정을 자세하게 말할 생각이 없었다. 그러면 르이드가 그녀를 평생 기억하게 될 테니까.

'로이드는 나보다 오래 살게 될 텐데. 괜히 그에게 죄책감을 떠안겨 주고 싶지 않아.'

그러니까, 로이드가 아리아와 결혼을 결심하게 되는 이유는 가벼운 동정으로도 충분했다.

'오히려 최선의 시나리오지.'

이대로 계속 결혼 생활을 유지하다가 성인이 되면 해외로 나가 못자리를 알아보면 된다. 로이드에게는 어디선가 잘 살아 있다고 기억되게끔.

"내 말 듣고 있어?"

깊은 생각에 잠겨 있을 때였다. 로이드가 눈을 가늘게 뜨며 아리아의 볼을 양옆으로 쭉 잡아당겼다.

"진지한 얘기 하잖아."

정말로 진지해 보였다. 그의 손은 아리아의 볼을 만지작거리고 있었지만. 그냥 별생각 없이 볼을 잡아 늘였는데 촉감이 마음에 든 탓이었다.

"마시멜로······."

이게 진지한 얘기인가. 로이드의 심각한 표정에 낚인 아리아는 잠시 어이가 없었다. 뚱한 눈빛을 해 보이자 그제야 소년은 손을 놓으며 작게 헛기침을 했다.

"내가 혼자 멋대로 판단하고 네 목숨을 위협하고 힘들게 한 거."

"······."

"사과하고 싶어."

아리아는 깜짝 놀랐다. 로이드가 그녀의 손을 정중하게 감싸 쥔 채 바닥에 한쪽 무릎을 꿇은 탓이었다.

"다시는 그럴 일 없을 거다."

"······."

"맹세해, 아리아."

늘 싸늘하고 냉정했던 소년의 눈빛이 그 순간만큼은 깊어 보였다. 그 끝이 보이지 않을 정도로. 아리아는 밤하늘을 비추는 호수 같은 눈에서 시선을 떼지 못했다.

'아리아, 라고 불렀어.'

처음으로.

"다시는, 그 누구도. 아리아드네 발렌타인을 부정할 수 없게 하겠다."

"……."

"여기 있어. 어디도 가지 말고. 여기가 네 집이니까."

내 집.

'……집이라고?'

아리아에게는 집이랄 게 없었다. 그녀가 지내 온 곳은 쇠창살이 있는 우리였다. 철저히 감금된 채 사육당하는 가축이었다. 하루하루 살기 급급한 가축에게 말을 하고 감정을 드러낼 사치가 어디 있는가. 세이렌의 가치는 노래뿐이었고, 덕분에 살아남을 수 있었다.

'집.'

그녀에게는 세이렌의 노래보다, 더 기적 같은 단어였다. 감히 바란 적도 없었던, 죽었다 깨어나도 내겐 없으리라 믿었던. 모든 일에 무던하게 반응하던 아리아의 눈빛이 크게 흔들렸다.

"어쨌든 이제 네 남편이니까."

―내가, 로이드의 아내야?

"그래, 브인."

로이드는 덤덤하게 답했다. 떫은 표정을 하지 않았고, 낯선 단어를 뱉듯 어색해하지도 않았다. 그냥 사과는 빨갛다는 당연한 정의를 말하듯이, 그녀를 부인이라 칭했다.

"허락한다면 곧바로 각 부서 사용인들에게 결혼식을 준비하라고 이를게."

결혼식? 당연히 결혼할 때 약식으로 서류만 교환하는 줄 알았다.

'식은 올릴 수 없을 텐데?'

아리아는 당황스러웠다. 어린 귀족의 결혼식은 법적으로 금지되어 있었으니까. 그건 오직 황위 세습권을 가진 자만의 특권이었다. 즉, 성인이 되지 않은 어린 나이에 결혼식을 올릴 수 있는 건 황태자만 할 수 있다는 거다.

'그 의심 많고 융통성 없는 황제라면 분명 역모의 뜻으로 받아들일 텐데.'

분명 길길이 날뛸 테다. 아니면 그 일을 두고두고 기억하고서 나중에 트집을 잡거나. 아리아는 현 황제의 성격을 잘 알고 있었다. 누구보다 가까이서 그를 지켜봐 왔기 때문에.

─결혼식을 올리면 불법이잖아.

아리아가 묻자 로이드는 무슨 소리를 하냐는 듯 답했다.

"아직도 법을 따지는군. 언제 발렌타인이 법대로 하는 거 봤어?"

"……."

그건, 그러네……. 아리아는 할 말이 없었다. 만약 황제가 결혼식을 트집 잡으려면, 발렌타인 성에서 버젓이 활개를 치는 주술사부터 잡아들여야 했다. 그는 존재만으로도 범법자였다.

'그럼 그때 대공이 한 말도 농담이 아니었나?'

황후 못지않게 호화로운 결혼식을 치러 준다는 말은 당연히 농담인 줄 알았다. 그런데 아니었다니.

─하지만 그러면 다시 재혼할 때 로이드에게 흠이 될 텐데.

"무슨 헛소리……."

로이드의 손에 힘이 들어갔다. 그는 눈을 까맣게 물들이며 입술을 달싹이다가 아리아가 얼굴을 찌푸리자 붙잡고 있던 손을 놓았다. 소년은 이를 갈며 최대한 조곤조곤 말했다.

"내 인생에서 결혼은 단 한 번뿐이야. 네가 처음이자 마지막이라고."

알아들어? 되묻는 말에 아리아는 잠시 멈칫하다가 느릿하게 고개를 끄덕였다. 아직 어릴 때 한 말이니까.

'크면 또 생각이 바뀌겠지.'

그는 빨갛게 손자국이 남은 그녀의 손등을 빤히 응시했다. 미간을 구기고 있었지만, '아팠나?' 하고 고민하는 듯한 시선이었다.

"세상에 널 알려야지."

"……."

"넌 유령 같은 게 아니야, 아리아드네. 지금 여기 존재하고 있잖아."

아리아는 얼얼한 손등을 만지작거리다가 말고 꽉딱하게 굳었다.

아리아드네.

그가 이름을 부를 때마다 이상하게 심장이 덜컹, 떨어져 내리는 듯했다. 그래도 되는 걸까? 세상에 날 알린다고?

'그건…….'

유령이 아니라는 말에 심장이 빠르게 뛰었다. 세이렌도 아닌, 요괴도 아닌, 유령 아리아드네 코르테즈도 아닌,

'아리아드네 발렌타인.'

그녀의 노래가 아니라 그녀 자체를 가족으로서 받아들인다는 뜻이었다. 두려웠다. 기대됐다. 상반된 감정이 규칙적이었던 심장의 리듬을 멋대로 헝클어트렸다.

'아니, 안 돼.'

전생의 모든 기억이 아리아의 머릿속을 빠르게 스치고 지나갔다. 당연히 아리아는 과거의 일을 가장 먼저 생각할 수밖에 없었다. 그녀의 불안한 시선을 읽은 로이드가 살벌하게 웃으며 덧붙였다.

"감히 널 건드리려 하는 자가 있다면 어떻게 되는지 본보기도 보여 줄 겸 해서."

아리아는 로이드의 흉흉한 미소에, 순간 미래의 그를 겹쳐 보았다. 진득하게 물기가 스며진 녹진한 음성으로, 복수를 알려 주고 그녀를 지옥에 떨어트린 악마.

'아.'

그 순간 아리아는 깨달았다.

'나는 너를 좋아하는구나.'

훨씬 전부터 좋아했던 것 같다. 시간을 거슬러도 로이드 하나만 보고 대책 없이 대공성에 올 정도로. 왜 이걸 진작 알아차리지 못했는지 의아할 정도로.

'그런데 더 좋아하게 된 것 같아.'

이유 없이 매번 구원을 주는 사람. 가면을 벗어도 한결같은 사람. 노래로 가치를 증명하지 않아도 여기 있어도 된다고 말해 주는 사람. 인생을 두 번 살아도 다시 있을까 싶은 사람.

'이걸 이제야 깨닫다니.'

낭패다. 아리아는 입술을 꾹 깨물었다.

'말하면 안 돼.'

이런 무거운 마음은 평생 묻어 두는 편이 좋다. 로이드가 알아서는 안 된다. 행복을 주긴커녕 평생 업고 갈지도 모를 마음의 짐을 주면 어쩌잔 말인가.

"……."

아리아 안에서 한차례 폭풍이 일었다. 하지만 그녀는 모든 감정을 갈무리하고 최대한 아무렇지 않은 척 대꾸했다.

―용서할게.

그러자 소년의 입가에 짧은 미소가 맺혔다. 창문 틈새에서 흘러나온 달콤한 히아신스의 향기가 복도를 채웠다. 마르고 시들어도 향기만은 절대 사라지지 않는다는 꽃의 이름이었다.

'아파.'

아리아는 느릿하게 자신의 심장 위를 더듬었다. 심장이 계속 아프게 쿵쿵거리며 바닥으로 떨어지는 느낌이 들었다.

"몸조심하세요."

"네."

"너무 무리하지도 마시고요."

베로니카의 걱정 어린 말에 가브리엘은 희미한 미소로 답했다.

"꼭 강해져서 돌아오겠습니다."

"그러지 말라니까."

성녀가 괜히 그러다 다치지나 말라고 짧게 타박했다. 하지만 소년은 흐릿한 미소로 대답을 회피하며 미리 준비된 마차 위에 몸을 실었다. 이내 마차는 출발했다.

발렌타인 성으로.

'성녀님을 모든 위협에서부터 지켜드리고 싶습니다. 당신이 원하는 게 무엇이든 자유롭게 뜻을 펼칠 수 있게…….'

가브리엘은 창밖을 응시했다. 손을 흔드는 베로니카의 모습이 점점 작아졌다.

'5년.'

짧다면 짧고 길다면 긴 시간. 가브리엘은 그 시간 동안 수련생으로서 발렌타인에 머물러야 했다. 그가 직접 자원한 일이었다.

'신관님께서는 '악마의 악의'를 신성력으로 정화해야 한다고 하셨지.'

이건 발렌타인과 가르시야 사이에서 대대로 이어져 내려온 모종의 계약이었다. 한 세대에 한 번씩, 신성력이 뛰어난 어린 신관을 보내 수련의 일종으로서 악의를 정화하는 것.

악의란 정확히 '악마와 함께 지옥으로부터 흘러들어 와 부패하고 있는 악의'를 뜻한다. 그리고 나이가 어릴수록 그 악의를 정화하는 능력이 뛰어나다 들었다.

"형제님께 거짓말은 하지 않겠습니다. 발렌타인은 굉장히 위험한 곳입니다. 하지만, 그만큼 신성력을 수련하기 좋은 곳도 없지요."

소년은 그 제안에 흔쾌히 응했다. 신이 내린 좋은 기회라고 생각했기 때문이었다. 하지만 그것과는 별개로 이해할 수 없기는 했다.
'발렌타인. 악마 숭배자들.'

왜 그들을 돕는단 말인가? 적어도 가르시야에서는, 악마 숭배를 철저하게 금하며 처벌도 굉장히 엄격했다. 의심되는 자는 이단 심문관에게 끌려가 고문을 받다가 악마 숭배가 사실로 밝혀지면 즉결 처분이었으니까.

'발렌타인은 피네타 제국 영지니까 악마를 숭배자들이라 해도 놔둘 수밖에 없겠지.'

그 부분은 이해했다. 하지만 그렇다고 왜 그걸 신성제국에서 정화해 줘야 하는 걸까.

'금지된 악마의 힘을 빌리다 그 꼴이 난 것 아닌가?'

몰래 도울 일이 아니었다. 제국 간의 문제로 삼아, 악에 물든 악마 숭배자들을 섬멸하고 뒤집어엎을 일이지.

'이건 옳지 않아.'

가브리엘은 그렇게 생각했다. 하지만, 그는 이 옳지 못한 계획에 동참할 수밖에 없었다. 아직 자신에게는 아무런 힘도 없기 때문이었다.

'하지만 강해져서 어른이 되면.'

그럼 그때는, 이 일을 세상에 밝히고 악마 숭배자들이 마땅한 벌을 받을 수 있게 할 것이다. 가브리엘은 다짐했다. 샬마 발렌타인 성에서 그가 구하지 못했던 소녀를 다시 만나게 될 줄은 꿈에도 모르고.

"웨딩 케이크 시트는 바닐라 맛으로 할까요, 초콜릿 맛으로 할까요?"

베이커가 진지하게 물었다. 그래서 아리아도 진지하게 답했다.

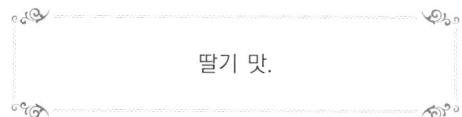

딸기 맛.

"그렇군요!"

그러자 주방장은 세상의 이치를 깨우친 표정으로 보조들에게 이것저것 지시를 내렸다. 쓸데없이 비장했다. 그뿐만 아니라 각 부서의 대표들이 일사불란하게 움직이며 아리아와 로이드의 결혼식을 준비하고 있었다.

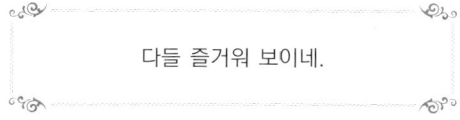

다들 즐거워 보이네.

그때, 맞은 편에 앉아 있던 빈센트가 답했다.

"희망을 보았기 때문이겠죠."

그는 베이커가 아리아를 위해 특별히 준비한 머랭 쿠키를 끊임없이 빼먹고 있었다. 주방장이 그 모습을 곱지 않은 눈으로 흘겨보았다.

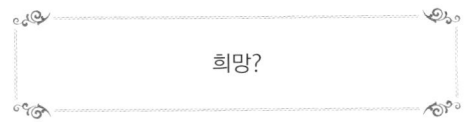

희망?

"부인께서 병이 완치되지 않으셨습니까."

원래 가주의 결혼이란 경사였다.

'일반적으로는 그렇지.'

하지만 부인이 후계를 낳고 죽어야 하는 발렌타인의 결혼식이 경사였던 적이 한 번이라도 있을까. 죽을 줄로만 알았던 사비나가 되살아나지 않았다면, 결혼은 여전히 형식적인 절차처럼 이어졌을 것이다.

"대대로 내려오는 발렌타인의 저주가 완전히 끝난 게 아닐까, 하는 막연한 희망인 거죠."

사용인들은 생전 처음 후계자의 결혼을 축복할 수 있게 된 것이다. 축제라도 열릴 기세였다.

'아마도 내가 그 희망을 깨부술 것 같지만.'

아리아는 어쩐지 식은땀이 흘렀다.

'이 결혼도 파탄 날 예정인데.'

시한부라는 것을 절대 들켜서는 안 되겠다는 생각이 들었다. 어린아이의 동심을 지켜 주고 싶은 것과 비슷한 맥락에서.

'하지만 죽기 전에 저주라는 걸 완전히 없앨 생각이니까. 그걸로 봐줬으면 좋겠네.'

그녀는 씁쓸하게 웃으며 생각했다.

"저주가 풀릴 리 없는데 말이죠."

빈센트가 곧바로 초를 쳤지만, 아리아는 물을 수밖에 없었다.

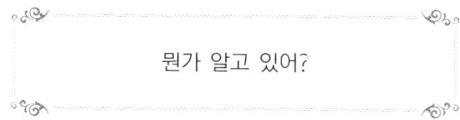
뭔가 알고 있어?

"그야 당연히 모르죠."

뭐야. 알지도 못하면서. 그녀가 눈 사이를 좁히며 한심하다는 듯 쳐다보자 그가 발끈했다.

"발렌타인의 비밀은 가주와 후계자만 알고 있는 극비입니다."

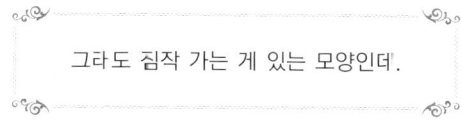
그래도 짐작 가는 게 있는 모양인데.

"부인께서 완치되신 건 발렌타인의 저주와 관련이 없다는 것 정도는."

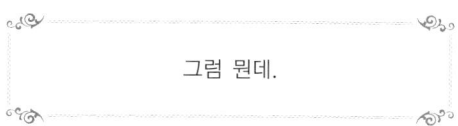
그럼 뭔데.

"외부에 요인이 있었겠죠."

아리아는 깜짝 놀랐지만, 겉으로는 태연한 척을 유지했다. 천계라고 볼 때마다 으스대더니 입만 살아 있는 건 아닌 모양이었다.

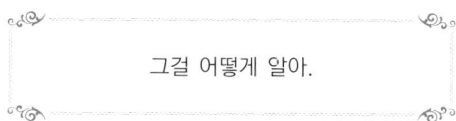
그걸 어떻게 알아.

"저주가 풀렸다기에는 여전히 발렌타인은 '악의'로 가득하거든요."

악의? 처음 듣는 말이다. 아리아가 빤히 쳐다보며 설명을 요구하는 눈빛을 보냈다.

"망할. 비밀이었나."

그러자 빈센트가 뒤늦게 탄식했다.

"형님한테 죽었다……."

소년은 찰랑거리는 긴 금발을 쥐어뜯으며 괴로워했다. 그는 아리아 앞에서 혀를 놀린 죄로 죽기 직전까지 탈탈 털릴 예정이었다.

"아, 저는 당연히 알고 계실 줄 알았죠! 설마 이 정도까지 과보호하고 계실 줄 어떻게 알았겠어요!"

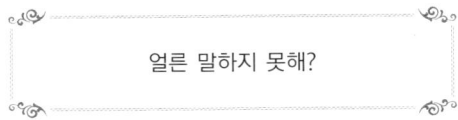
얼른 말하지 못해?

"이거 봐. 이 성격 보면 무작정 싸고돌지 않아도 된다는 거 형님께서도 아실 텐데."

빈센트는 한숨을 내쉬었다. 여기까지 말한 이상 숨겨 봤자 의미가 없었으니까. 그는 결국 악의에 관련해서 자신이 알고 있는 진실을 털어놓았다.

"뭐, 대충 짐작 갈 만한 얘기입니다. 사람들이 떠들어대는 소문들도 어느 정도 현실에 기반을 둔 거니까요."

발렌타인의 초대 가주는 한때 신의 사랑을 받는 자였다. 그리고 발렌타인 대공이 악의 상징이 아니라, 영웅으로 추앙받던 때도 있었다.

"모르셨을 겁니다. 그때의 일은 기록에 더는 남아 있지 않거든요."

신은 발렌타인을 신뢰했다. 그래서 그에게 신탁을 내렸다.

"구원의 날이 오면 본인이 직접 인간 세계를 심판하겠다고 말이죠."

그리고 특별히 명령했다. 구원의 날이 되면 지옥으로 내려가 악의 근원인 악마를 모조리 섬멸하라는 명령이었다.

"하지만 그는 악마를 섬멸하기는커녕 악마의 유혹에 넘어갑니다."

그는 신의 기대를 배반하고 구원의 날이 오기 전에, 악마를 이 땅에 불러냈다. 악마에게 영혼을 팔면서까지.

"사실 신에게 구원받기 두려워했기 때문입니다. 인간 세계를 떠나 신의 곁에 가기도 싫었고, 세속적인 것들도 놓기 싫었던 거죠."

그는 이 세계에 미련이 많았다. 그가 일궈 놓은 토지, 권력, 재물. 영웅이라는 찬사. 더없이 인간적인 이유에서였다.

"신은 깊이 실망했고, 더는 인간들에게 관여하지 않기로 했습니다. 그리고 발렌타인은 악마들을 해방하고 지옥문을 연 죄로 평생 저주를 받아들이며 살게 되었다는 내용입니다."

잠자코 앉아서 모든 이야기를 들은 아리아는 한가지 결론을 내렸다.

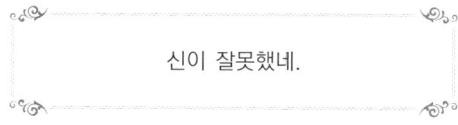

신이 잘못했네.

"예?"

빈센트는 아리아가 그런 반응을 보일 줄은 몰랐다는 듯 되물었다.
"왜 그렇게 생각하십니까?"

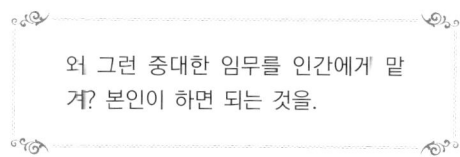

왜 그런 중대한 임무를 인간에게 맡겨? 본인이 하면 되는 것을.

"그건…… 그러네요."

왜 그랬지? 빈센트는 그런 식으로는 생각해 보지 않았는지 허를 찔린 반응을 보였다.

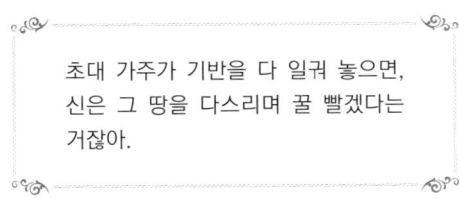

초대 가주가 기반을 다 일궈 놓으면, 신은 그 땅을 다스리며 꿀 빨겠다는 거잖아.

또 나왔다, 신랄한 말투.

'꿀을 빤다니.'

하마터면 웃음이 터질 뻔했다.

"대체 그런 말은 또 어디서 배우셨습니까?"

빈센트는 이어질 아리아의 글이 몹시 궁금해지기 시작했다.

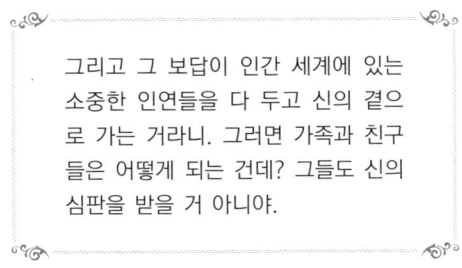

그리고 그 보답이 인간 세계에 있는 소중한 인연들을 다 두고 신의 곁으로 가는 거라니. 그러면 가족과 친구들은 어떻게 되는 건데? 그들도 신의 심판을 받을 거 아니야.

당연히 거기까지 생각이 미치지 못했다. 가족들. 빈센트는 내심 깊이 공감했다. 그가 자신을 낳아 준 친어머니를 시궁창에서 빼내기 위해 노력했듯이.

"그러고 보니 그러네요. 그의 가족이 지옥에 떨어질 수도 있죠."

아리아는 진지하게 다음 카드를 내밀었다.

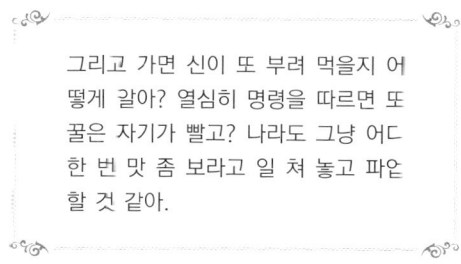

그리고 가면 신이 또 부려 먹을지 어떻게 알아? 열심히 명령을 따르면 또 꿀은 자기가 빨고? 나라도 그냥 어디 한 번 맛 좀 보라고 일 쳐 놓고 파읏할 것 같아.

"푸하하!"

아, 정말. 그는 결국에 큰 소리로 웃음을 터트릴 수밖에 없었다.

"신성 모독 제대로 하시네요."

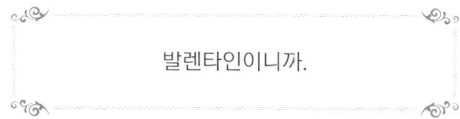

발렌타인이니까.

"네. 더없이 발렌타인이십니다."

어쨌든, 아리아는 이 얘기가 왜 공공연하게 퍼지지 않았는지 알 것 같았다. 가르시오 출신만 진지하게 믿을 법한 이야기였으니까.

'누가 지어낸 소설 같아.'

성전에 기록될 법한 교훈적인 이야기. 아리아는 내심 그렇게 생각했기 때문에 좀 과할 정도로 빈정거리는 반응을 보인 것이었다. 빈센트도 그런 그녀의 생각을 대충 짐작한 모양이었다.

"전승되는 이야기는 각색될 수밖에 없으니까 걸러 듣는 편이 좋죠. 여기서 사실만 놓고 보면 이래요."

빈센트는 결론을 정리해 주었다.

"발렌타인 직계 혈통은 핏줄을 타고 대대로 '악마의 악의'를 물려받습니다. 저주라고도 하죠."

아리아는 고개를 끄덕였다.

"그로 인해 발렌타인은 돌이킬 수 없이 오염됐어요."

괴물인가 싶을 정도로 거대한 동물들도. 웬만한 독에도 듣지 않고 돌연변이 수준으로 튼튼한 영지민들도. 불에 구워 먹어도 멀쩡히 살아남아서 사람을 죽여 버리는 기생충도.

"전부 오염의 산물이라는 거죠."

아리아는 고개를 갸우뚱 기울였다.

'무슨 말인지는 알겠는데, 독이 잘 듣지 않는 체질에 튼튼하면 좋은 거 아닌가?'

만약에 그런 신체를 돈으로 살 수 있다면 귀족들은 전 재산을 바칠 것이다.

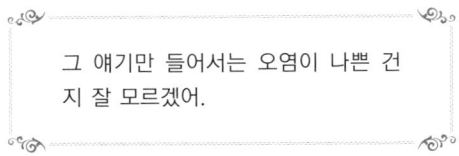

그 얘기만 들어서는 오염이 나쁜 건지 잘 모르겠어.

"그게 다 정화가 되어서 그래요."

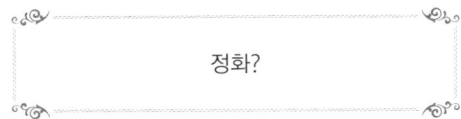

정화?

"신성력으로 주기적으로 악의를 정화해서 이 수준으로 유지할 수 있는 거죠."

빈센트는 뒤늦게 생각났다는 듯 말했다.

"그러고 보니 조만간 가르시야에서 신관 후보생이 오겠네요."

아, 그래서. 아리아는 뒤늦게 그날 신관들이 나눴던 대화를 이해할 수 있었다.

"발렌타인의 저주가 부패하면 결국 그들 손해이기도 하니까요. 어쩔 수 없는 공생인 거죠."

'악마의 악의'가 여기서 더 심하게 오염되면, 어떤 결과를 불러오게 될지 아무도 모른다는 게 빈센트의 결론이었다.

"세계 멸망으로 이어질지도요."

아리아는 그 말을 듣고 생각했다.

'즉, 발렌타인은 언제 어디로 튈지 모르는 시한폭탄 같은 건가.'

황제도 함부로 건들지 못하는 이유가 이거였구나. 대충 어렴풋이 짐작은 했지만 확실한 설명을 들으니 더 피부로 와닿는 느낌이었다. 드디어 아리아는 그동안 알고 싶었던 발렌타인의 비밀을 알게 되었다. 그리고 해결 방법도.

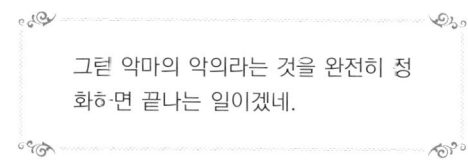

그럼 악마의 악의라는 것을 완전히 정화하면 끝나는 일이겠네.

"그거야 당연히 그렇지만?"

빈센트는 '교황도 해내지 못한 걸 대체 누가 해내겠냐'는 반응이었다.

"그걸 누가 모르짆어요. 하지만 불가능합니다. 그게 완전히 정화될 수 있는 거라면 발렌타인은 왜 몇백 년간 대대로 고통받아 왔겠습니까?"

아리아는 생각했다.

'그땐 네가 없었으니까.'

치유의 노래로 교황도 해내지 못했던 완전한 치료를 해낸 게 바로 아리아였다. 죽지만 않는다면 모든 병이든 고쳐 냈다. 그녀의 노래가 기적이라고 불린 이유였고, 신성제국에서 그 노래를 두려워하고 견제하고 공격한 이유이기도 했다.

'그리고 그런 능력을 지닌 자 중에서, 나처럼 집요하게 저주를 풀려고 파고드는 이도 없었을 것이고.'

그러니까 할 수 있었다.

가능해.

"어떻게요?"

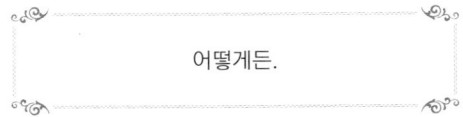

어떻게든.

"아무런 대책도 없어 보이시는데."

하지만 이상했다. 아리아가 가능하다고 말하니까, 정말로 그렇게 될 것 같아서. 그런 기적 같은 일이 일어날 수도 있을 법하다는 생각이 들었다.

'그 언젠가 신의 심판을 들고 무슨 용사님처럼 나타나셨을 때처럼.'

그 성물이 주술사 칼린에게서 나온 거라고 나중에 전해 듣긴 했지만 빈센트는 믿지 않았다. 솔직히 말해서 발렌타인 성씨를 가진 사람 중에 그 말을 믿는 사람은 아무도 없을 거다.

'속아 주는 사람만 있을 뿐이지.'

빈센트는 피식 웃음을 흘렸다. 성격 같았으면 진작 아리아가 무슨 비밀을 숨기고 있는 건지 낱낱이 파헤치고 조사했을 텐데…….

"형수님이 그렇다면 그런 거겠죠."

하지만 따지고 들고 싶지 않았다. 그냥 지켜보고 싶었다. 그는 그저 전적으르 아리아를 믿고 지지할 뿐이었다.

"작은 마님, 좋은 아침입니다."

아리아는 눈을 비비고 일어났다. 열여섯 살쯤 되어 보이는 한 소녀가 그녀를 깨웠다. 넋 놓은 표정으로 중얼거리듯 아침 인사를 건네면서 말다.

'작은 마님?'

처음 듣는 호칭이었다. 그럼 사비나는 큰 마님인 건가.

'뭔가, 귀엽네.'

사용인들이 머리를 맞대고 두 마님의 호칭을 열심히 고민했을 것이다.

'큰 마님. 작은 마님.'

아리아는 저도 모르게 웃었다. 그러자 그녀를 홀린 듯이 응시하던 소녀의 눈이 더 몽롱하게 흐려졌다.

'왜 저러지.'

아리아는 뒤늦게 깨달았다.

'아, 이제 토끼 가면 안 쓰지.'

아리아는 허전한 얼굴을 더듬었다. 가면을 벗은 이후로 지나가다 마주치는 사람들 도두가 저런 얼굴을 했다.

'처음에는 너무 흉한 걸 봐서 경악하는 건 줄 알았는데……'

과거의 기억 때문에 착각했다. 하지만, 이너 아니라는 걸 알 수밖에 없었다. 모두가 입을 모아 찬사를 퍼부었으니까.

'동화 속 요정이 연상될 정도로 신비로운 외모 때문이라고 했던가.'

처음엔 놀리는 줄 알았는데 아무래도 진짜인 것 같았다. 때려죽여도 빈말은 하지 않는 빈센트까지도 아리아의 얼굴을 보고 '역시 얼굴 천재'라고 말할 정도니까.

'아직도 믿기진 않지만.'

아리아는 돌처럼 굳은 소녀의 눈앞에 대고 손을 흔들었다.

"핫!"

그녀가 뒤늦게 정신을 차렸다.

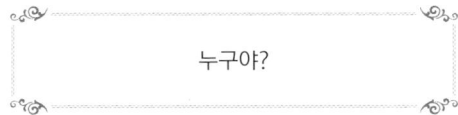

누구야?

그러자 소녀는 허둥지둥 치마 끝을 살짝 붙잡고 무릎을 굽혔다.

"전 마로니에라고 해요. 앞으로 곁에서 작은 마님을 모시게 되었답니다."

그러자 어느새 곁으로 다가온 다나가 설명을 덧붙였다.

"일전에 누명을 쓰고 쫓겨난 적이 있는 아이랍니다. 다행히 범인이 직접 기사단에 자수해서, 누명을 벗고 다시 복귀할 수 있게 되었죠."

어디서 들어 본 적 있는 얘기였다.

'설마……'

아리아는 몇 달 전에 있었던 일을 되짚어 보았다. 세이렌의 노래를 엿듣고 노래를 더 불러 보라고 협박하던 시종. 그가 죄 없는 사람에게 누명을 씌워 상습적으로 보상금을 챙겨 왔다는 걸 듣기는 했는데.

'그때 쫓겨났던 하녀가 이 아이?'

아리아는 마로니에를 빤히 쳐다보았다. 귀여운 인상이었지만, 그간 마음고생이 많았는지 몸이 마르고 얼굴이 초췌해 보였다.

"원래는 본궁 소속 아이인데 큰 마님께서 작은 마님 곁에 두는 게 어떻겠냐그 제안하셨어요."

큰 마님이라면, 사비나였다.

"이제 슬슬 작은 마님 곁에서 시중들 아이를 구해야 할 때기도 하고."

다나는 그렇게 말했다.

"일단 곁에 둬 보고 마음에 드시면 담당 시녀도 임명하세요."

결정권은 전적으로 그녀에게 있다는 듯한 말이었다.

"저 사실, 큰 마님께 들은 말이 있어요."

그때 마토니에가 다나의 눈치를 살피더니, 성큼 가까이 다가와 아리아의 귓가에 속삭였다.

"절 구해 주셨다고 들었어요."

아리아는 흠칫 놀랐다.

'그걸 대체 어떻게……?'

시종이 여태껏 저지른 모든 범행을 자수하게 만든 일은 자신 혼자만 알고 있어야 했다. 그때 사비나는 앓아누워 있을 때였으니까.

'아무리 세이렌이라는 걸 들켰다고 하더라도 보통 거기까지 유추하나?'

일반적인 사람들은 각각 별개의 사건으로 생각하지 않나?

'아니면 한 발 떨어진 곳에서 모든 걸 지켜보고 있었던 사비나만 그 사건을 연결 지을 수 있었던 걸지도.'

아리아는 왠지 떨떠름했다. 아무도 모르게 한 일인데 알아차린 사람이 있었다니. 허숭을 부리다가 들킨 기분이었다.

"사실 제가 이곳에 보내 달라고 큰 마님께 부탁드렸어요."

그때 마로니에가 뜻밖의 말을 꺼냈다.

"죽어도 갚지 못할 은혜를 입었으니까 저는 죽을 때까지 작은 마님만 섬기며 살고 싶어요."

고작 억울함을 풀어 줬을 뿐인데 죽어도 갚지 못할 은혜라니. 하지만 아리아는 마로니에가 왜 그렇게 말했는지 이해했다.

'도둑이란 불명예스러운 누명을 쓰고 쫓겨났으니까.'

소문이 퍼지면 누구도 그녀를 고용하려 하지 않았을 것이다.

'생계가 그대로 끊겼겠지.'

마로니에가 그간 얼마나 홀로 마음고생을 했을지 상상이 가서, 아리아는 그녀를 차마 밀어낼 수 없었다.

'사실, 밀어낼 이유도 없었고.'

담당 시녀가 생긴 건 처음이었다. 아리아는 괜히 민망함이 밀려와 볼을 긁적이다가, 카드를 적어 내밀었다.

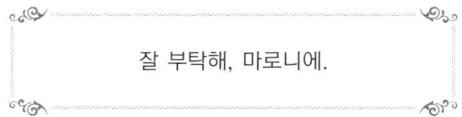

잘 부탁해, 마로니에.

"무, 물론이에요. 작은 마님."

마로니에는 얼굴에 화색을 띠며 세차게 고개를 끄덕였다. 감동으로 일렁이는 눈빛이 떨어질 생각을 하지 않았다.

'곧 성년을 앞둔 나이 정도로 보이는데.'

아무래도 전생의 기억 때문에 동생으로 보이는 건 어쩔 수가 없나 보다. 아리아는 저도 모르게 귀엽다는 듯 웃으며 그녀의 머리를 쓰다듬었다.

"헉, 마님께서 날 쓰다듬으셨어!"

마로니에는 호들갑을 떨다가 다나의 눈총을 받고 입을 꾹 다물었다.

제8장

긴급 소집령이 내려졌다. 영지를 지키던 가신들이 전부 다 공성으로 올라오게 되었다. 이 모든 게 하룻밤 사이에 일어난 일이었다.

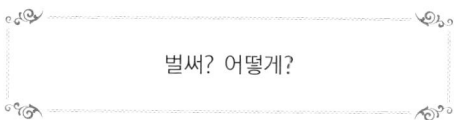

벌써? 어떻게?

공국 경계에 있다던 수도인 대공성까지 마차로 보름을 꼬박 달려도 모자랄 텐데. 그러자 마로니에는 새 잠옷을 입혀 주다 말고 말했다.
"위급 시에 사용할 수 있게 각 영지에 배급된 이동 스크롤이 있다 들었어요."
아리아는 문득 칼퀸이 주었던 이동 스크롤을 떠올렸다. 엄청 비싼 거라고 생색이란 생색은 다 내던. 설마 그게 이건가?

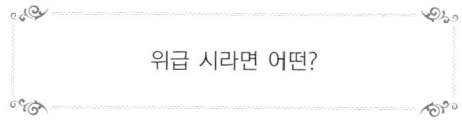

위급 시라면 어떤?

"예를 들면 전시 상황 같은……?"

아리아는 황당해졌다. 이 결혼이 전시 상황과 맞먹는 위급한 일인가?

'엄청난 권력 남용이다.'

눈앞에 가신들이 뒷골 잡는 모습이 그려지는 듯했다.

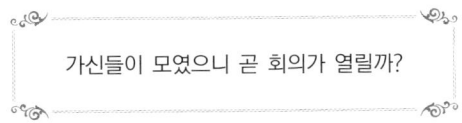
가신들이 모였으니 곧 회의가 열릴까?

"아마 그렇겠죠?"

아리아는 저도 모르게 걱정되는 표정을 지었다. 그러자 마로니에는 그녀를 안심시키며 설명했다.

"명칭이 회의일 뿐, 대부분 형식적인 과정이에요. 회의에서 무슨 대화가 오고 가든 간에 대공자님 뜻대로 될 테니까요."

보통의 경우라면 그렇겠지만.

'그렇게 호락호락하지 않을 텐데.'

가신들은 분명 쌍지팡이를 짚고 반대할 거다. 이젠 상황이 달라졌으니까.

'역시 회의를 훔쳐보는 게 좋겠어.'

그래야 미리 대비할 수 있을 테니.

그날 밤, 아리아는 몰래 방을 나왔다. 아직 정식으로 호위 기사를 배정받지 않아 가능한 일이었다.

'양주 경 사건도 있었고.'

무엇보다 아리아가 부르면 곧장 달려오는 늑대들과 재규어들이 있었으니까. 굳이 호위 기사를 붙여 줄 필요성을 느끼지 못하는 모양이었다. 천만다행인 일이었다.

'회의실은 1층 응접실 옆이었지.'

그녀는 회의실 건물 뒤편으로 가서 잔디를 밟고 정원수를 헤치고 들어가 주변을 탐색했다.

'저기 있다.'

다행히 살짝 열려 있는 창문을 하나 발견할 수 있었다. 아리아는 그 틈으로 조심스럽게 빼꼼 고개를 내밀었다. 그리고 그녀의 뒤를 빈센트가 유유히 쫓았다.

"……."

어떻게 알고 쫓아온 거야. 아리아가 고개를 홱 돌려서 말없이 그를 째려보았다. 소년은 어깨를 으쓱해 보였다.

"형수님의 행동 패턴은 이미 분석을 끝마쳤습니다."

그게 대체 뭔데…….

"뜬금없는 장소마다 나타나시는 것 같으면서도 늘 사건의 중심에 계시길래요."

아리아는 빈센트에게 간파당했다는 사실에 곧장 불쾌해졌다.

'예리한 자식.'

호기심 가득한 표정을 보니 재미있어 보여서 따라온 모양이었다.

"방해는 안 할게요."

아리아는 그럼 조용히 하라는 듯이 검지를 입술 위에 얹었다. 그리고 다시 창문 안쪽을 들여다보았다. 회의실 내부에서는 가장 상석에 앉은 로이드가 좌중을 돌아보며 물었다.

"이상이다. 이의 있나?"

동시에 쾅, 하고 책상을 치는 소리가 들렸다.

"있을 수 없는 일입니다! 출신조차 밝힐 수 없다니!"

"대체 귀족 태생이라면 출신을 밝히지 못할 이유가 어디 있습니까?"

"아무리 사생아라 하더라도 출신을 밝히지 않는 것보다는 명예로울 겁니다!"

"설령 평민이라도 밝힐 수 없는 것은 대체 어째서입니까? 이유를 설명해 주셔야 납득을 하지요."

"그걸로 모자라 말을 못한다니, 거참. 설마 시궁창 출신인 것은……."

역시 예상대로의 반응이었다. 결혼식을 올린다는 건 아리아의 존재를 세상에 공표한다는 뜻이었으니까. 그렇게 되면 아리아는 신분을 숨길 수 없었다. 지금 그걸로 트집을 잡는 거다.

'원래는 내가 후계자만 낳고 죽으면 그만이니 반대할 이유가 전혀 없었겠지만.'

빈센트의 말마따나, 사비나의 병이 낫게 된 이후로 사람들은 막연한 희망을 보았다.

'가신들이라 해서 예외는 아니지.'

그들은 신분 상승의 희망을 본 것이다. 어떻게든 아리아를 쫓아내고 본인의 친자식을 대공자비 자리에 밀어 넣으려고 혈안이 되어 있었다. 저주가 나을 수 있는 거라면, 해결된 거라면, 이제 자식만 낳고 죽지 않아도 될 테니까 말이다.

'영향력 있는 방계 혈족이 될 기회.'

그 기회를 놓칠 리가 없었다. 소집령이 떨어지자마자 그 즉시 달려온 것도 이유가 있는 거다.

"이번에 시궁창을 완전히 소탕하기로 마음먹으신 것도 사실은 혼약 상대의 흠을 흔적도 없이 지우기 위해서가 다닙니까?"

"솔직히 우리로서는 당연히 의심이 갈 수밖에 없습니다. 시기가 지나치게 공교롭지 않습니까."

"왜 시궁주의 방종함을 방관하시다가 이제야……."

가신들은 결국 아리아가 시궁창 출신이 아니냐는 듯 여론을 몰고 갔다.

'빈센트 때처럼.'

그러면 로이드가 어쩔 수 없이 아리아의 출신을 밝히게 될 거라고 생각했는지. 그렇게 미천한 출신이 밝혀지면 더 맹렬하게 물어뜯을 생각인 거다. 빈센트가 옆에서 쯧쯧 혀를 찼다.

"매번 패턴이 똑같네요."

그러게. 지겹지도 않나.

'하지만 그만큼 잘 먹히는 방법이니까 매번 똑같은 수법을 쓰는 거겠지.'

로이드에게 시궁창을 들먹이면, 그가 예민하게 반응할 거라는 걸 알고서 하는 발언이었다.

'아, 어쩌면 로이드의 의심을 다시 살지도 모르겠네.'

아리아는 그렇게 생각했다. 시궁창을 소탕하기 전에 간자를 보냈다고 했으니, 먹이라는 의심은 당연히 받을 리 없겠지만. 세이렌의 딸이라는 사실을 밝힐 수 없는 이유를 자세히 설명해 주지 않았으니까. 하지만,

"형수님, 뭘 걱정해요. 어차피 답은 다 정해져 있는데."

빈센트가 심각하게 굳은 그녀의 얼굴을 보더니 피식 웃음을 흘리며 말했다.

"형님 뜻이 답이죠."

그 순간이었다.

"다 지껄였나?"

오만한 지배자의 음성이 들려왔다. 제 발밑에서 찍찍거리는 생쥐 떼를 내려다보는 맹수처럼 권태롭고 귀찮음이 섞인 나른한 말투.

스르릉—

날카로운 금속성의 소리가 울렸다. 아리아는 설마 하고 다시 창문 안쪽을 들여다보았다. 로이드가 허리에 차고 있던 검집에서 검을 뽑은 뒤 가신들을 향해 겨눴다.

꼿꼿하게 세우고 있었던 허리를 의자 등받이에 기대고, 손잡이에 팔꿈치를 괸 채 손 장난치듯 검을 양손으로 던지고 받았다.

"다시 묻지. 내 결혼에 이의 있는 자가 있나?"

좌중은 침묵했다. 무자비한 기운에 짓눌린 채 찍소리도 하지 못하자 무거운 침묵이 내려앉았다. 이내 회의실 밖까지 쩌렁쩌렁 울리던 말소리가 한마디도 들리지 않게 되었다.

"없어? 그럼 찬성인가?"

"……."

"만장일치군. 동의할 줄 알았어."

로이드는 만족스럽다는 듯 배부른 미소를 지었다. 그리고 언제 웃었냐는 듯, 다시 싸늘하게 표정을 굳혔다.

"다들 각오하고 입을 함부로 놀려댄 거라 믿겠다."

그 말에 한마음 한뜻으로 반대하던 가신들이 흠칫 어깨를 떨었다. 명백히 공포에 질린 모양새였다.

'회의실에서도 검을 뽑다니…….'

이럴 거면 가신들을 왜 불렀단 말인가.

'어떻게 저러지?'

아리아는 이상하게 느껴졌다. 로이드가 아무리 발렌타인이라 한들 그는 아직 작위를 물려받지 않았다.

'후계자일 뿐이잖아.'

그런데 그는 대공을 대신하여 회의를 주도하고 있었으며, 다들 거기에 아무런 의문을 표하지 않았다. 오히려 당연하다는 듯 받아들이고, 또 노골적인 협박에 찍소리도 하지 못했다.

"감히 내 신부를 모욕한 대가를 치를 준비는 되어 있겠지."

"대, 대공자님……."

"기대해."

높낮이 없는 담담한 한마디에 은은한 살기가 첨예하게 녹아들어 있었다. 아리아는 손발이 꽁꽁 묶인 것처럼 그 자리에서 꼼짝도 할 수 없었다. 역시 이상했다.

'기분이…….'

늘 그래 왔던 것처럼 세이렌의 노래로 해결할 생각이었다. 가신들이 성에서 하룻밤을 묵게 될 테니 각자의 방에 찾아가 세뇌할 생각이었다. 하지만 많은 사람을 한꺼번에 세뇌하는 건 아직 몸이 따라주지 않으니까 다시 칼린을 찾아가야 할지도 모르겠다고 생각했다.

'그런데 단숨에 다 해결해 버렸어.'

로이드가.

'내 일인데.'

이제는 그녀만의 일은 아니었다.

'부부니까…….'

아리아를 향한 도욕은 로이드를 모욕하는 것과 같았고, 로이드에게 닥쳐올 일은 앞으로 아리아와 함께하게 될 것이다. 이제야 정식으로.

'그러고 보니 이젠 뒤에서 남들 몰래 움직이지 않아도 되는 건가.'

이젠 세이렌의 정체를 알아차린 사람도 있었다. 사비나와 칼린. 둘 다, 졸대 남들 앞에서 아리아의 정체를 떠벌리지 않을 거라는 걸 알았다.

'빈센트 녀석은 아무것도 알려 주지 않았는데 멋대로 내 행동 패턴을 분석해 버리고.'

하지만 그렇다고 딱히 아리아의 비밀을 파헤치거나 자극할 생각은 없어 보였다. 그냥 그만큼 아리아를 늘 관심 있게 지켜보고 있다는 뜻이었다.

'아마도 내 사람이 되고 싶어서.'

그녀는 이제야 조금씩 실감이 나기 시작했다. 자신에게 '가족'이 생겼다는 것을.

그때였다.

"……작은 마님과 둘째 공자님?"

"……!"

빈센트가 소스라치게 놀라 휙 고개를 돌렸다. 아리아는 목소리를 듣기 전에 살짝 인기척을 느꼈기 때문에 빈센트보다는 반응이 덜했다. 그저 상대를 응시했을 뿐.

"인기척이 느껴져서 와 봤습니다만 대체 여긴 어쩐 일로……."

클라우드였다.

'로이드의 호위 기사.'

그는 설마 아리아와 빈센트가 숨어 있었을 거라곤 상상도 못 한 모양이었다. 클라우드는 반쯤 뽑아 들었던 검을 다시 집어넣었다.

"설마 우리를 베려고 한 겁니까?"

빈센트가 경직된 표정으로 물었다.

"대공자님께서 목격자는 전부 처리하라고 하셔서…… 죄송합니다."

"허."

그때 빈센트가 짧게 탄식하며 노골적으로 싫다는 표정을 해 보였다.

'응?'

아리아는 숨어서 몰래 얘기를 엿들은 걸 들킨 것보다 빈센트의 반응에 더 놀랐다. 그가 사람을 앞두고 질색하는 기색을 보이는 건 처음이라.

'생글생글 웃으며 돌려 까는 건 여러 번 봤지만.'

아리아는 내심 신기해서 두 사람을 흥미롭게 지켜보았다.

"두 분이 여기 계신 건 대공자님께 보고 드려야 할 것 같습니다."

클라우드가 통보하듯이 말했다. 아리아가 여태까지 본 검은 매 기사 중에서 가장 고지식한 반응이었다. 살짝 감탄이 나올 정도로.

"아니, 무슨 보고?"

하지만 빈센트는 그저 어이가 없는 듯했다.

"몰래 듣고 계셨지 않습니까."

"안 봐도 충분히 예상 가능한 전개를 눈앞에서 확인했을 뿐인데?"

그는 표정을 구겨 받아쳤다.

"무슨 말인지 모르겠습니다."

"형님께서 저렇게 나오실 줄 다 알고 있었다고요."

"몰래 듣고 계셨지 않습니까."

클라우드는 같은 말을 반복했다. 빈센트는 살짝 질린 기색이었다.

"그냥 넘어가시죠. 별일도 아닌데."

"별일도 아니라면 보고드리겠습니다."

"별일이 아니긴 하지만 괜히 일 복잡하게 만들지 말자그요."

"복잡하지 않습니다. 전 여기서 두 분을 보았고, 제가 본 걸 그대로 보고할 뿐입니다."

"아, 좀!"

그리고 결국 폭발한 듯했다.

"보고하면 형수님을 검으로 벨 뻔했다고 클라우드 경만 욕 들어먹을 겁니다! 경은 생각을 못 합니까? 대체 왜 이리 융통성이 없습니까?"

"융통성이 뭡니까."

"뭣……!"

빈센트가 숨넘어가는 소리를 냈다. 그리고 세계의 종말이라도 본 것처럼 믿을 수 없다는 듯 중얼거렸다.

"……융통성을 몰라?"

빈센트는 무식한 소리를 하면 온갖 신랄한 말로 비난을 퍼붓고는 했다.

'가끔 심할 정도로 지능 타령을 해서 진심으로 때려 주고 싶었던 적도 꽤 많았는데.'

그런데 가뜩이나 그런 사람 앞에서 융통성을 모른다고 하다니. 아리아는 빈센트가 왜 클라우드를 보고 과민 반응을 보였는지 알 것 같았다.

"융통성을 모르는데 보고라는 단어는 어떻게 압니까? 목격자라는 단어는 어떻게 아는데요? 처리의 사전적 의미는 아십니까? 대체 인기척을 어떻게 아냐고요!"

"몰라서 모른다고 말씀드렸을 뿐입니다만."

"아악!"

빈센트가 제 성질을 이기지 못하고 현기증이 나는 것처럼 비틀거렸다. 그러자 클라우드가 그런 그를 부축해 주었다.

"이거 놔!"

"안색이 안 좋으십니다."

"저는 사람 말을 하는 고릴라의 부축은 받지 않아요!"

"그런 생물이 있습니까?"

너잖아, 너. 빈센트는 버럭 소리를 질렀다.

"생물이란 단어는 어떻게 아는데!"

아무래도 그는 융통성을 모르는 사람이 있다는 것에 엄청난 충격을 받은 모양이었다.

'모를 수도 있는 것 아닌가.'

로이드와 비슷한 나이 또래인데 검은 매 기사단에 들 정도였다. 무엇보다 그 많고 많은 기사 중에서 소가주의 호위 임무를 맡을 정도였다. 걸음마를 뗄 나이부터 검을 잡는다고 해도 엄청난 재능이 아니면 불가능한 경지.

'그냥 재능을 타고난 쪽에 자신의 노력을 전부 투자한 것 같은데.'

빈센트가 지능을 타고난 천재라서 더 필사적으로 공부한 것처럼 좀 무식하던 어떻단 말인가. 맡은 일만 잘하면 되지.

"융통성이 뭔지 모르겠지만 가르쳐 주시면 배우겠습니다."

"아…… 기절하겠네."

그가 머리를 짚으며 중얼거렸다. 그러자 이번엔 클라우드가 그를 이해할 수 없다는 듯 내려다보았다. 혼자서 별것도 아닌 일에 흥분하다가 제풀에 지쳐 쓰러지다니.

"너무 연약하신 것 같습니다."

"……."

빈센트는 그만, 할 말을 잃고 입을 다물고 말았다.

'극단적인 천재끼리 만났네.'

사이좋게 지내면 좋을 것을.

'흠, 아니지. 이거 꽤…….'

빈센트를 유일하게 열받게 만드는 기사라. 이성을 잃고 길길이 날뛰는 모습을 보니 속에 쌓여 있던 응어리가 풀리는 것 같았다. 아리아가 그렇게 생각하고 있을 때 뒤편에서 익숙한 목소리가 들렸다.

"뭐 하고 있는 거지?"

로이드였다. 빈센트가 하도 목청껏 바락바락 소리를 지르니 무시하려 해도 할 수가 없었는지. 그는 아리아 옆에 서서 어이없다는 듯 물었다.

"왜 저렇게 시끄럽게 굴어?"

아리아는 그 말에 클라우드를 가리키며 카드를 들었다.

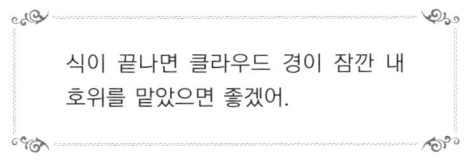

식이 끝나면 클라우드 경이 잠깐 내 호위를 맡았으면 좋겠어.

그리고 그 카드를 본 빈센트의 얼굴이 창백하게 질렸다.

"작은 마님 웃어 보세요!"

아리아는 자신을 향한 투명한 유리구슬을 신기하다는 듯이 들여다보았다.

'영상구다.'

영상구를 실제로 보는 건 처음이었다. 세이렌이 노래하는 모습을 녹화하는 것은 금지였기 때문이다. 물론 코르테즈 백작이 몇대로 정한 규칙이었다. 세이렌은 희소성이 있어야 해서 영상으로 쉽게 접하면 안 된다는 논리에서였다.

"어쩜 이렇게 사랑스러우신지 모르겠네. 숲속의 요정들도 작은 마님을 보면 넋을 놓을 거예요."

다나는 연신 감탄하며 아리아의 모습을 찍었다.

"맞아요. 작은 마님이 활짝 웃음꽃을 피우게 되면, 하늘에서 새하얗게 내리던 눈도 봄이라고 착각하고 스스로 녹아내릴 거예요!"

마로니에는 그런 다나를 말리기는커녕 옆에서 한술 더 뜨고 있었다.

"그거 알아요? 어제 꽃밭에서 작은 마님 한참 찾았잖아요. 그런데 이내 쓸데없는 짓이라는 걸 깨달았죠."

그녀는 고개를 저으며 말했다.

"어디를 둘러봐도, 작은 마님의 화사함에 한참 미치지 못했거든요."

그만해. 아리아는 손을 뻗어 소녀의 입을 틀어막았다. 빠르게 주고받는 그들의 대화를 듣다 보니 어째 세뇌를 당하는 기분이 들어서.

마로니에는 '읍읍!' 하고 고개를 이리저리 비틀다가, 겨우 그녀의 손을 떼어 낸 뒤 한숨을 내쉬었다.

"제 말 못 믿으시는 거 알아요. 항상 의심스럽게 쳐다보시잖아요."

아리아는 거울 속에 자신을 들여다보았다. 늘 마주 보기 두려워 피했던 거울 속, 그녀의 모습이 비쳤다. 마로니에는 그녀의 등 뒤에서 빼꼼 고개를 내밀면서 말했다.

"작은 마님. 사랑에 빠지면 그 사람이 세상에서 가장 아름다워 보인다는 말 알아요? 전 작은 마님을 보는 순간 사랑에 빠졌다고요."

뜬금없는 사랑 고백이었다. 그리고 세상에서 가장 순수하고 사랑스러운 사랑 고백이기도 했다. 거울 속의 아리아가 토끼처럼 눈을 동그랗게 떴다가 배시시 웃었다. 그런 그녀를 마로니에는 등 뒤에서 꼭 껴안아 주며 말했다.

"그러니까 작은 마님께서도 이 거울 속 사람을 사랑해 달라고요."

"……."

"제 사랑이 가엾지 않게요. 네?"

거울 속 사람. 거울을 들여다보니 아주 선명한 분홍빛 눈동자가 시야에 들어찼다. 보석 핑크 사파이어를 정교하게 세공한 것이라고 해도 믿을 정도로 영롱한 빛깔이었다. 그냥 눈처럼 하얀색으로 보이는 머리카락도, 햇빛이 머리 위로 드리워지자 옅은 분홍빛을 띠며 반짝였다.

'거울 속에서 늘 보던 그 얼굴.'

하지만, 듣고 보니 한 번도 자세히 보려고 하지 않았던 것 같다.

'내 속눈썹 엄청나게 기네.'

색소가 옅어 흰색에 가까운지라 눈에 띄지는 않지만.

'눈동자도 경계가 뚜렷하고 큰 편이야.'

그래서인지 더 신비로운 인상을 주는 것 같았다.

'이목구비도 오목조목 균형이 잡혔고, 웃을 때 입꼬리 모양이 예뻐.'

그리고 양 뺨은 항상 장밋빛 홍조를 띠고 있었다. 정형화된 미인상은 아니다. 하지만 개성 있는 아름다움이 분명 있었다. 아리아는 왜 사람들이 그녀만 보면 요정이라고 하는 건지 알 것 같아졌다. 그런 생각이 든 건 또 처음이라서, 더욱 유심히 들여다봤다.

'아, 그렇구나.'

세상 사람들이 모두 내게 추하다고 삿대질한다고 해도, 내 사람만 나를 사랑한다고 해 주면 충분했던 거였구나.

'그냥 그거면 되는 거였어.'

아리아는 어쩐지 웃음이 나왔다. 아직은 자신이 세상에서 가장 예뻐 보일 정도로 사랑하게 된다는 게 뭔지 모르겠지만. 이대로 내 사람들과 시간을 함께하면 조만간 알게 될 거라는 강한 확신이 들었다.

'나를 사랑하는 법.'

아리아는 등을 돌려 마로니에를 꼭 껴안아 주었다. 그러자 그녀가 '헤헤' 웃으며 사랑한다고 또 말해 주었다.

"사랑해요!"

"지금 내 신부에게 사랑 고백을 한 건가?"

로이드였다. 시간에 맞춰서 신부 대기실에 들른 소년은, 고개를 느른하게 기울였다.

"연적이라면 말해. 지금 바로 처리해 줄 테니."

마로니에는 헉하고 헛숨을 들이키며 아리아의 등 뒤에 숨었다. 아리아보다 키가 커서 전혀 숨겨지진 않았지만. 천적을 발견한 피식자처럼 바들바들 떨던 소녀는 작게 속삭였다.

"제 사랑이 대공자님의 결투를 받아들일 정도로 깊진 않은가 봐요."

둘 다 만담 같은 소리를 진지하게 하고 있었다. 아리아는 피식 웃으며 팔짱을 끼고 문가에 기대어 있는 소년에게 다가갔다.

'평소에는 흰 셔츠에 검은 바지만 단정하게 걸치고 다니더니.'

화려한 예복을 차려입은 모습을 보니 다른 사람 같았다. 그리고 전혀 관리하지 않고 흐트러뜨리던 머리카락도. 오늘은 제대로 디자이너의 손을 탄 건지, 정갈하게 가르마를 가르고 물결처럼 컬이 져 있었다.

'어, 오른쪽 눈썹 밑에 점이 있네.'

그동안 앞머리로 가리고 다녀서 몰랐다. 그리고.

'……시선을 어디에 둬야 할지 모르겠다.'

아리아는 조금 민망해져 왔다. 왠지 그가 달라 보여서. 로이드 또한 아리아의 모습을 보고 잠시 말이 없었다.

'이상한가.'

치마는 프릴로 풍성하게 부풀렸고 허리에는 앙증맞은 리본으로 포인트를 주었다. 화려하고 우아하다기보다는 귀여운 느낌을 살려서 디자인된 웨딩드레스였다.

'아직 열 살의 꼬마니까.'

발렌타인 대공이 수도에서 가장 잘나간다는 디자이너를 초빙하여 제작한 거다.

'이상할 리가 없는데.'

허리까지 내려오는 머리카락은 향유를 발라서 차분하게 정리했다. 그 위에 백금과 다이아몬드로 만들어진 화관 모양 장식을 얹었고. 아직 아이라 화장은 하지 않았지만 반짝거리는 진주 가루를 눈꺼풀 위에 살짝 얹었다. 솔직히 오늘의 아리아는 자신 스스로 생각하기에도 좀 예뻤다.

'나 스스로 예쁘다고 생각해 본 적이 태어나서 단 한 번도 없는데, 그런 내가 예뻐 보일 정도면 꽤 괜찮은 거 아닌가.'

아리아가 고개를 갸우뚱 기울일 때였다. 로이드가 그녀의 얼굴을 베일로 씌워 버렸다. 응?

'신랑이 신부 베일을 씌워 버리면 어떡해…….'

아리아는 눈 앞을 가린 베일을 슬쩍 들어 올려 로이드를 보았다.
'음, 아니다. 로이드가 세상에서 제일 아름다운 것 같아.'

오늘 그는 마치 한 폭의 그림 같았다. 동대륙에서 넘어온 '수묵화'라는 그림이 떠올랐다. 딱 한 번 본 적이 있는데, 흑과 백의 대비가 극명하여 정적이고 단정한 화풍이었다.

'유난히 눈가가 붉고 투명한 피부를 봐서 청초한 난초인가.'

인정했다. 로이드가 거울을 봤다면 그녀의 변한 모습을 보고 딱히 아무런 반응도 보이지 않을 법했다. 아리아는 입술을 달싹여서 노골적일 정도로 솔직하게 소년을 칭찬했다.

—오늘 예뻐. 진짜 예뻐.

"……."

그러자 단정한 미소년의 눈빛이 순식간에 맹수로 돌변했다. 얼굴은 험악하게 구기며 성큼 다가온 로이드가 아리아를 그대로 번쩍 들어 올렸다.

'꺅!'

비명을 지를 뻔했다. 아리아는 입을 틀어막은 채 두 눈을 동그랗게 떴다. 깜짝 놀란 심장이 쿵쾅거리며 정신 사납게 뛰어댔다.

"누구 보고 예쁘다는 거야."

"……!"

"거울이나 보고 말하던가."

"……."

뭐야, 그건. 아리아는 어쩐지 웃음을 터트릴 것 같아 입술을 꾹 깨물었다.

"그 표정은 뭐야."

로이드가 눈썹을 까딱였다. 본인이 무슨 소리를 한 건지, 아무런 자각도 없는 것 같았다.

'어린 로이드 귀여익.'

아리아는 훗날 발렌타인 대공이 될 그를 아주 잘 알고 있었다.

'나중에 크고 나서 오늘 일을 들먹이면 어떻게 반응할지 궁금하다.'

마침 다나가 영상구로 그들을 찍느라 여념이 없었다. 나중에 발뺌할 수 없게 증거를 만들어 두고 있던 셈이었.

제8장

'언젠가 놀려먹어야지.'

아리아는 그날을 기약했다. 그런 아리아의 꿍꿍이를 알 리 없는 로이드는, 작게 혀를 차며 말했다.

"살이 쪘나 했더니. 그대로잖아."

그는 아리아를 안아 든 채로 곧장 식장으로 향했다. 아리아는 그제야 뒤늦게 당황하기 시작했다.

'아, 잠깐만. 이렇게까지 눈에 띄는 방식으로 입장할 생각은 없는데.'

버둥거렸지만 로이드는 그럴 때마다 더욱더 단단하게 그녀를 옭아맸다.

'왜 이렇게 힘이 센 거야.'

아직 어린 소년이라 키 크고 마른 편인 줄로만 알았는데. 직접 품에 안겨 있으니 근육 같은 게 노골적으로 느껴졌다. 그 탓인지 정말 꼼짝도 할 수 없었다. 아리아는 결국 체념하고 몸을 늘어트렸다. 그리고 새빨갛게 달아오른 얼굴을 양손으로 덮어 버리는 쪽을 택했다.

우여곡절 끝에 무사히 결혼식이 시작되었다. 아무래도 신랑과 신부가 어리다 보니, 예식은 최대한 간략하게 생략되었다. 그리고 아리아는 결혼 서약을 읊을 수도 없었으니까. 그런데 정작 이번 결혼식의 주모자인 로이드는, 약식으로 진행되든 말든 아무래도 상관없어 보였다.

'그 속 좁은 황제에게 반역의 뜻으로 비칠 위험까지 감수하면서

주최한 결혼식인데 말이야.'

 아리아의 존재를 세상에 널리 알렸으니 나머지는 아무래도 상관없다는 걸까.

 '그렇다면 소기의 목적만큼은 제대로 달성했네.'

 로이드가 황위 세습권자만의 특권을 건드려서 이제 역사에 길이 남을 결혼식이 되어 버렸으니까. 아리아는 내심 속으로 절레절레 고개를 흔들었다. 그들은 대공성에 마련된 기도실에서 서로 반지를 교환했다.

 "토끼, 빨리 손 내밀어."

 이게 진정 새신랑의 말투야? 형식적인 결혼일 뿐이지만 기왕 하기로 한 거 기분이라도 내고 싶었는데.

 '갑자기 안 귀여워졌다.'

 아리아가 뚱한 표정을 하자 로이드가 받아치듯 눈썹을 까딱였다. 소년은 그녀가 끼고 있는 흰 장갑 위에 조심스럽게 반지를 끼웠다.

 "흠."

 로이드는 아리아의 손에 끼워진 반지를 보고 입가에 만족스러운 미소를 그렸다.

 '설마 날 신부로 닻이해서 기분이 좋은 건 아닐 테고.'

 아리아는 의아하게 여기며, 자신이 끼고 있는 반지를 내려다보았다.

 '우와…… 반짝반짝.'

 딥블루 다이아몬드였다. 게다가 이 특이한 모양의 세공 방식은 분명 메모리얼 보석상의 '별의 환희'였다. 빛을 받을 때마다 짙은 밤하늘 위에 별가루를 뿌려 놓은 것처럼 반짝인다고 해서 그런 이름이 붙여졌다.

 '아무리 발렌타인 가문이라고 해도 곧 이혼하게 될 소꿉장난 같은 결혼식에 이런 최고가의 보석이라니.'

그런데 더 유심히 살펴보니 평범한 보석과 무언가 달랐다. 마치 요동치는 은하수처럼 보석 안쪽이 끊임없이 일렁거렸다. 이건, 마법이 담긴 아티팩트였다.

"눈 감고, 네 생각을 내게 전달한다고 생각해 봐."

―텔레파시 마법?

"맞아."

로이드가 그녀의 생각에 대답했다.

―로이드에게만 들리는 거야?

"그래."

아리아는 눈을 화등잔만 하게 떴다가, 신기한 눈으로 반지를 이리저리 살폈다.

"이상한데? 혹시 마법을 써 본 적 있나? 너무 순식간에 터득하는군."

그야 에너지를 사용하는 건 같으니까.

'그러고 보니 에너지를 운용할 줄 모르는 사람은 아티팩트의 사용법을 익힐 때까지 꽤 시간이 걸린다고 들었는데.'

아리아는 속으로 뜨끔 했지만 태연한 표정을 유지하며 답했다.

―아니?

"흐음."

로이드는 턱을 쓸더니 가볍게 결론지어 버렸다.

"타고난 모양이군."

본인도 천재에 속하고 주변에도 하도 인재들이 많아 대수롭지 않게 여기는 모양이었다. 오히려 주례를 서고 있던 윌리엄이 새삼 놀랍다는 시선으로 그녀를 보았다.

"이제 네 낡아 빠진 가방은 가져다 버려."

전부터 가방을 볼 때마다 태워 버리고 싶다는 듯 노려보더니. 결혼반지를 아티팩트로 특별 제작한 것도 낡고 해진 가방을 버릴 목적이었던 모양이었다.

'딥블루 다이아몬드 아티팩트라.'

과연 얼마가 들었을까. 아리아는 이쪽은 제법 지식이 깊어 대충 견적이 나올 것도 같았다. 깊게 생각하기 무서워 관뒀지만.

─근데 이거, 로이드에게만 들리는 거라고 했잖아.

반지를 서로 교환한 그들만 텔레파시를 주고받을 수 있을 터였다. 마나석을 사용하면 더 넓은 범위의 마법 사용이 가능하지만, 보석을 이용하면 담을 수 있는 마나는 한계가 있었다.

─가방을 가져다 버리면 딴 사람들과는 어떻게 대화해?

그러자 로이드는 고개를 치켜든 채 뻔뻔하게 대꾸했다.

"다른 놈들은 알 게 뭐야."

"……."

설마 이 반지, 일부러 마나석이 아닌 보석으로 만든 건가. 아리아가 잠시 침묵하는 사이 윌리엄은 성혼 선언문을 낭독했다.

"맹세의 키스……."

아리아와 로이드는 동시에 윌리엄을 쳐다보았다. 결혼식 도중이었다는 것을 뒤늦게 알아차린 것이다.

"맹세의 뭐?"

"큼, 실례했습니다."

집사장은 자신이 거린 신랑 신부의 나이를 고려하지 못했다는 것을 깨닫고 다시 선언했다.

"그럼 맹세의 뽀뽀?"

의문형으로 끝났지만.

"그냥 생략해."

로이드가 싸늘하게 명령했다. 그러자 집사장은 다시 헛기침을 한 뒤 마지막으로 선언했다.

"이에 주례는, 이 혼인이 원만하게 이루어진 것을 엄숙히 선언합니다."

살벌한 분위기에 눈만 굴리고 있던 하객들은 기다렸다는 듯 일어나 박수를 쳤다.

⚜

"초야는 치르셔야 합니다."

생각지도 못한 말을 들었다.

"미쳤나? 짐승 새끼들이야?"

로이드가 격분했다. 소년 또한 아무런 말도 전해 받지 못한 것 같았다. 아리아는 골치가 다 아파지는 기분이 들었다.

"대공자님 표현 좀 가려서…… 그냥 한방만 쓰시면 됩니다. 딱 하루만요."

시종들은 진땀을 흘리며 로이드를 방 안으로 밀어 넣었다. 마치 맹수를 우리 안에 넣기 위해 온 도구를 동원하여 한꺼번에 달려들어 애쓰는 모습과 겹쳐 보였다.

'이렇게 날뛸 걸 짐작해서 미리 말하지 않은 게 아닐까.'

설마 어린애들을 상대로 파렴치한 일을 꾸미는 건 아닐 테니, 이건 단순한 전례일 것이다. 아리아는 순식간에 침착해졌다.

'한방에서 잠만 자는 것뿐인데.'

저렇게까지 화를 낼 일인가. 역시 아리아는 섬세한 사춘기 소년의 감성을 이해할 수 없다고 생각했다.

'방이나 구경해야겠다.'

그녀는 음성을 높이는 로이드와 쩔쩔매는 시종들을 놔둔 채 주변을 둘러보았다. 대공자의 방이라고는 믿을 수 없을 정도로 삭막했다.

'오히려 내가 묵고 있는 손님방이 더 화려하겠다.'

방에는 그 사람의 삶이 어느 정도 묻어나기 마련이었다. 아리아는 사비나가 로이드를 보고 업무와 훈련, 공부밖에 모른다고 혀를 차던 것을 떠올렸다. 소년의 규칙적이고 단조로운 생활이 이 방에 그대로 녹아 있었다.

쾅―!

그때, 육중한 소리와 함께 문이 닫혔다.

"후……."

로이드는 짜증이 가득한 한숨을 뱉어냈다.

"난 소파에서 잔다. 너는 침대에서 자."

―왜? 같이 안 자?

"……같이 자자고?"

―아니…….

아리아는 그에게 전언을 보내다 말고 침대를 내려다보았다. 열 사람이 나란히 누워서 굴러다녀도 넉넉할 정도의 크기였다.

'이 정도면 잠버릇이 나빠도 털끝 하나 닿을 일이 없겠는데?'

굳이 멀쩡한 침대를 놔두고 불편하게 소파에서 잘 필요는 없지 않나.

―왜 그렇게 부끄러워해?

"부……!"

아리아로서는 당연한 의문이었는데 로이드는 그녀의 말에 기가 막힌 듯했다.

"하, 됐다. 아무것도 모르는 어린애를 상대로……."

그건 아닐걸.

'내가 어떤 삶을 살아왔는데.'

퇴폐와 향락의 늪에서 살아왔던 기억에 의하면, 아리아는 그쪽으로 모든 지식을 섭렵하고 있었다.

'경험이 없기는 피차일반이지만.'

결혼 후 초야라고는 하지만 조금도 긴장되지 않았다. 서로 애일 뿐인데 대체 뭔 긴장을 한단 말인가. 베개 싸움이나 하면 될 일이지. 그때 갑자기 아리아는 자신에게 있는 줄도 몰랐던 장난기가 일었다.

─초야가 뭔데?

그녀는 커다란 눈을 깜빡이며 순진무구하게 물었다. 정말 아무것도 모르는 것처럼 고개를 갸우뚱갸우뚱하니 로이드가 말을 잃었다.

"……성교육은 받은 적 있고?"

로이드는 본인이 먼저 물어놓고 이미 결론을 내렸다. 아리아의 성장 배경을 떠올리면 제대로 된 성교육을 받았을 리 없었으니까.

"그런 거 있어. 아프게 하는 거."

뭔가 이상하다.

─아파?

"어, 죽어."

첫날밤을 저렇게 설명하는 건 로이드밖에 없을 거다. 그런데 설명하기 성가셔서 아무 말이나 하는 건 아닌 것 같았다.

'진심인 것 같은데.'

아리아는 소년의 새까만 눈에서 경멸의 빛을 보았다.

"너도 알 필요가 있으니까 미리 말해 두는데."

그는 한숨을 뱉으며 말을 이었다.

"누구든 발렌타인 직계 혈통과 몸을 섞으면 저주에 엮여 병을 앓다가 죽게 될 거다."

로이드는 다주 간단한 설명을 끝낸 뒤 잠시 멈칫했다. 열 살 아이가 몸을 섞는다는 뜻을 알 리가 없었으니까. 그는 목덜미를 손바닥으로 쓸며 혼자 중얼거렸다.

"아무것도 모르는 어를 데리고 뭐 하는 짓인지……."

역대 대공 부인들이 다 자식을 낳은 후 죽은 걸 보고 대충 예상하기는 했다만은.

'역시 원인은 그쪽이었나.'

한편, 로이드의 말뜻을 단박에 알아들은 아리아는 침묵했다. 자신의 현재 나이를 생각하면 아는 척을 하면 안 될 것 같아, 그냥 영문을 모르는 척 얌전히 있었다.

'어? 잠깐만.'

아리아는 뒤늦게 자각했다. 그러고 보니 부부 관계는 단순히 가족이라는 유대감으로 이어진 사이가 아니었다.

'그런데 이제 난 로이드와 입을 맞춰도 일단 아무렇지 않은 사이가 된 건가?'

부부니까 아직 어리기는 해도 법적으로는 허용된다는 뜻이잖아. 아리아는 그런 쪽으른 단 한 번도 생각한 적 없어 정신이 멍해졌다.

"어쨌든 쓸데없는 걱정은 마. 네가 성인이 되어서도 건드리는 일은 없을 테니."

곧바로 이어지는 말에 쓸데없는 걱정이라는 걸 알았지만.

'발렌타인 직계 혈통과 몸을 섞으면 악마의 악의에 노글적으로 노출되어서 결국 오염되는 모양이네.'

그래서 앓다가 죽는 것이고. 아리아는 왜 로이드가 그런 표정을 하는지 알 것 같았다. 그리고 왜 발렌타인 대공을 증오하게 되었는지도 알 것 같았다.

'자신의 반려, 어쩌면 가장 사랑하는 사람을 죽게 만드는 저주…….'

발렌타인 대공은 사비나를 사랑했을까? 사비나는 발렌타인 대공을 사랑했을까? 서로 사랑하게 되고 말았을까?

'만약 그렇다면 세상에 이보다 더 잔인한 저주가 있을까.'

아리아는 말없이 로이드를 응시했다.

'차라리 태어나지 않았더라면 좋았을 걸, 그런 생각 한 적 있을까.'

아리아가 대공국에 조금만 늦게 왔었더라면, 사비나는 이미 이 세상을 떠나 있었을 것이다. 그 정도로 가망이 없었다.

'로이드는 분명 매일 그녀를 간호하면서 썩어들어 가는 속으로 이별을 준비해 왔겠지.'

로이드는 자신의 삶이 어머니의 목숨과 맞바꿔서 얻게 된 삶이라고 생각하는 것 같았다.

'그런 확신이 들어.'

아리아는 다시 로이드의 방을 돌아보았다. 소년들이 으레 가질 법한 취미 용품 같은 건 전혀 보이지 않았다.

'최소한의 용품만 있을 뿐이고.'

고요한 무덤 같았다. 참회하는 죄인의 방 같기도 했다.

'왜 네가 속죄를 해. 네가 무슨 잘못이 있다고.'

속이 답답해져 왔다. 아리아는 눈물이 날 것도 같아 입술을 꾹 깨물었다.

'만약 사비나가 죽었다면 로이드가 어떤 삶을 택하고 어떤 미래를 맞이할지 직접 보았으니까.'

그래서, 더 마음이 아팠다.

"그러니까 쓸데없는 데 호기심 갖지 말고, 잠이나 자."

소년은 그렇게 말하고서 그녀를 번쩍 들어 침대 위에 내려놓았다. 아리아도 더는 장난 칠 기분이 들지 않아 얌전히 고개를 끄덕였다.

―있잖아, 로이드.

"왜."

―태어나 쥑서 고마워. 내가 꼭 행복하게 해 줄게.

"……그런 말은 어디서 배웠어?"

전형적인 프러포즈 대사에 로이드는 떨떠름한 얼굴을 했다. 그는 아리아의 말에 피식 웃으며 앞머리를 쓸어올리다가 멈칫했다.

"아, 이건 또 뭐야."

기껏 깔끔하게 정리한 머리가 다시 흐트러졌다. 소년은 자신의 손바닥에 머리를 고정할 때 쓰는 왁스가 끈덕지게 묻어나오자 오만상을 찌푸렸다.

"귀찮게 됐군."

표정을 보아하니 불쾌해서 당장 씻어 버리고 싶은 눈치였다.

"먼저 자고 있어. 씻고 나올 테니까."

―응.

그는 방에 딸린 욕실에 들어갔다. 얼마 지나지 않아 닫힌 문 너머로 쏟아지는 물줄기 소리가 들렸다. 아리아는 얌전히 로이드의 침대 위에 누워 그가 샤워를 끝마치기를 기다렸다. 그런데 이러고 가만히 욕실에서 흐르는 물소리를 듣고 있자니…….

'음, 기분이 좀.'

아무런 일도 일어나지 않을 거라는 걸 알았다. 그런데 자꾸 정전기가 오르는 것처럼 손끝이 간질거렸다. 심장이 왜 점점 빨리 뛰지…….

'미쳤나 보다.'

아리아는 이불을 꼭 끝까지 끌어 올리고 눈을 꾹 감았다. 얼마 지나지 않아 로이드가 욕실 밖으로 나왔다.

"……."

아무 말도 안 하네. 방 안은 숨소리마저 들려 올 듯 고요했다.

물방울이 바닥에 똑똑 떨어지는 소리가 귓가에 크게 울렸다. 잠시 로이드가 수건으로 머리를 터는 듯한 소리가 들리더니 이내 저벅저벅 그녀의 곁으로 다가왔다.

'뭐, 뭐지? 소파에서 잔다며.'

소년의 숨결이 가까워졌다. 그는 상체를 숙여 반대편 어깨 너머로 팔을 뻗었다. 아리아는 그대로 숨을 멈췄다. 물기에 젖은 단단한 근육이 느껴지고 물방울이 그녀의 뺨 위로 뚝 하고 떨어졌다.

아리아는 속눈썹을 파르르 떨다가 천천히 들어 올렸다. 로이드가 그녀를 내려다보면서, 비틀린 웃음을 입가에 머금고 있었다.

"왜, 같이 자자더니. 무서워?"

"……."

"신부님은 밤늦게까지 깨어 있으면 악마가 잡아간단 말 못 들었나 봐."

소년은 그녀 옆에 있던 베개를 들고 다시 숙였던 허리를 세웠다. 그리고 그걸 들고 소파 앞으로 가더니 그대로 베고 누워 버렸다.

'그러니까 굳이 내 쪽으로 와서 건너편에 있는 베개를 집어 간 거야?'

아리아는 꾹 참았던 숨을 느릿하게 뱉어내며 긴장으로 굳어 있던 몸을 늘어트렸다. 뒤늦게 얼굴에 열기가 몰리고 심장이 빠르게 뛰어대기 시작했다.

'와…….'

한밤중에 창문 너머로 풀벌레들만 찌르르 울어대는 가운데, 심장이 제일 시끄럽고 요란했다. 뱃고동 소리처럼 너무 거세게 울려서 로이드에게 자신의 감정이 훤히 들여다보일까 봐 부끄러워졌다.

'농락당했어.'

로이드가 자꾸 초야라는 말에 질색하는 게 귀여워서, 좀 놀렸을 뿐인데. 그것도 잠깐 딱 한 번 장난 쳤다가 곧바로 그만뒀는데! 되로 주고 말로 받은 기분이었다.

'성격 나쁜 거 트리스탄 판박이.'

아리아는 둥한 얼굴로 볼을 부풀렸다. 철부지 아이 같은 행동이었지만 뭐 어떤가. 어차피 방 안에 빛이라고는 희미한 촛불뿐이었고 아무도 보고 있지 않으니 상관없었다.

"왜 입이 브리처럼 튀어나왔어?"

그런데 로이드는 눈이 옆통수에도 달린 것일까. 깜짝 놀라 볼에 바람이 빠졌다.

"자라."

"……."

그의 말대로 더 창피한 꼴을 당하기 전에 잠이나 자야 할 것 같았다. 아리아는 미련 없이 눈을 꼭 감고 잠을 청했다.

 ❧

아리아는 잠결에 옅은 신음을 들었다.

"……으윽."

으드득하고 가죽 소파가 손톱에 무자비하게 긁히는 소리가 났다.

'뭐야.'

눈이 번쩍 뜨였다. 그리고 벌떡 몸을 일으켰다. 로이드가 소파 위에서 몸을 웅크리고 있었다. 아리아는 너무 놀라 심장이 바닥까지 쿵 떨어져 내리는 줄 알았다. 허둥거리며 침대 위에서 내려와 로이드가 있는 소파까지 달려갔다.

―로이드!

아리아는 덜덜 떨리는 손으로 그를 흔들어 깨웠다. 처음에는 악몽을 꾸는 거라고 넘겨짚었다. 그런데…….

"크윽, 컥!"

로이드가 허리를 숙여 새빨간 피를 울컥 토했다. 아리아는 이러지도 저러지도 못한 채 그대로 창백하게 질렸다. 황급히 그에게서 손을 떼어 내고 한 발짝 물러섰다.

'방금, 피를 토했어?'

로이드가?

'왜, 왜? 어째서?'

그러면 안 되는 거잖아. 죽는 건 나 하나로 충분하잖아.

'왜 네가. 하필 네가.'

날 태워 밝게 타올라, 누구보다 행복해져야 할 네가.

분명 방 안에는 아리아 말고는 아무도 없는데, 로이드의 어깨가 갑자기 큰 소리를 내며 빠졌다. 무언가 강한 충격을 받은 것처럼.

'이게 대체 무슨…….'

새하얗고 매끈한 피부 위에 갑자기 새파란 멍이 올라왔다. 붉은 실선이 그어지더니 상처가 점점 깊어지고 피가 뚝뚝 떨어져 내렸다. 검상이라도 입은 것처럼 뼈가 비쳤다.

머릿속이 새하얘졌다. 아리아는 대체 로이드에게 무슨 일이 벌어지는 건지 받아들일 수 없었다. 상식적으로 말도 안 되는 소리였지만 마치 그의 몸 내부에서 싸움이라도 일어난 것 같았다.

"하아, 하……."

얼마나 시간이 흘렀을까. 억겁 같았던 수분이 흐르고 로이드는 거친 숨을 토해 냈다. 그는 이마에서 뚝뚝 떨어져 내리는 식은땀을 훔치더니 창백해진 아리아를 보고 나른한 한숨을 뱉었다.

"하…… 이래서 방에 들이기 싫었는데."

"……."

"겁먹은 토끼, 이리 와. 죽을병 걸린 거 아니니까."

로이드는 아리아를 안심시키려 했지만, 글쎄. 전혀. 그에게 일어난 일이 죽을병보다 더 심각해 보여서 그녀는 바짝 굳어 있었다.

괜찮냐는 질문도 무의미해 보였다. 괜찮을 리가 없었다.

―로이드…….

아리아는 울 것처럼 얼굴을 일그러트리며 전언을 보냈다. 할 말을 잃고, 어떻게 대처해야 할지도 모르겠고, 바보처럼 그의 이름밖에 생각나지 않았다.

"가끔 발작해."

로이드는 대수롭지 않게 설명했다. 누가 들어도 그녀를 위해 순화된 표현이었다.

'저게 어딜 봐서 발작이야.'

알 수 없는 힘에 의해 일방적으로 신체가 난도질당했는데. 말도 안 되는 소리였다.

으드득―

소년은 익숙하다는 듯 탈골된 어깨를 붙잡고 끼워 넣었다. 뼈가 맞물리는 소리가 났다. 그는 별로 아픈 기색도 없이 어깨를 돌려 제대로 움직이는지 확인했다.

'설마 성장통이라는 게…….'

이걸 말하는 거였나? 그럼 그때부터 지금까지 쭉 이래 왔다는 뜻이었다. 아리아는 정말 몰랐다. 아무것도.

"가문의 덜보지. 대대로, 짓지도 않은 죄에 대해 속죄하며, 이렇게."

그는 붕대를 꺼내 상처 위를 대충 둘둘 감았다. 지혈이 제대로 될지 의문일 정도로 성의 없는 치료였다.

"악마가 되는 거지."

"……."

"토끼. 무서워?"

로이드가 잠시 하던 행동을 멈추더니 고개를 삐딱하게 기울였다. 입가에 아슬아슬하게 걸쳐진 온기 없는 미소가 현재 뒤틀린 소년의 심사를 대변하는 것 같았다.

"겁나면 지금이라도 놔줘?"

떠보듯이 묻는다. 그 모습이 마치 가시를 세워 자신의 상처를 필사적으로 숨기는 것처럼 보였다. 그래서 아리아는 솟아 흐르는 눈물을 감출 생각도 못 한 채 뚝뚝 흘리다가, 달려가 로이드를 꼭 끌어안았다.

"……."

그는 몸을 딱딱하게 굳혔다. 그러다가 이내 자신의 품속으로 파고드는 그녀의 어깨를 붙잡았다.

"피 묻잖아."

"로이드."

로이드는 밀어내다 말고 멈칫했다.

"너……."

고통에 슬쩍 일그러졌던 눈가가 순식간에 펴졌다. 로이드는 자신의 귀를 의심하는 표정으로 이번에는 좀 더 확실하게 그녀를 품속에서 떼어 놓았다.

"말했어, 방금?"

아리아는 그가 날 속였냐며 배신감에 치를 떤다고 해도 상관없었다. 하지만 그가 아픈 건 싫었다.

죽도록.

그녀는 로이드를 필사적으로 끌어안았다.

"제발 밀어내지 마."

세이렌

로이드의 어깨에 이마를 기댔다.

"당신은 아시나요. 저 레몬꽃이 피는 나라."

그리고 그를 꼭 끌어안은 채, 귓가에 치유의 노래를 흘려 넣었다.

"무성한 잎 그늘에서 금빛 오렌지 반짝이고, 하늘에서는 부드러운 바람이 불어요."

원래는 플루트처럼, 지저귀는 새소리처럼 깨끗한 음색으로 불러야 하는 노래였다. 맑고 투명하게. 그럴수록 효과가 극명했다. 하지만 노래의 선율은 매끄럽게 이어지지 못하고 드문드문 물기를 담고 끊겼다. 흐르는 눈물 탓에 음색은 떨어지는 빗방울처럼 축축하게 젖어 있었다.
"⋯⋯그만."
로이드가 낮게 잠긴 음성으로 아리아를 다시 밀어내려고 했다.

"미르테는 고요하고, 월계수는 높이 솟아 있지요."

아리아는 그런데도 멈추지 않았다. 물속에서 잠겨 듣는 듯 먹먹한 노래가 계속 이어졌다.

"사랑하는 사람아. 함께 갔으면."

로이드를 꼭 끌어안고 어깨에 이마를 문댔다. 밀리지 않고 계속 품속으로 파고들었다.

그럴수록 소년은 경직된 것처럼 몸을 딱딱하게 굳혔다. 영원한 흉터를 남길 정도로 깊었던 자상이 한순간에 아물었다. 아리아의 능력과 더불어 그의 회복력도 일반인을 훨씬 웃돌기 때문이었다.

"그만하라고 했잖아."

마침내 로이드가 겨우 그녀를 떼어 냈다. 사실 힘을 써서 억지로 떼어 내려고 했다면 어쩔 도리가 없었을 텐데 그는 그러지 않았다. 아니, 그러지 못했다는 표현이 더 옳은 걸까. 겨우 마주 본 로이드의 눈은 새까맣게 물든 채 몽롱하게 흐려져 있었다.

"하……."

소년은 느리게 숨을 토해 냈다. 반응 속도가 한 박자 늦게 뒤따라왔다. 뒤늦게 덜컥 겁이 났다. 빈센트의 말이 떠올랐다.

"쉽게 미치고, 쉽게 망가지죠."

세이렌의 능력은 육체가 아니라 감정을 자극하는 부류였으니까.
'직계 혈통은 정신력이 굉장히 약하다고 했는데.'
유독 광기에 취약한 발렌타인에게 갑자기 너무 큰 자극이었던 걸까.
'벌써 중독되어 버리면 어떡하지.'
걱정이 들어 조심스럽게 그의 이름을 불렀다.
"로이드?"
"어떻게 된 목소리가……."
로이드는 살짝 갈라진 음성을 내었다.
'내 목소리?'
아리아는 뒤늦게 입을 틀어막으며 로이드의 눈치를 살폈다. 뒷일은 전혀 생각하지 않고 저지른 일이었지만, 막상 그의 반응을 기다

리려니 덜컥 겁이 났다

'화낼 만해.

아리아는 어떤 폭언을 듣더라도 상처받지 않게 단단히 각오했다. 별로 효과는 없었지만

"너."

아리아는 로이드의 부름에 질끈 눈을 감았다.

"대체 뭐야."

소년은 그런 그녀의 뺨을 손으로 감싸 쥐고 바짝 끌어당겼다. 그녀가 외면하고 시선을 피하지 못하도록. 로이드의 얼굴이 바로 코 앞까지 다가와 있었다. 숨결이 닿을 정도로.

"……세이렌?"

노래에 마력을 담는 소수 종족, 세이렌. 한때는 전설 속 요괴로 취급되었으나 코르테즈 가문에 의해 세상 밖에 알려진.

"너구나……."

로이드는 입을 틀어막으며 재차 중얼거렸다.

"너였어."

어머니의 병을 낫게 한 사람이.

"하지만, 어떻게 네 목소리를 지금까지 숨길 수 있었지?"

"……."

"코르테즈 백작은 아무것도 모르고 있어. 그러지 않고서야 널 발렌타인에 팔아넘길 리가 없지."

아리아는 당연히 자신을 탓하는 소리를 할 줄 알았다.

'날 여태까지 속인 거냐고. 어떻게 그렇게 감쪽같이 속일 수 있냐고.'

그렇게 말할 줄 알았는데. 그런데 로이드는 그를 기만한 죄로 대공성을 쫓아내기는커녕 전혀 다른 소리를 하고 있었다.

'나를…… 걱정하는 것 같아.'

아리아는 멍하니 눈을 깜빡였다.

"백작에게 세이렌의 능력을 물려받은 딸이 있다면 놓아줄 리가 없어. 세상 끝까지 쫓아가 구속하려 들 게 뻔해."

그가 아리아를 책망하지 않고 어떻게 된 일이냐고 정황을 물었기에. 그녀는 느릿한 음성으로 사정을 설명할 수밖에 없었다.

"태어날 때부터 어머니가 준 물약을 마셨어. 그걸 마시면 난 아무 소리도 낼 수 없어서……."

아리아의 어머니는 자신의 딸을 지키기 위해 딸이 가진 세이렌의 능력을 숨겼고, 그것을 수치스럽게 느낀 백작이 그녀의 존재를 감췄다고. 그래서 유령으로 살아왔다고.

"그런 물약이 존재한단 얘기는 처음 듣는군. 남은 게 있나?"

아리아는 고개를 저었다.

"약물은 뭐든 부작용이 따를 수밖에 없어. 뭐든 생각나면 말해."

"모르겠어. 나는 그냥 어머니가 주신 것을 꾸준히 마셨을 뿐이야."

사실은 물약에 무슨 재료가 들어가는지는 알고 있었다. 소피아는 여러 잡다한 약초에 관해 해박했고 아리아에게 짧게나마 지식을 전수해 주었다.

'하지만 자세히 밝혀 봤자 현재 내 상태가 시한부와 다름없다는 사실이 들통날 뿐이니까.'

아리아는 아무것도 모르는 척 시치미를 뗐고 그는 불만스럽게 미간 사이를 좁혔다. 하지만 그 이상 캐묻지는 않았다. 아리아는 잠시 망설이다가 입을 열었다.

"화 안 내?"

그러자 로이드는 기가 찬다는 듯 답했다.

"뭐에 대해. 살기 위해 필사적으로 버텨 온 네 처절한 노력에 대해?"

"……."

"빨리 눈치채지 못한 쪽이 머저리지. 넌 잘못한 것 없어. 아무것도."

그의 거친 검지손가락이 그녀의 눈가에 흐르는 눈물을 훔쳐 갔다.

"그러니까 주눅 들 것 없어."

그렇게 말해 줄 줄은 정말 꿈에도 몰랐다. 대체 이 소년의 이해심은 어디까지 깊은 건지 가늠조차 안 됐다. 지난 삶에서 아리아가 저지른 모든 죄와 치부를 스스럼없이 밝혀도 이해해 줄 것만 같았다. 그녀의 밑바닥까지 끌어안아 줄 것 같았다.

'다시 만났는데도 넌 날 구원해 주는구나.'

아리아는 목이 메어 아무런 말도 꺼내지 못하고, 입도 갈싹이지 못했다.

'너의 모든 말과 행동이 항상 깊은 의미로 다가와.'

나는 오늘도 네게 구원받았다고, 너를 위해서라면 난 정말 뭐든지 다 할 수 있다고. 정돈되지 않은 날것의 말들이 머릿속을 둥둥 떠다녔다.

"……."

하지만 한참의 시간이 흐른 후 그녀가 정작 꺼낸 말은,

"우리, 서로의 비밀을 하나씩 알아 버렸네."

속으로 생각한 것들과는 전혀 상관없는 다른 말이었다. 토이드는 뺨을 놔주고 뒤로 물러나며 답했다.

"그래, 더한 것도 알게 되겠지."

의미심장한 말이었다. 발렌타인의 비밀이 여기서 끝이 아니라는 것을 암시하는 듯했다. 알고 있었다. 그래서, 아리아는 한 치의 망설임도 없이 대답했다.

"그때는 내가 말해 줄 차례네. 로이드는 잘못한 거 없다고."

"……."

"아무것도."

호수 위에 던져진 돌에 파문이 이는 것처럼 로이드의 얼굴에도 동요가 일었다. 파르르 떨리는 눈꺼풀 사이로 흔들리는 눈빛이 드러났다.

'처음 보는 표정.'

겹겹이 씌워진 단단한 껍질 사이에 숨겨 놓은 진짜 얼굴을 남몰래 훔쳐본 것만 같았다. 일렁이는 새까만 눈동자가 점점 짙어지더니 물기가 어렸다. 하지만 절대 눈물을 흘리지는 않았다.

"네가 뭔데 그런 말을 해."

오히려 소년은 분노했다. 로이드는 가슴을 극심하게 조여 내는 것 같은 음성으로 이를 드러냈다.

"네가, 뭔데…… 뭘 안다고."

절대 자신을 스스로 용서할 수 없다는 듯이. 아리아는 울고 싶으면 울어도 된다고 말해 주고 싶었다.

'안아 주고 싶어.'

하지만 로이드는 자존심 때문에 절대 울지 않을 것 같아서, 말을 돌렸다.

"나 악몽 꿨어. 아주 무서운 꿈."

"……."

"손잡고 자 줘."

겁에 질린 것처럼 눈썹을 축 늘어뜨렸다. 그러다가 손을 잡아 달라는 듯 쭉 내밀면서 로이드를 조심스럽게 올려다보았다.

"또 은근슬쩍 넘어가려고 하지."

로이드가 그녀의 속셈을 알아차리고 단박에 지적했다. 하지만 아리아는 아무 말도 안 들리는 척 가볍게 무시하며 그를 반히 응시했다. 최대한 눈을 동그랗게 뜨며 반짝반짝 간절한 시선을 보냈다.

"엄청 무섭게 생긴 괴물이 날 잡아먹었어."

그러자 로이드는 못 이기겠다는 듯 한숨을 내쉬며 그녀의 손을 잡아챘다. 아리아의 손이 그의 한 손에 가려졌다.

"손만 잡고 잘 거야."

"응."

결국, 어쩌다 보니 침대 위에 나란히 누웠다.

'어쨌든 위로가 되었을까.'

기분이 안 좋고 우울할 땐 사람의 온기가 도움이 되고는 하니까.

'그냥 아무 말 없이 서로 곁에 있는 것만으로도.'

아리아는 눈을 감았다가 잠이 오지 않아 손가락을 꼼지락거렸다. 맞닿은 서로의 손에서 왼손에 끼워진 반지가 잘그락거렸다. 아리아는 문득 생각났다는 듯이 말했다.

"결혼반지를 괜히 아티팩트로 맞췄네."

"별로 상관없어. 나 도움이 필요하면 언제든지 부르라고 끼워 준 거니까."

"응, 그럼 나도 언제든지 불러. 달려갈게."

로이드는 생각지도 못한 말을 들었다는 반응을 보였다. 이해했다.

'그동안 날 당연히 보호해야 할 대상으로 생각해 왔었겠지.'

말도 못하고, 몸도 약하니까. 소년은 헛웃음을 터트리며 어이없어했지만 이내 순순히 대답했다.

"그래."

로이드에게 들켰다. 정확히 말하면 대놓고 능력을 드러냈다.

'망했네.'

그런 생각이 들었다.

'내가 사비나의 병을 치료한 걸 로이드도 알게 됐어.'

로이드가 부채감을 느끼지 않게 하겠다는 계획은 완전히 무산되었다. 아리아는 이렇게 된 이상 뻔뻔해지기로 했다.

'대놓고 발렌타인 사변을 막자.'

이제 전혀 거리낄 게 없었다.

'내 마음을 들키지만 않으면 돼.'

능력을 들킨 건 어쩔 수 없었다. 로이드를 치료해야 했으니까. 사실 앞으로 발렌타인 사변을 막으려면, 능력을 들키는 건 시간문제이기도 했다. 하지만 그녀의 개인적인 감정을 드러내야 하는 피치 못 할 사정 같은 건 있을 리가 없었다.

'그게 마지노선이야.'

아리아는 결심했다. 로이드를 좋아한다는 것만큼은, 절대 들키지 말자고.

다음 날 아침, 아리아는 눈을 뜨자마자 로이드에게 상자를 내밀었다.

"이게 뭔데."

"인어의 눈물."

그는 말없이 상자를 열었다. 거의 눈에 띄지 않을 정도로 조그마한 진주 귀걸이 한 쌍이 들어 있었다.

"결혼 선물이야."

인어의 눈물. 세이렌이 노래를 부르면 그 효력을 그대로 반사시키는 아티팩트. 사실 이건 놀랍게도 세이렌 중 한 명이 직접 만든 물건이었다.

즉, 그 세이렌은 자신의 힘을 제어할 족쇄를 자신이 직접 만든 꼴이었다. 왜 그런 짓을 했느냐면, 자신의 정인에게 절절하게 고백하기 위해서였다고 한다. 널 위해서라면 나는 목숨조차 내놓을 수 있노라고.

"사랑의 증표래."

"사……."

로이드는 당황하며 뺨을 붉혔다. 그런 낯간지러운 소리는 처음 들었다는 반응이었다.

"내가 로이드를 사랑한다는 얘기는 아니고."

"……."

"나는 절대 로이드에게 해가 될 일을 하지 않을 것이고 절대적인 로이드의 편이 되어 줄 거라는 증표야."

"……."

"나 수상하게 생각할까 봐."

로이드는 평정을 되찾았는지, 흐트러진 앞머리를 쓸어올리며 답했다.

"이런 거 없어도 알아. 넌 네 은인에게 은혜를 꼭 갚아야 하잖아."

어째 살짝 빈정거리는 투였다.

"그래도 받아 줘. 증표니까."

소년은 말없이 진주 귀걸이를 내려다보았다.

"귀 안 뚫었는데……."

하지만 그는 순순히 상자를 품속에 챙겨 넣었다. 선물을 받아들이겠다는 듯이었다. 아리아는 인어의 눈물이 비로소 제자리를 찾은 게 아닐까 하는 생각이 들었다.

'절대 악용하지 않을 테니까.'

확신했다. 로이드는 절대, 그런 짓을 하지 않을 거라고.

대공국에 새로운 손님이 찾아왔다.

"빈센트에게 들어서 알고 있겠지."

로이드는 아침 수련을 마치고 돌아오는 길에 아리아의 방에 들러 말을 전했다.

─뭐를?

아리아는 길게 하품을 뱉으며 전언으로 답했다. 바로 옆에서 마로니에가 똥그란 눈으로 쳐다보고 있어서 어쩔 수 없었다.

"악마의 악의에 대한 것."

─아…….

아리아는 고개를 끄덕였다.

─빈센트가 말해 주면서도 계속 로이드에게 혼날까 봐 걱정하던데.

"살짝…… 어루만져 주긴 했지."

음. 아리아는 인생이 끝난 것처럼 두려워하던 빈센트를 떠올렸다. 그녀는 잠시 그에게 애도를 표하는 시간을 가지기로 했다.

"어쨌든 가르시야에서 보낸 수련생이 오늘 도착했다. 5년 동안 머무르면서 이 땅의 악의를 정화해 줄 테지."

─누군데?

"알 거 없어."

로이드는 칼같이 답했다.

"네가 굳이 신경을 쓰고 싶다면 말리지는 않겠다만 우릴 도우러 온 게 아니니 잘 대해 줄 필요 없어."

도우러 온 게 아니라고?

─그럼 뭔데?

"철저한 계약 관계."

그는 설명을 덧붙였다.

"시궁쥐보다 더한 인간이 교황이니까 조심해. 노골적으로 표현하면 지금 내부에 첩자가 잠입한 거나 다름없어."

생각보다 심각한 상황이었다. 아리아는 로이드의 말에 덩달아 긴장하며 알았다는 듯 고개를 끄덕였다.

'역시 가르시야 쪽 사람은 말도 섞지 않는 편이 좋겠어. 나중에 일이 어떻게 될지 모르니까.'

그런데 그 일과 별개로, 아리아는 로이드에게 할 말이 있었다.

―있잖아.

"어."

―앞으로 그런 거, 숨기지 말고 다 말해 줘.

"……."

소년은 잠시 답이 없었다. 그는 매끄러운 미간을 잠시 찌푸렸다가, 한참 후에야 무거운 음성으로 답했다.

"너에게 짐을 지워 줄 생각 없어."

살아날 가망이 없었던 어머니의 병을 고쳐 준 것만으로도 충분했다. 그것단으로도 로이드는 아리아에게 평생 갚아야 할 빚을 진 셈이었다. 그런데 아리아는 고개를 저었다.

―짐 아니야. 가족이잖아.

"……."

―가족이니까 다 알고 싶은 거야.

로이드는 할 말을 잃었다. 아리아는 늘 사람의 말문을 막히게 하는 재주가 있었다. 하지만 그는 당황하지 않고 받아쳤다.

"네가 무리하지 않는다고 약속한다면."

"……."

"대답이 없네. 무리해서라도 날 도울 생각이었다는 말로 들리는군."

소년은 눈을 가늘게 떴다. 이제 슬슬 아리아의 달콤한 사탕발림 같은 말에서 벗어나는 방법을 터득할 수 있을 것 같았다.

'휘둘리면 끝도 없어.'

그는 이제 아리아가 무슨 말을 하든 눈 하나 깜짝하지 않을 생각이었다. 그런데 아리아는 말 대신에 자신의 새끼손가락을 들어 올렸다.

―약속.

"……."

로이드는 짜증이 났다.

'무슨 짓이야, 귀엽게.'

아리아가 티 없이 웃으며 로이드의 손을 멋대로 가져가 손가락을 꼭꼭 걸고 약속했으니까.

'젠장, 정말 끝이 없군.'

그는 결국 아무 말도 하지 못하고 자신의 손가락을 내려다보았다. 여전히 감촉이 남아 있는 듯했다.

───

천사의 이름을 가진 신관 후보생. 아리아가 알고 있는 정보는 딱 그 정도였다. 로이드의 말을 들은 이후로, 더 알아갈 생각도 없었다.

'아.'

아리아는 환하게 웃으며 마로니에가 꺾어 온 꽃을 받아들다가 그 소년을 보았다. 눈이 마주쳤다. 아리아가 빤히 쳐다보자 소년

또한 그녀에게서 시선을 떼지 못했다.

'잠깐 어디선가 본 것 같은…….'

눈처럼 새하얀 은발에 투명한 물색 눈동자. 가만히 서 있기만 해도 성스러움이 온몸에 흐르는 소년.

'아, 가장 낮은 곳에서 보았던.'

아리아를 구해 주려 하다가 부랑자에게 죽도록 맞았던 그 조수 기사. 다시는 볼 일 없을 줄 알았다. 설마 이런 데서 만나게 될 줄은.

'왜 하필이면 쟤야.'

아리아는 저 소년이 불편했다. 나름 그에게 인간적인 호감이 있었기 때문이다. 그래서 다시는 만나지 않기를 바랐는데.

"너 설마…….."

그런데 소년 또한 아리아를 알아본 눈치였다. 그때 먼발치에서 잠깐 보고 곧바로 후드 모자를 뒤집어써서 모를 줄 알았는데.

'쓸데없이 눈썰미가 좋아서.'

그녀에게서 시선을 떼지 못하던 소년이 한달음에 가까워졌다.

"너라니!"

그때 아리아 앞에선 항상 방긋방긋 웃으며 다람쥐처럼 쪼르르 달려오던 마로니에가 목에 핏대를 세웠다.

"감히 신관 후보생 따위가 어느 안전이라고 함부로 하대하느냐! 이분은 대공자님의 비 되시는 분이다!"

와. 아리아는 속으로 감탄했다.

'그런 말도 할 줄 알았어?'

그녀는 넋을 놓고 마로니에를 보다가 손을 들어 머리를 쓱쓱 쓰다듬었다. 기특하다는 듯. 그러자 마로니에가 다시 애교 많은 다람쥐로 돌아와 수줍게 웃었다. 이중인격 수준이었다.

"대공자비님 되십니까?"

소년이 눈 사이를 좁히며 물었다.

"우리 어디서 본 적 없습니까?"

그 말을 들은 마로니에가 숨넘어갈 듯 기겁했다.

"미쳤네, 미쳤어. 작은 마님께 대놓고 수작을 걸다니."

"아니, 수작이 아니라……."

"이 신관 후보생이 미친 게 틀림없어요. 고전 소설에서도 쓰이지 않을 대사로 마님의 귀를 더럽히다니."

"……."

소년은 굉장히 숙맥인 듯했다. 수작을 부렸다고 오해받자 그의 얼굴이 빨갛게 달아올랐다. 유난히 색소가 옅은 피부 탓인지도 몰랐다.

"가장 낮은 곳에서 뵌 적 있는 것 같은데요."

그러나 그는 꿋꿋하게 말했다. 보통 집요한 게 아니었다.

'곤란한데.'

아리아는 가장 낮은 곳에 다녀왔다는 것을 들키고 싶지 않았다. 바로 오늘 아침에 로이드와 무모한 짓을 하지 않겠다고 손가락 걸고 약속했기 때문이다.

'물론, 이건 과거의 일이지만.'

하필 로이드가 극도로 경계하는 가르시야의 신관 후보생과 엮인 일이기도 하고. 아리아는 시치미를 떼기로 했다.

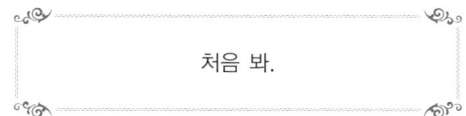

처음 봐.

그리고 해맑게 웃으며 카드를 내밀었다. 소년은 당황한 눈치였다. 말을 못할 줄은 몰랐다는 듯이.

"거봐. 처음 보셨다잖아."

마로니에가 이만 꺼치라는 듯 휙휙 손을 휘저었다. 소년은 여전히 미련이 가득한 표정이었다. 하지만 아니라는데 어쩌겠는가.

"제가 그만 결례를 저질렀습니다."

그는 허리를 숙여 사과했다.

"만약 거짓말을 하는 거라면, 분명 이유가 있으시겠죠."

"저, 저놈이 또……!"

마로니에가 뒷골을 잡을 기세로 격분했지만, 그는 아랑곳하지 않고 말했다.

"제가 드리고 싶은 말씀은……."

소년은 잠시 말끝을 흐렸다가 희미하게 웃으며 말을 이었다.

"무사해서 다행입니다, 진심으로."

"……."

"걱정 많이 했습니다. 제가 당신을 지켜내지 못한 줄로만 알았거든요."

그는 진심으로 기뻐했다. 아리아가 살아 있단 사실에. 그래서 마로니에도 화를 내다 말고 잠시 주춤할 수밖에 없었다.

'정말로 작은 마님을 알고 하는 말 같은데……'

그녀는 신관 후보생과 아리아를 번갈아 보며 눈치를 살폈다.

"인사가 늦었습니다. 전 사명을 받고 가르시야에서 온 가브리엘이라고 합니다. 평민이라 성은 없습니다."

가브리엘. 설마 했던 그 성기사단장의 이름을 들은 아리아가 잠시 동요했다. 그녀의 눈빛이 크게 흔들렸다.

'동명이인이겠지.'

처음에는 애써 그렇게 생각했다. 하지만.

'신관들이 분명히 뒤늦게 신성력이 발현되었다고 했지.'

아리아는 불안한 시선으로 그의 눈동자를 유심히 살폈다.

'눈 색이 하늘색…….'

분명 하늘색인 줄 알았다. 그런데 더 자세히 들여다보니 황금색 기운이 눈 끄트머리에 퍼져 있었다.

'신성력의 상징.'

그제야 아리아는 전혀 관심도 두지 않았던 소년의 이목구비를 유심하게 살폈다. 놀랍게도 아는 얼굴의 흔적이 남아 있었다. 대체 왜 진작 그를 알아보지 못했나 싶을 정도로.

'몰랐어.'

정말 전혀 몰랐다. 아주 뒤늦게 발현된 신성력은 신체적으로도 큰 변화를 불러오니까. 지금은 작고 가녀린 체구였지만 곧 성기사단장의 위명에 걸맞도록 성장하게 될 것이다. 수천수만의 사람을 단숨에 죽일 정도로 거대하고 강하게, 위압적으로.

'베로니카의 충견. 교황의 심복.'

가브리엘의 미래는 별보다 더 찬란하게 반짝일 예정이었다. 성인이 되는 순간, 그는 전례 없는 폭발적인 신성력을 얻게 될 것이다. 교황의 절대적인 신임을 받을 것이며 추기경도 어쩌지 못할 절대적인 위치에 오르게 될 것이었다.

'이자만 없었어도.'

베로니카는 지난 삶처럼 막강한 영향력을 행사하지 못했을 것이다. 아리아가 요괴라 불리진 않았을 것이다. 죄 없는 백성들이 처참하게 죽어 가진 않았을 것이다.

아리아를 처형하라고 민심이 들끓지는 않았을 것이다. 황제의 새장에 갇히지 않았을 것이다. 그렇게 죽어 가지 않았을 것이다.

'됐어. 원망해 봤자 끝도 없지.'

가브리엘은 아리아를 죽게 한 직접적인 원인이 아니었다.

'그는 본인의 일을 했을 뿐이야.'

그가 없었어도 그녀의 비참한 죽음은 예견되어 있었다. 아리아는 눈을 질끈 감았다.

'어차피 앞으로 나와 연관 없는 사람이니까…….'

그리고 자신의 감정을 갈무리했다.

'아, 잠깐만.'

그 순간이었다. 아리아는 생각을 전환했다.

'이자를 내 편으로 끌어들이면.'

이 충견을 미리 길들여 버리면 어떨까. 만약 가브리엘이 아리아에게 호의를 품은 채, 교황의 오른팔이 된다면.

'만약에 예상 밖의 일이 생긴다 해도 한 번쯤은 위기에서 벗어날 기회가 생길지도 몰라.'

아리아는 가브리엘을 관찰했다. 놀라울 정도로 깨끗한 표정이었다. 감정도 사념도 숨이지 않은 새하얀 순백의 표정. 청렴결백하다. 당장 백은 선이요 흑은 악이라 외칠 것 같다.

'새하얀 도화지 같아.'

너무 깨끗해서, 그 위에 무슨 신념을 물들이든 그대로 물들어 버릴 것 같은. 이런 기적 같은 기회가 찾아올 줄은 몰랐다. 그래서 그녀는 카드를 적어서 곱게 접고 그의 손에 꼭 쥐여 주었다. 비밀 쪽지 전해 주듯이.

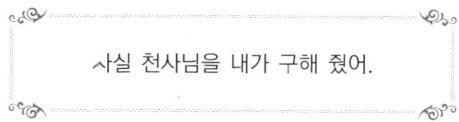

사실 천사님을 내가 구해 줬어.

마로니에 몰래 쪽지를 펼쳐 본 가브리엘이 아리아를 당황한 시선으로 응시한다. 아리아는 비밀로 해 달라는 듯 검지를 자신의 입술 위에 얹었다. 그리고 미련 없이 등을 돌렸다.

"뭔데요? 뭐라고 했어요?"

뒤를 흘끔거리면서 소년을 연신 경계하는 마로니에의 머리를 쓰다듬어 주면서.

'앞으로 5년.'

시간은 충분했다.

기도라도 할까.

"예? 누가요. 형수님이요?"

우연히 빈센트와 마주쳐 같이 복도를 걷고 있을 때였다. 그는 아리아가 꺼내든 카드에 귀를 후비는 시늉을 하며 물었다.

"숨 쉬듯 신성 모독이나 하시는 분이 기도를? 욕이라도 하시게요?"

아리아는 고개를 저었다. 왜 굳이 기도까지 하며 신에게 욕을 하겠는가. 그냥 하면 되지, 시간 아깝게.

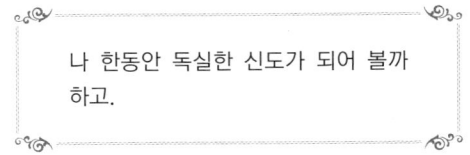

나 한동안 독실한 신도가 되어 볼까 하고.

"그건 무슨 새로운 놀이입니까?"

뭐, 비슷하기는 했다. 성녀의 충견을 길들이기 위해서 약간의 연기는 필요했으니까.

'나와 발렌타인의 운명이 걸렸다는 점에서 목숨을 건 놀이라고도 할 수 있겠지만.'

아리아는 괘종시계를 확인했다.

이든교도들은 아침, 점심, 저녁으로 하루에 세 번 기도를 올렸다. 물론 아주 독실한 신도 아닌 이상 보통은 귀찮아서 건너뛰겠지만.

'곧 아침 기도를 올릴 시간이겠네.'

아리아는 기도실로 향했다. 호기심이 발동한 건지 빈센트가 그녀의 뒤를 쫄래쫄래 따라왔다.

"아."

그리고 예상했던 대로였다. 아리아는 곤란한 얼굴로 기도실 앞을 서성거리는 한 소년과 마주칠 수 있었다. 가브리엘이었다.

'역시 너라면 하루도 안 빠지고 기도 시간을 칼같이 지킬 줄 알았다.'

안 봐도 뻔했다. 그냥 알았다. 앓다 쓰러져도 기도는 했겠지.

"대공자님."

가브리엘은 가장 낮은 곳 출신임에도 제 발로 교황청을 찾아갔다. 가장 낮은 곳은 치외 법권인 곳이고 밀매가 판을 치는 곳이다. 원한다면 언제든 다른 나라로 도망쳤을 수도 있었다는 뜻이었다. 하지만 그는 그러지 않았다.

'그만큼 신앙심이 두터웠던 거지.'

가르시아에서 가장 낮은 곳이 어떤 취급을 받는지 알면서. 출신에 대한 모든 비난을 감내하고 성기사를 자원할 정도였다. 그는 타고난 환경이 어떻든 간 절대 꺾이지 않았다.

'꺾으려 들면 더 간단해질걸.'

분명 강압적으로 굴수록 거세게 반발할 테니까 살살 달래 줘야 했다.

"기도실이 닫혀 있어서……."

가브리엘이 말끝을 흐렸다. 아리아가 말을 끝내기도 전에 품속에 챙겨 둔 열쇠를 꺼내 들었기 때문이다. 그녀는 익숙한 척, 기도실 문을 열었다.

"대공자비님께서도 기도를 하러 오신 겁니까?"

아리아는 고개를 끄덕였다. 그러자 빈센트가 기가 막힌다는 시선으로 쳐다보았다.

"아, 그러셨군요."

가브리엘은 볼을 긁적이며 말했다. 설마 악마성에 사는 대공자비가 기도를 하러 왔을 줄은 몰랐다는 반응이었다.

"제가 수련이 부족해서, 너무 편협한 생각을 했던 것 같습니다."

그가 부끄럽다는 듯 중얼거렸다.

'아니, 네 생각대로일걸.'

기도실 문이 잠겨 있는 것도, 이곳을 이용하는 사람이 단 한 명도 없기 때문이었다.

'최근에 결혼식을 올리지 않았더라면 먼지와 거미줄이 가득한 폐허 같은 데서 기도를 올려야 했겠지.'

아리아는 내심 그렇게 생각하며 먼저 기도실 안으로 발을 들였다. 그녀의 뒤를 두 남자가 따랐다.

"가끔 무슨 생각을 하는 건지 도통 모르겠습니다."

빈센트는 아리아의 귓가에 작게 속삭이면서 가브리엘을 흘끔거렸다. 그는 신의 상징을 보며 눈에 띄게 안정을 되찾았다. 낯선 나라, 낯선 사람들 틈에서 드디어 익숙한 공간을 만난 덕인 듯했다.

"물론 호감을 사 둔다면 나쁠 건 없긴 합니다만."

반감을 사서 좋을 것도 없었다.

"가르시야 출신이라는 게 꺼림칙하긴 하지만, 어쨌든 5년 동안 악의를 정화받아야만 하니까요."

그리고 그가 교황의 첩자라면 더더욱 방심하게 해서 나쁠 게 없었다.

"하지만 굳이?"

호감도 반감도 살 것 없이, 가만히 내버려 두면 될 것 아닌가. 빈센트는 가브리엘을 탐탁지 않은 시선으로 흘끔거렸다. 그리고 그가 물 흐르듯 자연스럽게 기도를 올리는 것을 보고 감탄했다.

"와, 형수님. 저것 봐요. 인간 세계를 버린 신에게 기도를 올리는 머저리가 진짜 있었다니까요······."

빈센트는 작게 소곤거리며 옆을 돌아보았다. 한때 신을 믿었던 아리아가 능숙하게 기도를 올리고 있었다.

"······."

이상한 세계에 떨어진 기분이다. 그는 여기서 빠져나가는 게 낫겠다는 판단을 내렸다.

제9장

아리아는 매일 기도를 올렸다. 아침, 점심, 저녁으로. 매일 세 번 기도실에서 가브리엘을 만났다는 뜻이었다.

'서로 잠깐 마주쳐도 별말 없이 기도만 올릴 뿐이었지만.'

하지만 가브리엘은 아리아 없이 기도실에 들어갈 수 없었다. 열쇠는 항상 아리아가 가지고 있었으니까. 이미 그의 정해진 일상 중 하나에 그녀가 자연스럽게 침투했다는 뜻이었다.

"음, 저희밖에 없군요."

기도를 마치고 가브리엘이 말을 걸었다. 사흘 만에 처음으로. 그는 이렇게 한적한 기도실은 처음 본다고 생각하고 있는 듯했다. 구색을 갖추기 위한 기도실일 뿐이니 당연한 일이었다.

"대공자비님께 한 가지 묻고 싶은 말이 있습니다."

아리아는 그를 찬히 올려다보았다.

"그때, 절 구해 주셨다고요?"

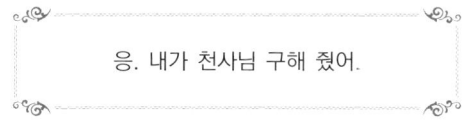

응. 내가 천사님 구해 줬어.

"전 천사가 아닙니다……."

가브리엘은 민망해하며 답했다. 처음으로 듣는 말이라 어떻게 대처해야 할지 모르는 듯했다.

'정말 천사처럼 생겼는데 말이지.'

신체의 변화가 오기 전, 그는 정말 이름 그대로 천사 같았다. 아직 체구가 작고 뼈대가 가늘어서 더 그렇게 보였다. 아리아는 햇빛에 반사된 새하얀 눈꽃 같은 머리카락이 신기한 듯 빤히 올려다보았다.

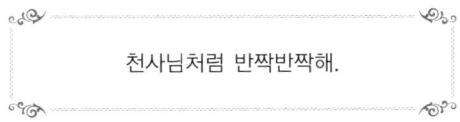

천사님처럼 반짝반짝해.

"반짝반짝하지 않습니다."

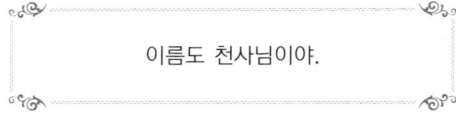

이름도 천사님이야.

"그건 제 의지가 아니고요……."

민망함이 도를 넘었는지 그의 얼굴이 점점 붉어지기 시작했다. 피부가 투명해서 홍조가 더 두드러지게 눈에 띄었다.

"그, 천사 얘기는 그만하십시오."

가브리엘은 자신이 분에 넘치는 호칭으로 불리는 것을 끊어내며, 다시 본론으로 돌아갔다.

"제가 교황청 성벽에 기댄 채 쓰러져 있었다고 들었습니다. 뭔가 이상하다 싶었는데, 설마 거기에 절 데려다 놓으신 게……."

아리아는 고개를 끄덕였다.

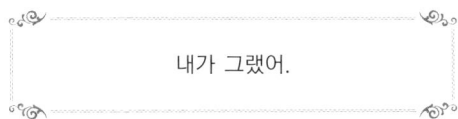

내가 그랬어.

설마 그와의 연이 이런 식으로 이어지게 될 줄 그땐 전혀 몰랐지만.

"하지만 어떻게 말입니까?"

가브리엘의 시선이 잠시 그녀의 작고 여린 몸에 닿았다. 솔직히 믿을 수 없었다. 설마 그녀가 부랑자들을 전부 처리하고 가브리엘을 챙겨서 그 먼 거리를 이동하지는 않았을 테니까.

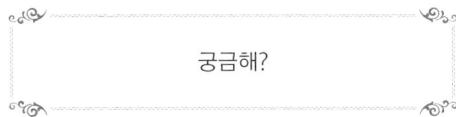

궁금해?

당연했다. 가브리엘이 고개를 끄덕였다. 그러자 아리아가 손 다시 옷소매를 잡고 기도실 창가로 이끌었다. 그녀는 창문을 열었다. 그리고 휘파람을 불었다.

휘익—

근처에 있던 풀벌레들이 파스스 울었다. 새들이 노래하듯 지저귀기 시작했다. 가브리엘은 그 소리가 아리아의 부름에 답하는 소리인 줄 모르고 별다른 반응을 보이지 않았다. 하지만 곧이어 이어지는 일에는 반응할 수밖에 없었다.

"컹!"

실버가 쏜살같이 달려들었다. 소년은 갑자기 등장한 늑대를 보고 흠칫 놀라 허리춤에 손을 얹었다. 이런, 방심했다!

'대공국에는 악마의 악의에 오염된 괴물 같은 생물체가 산다더니……!'

검을 뽑아 들었다. 창밖으로 뛰어내려 주저 없이 휘두를 생각이었다. 늑대 괴물이 땅바닥에 철퍼덕 앉아 아리아를 향해 개처럼 살랑살랑 꼬리를 흔들지만 않았어도.

"……."

누가 봐도 길든 모습이었다.

'저걸 길들였다고?'

가브리엘은 입을 다물지 못했다. 멀리서 온몸이 새까만 재규어가 아리아의 부름을 듣고 다가오고 있었다. 그리고 근처를 맴돌았다. 아리아를 노리는 자가 있으면 주저 없이 목덜미를 뜯어 버릴 기세로.

"구구."

마지막으로 전서구 한 마리가 아리아의 어깨 위에 앉았다. 그녀가 손을 뻗어 비둘기의 머리를 쓰다듬어 준 뒤 다시 하늘로 올려보냈다. 그리고 가브리엘을 돌아보았다.

"괴물…… 아니, 동물의 도움을 받으신 거군요."

아리아가 희미하게 웃었다. 조막만 한 얼굴 위로 스테인드글라스의 오색 빛이 반짝였다. 보석보다 더 찬란한 빛이 무자비하게 반사되어 눈을 시리게 했다. 아리아가 보여 준 장관 때문이었을까. 가브리엘은 왠지 그 모습에서 시선을 뗄 수 없었다.

"아."

이내 정신을 되찾았지만.

"그런 거였군요. 그럼 처음부터 제 도움은 전혀 필요 없으셨을 텐데."

넋을 놓고 있던 가브리엘은 화들짝 놀라 아리아의 시선을 피하며 말했다.

"괜히 쓸데없이 나섰다가 폐만 끼치게 되어 죄송합니다."

그는 부끄러웠는지 볼을 긁적였다. 그리고 사과를 입에 담은 뒤에, 재빨리 덧붙였다.

"물론, 제 목숨을 구해 주셔서 감사하기도 하고요."

아리아는 고개를 저으며 카드를 내밀었다.

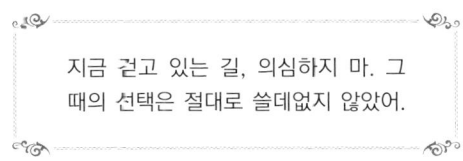

지금 걷고 있는 길, 의심하지 마. 그
때의 선택은 절대로 쓸데없지 않았어.

그러자 그 카드를 읽은 가브리엘의 눈이 크게 뜨였다.

'이 말은······.'

성녀님에게 들은 말과 비슷하다.

'우연의 일치인가.'

아리아는 놀랍게도 그에게 가장 소중한 사람이 해 준, 가장 특별한 말을 알고 있었다.

'두 분 느낌이 닮으신 것 같기도.'

생김새는 전혀 달랐고 성격도 전혀 다른 듯했지만, 풍기는 분위기가 비슷했다. 가브리엘은 베로니카와 똑같은 말을 하는 아리아가 불편하면서도, 묘하게 찝찝한 기분이 들었다.

결혼식이 끝나고 얼마 뒤, 각 부서의 대표들이 차례로 찾아왔다.

"원래부터 이렇게 해야 했지요."

다나는 이제야 모든 것이 제자리를 찾아간다며 후련해했다.

가족 부서의 시녀장 다나. 가정부 부서의 하녀장 베티. 집사 부서의 총집사장 윌리암. 요리 부서의 주방장 베이커.

옥외 부서의 정원사와 사냥터지기, 마구간지기가 그녀에게 인사했다.

'다 안면이 있긴 하지만.'

그래도 새삼 정식으로 소개를 받으니 기분이 좋았다. 다들 아리아에게 이상할 정도로 호의적이기는 했지만.

'그런데 왜 저렇게 기대에 차 있는 거지?'

아리아는 습관적으로 메고 있던 가방을 만지작거렸다. 그러자 다들 가방을 반짝반짝 빛나는 눈빛으로 간절히 응시하고 있었다.

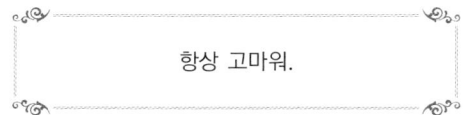

항상 고마워.

아리아가 감사 인사를 전할 때 늘 사용하는 카드를 꺼냈다. 그러자 굶주린 눈빛이 그녀가 꺼낸 종이 쪼가리를 그대로 따라왔다. 마치 칭찬스티커라도 기다리는 듯.

"……."

언뜻 광기마저 보였다.

'대체 얼마나 칭찬을 듣고 싶으면.'

발렌타인 일가는 칭찬에 박한가? 그래서 즉석에서 깃펜을 들어 새로운 글을 적었다.

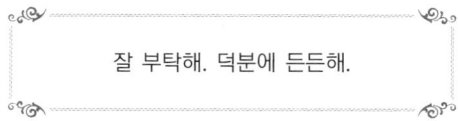

잘 부탁해. 덕분에 든든해.

"작은 마님……."

그녀에게 카드를 전해 받은 마구간지기가 깊이 감격했다. 그러자 옆에 있던 사냥터지기가 눈을 희번덕거리며 그를 노려보았다.

"정말 부럽구, 야."

두 번 부러우면 살인이라도 일어날 기세였다. 그는 우락부락한 몸에 흉터까지 가득한 얼굴로 마구간지기를 향해 살기를 뿌려댔다.

'싸우지 마……'

아리아는 카드 한 장을 더 적어서 사냥터지기에게 건네주었다. 그러자 그는 놀란 듯 크게 가슴을 부풀리더니 카드를 양손으로 공손히 받았다. 카드가 갑자기 앙증맞을 정도로 작아 보였다.

"토, 토끼를 좋아하십니까?"

당연히. 아리아는 고개를 끄덕였다.

"언제든 놀러 오시면 보여드리겠습니다!"

사냥터지기가 큰 주먹으로 자신의 가슴을 탕 치며 와 하고 소리쳤다.

'거절할 이유가 없지.'

배려에 기분이 좋아진 아리아는 활짝 웃으며 고개를 끄덕였다. 그러자 사냥터지기를 몰래 째려보고 있던 마구간지기가 투덜거렸다.

"육식하는 토끼도 토끼라고 할 수 있냐? 괴물이지."

"뭐야? 지금 괴물이라고 했냐?"

"누가 아냐? 너 없을 때 두 발 달린 고기로 입가심했을지."

"우리 예는 사람 같은 거 안 먹어! 겉모습만 그렇지 얌전하고 온순하다고!"

육식 토끼? 대체 뭐 하는 토끼길래.

'이 성의 늑대와 재규어보다 날 더 놀라게 할 동물은 없을 거라고 믿었건만.'

놀랍게도 있는 고양이었다. 마구간지기는 자신보다 두 배는 큰 사냥터지기에게 대들고 반박하며 큰소리를 쳤다.

"괴물은 볼 필요도 없습니다. 그러지 말고 마구간에 한번 들러 주시지요. 앙증맞고 새하얀 조랑말이 있답니다."

조랑말? 단 한 번도 본 적이 없었다. 조랑말은 일반 말과 달리 사치 품목이었으니까. 황제가 황녀에게 선물할 때나 들여올 법한.

'그런데 대공성의 조랑말이라면 일반적인 조랑말과 좀 다르지 않나.'

육식 토끼보다 놀라운 게 튀어나올지도. 아리아가 말없이 빤히 쳐다보자 마구간지기는 손사래를 쳤다.

"아뇨, 진짜 조랑말 맞습니다. 황실에만 진상되는 몸값 비싼 놈으로 제가 작은 마님께 드리는 선물이죠."

그는 전하께서 특별히 허락해 주셔서 들여올 수 있었다고 덧붙였다.

'와, 엄청 용기 냈겠네.'

아리아는 대공에게 직접 청을 올릴 정도로 자신을 위해 준 마음이 갸륵했다.

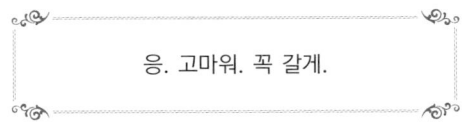
응. 고마워. 꼭 갈게.

아리아는 환한 미소를 보이며 고개를 끄덕였다. 그러자 이번에는 사냥터지기의 심기가 불편해졌다.

"흥, 그런 나약한 생명체는 곧 괴물 같은 말들에게 잡아먹힐 테지."

"너 지금 우리 대공 전하와 대공자 저하의 명마를 모욕했냐?"

"잉? 나는 괴물 같다는 말밖에 안 했는데? 두 분의 말 얘기가 왜 나오는 건지 모르겠네. 찔리기라도 하는가 봐?"

"뭐, 뭐야?"

대체 이들의 말다툼은 어디까지 이어지는 것인가. 처음에는 싸우는 줄 알았는데 의외로 사이가 좋아 보인다. 흥미진진하게 지켜보고 있자니, 참다못한 다나가 끼어들었다.

"싸우려면 밖에 나가서 싸워! 이것들이 어느 안전이라고……."

사이좋게 등짝을 찰싹찰싹 얻어맞은 두 사람은 방 밖으로 쫓겨났다.

"앗, 따가!"

"아, 거 살살 때리십쇼!"

다나보다 머리 하나는 훌쩍 큰 덩치들이 호들갑을 떠는 게 우스웠다. 역시 최강자는 다나였던 모양이다.

"수고하셨어요, 작은 마님!"

마로니에는 쟁반을 들고 언제 끼어들까 각을 재고 있다가 이때다 싶었는지 쪼르르 달려왔다. 그녀는 카탈린 크림이 올라간 몽글몽글한 캐러멜 푸딩을 내밀었다.

"주방장 특제 푸딩이랍니다!"

아리아가 한 스푼 떠서 입에 넣으니 강한 달걀 맛이 입 안에 퍼졌다. 담백한 달걀과 달콤한 캐러멜의 조합이 절묘했다.

'음?'

잠시 행복한 얼굴로 디저트의 맛을 음미하던 아리아가 멈칫했다. 마로니에가 침을 흘릴 기세로 푸딩을 빤히 쳐다보고 있어서.

'먹고 싶은 건가?'

아리아는 푸딩을 퍼서 입에 넣어주었다.

"헉!"

마로니에는 화들짝 놀랐지만, 이내 녹아들 것 같은 표정을 지었다. 볼을 다람쥐처럼 부풀린 채 푸딩을 오물거리는 게 귀여워서 손가락으로 쿡 하고 찔러 보았다. 그러자 마로니에는 한숨 섞인 한마디를 했다.

"귀여운 분께 귀여움을 받다니. 이건 정말 이상한 기분이에요."

응?

"토끼가 절 보고 귀엽다고 하는 것 같다고요."

다람쥐가 나를 보고 귀엽다고 하다니. 확실히 정말 이상한 기분이다. 아리아와 마로니에가 서로를 이상하게 쳐다보았다.

━━━✧━━━

마지막으로 그녀를 찾아온 것은 검은 매 기사단의 단장이었다.

"더스틴이라고 합니다."

그리고 놀랍게도 그의 옆에는 클라우드가 서 있었다. 더 놀라운 것은 클라우드의 얼굴이 엉망으로 터져 있었다는 거다. 울긋불긋 흉하게 부풀어 있었다.

'무슨 격렬한 사투라도 벌였나?'

머릿속으로 '???' 하고 의문부호 여러 개를 띄우고 있을 때였다. 더스틴이 클라우드를 가리키며 말했다.

"이 녀석이 작은 마님의 호위가 될 겁니다."

아, 결국 허락해 줬구나. 빈센트 퇴치용으로 곁에 두면 좋겠다는 생각이 들어, 충동적으로 꺼낸 말이었는데. 로이드가 탐탁지 않아 보이기에 역시 안 될 것 같아서 포기했는데.

"원래 제가 작은 마님의 호위를 맡게 될 예정이었습니다."

더스틴이 굳이 사족을 붙였다.

"어리긴 하지만, 실력은 저와 엇비슷하니 믿으셔도 됩니다."

아리아는 클라우드가 실력자이겠거니 생각하기는 했다. 그런데 설마 그게 검은 매 기사단의 기사단장과 비등할 정도였다니.

'상상 이상이었네.'

하긴, 그 정도의 실력은 되어야 로이드의 호위 기사를 하는 거겠지. 아리아는 금방 납득했다.

그럼 클라우드 경은 소드 마스터야?

"그 경지를 앞두고 있습니다."

클라우드가 답했고, 더스틴은 소년의 어깨에 손을 얹으며 덧붙였다.

"이 녀석, 궤도에 오르지 않았는데 벌써 그 정도입니다. 소드 마스터가 된다면 분명 제 실력을 훌쩍 앞지르겠지요. 불세출의 천재입니다!"

더스틴은 제 자식 자랑하는 팔불출처럼 말하며 호탕하게 웃음을 터트렸다. 본인보다 훨씬 어린 소년이 자신의 실력을 앞지를지도 모른다고 말하면서도 기분이 아주 좋아 보였다.

'본인도 평생 검에 모든 것을 바쳐왔을 텐데도.'

천재들은 언제나 시기와 질투의 과녁이었다. 아리아는 완전히 잊고 있었던 코르테즈 백작을 떠올릴 수밖에 없었다.

'사실은 자식을 질투하고 학대하는 쪽이 정상이 아닌 거지.'

어쩐지 자조적인 웃음이 새어 나왔다.

"최연소 소드 마스터입니다. 최연소. 머지않아 제국의 제일 검이 될 거라고 확신합니다. ……아, 물론 주군과 미래의 주군을 제외하고 말입니다. 그분들은 언제나 예외니까요."

더스틴은 마치 그들이 인외의 존재라도 되는 것처럼 설명했다.
'확실히.'
미래의 로이드나 현재의 대공의 모습을 떠올리면 거의 살아 숨쉬는 살인 병기 수준이었다. 검술을 잘 모르는 아리아조차도 알았다. 그건 아무리 재능을 타고나고 피나는 노력을 해도 닿을 수 없는 경지라는 것을.
'악마의 악의를 품은 탓이겠지.'
그녀는 분위기도 환기할 겸, 궁금증도 해소할 겸, 새 카드를 들었다.

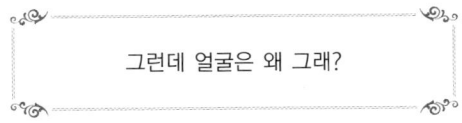

그런데 얼굴은 왜 그래?

누가 불세출의 천재 얼굴을 저렇게 엉망으로 만들어 놓았나.
"아, 이건."
그러자 클라우드가 답했다.
"저 혼자 작은 마님을 독점한다는 이유로 단체로 처맞았……."
"영광의 상처입니다!"
더스틴이 중간에 클라우드의 말을 가로챘다.
"말은 바로 해야지 이놈아! 훈련이었잖아!"
"세상에 17 대 1로 싸우라는 악의적인 훈련은 없습니다."
"실전 훈련이다!"
발렌타인 최정예 기사 열일곱 명과 싸워야 하는 실전이 있나.
'대체 얼마나 극한의 상황인 거지.'
아리아는 억지를 부리는 더스틴을 빤히 쳐다보면서 물었다.

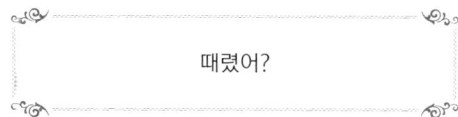

때렸어?

그는 '제가 아닙니다!' 하고 억울함을 호소했다. 하지만 클라우드 가 지그시 응시하자, 얼마 지나지 않아 이실직고했다.

"방관하긴 했습니다만."

설마 클라우드 경에게 호위 자리를 빼앗겨서 불만이었던 건 아니겠지. 그래서 앙심을 품고 집단 괴롭힘을 당하는 걸 방관했다고? 아리아는 단호한 표정을 지으며 더스틴을 나무라듯이 말했다.

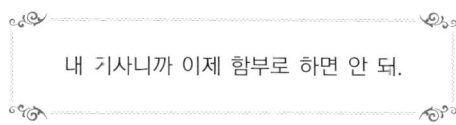

내 기사니까 이제 함부로 하면 안 돼.

어쨌든 클라우드는 이제 그녀의 호위 기사였다. 내 사람이라면 지켜 줘야지.

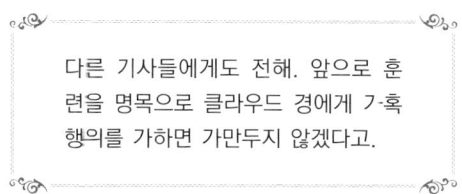

다른 기사들에게도 전해. 앞으로 훈련을 명목으로 클라우드 경에게 가혹 행위를 가하면 가만두지 않겠다고.

"그, 그런!"

더스틴이 말을 더듬거렸다. 그러자 칼에 찔려도 무던한 반응을 보일 것 같은 클라우드가 뜻밖의 반응을 보였다.

"절 감싸 준 건 작은 마님이 처음이십니다."

"……"

"다들 속 터지니까 그냥 아무 말도 하지 말라고 패기만 하는데……."

넌 대체 무슨 삶을 살아온 거냐. 감격한 것처럼 끝이 갈라지고 낮게 울리는 음성으로 말하는 걸 보니 쌓인 것이 많은 모양이었다. 아리아는 측은지심이 일었다.

'머리가 나쁘고 눈치 없는 게 죄는 아닌데.'

어쩌면 기사들은 아리아가 가끔 빈센트를 때리고 싶은 것과 같은 충동을 느끼는 걸지도 몰랐다. 그리고 훈련을 명목으로 실제로 클라우드를 때리고 있거나.

'하지만 그래도 때리면 안 되지.'

충동과 실제로 행하는 건 다르다. 아리아는 할 말 있으면 해 보라는 듯 더스틴을 올려다보았다.

내 기사가 우는데.

"울진 않았습니다."

클라우드가 짧게 반박했다. 아리아는 조용히 하라는 듯 눈짓을 주었다.

"시키실 일이라도?"

알아듣지 못한 눈치였지만. 그러자 잠시간 침묵을 지키고 있던 더스틴이 억울하다는 듯 말했다.

"저 녀석이야 얼굴이 좀 다친 것에서 그쳤지만, 다른 녀석들은 일어나지도 못하고 있습니다만……."

"……."

"아침 수련도 하지 못했습니다. 뭐 자업자득이니 나중에 따로 처벌하겠지만요."

이미 보복을 했구나. 아리아는 할 말이 없어졌다.

'하긴, 때린다고 가만히 맞아 줄 성격으로 보이진 않는데.'

그녀는 클라우드를 돌아보았다. 불세출의 천재는 기사 열일곱을 때려눕히고드 아무 생각 없어 보였다.

"제가 그 녀석들을 잘 타일러 놓겠습니다. 그보다……."

더스틴은 할 말이 있는 듯 말끝을 흐리다가 큼, 하고 헛기침했다.

"저도 카드 한 장 써 주실 수 있습니까?"

"……."

아리아는 가방에서 흰 카드를 꺼내 단년필로 글씨를 휘갈겼다.

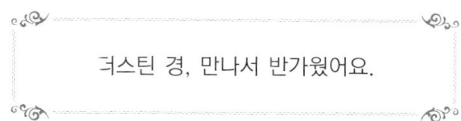

더스틴은 그녀가 내미는 카드를 환한 얼굴로 받아들였다. 그 모습에서 딸에게 생일 축하 편지를 받았다고 으스대던 한 귀족의 얼굴이 겹쳐 보였다.

'그는 연회가 끝날 때까지 딸 자랑만 해 댔지.'

왠지 더스틴 경도 기사단으로 돌아가서 그럴 것 같다. 누가 봐도 자랑하고 싶어 입이 근질거린다는 표정이었다.

'친절에 감사하다고 인사를 전하기 위해 시작된 건데.'

어째 사인회처럼 되고 있었다.

'왜 이렇게 된 거지.'

매일매일 아리아가 직접 쓴 카드를 받아 내기 위한 치열한 쟁탈전이 벌어지는 듯했다. 이유는 모르겠지만.

―다들 내 카드를 가져가려고 해.

아리아는 로이드 앞에서 짧게 의문을 표했다. 도저히 왜 그러는지 알 수가 없었기 때문이다.

―내가 한 말이 그렇게 감명 깊었나?

마치 위인의 명언을 모으는 것처럼 말이다.

'아니, 내가 그렇게까지 엄청난 말을 한 것 같지는 않은데…….'

오히려 일상적인 말들을 주로 하지 않았나? 아리아는 잠시 고민에 빠졌다. 그러자 로이드는 그녀가 메고 있는 낡은 가방을 향해 탐탁지 않은 시선을 보냈다.

"그러게, 버리라니까."

그래서 버리라는 거였어? 아리아는 그가 왜 가방만 보면 원수진 듯 쳐다보는 건지 뒤늦게 깨달았다. 하지만 아리아는 회귀한 이후로 이 가방과 한 몸처럼 함께하다 보니까, 정이 들어 버려서 선뜻 버리기가 망설여졌다.

'한때는 생존을 위한 도구에 불과했지만, 지금은 아니야.'

그녀는 대공성에서의 추억이 깃들어 버린 가방의 끈을 만지작거렸다.

―하지만 그러면 대체 어떻게 남들과 의사소통을 하라는 거야.

만약 가방을 버리고 카드로 소통하기를 그만두길 바랐다면, 모든 사람에게 전언을 보낼 수 있는 아티팩트를 줬으면 될 일이었다.

'하지만 로이드는 본인이랑만 소통할 수 있는 아티팩트를 줬잖아.'

아무리 생각해도 행동의 앞뒤가 맞지 않았다.

―무슨 의도로 보석으로 된 아티팩트를 만들었어?

"묻지 마. 나도 모르니까."

그러자 로이드는 도체 본인이 짜증을 내며 뒷거리를 헤집었다. 사람들이 계속 카드를 달라고 조르는 이유? 그가 모를 리가 없었다. 아리아가 본인이 적은 카드를 양손으로 꼭 쥔 채 빤히 올려다 보면, 끌어안아 주고 싶을 정도로 귀엽고 사랑스러웠으니까. 객관적으로, 누가 봐도.

'그건 아는데.'

왜 이렇게 속이 뒤틀리는 건지. 왜 그 모습을 아무에게도 보여주고 싶지 않다는 충동이 드는 건지.

'아니, 그 이전에…….'

네가 모든 사람과 스스럼없이 지내는 게 싫다는 말을 대체 어떻게 한단 말인가. 자신이 왜 이러는지도 모르겠는데.

'결혼했으니 독점욕이라도 생긴 건가?'

독점욕이라니. 태어나 작은 것 하나라도 욕심내 본 적 없는 로이드에게 있어서 너무 생소한 감정이었다. 애초에 물건도 아닌 사람을 어떻게 독점한다는 건지.

아리아는 누구와도 웃고 떠들고 행복해야 할 권리가 있었다. 그녀가 여태까지 누리지 못했던 것이기에, 더욱더 많은 이들과 어울렸으면 했다. 그런데.

"요즘 매일 기도실을 들른다던데."

—음.

"수련생과 어울리는 모양이더군."

왜 이런 말을 하는 건지. 로이드는 본인이 충동적으로 꺼낸 말 때문에 입술을 손가락으로 쓸며 얼굴을 구겼다.

아리아가 바로 대답하지 못하고 잠시 머뭇거리는 기색을 보이니, 더더욱 기분이 이상해졌다.

'대체 뭐야, 이 감정은. 거슬리게.'

속이 답답해져 왔다. 어떻게든 해결한 뒤 결론지어서 치워 버리고 싶었다. 그래서 로이드는 가장 합리적인 결론을 내렸다. 하필 아리아가 교황 끄나풀을 상대해 주니까, 그래서 불쾌한 감정이 드는 거라고.

"언제부터 신을 믿게 됐지?"

—안 믿어.

"그럼 뭐야."

—내 생각에 가브리엘과 친하게 지내는 게 좋을 거 같아.

"하?"

그런데 설마 이런 말을 들을 줄은. 로이드는 헛웃음을 터트렸다. 서로 이름까지 부르는 사이겠다?

"그래서 계속 친하게 지내겠다고?"

—그가 이곳에 대해 악감정만 가진 채 가르시야로 돌아가면 안 좋다는 거 로이드도 알잖아.

"그게 어떻다는 거지? 걔가 뭔데."

아리아는 차마, 그가 이 나라의 백성들을 학살할 미래의 성기사단장이라고 말할 수 없었다. 미래에 관한 얘기를 꺼내기 시작하면 모든 진실을 전부 다 털어놓아야 하니까. 어디까지 얘기하게 될지 몰랐다.

'분명 전생에서도 가브리엘이 발렌타인에 수련생으로 왔을 거야. 그건 내가 바꾼 미래와 전혀 관련이 없으니까.'

하지만 그는 5년씩이나 피네타 제국에 있었으면서, 죄 없는 백성들을 아무렇지도 않게 죽였다. 즉, 5년간의 수련생 생활이 그에게 아무런 감상도 감명도 감정도 주지 못했다는 거다.

'발렌타인이 악마의 성으로 악명이 높지만 그렇게 끔찍한 곳이 아니며, 이곳도 결국 사람이 사는 곳이라고 알려 줄 필요가 있지

않을까.'

 아리아는 그렇게 생각했다. 그래서, 좀 더 본질적인 진실을 말하기로 했다.

 ―난 내 사람 외에 필요하지 않으면 관심을 두지 않아.

 "……."

 ―가브리엘은 절대 내 사람이 아니야. 하지만 그는 로이드가 좀 더 아프지 않게 악의를 물려받을 수 있도록 도와주러 왔잖아.

 필요해서 잘해 주는 거지, 그 이상의 이유는 없다. 가브리엘은 자신에게 있어서 아무런 의미도 없다. 아리아가 그렇게 말하자, 로이드는 속을 조금씩 갉아 먹던 감정이 사라지는 것을 느꼈다.

 "……?"

 뭐야, 대체. 결국 교황의 끄나풀과 계속 어울리겠다는 말인데, 왜 기분이 나아졌지. 근본적인 문제는 그대로인데. 로이드는 여전히 해결되지 않은 의문을 삼키며 대신 한숨을 뱉었다.

 "선 지켜서 적당히 상대해."

 탐탁지 않았지만. 일단 그렇게 말할 수밖에 없었다.

 "너 왜 이렇게 사람을……."

 사람을? 아리아는 뒤에 이어질 말을 기다렸으나 로이드는 끝끝내 말해 주지 않았다.

 '……사람을 잘 홀려.'

 세이렌이라 그런 건지. 그녀가 이 성에 온 뒤로 채 1년이 되지도 않았는데, 벌써 홀린 사람만 해도 셀 수 없이 많았다. 가르시야에서 온 그 수련성이 아리아에게 있어서 아무런 의미 없다 해도, 과연 그쪽도 그렇게 느낄까.

 '쓸데없는 욕심.'

 어차피 가질 수도 없으며 가져서도 안 될 사람이었다. 로이드는 그냥, 이 문제에 대해 깊이 생각하지 않기로 했다. 아무도 모르는 곳에 꼭꼭 숨겨 버리고 싶다는, 제정신이 아닌 욕망까지 피어오를 것 같았으니까.

◦◦◦

"이런 미친······."

한스는 머리를 쥐어뜯으며 작게 욕설을 뇌까렸다. 시궁창에 자리 잡은 이래, 그는 아주 순조롭게 승진 루트를 타고 있었다. 시궁창에서도 보기 드문 실력 있는 마법사라는 이유로 다른 수하들보다 꽤 인격적인 대우도 받았다. 꿈의 직장까지는 아니더라도, 타고난 인성을 마음껏 뽐낼 수 있는 곳이라 나름대로 만족하고 살고 있었다.

그런데 정신을 차려 보니, 그는 반역의 수장이 되어 있었다. 망할, 이게 대체 무슨 일이래!

'말도 안 돼. 이 내가 악마 새끼들의 도움까지 받아서 내 손으로 그분에게 반기를 들었다고?'

상상조차 해 본 적 없는 일이다.

'그런데 그게 실제로 일어났어?'

게다가 반역이 성공한 것 같았다. 그를 둘러싼 사람들이 시궁쥐의 본거지를 탈취한 것에 대해 열심히 무용담을 늘어놓고 있었으니까.

'심지어 마스터는 돌아가셨고······.'

그의 주인은 이미 한 구의 시체가 되어, 지하 안치소에서 영원한 잠에 빠져들었다. 이미 시궁창의 길고 긴 역사가 끝난 것이다.

'이건 꿈이다. 꿈이야······.'

그는 지금 발렌타인의 수하들과 하하 호호 뒤풀이 중이었다. 한스는 이대로 정신을 놓고 영원히 깨어나고 싶지 않았으면 했다. 하지만 한번 드렷해진 의식은 이전처럼 자의를 상실한 상태도 돌아가지 않았다. 미치고 팔짝 뛸 노릇이었다.

'대체 어디서부터 잘못된 거지? 분명 발렌타인 성 내부에 무사히 잠입한 것까지는 기억하는데…….'

그 뒤로는 암전이었다. 잘은 모르겠지만 정황상 악마 새끼들에게 무슨 짓을 당한 것 같았다.

'아니지.'

발렌타인에서 세뇌를 당한 거라면, 그들이 지금 한스를 가만히 놔둘 리가 없었다. 자신이 정신이 돌아오는 순간 무슨 짓을 할지 알 수 없으니, 진작 죽여 버렸어야 했다.

그렇다는 건 발렌타인과 한스가 정신을 놓은 것과는 아무런 연관도 없다는 것이었다.

'백번 양코해서 몸속에 악령이라도 빙의했다그 쳐. 왜 하필이면 전면에서 나섰냐고!'

이러면 므르는 척 은근슬쩍 빠져나가기도 힘들었다. 게다가 시궁쥐에게 아주 제대로 찍혔으니, 그를 빼돌린 뒤에 어쩔 수 없이 가담했다고 일을 털 수도 없었다. 누가 믿냐, 그 말을.

'아아! 산으로 가 버린 내 인생!'

한스는 술잔을 부딪치며 왁자지껄 떠드는 소리에 더더욱 괴로워졌다.

그때였다.

모닥불을 사이에 두고 서로 대화를 나누던 악마 새끼들, 그러니까 발렌타인의 수하들이, 그에게 말을 걸었다.

"시궁쥐의 끄나풀 중 자네 같은 제정신 박힌 자도 있었네, 그래."

"덕분에 지긋지긋한 쥐새끼와 완전히 작별할 수 있게 되었어!"

"그게 다 자네 덕분이지. 몰래 도주하려던 시궁쥐의 퇴로를 완벽하게 차단해서 손쉽게 사로잡았지 않나."

"하, 하하……."

한스는 공허한 웃음을 뱉었다. 지금 웃는 게 웃는 게 아니었다. 제국에서 어둠을 담당하는 게 발렌타인과 시궁창이었다면, 이제 그 양대 산맥이 하나로 통합된 것이다. 그러니까 악마의 승이었다.

'그것도 내 손으로 쥐여 준 승리.'

그는 자신이 왜 이런 말도 안 되는 시련을 겪어야 하는지 이해할 수 없었다.

"저, 잠깐 변소 좀……."

한스는 들고 있던 술잔을 내려놓으며 비척비척 자리에서 일어났다. 그리고 변소에 가는 척, 어둠 속에 숨어들어 자연스레 방향을 틀었다.

"마스터!"

한스는 마법을 써서 지하실로 순식간에 이동했다.

시체 안치소. 시궁쥐의 본거지는 그가 눈을 감고도 돌아다닐 수 있을 정도로 익숙한 곳이었다.

그는 숨 쉬듯이 자연스럽게 지하실 안쪽을 파고들었다. 그리고 관짝을 하나하나 열어 열심히 시궁쥐의 시체를 찾았다.

'아.'

얼마나 그러고 있었을까. 한스는 마침내 익숙한 얼굴을 발견했다.

"마스터……."

그는 말끝을 흐리며 안타깝다는 듯 죽은 시궁쥐를 내려다보았다. 그리고 주저 없이 손가락을 세워서 진을 그렸다.

"죄송한데, 그냥 죽어 주십시오."

저 살려 줄 생각 없잖아요. 한스는 중얼거렸다. 그는 자신의 주인이 배신자를 어떻게 처단하는지 옆에서 늘 지켜봐 왔다.

한때 제 동료였던 자가 무슨 창의적인 방법으로 고문당해 죽어 가는지 강제로 눈에 담아야 했다. 그걸 보면서 한스는 결심했다. 시궁쥐를 배신할 거면 아예 확실하게 하자고.

'젠장, 누가 이렇게 될 줄 알았나.'

시궁쥐가 자신의 몸을 시험체 삼아 개조하려고 할 때 가장 옆에서 적극적으로 도와준 게 바로 한스였다.

'이게 효과가 있을지는…….'

침을 꿀꺽 삼킨 그는 품에서 단검을 꺼내 망설임 없이 들어 올렸다. 그리고 온 힘을 다해 내리찍으려는 순간.

콱, 하고.

손목을 붙들렸다.

아리아는 대공을 빤히 응시했다.

'그러고 보니 맨 처음으로 카드 쟁탈전을 시작한 건 이 사람이었지.'

막상 거기까지 생각이 미치니까 궁금해지기 시작했다. 아리아가 쓴 카드를 하나씩 가져가서 대체 뭘 하는 건지.

'설마 꺼내 보고 읽나?'

그녀는 카드를 품속에서 꺼내 하나씩 읽어 보는 대공의 모습을 도저히 상상할 수 없었다. 그렇다고 카드를 쭉 펼쳐 놓고 사람들에게 자랑하는 것도 도저히 상상이…….

'수수께끼다.'

아리아가 그를 관찰하며 생각에 잠겨 있을 때였다. 트리스탄은 손에 들린 술잔을 빙빙 돌리며, 황궁에서 온 편지를 내려다보고 있었다. 황제의 인장이 찍혀 있는.

"흠."

짧게 고민한 트리스탄은 편지를 뜯어보지도 않고 박박 찢었다. 조금 전까지 편지였을 종이 쪼가리가 허공에 휘날렸다.

"……."

드웨인은 할 말을 잊은 듯했다. 그리고 아리아에게 눈빛을 주었다.
'제발 대공 전하 좀 말려 주세요.'

그렇게 말하는 듯했다. 아리아는 한숨을 삼키며 그의 앞으로 쪼르르 달려갔다.

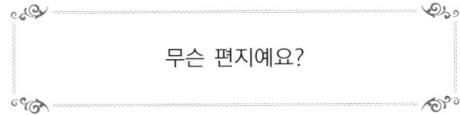
무슨 편지예요?

그러자 그가 아리아의 머리를 쓰다듬었다. 거칠기 그지없는 손길에 머리가 앞뒤로 마구 흔들렸다.

"황제가 투정 부리는 편지겠지."

"……."

"화났다고 달래 달라고 하다니, 원. 내 아들도 그러진 않는데 말이다."

그는 황제가 무슨 생떼 부리는 옆집 꼬마라도 되는 것처럼 말했다.
'폐하라는 경칭도 붙이지 않네.'

아니 물론, 지금 시기를 보면 황제가 황태자에서 즉위한 지 얼마 되지 않았을 때였다.

'아마 어릴 때부터 그래 왔겠지.'

황제는 최근에 갓 성인식을 치렀을 만큼 젊었다. 그리고 어릴 때부터 망나니라 불리며 온갖 추문을 뿌리고 다녔고. 한심하게 여기는 것도 무리가 아니었다.

그리고 아리아는 그가 황제를 상종하기도 싫어하는 것을 아주 뼛속 깊이 이해했다.

'하지만 아무리 그래도 너무 티 내는 거 아닌가?'

아리아는 미래의 로이드가, 황제를 하찮은 미물 보듯 죽였던 것을 떠올렸다. 음, 아무래도 가문 내력인가 보다.

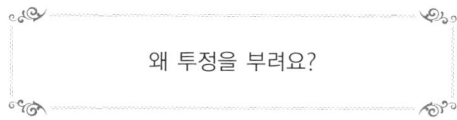

왜 투정을 부려요?

"뭐, 너희의 소꿉장난 같은 결혼식 때문이겠지."

역시.

'그럴 줄 알았다.'

황제가 그 성격에 발렌타인의 만행을 용인할 리가 없었다. 하지만 발렌타인 쪽에서 황제를 무시해도 엄청나게 무시하길래 합의가 되어 있는 건가 했는데.

'무작정 저질러 버렸다 이거지.'

심지어 항의하는 편지는 읽지도 않고 찢어 버렸다. 아리아는 이래도 되는 건지 걱정이 들면서도, 사실 황제를 완전히 무시해 버리는 태도에 감명을 받았다.

'나도 이랬어야 하는데.'

본받고 싶었다.

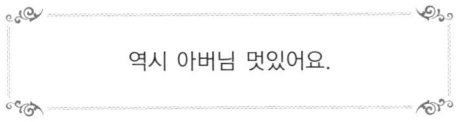

역시 아버님 멋있어요.

"그렇지?"

뒤편에서 그들의 대화를 듣고 있던 드웨인이 무슨 말을 하냐는 듯 눈을 부릅떴다.

'말려 달라고 했더니 대체 왜 더 부추기십니까!'

아리아는 슬쩍 시선을 피했다. 내 마음이 그렇게 느껴서 솔직하게 말했을 뿐인데 뭘 어쩌란 말인가. 그들은 다시 눈빛을 주고받았다.

'뒷수습은 다 제가 한다고요!'

'음, 힘내자.'

그러자 믿었던 도끼에 발등을 찍힌 보좌관은 배신감에 치를 떨었다. 발렌타인 성의 상식인은 오늘도 힘겨운 나날을 이어 가고 있었다.

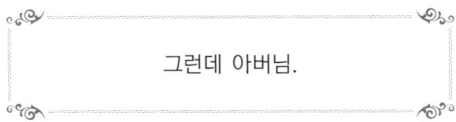

그런데 아버님.

"음?"

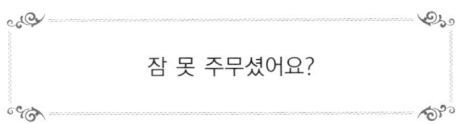

잠 못 주무셨어요?

아리아는 대공의 눈 밑이 평소보다 짙어진 것을 보고 물었다. 드문드문 굶주린 맹수 같은 눈빛을 하는 것도 그렇고. 피곤하다는 듯 계속 눈가를 문지르는 것도 그렇고. 평소에 마시는 모습을 본 적 없던 술을 꺼내 든 것도 이상했다.

"어떻게 알았지?"

트리스탄은 놀란 눈치였다. 하지만 이내 대수롭지 않다는 듯이 덧붙였다.

"사람은 나이를 먹으면 잠이 없어진다는군."

그런 말을 할 나이는 아니지 않나.

'아직 30대 중반이잖아.'

하지만 아리아도 사실 잘 몰랐다. 나이가 들기도 전에 죽어 버려서. 트리스탄은 대충 그렇게 말을 끝마친 뒤에 다시 한번 아리아의 머리를 쓰다듬었다. 이번엔 그녀의 머리가 오뚝이처럼 좌우로 흔들거렸다.

콰아앙—!!

처음에는 땅이 두 쪽으로 갈라지는 소리인 줄 알았다. 귀청이 찢어질 것 같은 엄청난 굉음과 함께 지축이 울렸다.

"지, 지진?!"

마로니어가 꽥 소리 지르며 아리아의 머리를 보호하듯 끌어안았다. 천장에 매달린 샹들리에가 한차례 요란하게 흔들리더니 이내 멈췄다.

"……뭐였죠, 방금?"

아리아는 어리둥절하게 묻는 마로니에를 떼어 놓았다. 그리고 충격을 받은 듯, 잠시 미동도 없이 서 있는 클라우드 쪽을 돌아보았다. 평소에 표정 변화가 극히 드문 소년의 얼굴이 창백하게 질려 있었다.

"아, 설마…….'

창가에 선 그가 창문을 열었다. 아리아도 그를 따라 창밖을 내다보았다.

'헉.'

그리고 새까만 구덩이를 보았다. 원래는 끝없는 정원이 펼쳐져 있어야 할 자리에 아주 거대한 흔적이 움푹 패 있었다. 상상의 동물인 드래곤이 할퀴고 간 자리 같기도 했다. 그리고 그 중심에는 발렌타인 대공이 있었다.

'설마 대공이 한 거야?'

어떻게? 아니, 그보다 왜?

'대공답지 않은데…….'

그는 제멋대로에 성격까지 나빴다. 하지만 자신의 힘을 과시하는 것처럼 멀쩡한 땅을 터트릴 사람은 아니었다.

'최근에 상태가 많이 안 좋아 보이기는 했지만.'

아무리 그래도 그렇지. 아리아는 당황하며 더욱 자세히 그를 들여다보았다. 세이렌의 뛰어난 시력 덕분에 아주 먼 거리에도 그의 상태가 한눈에 들어왔다.

'제정신이 아닌 것 같아.'

분명 저 표정, 본 적 있는데.

'아.'

10년 뒤의 로이드. 그는 낡은 검 한 자루만 들고 황궁의 모든 생명체를 섬멸했다.

'그때와 똑같아.'

그가 검을 쥐고 있는 팔을 휘두르자 섬뜩한 소리가 터졌다. 그건 날카롭게 베어 내는 소리라 할 수 없었다. 압착기로 쥐어짜 갈아내는 듯한 소리였다.

동시에 수십 명이 쓰러졌다. 짓밟혀 죽은 개미처럼. 하늘까지 닿은 해일에 모든 것이 쓸려가는 것처럼.

"정녕 악마가 되어 이 세상을 없애기라도 할 셈인가!"

황제는 처절하게 외쳤다. 그것은 분노라기보다는, 무력한 발악에 가까웠다.

"악마가 되다니요, 폐하. 전 태초부터 악마로 태어났고 제가 있는 곳은 어디든 간에 지옥이 될 뿐입니다."

로이드는 황제를 향해 검을 겨누며 느긋하게 걸음을 옮겼다. 그리고······.

"작은 마님."

아리아는 상념에 잠겨 있다가 자신을 부르는 소리에 화들짝 놀랐다.

"아무래도 때가 온 것 같습니다."

클라우드가 말했다.

'때?'

아리아는 속으로 의문을 표하면서도 여전히 시선을 창밖에 고정한 채였다. 꽤 많은 사람들이 대공을 둘러싸고 있었다.

로이드와 주술사 칼린, 검은 매 기사단 등등 그나마 대공을 제지할 수 있는 무력을 가진 자들이었다. 그리고, 가브리엘까지.

"내가 기절시킬 테니 끌고 가."

로이드가 검을 뽑아 들었다. 하지만 열네 살의 소년은, 아직 발렌타인 대공을 쓰러트릴 정도의 실력이 되지 않았다.

 검술에 무지한 아리아가 느끼기에도 오히려 대공 쪽이 압도적으로 강했다. 물론 로이드가 지금보다 나이를 먹고 성장하면 얘기가 전혀 달라질 수도 있겠지만, 적어도 지금은…….

 '크게 다칠 거야.'

 그렇게 생각하기가 무섭게,

 콰아앙—!!

 땅을 갈랐던 굉음과 엇비슷한 소리가 재차 터졌다. 거칠게 충돌하는 두 검에서 새하얀 섬광이 번쩍였다. 단 한 번의 일격으로 인해 로이드의 이마 위로 식은땀이 비쳤다.

 "큭!"

 그가 이를 악물며 고통에 찬 신음을 삼켰다. 아리아는 흠칫 떨다가 창밖에 튀어 나갈 것처럼 앞으로 몸을 내밀었다. 그러자 트리스탄이 들고 있는 검에서 일렁이는 빛무리가 보였다.

 '검기?'

 아니다. 언뜻 보기에는 비슷할지 몰라도 풍기는 느낌이 전혀 달랐다. 이 세상의 것이라고는 믿기지 않을 정도로 노골적으로 부패한…….

 "악마의 악의…….."

 그 광경을 지켜보던 가브리엘이 중얼거렸다. 그건 공포였다. 그 광경을 지켜보던 사람들 한 명도 빠짐없이 모두 그 기운에 압도되며 절대적인 절망을 느꼈다.

 태양을 맨눈으로 보는 것과 비슷한 고통에 눈가에 눈물이 맺혔고, 귀에서 울리는 섬뜩한 이명에 온몸이 떨려왔다. 코를 찌를 정도로 썩어 가는 악취를 맡았고, 숨을 쉬기가 힘들었으며, 성대를 틀어막는 묵직한 중압감에 한마디도 뱉을 수 없었다.

덧없이 현실을 살아가는 하찮은 미물은 모조리 짓밟고, 병과 죽음조차 신음하게 할 순수한 악의. 이해할 수조차 없는 존재.

'저게 바로 발렌타인 가주들이 대대로 품어 왔다는, 악마의 악의……'

그 본질을 언뜻 엿본 건 아리아도 처음이었다. 심연 깊은 곳에서 응축된 혼돈 그 자체. 그녀는 눈을 잠시 질끈 감았다.

'저걸 정화해야 하는 거였어.'

누구도 여태 해내지 못한 일이라면 분명 그 이유가 있었을 것이다. 아리아는 악의의 본질을 두 눈으로 보고 나서야 그 이유를 실감했다.

'두렵지 않다면 거짓말이겠지.'

하지만 그녀는 로이드가 검을 왼손으로 옮겨 들고 나서야 정신을 차렸다. 어느새 두려움 따위는 잊고 걱정이 앞서기 시작했다.

'팔에 금이 갔나?'

소년은 냉정하게 판단한 뒤 오른손을 포기했다. 그리고 다시 자세를 잡았다. 트리스탄 또한 로이드를 전혀 봐줄 생각이 없는지 검을 들어 올려 휘둘렀다.

뒤틀리고 일그러진 악의가 검을 따라 허공에 궤적을 그렸다. 일촉즉발의 상황이었다. 그때, 아리아는 소스라치게 놀랐다.

'헉, 사비나!'

사비나가 먼 곳에서 트리스탄을 향해 주저 없이 직진하고 있었으니까.

'아무리 병이 나아도 완전히 회복되지 않은 상태인데…….'

오랜 병마로 망가진 몸은, 하루 만에 뚝딱하고 그칠 수 있는 게 아니었다. 그런 몸으로 폭주 직전의 대공에게 다가가다니!

'위험해요!'

아리아는 절박하게 창틀을 꽉 붙잡았다. 그렇게 생각하기 무섭게, 사비나가 트리스탄의 머리를 쾅 하고 때렸다.

"……."

꿀밤을 먹였어? 아주 매서운 주먹이었다. 잠시 혼탁하게 흐려졌던 대공의 눈빛이 원래대로 돌아왔다.

"……여기서 뭐 하는 거지?"

"내가 할 말이다!"

"위험하게 왜 나와 있어."

"네가 제일 위험해!"

트리스탄은 자기 멋대로 대화를 이어 가더니 사비나를 번쩍 들었다. 그리고 언제 소동을 일으켰냐는 듯 아무렇지도 않게 궁으로 돌아갔다.

"……."

이게 대체 뭐지. 남겨진 사람들만 기가 막힐 뿐이었다.

아리아는 그 즉시 로이드를 찾아가 오른쪽 팔의 상태를 확인하고 치유의 노래를 불렀다. 그리고 클라우드가 말한 때라는 게 대체 무엇인지 물었다.

"네가 신경 쓸 것 없어. 가주 교체 시기가 다가왔을 뿐이야."

"뭐?"

그녀는 놀라서 되물었다.

"로이드가 아직 열네 살인데?"

"당장 교체된다는 게 아니야."

그는 멀쩡해진 팔을 돌리며 좀 더 본격적으로 설명을 시작했다.

"발렌타인 대대로 내려오는 악의를 제대로 물려받기 시작했다는 거지."

"그런데 아버님이 왜 저러는데?"

"껍데기만 남으니까."

껍데기?

"악의라고는 하지만- 악마의 힘. 그게 내게 옮겨 가니까 이제 힘없고 부패한 인간의 육신만 남는 거지."

아리아는 불안한 표정을 지었다.

"그럼 어떻게 되는데?"

"평생 광증에 시달리게 되겠지. 만약 그보다 더 나약한 육체라면 악의가 완전히 빠져나가는 순간 한 줌의 먼지가 되어 흩어지거나."

로이드는 마치 세상의 이치를 설명하듯이 말했다. 자연이 순환하는 것처럼 아주 자연스러운 과정이라는 듯이.

'그러니까 죽는다는 거잖아.'

잘하면 미치겠지만 어느 쪽이나 부정적인 결과였다.

'아, 로이드가 대공 대신에 회의를 주도했을 때부터 이상하다 했더니.'

그게 세대교체의 시작을 알리는 신호였을 줄은 몰랐다.

"언제 그렇게 되는데?"

"길어야 5년이겠지.'

로이드는 넉넉잡아 5년을 얘기했지만, 아리아는 4년 뒤에 이곳에서 무슨 일이 벌어지는지 알고 있었다.

'발렌타인 사변.'

혹시, 연관 있는 건가? 왠지 그럴지도 모르겠다는 생각이 들었다.

"역대 대공들이 모두 겪어 온 거니까 그런 표정 할 것 없어."

"그때까지 계속 저런다는 거야?"

"점점 더 심해지겠지."

돌아오는 대답은 더 절망적이었다.

"통제 불능 상태가 되기 전에 결계가 몇 겹으로 쳐진 별궁으로 들어가야 할 거다."

하지만 그 말을 하는 로이드는, 매정하게 느껴질 정도로 태연했다.

"하……."

오히려 절박한 얼굴로 대공의 안위를 물어대는 아리아를 보고, 짜증스레 앞머리를 쓸어올렸다.

"안됐군. 나와 결혼할 이유가 사라져서."

그뿐만 아니라 도통 영문을 알 수 없는 소리까지 하고.

'왜 그런지 알 것 같아.'

트리스탄의 현재가, 로이드의 미래이기 때문이었다.

'지금 대공에게 일어나는 일을 비극으로 받아들인다면 그의 미래 또한 비극이 되는 거니까.'

로이드는 이렇게 아무렇지 않게 반응할 수밖에 없는 거다.

"아직은 멀쩡하단 거지?"

"비교적."

그럼 시간문제라는 뜻이다. 아리아는 잠시 생각에 빠졌다가 알아들었다는 듯 고개를 끄덕였다.

"그럼 로이드는?"

"뭐?"

"그럼 로이드는 어떻게 되는데."

제10장

 소년은 잠시 입을 꾹 다물었다. 하지만 이내 아리아와의 약속을 떠올린 것일까. 한숨과 함께 설명을 이어갔다.
 "발작 좀 하다가 전보다 힘이 강해지겠지."
 그는 최대한 순화해서 말하고 있었지만. 온몸이 뼈가 부러지고, 맨살을 찢고 튀어나오고. 으스러지는 고통을 수도 없이 감내해야 얻을 수 있는 결실이었다.
 '그렇게 간단할 리가 없지.'
 아리아는 주먹을 꽉 말아쥐었다.
 "악마의 악의라는 거, 대대로 잇지 않으면 어떻게 되는데?"
 "핏줄이 있으면 자동으로 이어지는 거야."
 "아니, 자식을 낳지 않으면?"
 항상 의문이었다. 발렌타인은 왜 계속 자식을 낳아서 후계를 잇는 걸까? 만약 아리아라면 절대 자식을 낳아서 비참한 운명을 물려주려 하지 않았을 테데.
 '다시 없을 진정한 사랑을 만나서, 그 사람과 아이를 낳고 싶다

는 생각이 들어도 낳지 않는 게 맞지.'

사랑한다면 더더욱 아이를 낳지 못하게 했을 것이다. 분명, 후계를 낳을 수밖에 없는 이유가 있는 것이다. 그러자 로이드가 말했다.

"그날은 세상이 끝나는 날이겠지."

아. 그제야 아리아는 깨달았다.

'발렌타인은 악마가 아니었어.'

그들은 이 땅에 남겨진 '악마의 악의'로부터 세상을 지키기 위해 대를 이어 갔던 거다. 신이 명령을 어겼다는 이유로 팽개쳐 버린 땅의 명맥을 이어 가기 위해. 온갖 악명과 비난을 그저 감내하면서.

'그런 건 너무……'

가슴이 아프다 못해 저미는 듯했다. 발렌타인 초대 가주가 만약 정말로 지옥에서 악마를 불러내는 짓을 저질렀다고 해도. 그로 인해 그가 악마의 악의를 대대손손 물려줘야 하는 저주를 받았다고 해도.

그게 어째서 후대들이 짊어져야 하는 업보가 된단 말인가. 발렌타인 직계 혈통으로 태어난 죄? 태어난 게 죄인가?

'그저 태어났을 뿐인데 저주를 품고, 결혼한 사람을 오염시켜 죽이고, 그 사람과 낳은 자식에게 저주를 물려준 뒤에 결국엔 미쳐서 재가 되어 죽는다는 거야?'

놀랍게도 발렌타인은 그걸 지속해 왔다. 몇 대에 걸쳐서, 계속.

'그래서 황제도 가르시야도 발렌타인을 절대 건들지 않는 거였어.'

건들지 않는 게 아니라, 건들지 못하는 거였다. 발렌타인이 자식을 낳아 저주를 물려주지 않으면 이 세상은 끝나니까.

'그래서 발렌타인 직계 혈통이 대대로 아비를 죽이고 대공의 자리에 오른다는 소문이 퍼진 거였어.'

죽인 게 아니다. 역대 대공들은 악마의 악의를 물려준 뒤 힘을 잃은 채 스스로 별궁에 모습을 감춘 거다. 그렇게 자신을 감금하며 광기에 시달리다가 자가 되어 죽은 것이지.

'이게 희생이 아니면 뭐야?'

그런데 세상을 구원한 영웅이나 다름없는 그들을 이 세상은 악마라 두려워하고 손가락질하고 수군거렸다.

'억울하지도 않아?'

묻고 싶었다. 왜 발렌타인은 당연한 권리를 챙기지 않고 그저 지탄당하는 쪽을 택한 거냐고. 하지만 그녀는 이내 깨달았다.

'그건 나도 마찬가지였어.'

아리아는 모두를 위해 평생 이용당한 끝에 요괴가 되었다. 만약 그녀가 시간을 되돌아오지 않았다면 그냥 거기서 죽고 끝일 인생이었을 것이다. 아리아는 로이드와 처지가 닮아 있었다. 그렇기에 더더욱, 그의 심정을 이해할 수 있었다.

'로이드가 전생에서도, 현생에서도, 끝까지 결혼을 거부했던 건……'

모든 걸 끝내기 위해서였구나.

"실망했나?"

로이드가 자조적으로 물었다. 차라리 실망했기를 바라는 듯이. 그만 포기하고 도망가라는 듯이.

"누차 말하지만, 네가 감당할 필요가 전혀 없는 일이야."

아리아는 로이드의 앞까지 성큼 다가갔다. 그리고 손을 들어 그의 귓불을 만지작거렸다. 소년의 몸이 순간 딱딱하게 경직되었다. 새하얀 피부 위에 물감을 떨어뜨린 것처럼 붉은빛이 감돌기 시작했다.

"어딜 만지는 거야……."

"귀 뚫었네."

로이드는 전에 아리아가 주었던 인어의 눈물을 하고 있었다. 워낙 크기가 조그매서 유심히 들여다봐야 귀걸이를 하고 있다는 걸 눈치챌 정도였지만.

"증표라며."

로이드가 아리아의 손을 떼어 내며 말했다. 그녀는 고개를 끄덕이며 받아쳤다.

"그래, 증표야."

"……."

"절대 배반하지 않겠다는 증표."

그가 차라리 세상이 끝나기를 원하는 거라면 그와 끝을 함께하겠다. 그 정도는 각오하고 있었다.

아리아는 로이드가 무엇이든 벨 수 있는 검이라는 걸 알고 있었으니까. 그가 자신을 베어 버리게 두느니 차라리 검 끝이 세상을 향하도록 돕는 것도 나쁘지 않았다.

세상을 향한 증오든 뭐든.

미래의 모습과 같은 결말을 맞이하는 것보다, 그렇게라도 빛났으면 했다. 그녀가 무서워하는 건 세상의 멸망 따위가 아니었다. 로이드가 모든 걸 포기한 채 완전히 무너지는 것이지.

"끝을 원해?"

"그렇다면."

로이드가 방어적인 태도로 물었다. 아리아는 입술을 달싹였다. 설마 이 말을, 로이드에게 직접 하게 될 줄은 몰랐지만.

"그럼 같이 지옥에나 떨어질까."

로이드가 전생에 해 준 말을 그대로 돌려주었다.

"로이드가 뭘 원하든, 뜻대로 해."

하물며 그가 발렌타인 사변의 원흉이라고 해도 상처받을 일은 없었다. 전혀. 아리아에서 시선을 떼지 못하는 눈동자가 넋을 놓은 듯 풀어졌다가 조금씩, 흔들리기 시작했다.

"너는 항상……."

말을 끝내 이을 수가 없었다. 목이 답답하게 조여 왔기 때문이었다. 그는 그저 지금의 상황을 믿을 수가 없었다. 자신은 아가, 구원을 받고 있는 듯했다. 그것도 이 작은 소녀에 의해서. 그는 눈을 가리듯 손바닥으로 덮으며 살짝 진심을 내비쳤다.

"……나도 세상의 멸망을 바라지는 않아."

"그럼."

"죄에 대한 속죄는 내 대에서 완전히 끊어 내기를 원해."

그것이 미래가 없는 껍데기의 삶을 살아가는 이유였다. 계속 쳇바퀴 돌 듯 같은 삶을 영위하면서. 그 무엇도 관심을 두지 않으면서. 이 모든 걸 끝내기 위해서.

"무슨 대가를 치르더라도 반드시."

대가. 아리아는 그 말을 듣는 순간, 이유는 알 수 없어도 가장 먼저 발렌타인 사변이 떠올랐다. 그녀는 그런 로기드를 가만히 지켜보다가, 책상 위에 놓인 손 위에 자신의 손을 겹치면서 말했다.

"네가 원한다면."

그녀는 지체하지 않고 곧바로 트리스탄을 찾아갔다.

"딸이 왔군."

딸? 아리아는 대체 언제부터 자신이 대공의 딸이 된 건지 알 수 없었다. 뭐, 아들의 부인도 어떻게 보면 법적으로 맺어진 딸이기는 한데…….

'생각보다 멀쩡하네.'

아리아는 실버의 등 위에서 내리면서 생각했다. 겉보기엔 평소와 다름없었다. 조금 피곤해 보이기는 하지만.

'아, 멀쩡하다는 거 취소.'

트리스탄은 병나발을 불고 있었다. 왜 갑자기 아리아를 딸이라고 부르나 했더니, 취해 있었던 거다. 그냥 제정신이 아니었다.

'데킬라 라틴이잖아.'

세상에서 가장 비싼 술. 100년 이상 숙성시킨 원액으로 만들어진 술이며 한정판으로 만들어져 구하고 싶어도 구하지 못한다. 대공은 소파 위에 느른하게 기대앉아 세상에서 가장 비싼 술로 병나발을 불고 있었다.

'불면증이라고 했지.'

잠들 수가 없어서 저러는 걸까? 고문 중에서도 가장 잔인한 고문이 잠을 못 자게 하는 거라던데.

"음?"

아리아는 대공이 들고 있던 술병을 빼앗았다.

'술의 맛과 향을 즐기면서 적당히 마시는 애주가도 아니면서.'

계속 술만 마셨다가는 불면증과 의존증만 더 깊어질 뿐이었다.

"딸, 나 그거 없으면 좀 힘든데."

대공이 웬일로 약한 소리를 했다. 하지만 아리아는 무시했다. 그리고 술병을 끙끙거리며 다시 책상 위에 올려놓고 카드를 꺼냈다.

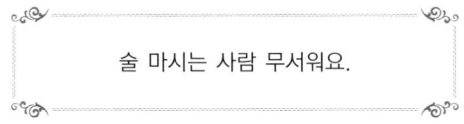

술 마시는 사람 무서워요.

트리스탄은 초점이 잘 잡히지 않는지 눈매를 가늘게 접으며 카드를 이리저리 살폈다. 한참 뒤 그는 겨우 카드를 읽었다.

"무섭다고?"

아리아는 고개를 끄덕였다. 그러자 그는 순순히 술병을 놓아주었다.

"네가 무서워하는 게 다 있군."

무섭다는 한마디에 더는 마실 생각이 없어진 듯 보였다. 그는 머리가 지끈거리는 것인지 눈가를 꾹꾹 누르고 있었다.

'힘을 잃어 가는 게 사실인가 봐.'

대공은 왠지 술을 아무리 퍼마셔도 취하지 않을 것 같은 느낌이었는데. 취한 게 보였다. 분명하게. 어떻게든 잠을 이루고 싶었던 것인지.

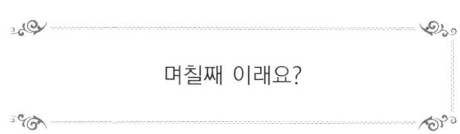

며칠째 이래요?

아리아는 글도 제대로 못 읽는 대공 대신에 옆에서 수발을 들고 있는 보좌관에게 물었다.

"열흘 동안 한 시간도 제대로 주무시지 못한 것 같은데요······."

늘 대공만 보이면 잔소리하기에 급급한 드웨인도 오늘은 풀이 죽어 보였다. 진심으로 걱정하고 있는 듯했다.

'열흘?'

열흘이나 꾹 참다가 터트려 버린 거란 말이야? 아리아는 그 정도면 다 뒤집어엎고 돌아 버리려고 해도 이해할 수 있었다. 그렇게 오래 깨어 있었는데 멀쩡히 대화가 가능한 게 더 신기했다.

"흠, 아마 조만간 정상적인 대화도 불가능한 상태가 되리라고 생각한다만."

"대공 전하."

"왜, 딸도 알 건 알아야지."

대공은 장난기 어린 음성으로 피식 웃으며 말했다.

"그나마 멀쩡히 대화할 수 있을 때 비밀 하나를 알려 주지."

그가 아리아를 향해 손가락을 까딱였다. 의아한 얼굴로 다가서자 그가 귓가에 대고 속삭였다. 고막을 긁어내는 듯 오싹한 저음이었다.

"이상하게 네 노래는 어디서든 들리거든."

예고 없는 섬뜩함이 등골을 내달렸다.

'그게 무슨 소리야?'

아리아는 대공이 하는 말을 정확하게 이해할 수 없었다. 하지만 아리아가 여태까지 몰래 해 왔던 일을 들켰다는 건 알 수 있었다.

'세이렌이라는 거, 알고 있었나?'

입술을 꾹 깨물었다. 등 뒤로 식은땀이 흐르는 듯했다.

사비나, 칼린, 로이드.

아리아의 비밀을 알고 있는 이들은 이 셋뿐이었지만 그들이 트리스탄에게 말했을 것 같지는 않았다. 그렇다면 대체 어떻게? 정말 노래를 들었다고?

"악마의 악의를 내가 온전히 품고 있었을 때 가장 선명하게 들렸지."

대체 어떻게 그런 게 가능한지 모르겠다. 하지만 대공의 말이 사실이라면. 세이렌이란 건 처음부터 알고 있었다는 말이 되었다. 문득, 지난 삶에서 로이드가 했던 말을 떠올렸다.

"필요해지면 불러. 네 노래는 어디든 닿으니."

그리고 로이드는 정말 아리아가 노래를 부르기 시작하자, 황궁에 나타났다. 정말 그녀의 노래를 들은 것처럼.

'우연의 일치라고 생각했는데.'

아리아는 어쩌면 그게 악마의 악의에 숨겨진, 정체를 알 수 없는 능력일지도 모르겠다고 생각했다.

'그런데 왜…….'

이유도 묻지 않고 추궁하지도 않았다. 다른 이들처럼 그녀의 능력을 탐내 착취하려 들지도 않았다. 세상에 알리지도 않았다.

'그냥 아무것도 하지 않았어.'

대공성의 사정을 생각하면 사실 누구보다 절박했을 텐데. 그는 희망의 불씨조차 꺼져 버린 빛바랜 회색 시선으로 지그시 응시할 뿐이었다.

'빛바랜 회색 눈동자.'

짙은 안개가 낀 듯 희뿌옇고 타고 남은 재 같은 색이다.

'금방이라도 바람에 덧없이 흩날려 사라질 듯한 권태로운 눈빛.'

10년 뒤, 로이드는 지금의 대공 같은 회색 눈동자였다. 하지만 지금은 마치 형형하게 반짝이는 흑요석 같았다. 매 순간 살아 있는, 동공이 보이지 않을 정도로 순도 높은 검은색이었다. 그렇다면…….

'대공의 눈도 원래는 검은색이었던 거겠지.'

현재의 로이드처럼.

'악의 때문에 오염된 걸까.'

아리아는 어떤 확신이 들었다. 로이드가 이런 눈을 하게 되기 전에, 그전에 완벽하게 저주를 풀어내야 한다고. 얼마나 그러고 있었을까. 트리스탄은 이내 피식 웃으며 말했다.

"웃기는군. 이제 와 무슨 소용이라고……."

하지만 아리아는 그가 지나가듯 중얼거린 말을 놓치지 않았다.

'사실 내게 아무런 기대조차 하지 않아서 그랬던 거였어.'

그런 열정적인 감정을 품기에는 지칠 대로 지쳐 버려서. 차라리 미치는 걸 택했던 로이드가 겹쳐 보이기도 했고. 마치 황제의 새장 속에 갇혀 있었던, 과거의 자신을 보는 듯했다. 아리아는 카드를 꺼냈다.

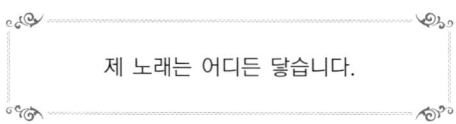

제 노래는 어디든 닿습니다.

어디든.

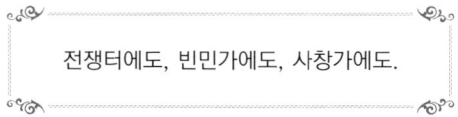

전쟁터에도, 빈민가에도, 사창가에도.

누구든.

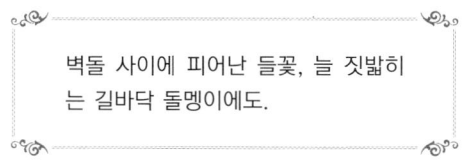

벽돌 사이에 피어난 들꽃, 늘 짓밟히는 길바닥 돌멩이에도.

아무리 비참한 곳이라도 그보다 더 낮은 곳이라도 밑바닥이라도.

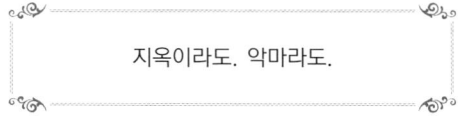

지옥이라도. 악마라도.

대공의 눈동자가 잠시 어둡게 가라앉았다. 이번에는 카드의 내용이 제대로 읽히는 모양이었다.

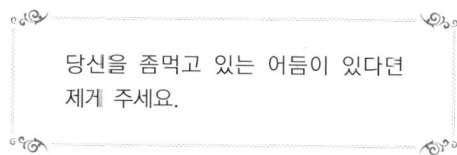

당신을 좀먹고 있는 어둠이 있다면 제게 주세요.

아리아는 그러려고 되살아났다. 로이드의 어둠이라면 뭐든 받아들이려고. 다시 빛나게 해 주려고. 만약 로이드의 어둠이 발렌타인 대공에게서 이어져 내려온 거라면, 아리아는 대공의 어둠 또한 받아들일 준비가 되어 있었다.

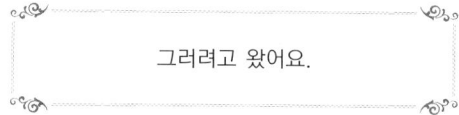

그러려고 왔어요.

그녀는 카드를 대공의 손에 꼭 쥐여 주었다. 그는 잠시 그것을 내려다보더니 아무도 보지 못하도록 품속에 챙겨 넣었다.
"어이가 없군."
그리고 소파에 기대 눈을 감고 중얼거렸다.
"그 작은 몸으로 대체 뭘 짊어지겠다고."
그러자 아리아는 고개를 숙여 그의 귓가에 아무도 몰래 속삭였다
"밤이 되견 자장가 불러드릴게요."
그리고 그의 눈가를 찌르는 흐트러진 앞머리를 부드럽게 쓸어넘겨 주었다.

대공의 침실은 사비나의 침실과 비교도 할 수 없이 잠입하기 쉬웠다. 주술이나 이동 스크롤도 필요 없었다. 왜냐하면 방문 앞을 지키는 기사가 단 한 명도 없었기 때문이었다.

'호위도 필요 없을 정도로 강하다는 거겠지······.'

힘을 잃어 가는 와중에도 말이다. 아리아는 살금살금 방 안으로 숨어들었다. 그리고 트리스탄이 침대 위에서 얌전히 눈을 감고 누워 있는 것을 보았다.

'자는 건가?'

일단 숨소리는 고르다. 아리아는 눈을 감고 미동조차 없는 대공의 눈앞에 손바닥을 대고 흔들어 보았다.

'하긴, 불면증이라도 몇 분은 잠들겠지. 온종일 깨어 있을 수는 없을 테니까.'

이렇게 눈 감고 누워 있으니까, 새삼 조각상같이 현실감 없는 외모가 두드러져 보였다.

'안색도 심각하게 안 좋아.'

그동안 입만 열면 순식간에 휩쓸려서 미처 살피지 못했는데 말이다. 피부는 거칠어지고 핏기가 없었고, 입술은 푸른빛을 띠며 갈라져 있었고, 눈 밑에는 새까만 그늘이 져 있었다.

'그간 버텨 온 게 용할 정도네.'

아리아는 손을 뻗어 대공의 머리를 조심스럽게 쓰다듬으면서 천천히 입술을 달싹였다.

"자장, 자장, 잘 자렴, 귀여운 아가야."

그 순간 대공의 손끝이 잠시 움찔 떨린 것 같았다.

'……잘못 본 건가?'

추운가 보다.

'그러고 보니 이불도 안 덮고 자고 있네.'

아리아는 대공의 돋 밑에 꾸겨진 이불을 끙끙거리며 잡아당겼다. 그런데 꼼짝도 하지 않았다. 그녀는 이를 악물고 안간힘을 써서 당겼다. 그런터 이번엔 이불이 쑥 빠졌다. 마치 대공이 허리를 슬쩍 들어 준 것처럼.

'자는 거야, 깨어 있는 거야.'

깨어 있는 거라 하기엔 숨소리 외에는 죽은 것처럼 움직임이 없어서 헷갈렸다. 아리다는 다시 한번 대공 눈앞에 손을 흔들어 그가 자는지 확인했다.

'자는구나.'

자는 척을 할 이유는 없으니까. 그녀는 한숨을 삼키며 이블을 꼼꼼하게 덮어 주었다.

"자장, 자장, 잘 자렴. 귀여운 아가야."

손을 어디에 둘까 잠시 망설이다가 그의 가슴 위에 얹었다.

'토닥토닥.'

단잠의 노래. 아주 능숙하게 부를 수 있는 노래였다. 귀족들의 불면증을 고치기 위해 불러 준 적이 많았기 때문이었다.

"별님 달님 빛무리 가득 머금고,
어머니의 손이 너를 나직이 흔들어 어르는구나……."

아리아는 노래를 부르면서 계속 미간을 좁히며 고개를 갸우뚱 기울였다. 이상하게 토닥이면 토닥일수록 가슴에 닿은 손에서 진동이 느껴졌다.

"해님이 찾아와 눈부시게 두드릴 때까지,
 새근새근 천사 같은 고운 얼굴로 잠들렴……."

그때였다.
'새근새근 천사 같은 고운 얼굴'이 문제였던 모양이다. 그 소절이 나오는 순간 필사적으로 억누른 듯한 짧은 웃음이 터졌다. 대공은 이내 못 참겠다는 듯, 큰소리로 웃음을 터트렸다.
"……."
역시 깨어 있었잖아.
"웃지 마세요."
"아아, 그래."
대공이 하하 웃으면서 대답했다.
'웃지 말라니까.'
얼마나 시간이 흘렀을까.
'지금까지 웃고 있단 말이야?'
트리스탄은 아리아가 질려 할 때까지 어깨를 떨면서 웃었다. 그리고 겨우, 겨우 웃음을 거뒀다.
"하아, 정말. 이렇게 웃어 보는 건 또 처음이군."
그런가. 아리아는 그가 무슨 말만 하면 웃길래 웃음이 되게 헤픈 줄 알았다. 트리스탄은 상체를 그녀 쪽으로 기울이며 물었다.
"내 잠든 얼굴이 그렇게 천사 같았나?"
"……."

아뇨. 미궁 속에 봉인된 마왕 같았어요. 아리아는 얼굴을 쓸어내렸다. 급격하게 피곤해지는 기분이었다.

"진지하게 들어야 효과가 있어요."

아리아는 최대한 엄한 표정을 지어 보이며 말했다. 그러자 세상에서 가장 진지함과 어울리지 않는 사람이 그녀의 말에 반항적인 미소로 화답했다. 빛바랜 잿빛 눈동자가 장난기로 반짝이는 듯했다.

"내 얼굴이 천사처럼 곱다는데, 설레서 어떻게 자라는 거지?"

아, 좀 자라고. 아리아는 한쪽 손을 들어 대공의 눈을 가려 버렸다. 한쪽 눈밖에 가려지지 않았다. 그래서 다른 쪽 손도 들어서 가렸다.

"눈 감아요."

대공은 순순히 눈을 감았다. 그의 어깨를 꾹 눌러서 다시 침대 위에 눕히려고 했다. 꼼짝도 하지 않아서 낑낑거리자 노력이 가상하다고 생각했는지 순순히 누워 주었다.

'충격이다, 진짜.'

사실 태연하게 반응했지만, 아리아는 내심 충격을 받았다. 그녀의 노래를 듣고서 배를 붙잡고 웃는 사람은 태어나서 처음 봤기 때문이다.

'뭔가, 자존심 상해.'

최대한 요력을 배제하고 부르긴 했지만 말이다. 혹시 그의 광기를 자극할까 봐, 최대한 살살 부른 건데.

'이번에는 제대로 홀려야지.'

아리아는 큼, 하고 작게 헛기침을 한 뒤에 물었다.

"다른 자장가도 있어요."

"거기에도 아기와 엄마와 해님 달님 별님이 등장하나?"

어떻게 알았지. 그뿐만 아니라 아기 새, 여우, 다람쥐까지 등장한다.

"……저 갈게요."

아리아는 정곡을 찔려서 뺨을 붉히며 슬슬 뒷걸음질을 쳤다. 이미 한 번 제대로 웃음이 터져 버린 이상, 자장가를 진지하게 듣기를 바라는 건 무리일 것 같아서.

'제발 잘 수 있게 해 달라고 애원할 때쯤 와야 진지하게 들으려나.'

아니, 그런데 자장가 가사가 대부분 그런 걸 어쩌란 말인가.

"가지 마. 방금 정말 잠들 것 같았어."

트리스탄은 웃음기 어린 얼굴로 그녀의 옷자락을 잡아끌었다. 토라진 아이를 달래는 것처럼 부드럽고 상냥한 음성이었다.

'저렇게 말할 줄도 아는구나.'

전보다 약해져서 그런지 사람이 좀 달라 보인다. 아리아는 대공이 이끄는 대로 다시 침대 앞에 섰다. 그는 아리아의 손을 멋대로 가져가 자신의 가슴 위에 얹어 놓았다.

"자장자장 다시 해 봐."

"자장자장……."

얼떨결에 가슴께를 토닥였다. 그가 반쯤 감겨 있던 눈꺼풀을 감고 나른한 숨소리를 뱉었다.

다시 노래를 불렀다. 이번에는 요력을 제대로 실어서. 몽환적인 미성이 고요한 실내를 잔잔하게 울렸다.

"아가야, 아가야. 귀여운 아가야.

지금은 자야 할 시간이란다.

해님도 졸려서 집에 가고,

아기 새도 여우도 다람쥐도 다 돌아갔단다.

아가야, 아가야. 사랑스러운 아가야.
지금은 자야 할 시간이란다.
쉿. 눈을 감고 귀를 기울이면,
별님이 속삭이는 소리가 들릴 거란다.

아가야, 아가야, 달콤한 꿈을 꾸렴.
수없이 많은 꿈들이 네 안에서 반짝인단다.
두려워 말고 잠들렴. 안녕, 잘 자.
악몽이 오거든 다 가져갈게. 잘 자렴, 아가."

음, 음—
자연스럽게 허밍을 이어 가면서 대공의 안색을 살폈다. 굳이 눈 앞에 손을 대고 흔들지 않아도, 이번에는 알았다.
'잠들었네.'
편안한 얼굴로 고운 숨소리를 내면서. 늘 대공의 곁에 흐르는 숨 막히는 위압감도 사라지고 없었다. 얌전히 잠든 모습이 아까와는 딴판일 정도로 다른 분위기를 풍겼다.
'흠, 천사까지는 아니더라도……'
타락한 천사 정도는 되지 않을까.
'아무래도 천사치고는 피가 어울리게 생겼으니까.'
미래의 로이드에게 유전자를 고스란히 물려준 얼굴이라서. 아리아는 잠든 대공의 볼을 콕 찌르며 무례한 생각을 하다가 물러났다. 그리고 방 밖을 나서려다가,
'음.'
문틈 사이로 잠든 대공을 흘끗 보며 밤 인사를 건넸다.
"좋은 꿈 꾸세요."

제10장 511

오늘은 편히 잠들었으면 좋겠어요. 악몽은 다 제가 가져갈 테니.

"성녀님."

—기사님!

베로니카는 기다렸다는 듯 밝은 목소리로 답했다. 그리고 통신구 너머에 있는 가브리엘의 얼굴을 유심히 확인했다. 그녀는 그가 어디 다친 데는 없는지 꼼꼼히 살피고 난 뒤에야 안심했다는 듯 환하게 미소를 지었다.

—연락이 늦으셔서 계속 걱정했어요. 혹시나 무슨 고초를 겪진 않으셨을지…….

그러자 가브리엘은 그녀를 따라 부드럽게 미소를 지었다. 베로니카는 늘 한결같았다. 한결같이 내리쬐는 햇살을 닮은 사람이었다. 말 한마디가 포근하고 따사로워 절로 입가에 미소가 맺히는.

"그 점은 전혀 걱정하지 않으셔도 됩니다. 아무리 악마 숭배자라고 해도 계약 관계로 엮인 수련생을 핍박하지는 않으니까요."

좋으나 싫으나 도움을 받아야 하는 처지인데 험한 짓을 할 리 없었다.

'그저 무시할 뿐이지.'

무시당하는 건 교황청에 있을 때부터 가브리엘의 일상이었기에 오히려 그 정도의 분위기가 편했다.

—그래도 힘든 일은 없으신가요?

"아뇨, 딱히."

—핍박은 없어도, 따돌린다거나.

"차라리 그게 낫지 않겠습니까. 악마를 숭배하는 자들에게 관심을 받는다고 해도 도리어 불쾌할 뿐입니다."

가브리엘은 베로니카를 안심시키기 위해 말을 이어 가다가 흠칫 몸을 굳혔다. 아리아를 떠올린 탓이었다.

'대공자비.'

아리아드네 발렌타인. 처음에는 그녀가 대공자비인 줄 전혀 모르고 접근했다. 시녀에게 건네받은 꽃다발을 안은 채 해사하게 웃는 얼굴이 어딘지 익숙해서. 어디론가 끌려가 끔찍한 짓을 당한 줄로만 알았던 아이가, 멀쩡하게 살아 있어서.

'처음에는 혹시 발렌타인으로 팔려 온 건가 싶어서 걱정했지만……'

다행히도 그건 아닌 듯 보였다. 팔려 왔다기에는 품에 안은 꽃만큼이나 활짝 핀 얼굴을 하고 있었으니까. 악마 숭배자들 틈에서 그렇게 해맑을 수 있다는 게, 도무지 이해 가지 않았지만.

그래도 납치된 게 아니었으니 그렇게 넘어갈 생각이었다. 아리아가 가브리엘을 가장 낮은 곳에서 구한 게 자신이라는 말만 하지 않았더라면.

'도무지 예측할 수 없는 아이.'

악마의 신부가 되어 아무렇지도 않게 기도를 올리고 사나운 괴물을 길들이고 그를 천사님이라 부른다.

'그리고 성녀님과 같은 말을 했지.'

말이야 우연히 겹칠 수도 있지만.

'상황조차 완벽하게 겹쳐.'

교황청에서 무시당하는 가브리엘. 그런 그를 구일하게 챙겨 주고 아껴 주는 성녀 베로니카.

대공성에서 무시당하는 가브리엘. 그런 그를 유일하게 챙겨 주고 아껴 주……지는 않지만. 아무튼, 친절하게 대해 주는 대공자비.

'대체 이 묘한 찝찝함이 어디서 오는지 이제야 알겠어.'

가브리엘은 뒤늦게 깨달았다. 왜 처음부터 그녀에게 그토록 모질게 대할 수 없는가 했더니.

"닮은 사람을 만났습니다."

―닮은 사람?

"네. 성녀님을 겹쳐 보게 되는."

가브리엘은 베로니카를 홀로 둔 채 떠나온 게 불안하고 걱정되고 그리웠을 뿐이다. 그래서 그녀와 비슷한 사람에게 우유부단한 태도를 보인 것이고.

'두 분께 죄를 지었군.'

이건 양쪽 모두에게 무례한 생각이었다. 인간은 각자의 개성과 삶을 가지고 있는데, 자신을 대하는 태도가 비슷하단 이유로 다른 사람을 겹쳐 보다니.

가브리엘은 미안한 마음이 들어 고개를 푹 숙인 채, 미숙한 마음을 품었다는 것에 반성했다. 그래서, 베로니카의 표정이 순식간에 싸늘하게 굳어 버린 걸 보지 못했다.

―아, 하지만 그건 가짜잖아요.

"네?"

가브리엘은 퍼뜩 고개를 들었다. 성녀님이 사람을 두고 '그건 가짜'라고 지칭했다는 게 믿기지 않아서.

'가짜?'

통신구 너머의 베로니카는, 굉장히 안타깝다는 표정을 하고 있었다.

―진짜 제가 아니라는 뜻이었어요.

"아…… 그렇긴 하죠."

―제가 그리우셨군요.

가브리엘은 얼굴을 붉혔다. 거의 고백에 가깝게 털어놓다가 속마음을 읽혔다는 사실이 부끄러워졌다.

―하지만, 놀랍네요. 발렌타인 성에 저와 비슷한 분이 계실 줄은 몰랐거든요.

"아뇨, 전혀 다르십니다. 그저 외로울 때 손을 뻗어 주시는 게 비슷하다고 제가 멋대로 느꼈을 뿐입니다."

―그래요?

"예. 그리그 제 생명의 은인이기도 하시고요."

―그건 처음 듣는 말인걸요.

"아, 죄송합니다. 사적인 얘기라."

아리아를 어디서 어떻게 만나서 어떻게 도움을 받았는지 얘기할 순 없었다. 그건 대공자비의 개인사였으니까. 허락 없이 남에게 말할 순 없었다.

―그거 정말…….

고마우신 분이네요……. 베로니카가 말끝을 흐리며 살짝 낮아진 음성으로 중얼거렸다.

―전 혹시 기사님이 홀로 고립되진 않았을까, 그러면 어떻게 위로를 드려야 할까 굉장히 고민했거든요.

그리고 안심했다는 듯 가슴에 손을 얹었다. 그린 듯한 미소를 지으며. 가브리엘은 걱정해 주셔서 감사하다고 답했다.

―하지만, 절 겹쳐 보며 그분을 대하면 굉장한 실례라고 생각해요.

"그건…….'

―나중에 사실을 알게 되면 슬퍼하시겠지요. 그분과 거리를 두는 편이 좋지 않을까요?

맞는 말이었다. 가브리엘은 자신의 실수를 다시 되짚어 주는 베로니카의 말에 목덜미를 문지르며 고개를 끄덕였다.

"그렇게 하겠습니다."

'쟤 왜 저래.'

아리아는 가장 맨 끝 좌석에 앉아 기도를 올리는 가브리엘을 돌아보았다. 원래 같은 의자에 양쪽 끝에 앉아 적당한 거리감을 유지하며 기도했는데 오늘따라 멀리 있었다. 아주 멀리. 너무 대놓고 피하고 있어서 도리어 이상해 보였다.

"저, 대공자비님."

응? 아리아는 그의 부름에 답하듯 동그랗게 뜬 눈으로 빤히 올려다보았다.

"한동안 기도실 열쇠는 제가 가지고 있어도 될지 여쭙고 싶습니다."

"……."

"대공자비님께서 매일 열쇠를 들고 오셔야 하는 게 번거로우실 것 같기도 하고요."

가브리엘은 지금 자신이 하는 말이 얼마나 이상한 말인지 자각하지 못하는 모양이었다.

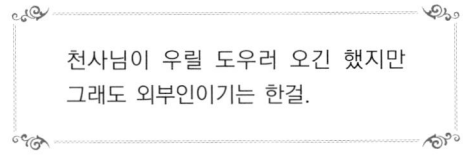

천사님이 우릴 도우러 오긴 했지만
그래도 외부인이기는 한걸.

아무리 그래도 외부인에게 열쇠를 쥐여 줄 수 있겠냐는 말에 가브리엘은 뺨을 붉혔다.

"죄, 죄송합니다."

본인이 말도 안 되는 부탁을 했다는 것을 그제야 깨달은 듯했다.

"절대 다른 뜻이 있었던 건 아닙니다."

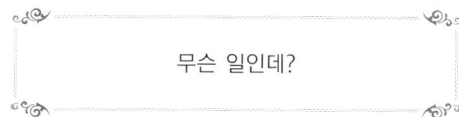
무슨 일인데?

"제가 대공자비님께 무례한 생각을 할 수도 있으니까 한동안 거리를 둘까 하고……."

이건 또 무슨 말이란 말인가. 아리아는 이 시절 가브리엘의 성격에 대해 잘 몰랐다. 하지만 혼자서 끙끙 앓으며 살질할 것 같단 사실 하나만은 아주 확실히 알겠다.

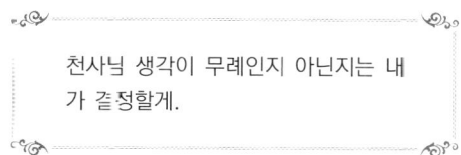
천사님 생각이 무례인지 아닌지는 내가 결정할게.

그러니까 구슨 일인지 말하라는 뜻이었다. 가브리엘은 솔직히 말할 수밖에 없었다.

"제게 소중한 분이 계시는데……."

그가 말을 끝내지도 않았는데 누구인지 짐작할 수 있었다. 성녀 베로니카를 말하는 거겠지.

"그분과 대공자비님을 처음부터 계속 겹쳐 보게 되었습니다."

아리아는 그 말에 내심 놀랐다. 과거에 들었던 말이 떠올라서.

"성녀님을 그대로 흉내 내면 네가 요괴가 아닌 것 같은 기분이라도 드는 모양이지?"

가브리엘이 빈정거리며 한 말이다. 그 당시에는, 신관들만 쓸 수 있는 치유의 능력을 성녀인 척 쓰지 말라는 뜻으로 알아들었는데.
그녀는 세이렌이라는 걸 밝힌 적도 없고 베로니카와 아직 만난 적도 없었다. 그런데 비슷한 말을 또 들으니 놀랄 수밖에.
'나와 베로니카의 느낌이 비슷하기는 한 모양이지?'
아리아는 고개를 갸우뚱 기울였다. 뭔가 느낌이 좋지 않았다.
'뭐 아무래도 상관없지만.'
어쨌든 아리아는 남들이 뭐라 하든 간에, 오직 로이드만 행복하면 그만인 사람이었다. 가브리엘이 자신을 성녀와 겹쳐 보든 말든 아무래도 상관없었다.
서운하거나 실망이랄 것도 없었다. 그가 먼 훗날 아리아를 기억해 주고 한 번쯤 도움을 준다면 그 정도로 충분했으니까.

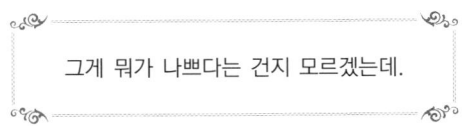
그게 뭐가 나쁘다는 건지 모르겠는데.

"네?"
당연히 기분 나빠 할 줄 알았던 걸까. 가브리엘은 어안이 벙벙해 보였다.

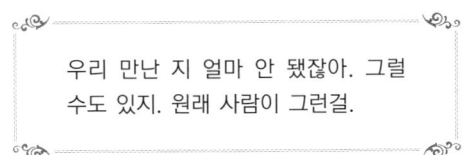
우리 만난 지 얼마 안 됐잖아. 그럴 수도 있지. 원래 사람이 그런걸.

"원래 사람이 그렇다고요?"

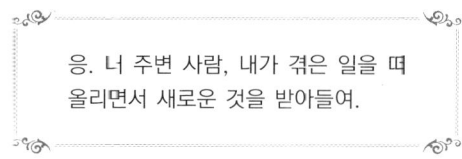

응. 너 주변 사람, 내가 겪은 일을 떠올리면서 새로운 것을 받아들여.

"그, 그렇습니까?"

응. 아리아는 고개를 끄덕였다. 모든 상황에서 그렇지는 않지만 그럴 때가 꽤 많기는 하지. 자신의 주변을 이루는 환경과 비슷한 성질의 것을 만나면 안도하며 쉽게 받아들인다.

그리고 완전히 상반되는 것을 만나면 일단 처음엔 거부감을 느끼지. 물론 그 이후 익숙해지거나 배척하거나 방향이 갈리게 되지만 말이다.

'그래서 내가 기도를 시작한 거야.'

알기는 알려나 모르겠다. 아리아는 그가 자신의 모습에서 성녀를 떠올렸다면, 의도한 바는 아니었지만 잘된 일이라고 생각했다. 그만큼 쉽게 받아들일 터이니까.

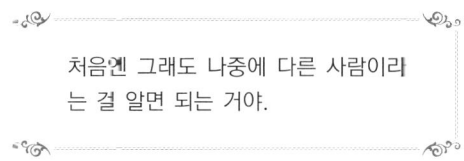

처음엔 그래도 나중에 다른 사람이라는 걸 알면 되는 거야.

"그런, 그런 겁니까?"

응. 아리아는 고개를 재차 끄덕였다.

'너 친구 없지.'

그 말은 삼키면서. 왜냐하면, 그렇게 말하기엔 그녀도 친구가 없었기 때문이다…….

'어쨌든.'

대체 가르시야에서는 애한테 뭘 가르치는 걸까, 속으로 좀 의아했다. 그냥 자연스러운 인간의 본능을 가지고 죄책감을 느끼게 하다니. 심각하게 잘못된 교육 방식인 듯한데.

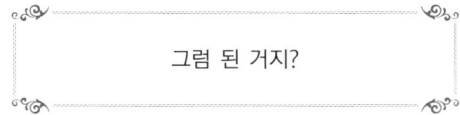

그럼 된 거지?

"죄송합니다. 제가 성녀님 외에 사람을 사귀어 본 적이 없어서……."

그럴 것 같았다. 아리아는 괜찮다는 뜻에서 그의 어깨를 두어 번 두드려 준 뒤에 새로운 카드를 내밀었다.

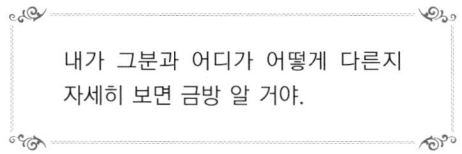

내가 그분과 어디가 어떻게 다른지 자세히 보면 금방 알 거야.

그 말에 가브리엘은 금빛이 희미하게 섞인 물색 눈동자를 크게 떴다. 그리고 천천히 고개를 끄덕였다.

"아, 여기 있었군."

다음 날 트리스탄이 아리아를 찾아왔다. 그는 멋대로 의자에 느른하게 기대앉아 사용인과 호위 기사를 방 밖으로 내보냈다.

"이제 괜찮으세요?"

"덕분에."

그는 불면증에 시달리기 전의 모습으로 돌아와 있었다. 쿨론 후계자에게 자신의 힘을 실시간으로 물려주고 있는 상황에서 완전히 멀쩡할 순 없겠지만.

'적어도 곁보기엔 괜찮아 보여.'

아리아는 안도했다. 사실 그전에는 당장 별궁에 갇혀야 하는 게 아닌가 걱정될 정도였으니까.

"자."

그때 금빛 반짝이는 것이 휙 하고 날아왔다. 아리아는 얼떨결에 그것을 벌레 잡듯이 양손으로 착 하고 잡았다.

'이건……'

열쇠?

"결혼 선물."

음, 딱히 괜찮은데. 트리스탄에게는 그동안 받은 게 엄청나게 많았기에 아리아는 떨떠름한 반응을 보였다.

"무슨 열쇠인데요?"

"네 방."

아리아는 생각지도 못했다는 듯 눈을 동그랗게 떴다. 다락방도 아니고 세이퀜을 가둬 놓기 위한 감옥도 새장도 아니었다.

'나만의 공간이 생기는 거야?'

그동안 별궁의 손님방을 쓰고 있었기에 아리아는 가슴이 두근거리기 시작했다. 그녀는 설레는 마음으로 뺨을 발갛게 물들이며 대공을 보았다.

"정말 감사해요."

"어째 네 놀이방을 만들어 줬을 때보다 더 기뻐하는군."

그야, 갑자기 유원지만 한 놀이방 같은 게 생겨도 아리아는 어떻게 놀아야 할지 전혀 몰랐다. 그저 떨떠름할 뿐이었다. 하지만 나만의 방을 가지는 건, 아리아의 소원 중 하나였으니까.

"들여놓은 가구들과 장식품은 내가 손수 골랐다."

손수? 갑자기 불안해지기 시작했다.

"그렇게 마음에 든다면 지금 구경하러 갈 텐가?"

흡족한 미소를 보이던 대공이 물었다. 충동적으로 하는 제안 같았다. 왠지 그렇다고 대답해 주길 바라는 기색이라 고개를 끄덕였다.

'나도 내 방이 궁금하니까.'

손수 골랐다고 했다. 아리아는 대공의 미적 감각을 매우 의심하고 있었기에 미리 각오하기로 했다.

"좋아."

트리스탄은 그렇게 말하며 대뜸 아리아를 번쩍 들어 올렸다. 무슨 갓난아기 안듯이.

'기분 좋아 보여.'

아리아가 묵던 손님방이 대공의 긴 다리만큼 성큼성큼 멀어져 갔다. 아리아는 갑자기 훌쩍 높아진 눈높이와 빠른 속도감 때문에 대공의 옷자락을 꽉 움켜쥐었다.

어느새 방문 앞에 도착했다. 대공은 그녀를 가뿐히 들어 내려놓았다. 아리아는 열쇠를 쥐고 손가락을 꼼지락거리다가 그를 올려다보았다.

"열어 보지 않고 뭐해."

음, 긴장되기도 하고.

'무슨 기상천외한 방이 튀어나와도 충격받지 않게 각오를 좀…….'

아리아는 잠시 침을 꿀꺽 삼킨 뒤 열쇠 구멍에 열쇠를 꽂아 넣었다. 찰칵하는 경쾌한 소리와 함께 문이 열렸다.

"와……."

입술 새로 감탄이 새어 나왔다. 그런데 문 너머의 광경은 상상했던 것보다 더, 환상적이었다.

'숲속에 온 것 같아.'

선명한 초록색 벽, 그리고 원목 몰딩이 마치 사이프러스로 가득한 숲을 보는 듯했다. 천장에 매달린 샹들리에는 크리스털이 나비 모양으로 정성스럽게 세공되어 있었다.

벽면에 걸린 그림은 전부 숲과 귀여운 산짐승, 꽃들이었다. 곳곳에 놓인 화분에서 싱그러운 풀냄새와 꽃냄새, 나무 냄새가 났다.

'내가 좋아하는 것들로 가득해.'

기억해 주고 있었구나. 무심코 한 발자국 앞으로 내디뎠다가 화들짝 놀랐다.

'복슬복슬한 털.'

녹색 러그가 방 전체에 깔려 있었다. 얼핏 보기에 잔디처럼 보이는데 걸을 때마다 바닥이 푹신푹신했다.

"이 방을 정말 아버님이 꾸며 주신 건가요?"

아리아는 이게 정말 당신의 감각이 맞는지 대놓고 묻고 달았다.

"사비나가 의견을 주긴 했지."

그러자 대공은 부인의 도움을 받긴 받았다고 이실직고했다.

'사비나가…….'

아리아는 방 곳곳을 기웃거리며 조심스럽게 모든 물건을 건드렸다. 귀엽고 신기한 동물 장식품들도 많았다. 하나같이 보석이 박혀 있었다.

'앗, 토끼다.'

아리아는 침대 위에 놓여 있는 새하얀 토끼 인형을 발견하고 다가갔다. 누르면 손가락이 그대로 꾹 들어갈 정도로 푹신하고 부드러웠다.

"아, 그건 유일하게 내가 고른 게 아니군."

아리아는 대공의 말에 토끼 인형을 의아하게 내려다보았다.

'사비나의 선물? 아, 잠깐만······.'

토끼. 누구의 선물인지 단박에 알 수 있었다.

'······아버지랑 사이 안 좋은 거 아니었어?'

아리아는 숙였던 고개를 들어 대공과 토끼 인형을 번갈아 응시했다. 대공의 주도하에 방을 꾸민 거라면 로이드의 선물이 여기 있는 게 말이 안 됐다. 서로 상종도 안 하는 사이 아니었나?

'상종도 안 하는 것 이전에 아무렇지도 않게 패륜 선언도 하던데.'

그러자 트리스탄은 단 한마디로 설명했다.

"갑자기 나타나서는 오다 주웠다고 던지고 가던데."

"······."

음. 아리아는 미묘한 표정으로 토끼 인형을 내려다보다가, 이내 웃으며 꼭 끌어안았다. 인형에서는 새 물건 특유의 냄새가 났다. 아무래도 두 부자 사이가 아예 가망이 없어 보이지는 않았다.

─❦─

'보들보들 푹신푹신.'

아리아는 토끼 인형을 끌어안았다. 아주 '꼭' 끌어안았다.

"······."

굳이 로이드의 앞에서 그에게 받은 토끼 인형을 꼭 안고 있었다.

"할 말 있어?"

그가 참다못해 물었다. 하지만 아리아는 대답하지 않고 토끼 인형에 얼굴을 묻으며 웃었다.

"별걸 다 끌어안고 있어……."

로이드는 미미하게 볼을 붉히며 아닌 척 토끼 인형을 흘끔거렸다.

'반응 귀엽다.'

커 버린 뒤에도 저렇게 귀여울까? 저렇게 귀여운 소년이 그런 어른으로 자란다는 게 믿기지 않았다.

'물론 어른 로이드가 싫은 건 절대 아니지만.'

귀엽지 않았던 것은 확실하니까. 이 모습을 오래 즐기고 싶다. 아리아는 로이드의 머리를 쓱쓱 쓰다듬었다.

"……."

로이드는 하던 것을 멈추고 말없이 아리아를 지그시 응시했다. 하지만 이제 익숙해진 것일까. 어느새 그녀의 손길을 따라 자연스럽게 머리를 기울였다. 그는 눈을 반쯤 감고 길고 촘촘하게 박힌 검은 속눈썹을 늘어뜨렸다.

"아, 미친……."

갑자기 표정을 굳히고 욕을 하면서 손을 떼어 냈지만. 아리아는 눈을 휘둥그레 뜨며 소년을 올려다보았다.

"왜 욕을 하고 그래……."

달빛을 받아 새하얗게 빛나는 피부에 옅은 홍조가 돌았다. 로이드는 제 뺨을 잠시 손등으로 문지르다가 정색하며 말했다.

"편지나 읽어."

나한테 왔다고? 아리아는 로이드가 대뜸 내민 편지 뭉치를 보고 당황했다. 수십 장은 되어 보이는 편지에 각각 가문의 인장이 찍혀 있었다.

'이건…….'

초대장이었다.

'하긴, 슬슬 궁금해서 안달 낼 때쯤이 되었지.'

로이드가 사고를 치는 바람에 사교계에 소문이 퍼졌을 거다. 대공자가 어떤 영애에게 홀딱 반해서 황제의 권위에 도전했다. 간이고 쓸개고 빼주고 있다.

'뭐 그런 느낌의 소문이 퍼졌을 테니까.'

대체 어느 가문의 누구인지 궁금해서 미쳐 버릴 지경이겠지.

'그런데 로이드가 이걸 왜 내게 전해 준 거지?'

설마 나보고 사교계에 데뷔하라 준 건 아닐 테고. 아리아는 그를 올려다보았다.

"편지 중에서 가장 괜찮은 가문을 추려 왔어. 그중 네 이름을 올릴 가문을 하나 골라."

이름을, 올린다고? 무슨 의미인지 바로 알아듣기가 힘들었다.

"네 친가를 고르라고."

"그럴 수가 있는 거야?"

멀쩡히 친아버지가 살아 있는데 입양을 갈 수 있다고?

"코르테즈 백작은 네 친권을 포기했으니까."

로이드는 서류가 든 봉투를 흔들어 보였다. 그 안에는 코르테즈 백작이 아리아를 팔아넘길 때 작성했던 계약서가 들어 있었다. 아리아는 소년이 무슨 생각으로 이런 제안을 하는 건지 알 것 같았다.

"내가 세이렌이라는 사실을 최대한 숨기려 하는 거구나."

"네가 그러고 싶어 하는 것 같아서."

로이드가 무심한 표정으로 대답했다. 말의 내용은, 전혀 그렇지 않았지만. 오히려 섬세할 정도로 그녀를 배려해 주고 있지 않은가.

아리아는 희미하게 미소 지었다. 항상 듣고 싶은 말만 해 주고, 항상 필요한 것을 알아채 준다. 이 대공성의 모두가 그랬다.

"어차피 이름만 올릴 거니까 깊게 생각할 필요 없어."

"그런데 하 줄까? 누군지도 모르는 여자애를 가문 명단에 올리는데."

귀족들은 대체로 본인 가문에 대한 자부심이 보통이 아니었다. 특히 고위 귀족이나 명문 가문이라면 말할 것도 없었다. 그러자 로이드가 무슨 쓸데없는 걱정을 하느냐는 듯 답했다.

"별걱정을. 발렌타인 앞에선 모두가 평등할 텐데."

"……."

음, 확실히 평등하게 밑이기는 하지. 황제도 한 수 접어 줄 정도니까.

"네가 결정을 내리던 끝이야. 다들 내가 결정을 번복하는 걸 끔찍하게 싫어한다는 거 알고 있을 테니까."

아리아는 로이드가 가신들과 나눴던 '검의 대화'를 떠올렸다.

'알고 있는 게 아니라 알게 만드는 거잖아.'

일단 고개를 끄덕이며 편지에 찍힌 가문의 문장을 전부 확인했다.

'괜찮은 가문을 추려 왔다더니.'

하나같이 역사가 깊고 이름도 널리 날린 쟁쟁한 가문들뿐이었다. 그런데 그중에서 익숙한 가문을 발견하고 표정을 딱딱하게 굳혔다.

'매화꽃.'

고결한 마음과 충실, 맑은 마음을 뜻하는 문양으로 아주 유명한 가문이었다. 딱 그 가문을 상징하는 문양만큼 청렴한 마음가짐으로 노블레스 오블리주를 실천하는 대표적인 가문이었기 때문이다.

'수도 내에서 열 곳의 고아원을 운영하고, 끊임없이 자선 행사를 진행하고, 그 가문에서 입양한 아이들만 해도 서른 명이 넘는.'

게다가 입양한 아이들을 모두 훌륭한 인재로 키워냈다. 귀족들의 모범이 되는 귀족 중의 귀족. 그렇게 알려져 있었다.

'실상은 전혀 다르지만.'

샤토 백작가. 사리사욕을 위해 아리아를 황제에게 팔아넘기는 데 일조한 가문이다.

"마치 천상의 노래 같군요. 하늘과 가장 가까이 맞닿은 듯합니다."

처음 샤토 백작이 살롱을 방문했을 때, 아리아는 굉장히 의아하게 여겼던 기억이 있다. 선한 자선 사업가이자 강직한 교육인으로서 명망이 높은 그가 설마 세이렌의 노래를 들으러 찾아올 줄 몰랐기 때문이다.
'제국 귀족은 대부분 타락한 자들이지만, 드물게 신념과 품위를 지키는 소나무 같은 자도 있으니까.'
하지만 고고하고 강직한 성품을 가진 사람들은 제 발로 세이렌을 찾지 않았다.
'그가 찾아왔을 때만 해도 그랬어.'
아리아는 그때 처음으로 샤토 백작의 인품을 의심하게 되었다.

"이런 음침한 저택 지하는 세이렌님께 어울리지 않습니다."
"……이보다 제게 어울리는 곳이 있겠습니까."
"천상의 노래는 천상에서 부르셔야지요."
"천상?"
"가르시야 제국 말입니다. 신의 음성을 들을 수 있는 유일한 곳. 그곳만큼 세이렌 님과 어울리는 곳이 어디 있겠습니까."

샤토 백작은 은근슬쩍 아리아에게 신성제국의 이름을 흘렸다. 샤토 가문은 일찍이 신성제국과 깊은 교류가 있었다. 이든교의 이름으로 선행을 베풀어 타국의 선교자로서 가르시야의 호감을 사 왔기 때문이다.

'그때 백작은 나를 가르시야로 보내서 교황의 환심을 사려고 했던 거겠지.'

그의 속내를 전해 들은 코르테즈 백작이 격노하며 샤토 백작에게 축객령을 내리기 전까지 말이다. 샤토 백작은 감이 빠른 자였다. 처음 계획이 실패하자 다른 방식으로 아리아를 이용할 계획을 세웠다.

'나를 황제에게 팔아넘길 계획을.'

샤토는 제국 내에서도 종교 전쟁으로 큰 이득을 챙긴 가문 중 하나였다. 그들은 전쟁으로 인해 고아가 기하급수적으로 늘어나자, 황실과 귀족 가문으로부터 지원금을 받았다.

'전쟁고아들이 제대로 된 고아원에서 보살핌을 받지 못할수록, 수도는 범죄가 판을 치고 무법지대가 되어 버리기 마련이니.'

그때는 제국이 그렇게 쉽게 몰락하리라고는 상상도 못 했던 때였다. 귀족들은 기꺼이 후원해 주었다. 그리고 전쟁이라 한참 인력난에 시달릴 때, 고아원에서 교육받은 노동력을 제공받았다.

'물론 백작이 제공한 일꾼들은 하나같이 충성심 깊은 그의 정보원이었고 말이야.'

그 뒤 샤토 백작은 자신의 계획을 본격적으로 실행했다. 그는 아리아를 소유하고 싶어 하루하루 미쳐 가는 황제에게 찾아가 광장에서 처형식을 거행하라고 속삭였다.

"폐하께서 찾으십니다, 세이렌 님. 이제 그분의 새장 속에서 편히 지내시지요."

아직도 그녀는 황궁 지하 감옥까지 찾아와 속삭이던 백작의 비릿한 미소를 잊을 수 없었다. 그는 차라리 죽기만을 바라던 아리아를 황제에게 끌고 갔다. 그리고 그녀와 같은 체구를 가진 사람을 이용해, 가면을 씌우고 처형식을 올리게 했다.

'샤토 백작이 운영하는 고아원 출신의 아이였어.'

아리아를 온전히 세상에서 지워 내기 위해 아무 죄도 없는 무고한 생명을 죽인 것이다.

'심지어 나와 똑같이 보이게 하려고 한쪽 얼굴을 망가뜨리고 다리를 부러트리면서.'

그런데 그뿐만 아니었다. 황제의 새장에 갇히고 나서 뒤늦게 알게 된 사실이 있었다.

샤토 백작은 황제가 세이렌의 노래에 중독된 이래, 수년간 음색이 비슷한 소녀들을 바쳐 왔다. 노래에 타고난 재능이 있는 그녀들을 교육하고, 그녀와 같은 머리카락 색으로 염색시킨 뒤 가면을 씌워서 말이다.

'황제는 그때 이미 미쳐 있었지.'

샤토 백작은 그 덕에 제국에서 엄청난 부와 명예와 권력을 챙길 수 있었다. 그리고 피네타 제국이 슬슬 무너질 기미가 보이자 기다렸다는 듯 가르시야로 망명했다.

'돌이켜 보면 애초에 교황에게 전쟁의 명분을 쥐여 준 것도 샤토 백작이었어.'

코르테즈 가문에 소속된 채 음지를 떠돌던 아리아를 그가 세상 밖으로 끌어냈기 때문이다. 덕분에 명예를 얻었고 찬사를 받았고 신성제국의 눈에 들어 전쟁의 빌미가 되었다. 교황으로서는 피네타 제국에 이만한 충신이 없었을 것이다.

"아리아드네?"

"……."

"아리아."

아. 문득 들리는 이름에 아리아는 고개를 들었다. 찬물을 뒤집어쓴 것처럼 바르게 상념에서 깨어났다.

로이드가 그녀의 어깨를 강하게 붙들고 있었다.

"너, 떨고 있잖아."

소년이 미세하게 떨리는 그녀의 손끝을 가리켰다.

"왜 그런 표정을 하지? 샤토 가문이 네게 뭔 짓이라도 한 건가?"

두려워서가 아니었다.

'분노가 등에 치밀어서.'

아리아는 손끝을 맞잡으며 아무것도 아니라는 듯 고개를 흔들었다.

'대체 세상은 왜 이토록 내게 모진 건지 알 수 없어서.'

왜. 대체 왜. 내가 뭘 잘못했기에. 왜 항상 혼자서 이토록 괴로워하며 살아야 했던 걸까. 왜, 나만 아파해야 했던 걸까.

'나는 사실 그런 삶을 원하지 않았어. 누구에게도 이용당하고 싶지 않았고 누구도 미치게 만들고 싶지 않았어. 그리고 사실은……'

잘 기억나지도 않는 까마득한 어린 시절, 분명 꿈이라는 게 있었다.

'꿈……'

제국 끝 남쪽 섬에는 바다가 옥빛이라지. 눈길이 닿는 모든 곳으로부터 쏟아져 내리는 폭포는 또 어떻고. 유목민이 사는 모래밖에 없는 금빛 사막의 땅도 있어.

끝도 없이 울창하게 피어난 정글도 늪도, 전부 푸르디푸르다 들었다. 눈이 시릴 정도로.

'그 광경을 전부 보고 싶었어.'

그런 때도 있었다. 하지만 아리아가 그토록 간절히 원했던 꿈은 영원히 이루어지지 않았다.

'그렇기에 꿈이라고 하는 거겠지.'

환상이며 신기루이기 때문에.

"무슨 생각을 하는 거지?"

"……."

"쌓아 두지 마. 너만 망가질 뿐이니까."

로이드는 또 입을 다문 채 상념에 잠긴 아리아를 억지로 끌어올렸다.

"말할 수 있잖아."

예전 같았으면 꼭꼭 숨기려고 들었을 텐데. 매일 기도하고 바라도 이루어질 리 없다는 걸 알고 있었으니까.

'악몽보다 더 악몽에 가까운 현실에서 벗어날 수 없다는 것을 뼈저리게 깨우쳤으니까.'

하지만 신에게 기도조차 하지 않게 된 아리아가, 입을 열었다.

"이기적으로 살고 싶었다는 생각."

악마가 될 소년에게.

"잊고 있었는데 꿈이 있었어. 하고 싶은 것도 많았어."

"무슨 꿈."

"그림 배우고 싶어. 검술도 배우고 싶고 요리도 배우고 싶어."

"또."

"승마도 배우고 싶어. 여행도 가고 싶어. 난 자연이 좋아. 살아 숨 쉬는 게 좋아. 돌아다니며 그림도 그리고, 검도 휘두르고, 야영하면서 직접 요리도 하고, 말도 타고……."

한 번 말문이 터지자 두서없는 말들이 끝도 없이 이어졌다. 아무에게도 말한 적도, 말할 리도 없었던 소원. 사실 대공국을 선택한 대가로, 이 꿈은 당연히 포기하고 있었다. 포기해야만 할 줄 알았다.

"검술은 직접 가르쳐 줄게."

로이드가 그녀의 보잘것없는 꿈 얘기를 진지하게 들어주기 전까지는.

"그림은 선생을 붙여야겠군."

"선생?"

"요리는 베이커만 한 자가 없지."

그야, 아주 잘 알지.

"동물들이 널 유독 잘 따르니 말을 타는 건 금방 터득할 거다. 승마술을 익힐 수 있게 될지도 모르지. 숲에 네가 좋아할 만한 장소를 알아. 같이 가."

"……."

"또 있나?"

로이드가 물었다. 아리아는 고개를 저었다. 소년에게서 시선을 떼지 못한 채.

"내가 원하는 건 그토록 원하면서 네가 원하는 건 금방 포기하는군."

"……."

"네 것이다. 네 마음이야. 포기하지 마. 누가 포기시키려 들면, 빼앗으려 들면, 죽여서라도 돌려받아 내."

그 순간, 그의 새까만 눈동자가 샤토 백작가의 초대장에 닿았다가 떨어졌다. 아리아는 분명한 살기를 읽었다.

"로이드는…… 무슨 생각 해?"

"토끼 숲에 데려갈 생각."

"아니잖아."

분명 형형한 눈으로 샤토 백작 초대장을 쳐다봤으면서. 분명 무슨 꿍꿍이가 있는 게 분명한데 로이드는 자연스럽게 말을 돌렸다.

"너, 더 크기 전까지 숲에 못 데려가."

"⋯⋯!"

내심 기대하고 있었던 아리아는 충격을 받고 입을 벌렸다.

"왜⋯⋯ 데려가 준다면서."

"넌 너무 약해."

"원래 발렌타인 출신들과 비교하면 모든 인간은 약해."

"아니, 경계 밖 기준으로도 약해."

아리아는 그 말에 생각에 잠겼다.

'내가 세이렌이라는 걸 알게 됐으니 작정하고 에너지를 숨겨서 약해 보이는 것을 말하는 건 아닐 테고.'

그렇다면 시한부라 약해 보이는 건가.

'그건 나도 어쩔 수가 없는데.'

아리아는 그럼 평생 로이드의 기준에 맞춰 줄 수 없을 터였다. 씁쓸한 웃음을 삼킨 그녀가 엉뚱한 말을 꺼냈다.

"로이드랑 같이 산책하면 강해질지도 몰라."

"⋯⋯."

그건 무슨 말도 안 되는 억지야. 로이드는 그렇게 생각했지만, 그녀에게 손을 내밀면서 말했다.

"그건 버려두고 이리 와."

초대장을 살펴보라고 할 때는 언제고, 그것들을 옆으로 쓱 밀어 치워 버리면서 말이다.

"어디 가는데?"

"안길래 업힐래."

"그냥 내 발로 걸으면 안 돼?"

"또 며칠 앓아누우려고."

안기는 것보단 업히는 게 낫지 않을까. 그렇게 속으로 고민하는 사이 로이드가 그녀를 번쩍 들어 버렸다.

'대체 왜 굴어본 거야.'

그리고 빠르게 방을 빠져나와 복도를 걸었다. 방문 앞을 지키고 있던 클라우드는 자연스럽게 그들의 뒤를 따랐다.

'발렌타인 대공이 안아 줄 때는 이런 기분이 전혀 아니었는데.'

그때는 별생각 없이 포근하고 안정적인 느낌이었는데. 지금은 자연스럽게 숨을 쉬기가 힘들고 심장이 빠르게 뛰어서 괜히 몸이 뒤틀렸다. 아리아는 괜히 발가락을 꾹 오므렸다가 펴길 반복했다.

그리고 그들의 뒤를 쫓는 기사에게 시선을 주다가 전언으로 물었다.

─어디 가?

"정원."

─아버님이 박살 났잖아.

"복구된 지가 언젠데."

정원이라면 산책한 적은 많았지만, 한밤중에 나와 보는 건 처음이었다.

'밤에 나와 봤자 아무것도 안 보일 텐데 의미가 있나?'

아리아는 문득 그런 생각이 들었지만 나쁘진 않았다. 언제 보든 풀과 꽃향기는 사라지지 않을 테니까.

─로이드, 내 발로 걷지 않으면 의미 없어. 전혀 운동이 되지 않는걸.

"그걸 누가 몰라. 그냥 안겨 있어."

정원에 도착했다. 아리아는 감탄하며 크게 입을 벌렸다. 안쪽으로 향할수록, 정원은 다양한 빛깔의 조경으로 점점 밝아졌다.

'저거 다 마나석이잖아.'

일루미네이션 마법이 걸려 화려하게 반짝이는 자태가 마치 수억

개의 별들을 따다가 뿌려 놓을 것 같았다.

'여기를 여태 몰랐네.'

생전 처음 보는 광경에 넋을 놓았다.

'왜 진작 밤에 와 볼 생각을 하지 않았을까.'

이건 최고급 다이몬트 광산의 소유자인 발렌타인만이 누릴 수 있는 사치일 것이다. 로이드는 정원의 가장 안쪽에 있는 꽃 그네 위에 그녀를 앉혔다.

아리아는 새하얀 장미꽃 위에 얹어진, 금빛으로 반짝이는 마나석을 떼어 냈다. 손안에 놓고서 가만히 들여다보았다.

'밤하늘의 별을 딴 것 같아.'

뿌듯한 기분이 들었다. 아리아는 희미한 미소를 짓다가 그것을 로이드의 손안에 쥐여 주었다.

"이건 왜."

―닮아서.

"대체 어디가."

소년은 영문을 모르겠다는 표정을 지었다. 하지만 그것을 순순히 주머니에 넣었다.

쏴아아―

정원의 분수대는 샹들리에보다 더 화려한 조명으로 빛나고 있었다. 넋을 놓을 만큼 장관이었다. 은하수가 흐르는 것 같았고 언젠가 아리아가 직접 두 눈으로 보고 싶었던 폭포를 닮은 것 같았다. 그녀는 그것을 지켜보다가 운을 뗐다.

―안젤로 가문이 좋겠어.

안젤로 공작가. 아리아가 받은 수많은 초대장 중에는 없는 가문이었다. 그리고 지난 삶에서 세이렌의 노래를 듣지 않은 가문이기도 했다.

'거의 유일무이하지.'

그들은 샤토 백작가처럼 나서지 않았다. 아무도 모르게 선행을 했다. 그들은 전쟁고아들에게 제 몸을 지킬 수 있도록 검술을 가르쳐 줬다. 그리그 금고가 텅텅 빌 때까지 무료 배식을 멈추지 않았다.

'공작과 그의 자식들은 제국이 수세에 몰렸을 때 선두에 서서 끝까지 싸우다가 전사했어.'

처음부터 끝까지 묵묵하게 제국을 수호하다가 떠난 자들이었다.

'받아들여지기 쉽지 않겠지만.'

만약 받아 준다면 그들만큼 신뢰가 가는 가문도 드물 것이다. 로이드도 그와 생각이 같았던 건지, 그녀의 의견에 수긍하며 고개를 끄덕였다.

"안젤로 공작이라면, 쉽지는 않겠군. 목에 칼이 들어와도 제 고집을 절대 꺾지 않는 자라."

역시 목에 칼을 들이댈 생각이었던 거잖아. 아리아가 눈을 가늘게 뜨고 로이드를 쳐다보자, 그 또한 비슷한 시선으로 그녀를 응시해 왔다.

"그런데 안젤로는 네가 어떻게 알지?"

"……."

"물론 피네타의 개국공신 중 하나지만, 왜 하필 안젤로를 고른 건지 모르겠군. 유명한 가문은 오히려 샤토이지 않나?"

로이드가 예리하게 핵심을 찔러 왔다.

'학대받고 살아왔을 아이가 가문의 평판과 실체에 빠삭하면 확실히 이상하지.'

아리아는 내심 당황했지만, 겉으로는 침착하게 대꾸했다.

─청렴하다 소문난 가문이 내게 초대장을 보내다니 이상하잖아.

소년도 그 부분에 대해서 미심쩍게 여기고 있었던 모양이다. 그는 잠시 말이 없었다.

─분명 뭐가 있을 거야.

"흠."

그렇군. 그 한마디로 끝이었다. 로이드는 그와 관련된 이야기를 멈추고 아리아를 다시 안아 올렸다.

"그만 들어가지. 날이 차."

더 추궁할 줄 알았는데 대화가 칼같이 끊어졌다. 당황하는 것도 잠시 아리아는 고개를 끄덕이며 소년의 목 뒤로 팔을 둘렀다. 어둠에 녹아든 그의 얼굴에서 유독 눈만 형형하게 빛나는 것 같다는 생각이 들었다.

며칠의 시간이 흘렀다.

아리아는 그동안 클라우드에게 '스트레칭'이라는 것을 배웠다. 신체를 쭉쭉 늘려서 뭉친 근육을 풀어 주고 유연하게 만들어 주는 운동이라는데.

'보기와는 다르게 엄청 힘드네.'

클라우드는 쉽게 해내는데 이게 왜 안 되지. 아리아는 다리를 쭉 펴고 앉아 발끝까지 손을 뻗었다. 손끝이 발목에 겨우 닿을락 말락 하고 있었다.

"처음부터 무리하실 필요는 없습니다. 근육이 다치니까요."

클라우드는 아리아를 조마조마하게 지켜보다가 걱정스러운 음성으로 말했다.

그녀는 스트레칭을 하다 말고 고개를 들었다.

'물론 맞는 말이기는 하지만.'

그 말 벌써 닷새째 듣고 있다.

'슬슬 근육이 찢어지더라도 무리할 때가 되지 않았나?'

아리아가 오기 어린 시선으로 발끝을 노려보고 있을 때였다.

"작은 마님! 디저트가 왔어요!"

명랑한 목소리와 함께 마로니에가 방문을 열고 들어섰다.

"오늘은 마론 크림이 잔뜩 올라간 몽블랑 케이크랍니다."

그녀는 새처럼 맑은 목소리로 조잘조잘 마론 크림과 몽블랑 케이크에 관해서 설명했다. 달콤하고 고소한 향기가 공기 중에 서서히 퍼졌다. 아리아는 하던 것을 멈추고 벌떡 일어나 테이블 앞에 앉았다.

"아이 참, 작은 마님. 듣고 계세요?"

미안, 안 듣고 있었어. 아리아는 최근 들어 점심 식사 시간과 저녁 식사 시간 사이의 티타임을 가장 기다리고 있었다.

'베이커가 가장 영혼을 담은 디저트를 내오기 때문이지.'

그녀는 잔뜩 기대한 얼굴로 포크를 집어 들었다. 마로니에가 갑자기 생각났다는 듯 아리아에게 말을 건넸다.

"그런데 그 소식 들으셨어요?"

호기심이 많고 말도 많고 발도 빠른 마로니에는 좋은 소식통이었다. 아리아는 마론 크림을 입에 집어넣으며 그녀를 응시했다. 크림만 퍼먹었는데도 느끼하지 않고 담백한 달콤함이 입 안 가득 퍼졌다.

"샤토 백작이 죽었대요."

뭐? 아리야가 들고 있던 포크를 쨍그랑 떨어트렸다. 누가 죽었다고?

'샤토 백작이 왜?'

갑자기 멀쩡하던 사람이 왜 죽는단 말인가. 게다가 그는 아리아가 죽은 뒤에도 살아남았던 자였다. 그녀는 카드에 글씨를 적을 정신도 없어 입술을 달싹였다.

―왜? 왜 죽어?

"살해당했다고 하더라고요. 아침에 변사체로 발견됐는데 누구에게 살해당했는지 알 수 없었대요."

아리아는 지난 삶에서 직접 샤토 백작의 미래를 지켜보지 못했다. 하지만 그가 어떻게 살아갈지 대충 예상할 수 있었다.

'끝까지 잘 먹고 잘살 사람인데.'

이렇게 허무하게 제 목숨을 내어 줄 이가 절대 아니었다.

"너."

그때 클라우드가 말을 끊어 내는 것처럼 단호하게 마로니에를 불렀다. 아리아와 마로니에는 깜짝 놀라서, 커다란 눈을 깜빡이며 기사를 돌아보았다.

"큼."

그러자 클라우드는 정색할 때는 언제고 갑자기 주춤한 기색을 보였다.

"그 일에 대해 입단속 하라고 시녀장에게 주의를 받지 않았나?"

그제야 마로니에는 클라우드의 존재를 알아차린 모양이었다.

"음, 그건 그렇지만……."

그녀는 웅얼거리며 말꼬리를 늘였다.

"저는 작은 마님이 언제나 우선인걸요. 마님에게 숨기는 일은 없어야 한다고 생각해요. 그 부분은 시녀장님께서도 이해해 주실 거예요."

"아직 어리신 분이 듣기에는 험악한 사건이다. 삼가도록 해."

열다섯 살 애가 나보고 어리대. 물론 이 중에는 아리아가 가장 어리긴 하지만, 정신 연령으로 따지면 가장 나이가 많은 게 아리아였다.

'뭐야, 어울리지 않게.'

왜 갑자기 입막음을? 아리아는 그를 매우 의심스럽게 응시했다. 클라우드는 곤란하게 됐다는 듯 뒷머리를 긁적였다.

"아무튼, 그것보다 더 중요한 소식은요."

그때 마로니에가 기사의 경고는 깡그리 무시한 채 말을 이었다. 그것도 본인이 듣는 앞에서 대놓고 무시하다니. 아리아는 담력이 보통이 아닌 자신의 시녀를 보며 속으로 감탄했다.

"샤토 백작이 죽은 후에 황실 치안대에서 조사에 들어갔는데, 글쎄, 백작가에서 운영하던 고아원이 범죄의 온상이었대요. 믿어지시나요?"

마로니에는 소름이 다 돋는다는 듯 어깨를 부르르 떨었다.

"귀족 중에서도 이름난 자선 사업가였지 않아요?"

"……"

"신약을 개발한다고 아이들에게 실험하질 않나 능력이나 외모가 출중한 아이는 점수를 매겨서 노예처럼 팔고 지원금을 받았대요."

샤토 백작의 고아원에는, 대외적으로 내세운 아이들과 뒤에서 입맛대로 이용하던 아이들이 있었다. 세이렌인 아리아조차도 한참을 겪고 난 뒤에야 도달한 진실이 세상에 밝혀진 것이다.

"제가 들은 소식은 여기까지. 지금 이 사건 때문에 온 제국이 떠들썩해요."

마로니에는 거기서 얘기를 마무리 지었다. 아리아는 말해 줘서 고맙다는 뜻으로, 몽블랑 케이크를 떠서 입에 쏙 넣어줬다. 그녀는 헤헤 하고 행복한 미소를 지으며 아리아를 꼭 끌어안았다.

"사실 이런 말 해도 되는지 모르겠지만, 인과응보예요."

마로니에의 말을 들어보니 현재 여론은, '귀족의 수치 같으니. 잘 죽었다.'인 모양이었다. 일반 백성들은 말할 것도 없고 귀족들 사이에서도 여론이 안 좋았다.

 '그들은 똑같이 나쁜 짓을 해도 그 사실이 공공연하게 드러나면 품위가 떨어진다고 생각했으니까.'

 뒤에서 범죄를 저지르고 다녀도 적어도 겉으로는 항상 우아하고 고상해야만 했다. 웃기지만 귀족들의 생태가 그랬다.

 '만약 샤토 백작이 그냥 죽으면 모두가 슬퍼하며 추모했을 텐데.'

 누가 일부러 정보를 풀었다.

 '치안대에서 수사할 수밖에 없게끔 말이야.'

 이건 아무리 눈치가 없어도 알 수밖에 없었다.

 '아마, 로이드가 한 일이겠지.'

 정확히 어떻게 무슨 짓을 했는지는 알 수 없었지만 말이다. 아리아는 클라우드를 돌아보았다. 그는 어색하게 느껴질 정도로 고개를 휙 돌려 그녀의 시선을 피했다.

 '거짓말 너무 못한다……..'

◈

 ─샤토 백작이 반역을 꾀하고 있다고 황제에게 거짓 정보를 밀고했어?

 아리아는 다짜고짜 본론을 던졌다.

 "무슨 말을 하는 건지 모르겠군."

 로이드는 그녀의 질문에 서류를 넘기며 태연하게 대꾸했다.

 '분명 본인이 한 일이 맞을 텐데.'

능청스러울 정도로 눈 하나 깜빡하지 않는다. 로이드는 들고 있던 서류를 꼼꼼하게 훑어본 후 아리아에게 내밀었다.

"자, 여기 사인해."

자세히 살펴보니 아리아의 입양 절차를 밟는 서류였다. 상대는 부탁했던 대로 안젤르 공작 가문이다.

'목에 칼을 들이대도 제 고집을 꺾지 않을 자라더니.'

일주일도 채 지나지 않았는데 공작 측에서 스스로 직접 입양 서류를 보내왔다. 기적에 가까운 일 처리였다.

─이번 일로 안젤로 공작의 신임을 얻었구나.

안젤로 공작은 불의를 참지 못하는 청렴결백한 인물이었다.

'눈먼 법도다 일단 사람 목숨이 먼저라는 신념을 가지고 있다지.'

분명 샤토 백작의 일에 불처럼 분노했을 것이다. 그리고 이번 일의 주모자가 로이드란 사실을 밝혔다면 쉬이 신뢰를 얻을 수 있었을 거고.

'게다가 비밀도 지켜 줄 테고.'

아리아는 내심 로이드의 수완에 감탄했다.

─로이드가 한 일이라는 거 알아.

그녀는 진실을 말해 줄 생각이 전혀 없어 보이는 소년에게 말했다.

─사람이 죽었지만 솔직히 말해 잘 죽었다고 생각해.

백작을 향한 복수심 때문만은 아니었다. 덕분에 아이들의 무고한 죽음도 막을 수 있었으니까. 황실에서도 흉흉해진 민심을 잠재우기 위해 앞으로 더 철저하게 관리할 테고. 이건 모두에게 좋은 일이었다.

"무슨 말인지 모르겠다니까."

로이드는 일관되게 대답하며 아리아에게 다시 서류를 내밀었다.

'아무래도 한 고집 하는 건 로이드도 만만치 않은 것 같은데.'
아리아는 펜을 늘어 능숙하게 사인을 적었다.
아리아드네.
세이렌이었던 시절부터 계속 쭉 사용해 왔던 사인이었다. 무심코 저지른 일이었다. 소년은 물 흐르듯이 유려한 그녀의 필기체를 유심히 들여다보았다.
"네 글씨체는 볼 때마다 달라지는 것 같군. 어쩔 땐 아이 같았다가 어쩔 땐 어른 같았다가."
"……."
"고풍스러운 필체야. 이런 건 흉내 내기도 힘들 텐데."
예리해. 사람의 습관이라는 게 무섭다. 늘 조심하려고 해도 방심하는 사이에 불쑥불쑥 튀어나온다.
'손글씨라든가, 행동이라든가, 사용하는 어휘라든가, 하는 것들.'
로이드는 머리가 좋았다. 그리고 아리아의 미묘한 변화를 절대 놓치지 않을 정도로 관찰력이 뛰어나기도 했다.
"……."
아무런 대답도 못 하는 사이, 아리아는 소년과 잠시 시선을 마주쳤다. 구슬처럼 반질거리는 새까만 눈동자가 그녀를 올곧게 응시해 왔다.
"샤토 백작의 일은 유감이라고 생각한다."
가증스럽게 느껴질 정도로 말도 안 되는 거짓말을 하면서.
"하지만 네가 그런 얼굴을 하게 만든 자가 알아서 죽었으니 잘된 일이로군."
로이드는 남 얘기하듯이 살짝 진심을 흘리며 대화를 마무리 지었다.

―로이드, 이거 봐!

아리아는 아주 뿌듯한 얼굴로 제자리에 섰다. 그리고 다리를 쭉 편 채로 허리를 숙여 손끝을 발가락 끝에 닿게 했다.

'드디어 스트레칭에 성공했다!'

다시 제자리로 돌아온 아리아는 어떠냐는 듯 의기양양한 표정을 지어 보였다.

"……."

그런데 로이드는 아주 재미없는 농담에 어떻게 반응해야 할지 곤란해하는 사람의 얼굴을 하고 있었다.

'그게 뭐 어쨌다는 거지?'

그렇게 말하고 싶었다. 하지만 지나친 기대로 반짝이는 아리아의 눈을 보니 차마 말할 수 없었다.

로이드와 같이 아리아의 묘기를 감상하던 마로니에와 클라우드가 기다렸다는 듯이 짝짝 손뼉을 쳤다.

"대단해요!"

"대견하십니다."

"클라우드 경, 난 종이 언제나 진실된 줄 알았는데."

클라우드는 바보였지만 솔직했다. 솔직한 바보는 말했다.

"아뇨, 저는 지금 진심으로 감탄하고 있습니다. 작은 마님께서 스트레칭을 처음으로 성공하셨으니까요."

"……저걸?"

로이드는 뭐라 말을 잇지 못하겠는지 잠시 심란한 눈빛을 했다. 그러더니 아리아를 젖음마도 못 뗀 아기 보듯이 하면서 심각하게 중얼거렸다.

"역시 일정을 좀 더 미룰까."

―어째서!

그녀는 자신이 나름 성장했다는 의미에서 보여 준 거였다. 날 믿고 맡기라고. 자랑하려고 한 짓이 오히려 역효과를 불러올 줄은 전혀 몰랐다.

―싫어! 절대 안 돼!

아리아는 고개를 휙휙 저어 보이며 로이드의 팔에 매달렸다. 필사적이었다.

―몸이 유연하지 않은 건, 죄가 아니야!

"알았어. 진정해."

농담이었던 걸까. 그는 옅은 미소를 머금은 뒤 품속에 넣어 두었던 종이를 꺼냈다.

"전에 배우고 싶다고 말했던 것들이다. 보고 네가 원하는 날에 적당히 시간 맞춰서 일정을 짜놔."

아리아는 수줍게 뺨을 붉히며 고개를 끄덕였다. 평화로운 나날이 계속되었다.

〈다음 권에 계속〉

세이렌 : 악당과 계약가족이 되었다 Ⅰ

초판 1쇄 발행	2023년 5월 9일
글	설이수
발행인	신승한
표지 디자인	디자인 그룹 헌드레드
편집 디자인	장지연
기획 제작	김다혜, 이경미, 임주은

페가수스

기획 편집	김재원, 박민선
교정·교열	안현희, 오승화
매니저	임재경, 이은주

발행처	주식회사 영컴
주소	08390 서울시 구로구 디지털로 32길 30 (구로3동 222-7) 코오롱디지털타워빌란트 902호
전화	02-6335-1750
팩스	02-866-1746
등록일	2018년 7월 9일
등록번호	제 25100-2018-000049호
ISBN	979-11-6779-225-9 04810
	979-11-6779-224-2 (세트)

www.iyoungcom.com

ⓒ 2023 설이수
이 책의 저작권은 설이수에게 있으며, 출판권은 주식회사 영컴에 있으므로 본 책자의 전재 또는 부분을 복제, 복사하거나 전파, 전산장치에 저장하는 것은 법으로 금지되어 있습니다.

저작재산권자 : 주식회사 피플앤스토리

잘못된 책은 바꾸어 드립니다.